La saga de Crosslyn Rise

BARBARA DELINSKY

La saga de Crosslyn Rise

Jade

Titres originaux :
Première partie : THE DREAM
Deuxième partie : THE DREAM UNFOLDS
Troisième partie : THE DREAM COMES TRUE

Traduction française de EMMA DESCHAMPS

Photos de couverture
Propriété : © GEORGES HUNTER / GETTY IMAGES
Lettre manuscrite : © ROYALTY FREE / MASTERFILE
Conception graphique : © VIVIANE ROCH

83-85, boulevard Vincent-Auriol, 75646 PARIS CEDEX 13.
ISBN 978-2-2808-3821-4 — ISSN 1773-7192

Première partie

1

D'un geste las, Jessica Crosslyn rejeta en arrière ses longs cheveux blonds et fixa bravement le regard attentif de Gordon Hale.

— Je n'y arrive plus..., murmura-t-elle d'une voix tremblante. J'ai tout essayé, Gordon. J'ai lutté aussi longtemps que possible. J'ai fermé toutes les pièces, sauf celles dont j'ai besoin. J'ai baissé les radiateurs au point de mourir de froid en hiver. J'ai effectué les réparations les plus urgentes...

La jeune femme s'interrompit et baissa les yeux.

— J'ai tout essayé..., acheva-t-elle d'une voix misérable. Mais je n'y arrive plus !

Gordon demeura un moment silencieux. Il avait vu naître Jessica. Il avait été l'ami de ses parents durant des années — et depuis quarante ans, il était le banquier de la famille Crosslyn. La tristesse de Jessica l'atteignait droit au cœur.

— J'avais prévenu Jed, tu sais..., grommela-t-il. Je lui avais dit de songer à l'avenir, et de prendre les dispositions adéquates. Il n'a jamais écouté mes conseils. Il avait beaucoup changé, après la mort de ta mère. Je crois bien qu'il n'avait plus toute sa tête...

Jessica ne put s'empêcher de sourire tristement. Le souvenir de son père lui serrait le cœur.

— Mon père n'a jamais eu beaucoup de sens pratique..., admit-elle. C'était un savant très brillant, mais les problèmes de la vie quotidienne n'étaient pas son fort... C'est maman qui s'occupait de tout. J'ai essayé de prendre sa relève, quand elle est morte, mais il était déjà trop tard...

— Ta mère était une femme bien.

— Oui, mais elle n'entendait rien à la gestion financière d'une propriété... De toute façon, elle était tellement en adoration devant papa qu'elle n'aurait jamais osé le contredire... Elle ne voulait pas troubler ses brillantes spéculations intellectuelles avec de vulgaires problèmes d'argent !

— C'est donc à toi que cette tâche est échue..., fit observer Gordon. Mais ces trivialités troublent ton propre travail !

— C'est différent..., répliqua Jessica en hochant la tête. Je suis loin d'être aussi brillante que mon père.

— Je n'en crois rien... Tu es docteur en linguistique. Tu parles couramment l'allemand et le russe. Tu enseignes à Harvard. Et tu as déjà publié de nombreux ouvrages !

— J'adore enseigner, c'est vrai, mais ce que je fais n'est en rien comparable à ce que faisait papa. Je n'élabore pas de brillantes théories scientifiques, je me contente de faire sérieusement mon métier... J'enseigne les langues étrangères, je fais des conférences, et il se trouve que j'ai eu accès à des ouvrages en russe auxquels personne ne s'était intéressé jusqu'à présent. C'est pour cette raison que je suis publiée ! Mais je ne suis pas un génie, comme l'était papa...

— Tu peux malgré tout être fière de ce que tu as accompli.

— Je le suis. Mais si mes ouvrages se vendent à quelques milliers d'exemplaires, j'aurai eu de la chance... Ce n'est pas ça qui pourra sauver Crosslyn Rise. Pas plus que mon salaire, d'ailleurs. De ce point de vue-là, papa et moi n'étions que trop semblables, hélas !

— Mais c'est Jed qui avait la responsabilité de Crosslyn Rise ! protesta vigoureusement Gordon. Le domaine est dans la famille depuis cinq générations ! Jed aurait dû s'en préoccuper plus tôt, par devoir vis-à-vis de ses ancêtres — et vis-à-vis de toi ! S'il n'avait pas laissé tout partir à vau-l'eau, tu ne serais pas dans une situation si difficile... Je lui avais dit que Crosslyn Rise se détériorerait très rapidement s'il n'effectuait pas les réparations nécessaires, mais il a refusé de m'écouter...

— Je sais, soupira Jessica. Le domaine est dans un état

pitoyable. Je suis actuellement confrontée à d'énormes problèmes d'électricité et de plomberie. J'ai effectué des réparations ponctuelles, mais je ne pourrai pas continuer éternellement de cette manière... Il faudrait changer toute l'installation et vu la taille du domaine...

Elle n'eut pas besoin de compléter la phrase. Gordon connaissait parfaitement Crosslyn Rise. Refaire l'électricité et la plomberie d'une maison de dix-sept pièces réparties sur quelque cinq cents mètres carrés serait une tâche titanesque — et fort coûteuse... Et de nouveaux problèmes risqueraient de surgir au fur et à mesure des réparations. Une si vieille maison réserve sans doute beaucoup de — mauvaises — surprises...

— Je pourrais t'accorder un prêt..., suggéra Gordon en examinant un dossier sur son bureau.

— Un de plus, tu veux dire..., répliqua Jessica, amère. J'ai déjà du mal à rembourser les emprunts que j'ai contractés ces dernières années, Gordon...

— Je sais, mais ce n'est pas grave, Jessica. Je te connais bien, je connaissais ta famille... Je suis le président de cette banque, ne l'oublie pas. Je peux encore tirer quelques ficelles... Si je ne le fais pas pour mes amis, pour qui le ferai-je ?

Jessica était profondément touchée par l'attitude de Gordon. Elle lui adressa un sourire reconnaissant.

— Merci..., soupira-t-elle. J'apprécie beaucoup ton offre, mais si je l'acceptais, je ne ferais que reculer pour mieux sauter... Voyons les choses en face : j'adore mon métier, mais il ne me rapportera jamais d'argent. Je pourrais bien sûr écrire de nouveaux livres, donner quelques heures de cours supplémentaires le semestre prochain... Mais ce serait une goutte d'eau dans l'océan !

— Tu devrais épouser un vieux monsieur très riche qui aurait le coup de foudre pour Crosslyn Rise..., suggéra Gordon en souriant.

— Je l'ai déjà fait, rétorqua-t-elle en pâlissant légèrement.

— Tom n'était ni vieux ni riche...

— Mais il adorait Crosslyn Rise. Non, je ne referai pas la même erreur, fût-ce pour tout l'or du monde !

Gordon se mordit la lèvre. Il regrettait son allusion au court mariage de Jessica avec Tom Chandler. Il savait que la jeune femme ne gardait pas de bons souvenirs de cette période de sa vie.

— Quelles sont les solutions ? demanda-t-il d'une voix neutre.

— Il n'y en a pas beaucoup.

— Personne ne pourrait donc t'aider ? Un membre de ta famille qui aurait intérêt à sauver le domaine ?

— Non. Papa était l'unique propriétaire de Crosslyn Rise. Son frère cadet devait hériter du domaine en cas de décès, mais papa lui a survécu. De toute façon, ils n'étaient pas en très bons termes, je crois. Papa n'a jamais été sociable, tu sais…

Gordon acquiesça silencieusement.

— Maintenant que papa est mort, je suis l'unique héritière de Crosslyn Rise, poursuivit Jessica. Je ne peux compter sur personne dans la famille.

— Personne n'est attaché sentimentalement à ce domaine ? Tu n'as pas une vieille tante, un oncle, un cousin, qui feraient des pieds et des mains pour sauver la maison ?

— Je n'ai ni oncle ni tante. Mais il y a bien une petite cousine de mon père, Felicia. Si je lui demandais conseil, elle prendrait le premier avion pour venir me voir…

— Et tu sais d'avance ce qu'elle te suggérerait…, murmura Gordon.

— Oh oui ! Felicia raserait la maison, diviserait les dix hectares de la propriété en petits lots, et les vendrait un par un au plus offrant. Elle m'a parlé de ce projet à l'enterrement de papa. Il va sans dire qu'elle était venue uniquement pour la maison…

— Mais Crosslyn Rise t'appartient.

— Oui. Mais Felicia savait que nous avions beaucoup de difficultés pour entretenir le domaine. Elle savait aussi que je n'accepterais jamais de détruire la maison. Aussi m'a-t-elle suggéré de lui vendre les terres dépendant de Crosslyn Rise. Elle s'imaginait que j'obtiendrais ainsi assez d'argent pour entretenir la maison — tandis qu'elle quadruplerait son investissement initial en revendant les lots…

— Très certainement, admit Gordon. Crosslyn Rise est au bord de la mer, à dix kilomètres de Boston, dans une petite ville sympathique, dotée d'excellents services… Le terrain a une très grande valeur. Felicia aurait sans doute plus que quadruplé son investissement ! A moins que tu ne lui vendes le terrain pour une fortune…

— Je refuse de vendre le terrain ! protesta Jessica. Même si j'y suis un jour obligée, ce n'est certainement pas Felicia que j'irai trouver ! Cette femme est une véritable peste !

La jeune femme préféra ignorer le sourire amusé de Gordon.

— Nous avons presque le même âge, poursuivit-elle. Nous nous voyions beaucoup, quand nous étions enfants. Felicia avait des rêves de grandeur. Quand elle était à Crosslyn Rise, elle se prenait pour Scarlett O'Hara ! Elle a toujours dit en riant que si je ne voulais pas de la maison, elle la prendrait à ma place. Mais elle ne plaisantait qu'à moitié.

Jessica s'interrompit un instant, pour contrôler la colère qu'elle sentait monter en elle.

— Quand elle est entrée à l'université, elle a compris que ses rêves de grandeur ne passeraient jamais par Crosslyn Rise…, poursuivit-elle d'un ton plus calme. Elle a donc cherché dans une autre direction. Elle a trente-quatre ans, maintenant — un an de plus que moi. Elle a déjà été mariée trois fois, et chaque fois, elle s'est débrouillée pour trouver un mari richissime. Ses trois divorces lui ont permis de toucher des pensions alimentaires exorbitantes.

— Elle est donc riche. Mais a-t-elle accompli ses rêves de grandeur ?

— Non…, répondit Jessica en secouant la tête avec mépris. Elle a beaucoup d'argent, mais elle ne sait pas quoi en faire !

— Je suis surpris qu'elle ne t'ait pas proposé de racheter Crosslyn Rise…

— Oh ! elle me l'a proposé à plusieurs reprises — la première fois, le jour de l'enterrement de papa… J'ai immédiatement refusé. Jamais elle n'aura Crosslyn Rise !

Jessica releva fièrement le menton, comme pour prouver sa détermination.

— Alors qu'envisages-tu ? insista Gordon.

La jeune femme baissa les yeux.

— Je pourrais vendre la partie du terrain la plus éloignée de la maison…, dit-elle lentement. Mais une fois que les lots seront vendus, je n'aurai plus mon mot à dire sur l'utilisation qui en sera faite ! On construit des maisons si laides, de nos jours !

— Serais-tu un peu snob, Jessica ? demanda Gordon en souriant.

— Ce n'est pas ça…, protesta Jessica. Mais Crosslyn Rise est du plus pur style colonial. C'est une maison magnifique. Ce serait criminel de laisser construire autour d'horribles pavillons…

— On construit aujourd'hui de jolies maisons très différentes du style colonial d'autrefois…

— Mais tout ce qui sera construit autour de Crosslyn Rise doit se fondre harmonieusement dans le paysage ! affirma Jessica avec conviction. Je ne démordrai pas de cette idée.

— Tu aimes Crosslyn Rise.

— Ce n'est pas la maison, ou une pièce particulière, que j'aime, le corrigea-t-elle. C'est… comment dire… le charme merveilleux de cet endroit ! L'odeur du parquet ciré, toutes ces pièces chargées d'histoire ! Et puis la beauté du paysage, les arbres, les étangs, la mer… et surtout, l'idée que ce domaine appartient à ma famille depuis si longtemps… Oui, j'aime Crosslyn Rise. Mais je dois faire quelque chose pour sauver le domaine. Sinon, il ne tardera pas à tomber en ruine…

Gordon ne protesta pas. Il savait que Jessica avait raison. Il pouvait lui prêter encore un peu d'argent pour faire face aux besoins les plus urgents, mais cela ne ferait que retarder l'inévitable.

— Qu'as-tu l'intention de faire ? demanda-t-il.

Lentement, Jessica se tourna vers la fenêtre. Elle savait qu'il était temps d'annoncer son projet.

— Si j'avais le choix, commença-t-elle, je vendrais la propriété à une famille qui apprécierait le charme de Crosslyn Rise. Mais les chances de trouver de tels acheteurs sont pratiquement nulles. J'en ai parlé avec Nina Stone. Si je voulais vendre, c'est elle que je choisirais comme agent immobilier. Elle saurait me trouver ce genre d'acheteur. Mais le marché de l'immobilier n'est pas très florissant, en ce moment…

— C'est vrai en ce qui concerne les acheteurs privés. Mais des promoteurs immobiliers sauteraient sur une occasion aussi magnifique.

— Oui, et ils feraient exactement la même chose que ce qu'avait projeté Felicia : ils détruiraient la maison, découperaient le terrain en lots minuscules, et revendraient le tout avec de substantiels bénéfices… Je ne peux pas faire ça, Gordon. L'idée de quitter Crosslyn Rise m'est déjà très pénible. Mais je veux avoir mon mot à dire sur l'avenir de la propriété. Je veux que le charme de l'endroit soit préservé.

— As-tu quelque chose en tête ? demanda Gordon.

— Oui. Mais j'ignore si c'est réalisable.

— Dis-moi de quoi il s'agit, je te dirai si c'est faisable ou non.

Jessica prit son courage à deux mains. Ce qu'elle allait proposer lui faisait horreur. Mais Crosslyn Rise était en jeu. C'était la dernière solution.

— Que dirais-tu de faire de Crosslyn Rise une résidence en copropriété ? dit-elle d'un trait. Nous pourrions construire de petites maisons dans les bois, sur des emplacements judicieusement choisis. La grande maison pourrait être transformée en club de sport ou en restaurant. Un petit port de plaisance pourrait être aménagé sur la plage, avec une marina et des boutiques…

Elle s'arrêta net. Gordon la fixait, l'air incrédule.

— Tu accepterais de faire cela ? demanda-t-il d'une voix lente.

— Oui, répondit bravement Jessica. Mais ce n'est qu'une idée en l'air. L'aménagement coûterait une fortune et…

— Tu accepterais de faire de Crosslyn Rise une résidence ? répéta Gordon, encore mal remis de sa surprise.

— Si c'est bien fait, pourquoi pas…, répondit-elle, les larmes aux yeux. Bien sûr, si j'avais le choix, je refuserais de toucher à la propriété, mais elle se détériore chaque année un peu plus… Je n'arrive plus à faire face. Il faut donc que je fasse quelque chose ! C'est la seule solution acceptable ! Si nous exécutions les travaux avec goût et avec soin, nous pourrions aménager Crosslyn Rise en respectant son caractère.

— Nous ?

— Oui, répondit-elle en détournant de nouveau le regard. J'ai besoin d'aide, Gordon. Je n'ai pas d'argent. Il me faudrait faire un emprunt. Mais une fois que les maisons seront vendues, il sera facile de le rembourser. Crois-tu que je pourrais obtenir le prêt dont j'ai besoin ?

— Non.

— Non ? demanda-t-elle, surprise. Alors mon idée ne te plaît pas ?

— L'idée de construire une résidence ? Si, ça me plaît beaucoup.

— Mais tu refuses de financer le projet.

— Il m'est tout simplement impossible de trouver cet argent.

— Pourquoi ? protesta-t-elle. Tu m'as proposé un prêt il y a deux minutes !

Gordon lui jeta un regard plein de tendresse. Il respectait Jessica, il admirait son travail d'universitaire. Mais elle était tout sauf une femme d'affaires.

— Aucune banque ne te prêtera cet argent, Jessica, expliqua-t-il. Si tu étais promoteur ou architecte, tu aurais peut-être une chance. Mais du point de vue d'un banquier, prêter une très grosse somme d'argent à une enseignante pour construire une résidence serait de la folie pure et simple. Tu n'es pas du métier. Tu as peut-être des idées très précises quant à l'avenir de Crosslyn Rise, mais tu serais incapable de les mettre en pratique. Tu n'es pas crédible pour un tel projet.

— Mais j'ai besoin de cet argent ! gémit-elle.

Un terrible sentiment de frustration l'avait envahie.

— Dans ce cas, il nous faudra trouver des personnes qui ont les qualifications nécessaires pour demander ce genre de prêt.

Jessica se détendit légèrement. Elle avait simplement besoin d'une lueur d'espoir.

— Oh... d'accord ! murmura-t-elle. Mais... à qui s'adresser ?

Gordon sourit. Il adorait élaborer des projets, et il était soulagé de voir que Jessica était ouverte à ses suggestions.

— Nous devons former un consortium, un groupe d'investisseurs. Chacun sera rétribué en fonction de sa participation initiale.

— Un groupe d'investisseurs ? répéta Jessica, un peu effrayée. Mais ils ne connaîtront pas Crosslyn Rise ! Comment pourrons-nous être certains qu'ils ne réaliseront pas quelque chose d'horrible ?

— Nous les choisirons nous-mêmes. Nous ne retiendrons que des gens qui auront la volonté sincère de préserver le charme de la propriété.

— Personne ne peut faire cela mieux que moi !

— Peut-être pas. Mais j'ai vu de très beaux projets réalisés dans le même style. Les promoteurs immobiliers ont parfois du goût, tu sais !

— Combien seront-ils ? demanda Jessica, anxieuse.

— Autant que nécessaire. Quinze, s'il le faut.

— Quinze ? Quinze inconnus qui ne connaîtront pas Crosslyn Rise ?

— Ils apprendront à connaître la propriété, puisque tu feras toi-même partie du consortium. Nous ferons évaluer la propriété et cela déterminera ton pourcentage de participation. Je peux te prêter de l'argent pour ça.

— Je ne cherche pas à réaliser un profit..., protesta-t-elle.

— Mais si ! insista Gordon. Si Crosslyn Rise est transformé en résidence, cela fait partie de ton héritage, tu ne dois pas l'oublier, Jessica. Tu as beau te débattre avec tes problèmes d'argent, tu dois comprendre que Crosslyn Rise représente une petite fortune…

Jessica baissa les yeux. Son projet l'effrayait, soudain. Elle avait l'impression de trahir un idéal. Elle fut prise d'un accès de colère contre elle-même. Puis contre son père, qui n'avait pas su sauver Crosslyn Rise.

— Pourquoi les choses doivent-elles se passer ainsi ? demanda-t-elle tristement.

— C'est la vie…, répondit Gordon avec un sourire d'encouragement. Vois le bon côté des choses. Ça ne doit pas être facile tous les jours de vivre seule dans cette grande maison… Quand la résidence sera construite, tu pourras vivre dans une des petites maisons…

Jessica tressaillit. Gordon allait trop vite en besogne.

— Je ne veux prendre aucune décision en ce sens, déclara-t-elle.

— C'est pourtant une bonne idée.

— Mais tout devient si… réel, quand tu parles ainsi. J'ai l'impression de perdre le contrôle de la situation.

— Tu serais membre du consortium, lui rappela-t-il. Tu aurais un droit de regard sur toutes les décisions.

— Je ne serais qu'un membre parmi d'autres…

— Mais tu es propriétaire de Crosslyn Rise. Au bout du compte, tu auras le droit de refuser les projets qui ne te plairont pas…

— Vraiment ?

— Oui.

Jessica se sentit soulagée. Mais elle avait malgré tout du mal à s'imaginer au milieu d'une assemblée de quinze personnes. Elle avait toujours été très introvertie. Les autres profiteraient de sa faiblesse…

— Je veux plus que ça ! s'exclama-t-elle soudain. Je veux diriger le consortium ! Je veux avoir une part majoritaire ! Je veux avoir de véritables garanties quant aux résultats… Est-ce possible ?

— Tout est possible…, grommela Gordon en fronçant les sourcils. Mais est-ce bien raisonnable ? Je n'en suis pas certain,

Jessica… Tu es enseignante. Tu ne connais rien à la promotion immobilière.

— J'écouterai, j'apprendrai ! Je suis pleine de bon sens et j'ai du goût. Je sais exactement ce que je veux. Et surtout, j'aime Crosslyn Rise. Avoir un droit de regard sur les décisions ne me suffit pas. Je veux superviser le projet du début à la fin. Je serais trop malheureuse si Crosslyn Rise était abîmé…

Elle leva son regard vers Gordon, qui la fixait, l'air désapprobateur.

— Tu ne crois pas que j'en sois capable, n'est-ce pas ? ajouta-t-elle d'une petite voix.

— Ce n'est pas ça…, commença-t-il d'un ton hésitant.

Il voyait de nombreux problèmes se profiler à l'horizon. Il chercha ses mots pour ne pas la blesser.

— Tu dois essayer de comprendre…, reprit-il. Traditionnellement, ce sont les hommes qui font ce genre d'investissements. Ils sont habitués à travailler à leur manière. Je ne suis pas sûre qu'ils apprécieront qu'une… novice leur donne des ordres…

— Tu veux dire une femme…, ricana-t-elle. Mais je suis une femme raisonnable, Gordon. Je ne suis pas capricieuse. Je serai ouverte à toutes les propositions — du moment que l'intégrité de Crosslyn Rise est préservée… Je ne vois pas de personne mieux indiquée pour diriger le consortium.

Gordon essaya une autre tactique.

— Transformer Crosslyn Rise sera une expérience très douloureuse, pour toi… Es-tu sûre que tu veux être intimement mêlée au projet ?

— Oui.

Gordon pinça les lèvres. Il tenta de trouver d'autres arguments tout aussi vagues, mais ce fut peine perdue. Il fallait bien en passer par la vérité.

— Jessica, si tu insistes pour diriger le consortium, je risque d'avoir du mal à trouver des investisseurs. Ce n'est pas dirigé contre toi personnellement, bien sûr, mais qu'une femme jeune et inexpérimentée veuille tout prendre en main risque d'irriter nos partenaires. Ils craindront de perdre du temps en discussions sans fin. Encore une fois, c'est un problème de crédibilité.

— C'est injuste !

— La vie est parfois injuste…, murmura-t-il. Mais je crois que j'ai trouvé une solution…

— Laquelle ?

— Un compromis. Nous allons dans un premier temps élaborer le projet sur papier. Tu travailleras directement avec un architecte, tu lui diras exactement ce que tu veux — jusqu'à ce que tu sois entièrement satisfaite. Dans un deuxième temps, nous irons trouver les investisseurs avec le projet en main.

Gordon s'échauffait au fur et à mesure qu'il parlait.

— Ça pourrait très bien marcher ! poursuivit-il. Nous pourrons ainsi calculer les coûts plus facilement. Les investisseurs se bousculeront ! Ils sauront exactement où ils mettront les pieds. S'ils n'apprécient pas ton projet, ils ne seront pas obligés d'investir, et si nous ne parvenions pas à rassembler un nombre de personnes suffisant, tu te contenterais de régler les honoraires de l'architecte.

— Ça me coûtera cher ?

— Pas si nous réussissons à obtenir l'homme auquel je pense.

— Tu as quelqu'un en tête depuis le début, n'est-ce pas ?

— Oui, répondit-il sans détour. C'est le meilleur architecte que je connaisse, et Crosslyn Rise mérite ce qu'il y a de mieux.

— Qui est-ce ?

— Il a débuté il y a une dizaine d'années, seulement, mais il a déjà réalisé des projets merveilleux. Il a longtemps travaillé avec un cabinet new-yorkais. Il y a cinq ans, il a monté sa propre affaire à Boston.

— Qui est-ce ? répéta Jessica, gagnée par la curiosité.

— C'est un type qui a les pieds sur terre, un excellent architecte. Pas prétentieux pour un sou, de contact très facile dans le travail. Et je suis sûr qu'il serait très intéressé par ton projet.

Jessica fronça les sourcils : avait-elle déjà entendu parler d'un architecte correspondant à la description de Gordon ? Mais elle dut s'avouer qu'elle ne s'intéressait guère à ce genre de choses, habituellement. Gordon avait raison. Elle ne connaissait pas grand-chose à l'immobilier. Mais elle avait confiance en lui.

— Qui est-ce ? répéta-t-elle pour la troisième fois.

— Carter Malloy.

Jessica lui jeta un regard surpris. Ce nom lui était familier.

— J'ai connu un Carter Malloy autrefois…, dit-elle d'un ton rêveur. C'était le fils du jardinier de Crosslyn Rise. Sa mère était cuisinière et son père s'occupait du jardin. Michael Malloy faisait des merveilles. Le jardin s'est abîmé depuis qu'ils ont pris leur retraite dans le Sud.

Sa voix se durcit soudain.

— Je n'ai pas vu leur fils depuis des années, Dieu merci… C'était un véritable galopin. Il avait quelques années de plus que moi et m'en a fait voir de toutes les couleurs ! C'était un cancre, à l'école. Et il était horriblement laid !

— Il n'est plus laid, maintenant, répondit Gordon d'une voix impassible.

— Pardon ?

— Il n'est plus laid, maintenant, répéta-t-il. Il a beaucoup changé, tu sais.

— Tu es resté en contact avec Carter Malloy ? demanda Jessica, surprise.

— Il a un compte dans notre banque. Il aurait pu opter pour une grosse banque à Boston, mais il se sent lié à la ville où il est né…

— Ça ne m'étonne guère ! railla Jessica. Je crois bien qu'il a un casier judiciaire, ici. Il a sans doute commis plus d'un larcin…

— Il a fait amende honorable.

Jessica lui lança un regard sceptique.

— Je me suis toujours demandé comment des gens aussi adorables qu'Annie et Michael Malloy avaient pu mettre au monde un fils aussi insupportable ! Comme il les a fait souffrir ! J'espère qu'il ne vit plus ici. Sinon, préviens-moi… Je ne tiens pas à le rencontrer !

— Il vit à Boston.

— Quel métier fait-il ? Il revend des voitures volées ?

— Il est architecte.

Jessica écarquilla des yeux pleins de stupeur.

— Nous ne parlons certainement pas de la même personne ! s'exclama-t-elle.

— Je t'ai dit qu'il avait beaucoup changé…

— Mais… le Carter Malloy que j'ai connu a quitté l'école à seize ans…, balbutia-t-elle, gagnée par le doute.

— Après son service militaire, il a passé son baccalauréat par correspondance, et est entré à l'université.

— A supposer qu'il ait été assez intelligent pour faire des études, il n'en aurait de toute façon pas eu le courage…, répondit-elle sèchement. Il n'a jamais été capable de faire preuve de persévérance dans quoi que ce soit. Ce n'était qu'un bon à rien…

— Les gens changent, Jessica. Carter Malloy est maintenant un architecte talentueux et respecté.

Jessica savait que Gordon était incapable de proférer un mensonge.

— Quelle coïncidence…, murmura-t-elle avec un petit rire ironique.

Gordon demeura silencieux. Jessica se leva brusquement et commença à faire les cent pas dans la pièce. Ses yeux brillaient de rage.

— Sais-tu ce que Carter Malloy m'a fait quand j'avais six ans ? demanda-t-elle d'une voix tremblante. Il m'a défiée de monter sur la plus haute branche du chêne qui se trouve près de l'étang. Naturellement, une fois là-haut, j'étais incapable de redescendre ! Il s'est contenté de me regarder en ricanant, puis il est parti sans lever le petit doigt pour m'aider. J'étais terrifiée ! Pendant un moment, j'ai cru qu'il reviendrait, mais je me faisais des illusions. J'ai essayé d'appeler au secours, mais j'étais trop loin de la maison pour qu'on puisse m'entendre. J'ai fini par avoir le vertige. Je suis restée trois heures perchée sur cet arbre ! C'est Michael Malloy qui m'a finalement découverte… Il a dû appeler les pompiers ! J'ai fait des cauchemars horribles pendant des semaines, ensuite. Depuis, je ne suis plus jamais remontée dans un arbre…

Jessica s'interrompit et se tourna vers Gordon, les poings serrés.

— Si le Carter Malloy que j'ai connu est le même que l'architecte que tu as en tête, ma réponse est non ! dit-elle, au bord des larmes. En tant que présidente du consortium, j'ai le droit de choisir l'architecte !

— Voyons, Jessica ! la gronda gentiment Gordon en essayant de détendre l'atmosphère. Ce n'est pas de cette façon que nous allons réussir à trouver des investisseurs ! Si tu refuses d'écouter ceux qui ont plus d'expérience que toi, nous n'y arriverons jamais ! Qui voudra travailler avec une femme aussi entêtée ?

— Gordon…, protesta-t-elle faiblement.

— Je suis très sérieux, Jessica. Tu as dis que tu étais prête à apprendre et à écouter…

— Bien sûr. Mais je refuse de travailler avec Carter Malloy. Ce serait un désastre, et Crosslyn Rise en pâtirait. Nous pouvons trouver d'autres architectes.

— Sans doute. Mais c'est lui le meilleur !

— De tout Boston ?

— Etant donné les circonstances, oui.

— Quelles circonstances ?

— Il connaît Crosslyn Rise.

— Justement, il cherchera sans doute à défigurer la propriété !

— Qu'en sais-tu ? Quand l'as-tu vu pour la dernière fois ?

— Quand j'avais seize ans. Je ne l'avais pas vu depuis un certain temps. Dieu sait ce qu'il trafiquait !

— Il était parti faire son service militaire, lui rappela Gordon.

— Peu importe. Ses parents ne parlaient jamais de lui, et j'aurais préféré me faire pendre plutôt que de demander de ses nouvelles… Un soir, il est passé à la maison prendre quelque chose pour son père. Je me tenais sous le porche, j'attendais mon cavalier pour me rendre à un bal…

Jessica s'interrompit. Un flot de souvenirs l'assaillait.

— Et il m'a dit des choses horribles…, acheva-t-elle en baissant les yeux. Non, jamais je ne pourrai travailler avec lui ! Et même si je le voulais, il refuserait.

— Je ne crois pas, répondit Gordon. Le Carter Malloy que je connais est un homme très différent du petit chenapan que tu as connu. T'es-tu jamais demandé pourquoi ses parents ont pris leur retraite si tôt ? Ils avaient à peine dépassé la cinquantaine, et ils étaient en parfaite santé. Mais Carter leur a acheté une belle maison en Floride. C'est la première chose qu'il a faite, dès qu'il a eu de l'argent. Depuis, il veille à ce que ses parents ne manquent jamais de rien. C'est sa façon de se racheter pour tout le mal qu'il leur a fait. S'il t'a fait souffrir autrefois, je suis sûr qu'il voudra se faire pardonner.

— Ça m'étonnerait…, murmura Jessica.

Cependant, sa colère s'était calmée. Les paroles de Gordon l'avaient surprise. Jamais elle n'aurait cru Carter Malloy capable d'un geste de générosité…

— Comment cherchera-t-il à se faire pardonner ? demanda-t-elle.

— Il voudra faire parti du consortium.

— Par pitié pour moi ?

— Non, ce n'est pas son genre. Mais il s'intéresse à Crosslyn Rise. Il y est attaché — n'oublie pas qu'il y a passé toute son enfance, comme toi… Nous pourrions même lui suggérer d'investir une grosse somme dans le projet. Ainsi, ta part serait réduite. Tu ne te retrouverais pas avec quarante ou cinquante mille dollars de dettes, si le projet échouait…

— Quarante ou cinquante mille dollars ? répéta-t-elle en écarquillant les yeux.

Jamais elle n'aurait cru que des sommes aussi énormes étaient en jeu.

— Tout ça ne me dit rien qui vaille…, murmura-t-elle en se laissant tomber dans un fauteuil.

— Mais il faut faire quelque chose pour Crosslyn Rise, Jessica.

La solution que nous avons retenue est la meilleure. Laisse-moi en toucher un mot à Carter.

— Non ! s'exclama-t-elle.

— Tout ce que je te propose, c'est un rendez-vous informel. Tu lui expliqueras tes idées, et tu écouteras ses suggestions. Tu verras par toi-même s'il a changé ou non. Il n'y aura aucune obligation. Je viendrai avec toi, si tu le souhaites.

— Je n'ai pas peur de lui ! répliqua-t-elle fièrement. Je ne l'aime pas, c'est tout…

— Tu l'apprécieras beaucoup, maintenant. C'est un chic type. Tu sais, je crois qu'il était surtout très jaloux de toi. Tu étais riche, il était pauvre… Il aurait aimé posséder une propriété telle que Crosslyn Rise. Vous vous comprendrez très bien, tous les deux.

— Ça peut donner le meilleur comme le pire…

— Peut-être, mais n'oublie jamais deux choses. Tout d'abord, Carter doit veiller à sa réputation. Il ne fera pas n'importe quoi. Ensuite, c'est à toi qu'appartient la décision finale. Si tu n'aimes pas ce qu'il te propose, tu auras le droit de refuser. C'est lui qui sera à tes ordres, pas l'inverse !

Jessica se rappela sa dernière entrevue avec Carter Malloy. Elle se souvenait des paroles cruelles qu'il avait prononcées comme si la scène s'était déroulée la veille. Oui, avoir Carter sous ses ordres ne lui déplairait pas…

Après tout, elle était toujours propriétaire de Crosslyn Rise. Si Carter Malloy lui proposait un projet qui ne lui plaisait pas, elle le congédierait. Rirait bien qui rirait le dernier.

2

Malgré tous les efforts de sa mère, Jessica n'avait jamais été très sociable. Mme Crosslyn avait essayé de faire de Jessica une jeune fille accomplie. Enfant, celle-ci se rendait régulièrement à des goûters d'anniversaire, prenait des leçons d'équitation, de danse classique, et passait tous ses étés dans des colonies de vacances très huppées. Elle avait eu tout ce qu'une jeune fille de son milieu était en droit d'attendre. Mais elle n'avait jamais aimé ce genre de vie.

Petite, elle n'était guère jolie. Ses traits étaient trop atypiques, son corps trop maigre. Elle était tranquille, sérieuse, timide — et ressemblait beaucoup à son père. La plupart du temps, elle aimait rester seule à lire dans sa chambre, à Crosslyn Rise. Mais il lui arrivait de rêver qu'elle était la reine du bal…

Jessica avait alors peu d'amis. Elle adorait s'amuser avec des petites camarades de son âge, mais craignait toujours qu'on la trouve ennuyeuse. Quand une de ses amies venait à Crosslyn Rise — ce qui n'arrivait pas très souvent —, elle faisait tous ses efforts pour paraître gaie et amusante.

C'est pour cette raison qu'elle n'avait jamais pardonné à Carter Malloy ce qu'il lui avait fait quand elle avait dix ans. Elle avait invité un jour à Crosslyn Rise une de ses seules amies, Laura Hamilton. Celle-ci ne venait pas très souvent chez Jessica, mais les deux fillettes devaient préparer un exposé pour le lendemain, et les livres dont elles avaient besoin figuraient parmi ceux de la bibliothèque de Crosslyn Rise.

Une fois leur travail terminé, Jessica avait suggéré à Laura de se reposer sous la véranda — un endroit tranquille qu'elle chérissait tout particulièrement. Quelle ne fut pas sa joie en découvrant que Laura appréciait elle aussi le charme de cette véranda ombragée par de grands chênes. Elles restèrent longtemps assises sur les marches qui descendaient au jardin, un papier sur les genoux : elles essayaient d'écrire des poèmes, une des activités préférées de Jessica.

Soudain, à son grand dépit, Carter Malloy était apparu derrière les massifs de rosiers.

— Que faites-vous donc, toutes les deux ? avait-il demandé d'un air moqueur.

— Et toi ? avait rétorqué Jessica du tac au tac.

Elle avait deviné que Carter les espionnait depuis un certain temps déjà. Le jeune garçon l'effrayait un peu, mais elle savait qu'il n'oserait jamais lui faire de mal.

— Je taille les fleurs, avait-il répondu avec un sourire insolent.

— C'est faux ! s'était exclamée Jessica. Tu nous espionnes !

— Ah oui ? Tu crois vraiment que je perdrais mon temps à te regarder écrire de stupides poèmes ?

— Qui est-ce ? avait demandé Laura, un peu déconcertée.

— Personne ! avait répondu Jessica avec une moue de mépris.

C'était la première fois qu'elle osait déclarer ouvertement la guerre à Carter Malloy. Mais elle ne voulait pas paraître lâche devant Laura.

— Tu es censé tailler les fleurs, mais tu ne le fais pas ! avait-elle bravement poursuivi. Tu ne fais jamais ce que ton père te dit de faire !

— Ça me regarde ! avait rétorqué Carter, plus insolent que jamais. De toute façon, tu ne sais pas de quoi tu parles. Tu passes ta vie à boire du thé, comme ta mère, ou à lire, comme ton père. Tu ne connais rien au jardinage ! Qui a eu l'idée d'écrire des poèmes ? Ta stupide petite amie ?

— Va-t'en, Carter !

Lentement, il avait fait mine de tailler les rosiers.

— Je travaille.

— Va travailler ailleurs ! Il y a des rosiers plein le jardin.

— Mais celui-ci a besoin d'être taillé.

— Nous voulons être seules ! avait insisté Jessica, bien décidée à ne pas se laisser faire.

— Pourquoi ? Pour écrire vos idioties ?

Le regard de Carter s'était soudain posé sur Laura.

— Tu es une Hamilton, n'est-ce pas ? avait-il demandé avec un sourire narquois.

— Ne réponds pas ! avait suggéré Jessica à l'adresse de son amie.

— Oui, c'est bien une Hamilton, je l'ai vue à la messe avec le reste de sa famille.

— Tu mens ! Tu ne vas jamais à la messe !

— Si, j'y vais de temps en temps. Rien ne m'amuse plus que la messe ! Tous ces pécheurs qui implorent le pardon divin ! Regarde le vieil Hamilton ! Il a versé des pots-de-vin pour obtenir son poste de magistrat et…

Jessica ne lui avait pas laissé le temps de terminer. Elle savait que ce qu'il allait dire risquait de blesser Laura. Ce qui signifiait que celle-ci n'accepterait jamais de revenir à Crosslyn Rise.

— Tais-toi ! s'était-elle exclamée, rouge de rage.

— Il a versé des pots-de-vin pour obtenir son poste, avait tranquillement répété Carter. Remarque, j'aurais peut-être fait la même chose si j'avais autant d'argent que lui !

— De toute façon, tu n'as pas d'argent ! avait répondu Jessica, prête à dire n'importe quoi pour le blesser.

— Mais j'ai des amis. Toi, tu as de l'argent, mais tu n'as pas d'amis.

Comment avait-il découvert son talon d'Achille ? Jessica s'était sentie profondément mortifiée.

— Tu n'es qu'un imbécile ! s'était-elle écriée. Tu es laid et tu es bête ! Pour rien au monde je ne voudrais être à ta place !

Le visage ruisselant de larmes, elle avait pris Laura par la main et l'avait entraînée à l'intérieur de la maison.

Laura Hamilton n'était jamais revenue à Crosslyn Rise. Malgré toutes les années qui s'étaient écoulées depuis, Jessica ne pouvait oublier à quel point elle en avait été blessée.

Pourtant, quand elle était entrée au lycée, quelques années plus tard, elle avait trouvé Laura totalement inintéressante. Mais à dix ans, elle aurait donné tout l'or du monde pour que Laura demeure son amie. Elle n'avait jamais pardonné cet épisode à Carter Malloy.

Les sourcils froncés, Jessica resta plongée dans ses pensées, tandis que l'omnibus Harvard-Boston avançait lentement. Elle avait rendez-vous à 2 heures avec Carter Malloy, au bureau de ce dernier. Gordon avait tout arrangé, et Jessica n'avait pu refuser.

Avait-elle pris une bonne décision ? Elle se sentait terriblement nerveuse. Toutes les inhibitions qu'elle avait ressenties durant son enfance reprenaient le dessus. Elle avait de nouveau l'impression d'être une petite fille un peu gauche, timide et pas très jolie...

Mais elle devait faire ses preuves vis-à-vis de Gordon. Ce dernier avait paru un peu sceptique quant aux capacités de la jeune femme à diriger un consortium. Elle devait lui montrer qu'elle était capable d'accomplir cette tâche avec brio.

Pour ce faire, elle devait donc affronter Carter Malloy. Mais les doutes l'assaillirent de nouveau. Quand elle descendit du train, elle le détestait avec autant de force que par le passé.

Elle savait que ce n'était pas le meilleur état d'esprit pour affronter un rendez-vous important. Pour calmer sa colère, elle décida de se promener un peu, avant de se rendre au bureau de Carter. D'ailleurs, elle était en avance. Elle entra au hasard dans une librairie. Elle avait toujours aimé les livres. Leur présence la rassurait. Comme l'heure de son rendez-vous approchait, elle abandonna les rayonnages à regret.

Elle ne s'était pas changée pour son rendez-vous, et portait sa tenue de travail habituelle : une longue jupe, un chemisier de soie ivoire, une veste confortable et des talons plats. Un coup d'œil en passant devant une vitrine la rassura sur son aspect. Elle était parfaitement présentable. Ses cheveux, comme toujours, étaient indisciplinés, mais elle les avait domptés avec un foulard. De toute façon, elle n'avait pas l'intention de plaire à qui que ce soit — et à Carter moins que personne. Elle voulait simplement paraître nette et élégante. En vraie professionnelle.

Les bureaux de Carter se trouvaient dans un nouveau quartier de Boston. Jessica examina avec soin l'élégant immeuble de six étages, au rez-de-chaussée duquel se trouvaient une galerie d'art et un salon de thé. En entrant dans le hall de marbre gris, elle ne put s'empêcher d'admirer le luxe et le bon goût de l'endroit. Les affaires de Carter Malloy semblaient marcher très bien.

Comme les portes de l'ascenseur se refermaient, elle essaya désespérément de paraître détendue. Depuis cinq jours que Gordon avait prononcé devant elle le nom de Carter Malloy, elle essayait de réconcilier les deux images qu'elle avait de ce dernier : le Carter Malloy qu'elle avait connu, et le Carter Malloy qui était devenu un architecte de renom. Elle n'y était toujours pas parvenue quand elle arriva à la réception, une belle pièce meublée avec goût.

— Mon nom est Jessica Crosslyn, dit-elle à la réceptionniste avec une assurance qu'elle était loin de ressentir. J'ai rendez-vous à 2 heures avec M. Malloy.

— Asseyez-vous, lui proposa la belle femme de quarante ans qui l'avait accueillie. M. Malloy a été retardé par une réunion. Il devrait être là dans dix minutes.

« J'aurais dû m'en douter ! » songea immédiatement Jessica. C'était bien le genre de Carter de la faire attendre. Il testait ainsi son pouvoir…

Une fois de plus, elle regretta que Gordon ne l'accompagne pas. Elle aurait aimé lui prouver que Carter n'avait pas réellement changé. Mais Gordon n'avait pas voulu venir.

Refusant la proposition de la réceptionniste d'un geste de la tête, Jessica commença à faire les cent pas. Lentement, elle s'approcha des immenses dessins qui étaient accrochés au mur. Elle dut admettre que si la réalité était fidèle aux plans qu'elle avait sous les yeux, Carter faisait du bon travail. Si elle avait pu rayer le premier terme du nom de la firme — Malloy et Goodwin

— elle aurait été tout à fait emballée. Mais ce nom de Malloy semblait la narguer sur tous les dessins. Irritée, elle détourna le regard et finit par s'asseoir dans un gros fauteuil.

Quelques instants plus tard, les portes d'un bureau s'ouvrirent et quatre hommes engagés dans une vive discussion en sortirent. Jessica eut le temps de les examiner avant qu'ils ne s'aperçoivent de sa présence. Gordon lui avait dit que Carter Malloy avait beaucoup changé. Mais pas un seul de ces hommes ne ressemblait à l'adolescent qu'elle avait connu.

Un peu gênée, elle prit un magazine et fit mine de le feuilleter. Si Carter était dans le groupe, il aurait fini par la reconnaître. Essayant de paraître sûre d'elle-même, Jessica ne put s'empêcher d'écouter leur discussion animée. Ils parlaient d'un contrat avec la municipalité de Boston qui semblait mettre en jeu des centaines de milliers de dollars. A la dérobée, elle les examina. L'un d'entre eux semblait faire partie du cabinet de Carter, les autres appartenaient manifestement à une entreprise de bâtiment. Elle allait se désintéresser de leur conversation quand soudain la porte du bureau s'ouvrit sur Carter Malloy. Il serra la main des quatre hommes qui se tenaient devant lui et, après un coup d'œil interrogateur en direction de la réceptionniste, se tourna vers Jessica.

L'espace de quelques secondes, celle-ci sentit les battements de son cœur s'accélérer. C'était indiscutablement Carter Malloy qui se tenait devant elle. Mais il était… méconnaissable. Plus grand, plus carré, plus élégant, aussi. Il portait un costume de tweed, une chemise bleu pâle et une cravate de soie ornée de motifs discrets. Ses cheveux noirs, autrefois rebelles, étaient coupés plus court, et soigneusement ramenés en arrière. Ses traits s'étaient affinés, le rictus insolent qu'il arborait par le passé s'était transformé en une expression d'assurance tranquille.

Hélas ! Gordon avait raison…, songea Jessica, mal à l'aise. Carter n'était plus l'adolescent disgracieux qu'il avait été autrefois. Il était même devenu… terriblement séduisant. La jeune femme se demanda comment elle allait supporter cette nouvelle situation.

Mais elle ne pouvait décemment s'enfuir en courant… Que penserait Gordon ? Le projet serait à l'eau.

Essayant de faire bonne figure, elle se leva comme Carter venait dans sa direction.

— Jessica ? dit-il d'une voix grave et virile.

Le cœur battant, elle lui serra la main.

— Je suis vraiment désolé pour ce retard…, poursuivit-il en la fixant de son regard étincelant. J'espère que je ne t'ai pas fait attendre trop longtemps…

Lentement, Jessica fit signe que non. Elle se sentait incapable de proférer le moindre mot. Pourquoi se sentait-elle si gauche, si empruntée ?

— Entre, je t'en prie…, dit-il en désignant d'un geste la porte de son bureau.

De nouveau, elle acquiesça en silence. Quand il lui ouvrit la porte et s'effaça pour la laisser passer, elle ne put s'empêcher de lui jeter un regard surpris. Le Carter Malloy qu'elle avait connu aurait été incapable de galanterie. Quand elle découvrit son immense bureau, elle eut le souffle coupé.

Immédiatement, Carter lui tendit une chaise. Jessica s'y assit avec soulagement. Son cœur battait si vite qu'elle avait l'impression d'être au bord de l'évanouissement. Rapidement, Carter fit le tour du grand bureau de chêne qui occupait le milieu de la pièce et s'installa en face d'elle.

— Alors, tu as perdu ta langue ? demanda-t-il avec le sourire narquois qu'elle lui avait toujours connu.

Jessica se sentit presque soulagée. Le nouveau Carter Malloy la déconcertait plus que l'ancien. Ses sarcasmes étaient presque plus faciles à supporter que son charme.

— Non, je n'ai pas perdu ma langue, répondit-elle froidement. Mais je n'ai pas l'habitude de parler pour ne rien dire.

Elle le défia du regard.

— Gordon t'a-t-il indiqué la raison de ma visite ? poursuivit-elle.

Carter haussa les épaules avec nonchalance et, au lieu de répondre à sa question, demanda :

— Comment vas-tu ? Cela fait si longtemps que nous ne nous sommes pas vus…

— Je vais très bien, merci.

— Tu as l'air en pleine forme.

Pourquoi avait-il fait cette remarque ? Elle en fut presque gênée.

— Je n'ai pas changé, répondit-elle. Contrairement à toi…

— Heureusement…, murmura-t-il sans la quitter des yeux.

Son regard passait tour à tour de l'amusement à la franche curiosité. Jessica aurait préféré y retrouver le mépris qu'elle y lisait autrefois. Elle aurait été moins déconcertée.

Détournant son regard au prix d'un effort, elle s'éclaircit la gorge.

— J'ai décidé de faire quelques changements à Crosslyn Rise, dit-elle avec détermination.

Elle s'interrompit. Avant qu'elle ait eu le temps de poursuivre, Carter dit :

— Je suis vraiment désolé, pour la mort de ton père.

« Vraiment ? » ne put-elle s'empêcher de songer intérieurement. Mais elle se contenta de hocher la tête en signe de remerciement.

— En tout cas, je suis l'unique héritière de Crosslyn Rise, dit-elle, et la maison s'abîme de plus en plus.

Elle se refusa à avouer franchement à Carter qu'elle manquait d'argent pour effectuer les réparations.

— J'aimerais en faire quelque chose de plus commode, de plus facile à gérer, poursuivit-elle. C'est Gordon qui m'a suggéré de prendre contact avec toi. Pour tout t'avouer, cette idée ne me plaisait guère.

Elle le fixa avec attention, prête à observer sa réaction. Mais au lieu de protester, il demeura impassible.

— Pourquoi ? demanda-t-il calmement.

— Nous ne nous sommes jamais tellement appréciés…, répondit-elle avec franchise. Travailler ensemble pourrait se révéler difficile.

— Qu'est-ce qui te fait penser que nous allons rester en mauvais termes ? demanda-t-il.

— Il y a si longtemps que nous ne nous sommes pas vus !

— C'est pour reprendre contact avec moi que tu es là aujourd'hui.

— Oui…, répondit-elle d'un ton hésitant. Je ne savais pas si je devais croire ce que m'avait dit Gordon à ton sujet.

Son regard fit rapidement le tour de la pièce. Elle observa l'immense bureau d'architecte sur lequel étaient étalés des plans et des instruments de travail.

— Tout cela ne correspond guère à l'image de l'homme que j'ai connu, murmura-t-elle.

— Celui que tu as connu n'était pas un homme, ce n'était qu'un adolescent. Combien d'années se sont écoulées depuis que nous nous sommes vus pour la dernière fois ?

— Dix-sept, répondit-elle sans hésiter.

Voyant une lueur de satisfaction luire dans son regard, elle s'en voulut d'avoir répondu aussi rapidement.

— Tu ne savais pas que j'étais architecte ?

— Comment aurais-je pu le savoir ?

— Je ne sais pas, répondit-il avec un haussement d'épaules. Par des amis communs.

— Ah oui ? fit-elle d'un ton sarcastique. Je ne crois pas que nous ayons beaucoup d'amis communs…

— Tu parles exactement comme la Jessica que j'ai connue autrefois… Dure, arrogante… Mais les choses ont changé, Jessica. Je me suis fait une place au soleil. Et nous avons des amis communs. Gordon, par exemple…

— Gordon n'avait aucune raison de me tenir au courant de tes faits et gestes, répondit-elle sèchement. La dernière fois qu'on m'a parlé de toi, tu volais des voitures.

Le visage de Carter se durcit.

— C'est vrai, j'ai commis quelques erreurs quand j'étais plus jeune…, murmura-t-il. Et j'en ai payé le prix ! J'ai dû partir de zéro. Personne n'était là pour m'aider, mais j'ai réussi à obtenir ce que je voulais.

— Combien de personnes as-tu escroquées en cours de route ?

— Aucune à partir du moment où j'ai pris de bonnes résolutions, beaucoup avant cela, admit-il, le visage sombre. C'est pour cette raison que j'ai bouleversé mon emploi du temps quand Gordon m'a parlé de toi. Tu étais une vraie garce quand tu étais plus jeune, mais je dois reconnaître que je soufflais sur le feu…

— Une vraie garce ? s'exclama Jessica, offusquée. Merci !

— J'étais en partie responsable, je l'admets. Mais tu étais une petite garce, Jessica. Sois honnête avec toi-même. Tu montais sur tes grands chevaux dès que tu me voyais.

— T'es-tu jamais demandé pourquoi ? Tu étais horriblement désagréable avec moi. En ta présence, j'étais en permanence sur mes gardes. J'essayais de me protéger…

Plutôt que de poursuivre la discussion, Carter se leva brusquement et commença à faire les cent pas.

— Mes parents t'envoient leur bonjour, dit-il au bout d'un moment.

— Tu leur as dit que nous avions rendez-vous ? demanda-t-elle, étonnée.

— Oui, je les ai eus au téléphone hier soir.

Voyant que Jessica paraissait toujours aussi incrédule, il ajouta :

— Ça m'arrive de temps en temps…

— Tu étais si méchant avec eux, autrefois…

— Je sais, répondit-il en détournant le regard.

— Mais pourquoi ? Ils étaient si gentils… Comme j'aurais aimé avoir des parents aussi doux et bienveillants ! Et tu les traitais comme des moins que rien…

— C'est facile d'admirer les parents des autres quand on ne vit pas avec eux, répondit-il d'une voix neutre. Mais tu ignores comment les choses se passaient réellement, Jessica. Mes relations avec mes parents ont toujours été très complexes.

Il s'interrompit un instant et ajouta d'un ton plus chaleureux :

— En tout cas, ils veulent tout savoir sur toi — où tu travailles, si tu es mariée, si tu as des enfants, comment va Crosslyn Rise…

Jessica n'avait aucune envie de discuter de sa vie privée avec Carter. Elle était certaine qu'il en profiterait pour se moquer d'elle une nouvelle fois…

— Je vais te dire comment va Crosslyn Rise, dit-elle pour écarter les sujets dangereux. La maison est toujours aussi magnifique mais elle vieillit. Il n'y a que deux solutions : soit j'emprunte une grosse somme d'argent pour effectuer les réparations nécessaires, soit je transforme complètement la propriété. C'est pour te parler des transformations que je suis ici.

Carter se rassit derrière son bureau et fixa Jessica avec attention.

— Je t'écoute, dit-il.

« Je ne dois pas flancher ! » songea Jessica. Elle savait qu'elle devait surmonter ses sentiments à l'égard de Carter si elle voulait sauver Crosslyn Rise.

— Je ne sais pas ce que Gordon t'a dit, commença-t-elle d'une voix posée, mais j'ai l'intention de faire de Crosslyn Rise un ensemble résidentiel, en faisant construire des maisons individuelles dans le parc, en transformant la grande maison en centre de loisirs, et en installant un port de plaisance sur la plage.

Visiblement, Gordon n'avait pas donné de détails à Carter. Le visage de ce dernier exprimait un sincère étonnement.

— Pourquoi veux-tu faire cela ? murmura-t-il.

— Parce que Crosslyn Rise est une propriété beaucoup trop grande pour moi.

— Alors vends-la.

— J'y ai pensé, mais le marché n'est pas porteur, en ce moment.

— Il faut du temps, parfois, pour trouver le bon acheteur…

« Je n'ai pas de temps devant moi… », répondit-elle intérieurement.

— Ça pourrait prendre des années, dit-elle à voix haute, et je veux agir avant qu'il ne soit trop tard.

— Mais pourquoi tant de précipitation ? Crosslyn Rise appartient à ta famille depuis des générations. Quelques années ne sont rien au regard de ce glorieux passé !

Jessica aurait préféré que Carter ne discute pas son projet. Pas plus que lui, elle n'appréciait ce qu'elle était en train de faire.

— Il est temps de considérer quelques aménagements, déclara-t-elle tout bas.

— Mais une résidence ! Pourquoi une résidence ?

— Parce que la seule alternative serait de vendre le terrain en lots, ce qui serait encore pire ! Avec une résidence, j'aurai un droit de regard sur les décisions qui seront prises…

— Es-tu certaine que ce soit la seule solution ?

— Tu as une meilleure idée ?

— Bien sûr ! Vends à une institution — une école, une colonie de vacances, quelque chose dans ce genre…

— Aucune institution ne veillera correctement à Crosslyn Rise. Imagine un parking et des poubelles dans le parc !

— Et pourquoi ne vendrais-tu pas à la ville ? Elle pourrait en faire un musée. Et tu aurais sans doute droit à des réductions d'impôts…

— Mon but n'est pas de payer moins d'impôts. De plus, la ville est peut-être riche, mais pas à ce point ! Tu te rends compte de ce que coûte l'entretien annuel de Crosslyn Rise ?

Jessica s'arrêta net. Elle était bien décidée à ne pas évoquer devant Carter ses problèmes financiers.

— La ville finirait fatalement par vendre, conclut-elle. Et je n'aurais plus mon mot à dire.

— Mais… une résidence !

— Pourquoi pas ? insista-t-elle.

— Parce que Crosslyn Rise est une propriété magnifique. C'est l'endroit le plus beau, le plus magique, le plus merveilleux que j'aie jamais connu ! Et j'ai de l'expérience dans ce domaine ! Je ne comprends pas que tu puisses envisager de te séparer de Crosslyn Rise !

— Mais je n'ai pas le choix ! gémit-elle.

— Tu n'as pas les moyens de l'entretenir ?

— Oui, c'est exactement cela…, murmura-t-elle en baissant les yeux.

Le ton de sa voix trahissait sa défaite. Elle s'était humiliée — et devant Carter Malloy !

— Comme je te l'ai expliqué, la maison vieillit, reprit-elle bravement. Pendant des années, on n'a pas effectué les réparations nécessaires. Il faudrait maintenant un investissement gigantesque pour tout remettre à neuf…

— Ton père a laissé pourrir la situation.

— Ce n'était pas sa faute. Son esprit était ailleurs, et ma mère n'osait pas l'accabler de soucis matériels.

Elle s'arrêta un instant, hésitant à tout avouer. Mais il le fallait.

— Nous n'étions pas riches…, dit-elle.

— Tu plaisantes ? murmura Carter, incrédule.

— Non, rétorqua-t-elle sèchement. Je ne plaisanterais pas sur un sujet aussi sérieux.

— Tu n'as jamais beaucoup plaisanté, de toute façon. Craindrais-tu qu'un sourire ne défigure ton joli minois ?

L'espace d'une seconde, Jessica le dévisagea avec haine.

— Tu n'as pas changé ! s'écria-t-elle en se levant brusquement. Je n'aurais jamais dû venir ici. Je savais que c'était une erreur.

Elle allait sortir du bureau quand Carter la retint par le bras.

— Ne t'en va pas, dit-il calmement. Je suis désolé de t'avoir offensée. J'ai essayé de corriger ma tendance à dire les choses sans réfléchir, mais je vois que j'ai encore des progrès à faire…

Tout à coup, Jessica se sentit terriblement embarrassée. Non par son éclat, ni par les excuses de Carter, mais tout simplement à cause du charme dévastateur de ce dernier. Il la fixait de son regard de braise. Ses lèvres sensuelles et légèrement gonflées semblaient inviter au baiser.

— Je continue à penser que je fais une erreur, murmura-t-elle. Je ne sais pas si je parviendrai à travailler avec toi.

— Mais j'aime Crosslyn Rise…

— C'est ce que dit Gordon. Mais peut-être aimes-tu surtout

l'idée de me priver de Crosslyn Rise ! Tu as toujours été très jaloux…

Contrairement à ce qu'elle attendait, Carter ne protesta pas. Il se contenta de la regarder calmement, pensivement.

— Quand j'étais plus jeune, j'ai été très jaloux d'un certain nombre de gens qui possédaient des choses que je n'avais pas…, dit-il avec un demi-sourire. J'étais stupide. Bien sûr, j'achèterais Crosslyn Rise si j'en avais les moyens — parce que c'est un endroit que j'adore. Mais je ne suis pas suffisamment riche. Nous sommes sur un pied d'égalité, Jessica.

Il s'interrompit, attendant la réaction de la jeune femme. Celle-ci savait que ce qu'il disait était parfaitement raisonnable.

— Est-ce que ça t'ennuie, Jessica ? Peux-tu me considérer comme un égal ?

— Toi et moi sommes très différents l'un de l'autre.

— Je ne dis pas le contraire. Mais nous sommes égaux. Financièrement, du moins.

— Il me semble même que tu réussis mieux que moi dans ce domaine, dit-elle ironiquement.

— Mais tu possèdes Crosslyn Rise. La propriété a beaucoup de valeur.

Jessica haussa les épaules. Carter la prit doucement par le bras.

— Rassieds-toi…, murmura-t-il. S'il te plaît ! Discutons…

Jessica ne comprit pas pourquoi elle se laissa faire. Etait-ce à cause de la gentillesse de Carter, de la façon dont il avait dit si tendrement « s'il te plaît » ? Elle aurait été bien en peine de le dire. De toute façon, il bloquait la porte. Et elle se sentait gagnée par la curiosité. Ce Carter Malloy, si différent de celui qu'elle avait connu, l'intriguait…

Sans un mot, elle retourna s'asseoir. Au lieu de s'installer derrière son bureau, Carter prit une chaise et s'assit à côté d'elle. Cette présence la troublait plus qu'elle ne l'aurait voulu. Mais elle essaya de concentrer ses pensées sur Crosslyn Rise.

— Construire une résidence ne me plaît pas tellement non plus, avoua-t-elle. Mais si les maisons sont en nombre limité, si elles sont bien réparties, si la plage n'est pas abîmée, le résultat final ne sera pas trop décevant. En tout cas, la propriété sera préservée. Les résidants paieront très cher le droit de vivre dans un endroit aussi beau. Ils se sentiront concernés.

— Tu enseignes toujours ?

— Je... oui, répondit Jessica, décontenancée par ce brusque changement de sujet.

— Tu ne t'es pas remariée ?

— Comment sais-tu que j'ai été mariée ?

— Par mes parents. Ils sont restés en contact avec ta mère. Mais ils ont cessé d'avoir des nouvelles de la famille quand elle est morte.

— Papa n'était pas très... sociable. Et je ne vaux guère mieux, j'en ai bien peur. Comment vont tes parents ?

— Très bien, répondit-il d'un ton léger. Le climat du Sud est excellent pour l'arthrite de maman et permet à papa de cultiver son jardin toute l'année.

— Tu les vois souvent ?

— Trois ou quatre fois par an. J'ai beaucoup de travail.

— Un architecte ! murmura Jessica en hochant la tête. J'ai encore du mal à le croire...

— Pourquoi ? Tu t'attendais à ce que je fasse quel métier ?

— Je ne sais pas... Joueur de billard professionnel... Escroc...

— J'ai sans doute mérité ce jugement, acquiesça-t-il à voix basse.

— Oui.

Elle ne l'avait pas quitté des yeux. Elle ne put s'empêcher de penser qu'en le provoquant un peu, il redeviendrait sûrement le petit vaurien de jadis. Mais il restait tranquillement assis, la scrutant d'un regard interrogateur.

— Pourquoi fais-tu cela ? demanda-t-elle, excédée.

— Que veux-tu dire ?

— Pourquoi me regardes-tu de cette façon ?

— Parce que tu as changé. Mais je n'arrive pas à savoir de quelle manière.

— J'ai vieilli, c'est tout.

— Peut-être..., admit-il, l'air dubitatif.

Le silence retomba. Jessica se sentait de plus en plus mal à l'aise. Pourquoi ? songea-t-elle soudain avec irritation. C'est Carter qui aurait dû se sentir mal à l'aise, pas elle !

— J'ai un rendez-vous à 4 heures à Harvard, dit-elle. Je crois que nous ferions mieux de parler affaires. Gordon m'a dit que tu étais le meilleur architecte que je puisse trouver.

Elle désigna du doigt des plans accrochés au mur.

— C'est toi qui les a faits ou tes assistants ?

— C'est moi.

— Et ceux qui sont dans l'entrée ?

— Certains sont de moi, d'autres de mes assistants.

— Qui est Goodwin ?

— Mon associé. Nous nous sommes rencontrés à New York. Il est spécialisé dans le commercial, moi dans le résidentiel. Nous nous complétons parfaitement.

— Etait-il parmi les hommes qui sont sortis de ton bureau tout à l'heure ?

— Non.

— Es-tu le directeur du cabinet ?

— Tu veux savoir si c'est moi qui apporte le plus d'argent ? Ça dépend des années...

— As-tu envie de travailler pour Crosslyn Rise ?

— Pas particulièrement. Je préfère être honnête avec toi : j'aimerais que la propriété soit conservée telle qu'elle est. Mais si tu n'as pas d'argent pour l'entretenir, il faut trouver une solution. Et si tu insistes pour faire construire une résidence, autant que ce soit moi qui le fasse.

— Pourquoi ? demanda sèchement Jessica. Par souci de vengeance ?

— Crois-tu vraiment que je risquerais ma position en défigurant exprès Crosslyn Rise ? soupira-t-il. Ecoute, Jessica, je sais que j'ai été un bon à rien...

— Pire que ça.

— D'accord, si tu insistes. Mais j'ai changé. Et j'aime Crosslyn Rise. Jamais je ne pourrai abîmer cet endroit merveilleux.

Jessica aurait préféré qu'il ne lui parle pas avec autant d'émotion. Etait-il sincère ou jouait-il la comédie ? Elle était incapable de trancher. Mais elle pouvait difficilement refuser de collaborer avec lui.

— Crois-tu que mon projet soit viable ? demanda-t-elle.

— Oui.

— Voudrais-tu commencer à dessiner quelques croquis ?

— Pour cela, il faudrait que tu précises tes idées. J'ai besoin d'avoir un plan de la propriété. Et de toute façon, je dois me rendre sur place. Je ne suis pas allé à Crosslyn Rise depuis bien longtemps.

Jessica acquiesça. Elle savait qu'il avait raison. Et elle lui en voulait presque d'être si détendu, si professionnel — si mâle... Elle était furieuse contre elle-même d'être si sensible à son charme.

— Je dois partir, dit-elle en se levant brusquement.

— Mais... nous n'avons rien décidé, encore !

Il s'était levé, lui aussi. Lentement, Jessica se dirigea vers la porte.

— Si, nous avons décidé d'élaborer ensemble un projet. Je vais te procurer un plan de la propriété, et tu viendras ensuite à Crosslyn Rise. Peut-être devrais-tu prendre rendez-vous avec Gordon. Il te parlera des aspects financiers du projet.

— Suis-je engagé ? demanda-t-il en lui ouvrant la porte.

— Je ne sais pas encore.

— Quand nous reverrons-nous ?

— Je t'appellerai, répondit-elle en se dirigeant vers l'ascenseur.

Carter marchait à côté d'elle.

— Ne pourrions-nous pas convenir d'un rendez-vous dès maintenant ?

— Non, je n'ai pas mon emploi du temps sous les yeux.

— Tu es donc si occupée ?

— Oui. Les examens approchent, et je suis toujours débordée, à cette période de l'année.

Cette explication parut soulager Carter. Jessica se sentait de plus en plus troublée par sa présence. Il était trop séduisant, trop masculin…

— Tu penseras à me téléphoner ? demanda-t-il en appelant l'ascenseur pour elle.

— Oui, je t'ai dit que je le ferai.

— Tu as mon numéro ?

— Oui.

— Puis-je avoir le tien ?

Lentement, Jessica fouilla dans son sac pour chercher un papier et un crayon. Elle avait à peine eu le temps de griffonner son numéro que déjà les portes de l'ascenseur s'ouvraient. Elle allait entrer dans la cabine quand soudain elle entendit la voix de Carter.

— Jessica ?

Elle leva les yeux vers lui.

— Ça m'a fait très plaisir de te revoir…, murmura-t-il.

Jessica frissonna. Elle songea soudain qu'elle aurait peut-être mieux fait de ne jamais revoir Carter Malloy.

3

Il n'aurait su dire pourquoi, mais Carter avait éprouvé un réel plaisir à revoir Jessica. Enfant, celle-ci était insupportable, arrogante, égoïste. Il l'avait longtemps détestée. Son plus grand plaisir avait été de la rabaisser dès qu'il en avait eu l'occasion. Il savait qu'il avait été cruel avec elle.

Et visiblement, elle s'en souvenait très bien… Elle n'avait eu aucune envie de reprendre contact avec lui, il le savait. Mais elle avait accepté ce rendez-vous pour sauver Crosslyn Rise, ce qui en disait long sur l'attachement qu'elle avait pour la propriété. Pour en savoir plus, Carter décida d'appeler Gordon dès que Jessica eut quitté son bureau.

En arrangeant leur rendez-vous, Gordon avait été particulièrement avare de détails, expliquant simplement que Jessica voulait rencontrer Carter pour discuter d'un projet concernant Crosslyn Rise. Quand les deux hommes furent en ligne, Gordon se montra un peu plus clair. Sur les questions pressantes de Carter, il admit que le projet posait des problèmes financiers et qu'il avait l'intention de former un consortium. Il insista sur la volonté de Jessica de tout diriger. Il alla même jusqu'à souligner l'importance du rôle que pourrait avoir Carter au sein du consortium.

Carter avait été sincère en avouant qu'il aurait préféré ne pas toucher à Crosslyn Rise. Mais une fois qu'il eut admis la nécessité du changement, il ne fut pas mécontent à l'idée qu'il en serait certainement le maître d'œuvre. Les raisons de cette satisfaction étaient troubles. Il ne pouvait se cacher à lui-même qu'il assouvissait en partie un désir de vengeance. Lui, le fils de l'ancien jardinier du domaine, avait réussi sa carrière au point de présider aux destinées de Crosslyn Rise…

Mais il n'y avait pas que cela. Financièrement, le projet était une excellente affaire. Il en retirerait une belle somme d'argent, qui lui permettrait d'agrandir considérablement le champ de ses opérations. Le cabinet Malloy et Goodwin marchait très bien, mais avec l'argent que lui rapporterait l'aménagement de Crosslyn Rise, il serait en mesure de financer des projets moins lucratifs, mais plus artistiques, qui lui tenaient à cœur. Le capital de départ serait agrandi. Il pourrait travailler avec une équipe plus nombreuse.

Mais surtout, ce projet lui permettrait de voir Jessica plus souvent… Cette pensée ne le quitta pas de l'après-midi.

C'était incroyable, mais il avait terriblement envie de la revoir. Jessica ne ressemblait en rien aux femmes qu'il fréquentait habituellement. Elle n'était pas de ces beautés torrides qui font se retourner tous les hommes sur leur passage. Mais à la fin de leur courte entrevue, il avait ressenti un trouble soudain en sa présence. Sans doute à cause de leur passé commun… La tension qui existait toujours entre eux n'était pas pour le refroidir, bien au contraire…

Les émotions étaient venues par bouffées — la colère et le ressentiment, l'arrogance et l'embarras. Carter ne pouvait s'empêcher de rougir en songeant à ce qu'il avait dit et fait bien des années auparavant. Jessica était telle que dans son souvenir — quoique différente. Plus âgée, certes, mais l'âge n'avait en rien altéré la pureté de ses traits. Sa peau était restée lisse et douce comme une peau d'enfant, sa chevelure était plus docile, ses mouvements plus gracieux — malgré sa nervosité… Carter devinait que c'était à cause de lui, qu'elle avait semblé si tendue. Pourtant, il avait fait le maximum pour détendre l'atmosphère.

Il commençait à comprendre ce qu'il souhaitait réellement : que Jessica voie en lui l'homme qu'il était devenu et non l'adolescent qu'il avait été. Il voulait refermer une bonne fois pour toutes le livre de son passé. Il voulait qu'elle l'accepte. Il savait qu'il n'aurait pas entièrement vaincu son passé tant qu'il n'aurait pas conquis cette jeune femme…

Jessica essaya désespérément de ne pas penser à son entrevue avec Carter — mais en vain. Elle fit tout son possible pour rester occupée — ce qui n'était pas très difficile à cette période de l'année. Elle décida d'ignorer le trouble qui s'emparait d'elle chaque fois qu'elle repensait à Carter. Elle devait à tout prix garder les idées claires.

Elle n'était pas particulièrement fière de la façon dont elle s'était conduite avec lui, à l'occasion de leur rendez-vous. Elle avait été arrogante, dure, désagréable. Carter, en revanche, était resté charmant. Son sourire était dévastateur. Ce sourire l'avait troublée, effrayée, excitée — et lui avait fait clairement comprendre qu'il ne serait pas facile de travailler avec Carter Malloy. Mais pas pour les raisons qu'elle avait crues au départ…

Au bout de deux jours, elle décida de l'appeler. Elle avait choisi un jeudi après-midi, juste après une réunion du conseil de l'université. Elle aimait ce genre de réunion. Elle appréciait ses collègues, ceux-ci la respectaient. Dans le domaine universitaire, elle était reconnue à sa juste valeur. Ce sentiment de confiance en soi lui parut de bon augure pour appeler Carter.

— Carter ? Jessica Crosslyn à l'appareil, dit-elle.

— Il était temps que tu appelles ! la réprimanda-t-il en riant. Je pensais que tu avais changé d'avis !

Jessica fut un peu décontenancée par ce ton badin. Elle n'avait jamais eu l'occasion d'échanger des plaisanteries avec Carter Malloy…

— Nous nous sommes vus il y a deux jours à peine…, plaida-t-elle.

— C'est déjà trop long.

— Il y a urgence ?

— Il y a toujours urgence quand il est question d'enthousiasme et de météo !

— D'enthousiasme ? s'enquit-elle, un peu étonnée.

— Ce projet me passionne et il se trouve que j'ai du temps pour m'en occuper. Il est rare que les deux coïncident !

— Et la météo ? Nous ne sommes pas encore en mai, la belle saison pour les constructions ne commencera pas avant longtemps…

— Oui, mais il y a des tas de choses à régler avant le début des travaux. Le temps de faire les plans, de réunir les investisseurs, d'engager le constructeur, nous serons déjà en septembre ou en octobre, si nous ne mettons pas les bouchées doubles… Gordon m'a exposé ses intentions pour l'organisation financière. Il m'a aussi expliqué que tu souhaitais superviser le plan d'ensemble, avant que nous prenions contact avec les investisseurs.

— Cela pose un problème ? demanda-t-elle immédiatement.

— Tout dépend de ce que tu penseras de mon projet, répondit Carter, ironique.

Il ajouta aussitôt :

— Je ne fais que plaisanter.

— Je n'en suis pas si sûre…, murmura Jessica, sur la défensive.

— Bien sûr que si ! la rassura Carter. Quand un client me paie pour faire un travail, je lui fournis ce qu'il désire.

— Même si ce qu'il désire est hideux ?

— Dans ce cas, je refuse le contrat.

— Ainsi, tu es certain que le client aimera ce que tu as fait…, insista-t-elle.

— Je ne peux jamais en être certain. De toute façon, je pars du principe que si ce client est venu me trouver, c'est parce qu'il aime mon travail.

— Comment puis-je savoir si j'aime ton travail ? Je n'ai jamais rien vu de toi, remarqua-t-elle sèchement.

— Je t'aurais volontiers montré quelques dessins, l'autre jour, répliqua-t-il sur le même ton, mais tu semblais pressée de regagner ta précieuse tour d'ivoire…

— Oui, c'est vrai, admit-elle, soudain lasse de lutter. Mais je ne saurais dire pourquoi… Je ne crois pas que nous puissions travailler ensemble, Carter. Nous nous entendons comme chien et chat…

— Il n'est jamais facile de perdre de vieilles habitudes. Excuse-moi. Ce que j'ai dit était stupide.

— J'étais pressée parce que j'avais un rendez-vous, admit-elle. Mais ce que tu appelles ma tour d'ivoire est une université très cotée sur le marché du travail. Dans mes séminaires j'ai formé des gens qui sont maintenant des interprètes officiels à Moscou ou à Berlin. Je suis peut-être une intellectuelle, mais je n'ai pas la tête dans les nuages…

— Je sais, répondit Carter d'un ton neutre. Je suis désolé. Mais j'aimerais beaucoup te revoir pour discuter de notre projet. Dis-moi quel jour t'arrange. Si j'ai des rendez-vous, je m'efforcerai de les déplacer.

Jessica dut reconnaître qu'il faisait beaucoup d'efforts pour se montrer accommodant. Jetant un coup d'œil à un calendrier, elle constata que toutes ses journées étaient lourdement chargées. Elle allait proposer à Carter de remettre leur rendez-vous à la fin des examens, mais elle se rappela soudain ce qu'il avait dit à propos de la météo. Elle voulait que les travaux commencent le plus vite possible. Plus elle attendrait, plus la situation serait douloureuse pour elle.

— Je suis libre mardi matin jusqu'à midi, dit-elle. Veux-tu venir à Crosslyn Rise ?

Carter se sentit gagné par un véritable sentiment d'enthousiasme. Il n'était pas retourné à Crosslyn Rise depuis des années… Il avait un rendez-vous ce matin-là, mais il décida immédiatement de l'annuler, comme il l'avait promis.

— Mardi matin, parfait, répondit-il. A quelle heure ?

— Est-ce que 9 heures te conviendrait ?

— Oui, très bien. J'aimerais bien que d'ici là tu couches tes idées sur le papier, afin que nous puissions en discuter en détail. Si tu as vu des photos qui te plaisent dans des magazines, découpe-les. Je ferai un meilleur travail si tu me dis exactement ce que tu souhaites…

Jessica ne put qu'admirer son professionnalisme.

— Au fait, dit-elle, tu m'as demandé un plan du domaine, mais je n'en ai pas trouvé.

— Il y a sûrement des plans à la mairie… Mais ne t'inquiète pas pour ça, je m'en occupe. Contente-toi de réfléchir à ce que tu désires. D'accord ?

— D'accord.

— A mardi, alors.

— Au revoir, Carter…

Jessica passa dix bonnes minutes à se demander si elle devait faire du café ou non. Carter aurait sans doute pris sont petit déjeuner avant de venir à Crosslyn Rise. Mais peut-être aurait-il envie d'en boire de nouveau une tasse… Soudain, elle se sentit complètement idiote. Après tout, elle n'avait rendez-vous qu'avec Carter Malloy…

Mais Carter Malloy avait changé. Il avait grandi, mûri. Il était devenu architecte. L'idée qu'il allait venir chez elle la mettait mal à l'aise. Et pourtant, c'était lui qui allait décider du destin de Crosslyn Rise. Elle ne pouvait s'empêcher de lui en être reconnaissante. Quant aux sentiments plus troubles qu'il provoquait en elle… Elle préférait ne pas y penser.

Il arriva à 9 heures pile et gara sa voiture devant le porche orné de lierre. Le cœur battant, Jessica ouvrit la porte d'entrée. Elle le regarda gravir les marches. Quand il fut parvenu à sa hauteur, il murmura :

— C'est extraordinaire…

— Quoi donc ? demanda-t-elle, surprise.

— De revenir ici. Je n'avais pas vu ce domaine depuis des années… J'avais oublié à quel point Crosslyn Rise est magnifique…

— Magnifique peut-être, mais en ruine ! Crosslyn Rise a perdu toute sa splendeur…

— Mais non ! Crosslyn Rise ne perdra jamais sa splendeur ! La maison est peut-être un peu décatie, mais ça ne change rien !

— C'est l'architecte qui parle ? demanda-t-elle, amusée par son enthousiasme.

— Non, c'est mon opinion personnelle.

Le regard de Carter se posa sur le salon. C'était une pièce immense, éclairée par de grandes portes-fenêtres. Les rayons du soleil matinal dansaient joyeusement sur le manteau sculpté de la cheminée.

— J'ai toujours adoré cet endroit…, murmura-t-il.

— Je n'en doute pas un instant, rétorqua-t-elle avec une sécheresse involontaire.

— Ça t'ennuie de me voir ici ? demanda-t-il aussitôt, en posant sur elle son regard moqueur. Cela choque ta sensibilité de jeune fille de bonne famille ? Tu aimerais mieux que je reste près de la maison du jardinier, c'est ça ?

— Non, pas du tout, répondit Jessica, gênée. Je suis désolée. Je me rappelais juste que…

— Tu as tort de songer au passé. De toute façon, comment peux-tu savoir ce que je ressentais quand j'étais plus jeune ? J'ai toujours aimé cet endroit !

— Et tu me haïssais parce que j'habitais cette maison…

— Cela n'a rien à voir. J'aime Crosslyn Rise, j'ai le droit de le dire. Ou peut-être préférerais-tu que je taise mes sentiments ?

— En es-tu capable ? ricana-t-elle.

— Bien sûr. Mais sans doute pas aussi bien que toi… On ne sait jamais ce que tu penses.

Jessica se mit à trembler. Carter était sur le point de répéter des paroles qu'il avait prononcées des années auparavant…

— C'est faux, murmura-t-elle, les larmes aux yeux.

— Non, c'est vrai. Tu es toujours aussi froide qu'autrefois.

A peine Carter eut-il prononcé ces mots qu'il le regretta. Jessica paraissait horrifiée. Soudain, il eut peur qu'elle n'éclate en sanglots. Lentement, il lui prit la main.

— Je suis désolé, murmura-t-il. Vraiment. Excuse-moi, Jessica. Je ne sais pas pourquoi j'ai dit ça. Je ne sais pas pourquoi je suis si odieux avec toi…

Avec un haussement d'épaules, Jessica détourna son regard.

— Tu peux te défouler, si tu veux, continua-t-il. Dis-moi tout ce que tu penses de moi. Dis-moi que je suis un salaud. Dis-moi de me taire, d'aller au diable…

Jessica demeura muette. Au plus profond d'elle-même, elle savait qu'elle était dans son tort. Elle avait provoqué Carter bien plus souvent qu'il ne l'avait provoquée. Et il avait raison. Elle était froide, timide, réservée. Les paroles de Carter lui faisaient mal. Encore plus mal à trente-trois ans qu'à seize.

Lentement, elle appuya son front contre la porte d'entrée.

— J'ai passé toute ma vie à Crosslyn Rise…, murmura-t-elle d'une voix tremblante. Cette maison a toujours été pour moi un refuge, un port d'attache. Ici, on m'a toujours acceptée telle que j'étais… Et maintenant, je suis obligée de la vendre… Je souffre, Carter. Et quand je te vois… tous les souvenirs de mon enfance me reviennent. C'est pour cette raison que je suis un peu… sur les nerfs.

Carter ressentit de nouveau le trouble étrange qu'il avait éprouvé quelques jours auparavant en présence de Jessica.

Lentement, il s'approcha d'elle et la prit doucement par l'épaule.

— Je comprends très bien ce que tu ressens, Jessica, dit-il d'une voix rauque. J'aimerais avoir une solution miracle pour te permettre de rester à Crosslyn Rise, mais s'il y en avait une, je suis sûr que Gordon ou toi y auriez déjà pensé. Je te promets de faire de mon mieux, pour le projet. Mais quel que soit le résultat auquel nous parviendrons, ce ne sera plus le Crosslyn Rise que tu as connu… Tu risques de souffrir beaucoup, avant de t'habituer à cette idée…

Insensiblement, il s'était rapproché de la jeune femme et la caressait doucement. Les épaules de Jessica étaient délicieusement souples, sous son chemisier de soie.

— Mais tu souffriras beaucoup plus si nous n'arrêtons pas de nous chamailler, reprit-il. Je sais que je me suis mal comporté quand j'étais plus jeune. Si je pouvais effacer le passé, je le ferais.

D'un geste, il repoussa une mèche de cheveux qui flottait sur l'épaule de Jessica.

— Mais c'est impossible. Tout ce que je peux faire, c'est essayer de me racheter… Je n'y arrive pas toujours. Je suis quelqu'un de très spontané, de très impulsif. Mais ça, tu le savais déjà…

Il la força à tourner son visage vers lui.

— Mais j'ai mûri, je peux me raisonner, maintenant. J'en étais incapable quand j'étais plus jeune. Alors, si je te dis des méchancetés sans même m'en apercevoir, tu as le droit de me réprimander…

Jessica demeura silencieuse. La voix basse et sensuelle de Carter l'avait presque hypnotisée. Sous la pression légère de ces doigts masculins, une délicieuse chaleur engourdissait son corps.

— J'ai très envie d'obtenir ce contrat, Jessica, poursuivit-il sans la quitter du regard. Mais si tu crains de ne pas pouvoir travailler avec moi, dis-le-moi. J'abandonnerai la partie…

Du bout des doigts, il commença à caresser doucement le visage de la jeune femme. Soudain, dans un éclair de conscience, ils comprirent qu'un désir sourd était né entre eux. Le passé était oublié. Carter ne voyait plus en Jessica qu'une femme terriblement désirable, et Jessica se sentait profondément troublée par cette séduisante présence masculine.

Elle était comme paralysée. Incapable de se dégager de l'étreinte de Carter. Sa présence la rassurait. Elle se sentait protégée. Et elle avait enfin le sentiment d'être une femme.

Carter était le premier surpris de ce qu'il éprouvait pour Jessica. Jusqu'à présent, il n'avait jamais vu en elle qu'une gosse de riche, hautaine et méprisante. Mais au contact de sa peau, si douce, si fraîche… Non, son trouble avait commencé bien avant. Quand elle avait paru si désemparée, si vulnérable. Il avait eu envie de la protéger. C'était la première fois qu'il éprouvait ce genre de sentiment pour une femme. Celles qu'il avait fréquentées jusqu'à présent étaient solides, sûres d'elles-mêmes. Mais comme c'était agréable, de sentir qu'une femme avait besoin de lui… Jessica n'aurait jamais voulu l'admettre, bien sûr. Et pourtant…

Non, il ne devait pas perdre la tête. Jessica était trop fragile pour qu'il prenne le risque de la choquer. Elle semblait sur le point d'éclater en sanglots. Il la lâcha à regret.

— Je suis désolée…, murmura-t-elle en baissant les yeux. Je ne sais pas ce qui m'a pris… D'habitude, je contrôle mieux mes sentiments.

— Ça fait du bien de se laisser aller, parfois, répondit-il gentiment.

Jessica gardait les yeux baissés. Elle demeura un instant silencieuse. La délicieuse odeur masculine de Carter la troublait toujours. Puis, essayant de recouvrer ses esprits, elle dit d'une voix saccadée :

— Je… j'ai fait du café. En veux-tu une tasse ?

Mais Carter avait surtout envie d'échapper au sort que lui avait jeté l'émouvante Jessica.

— Peut-être pourrions-nous faire un tour dans le parc, proposa-t-il. Ainsi, tu pourras me préciser tes idées. Tu les as mises par écrit, j'espère…

— Oui.

— Parfait.

Soudain, Carter se rappela la finesse du chemisier de soie qu'il avait caressé quelques minutes auparavant. Jessica était vêtue d'une longue jupe de jersey, et portait des chaussures confortables, mais son chemisier ne la protégerait pas du froid matinal.

— Peut-être ferais-tu mieux de mettre un pull ou une veste, suggéra-t-il. Il fait un peu frais, dehors…

Jessica acquiesça et prit immédiatement un blazer accroché au portemanteau de l'entrée. Carter l'aurait volontiers aidée à l'enfiler si elle n'avait pas été aussi rapide. Etait-elle nerveuse, elle aussi ? Il écarta immédiatement cette pensée. Même si Jessica avait été momentanément troublée, comment aurait-elle pu éprouver du désir pour lui, Carter Malloy ? Jamais la fière Jessica Crosslyn ne s'abaisserait à cela… Carter essaya de se convaincre que ses sentiments pour Jessica n'avaient pas changé. Certes, il la voyait maintenant comme une femme… Mais cela ne signifiait pas qu'il ait eu pour elle un coup de foudre…

Ils descendirent lentement le grand escalier de pierre qui menait au parc, traversèrent l'allée centrale et gagnèrent l'immense pelouse qui s'incurvait doucement vers le rivage.

— Crosslyn Rise est vraiment splendide, à cette saison, fit observer Carter. Au printemps, tout semble neuf. Dans quelques semaines, les arbres auront des feuilles.

Il jeta un regard rapide à Jessica, qui fixait pensivement le rivage, et, bien qu'il devinât que sa question ne serait pas la bienvenue, il demanda :

— Où vivras-tu quand Crosslyn Rise sera devenue une résidence ?

Plusieurs secondes s'écoulèrent avant que Jessica réponde. Elle avait mis ses mains dans les poches de son blazer. L'air frais du matin rosissait son teint.

— Je ne sais pas, dit-elle d'une voix neutre.

— Tu resteras ici ?

— Je ne sais pas. Ce sera douloureux. Mais quitter Crosslyn Rise sera peut-être encore plus difficile… Pour tout t'avouer, je n'ai pas encore réfléchi à tout cela…

Ils s'étaient arrêtés. Carter suivit le regard de Jessica.

— Dis-moi ce que tu vois, lui suggéra-t-il.

— J'aimerais quelque chose de convivial, de joli. Une marina. Quelques boutiques. Vois-tu ces rochers en demi cercle, sur la plage ? J'imagine volontiers des bateaux, à cet endroit.

Carter n'était pas certain qu'il aurait fait lui-même les aménagements qu'elle suggérait, mais peu lui importait. Il se remit à marcher.

— Et cette petite pente gazonnée ? demanda-t-il.

— Je la laisserais telle quelle, répondit Jessica en le suivant. J'y ajouterais peut-être quelques allées, pour protéger la pelouse…

Ils descendirent la pente qui menait à la plage.

— Tu faisais de la luge, ici, tu te souviens ? fit observer Carter en souriant.

— Oui. J'avais une belle luge de bois qu'on m'avait offerte pour Noël, se rappela-t-elle.

— Elle était flambant neuve.

— Oui, parce que je ne m'en servais pas très souvent… Ce n'était pas très drôle de faire de la luge toute seule !

— Je l'aurais volontiers partagée avec toi.

— Partagée ? demanda-t-elle, sceptique.

— Euh… non, peut-être pas. Je t'aurais probablement abandonnée dans les bois sous un gros tas de neige, et j'aurais gardé la luge pour moi tout seul…

— Oui, ça me paraît plus vraisemblable, répondit-elle en souriant.

Carter ne put s'empêcher d'être ému par ce sourire. Jessica paraissait si jeune, si fragile…

— J'étais insupportable, n'est-ce pas ? murmura-t-il.

— Oui.

— Tu as dû écrire des horreurs sur moi, dans ton journal intime…

— Je n'ai jamais tenu de journal intime.

— Vraiment ? Comme c'est curieux… J'étais certain que tu étais le genre de fille à avoir un journal intime.

— Pourquoi ? Parce que j'étais une bonne élève ?

— Parce que tu avais un tempérament littéraire.

— J'écrivais des poèmes.

— Oui, c'est vrai, tu écrivais des poèmes…, se rappela-t-il soudain.

— Je n'en ai jamais écrit sur toi…, ajouta-t-elle rapidement. Pour écrire, je m'inspirais des jolies choses, et il n'y avait rien de beau, en toi…

— Et maintenant ? ne put-il s'empêcher de demander.

Etait-ce le grand air, la marche ? Soudain, Jessica se sentit à l'aise, en présence de Carter. Ses questions ne l'effrayaient plus.

— Tu as beaucoup changé, répondit-elle en riant.

Carter se sentit curieusement touché par le compliment.

— Oui, murmura-t-il. J'ai dû attendre d'avoir vingt-cinq ans pour devenir un homme… J'ai eu une adolescence prolongée…

— Quand as-tu bronzé comme ça ? demanda-t-elle.

— Aux Bahamas. J'y ai passé une semaine, début mars.

Ils étaient arrivés sur la plage et marchaient lentement sur le sable humide.

— C'était bien ?

— Oui. Il faisait chaud. J'ai pu me reposer en toute tranquillité...

Soudain, Jessica se demanda s'il y était allé seul.

— Tu ne t'es jamais marié, n'est-ce pas ?

— Non.

— C'est curieux... J'aurais juré que tu avais été marié au moins trois fois, déjà...

— C'est probablement ce qui serait arrivé si j'avais décidé de me marier... Mais peut-être n'étais-je pas un bon parti. Ou peut-être n'ai-je jamais rencontré la femme idéale... En tout cas, je suis sûr que j'aurais fait un très mauvais mari...

— Penses-tu que c'est toujours le cas ?

— Avec l'âge, il devient de plus en plus difficile de rencontrer une femme qui vous convienne vraiment... Les femmes de mon âge sont trop compliquées et l'idée d'épouser une fille de vingt ans ne me sourit guère... Les jeunes sont trop immatures, et les plus âgées sont trop mûres...

— Que veux-tu dire par là ?

— Elles sont engagées dans leur carrière, elles ont déjà un style de vie auquel elles sont habituées... Elles sont maniaques, elles ont des exigences très précises... C'est très difficile de vivre une relation agréable dans ces conditions...

— Et toi, tu n'es pas maniaque ? demanda Jessica d'un ton provocateur.

Elle avait réagi ainsi par solidarité féminine. Mais elle savait qu'un grand nombre de ses amies célibataires correspondaient exactement au portrait qu'en avait fait Carter.

— Bien sûr que si ! répondit-il en riant. Je vieillis ! Moi aussi, j'ai ma carrière et un genre de vie auquel je me suis habitué. Voilà pourquoi je ne suis pas marié !

Impatient de changer de sujet, il jeta un rapide coup d'œil autour de lui.

— Veux-tu conserver une plage privée accessible uniquement aux gens qui vivent ici, ou penses-tu l'ouvrir au public ?

— Je ne sais pas, je n'y avais pas réfléchi. Ça pose un problème ?

— Ça dépend de ce que tu souhaites. Tu as deux solutions : soit tu te contentes de bâtir un petit port de plaisance pour les résidents, soit tu décides de construire une marina et des boutiques. Mais dans ce cas, tu ne pourras pas les réserver uniquement aux résidents. Tu pourrais par exemple faire construire un yacht-club privé, dont les membres se recruteraient sur toute la côte… Mais s'il y a des boutiques, je vois mal comment tu peux restreindre leur seule clientèle aux résidents de Crosslyn Rise… Quel genre de boutiques as-tu en tête, d'ailleurs ?

— Un petit supermarché, une pharmacie, un marchand de journaux…

— Dans ce cas, tu seras obligée d'ouvrir la résidence à tout le monde, sinon les boutiques n'auront pas une clientèle suffisante.

— Mais il ne s'agirait que de petites boutiques, protesta Jessica.

Elle commençait à comprendre qu'elle ne savait pas grand-chose dans le domaine de l'immobilier…

— Même les petites boutiques ont besoin d'une clientèle assez vaste. Il faudrait dans ce cas prévoir un accès pour le public…

— Ce qui signifierait des voitures partout dans la propriété ! s'exclama Jessica, effrayée.

— Pas forcément. Le rivage peut être aménagé de telle sorte que les voitures n'y aient pas accès…

— Je ne sais plus, murmura-t-elle, découragée.

Lentement, elle fit demi-tour et commença à marcher vers la maison.

— Tu n'es pas obligée de prendre ta décision immédiatement, fit-il observer en la suivant.

— Tu m'as dit toi-même qu'il fallait faire vite.

— Oui, mais seulement si tu souhaites que les travaux commencent cette année…

— Je voudrais que les travaux ne commencent jamais ! s'exclama-t-elle, les larmes aux yeux.

Carter savait qu'elle vivait des moments difficiles. Aussi préféra-t-il la laisser marcher seule, à quelques mètres devant lui. Quand il la rejoignit, elle leva son regard vers lui et dit d'une voix tremblante :

— As-tu réussi à te procurer une carte à la mairie ?

— Oui, elle est dans ma voiture.

— Veux-tu la prendre avec toi avant que nous visitions les bois ?

— Non, je m'en servirai plus tard. Tout ce que je veux, pour le moment, c'est que tu m'exposes tes idées. Même si d'autres considérations entrent en jeu au moment où nous prendrons la décision finale, je veux connaître tes intentions.

Son regard embrassa avec satisfaction le paysage forestier qui les entourait.

— J'ai toujours adoré ces bois, murmura-t-il. Je pouvais m'y promener des heures, quand j'étais plus jeune. Mais je n'avais jamais examiné ce paysage d'un œil... professionnel.

— Tu m'as dit que tu tenais beaucoup à ce projet..., commença Jessica en s'engageant dans un sentier.

— Oui, c'est vrai.

— Pourquoi ?

— Parce que c'est un projet très excitant. Crosslyn Rise est intimement lié à mon passé. C'est un endroit très beau, ce sera un véritable défi de l'aménager tout en préservant sa beauté. Si j'y arrive, j'y gagnerai une excellente réputation. J'ai donc pour ce projet un double intérêt : personnel et professionnel. Et si je fais les investissements suggérés par Gordon, je gagnerai de l'argent. De l'argent qui me sera très utile.

— Je croyais que ton cabinet marchait très bien, s'exclama-t-elle, surprise.

— Oui. Mais avec cet argent supplémentaire, je pourrais m'offrir le luxe de rejeter les projets qui ne me plaisent pas pour me consacrer uniquement à ceux qui me plaisent. Même s'ils ne sont pas rentables...

Son argument se tenait. Jessica était surprise par son professionnalisme. Pourtant, Gordon lui avait dit qu'il avait changé... Pour la première fois, comme ils marchaient côte à côte dans l'allée, elle se demanda quelle pouvait bien être la cause de ce changement. Le temps ? Elle n'y croyait guère. Il s'était produit en lui une véritable révolution. Elle avait l'impression d'avoir devant elle un homme complètement différent. Même s'il pouvait encore être désagréable, par moments…

Pendant un temps, ils marchèrent en silence. Comme ils approchaient de l'étang, le caquètement des canards se mêla bientôt au craquement des feuilles mortes. Arrivée au bout du chemin, Jessica s'arrêta, le souffle coupé par la beauté du paysage.

— Cet endroit est si beau ! murmura-t-elle. Les constructions ne devront surtout pas l'abîmer…

Carter acquiesça.

— Lorsque tu as parlé de lotissements l'autre jour, pensais-tu à des maisons individuelles ou à des maisons groupées ? demanda-t-il.

— Je ne sais pas encore, dit-elle. Qu'en penses-tu ?

— J'aimerais mieux des maisons groupées. J'imagine bien dans ce cadre des maisons avec portiques et colonnades.

— Mais ne serait-il pas plus simple de construire des maisons individuelles ?

— Plus simple, sans doute, mais beaucoup moins intéressant d'un point de vue architectural… J'aime les paris difficiles. Et puis ce sera beaucoup moins coûteux… Si par exemple on décide de construire des maisons individuelles près de cet étang, on ne pourra pas en bâtir plus de deux ou trois et le prix de chacune dépassera le million. En revanche, on a la place pour construire trois groupes de maisons accolées. Et comme elles pourraient être mises en vente pour quelque cinq cent mille dollars, nous trouverons plus facilement des acheteurs.

Encore une fois, il était question d'argent, de profit… Et encore une fois Jessica ressentait une étrange sensation de malaise…

— Je ne cherche pas à gagner de l'argent, dit-elle.

— Peut-être pas toi…

Elle lui coupa sèchement la parole :

— Mais toi, oui ?

Il se raidit aussitôt.

— C'est une de mes motivations, pas forcément la plus importante… Mais je peux t'assurer que pour les investisseurs, ce sera la principale. Pour des raisons personnelles, nous sommes tous les deux attachés à Crosslyn Rise — contrairement aux autres… Même s'ils sont sensibles à la beauté des lieux et soucieux de la préserver, ils considéreront ce projet comme une opération financière avant tout…

— Pourquoi es-tu si brutal ? murmura-t-elle.

Elle savait qu'il avait raison et pourtant cette conception des choses la heurtait profondément…

— L'hypocrisie ne sert à rien, rétorqua-t-il.

— Ce n'est pas une raison pour être aussi cynique…

Brusquement, elle se détourna et se remit en route.

— Tu préfères te bercer d'illusions ? demanda-t-il en lui emboîtant le pas. Où vas-tu ?

— A la prairie, lui cria-t-elle sans se retourner.

Il la rejoignit aussitôt.

— Jessica, si tu veux mener à bien ce projet, tu dois être consciente de certaines réalités. Ou bien tu finances tout toi-même…

— Si j'en avais les moyens, il n'y aurait plus aucun projet !

— Certes. Mais tu n'as pas d'argent. Pourquoi ? La famille Crosslyn est riche…

— Etait riche.

— Qu'avez-vous fait de votre fortune ?

— Comment le saurais-je ? s'exclama-t-elle en se retournant pour le regarder en face. Cet argent appartenait à mon père, je ne m'en suis jamais préoccupée, un point c'est tout !

Il la prit par la main.

— Je ne te reproche rien, calme-toi…

— Me calmer ? s'exclama-t-elle. Ce à quoi je tiens le plus au monde va bientôt disparaître, et tu me demandes de me calmer ? Lâche-moi !

Mais il refusait toujours d'abandonner sa main.

— Je comprends que tu sois bouleversée. Mais ce n'est pas la fin du monde ! Après tout, ce n'est qu'une maison !

— C'est ma maison ! Ma famille y vit depuis des générations !

— Il est temps d'écrire un nouveau chapitre de l'histoire de Crosslyn Rise. Nous n'allons pas détruire la propriété, mais simplement la rénover. Tôt ou tard, cela devait arriver... Il vaut mieux prendre cette décision maintenant... Après tout, tu n'as pas d'enfants à qui léguer cette maison...

Cette dernière phrase atteignit Jessica en plein cœur. Avoir une famille, transmettre l'esprit de Crosslyn Rise à une nouvelle génération était ce qu'elle avait toujours souhaité. Et c'était Carter Malloy qui se permettait de remuer le couteau dans la plaie ! C'était plus qu'elle n'en pouvait supporter...

— Laisse-moi, murmura-t-elle en s'efforçant de dégager sa main.

— Non.

De plus en plus irritée, elle essaya de lui échapper — mais en vain.

— Lâche-moi !

— Il n'en est pas question, tu es trop énervée...

— Et tu ne fais pas grand-chose pour m'aider ! Pourquoi es-tu si brusque ? Tu prétends avoir changé, mais ton attitude me prouve le contraire... Contente-toi de faire ton travail d'architecte et laisse-moi tranquille !

Tout en écoutant Jessica, Carter s'interrogeait lui aussi sur ses propres motivations. Pourquoi n'arrivait-il pas à considérer ce travail d'un point de vue strictement professionnel ? Trop de sentiments y étaient mêlés... Sans prendre le temps de réfléchir, il attira Jessica contre lui.

4

Adolescent, Carter avait toujours trouvé Jessica trop maigrichonne. Mais en la tenant dans ses bras, il constata avec étonnement que les courbes de son corps si féminin étaient merveilleusement douces. Il fut tout aussi surpris par le sentiment de tendresse qu'il éprouvait pour la jeune femme. Sans doute parce qu'il avait vu des larmes briller dans son regard... Elle essayait de les refouler, il le sentait au tremblement de son corps.

Lentement, il baissa la tête et lui murmura à l'oreille :

— Pleure, Jessica, ça te fera du bien...

Mais elle se sentait incapable de pleurer devant lui. Elle n'avait déjà que trop montré ses faiblesses.

— Tout va bien..., assura-t-elle sans chercher à se dégager de son étreinte.

Il y avait longtemps qu'un homme ne l'avait pas tenue dans ses bras de cette façon. Comme c'était agréable ! Elle aurait pu rester blottie une éternité contre Carter Malloy...

— Je ne l'ai pas fait exprès..., reprit-il de la même voix basse et sensuelle. J'étais intentionnellement méchant quand j'étais plus jeune, mais plus maintenant... Je parle sans réfléchir, c'est tout...

Jessica n'osa pas lui faire remarquer que cela n'enlevait rien à la vérité des paroles qu'il avait prononcées...

— Je suis vraiment désolé, Jessica, continua-t-il. Je t'ai blessée, pardon... Je sais que je devrais te laisser seule, maintenant, mais je ne peux pas. Peut-être parce qu'il y a un lien indestructible entre nous. Peut-être parce que tes parents sont morts et que tu es seule… Peut-être parce que c'est grâce à toi que j'ai obtenu ce contrat… Je sais que tu vis des moments difficiles. Si j'avais de l'argent pour sauver Crosslyn Rise, je t'en prêterais volontiers. Mais je n'ai pas un sou devant moi… Et Gordon m'a dit que tu étais déjà terriblement endettée…

— Oui…, soupira-t-elle.

— J'ai fait une belle carrière, mais je ne suis pas riche. Je ne pourrais pas me permettre de posséder une propriété telle que Crosslyn Rise… J'ai un appartement à Boston, mais il n'est pas très grand.

— Je ne te demande rien ! protesta-t-elle.

— Je sais. Mais j'aimerais faire quelque chose pour toi, t'aider, te soulager de ce fardeau… En fait, j'aimerais que nous soyons amis…

Amis ? Carter Malloy, l'homme qui l'avait terrorisée durant toute son enfance, deviendrait son ami ? Quelle perspective étrange… Mais après tout, elle était déjà blottie tendrement contre lui… Jamais elle n'aurait cru qu'elle aurait un jour un contact physique avec Carter Malloy. L'étreinte de ce dernier était ferme, solide, rassurante. Elle avait besoin de sa force.

— J'aimerais surtout mieux te connaître…, continua-t-il. Quand nous étions enfants, je t'ai dit des choses très méchantes. J'imagine que tu me méprisais trop pour en tenir compte…

— Tes méchancetés m'ont fait souffrir horriblement.

— Si je l'avais su, à l'époque, j'aurais probablement été encore plus méchant, admit-il. Mais je ne recommencerai jamais, Jessica. Si je connais mieux tes points faibles, il me sera plus facile de ne pas te blesser, volontairement ou involontairement. Je peux même t'aider à reprendre confiance en toi… Ça paraît ambitieux, je sais, mais il faut savoir viser haut.

— Quand as-tu appris à philosopher de la sorte ? demanda-t-elle, amusée et émue tout à la fois.

— Au Viêt-nam, répondit-il aussitôt. J'ai beaucoup changé, à cette époque.

Devant le regard stupéfait de Jessica, il ajouta :

— Tu n'avais pas deviné que j'avais fait la guerre du Viêt-nam ? A quoi attribuais-tu donc tous ces changements dans ma personnalité ?

— Je ne sais pas, avoua-t-elle. Je ne me suis jamais posé la question…

— Pourtant, c'est la vérité. Et je te prouverai que j'ai vraiment changé — si tu m'en laisses l'occasion… Mais cesse de me fusiller du regard quand je dis une méchanceté ou une bêtise.

Comme elle allait ouvrir la bouche pour protester, il lui mit un doigt sur les lèvres.

— Je peux apprendre, Jessica…, reprit-il. Parle-moi, explique-moi ce qui ne va pas, je t'écouterai attentivement.

— A quoi bon ? murmura-t-elle en s'agrippant désespérément à ses bras musclés. Ce que je te confierais, tu pourrais t'en servir contre moi… Tu aurais ainsi un bon moyen de te venger…

— De me venger ?

— Tu as toujours détesté tout ce que je symbolisais.

— Non, je ne crois pas, répondit-il, pensif. Ce que je détestais le plus, c'était moi-même… Cela, je l'ai appris il n'y a pas longtemps. Pour de nombreuses raisons, je n'ai pas eu une enfance heureuse. Bien sûr, le changement ne s'est pas effectué en une nuit. J'ai passé quatre ans à l'armée. Ça m'a donné le temps de réfléchir. Et quand je suis rentré du Viêt-nam, tout cela était encore un peu confus, dans ma tête… La dernière fois que je t'ai vue — je ne sais pas si tu te rappelles, tu avais seize ans —, je n'avais pas encore vraiment mûri…

Immédiatement, Jessica sentit un flot de souvenirs l'assaillir.

— J'ai été odieux avec toi, cette fois-là…, conclut-il à voix basse.

— Oui, tu as été odieux, dit-elle doucement. Je manquais tellement d'assurance et…

— Toi, tu manquais d'assurance ? l'interrompit-il. Je n'en crois pas un mot !

— Si, je t'assure…

— Ça ne se voyait pas…

— Pourtant, c'était vrai… C'était la deuxième fois de ma

vie que je sortais avec un garçon. Je ne l'aimais pas vraiment, mais j'avais tellement envie de ressembler à mes copines… Elles avaient des petits amis, je voulais donc en avoir un moi aussi. Ce garçon m'avait invitée au bal de son lycée, et j'avais dû mettre une robe du soir. Ma mère m'en avait acheté une dans une boutique de Boston. Sur le mannequin, la robe était splendide, mais sur moi…

Jessica s'interrompit et baissa la tête. De nouveau, les larmes lui montaient aux yeux.

— J'ai dû mettre cette robe, pourtant, poursuivit-elle bravement. Ma mère m'a coiffée et maquillée. J'attendais mon soupirant sous le porche quand tu es arrivé… Comme je tirais sur ma robe pour essayer d'arranger un peu cette tenue épouvantable, tu m'as dit en ricanant que ça ne servait à rien, parce que ce qu'il y avait sous la robe n'avait aucun intérêt.

— Jessica, s'il te plaît…

— Tu as ajouté qu'aucun homme digne de ce nom ne me regarderait. Mais tu m'as dit que je n'avais pas à m'en faire, parce qu'avec mon argent, je pourrais m'offrir tous les hommes que je voudrais…

— Jessica, arrête…

— Et puis tu as sorti un dollar de ta poche, tu l'as glissé dans mon décolleté, et tu m'as dit qu'en achetant mon petit ami, je parviendrais peut-être à obtenir de lui un baiser…

Jessica parlait calmement. Elle était un peu étonnée d'avoir eu le courage de déballer tous ces souvenirs qui la torturaient encore, dix-sept ans après… Mais il était trop tard pour retirer ses paroles.

— T'a-t-il embrassée ? demanda nerveusement Carter en la serrant plus fort contre lui.

Elle fit signe que non.

— Alors je te dois au moins ça…, murmura-t-il.

Avant que Jessica ait eu le temps de comprendre ce qu'il avait en tête, il s'était penché et s'était emparé de ses lèvres. Elle essaya mollement de se débattre, mais il la tenait d'une main de fer.

Le baiser ne dura que quelques secondes, mais Jessica demeura interloquée. L'espace d'un instant, ses pensées se brouillèrent dans sa tête.

— Pourquoi as-tu fait ça ? demanda-t-elle en rougissant.

— Je ne sais pas, chuchota-t-il en souriant. Parce que j'en avais envie, sans doute. C'était très agréable…

— Tu n'aurais pas dû…, le gronda-t-elle gentiment, en essayant de se dégager de l'emprise de ses bras.

Il la lâcha immédiatement.

— Je crois que nous ferions mieux de poursuivre notre visite, continua-t-elle, sans oser le regarder. Nous avons encore beaucoup à faire.

Sans attendre sa réponse, elle se remit à marcher. Par fierté, elle se tenait droite, le menton relevé. Mais elle était loin d'éprouver toute l'assurance qu'elle était en train de feindre… Ses pensées ne pouvaient s'arracher au baiser que lui avait donné Carter. Elle devinait qu'il y pensait lui aussi. Et il se disait sans doute qu'elle embrassait très mal…

Lui, pourtant, embrassait merveilleusement bien. Jamais un homme ne l'avait troublée à ce point… Mais elle refusait d'admettre qu'elle avait vraiment apprécié ce baiser. Comment pouvait-elle être attirée par Carter Malloy ? Elle avait simplement perdu la tête, dans un moment où elle se sentait terriblement vulnérable. Elle devait à tout prix cesser de penser à cette brève étreinte.

Mais comment ? Elle l'ignorait. Tout en se promenant dans ces lieux qu'elle aimait tant, et qui bientôt ne lui appartiendraient plus, elle décida que le meilleur moyen était encore de rester dans un rapport strictement professionnel avec Carter. Après tout, celui-ci n'était qu'un architecte…

Ils continuèrent en silence leur promenade à travers les bois. Bientôt, ils arrivèrent en vue d'une clairière. L'herbe commençait à peine à repousser, après les gelées hivernales, mais la forêt était déjà d'une luxuriante beauté.

Jessica s'arrêta net. Quand Carter l'eut rejointe, elle murmura :

— Je pense que l'on pourrait construire un autre groupe de maisons, ici. Cet endroit est splendide, et l'espace, suffisamment vaste. Ce qui signifie que nous n'aurons pas besoin d'abattre les arbres. Je tiens à préserver autant que possible l'environnement naturel.

— Je suis tout à fait d'accord, répondit Carter en hochant vigoureusement la tête.

Au moins sur le plan professionnel, ils parvenaient à se comprendre... Carter ne savait toujours pas pourquoi il avait embrassé Jessica. Il se sentait incapable d'analyser ses propres sentiments. Pour masquer le trouble qui s'était emparé de lui, il fit quelques pas dans la clairière, observant le terrain avec soin.

Pendant tout ce temps, Jessica ne l'avait pas quitté des yeux. Elle ne pouvait s'empêcher d'admirer la souplesse féline de son corps puissant, l'élégance de sa mise... Ses épaules étaient larges, solides, son visage aux traits fermes et harmonieux dénotait une assurance et une sensualité hors du commun. Rien n'était plus viril que l'expression à la fois tendre et ironique de son regard...

Savait-il qu'elle l'observait ? Il n'en montrait rien, en tout cas. Elle songea qu'il était probablement habitué au regard des femmes. C'était le genre d'homme à faire tourner toutes les têtes...

Avec un léger soupir, elle fit demi-tour et reprit le sentier qu'ils venaient de parcourir. Quelques secondes plus tard, Carter la rejoignait.

— Alors, qu'en penses-tu ? l'interrogea-t-elle sans le regarder.

— Je crois que ça peut marcher.

— Si tu veux encore examiner le terrain, fais comme chez toi. Tu peux me retrouver à la maison, si tu veux.

— As-tu froid ? s'enquit-il en la voyant frissonner.

— Non, ça va.

— C'est une première visite. Je n'ai pas l'intention de m'attarder. Où allons-nous, maintenant ?

— Dans la pinède.

— Celle qui est de l'autre côté de la maison ? demanda-t-il, surpris. Tu as vraiment l'intention de construire à cet endroit ?

— Il faut bien un troisième emplacement, dit-elle en soupirant. Si tu as une autre idée, tes suggestions sont les bienvenues.

Carter évoqua mentalement l'image de la propriété, et dut reconnaître que la pinède était un endroit idéal pour construire des maisons.

— Il faudra abattre des arbres, fit-il observer. Cette perspective n'a rien de réjouissant.

— Maintenant, tu comprends ce que je ressens, à propos de ce projet, dit tristement Jessica. Tout cela est déchirant. Mais je n'ai pas le choix…

Oui, Jessica avait raison : pour la première fois, Carter comprit exactement ce qu'elle ressentait. En parcourant les allées du parc, il songea avec tristesse à ce qu'allait devenir cette propriété si magnifique…

Quand ils parvinrent à la pinède, il fut plus conscient que jamais de la majesté naturelle du lieu. Les arbres poussaient à cet endroit depuis plusieurs centaines d'années… Une délicieuse odeur d'aiguilles de pin flottait dans l'air.

« Je n'ai pas le choix… », avait dit Jessica. Il la croyait. Et il était plus déterminé que jamais à faire tous ses efforts pour ne pas trop abîmer Crosslyn Rise.

Lentement, ils prirent le chemin du retour. Jessica avait un peu froid, mais pour rien au monde elle n'aurait voulu l'avouer à Carter — de peur qu'il ne lui prête sa veste… L'idée de se retrouver seule avec lui dans l'espace clos de la maison l'effrayait déjà assez.

— Je suppose que tu veux visiter la maison, dit-elle, comme ils entraient dans la cuisine.

— Oui, mais pas tout de suite. Ce café sent délicieusement bon. J'en prendrais volontiers une tasse…

— Avec du lait ou avec du sucre ? demanda-t-elle, heureuse d'avoir une occasion de s'activer.

— Les deux, s'il te plaît.

Jessica remplit une tasse d'une main légèrement tremblante.

— Tu n'en veux pas ? demanda-t-il, comme elle lui tendait la tasse.

— Non. Peut-être tout à l'heure, répondit-elle.

Elle craignait que le café ne la rende encore plus nerveuse... Quand Carter eut terminé sa tasse, ils commencèrent leur visite de la maison. Carter connaissait bien le rez-de-chaussée. Mais il ne l'avait jamais observé avec les yeux d'un architecte. Les hauts plafonds, les moulures, les manteaux de cheminée richement décorés suscitèrent son admiration. Il fit de nombreuses observations sur certains détails architecturaux auxquels Jessica elle-même n'avait jamais prêté attention.

Le caractère très professionnel de leur discussion la tranquillisa. Comme ils gravissaient le grand escalier de bois blanc qui menait au premier étage, elle dut toutefois admettre que la présence de Carter la gênait plus qu'elle ne l'aurait voulu. Mais non plus à cause du passé. Ce qui la troublait, c'était le souvenir du baiser qu'ils avaient échangé quelques minutes auparavant. Carter était devenu un homme. Un homme calme, sûr de lui. Tout ce qu'elle aurait voulu être. Mais devant lui, elle ne parvenait qu'à être gauche, timide, nerveuse...

Elle réussit cependant à contrôler ses émotions. Ils visitèrent les belles chambres d'apparat du premier étage — des chambres qui n'avaient pas été utilisées depuis des années. Carter observait tout avec soin, prenant mentalement des notes. Mais quand ils atteignirent la dernière chambre, au bout du couloir, son intérêt s'accrut.

— C'est ta chambre, n'est-ce pas ? dit-il calmement.

Il l'avait deviné immédiatement. Malgré le regard implorant de Jessica, il ne put résister au désir de pénétrer à l'intérieur. La chambre était plus petite que les autres, et meublée plus simplement. Les murs étaient ornés d'un joli papier à fleurs.

Incapable de se contrôler, il commença à examiner chaque détail un par un. La vaste bibliothèque contenait de nombreux volumes en langues étrangères. Il entrouvrit une penderie, passa devant une coiffeuse ancienne surmontée de jolis flacons de parfum, et s'arrêta devant une photographie de Jessica à cinq ans, en compagnie de ses parents. La petite fille était exactement telle que dans ses souvenirs. Son regard passa ensuite sur une vieille malle en osier peinte en blanc et s'arrêta enfin sur le lit. C'était un grand lit à baldaquin recouvert d'une moustiquaire de mousseline blanche, et garni de moelleux oreillers.

Cette chambre ressemblait terriblement à celle qui l'habitait, songea-t-il. Propre, pure, élégante, tout à la fois douillette et un peu mystérieuse… C'était une chambre où l'on se sentait merveilleusement bien.

— Est-ce ta chambre de jeune fille ? demanda-t-il.

— Non, répondit-elle rapidement. Je me suis installée ici pour économiser le chauffage dans le reste de la maison.

— Elle est juste au-dessus de la cuisine, je suppose que la chaleur se conserve mieux ainsi.

— Oui, exactement.

Lentement, Jessica fit un pas en arrière, pour l'inviter à sortir. Dans une autre partie de la maison, elle aurait sans doute continué la visite, sans se soucier de ce que Carter faisait derrière son dos. Mais c'était sa chambre. Elle se refusait à laisser Carter seul dans cette pièce — comme si elle craignait que cet espace intime soit violé par une présence étrangère.

— J'aime beaucoup cette photographie, dit Carter, faisant mine de ne pas comprendre le geste de Jessica. Elle me rappelle beaucoup de souvenirs…

— Oui, soupira-t-elle en observant à son tour la photographie. C'était une fête de famille tout à fait inhabituelle…

— Quelle fête de famille ?

— Un dîner de Noël.

— Qu'est-ce qu'il y avait là d'inhabituel ?

— Ce jour-là, mon père nous avait rejoints à table.

— Il ne dînait pas avec vous, habituellement ? demanda Carter, étonné.

— Non. Quand il travaillait, il refusait de s'interrompre.

— Même pour un dîner de Noël ?

— Oui, répondit-elle d'un ton las. En as-tu fini avec cette pièce ? Pouvons-nous redescendre ?

— C'est incroyable, murmura-t-il, comme s'il n'avait pas entendu sa question. J'ai toujours imaginé les fêtes de famille à Crosslyn Rise comme des moments merveilleux, pleins de joie et de bonheur...

— Nous étions une famille très solitaire, répondit-elle en baissant les yeux.

— Est-ce la raison pour laquelle tu t'es mariée si jeune ? demanda-t-il en la scrutant. Ma mère m'a dit que tu avais à peine vingt ans...

Pourquoi posait-il toutes ces questions ? songea-t-elle, au bord des larmes. A quoi bon ressusciter le passé ?

— Oui, peut-être..., dit-elle. A l'époque, en tout cas, je me croyais très amoureuse...

— Combien de temps a duré ton mariage ?

— Ta mère ne te l'a pas appris ?

— Elle m'a dit que ça ne me regardait pas — ce qui est vrai. Si tu ne veux pas répondre à ma question, tu n'y es pas obligée...

— Ce n'est pas un secret, répondit-elle avec un sourire amer. Nous avons divorcé après deux ans de mariage...

— Pourquoi ?

— Nous n'étions pas faits pour nous entendre...

— Qui était-ce ?

— Tom Chandler. Je ne pense pas que tu le connaisses.

— Il n'était pas de la région ?

— Non, il venait de Saint Louis. Je l'ai rencontré à l'université. J'étais en première année, il commençait sa thèse. Il voulait devenir écrivain et s'imaginait que je l'entretiendrais... Il nous croyait riches !

Un sourire amer se peignit sur ses lèvres.

— Tu avais raison, reprit-elle en regardant Carter droit dans les yeux. La seule façon dont je pouvais obtenir un homme, c'était par l'argent. Mais il m'a fallu deux ans pour le comprendre.

Emu par la pâleur de son visage, Carter fit un pas dans sa direction. Comment pouvait-elle lui narrer d'une voix si neutre des événements qui avaient dû la faire terriblement souffrir ?

— Je ne comprends pas..., murmura-t-il.

— Tom est tombé amoureux de Crosslyn Rise. Tout lui plaisait, ici : le fait de vivre dans une belle propriété, le fait que mon père soit un génie, le fait que ma mère ait passé sa vie à se dévouer pour lui... Tom s'imaginait que je me comporterais de la même façon avec lui. Et il aimait l'idée de passer sa vie enfermé dans un grenier aménagé en bureau, à écrire et à contempler le merveilleux paysage qu'il avait sous les yeux...

— Tu t'es donc lassée de ce mariage la première ?

— Je... Si l'on veut. Tom s'est lassé de moi très vite, mais ce mariage lui convenait parfaitement. C'est alors que j'ai compris mon erreur...

Le regard de Jessica était celui d'un animal aux abois, songea Carter. Il avait terriblement envie de la consoler, mais il n'était pas certain que son aide serait la bienvenue...

— Je suis vraiment désolé, dit-il simplement.

— Oh ! il n'y a pas de quoi ! répondit-elle en s'efforçant de sourire. Après mon divorce, j'ai pu terminer tranquillement ma thèse — ce que j'avais eu l'intention de faire depuis longtemps.

— Les choses auraient peut-être évolué autrement, si vous aviez réussi à régler les problèmes concernant Crosslyn Rise...

— Non. Tom, pas plus que ma mère, n'entendait quoi que ce soit à la gestion d'un domaine. Mais il était beaucoup moins désintéressé...

— Pourtant, les choses auraient peut-être été un peu moins difficile si tu n'avais pas été seule.

— Oui, peut-être, soupira-t-elle. La vie n'est jamais parfaite. Mais je n'ai pas à me plaindre. J'ai un travail que j'aime et que je fais correctement. J'ai beaucoup d'amis. Et jusqu'à présent, j'ai eu... Crosslyn Rise...

En prononçant ces derniers mots, sa voix trembla légèrement. Sans plus s'inquiéter de ce que faisait Carter, elle tourna les talons, et regagna hâtivement le rez-de-chaussée.

Quand il la rejoignit, elle était assise devant la table de la cuisine, buvant une tasse de café et regardant fixement devant elle.

— Alors, que penses-tu de mon projet ? demanda-t-elle d'une voix neutre.

Carter aurait préféré reprendre une conversation plus intime. Il voulait en savoir plus sur le mariage de Jessica, il voulait exorciser cette lueur de tristesse qu'il lisait dans son regard. Mais il savait qu'il valait mieux ne pas importuner la jeune femme avec des questions indiscrètes. Il était déjà surpris qu'elle se soit confiée à lui — comme à un ami. Voilà qui augurait bien de leurs relations à venir…

— Tu m'as expliqué clairement ce que tu voulais, répondit-il sans s'asseoir. Mais avant d'en discuter, j'aimerais aller chercher mon attaché-case, dans ma voiture. Je reviens tout de suite.

Demeurée seule, Jessica s'absorba dans ses pensées — ce qu'elle était incapable de faire quand il était près d'elle… Sa présence physique était si troublante… Mais ce n'était pas la faute de Carter. Pouvait-elle lui reprocher d'être si séduisant, si viril ?

— As-tu jeté tes idées sur le papier ? demanda-t-il brusquement, en entrant par surprise dans la cuisine.

Comme elle acquiesçait, il posa son attaché-case sur la table.

— Puis-je reprendre un peu de café ? poursuivit-il.

— Bien sûr ! s'exclama-t-elle en lui servant aussitôt une tasse.

Carter fit signe qu'il pouvait se servir lui-même. Mais Jessica ne le laissa pas faire, trop heureuse d'avoir une occasion de se montrer active et efficace.

Ils s'assirent tous les deux autour de la table de la cuisine, devant une immense baie vitrée surplombant un paysage magnifique. Mais Jessica était bien trop occupée par la présence de Carter pour prêter attention aux beautés de la nature…

— Commençons par le commencement…, suggéra Carter en souriant.

Jessica s'exécuta de bonne grâce. Elle lui expliqua point par point les différents éléments de son projet. Peu à peu, elle s'enhardit et parla avec de plus en plus d'animation.

Carter l'écouta avec soin. Il posa de nombreuses questions et prit des notes au fur et à mesure. Souvent, il l'interrompait pour illustrer les suggestions de la jeune femme par des exemples tirés de ses réalisations passées. Il adorait visiblement son travail. Quand il se leva pour partir, Jessica se sentit définitivement conquise : c'était l'homme qu'il lui fallait pour Crosslyn Rise.

Oui, Carter lui convenait parfaitement. D'un point de vue professionnel, du moins. Pour le reste... Dès que sa voiture bleu foncé eut disparu au détour d'une allée, elle repensa immédiatement à son baiser. Elle sentit son pouls s'accélérer, ses joues s'empourprer. Elle se félicita d'avoir réussi à conserver son calme durant toute la durée de la visite de Carter. Mais comment aurait-elle pu deviner que le baiser de cet homme la mettrait dans un tel état ?

Ce baiser avait été merveilleux, elle devait maintenant se l'avouer. Il n'avait duré que quelques secondes, mais elle avait senti une onde de chaleur embraser tout son corps. Carter était si incroyablement sensuel... Jamais auparavant aucun homme ne l'avait embrassée avec une telle fougue, une telle frénésie. Tom moins que les autres. Tom avait toujours été très égoïste — en amour comme en toute chose... Les baisers que lui avait donnés Tom n'avaient suscité en elle qu'un ennui profond, à la limite du dégoût.

Carter embrassait merveilleusement bien. Soudain, Jessica songea avec regret qu'elle ne ferait sans doute plus jamais l'expérience d'un baiser aussi magique. Comment pouvait-elle songer sérieusement à vivre une aventure avec Carter, cet homme qu'elle avait si longtemps détesté ?

Lentement, elle se prépara pour se rendre à Harvard. Durant toute la journée, elle parvint à ne pas penser à Carter. Après ses cours, elle déjeuna d'un sandwich léger avec deux collègues, puis, sur le chemin du retour, fit quelques courses dans un supermarché.

Ce ne fut qu'en regagnant Crosslyn Rise que l'image de Carter s'imposa de nouveau à elle. Chaque pièce de la grande maison semblait conserver son empreinte. Elle le revit dans sa chambre, dans la cuisine. C'était comme s'il avait laissé là un peu de lui-même… Sans doute parce que sa visite datait de quelques heures, à peine… C'est ce dont elle essaya de se convaincre — mais sans grand succès… En parcourant les pièces de Crosslyn Rise, Carter s'était approprié un peu de l'intimité de la jeune femme…

Elle aurait voulu pouvoir se mettre en colère, lui reprocher sa familiarité. Mais c'était impossible. Carter n'avait rien fait de mal. Il n'avait pas violé son intimité. Elle avait été consentante…

Plus elle y repensait, plus ce souvenir la troublait. Le Carter qu'elle avait connu dans son enfance était un être grossier, violent, mal élevé. Le Carter qui venait de réapparaître dans sa vie n'était rien de tout cela. Quand l'ancien Carter faisait mine de montrer le bout de son nez, elle tremblait de colère et d'indignation. Quand le nouveau Carter était devant elle, elle n'était plus la même…

Elle aurait aimé cesser de penser à tout cela, mais c'était impossible. Dès qu'elle essayait de se distraire en s'occupant, elle se mettait de nouveau à rêvasser. Quand elle commença ses exercices de gymnastique quotidiens, elle se demanda soudain si elle était plus séduisante à trente-trois ans qu'à seize. Mais au fond, que lui importait ? Elle aurait pourtant aimé avoir l'avis de Carter sur la question.

Une fois ses exercices terminés, elle se laissa glisser dans un délicieux bain chaud. Elle avait l'impression que son corps s'épanouissait soudain, s'éveillait à la vie, après des années de sommeil.

Après être sortie du bain, elle passa sa plus jolie chemise de nuit, de soie sauvage ivoire, et s'installa confortablement dans le grand fauteuil de sa chambre, quelques livres à portée de main. En temps normal, elle se serait absorbée avec passion dans sa lecture. Mais c'était plus fort qu'elle : ses pensées revenaient inexorablement à Carter… Elle le revit debout dans sa chambre, si élégant, si masculin… Il avait paru intrigué par elle, par sa vie, par son passé. Pourquoi ?

Elle n'avait pas encore trouvé la réponse, quand soudain, le téléphone sonna. Elle sursauta et, en attrapant le combiné, fit tomber son livre.

— Allô ? murmura-t-elle, haletante.

En entendant le son de sa voix, Carter se demanda soudain s'il n'avait pas réveillé la jeune femme. Il n'avait pas prêté attention à l'heure tardive.

— Jessica ? Carter, à l'appareil. J'espère que je ne te dérange pas…

— Non… non, pas du tout…, chuchota-t-elle, le cœur battant.

— C'est vrai ? Je ne t'ai pas réveillée ?

— Non, je lisais.

Ou du moins, elle essayait… Pourquoi l'appelait-il maintenant ? se demanda-t-elle.

Carter aurait été bien en peine de lui répondre. Ce qu'il avait à dire à Jessica aurait parfaitement pu attendre un jour ou deux… Mais il n'avait pas arrêté de penser à elle toute la journée. Ils s'étaient quittés bons amis. Il brûlait de savoir jusqu'où… Regrettait-elle déjà la gentillesse qu'elle lui avait témoignée ? Mais surtout, il avait envie d'entendre le son de sa voix…

Soulagé de ne pas l'avoir réveillée, il murmura :

— As-tu passé une bonne journée ?

— Oui, répondit-elle d'une voix faible.

— C'est vrai ? Je veux dire, j'espère que ma visite matinale ne t'a pas mise de mauvaise humeur pour le reste de la journée…

— Oh, non, pas du tout, au contraire… Et toi, comment ça s'est passé aujourd'hui ?

— Très bien. Je crois que tu m'as porté chance.

— Comment ça ? demanda-t-elle en souriant.

— Rien de particulier, si ce n'est que je n'avais pas travaillé aussi bien depuis longtemps… Plein de petits détails sur lesquels je butais se sont résolus comme par magie, cet après-midi…

— Tu as été saisi par l'inspiration, c'est ça ?

— Oui, exactement ! Ça te paraît prétentieux ?

— Non, pas du tout… Il m'arrive d'avoir des journées semblables, moi aussi…

— Et aujourd'hui ?

— C'était une bonne journée, admit-elle. J'ai donné mon

dernier cours de littérature allemande, et je n'étais pas mécontente du résultat… Mais les réunions auxquelles j'ai assisté ensuite étaient moins agréables…

— Pourquoi ? demanda-t-il.

Sans qu'il pût se l'expliquer, il avait envie d'en savoir plus sur ce qu'elle faisait.

— A la fin du trimestre, les élèves sont gagnés par la nervosité, expliqua-t-elle. Ils comprennent brusquement que toute leur année scolaire est en jeu. S'ils ont eu de mauvaises notes, ils font tous leurs efforts pour faire remonter leur moyenne à l'examen final. S'ils ont eu de bonnes notes, ils ont peur d'échouer… Même les plus paresseux sont subitement très tendus !

— Tu ne l'étais pas, quand tu étais étudiante ?

— Bien sûr que si ! J'essaie d'être compréhensive. Je les écoute, je les encourage… C'est facile quand ce sont des étudiants que je connais. C'est plus difficile dans un amphithéâtre rempli de visages anonymes…

— Je suis très impressionné…, murmura Carter après quelques secondes de silence. Tu es un professeur très dévoué ! Les professeurs que j'ai connus à l'université étaient très différents… Ils nous considéraient comme de futurs concurrents, il y avait une atmosphère de compétition permanente…

Des collègues de Jessica avaient ce genre d'attitude.

— C'est peut-être parce que tu étais plus vieux…, suggéra-t-elle, sans vraiment chercher à les excuser.

— Je n'étais pas si vieux, j'avais vingt-trois ans…

— Mais tu étais sans doute suffisamment mûr pour impressionner tes professeurs…

Quelques jours plus tôt, Carter aurait sans doute pris cette remarque comme une pique. Mais ses relations avec Jessica avaient profondément changé. Elle avait parlé avec gentillesse, sans aucune intention malveillante. Ils avaient fait beaucoup de progrès, tous les deux…

— Comment sais-tu que j'étais mûr à vingt-trois ans ? demanda-t-il en riant.

— Tu l'étais déjà à dix-sept ans… Et tu m'intimidais beaucoup, à l'époque !

Carter songea soudain avec remords à cette période.

— Je m'y entendais pour intimider les gens…, maugréa-t-il. C'était bien la seule chose que j'étais capable de faire…

— Non, je ne crois pas. Tu avais sans doute beaucoup de talents cachés. La preuve : tu as fini par devenir architecte ! Tes dons ne sont pas nés spontanément à vingt ans ! Mais tu faisais croire à tout le monde que tu n'étais qu'un imbécile…

— J'étais moi-même persuadé d'être un imbécile… Tout ce que je faisais était minable !

Jessica demeura un instant silencieuse. Elle aurait aimé lui poser plus de questions sur sa jeunesse. Sa personnalité était si complexe, si fascinante !

— Tu es toujours là ? demanda-t-il en riant.

— Euh… Oui ! répondit-elle, confuse.

Carter se demanda s'il n'était pas en train d'ennuyer ou de gêner la jeune femme, en lui parlant du passé. Et il voulait éviter tout malentendu entre eux… Ils s'entendaient si bien !

— Tu te demandes sans doute pourquoi je t'appelle…, dit-il, pour changer de sujet.

— Je… oui, répondit-elle d'une voix hésitante.

— En quittant Crosslyn Rise, ce matin, j'ai pensé qu'il ne serait pas mauvais que tu voies certains projets que j'ai réalisés…

— J'ai vu des dessins…

— Oui, mais ce n'est pas suffisant. J'ai conçu et réalisé un grand nombre de projets comparables à ce que j'ai l'intention de faire pour Crosslyn Rise. Si tu les voyais, tu pourrais décider si oui ou non je suis l'homme qu'il te faut.

Jessica demeura silencieuse pendant quelques secondes.

— Tu n'as pas très envie de réaliser ce projet, c'est ça ? murmura-t-elle au bout d'un moment.

— Je…

— Tu peux être honnête avec moi, Carter. Je m'en remettrai. Il y a plein d'architectes qui ne demanderaient qu'à être engagés…

— Jessica…

— La seule raison pour laquelle Gordon m'a suggéré de m'adresser à toi, c'est parce que tu connais bien Crosslyn Rise. Il pensait que tu serais intéressé…

— Mais je le suis ! protesta-t-il vigoureusement. Donne-moi simplement une chance de m'expliquer !

Comme Jessica demeurait muette, il respira, soulagé.

— Merci ! murmura-t-il. Bon sang, Jessica, comme tu es soupe au lait !

— Je déteste l'hypocrisie, c'est tout ! Si ce projet ne t'intéresse pas, j'aimerais mieux que tu me le dises franchement !

— Mais j'ai envie de réaliser ce projet ! Combien de fois faudra-t-il que je te le dise ?

— Si le projet t'intéresse, pourquoi veux-tu que je voie tes autres réalisations ?

— Parce que j'ai envie que tu me choisisses ! Je veux que mon projet t'enthousiasme réellement ! Si tu m'engages simplement parce que je t'ai été recommandé par Gordon, ou bien parce que tu n'as pas le temps de chercher un autre architecte, je sens que je ne ferai pas un bon travail…

— Ce n'est pas comme ça que tu feras marcher les affaires de ton cabinet ! répondit-elle en riant. Chaque fois qu'un client te propose un projet, est-ce que tu commences toujours par essayer de le dissuader ?

— Non. Mais cette fois, c'est différent… Tu es une cliente très spéciale.

Jessica sentit les battements de son cœur s'accélérer. Que signifiaient les paroles de Carter ? Pourquoi se sentait-elle brusquement si émue ?

— D'accord…, murmura-t-elle. Je suis désolée de t'avoir interrompu…

Surpris par cette capitulation, Carter fut pris de court.

— Je… euh… Qu'est-ce que je disais ? balbutia-t-il.

— Tu disais que je devais voir d'autres projets réalisés par toi.

— Ah oui ! Les réalisations que je préfère se trouvent toutes sur la côte, au nord de Crosslyn Rise. La maison la plus éloignée est à trois heures de route. Toutes peuvent être vues en une journée.

Il hésita un instant.

— Je... je me disais que nous pourrions faire ces visites ensemble...

Jessica demeura interdite. Jamais elle n'aurait cru que Carter était désireux de passer une journée entière en sa compagnie...

— Est-ce que ça n'excède pas ton rôle d'architecte ? murmura-t-elle.

— Que veux-tu dire ?

— Tu n'es pas obligé de m'accompagner... Je peux y aller seule...

— Pourquoi y aller seule si tu peux y aller avec moi ?

— Je ne voudrais pas te faire perdre une journée de travail...

— Je pensais que nous pourrions y aller un dimanche... Tu m'as dit toi-même que tu étais fatiguée, ces derniers temps...

Un dimanche ? Voilà qui était encore plus incroyable !

— Je ne vais tout de même pas te demander de me servir de chauffeur durant un dimanche entier ! s'exclama-t-elle.

— Pourquoi pas ?

— Mais... parce que les dimanches sont réservés aux sorties personnelles ou familiales...

— Et alors ? Ce serait une promenade très agréable... Il y a beaucoup de bons restaurants, dans la région... Nous pourrions nous arrêter en route...

Jessica ferma les yeux, comme pour essayer de calmer les battements de son cœur.

— Ou bien tu pourrais faire du shopping, reprit-il. Les boutiques sont ouvertes le dimanche, dans toutes les petites villes de la côte...

— Ce n'est pas le problème, Carter...

— Alors quel est le problème ?

— Le problème, c'est moi...

— Pardon ?

— Oui. Comment supporterais-tu de passer une journée entière avec moi ? Tu t'ennuierais à mourir… Je ne suis pas une femme très enjouée, très dynamique…

— Qui t'a dit cela ?

— Toi, quand j'avais dix ans. Un jour, tu m'as surprise assise sur des rochers, contemplant la mer. Tu m'as demandé ce que je faisais, et comme je ne répondais rien, tu m'as dit que j'étais ennuyeuse comme la pluie…

— Tu n'avais que dix ans, et j'étais un sale gosse…, murmura-t-il, terriblement embarrassé.

— Mais Tom était du même avis. Il me trouvait très ennuyeuse. Je n'ai jamais su distraire, amuser les autres…

— Jessica, il n'y a rien de plus insupportable pour un homme que les femmes qui veulent à tout prix être des boute-en-train… Tu es une femme intelligente — tu lis, tu penses, tu travailles beaucoup. Tu es plutôt introvertie, c'est vrai. Et alors ? Cela ne signifie pas du tout que tu sois ennuyeuse. Au contraire, tu n'en es que plus mystérieuse… Il faut du temps pour découvrir ce qui se passe dans ta jolie tête… Et je prendrai le temps qu'il faut. Je suis sûr que le jeu en vaut la chandelle. Alors s'il te plaît, fais-moi plaisir : accepte de passer un dimanche avec moi.

Il s'interrompit, comme pour reprendre son souffle après cette longue tirade.

— Alors, c'est oui ? demanda-t-il.

— Oui…, balbutia-t-elle.

5

Cette nuit-là, Jessica fit un rêve étrange. Elle se réveilla en sueur vers 2 heures du matin. Sa respiration était saccadée. Elle tremblait légèrement.

Lentement, elle s'étira. Quand elle se sentit calmée, elle s'allongea contre l'oreiller et fut envahie par un délicieux sentiment de bien-être.

Peu à peu, des images de son rêve lui revinrent à la mémoire, la faisant rougir. Elle avait presque l'impression que Carter Malloy était à côté d'elle.

C'était la première fois de sa vie qu'elle faisait un rêve érotique. Même aux premiers émois de l'adolescence, même quand Tom lui avait fait la cour, ses nuits n'avaient jamais été troublées par des images sensuelles. Elle n'était pas insensible au charme masculin. Elle savait reconnaître un homme séduisant. Mais pas au point que ses nuits de soient hantées…

Elle cacha brusquement son visage dans l'oreiller, comme pour masquer sa gêne.

Carter Malloy. Elle avait vu en rêve Carter Malloy nu, souriant, se dirigeant vers elle les bras tendus. Il l'avait embrassée avec une merveilleuse sensualité, caressant tout son corps de ses mains expertes. Et elle avait éprouvé une fièvre qu'elle n'avait jamais ressentie auparavant.

Avec un léger soupir, elle se blottit dans les couvertures. Mais elle n'arrivait pas à chasser de son esprit les images persistantes de son rêve. Carter Malloy l'embrassait partout.

Elle s'offrait à ses caresses en gémissant. Dans son rêve,

la peau de Carter était extraordinairement douce, son corps incroyablement ardent.

D'un geste brusque, elle s'assit dans son lit et alluma. Les genoux sous le menton, elle fit tout son possible pour penser à autre chose. Elle se calma lentement. Mais elle ne pouvait s'empêcher d'éprouver un terrible sentiment de frustration…

Elle ne comprenait pas ce qui lui arrivait. Elle n'avait jamais été une femme passionnée. Faire l'amour avec Tom n'avait jamais été une expérience très agréable. Parfois, elle avait apprécié ses caresses. Parfois même, elle avait éprouvé un plaisir complet. Mais c'était rare. Et peu lui importait, au fond. Le sexe n'avait jamais tenu une place importante dans sa vie.

Alors pourquoi avait-elle fait ce rêve ? Comment avait-elle pu évoquer dans son sommeil des images si précises, si troublantes ?

Gênée, elle ferma les yeux. Et si quelqu'un l'avait vue ? Si quelqu'un l'avait regardée dormir ? Elle savait bien sûr que c'était impossible, mais elle ne put s'empêcher de sursauter au moindre bruit suspect.

Elle avait dû manger quelque épice aphrodisiaque, c'était la seule façon d'expliquer ce court moment d'égarement… Mais elle eut beau chercher, elle fut incapable de déceler quoi que ce soit d'inhabituel dans ses repas de la veille… Non, cet argument n'était pas très convaincant…

Elle avait souvent lu que les femmes atteignaient leur maturité sexuelle beaucoup plus tard que les hommes — vers trente, quarante ans… C'était sans doute l'explication : elle faisait l'expérience de besoins nouveaux, qu'elle n'avait pas connus par le passé… Elle avait passé de longues années sans avoir d'amant. Son corps éprouvait sans doute le besoin de caresses masculines… Son corps était las de demeurer chaste…

Brusquement, elle se leva, enfila ses pantoufles et se dirigea vers la cuisine. Quelques minutes plus tard, elle dévorait une plaquette de chocolat.

Le chocolat avait toujours été pour elle une consolation, dans les moments difficiles. Enfant, elle était allée jusqu'à en dissimuler dans sa chambre, car sa mère lui interdisait d'en manger, de peur que ses dents ne s'abîment. Maintenant que sa mère n'était plus là pour la surveiller, elle en avait toujours à portée de main dans un placard. Elle n'en mangeait pas régulièrement mais comme elle n'avait aucun problème de poids, elle pouvait se permettre d'en croquer un morceau de temps en temps. Le chocolat était sa bouée de sauvetage quand quelque chose n'allait pas...

Ce rêve ne l'avait pas déprimée. Mais elle se sentait frustrée — et surtout, terriblement gênée... Elle ne pouvait s'empêcher d'être en colère contre Carter. Elle savait que c'était à cause de lui qu'elle avait réagi de façon si inhabituelle. A cause de son corps viril et athlétique, de son sourire félin, de sa voix sensuelle... Elle le maudit d'être aussi séduisant. Elle se maudit d'être vulnérable. Elle maudit Crosslyn Rise d'être la source de tous ses ennuis...

En quelques minutes, elle eut dévoré la plaque de chocolat. Elle but un verre de lait et regagna sa chambre. Il était 3 heures passées. Elle s'efforça de penser au séminaire de littérature russe qu'elle devait organiser le lendemain. Avec un long soupir, elle se mit au lit, éteignit, et essaya de s'endormir.

Quand Jessica avait accepté de passer un dimanche avec Carter, celui-ci avait immédiatement proposé le week-end suivant. Mais elle avait refusé. Elle avait beaucoup trop de travail — les examens approchaient. A vrai dire, elle savait qu'elle risquait d'être tout aussi débordée le dimanche d'après. Mais Carter était impatient de savoir s'il était définitivement engagé, afin de commencer à dessiner les premiers plans. Elle savait qu'elle ne pouvait pas remettre indéfiniment leur petite escapade. Elle avait donc accepté la proposition de Carter. Il devait la rappeler la veille pour préciser l'heure du rendez-vous. Elle ne s'attendait pas à le voir avant, et elle en fut soulagée. Elle avait besoin de quelques jours pour se remettre de ce rêve troublant... Elle voulait à tout prix que sa relation avec Carter reste sur un terrain strictement professionnel.

Durant plusieurs jours, elle s'efforça donc de ne penser qu'à Crosslyn Rise. Elle voulait s'habituer à l'idée que la maison dans laquelle elle avait passé toute sa vie allait bientôt être transformée.

Elle décida d'appeler son amie Nina Stone pour lui parler de son projet. Elles convinrent d'un déjeuner dans un restaurant connu pour ses spécialités de fruits de mer, à proximité de Crosslyn Rise. Les deux femmes avaient fait connaissance plusieurs années auparavant lors d'un dîner mondain, et quelques mois plus tard, Jessica avait repris contact avec Nina pour vendre Crosslyn Rise. Nina n'était pas originaire de la région, mais elle y travaillait depuis une demi-douzaine d'années, et elle avait eu le temps de se faire une bonne réputation d'agent immobilier. Nina était le genre de femme que Jessica avait toujours trouvée très intimidante, mais curieusement, elles s'entendaient très bien, toutes les deux. Nina était agressive, efficace, mordante dans son travail, mais en compagnie de Jessica, elle laissait affleurer l'aspect plus doux et plus serein de sa personnalité.

Elle avait de nombreux points communs avec Carter. Comme lui, elle était partie de rien et avait réussi brillamment sa carrière. Comme lui, elle admirait Crosslyn Rise. C'était une des raisons pour lesquelles Jessica n'éprouvait aucune gêne à parler des problèmes de Crosslyn Rise avec elle.

— Une résidence ? s'exclama Nina, courroucée.

Les deux femmes s'étaient installées près de l'immense baie vitrée qui surplombait la mer. Nina était petite, gracile, ce qui rendait encore plus étonnante sa force de caractère.

— Je ne sais pas si c'est une très bonne idée, Jessica, poursuivit-elle d'un ton plus calme. Quel dommage d'abîmer une si belle propriété !

— Les résidences sont très réussies, parfois…

— Mais Crosslyn Rise mérite tellement mieux !

— Je sais, dit Jessica avec un soupir. Mais je n'arrive plus à faire face aux dépenses d'entretien. Et tu n'as pas réussi à trouver d'acheteur…

— Le marché de l'immobilier va mal en ce moment, admit

Nina. En tout cas, pour le haut de gamme. Je vends à la pelle des petites maisons de trois ou quatre pièces.

Son regard se fit pensif.

— Les résidences sont à la mode, c'est vrai…, reprit-elle. Surtout dans cette région. La proximité de l'océan est un atout certain. Les jeunes citadins trouvent le paysage merveilleusement romantique, les plus âgés le trouvent reposant… Mais donne-moi plus de détails. Si l'idée vient de Gordon Hale, je suppose que le projet est viable… C'est un homme qui a les pieds sur terre. J'ai cru comprendre qu'il essayait de former un consortium ?

— Pas encore. Pour le moment, j'essaie d'élaborer un projet précis avec quelqu'un.

— Qui ça ?

— Un architecte, répondit Jessica sans sourciller.

Nina observa son amie avec attention.

— Tu as l'air mal à l'aise…, dit-elle.

— Non, pas du tout, répondit Jessica en rougissant.

— Il te mène la vie dure ?

— Non, il est très gentil. Il s'appelle Carter Malloy. Tu as peut-être entendu parler de lui…

— Bien sûr ! répondit Nina, impassible. Il dirige le cabinet Malloy et Goodwin. C'est un excellent architecte.

Jessica ne put s'empêcher d'éprouver un sentiment de fierté.

— Tu connais son travail ? demanda-t-elle.

— J'ai vu une de ses réalisations à Porstmouth, un ancien entrepôt qu'il a converti en lofts. Il a su combiner l'ancien et le moderne avec un remarquable talent.

Soudain, un léger sourire se peignit sur les lèvres de Nina.

— Si mes souvenirs sont bons, Carter Malloy est très séduisant…, murmura-t-elle.

— Séduisant, ce n'est peut-être pas le terme que j'emploierais, répondit Jessica en feignant l'indifférence.

Mais elle avait parlé avec trop de précipitation. La curiosité de Nina fut immédiatement mise en éveil.

— Quel terme aurais-tu employé ? demanda-t-elle ironiquement.

— Je ne sais pas... Disons qu'il a certain charme.

— Un certain charme ! s'esclaffa Nina. Voyons, Jessica ! On peut difficilement décrire Carter Malloy de façon plus fade ! D'après la photographie que j'ai vue de lui, c'est un homme terriblement viril !

— Viril ? Je... Oui, sans doute, répondit Jessica en rougissant de plus belle.

— Jessica, tu es incroyable ! Est-il possible que tu sois à ce point insensible au charme masculin ? Je sais que tu as eu une expérience désastreuse avec ton premier mari, mais tes plus belles années sont encore devant toi... Avec quel homme es-tu sortie pour la dernière fois ?

Jessica baissa les yeux.

— Avec qui ? insista gaiement Nina. Tu n'as tout de même pas oublié !

— Tout dépend de ce que tu entends par « sortir », balbutia Jessica. S'il s'agit simplement d'aller au cinéma ou au restaurant avec un homme, je le fais sans arrêt avec mes collègues.

— Ne fais pas l'idiote ! répliqua Nina en levant les yeux au ciel. Je parle d'un homme qui t'aurait raccompagnée jusqu'à ta porte pour t'embrasser ou bien même pour passer la nuit chez toi...

— Je n'aime pas accumuler les partenaires..., répondit Jessica en lançant à son amie un regard de reproche.

Elle ne connaissait pas Nina très intimement, mais elle savait que celle-ci finissait rarement une nuit seule.

— Moi non plus, je n'aime pas accumuler les partenaires, comme tu dis ! rétorqua Nina en riant à gorge déployée. Mais j'aime la compagnie des hommes ! Pourquoi en faire toute une histoire ? Et comme je ne cherche pas à me faire épouser...

— Ah bon ? demanda Jessica, étonnée. Tu n'as pas envie de te marier ?

— Mais je n'ai pas le temps de me marier ! Tu m'imagines en femme au foyer, avec une ribambelle de gosses ?

— C'est une question d'organisation, affirma Jessica avec conviction.

— Non, tout ce qui m'intéresse, c'est de gagner de l'argent, répondit Nina avec un certain cynisme. Je veux être une femme libre et indépendante !

— Mais je croyais que ton agence marchait très bien…

— Pas autant que je le souhaiterais.

— Tu as des problèmes d'argent ?

— J'ai des problèmes d'argent depuis que j'ai vu ma mère faire des ménages jusqu'à l'épuisement pour nourrir sa famille !

— Je suis désolée, murmura Jessica, confuse.

— Ce n'est pas grave, répondit Nina en souriant. Je me suis endurcie, avec l'âge. Mais je ne veux plus jamais être dans le besoin. Jamais ! Et je ne veux pas dépendre d'un homme…

— Pourtant, ton agence marche très bien…

— Oui, mais elle ne m'appartient pas.

Jessica commençait à mieux cerner la personnalité de Nina. Elle-même n'avait jamais connu de problèmes matériels, durant son enfance. Nina avait eu une vie si difficile… Jessica se sentit soudain très triste.

— Mais tu n'as que trente ans ! dit-elle avec un faible sourire.

— La vieillesse arrive plus vite qu'on ne croit. Si j'arrive à mener ma barque comme je le souhaite, je serai propriétaire de mon agence à trente-cinq ans et je serai le meilleur agent immobilier de la région. Alors seulement je songerai à me ranger… A condition que je trouve un homme qui en vaille la peine, bien sûr !

— Je ne me fais pas de souci pour toi, répondit Jessica en souriant.

Elle éprouva soudain une étrange timidité devant Nina. Elle avait toujours eu ce sentiment d'admiration pour les femmes plus jolies et plus sociables qu'elle. Nina avait des traits fins, réguliers. Elle s'habillait avec beaucoup de recherche et de sophistication. Les hommes étaient immédiatement attirés par elle.

Nina scruta son amie.

— Voilà, tu sais tout sur moi, dit-elle en riant. Et toi ? As-tu jamais songé à te remarier ?

— Oh, moi..., répondit Jessica avec un profond soupir. Je ne plais pas aux hommes autant que toi...

— Ah bon, pourquoi ? demanda Nina, sincèrement étonnée. Tu es élégante, jolie, intelligente... Tout ce dont un homme peut rêver !

Jolie ? Carter avait employé ce mot. « Il faut du temps pour découvrir ce qui se passe dans ta jolie tête »... Mais c'était une expression toute faite, bien sûr. Pouvait-elle prendre au sérieux les paroles de Carter Malloy ?

— Les hommes aiment les femmes gaies et dynamiques dans ton genre..., dit-elle.

— Non, c'est faux. Je plais peut-être au départ, mais aucun homme n'envisagerait sérieusement de vivre avec moi. Je suis trop dure, trop agressive... Toi tu es douce, gentille. Tu as confiance en toi. Et puis tu es indépendante.

— Comment ça ?

— Financièrement, par exemple. Crosslyn Rise vaut une petite fortune, même si tu as des problèmes actuellement pour entretenir la propriété. Si tu réalises ce projet de résidence, tu gagneras beaucoup d'argent. Contrairement à moi, tu ne risques pas de te retrouver fauchée du jour au lendemain...

Nina s'interrompit un instant. Le serveur venait d'apporter le homard.

— Tout ce qu'il te reste à faire, reprit-elle en commençant délicatement à décortiquer le crustacé, c'est te trouver un mari et avoir des enfants.

— Je ne sais pas..., murmura Jessica en délaissant ce qu'il y avait dans son assiette. Les choses ne sont jamais si simples...

— Tout ira mieux quand tu auras réglé les problèmes concernant Crosslyn Rise.

— Pourquoi ? demanda Jessica, sceptique.

— Parce que tu te sentiras plus libre, plus détendue. Tu seras prête à tomber amoureuse. Jusqu'à présent, tu n'as vécu que pour

Crosslyn Rise. C'était ton port d'attache, le centre de ta vie. Tu n'as jamais vécu ailleurs, même quand tu étais mariée.

— Tom voulait habiter à Crosslyn Rise…

— Oui, je sais. Mais tu y es restée après ton divorce.

— Je vivais avec mes parents.

— Mais tu es seule maintenant, et tu y vis toujours. Crosslyn Rise est comme une présence pour toi.

— Mais ce n'est qu'une maison ! protesta Jessica.

— Oui, mais une maison pas comme les autres. Quand tu es à Crosslyn Rise, te sens-tu seule, parfois ?

— Non.

— Et pourtant, tu devrais, dans cette maison immense, sans voisin à moins de dix kilomètres ! L'être humain n'est pas fait pour vivre seul, Jessica.

— Mais je vois plein de gens toute la journée ! J'aime bien être seule, le soir…

— Vraiment ? Pas moi. Mais il est vrai que je ne vis pas dans une maison pleine de souvenirs, comme Crosslyn Rise. Si c'était le cas, je n'éprouverais peut-être pas un sentiment de solitude… En tout cas, bientôt la propriété ne t'appartiendra plus. Tu auras besoin d'une compensation…

— Merci pour tes encouragements ! murmura Jessica, les larmes aux yeux.

— Je te dis ça pour ton bien, Jessica. Ce changement dans ta vie est une occasion rêvée… Tu as toujours vécu de la même façon, dans le même endroit. Sors de l'ombre de Crosslyn Rise !

Jessica dut s'avouer que Nina avait raison.

— Crois-tu que je me sois abritée derrière Crosslyn Rise ? demanda-t-elle tout bas.

— Oui, d'une certaine façon, répondit Nina sans hésiter. Tu as réussi ta vie professionnelle, mais toute ta vie privée s'est déroulée à Crosslyn Rise. Il est temps pour toi de découvrir le vaste monde !

*
**

A défaut de découvrir le vaste monde, Jessica attendit avec une impatience croissante le moment de découvrir les résidences réalisées par Carter Malloy. Quand elle se réveilla, le dimanche matin, elle avait l'estomac noué. Carter l'avait appelée la veille pour lui demander s'il pouvait passer la prendre dès 8 heures du matin. Jessica avait l'habitude de se lever tôt. Elle aimait les premières heures de la journée. Le matin, son esprit était plus clair, ses activités plus fécondes.

Pourtant, ce dimanche-là, elle eut l'impression que tout se brouillait dans son esprit. Après une douche rapide, elle resta longtemps perplexe devant sa garde-robe. Que mettre pour passer une journée avec Carter Malloy ? C'était un rendez-vous strictement professionnel, et non une balade en amoureux. Mais Carter avait évoqué la possibilité de déjeuner dans un restaurant ou de faire du shopping… Un tailleur serait trop strict pour l'occasion, un jean trop décontracté…

Elle se décida enfin pour un pantalon en gabardine de laine noire, simple mais élégant, et un pull-over qu'elle avait acheté à Boston l'année précédente. La vendeuse lui avait assuré que ce genre de vêtement était à la dernière mode, mais elle l'avait acheté surtout parce qu'elle le trouvait confortable. Pour la première fois, elle se félicita de son choix.

Mais pourquoi tenait-elle tant à paraître plus sophistiquée qu'elle ne l'était ordinairement ? Peut-être aurait-elle mieux fait d'adopter un style plus naturel, plus décontracté… Mais elle poursuivit sa toilette, en soulignant son regard d'un voile d'ombre à paupières, en se brossant longuement les cheveux, et en enfilant pour terminer une paire d'élégantes chaussures de cuir noir…

En attendant Carter, elle se sentit peu à peu gagnée par la nervosité. Quand il fut devant elle, elle crut qu'elle n'aurait pas la force de se comporter de façon naturelle. Il était extrêmement séduisant dans son pull bordeaux et son pantalon de lin gris. Rasé de frais, il exhalait une délicieuse odeur d'after-shave.

Il la mena directement à sa voiture, qui attendait devant le porche. Il lui tint la porte, puis fit le tour du véhicule pour s'installer à sa gauche.

— J'aime mieux te prévenir tout de suite…, s'exclama Jessica, comme il mettait le contact. Je suis une passagère insupportable ! Je n'aime pas la vitesse…

— Ne t'inquiète pas, ce n'est pas mon genre, répondit-il en riant.

— Pourtant, je me rappelle quelques crissements de pneus dans la grande allée de Crosslyn Rise…

— C'était il y a des années, et si cela peut te rassurer, je n'ai pas eu d'accident depuis l'âge de dix-neuf ans…

En prononçant ces mots, Carter fit démarrer la voiture et emprunta la route nationale à la sortie de Crosslyn Rise — mais en conservant une allure raisonnable. Il lui arrivait parfois de se laisser emporter par l'ivresse de la vitesse, mais il ne conduisait jamais de façon imprudente. Plus jamais il ne calmait ses nerfs en roulant comme un fou, comme il l'avait fait autrefois…

Il avait perdu l'agressivité de ses vingt ans. Avec l'âge, il était devenu un homme posé, calme, réfléchi. Il lui arrivait parfois d'éprouver un sentiment de frustration quand par exemple un projet ne marchait pas comme il le souhaitait, ou quand un client se montrait difficile. Mais c'était rare. Cette maturité tranquille, il avait cru qu'il ne l'acquerrait jamais.

Il jeta un rapide coup d'œil à Jessica, assise à sa droite. Elle était merveilleusement jolie. Comme elle était différente de l'adolescente d'autrefois ! Il avait déjà noté ce changement spectaculaire, mais chaque fois qu'il la revoyait, elle était encore plus adorable que dans son souvenir. Ce jour-là, elle était particulièrement élégante. Cet ensemble lui allait à ravir. Carter se sentit heureux. Jamais il n'aurait cru qu'un jour il escorterait une femme de cette classe.

— Ça va ? demanda-t-il au bout d'un moment.

— Oui, répondit-elle en lui lançant un bref coup d'œil.

— Comment se passent les examens ? reprit-il.

— Plutôt bien.

— Tu as l'air presque surprise…

— Oui, car je ne sais jamais d'avance à quoi m'attendre. Certaines années, l'organisation est déplorable — les sujets ne sont pas imprimés à temps, ou bien ils sont intervertis entre les classes... Ce genre de mésaventure...

— A Harvard ? demanda-t-il, amusé.

— Eh oui, même à Harvard ! Mais cette année, Dieu merci, tout se passe bien.

— Heureusement pour toi.

— Oui. Bien sûr, je suis maintenant obligée de corriger les copies et de remettre les notes à temps à l'administration... La cérémonie de remise des diplômes approche...

— Vas-tu y assister ?

— Oui...

— Ça doit être un peu solennel et ennuyeux...

— Oh oui ! répondit-elle en riant.

Carter goûta avec plaisir le son cristallin de son rire. Jessica ne se prenait pas au sérieux. Il appréciait cet état d'esprit. Pendant des années, il avait cru qu'elle était hautaine, méprisante, prétentieuse. Mais elle avait changé. Elle n'attachait plus aucune importance à la différence sociale qui existait entre eux. Carter était persuadé que, plus ils se verraient, plus les barrières tomberaient. Le passé serait oublié. Et c'était ce qu'il souhaitait par-dessus tout.

Mais il désirait autre chose, aussi. Il n'avait pu effacer de sa mémoire le baiser qu'ils avaient échangé quelques jours auparavant.

Il avait le sentiment que Jessica possédait, enfouis en elle, des trésors de sensualité. Elle avait été mariée, elle n'était donc plus complètement innocente, mais il était persuadé que son mari n'avait jamais fait d'étincelles. La bouche de Jessica était presque virginale. Son corps était comme hésitant, presque naïf...

Carter n'avait jamais été très porté sur les jeunes filles dépourvues d'expérience. Longtemps, il avait aimé les femmes mûres, sûres d'elle-mêmes. Mais il commençait à en être las. Depuis quelque temps déjà, les plaisirs de la chair le laissaient froid.

Mais le baiser de Jessica avait éveillé en lui des réserves de désir insoupçonnées. En repensant à ce baiser, il s'était senti envahi par un trouble étrange. Et dire que c'était Jessica Crosslyn, la fille qu'il avait détestée pendant des années, qui lui tournait la tête…

Oui, elle le troublait plus qu'il ne l'aurait voulu. Tout en conduisant, il ne pouvait s'empêcher de lui jeter de petits regards à la dérobée. Il aimait la façon sensuelle dont elle croisait les jambes, il aimait ses mains, si délicates et féminines, il aimait la façon dont son pull-over mettait délicieusement en valeur la courbe de ses seins, il aimait l'éclat doré de sa chevelure. Tout en elle était riche de promesses. Et elle paraissait totalement inconsciente de son propre charme…

Mais peut-être tout cela n'était-il que le fruit de son imagination… Il y avait déjà un certain temps qu'il n'avait pas eu d'aventure. Peut-être éprouvait-il un besoin purement physiologique…

Il aurait pu, bien sûr, faire la cour à Jessica et tenter de conclure aussi vite que possible. Mais il ne le désirait pas. Ce qu'il éprouvait pour elle était très particulier. Il ne savait pas encore où cela les mènerait, mais à quoi bon se hâter ?

— Une de mes amies admire beaucoup ton travail, dit soudain Jessica, comme ils poursuivaient leur route. Elle a visité une de tes résidences à Portsmouth.

— Harborside ? Je pensais m'y rendre en dernier, sur le chemin du retour.

— Elle était très impressionnée par ce que tu as fait…

— Oui, c'est pas mal, mais ce n'est pas ma préférée, répondit-il en haussant les épaules.

— Quelle est ta résidence préférée ?

— Cadillac Cove. Le nom est ridicule, mais l'endroit est magnifique.

— Qui a choisi ce nom ?

— Le promoteur. Je me contente de faire les plans.

— Ton travail est donc terminé une fois que tu as rendu les plans ?

— Ça dépend du client. Certains veulent uniquement des plans et tiennent à réaliser tout le reste par eux-mêmes. D'autres me demandent de nombreux conseils, ce qui implique que je sois présent sur le chantier. Je préfère la deuxième solution — et ce n'est pas une question d'argent. D'un point de vue strictement financier, je gagne plus sur ma planche à dessin. Mais j'aime visiter les chantiers, ensuite. J'aime voir les concepts prendre forme. Et j'aime être présent au cas où quelque chose n'irait pas.

— Est-ce que ça arrive souvent ?

— Parfois. Mais le vrai problème, c'est que l'enseignement de l'architecture est très mal conçu. On peut devenir architecte sans rien connaître à la construction. La plupart des architectes se croient très supérieurs : ce sont eux qui réfléchissent, les autres exécutent. Pourtant, il me semble que ce sont les ingénieurs et les ouvriers qui font le vrai boulot. Certains architectes élaborent des plans qui sont complètement irréalisables, ils dessinent des maisons qui ne tiendraient pas debout si on les construisait !

— Gordon m'a dit que tu avais une expérience dans le bâtiment…

— Oui, quand j'étais à l'université, j'ai passé tous mes étés sur des chantiers — pour payer mes études.

— Tu as toujours voulu être architecte ?

— Non. Au début, tout ce que je voulais, c'était gagner de l'argent. C'est en travaillant comme ouvrier que j'ai commencé à m'intéresser à l'architecture. Les types en costume trois-pièces qui arpentaient les chantiers avec un casque sur la tête et des plans à la main m'intriguaient. Et j'étais très impressionné par les luxueuses voitures qu'ils conduisaient ! Des BMW, des Porsche, des Mercedes… Cette voiture est modeste en comparaison de celles de mes collègues…

— Alors pourquoi ne t'achètes-tu pas une belle voiture, maintenant que tu en as les moyens ?

— Je ne sais pas, répondit-il, pensif. J'aurais peut-être trop peur de l'abîmer, ou de me la faire voler. Je n'ai pas de garage. Mais surtout…

Il s'interrompit un instant.

— … Je crois que si je m'achetais ce genre de voiture, j'aurais l'impression d'être arrivé. Et il me reste encore beaucoup de chemin à parcourir…

Jessica ne put s'empêcher de rapprocher ces paroles de celles de Nina. Pour cette dernière, réussir sa vie signifiait devenir riche. Mais Jessica savait que ce n'était pas le sens des paroles de Carter. Ce qui intéressait ce dernier, c'était de réussir dans son travail… Et peut-être aussi de réussir sa vie privée. Mais que savait-elle de ses rêves, de ses ambitions ?

Elle aurait aimé lui poser plus de questions, mais elle n'osa pas et demeura silencieuse. Petit à petit, elle se laissa bercer par le ronronnement régulier du moteur. Le silence était agréable. Jessica en était presque étonnée. Habituellement, quand elle était en compagnie d'un homme, elle se sentait obligée d'entretenir en permanence la conversation.

Mais le silence qui s'était installé entre elle et Carter n'avait rien d'artificiel. Elle savait que Carter parlerait, s'il en avait envie. Il n'était pas timide. Jessica avait très souvent fréquenté des hommes timides. En leur compagnie, elle se sentait moins gauche elle-même. Mais avec Carter, tout était différent. Une vraie complicité était née entre eux.

Elle savait que le silence ne le gênait pas non plus. Il conduisait avec une calme assurance, un sourire aux lèvres. Il ne se sentait pas obligé de parler, sinon pour attirer l'attention de Jessica sur certains éléments du paysage. Leur parcours dura près de quatre heures. Carter s'excusa à plusieurs reprises de la longueur de l'excursion. Peu avant midi, ils arrivèrent à Bar Harbor.

Le site valait le détour.

— Je suis très impressionnée ! s'exclama Jessica avec ferveur, quand ils eurent fait le tour de Cadillac Cove.

Contrairement à ce que Carter avait projeté pour Crosslyn Rise, les maisons se trouvaient toutes en bord de mer. Construites par groupes de deux ou trois, elles ne défiguraient en rien le paysage.

— Tout est vendu ? demanda-t-elle.

— Presque, répondit Carter. Mais les gens viennent surtout ici en été — ce qui n'est guère étonnant, vu le climat rigoureux de la région. La plupart de ces maisons sont en propriété multiple. Deux ou trois d'entre elles ont déjà été remises en vente, mais le promoteur a fait une bonne affaire...

— Tout comme toi.

— J'ai été payé pour mes services d'architecte, et sur le long terme, l'affaire a été très rentable, grâce à la notoriété qu'elle m'a conféré... Mais je n'avais pas d'intérêts financiers dans le projet, comme ce sera le cas pour Crosslyn Rise...

— Est-ce que Gordon t'en a parlé un peu plus en détail ?

— Non.

— J'ai l'impression qu'il a déjà quelques idées en tête, mais qu'il ne veut pas s'engager auprès d'investisseurs potentiels avant d'avoir des plans concrets.

— Sais-tu s'il a déjà contacté des investisseurs ?

— Je ne sais pas. Pourquoi ?

— Parce que je connais quelqu'un qui pourrait être intéressé. Il s'appelle Mark Lowe. J'ai travaillé il y a deux ans avec lui pour un projet dans les monts Berkshires. Il est honnête et c'est un des meilleurs ingénieurs en bâtiment que je connaisse. Il a un peu d'argent qu'il aimerait investir, mais il cherche un projet sans risques. Crosslyn Rise est de ceux-là.

— Qu'en sais-tu ?

— Si ce n'était pas le cas, crois-tu que j'y investirais mon propre argent ?

Sans transition, il ajouta :

— Veux-tu aller déjeuner ?

— Je... Oui, répondit Jessica.

Cette visite la passionnait tellement qu'elle en avait presque oublié la faim qui la tenaillait depuis une demi-heure !

— Viens, dit-il en la prenant par la main. Je connais un restaurant près d'ici qui sert la meilleure soupe de poisson de toute la côte.

Cette suggestion était tout à fait alléchante. Jessica se laissa guider sans protester. La soupe de poisson tint effectivement ses promesses. Mais Jessica savait que le plaisir qu'elle goûtait était en partie lié au charme ravageur de Carter... Ils accompagnèrent leur soupe d'une salade d'épinards frais et de petits pains tout chauds. Quand ils eurent terminé cet agréable repas, ils reprirent leur route, en direction de l'étape suivante.

Cinq arrêts plus tard, ils arrivèrent à Harborside. L'après-midi touchait à sa fin. Comme il l'avait fait depuis le début de la journée, Carter fit tout visiter à Jessica, lui expliquant les moindres détails. Au terme de la visite, il se tourna vers elle et lui demanda :

— Alors ? Qu'en penses-tu ?

— C'est très intéressant, répondit-elle. L'idée de convertir une usine en lofts limitait un peu les possibilités, bien sûr, mais tu en as tiré le meilleur parti possible — surtout avec le patio ! J'adore le patio…

Carter commençait à bien connaître Jessica, et à savoir interpréter les expressions de son visage. Quelque chose lui disait qu'elle n'était pas entièrement convaincue…

— N'hésite pas à être sincère, dit-il en riant.

— Mais je suis sincère ! protesta-t-elle en tournant son regard vers lui. Je trouve que le résultat est remarquable !

— Tu trouves ça beau ?

— Je… Non, je trouve ça plutôt impressionnant.

— Mais aimerais-tu vivre ici ?

— Je n'ai pas dit cela…

— Alors ?

Elle vit la lueur de malice dans les yeux de Carter.

— C'est bon, soupira-t-elle, je crois que je préférerais vivre à Cadillac Cove.

— Ou à Riverside, suggéra-t-il en dévorant du regard le joli visage aux joues rosies par le vent. Ou à Sands…

— Ou à Walker Place ! conclut-elle. C'est vrai, Harborside est celle que j'aime le moins. Mais c'est tout de même une réalisation très talentueuse…

— Est-ce que cela signifie que je suis engagé ?

— Bien sûr ! répondit-elle en souriant. Pourquoi me poses-tu cette question ?

— Parce que c'était l'objet de notre voyage…

En fait, Jessica avait complètement oublié le motif de leur excursion. Dès le début, elle avait su que Carter serait engagé. Mais elle se sentait merveilleusement bien avec lui, au point qu'elle avait oublié que leur promenade avait à l'origine un but strictement professionnel. Le Carter Malloy du passé n'existait plus pour elle. Elle ne pouvait penser qu'à l'homme qu'elle avait sous les yeux : un homme beau, séduisant, intelligent, sympathique.

— J'apprécie énormément ton travail, dit-elle.

— Tu pourrais le dire avec un peu plus d'enthousiasme, répondit-il, amusé.

— J'apprécie énormément ton travail ! répéta-t-elle.

— Vraiment ?

— Oui, vraiment !

— Tu crois que je serai capable de faire quelque chose de beau, à Crosslyn Rise ?

— Oui, j'en suis sûre…

— Tu ne dis pas ça par fidélité à notre passé commun…

— Si j'étais fidèle à notre passé commun, je ne t'engagerais pas…

Derrière la lueur de malice qui s'était allumée dans le regard de Jessica, Carter crut déceler une véritable note d'affection. Il en fut profondément ému. Il lui prit la main, guettant le moindre signe d'émotion de sa part. Et Jessica était troublée, il l'aurait juré. Soudain, il éprouva un véritable sentiment de jubilation. Il avait gagné une première bataille…

Lentement, il se pencha vers elle pour l'embrasser. Elle se laissa faire, puis détourna doucement le visage. Il n'insista pas et relâcha son étreinte.

Le baiser de Carter n'avait pas duré plus de quelques secondes, mais comme la première fois, Jessica avait éprouvé une sensation délicieusement troublante. Mais elle ne voulait pas céder à la tentation. Soudain, elle commença à trembler de tous ses membres. Elle se sentait à la fois émue et effrayée.

— Non, murmura-t-elle, comme il se penchait de nouveau vers elle. S'il te plaît Carter, non…

Carter lut la peur dans son regard. Il pouvait ne pas tenir compte de ses prières. Il savait qu'elle aurait rapidement capitulé. Mais il ne voulait surtout pas la brusquer…

— Je ne te forcerai jamais à faire quoi que ce soit…, murmura-t-il.

— Je sais…

Lentement, il fit un pas en arrière et se détourna à moitié. Quand il eut repris ses esprits, il mit les mains dans ses poches et scruta Jessica.

— Je suis content que tu apprécies mon travail ! déclara-t-il gaiement. Il faut fêter cela. Que dirais-tu de terminer la journée à la Pagode ? Tu aimes la nourriture chinoise ?

Trop émue pour parler, Jessica acquiesça silencieusement.

— Alors tu acceptes mon offre ?

— Oui, murmura-t-elle.

— Viens…, dit-il en lui prenant la main pour la mener à la voiture.

Jessica aurait voulu refuser l'invitation de Carter, mais elle s'en sentait incapable. Tout d'abord parce qu'elle était affamée et fatiguée après cette longue journée. Mais surtout parce qu'elle n'avait aucune envie de quitter Carter si rapidement…

6

Jessica souhaitait prouver à Carter — mais aussi à elle-même… — qu'elle était capable de se remettre de son baiser. Pourquoi l'avait-il embrassée ? Pour lire dans son regard le désir qu'elle éprouvait pour lui ? Car elle le désirait, elle ne pouvait plus en douter. Mais elle devait continuer à se comporter comme si de rien n'était…

Plus facile à dire qu'à faire. Dans l'atmosphère feutrée de la Pagode, Jessica se sentit plus troublée que jamais. Tout contribuait à lui faire perdre la tête : les lumières tamisées, les tables élégamment décorées, les cocktails exotiques… La table que leur avait assignée un maître d'hôtel affable était dans un coin de la petite salle à manger, à l'écart des autres convives. Jessica avait de plus en plus de mal à se rappeler que ses relations avec Carter étaient strictement professionnelles. Le baiser qu'il lui avait donné n'était pas fait pour contrarier cette impression… Elle aurait voulu pouvoir se convaincre qu'elle n'attendait rien de lui — sinon qu'il dessine les plans du nouveau Crosslyn Rise…

Ce dîner avait tout d'un rendez-vous galant, et Carter ne fit rien pour dissiper cette impression. Ils bavardèrent aimablement sans évoquer une seule fois Crosslyn Rise. Jessica découvrit à cette occasion que Carter était remarquablement brillant et cultivé. Si elle avait pu oublier un instant le passé de cet homme, elle aurait été définitivement conquise. Mais c'était impossible. Derrière le Carter qu'elle avait sous les yeux se profilait par moments un autre Carter, celui qu'elle avait connu autrefois. Un Carter qui continuait à l'effrayer un peu…

Mais quand il la raccompagna à Crosslyn Rise, elle sentit que ses dernières défenses étaient tombées. Le cocktail l'avait grisée, Carter l'avait ensorcelée. Elle avait passé une merveilleuse journée. Carter s'arrêta devant le porche illuminé de Crosslyn Rise et murmura, en lui prenant la main :

— Merci pour cette journée, Jessica. Je suis très heureux que tu aies accepté de m'accompagner dans cette excursion. J'ai beaucoup apprécié ta compagnie.

— Moi aussi, j'ai passé une très bonne journée, avoua-t-elle en rougissant.

Aussitôt, il se pencha pour l'embrasser. Jessica se laissa faire sans dire un mot. Elle n'avait plus la force de résister…

— Et ce baiser, l'as-tu apprécié ? demanda-t-il, sans cesser de lui caresser doucement les cheveux.

— Ou… oui, répondit-elle en baissant les yeux.

— J'aimerais t'embrasser encore une fois, Jessica…

Comme mue par une force inconnue, elle acquiesça lentement. De nouveau, il s'empara de ses lèvres. Il explorait tendrement sa bouche, comme pour ne pas l'effrayer. Jessica sentit une onde de plaisir lui parcourir le corps.

— Jessica…, murmura-t-il. Laisse-moi continuer…

Elle ne fit rien pour le repousser. Petit à petit, les caresses de Carter se firent plus pressantes. Elle se laissa faire avec volupté. Elle avait l'impression de vivre son rêve. Mais tout était plus merveilleux, parce que plus réel… Un feu ardent la consumait.

Carter savourait intensément le goût fruité de ces lèvres féminines. Il étreignit passionnément la jeune femme. Il la désirait avec une force qu'il n'avait jamais connue jusqu'alors. Il avait terriblement envie de caresser ses seins, son ventre, ses jambes… Mais soudain, il sentit qu'elle échappait à son étreinte.

— Carter…

— Ne t'inquiète pas, je ne te ferai pas de mal, murmura-t-il en la relâchant immédiatement.

— Je ne peux pas, dit-elle, les larmes aux yeux.

Il demeura silencieux quelques secondes.

— Pourquoi ? finit-il par demander. Je ne comprends pas…

Jessica parvint à se libérer complètement et commença à rajuster le désordre de sa tenue. Soudain, comme pour se donner du courage, elle leva son regard vers la grande maison à moitié plongée dans l'obscurité.

— Je ne suis pas comme ça, dit-elle.

— Que veux-tu dire ?

— Je ne suis pas une fille facile.

— Cependant… je ne faisais que t'embrasser, répondit-il, un peu dérouté.

— Cependant, ce n'était pas la première fois. Et tu voulais aller plus loin.

— Pas toi ? s'enquit-il, tout en regrettant immédiatement ses paroles.

Mais le désir qu'il éprouvait pour elle était si douloureux qu'il n'avait pu s'empêcher de donner libre cours à sa frustration.

— Non, répondit-elle en évitant de le regarder. Je ne fais pas l'amour avec n'importe qui.

— Tu en avais terriblement envie, Jessica. Ton corps tremblait de désir. Tu pourrais au moins l'admettre.

— Ce n'est pas vrai.

— Tu mens…, maugréa-t-il en donnant un coup de poing sur le volant.

Essayant de garder son calme, il la scruta attentivement.

— Qu'est-ce qui t'effraie en moi ? demanda-t-il. Est-ce à cause du passé ?

— Je n'ai pas peur de toi, répliqua-t-elle.

— Si. Je lis la peur dans ton regard.

— C'est faux. Je ne veux pas finir la nuit avec toi, c'est tout.

— Pourquoi ?

— Parce que.

— Parce que quoi ? Voyons, Jessica, tu me dois bien une explication… Tu as été gaie, charmante toute la journée, et…

— Et alors ? l'interrompit-elle. C'est vrai, j'ai passé une très bonne journée, mais si j'avais su qu'il y avait un prix à payer…

j'aurais essayé d'être moins gaie et moins charmante. Est-ce qu'une nuit avec moi fait partie de ton contrat ?

Carter se passa nerveusement la main dans les cheveux. Il parvenait peu à peu à reprendre ses esprits et à réfléchir de façon plus rationnelle. Il savait qu'ils étaient à deux doigts de se disputer, et cela, il voulait l'éviter à tout prix.

— Je vais être franc avec toi, dit-il d'une voix neutre. Je t'ai embrassée parce que j'ai terriblement envie de toi, c'est tout.

— Mais je…

— Laisse-moi terminer, l'interrompit-il. J'ai envie de toi, Jessica. Ce n'est pas le prix à payer pour le déjeuner ou le dîner. Je… Tu me fais perdre la tête. Je ne m'y attendais pas, car tu étais avant tout pour moi une cliente, rien de plus. D'habitude, je ne travaille pas de cette façon. Mais… j'apprécie énormément ta compagnie, je me sens attiré par toi et j'ai envie de mieux te connaître. C'est pour ces raisons que je t'ai embrassée. J'ai eu envie de toi depuis le début de la journée.

Jessica ne sut que répondre. Si elle avait été follement amoureuse de Carter, elle n'aurait pu rêver déclaration plus enflammée. Mais elle n'était pas amoureuse de Carter Malloy. Aussi avait-elle du mal à croire à la sincérité de son désir.

— « Faire l'amour avec n'importe qui », comme tu dis, signifie faire l'amour à droite à gauche avec le premier venu, reprit-il. En ce moment, je n'ai aucune attache, et il y a un certain temps que je n'ai pas vécu une aventure sentimentale. Et j'ai l'impression de te connaître mieux que toutes les femmes que j'ai rencontrées jusqu'à présent. Ainsi, si nous avions fait l'amour, je ne l'aurais pas fait « avec n'importe qui ». Pas plus que toi, d'ailleurs, à moins que tu n'aies eu plusieurs aventures ces derniers temps…

En signe de protestation, Jessica secoua vigoureusement la tête. Carter ne poursuivit pas son enquête. Il connaissait de toute façon la réponse à l'avance. Mais il ne put s'empêcher de demander :

— As-tu rencontré un homme, depuis ton divorce ?

Lentement, elle fit signe que non.

— Et avant ton mariage ?

De nouveau, elle fit signe que non.

— Est-ce que c'était… bien, avec Tom ?

Mais il sut immédiatement que sa question était trop indiscrète. Jessica sortit brusquement de la voiture et gravit à la hâte les marches de l'escalier.

— Jessica, reste…, l'implora-t-il en la suivant.

Mais elle avait déjà ouvert la porte de la maison.

— Je ne veux pas parler de ça, murmura-t-elle sans le regarder.

— Alors nous parlerons d'autre chose.

— Non, j'ai envie de dormir.

— Pourquoi ne supportes-tu pas l'idée de parler de sexe ?

— Ce n'est pas un sujet de conversation convenable entre deux personnes qui ne se connaissent presque pas.

— Nous apprenons à nous connaître.

— Non. Et puis tu as beaucoup plus d'expérience que moi. Tu ne peux pas comprendre ce que je ressens…

— Qu'en sais-tu ?

— J'ai envie de dormir, répéta-t-elle sans répondre à sa question.

Lentement, elle referma la grande porte d'entrée. Carter demeura sur le perron. L'espace d'un instant, il fut tenté de résister, de frapper à sa porte, de sonner pendant des heures. Mais il ne voulait pas lui forcer la main. Jessica devait s'habituer lentement à l'idée qu'elle désirait Carter Malloy…

Il rentra immédiatement à Boston, prit une douche, se changea rapidement, et se prépara une tasse de café. Puis il appela Jessica. Une heure à peine s'était écoulée depuis son départ de Crosslyn Rise.

— Allô ? répondit-elle d'une voix posée.

— Bonsoir, Jessica, c'est moi. Je voulais m'assurer que tu allais bien.

Elle resta silencieuse un instant. Puis elle dit de la même voix neutre :

— Oui.

— Tu m'en veux ?

— Non.

— Parfait. Je ne voulais pas te blesser en te parlant de tout ça. Mais je suis très curieux. J'ai comme l'impression que tu as peur de moi. Et je voulais savoir pourquoi…

— Je n'ai pas peur de toi ! affirma-t-elle d'une voix un peu moins assurée.

— Alors pourquoi ne te laisses-tu pas aller quand je t'embrasse ?

— Parce que je ne suis pas le genre à me laisser aller.

— J'ai pourtant l'impression que tu en as très envie…

— Je ne désire rien de plus que ce que j'ai actuellement. Je ne suis pas une femme malheureuse, Carter. Ma vie me convient parfaitement. S'il en était autrement, il y a longtemps que j'en aurais changé. Tu as l'air d'insinuer que j'ai terriblement envie d'autre chose, mais c'est faux… Je suis très heureuse.

Carter songea que l'insistance avec laquelle elle essayait de le convaincre de son bonheur était un peu suspecte, mais il n'en dit rien. Elle essayait visiblement de se convaincre elle-même…

— Je t'appelais à propos de Crosslyn Rise, dit-il, changeant brusquement de sujet. J'aimerais commencer les premiers plans, mais pour cela, il faudrait que je puisse visiter la propriété une seconde fois. J'aimerais prendre quelques photos de la maison et du rivage. Tu n'as pas besoin d'être là, ce sont des photos d'extérieur uniquement, mais je ne veux pas me promener à Crosslyn Rise sans ta permission.

— Je te la donne.

— Merci. Puis-je te passer un coup de fil quand j'aurai quelque chose d'intéressant à te montrer ?

— Avec plaisir.

Elle s'interrompit un instant.

— Carter ? ajouta-t-elle d'une petite voix.

— Oui ? répondit-il en retenant son souffle.

— Je… Merci pour tout. J'ai vraiment passé une journée merveilleuse.

— Moi aussi, dit-il en souriant. A bientôt, Jessica.

— A bientôt, Carter.

*
* *

Cette semaine-là, quand elle était chez elle, Jessica passa beaucoup de temps devant la fenêtre. Elle essaya de se trouver des excuses — elle était fatiguée, elle avait besoin de réfléchir tranquillement, et rien n'était plus reposant que la vue magnifique du parc de Crosslyn Rise. Mais elle savait au fond d'elle-même qu'elle guettait la venue de Carter. Elle craignait de le manquer.

Il ne donna pas signe de vie : soit il était venu pendant qu'elle était à l'université, soit il avait abandonné son projet de visite. Il ne l'avait pas appelée. Peut-être avait-il essayé de la joindre pendant qu'elle était sortie. Pour la première fois de sa vie, elle envisagea la possibilité d'acheter un répondeur, mais elle réprima aussitôt cette envie. Elle détestait les répondeurs. Et puis rien ne serait plus terrible que d'en avoir un et de ne pas recevoir de messages. Elle préférait demeurer dans l'incertitude et penser que Carter l'avait peut-être appelée…

Mais qu'attendait-elle au juste ? Carter Malloy n'était rien pour elle. Ils étaient amenés à travailler ensemble, rien de plus. Elle avait apprécié ce dimanche passé en sa compagnie. Elle avait compris à quel point il avait changé. Et elle espérait qu'il y aurait d'autres dimanches tout aussi agréables.

Mais c'était tout. Carter n'était pas son genre d'homme. Elle ne comprenait pas, par exemple, pourquoi il ne l'avait pas rappelée. Dans son esprit, un homme bien élevé appelait régulièrement la femme à qui il faisait la cour. Carter aurait pu au moins l'appeler à son bureau, et laisser un message à sa secrétaire. Mais Jessica n'avait trouvé aucun message.

Il se montrait sous son jour véritable. Malgré tous ses beaux discours, il ne s'intéressait pas vraiment à elle — sinon pour la mettre dans son lit. Carter était un homme qui possédait une sensualité hors du commun. Contrairement à elle. La nature avait été généreuse avec elle dans de nombreux domaines — mais pas dans celui-là…

Quel but Carter poursuivait-il ? Elle ne comprenait pas pourquoi il l'avait embrassée. Plus elle songeait aux baisers qu'il lui avait donnés, plus elle se sentait frustrée. Elle avait l'impression qu'il essayait de jouer cyniquement avec elle. Et cette pensée la mettait mal à l'aise. D'autant qu'elle ne pouvait s'empêcher d'admirer son intelligence, son talent, son charme… Elle aurait préféré qu'il ne s'intéresse pas à elle, qu'une certaine distance demeure entre eux.

Pour éviter de remuer de sombres pensées, elle passa donc la semaine à s'absorber dans son travail. Elle essaya de passer le plus de temps possible à l'université. Tout comme le chocolat, le travail lui avait toujours servi de réconfort. Quand elle n'assistait pas aux examens, elle corrigeait des copies ou discutait avec les étudiants dont elle dirigeait les thèses. Quand elle rentra à Crosslyn Rise le vendredi soir, elle était épuisée.

Elle s'offrit donc le luxe d'une grasse matinée, le samedi matin. Elle se réveilla vers 10 heures, resta au lit à paresser, puis, après un délicieux bain chaud, se prépara un plantureux petit déjeuner. Elle avait cessé de regarder par la fenêtre : Carter ne viendrait certainement pas un samedi, en dehors de ses heures de bureau. Il était certainement passé durant la semaine, alors qu'elle était absente. Et c'était mieux comme ça.

Aussi fut-elle stupéfaite quand elle aperçut soudain le reflet bleu d'une voiture garée devant la maison. Elle venait de faire une machine à laver et s'apprêtait à étendre le linge. Le cœur battant, elle s'arrêta net, les bras chargés de vêtements mouillés.

Il était venu. Un samedi. Alors qu'elle portait un jean et un T-shirt. Soudain, elle entendit la sonnette de la porte d'entrée. Paniquée, elle resta immobile, incapable de faire le moindre mouvement. Si elle ne répondait pas, il penserait qu'elle n'était pas chez elle. Oui, c'était la meilleure solution…

Mais elle s'en sentait incapable. Elle déposa à la hâte le linge mouillé dans une bassine et se dirigea vers la porte d'entrée, qu'elle ouvrit lentement.

Il se tenait là, devant elle. Il portait lui aussi un jean et une chemise de flanelle à carreaux, dont les manches étaient remontées jusqu'aux coudes. Ses avant-bras étaient musclés, recouverts d'un fin duvet noir. Le col entrouvert de sa chemise laissait voir une poitrine large, virile. Il avait un appareil photo à la main.

— Bonjour ! dit-elle, essayant de paraître naturelle. Comment vas-tu ?

Il n'osa pas avouer à Jessica qu'il se sentait merveilleusement bien, maintenant qu'il était près d'elle. Il avait passé la semaine à se demander quand venir. Jamais une action aussi simple ne lui avait demandé autant de réflexion... Il n'avait cessé de penser à Jessica. Maintenant, il comprenait pourquoi. Elle était adorable dans son vieux jean élimé. Son visage dépourvu de tout maquillage était éclatant de santé. Ses longs cheveux blonds, relevés en queue-de-cheval, brillaient au soleil d'un éclat doré. Elle était merveilleuse — si différente des femmes qu'il fréquentait habituellement. Elle était saine, naturelle, délicieusement fraîche.

— Je vais bien, répondit-il en souriant. J'espère que je ne te dérange pas...

— Non, pas du tout ! se hâta-t-elle de répondre. Je faisais la lessive. Je profite généralement du samedi matin pour me débarrasser des corvées domestiques. Mais j'ai dormi tard, aujourd'hui. J'aurais dû avoir terminé depuis longtemps, à l'heure qu'il est...

— Tu dois être fatiguée, en ce moment, avec les examens, dit-il.

Il chercha des traces de fatigue sur son visage, mais en vain. Ses joues étaient roses et fraîches, son regard brillant.

— Oh oui ! dit-elle avec un soupir. J'ai eu une semaine terriblement chargée...

— J'espère que tu as décidé de te reposer, ce week-end.

— Oui, un peu. J'ai encore quelques copies à corriger, mais je ne déteste pas m'occuper des tâches domestiques, de temps en temps. C'est très reposant.

— Tu n'es jamais complètement inactive ?

— J'en suis incapable, avoua-t-elle en souriant.

— Je passais mes journées à ne rien faire, quand j'étais plus jeune. Ma mère était toujours certaine de me trouver vautré devant la télévision. Mais je n'ai plus tellement le temps de paresser, maintenant. Je travaille trop — et c'est la raison pour laquelle je suis ici aujourd'hui. Je n'ai pas cessé de penser à Crosslyn Rise, cette semaine. Et il fait si beau, aujourd'hui. Veux-tu venir avec moi ?

Jessica fut prise de court par cette proposition. Tout à coup, elle se sentit incapable de prendre une décision.

— Je… je ne sais pas, balbutia-t-elle. Il faut que je finisse ma lessive, et ensuite, que je passe l'aspirateur… Et j'ai peur de te déranger dans ta méditation, si je viens avec toi…

— J'apprécierais beaucoup ta compagnie. Viens avec moi — ne serait-ce qu'un quart d'heure.

Son regard était fixé sur celui de Jessica. La jeune femme songea soudain qu'elle n'avait jamais remarqué l'épaisseur de ses cils. Jamais elle n'avait vu un regard aussi tentateur, aussi sensuel…

— J'ai vraiment beaucoup à faire…, répondit-elle sans grande conviction.

— Tu n'as qu'à achever ce que tu as commencé, et ensuite tu pourras me rejoindre. Je suivrai le même trajet que la dernière fois.

Elle pouvait difficilement refuser une proposition aussi raisonnable. Après tout, Carter travaillait pour elle. Il voulait peut-être lui faire part de ses suggestions.

— D'accord, dit-elle. Mais je serai peut-être un peu longue.

— Prends ton temps. J'ai beaucoup à faire, de toute façon.

Jessica le regarda descendre les marches du perron. Il lui fallut plusieurs minutes pour calmer les battements de son cœur. Puis elle se hâta de terminer ses tâches ménagères. Après avoir étendu le linge, elle passa l'aspirateur à toute vitesse. Heureusement, elle ne faisait le ménage régulièrement que dans les quelques pièces qu'elle utilisait tous les jours. Quand elle eut terminé, elle enfila une paire de chaussures et partit à la recherche de Carter.

Il était assis sur la pelouse, près de l'étang. Bien qu'il ait essayé de se concentrer sur le paysage, il avait surveillé du coin de l'œil l'arrivée de Jessica. Quand il la vit s'approcher, il sentit de nouveau un agréable frisson lui parcourir l'échine. Il se sentait troublé chaque fois qu'il la voyait. Il ne put s'empêcher de songer avec amusement qu'autrefois, Jessica Crosslyn était pour lui la fille la moins attirante qu'il ait jamais rencontrée. A vingt ans, il avait été incapable d'apprécier son charme subtil et délicat, qui l'attirait maintenant de façon irrésistible. Il aimait sa vivacité d'esprit, la façon dont elle l'écoutait et lui posait des questions. Jessica était une compagne merveilleusement agréable et stimulante — sauf quand elle était sur ses gardes. Dans ces moments-là, elle était aussi hautaine et méprisante que dans son souvenir.

Pour l'apprivoiser, il devait donc à tout prix établir entre eux une relation fondée sur la confiance. La plupart du temps, ce n'était pas difficile. Elle était gaie, détendue, souriante... Les choses se compliquaient quand ils abordaient certains sujets — le sexe, par exemple. Et dans ces moments-là, il avait du mal à contrôler le désir qui montait en lui.

Mais il ferait tous ses efforts. Le jeu en valait la chandelle.

— Attention à la boue ! cria-t-il gaiement en la voyant s'approcher de l'étang.

Comme elle venait vers lui, il ne la quitta pas des yeux. Elle paraissait si jeune dans son jean, avec sa queue-decheval dansant sur ses épaules... Elle ouvrit un sac qu'elle tenait à la main et commença à distribuer du pain aux canards.

— Finalement, je crois que je déteste faire le ménage, dit-elle en riant.

— Tu devrais engager une femme de ménage, répondit-il. Ça ne te coûterait pas très cher.

— Non, il n'y a pas assez à faire, dit-elle avec une petite moue. Je fais venir une entreprise deux fois par an pour nettoyer l'ensemble de la maison, mais je peux faire tout le reste moi-même.

Elle se tourna vers lui et ajouta avec un sourire malicieux :

— Sauf quand on vient me proposer une promenade par un beau jour de printemps !

Elle embrassa d'un regard le merveilleux paysage qui les entourait. Jamais elle ne s'était sentie aussi bien. Etait-il possible que la présence de Carter ait sur elle un effet aussi bénéfique ?

— Alors, l'inspiration vient ? demanda-t-elle en continuant à distribuer du pain aux canards.

— Bien sûr ! répondit-il. C'est un endroit si magnifique !

Elle s'assit à côté de lui et admira l'appareil photo sophistiqué qu'il avait avec lui.

— Tu t'en es servi ? demanda-t-elle.

Il acquiesça.

— J'ai pris des photos de la maison et de la plage. Mais pas encore de l'étang. J'avais juste envie de m'asseoir.

— Es-tu un bon photographe ?

— J'ai quelques notions de photographie. Juste assez pour mon travail. Mais je ne fais rien d'artistique…

Tout en prononçant ces mots, il avait pris son appareil, effectué quelques réglages, et l'avait braqué sur elle.

— Je déteste être prise en photo ! s'exclama-t-elle en détournant le visage.

— Pourquoi ?

— Je ne sais pas.

Elle lui jeta un coup d'œil en coin et s'aperçut avec soulagement qu'il avait rangé l'appareil.

— Je ne suis pas du tout photogénique, expliqua-t-elle.

— J'ai du mal à le croire.

— Et pourtant c'est vrai ! Les photographies soulignent tous mes défauts. Et j'en ai des tas !

En l'examinant, Carter songea qu'elle était surtout très jolie.

— Quels sont tes défauts ? demanda-t-il, amusé.

— Carter, s'il te plaît…

— Dis-moi, insista-t-il.

Persuadée qu'il essayait de la ridiculiser, elle le fixa, courroucée. Mais le regard de Carter était parfaitement sérieux. Et il lui avait lancé un défi qu'elle pouvait difficilement ne pas relever…

— Je n'ai aucun charme ! décréta-t-elle bravement. Mon visage est trop mince, mon nez trop long, et mes yeux sont ternes.

— Ternes ! s'indigna Carter. Mais comment peux-tu dire une chose pareille ! Et je ne vois pas en quoi ton visage est trop mince, ou ton nez trop long ! Sais-tu que j'éprouve énormément de plaisir à te regarder ?

Comme elle lui lançait un regard étonné, il poursuivit :

— Peut-être n'avais-tu aucun charme quand tu étais adolescente, mais le vilain petit canard est devenu un beau cygne. Tu es jolie, adorablement jolie…

— Pourquoi me dis-tu ça ? balbutia-t-elle.

— Parce que c'est la vérité !

— Je n'en crois rien ! s'exclama-t-elle.

Mais elle se sentait terriblement embarrassée. Prenant son sac, elle se leva d'un bond.

— Tu me flattes pour que j'apprécie mieux tes dessins ! ajouta-t-elle en essayant de sourire.

Comme elle faisait mine de s'en aller, Carter se leva à son tour et la rattrapa par le bras. Jessica ne put s'empêcher de frissonner au contact de cette main virile sur sa peau.

— Si je voulais te flatter, je m'y prendrais autrement, murmura-t-il. Mais je ne peux pas rester silencieux quand tu dis des choses aussi manifestement fausses ! Tu es très attirante, Jessica… Pourquoi tiens-tu absolument à le nier ?

Troublée par sa délicieuse odeur masculine, Jessica sentit les battements de son cœur s'accélérer. Pourquoi s'obstinait-il à la prendre dans ses bras ?

— Je ne suis pas le genre de femme qui plaît aux hommes, expliqua-t-elle d'une voix faible.

— Ah oui ? Et qui t'a mis dans la tête une idée aussi stupide ? Ton ex-mari ?

— Non. C'est ce que j'ai déduit après de longues années d'observation. Je n'attire pas les regards masculins, c'est tout.

— Les femmes qui attirent le regard ne sont pas toujours celles dont on tombe amoureux, Jessica. Les hommes aiment les femmes plus douces, plus subtilement séduisantes — comme toi. Et j'ai terriblement envie de toi.

— Pourtant, tu n'as que l'embarras du choix…

— Mais j'ai envie de toi, et de personne d'autre… N'est-ce pas une preuve de ton charme ?

— Pas forcément. C'est peut-être un désir passager. A mon avis, tu es amusé par l'idée de faire la cour à la fille de tes anciens patrons.

Carter sentit la moutarde lui monter au nez.

— Ce que tu viens de dire est très insultant, murmura-t-il, les dents serrées. Pourquoi ne me fais-tu pas confiance, Jessica ? T'ai-je jamais menti ?

Comme elle ne répondait pas, il poursuivit :

— Non, je ne t'ai jamais menti. J'ai peut-être été cruel avec toi, mais je t'ai toujours dit ce que je pensais. Tu peux m'accuser de méchanceté, mais pas d'hypocrisie…

Avant qu'elle ait eu le temps de protester, il s'était emparé de sa bouche. Il l'embrassa avec une ardeur presque désespérée. Jessica se sentit incapable de résister. Elle savait qu'elle aurait dû être choquée par la façon presque indécente dont il dévorait ses lèvres, mais elle n'éprouvait qu'un intense sentiment de plaisir. Avant même qu'elle ait eu le temps de s'habituer à cette idée, il avait cessé de l'embrasser. Mais déjà il la pressait contre lui, pour mieux lui faire sentir l'ardeur de son désir.

— Crois-tu vraiment que je fais semblant ? demanda-t-il d'une voix rauque.

Au contact de ce corps masculin vibrant de désir, Jessica se sentit envahie par une onde de chaleur. Carter était haletant. Elle savait qu'il ne faisait pas semblant. Il la désirait réellement, avec une force telle qu'elle en était presque effrayée. Mais elle aussi avait envie de lui. Son corps tout entier tremblait d'un désir torride qu'elle n'avait encore jamais éprouvé jusqu'alors. Sans plus savoir ce qu'elle faisait, elle se serra contre lui. Elle leva son visage vers lui, avide de goûter de nouveau le goût âpre et sensuel de ses lèvres. Elle avait l'impression d'être devenue une autre femme.

Carter gémit et enlaça passionnément Jessica.

— Ne bouge pas…, murmura-t-il.

Tout son corps frissonnait d'un désir inassouvi. Jessica n'était pas mécontente de se sentir fermement tenue par ces bras musclés. Sinon, elle aurait probablement cherché à s'enfuir…

Mais le feu qui brûlait en elle l'attirait irrésistiblement vers ce corps masculin, à la fois fort et souple.

Elle était la première étonnée par sa réaction. Son rêve, elle pouvait encore essayer de le justifier de mille façons. Mais elle ne pouvait plus continuer à se mentir à elle-même.

Elle désirait cet homme de toute la force de son être. Son corps entier était embrasé…

Mais pouvait-elle assouvir cette terrible envie ? Une fois que Carter aurait satisfait ses instincts, que se passerait-il ? Mais elle savait qu'il ne la prendrait pas de force.

Elle avait envie de lui, mais elle ne se sentait pas prête. Elle avait toujours été calme, réfléchie. Elle n'aimait pas prendre de décisions sans réfléchir aux conséquences possibles de ses actes. Elle ne pouvait pas s'offrir à un homme qu'elle connaissait si peu. Elle l'avait fait une fois dans sa vie, et elle en avait souffert. Un homme l'avait dégoûtée des plaisirs de la chair.

Si un jour elle faisait l'amour avec Carter, elle voulait comprendre ses propres motivations. Et elle voulait savoir si elle pouvait se permettre de courir le risque…

7

Carter ne partit pas immédiatement. Il insista pour que Jessica reste près de lui pendant qu'il prenait des photos de la propriété. Puis il la raccompagna jusqu'au perron. Jessica avait craint un instant qu'il lui parle de ce qui venait de se dérouler entre eux, mais heureusement, il n'en fit rien. Il avait sans doute compris qu'elle ne se sentait pas prête… Durant tout le temps que dura leur promenade, ils n'abordèrent que des sujets anodins.

Quand ils eurent regagné la maison, il la laissa rentrer, tandis qu'il prenait quelques dernières photos. Puis il la conduisit au supermarché et fit quelques courses avec elle. Quand ils regagnèrent Crosslyn Rise, il lui prépara une délicieuse salade. Il ne partit qu'après le déjeuner.

Il l'appela le lundi suivant pour lui annoncer que les photos étaient très réussies. Il avait commencé à dessiner quelques croquis.

Il la rappela le lendemain pour lui dire qu'il était satisfait de ses premiers dessins, et pour lui demander si elle serait libre le dimanche suivant pour les voir.

Elle accepta avec joie. Son travail était terminé pour le trimestre et elle se sentait merveilleusement libre. Libre de penser à Carter, de passer du temps en sa compagnie… Elle essaya de se convaincre qu'elle attendait leur rendez-vous avec impatience parce qu'elle avait hâte de voir ses dessins… Mais elle savait qu'elle avait surtout envie de le voir, lui…

Elle ne souhaitait guère le recevoir à Crosslyn Rise. Elle ne faisait confiance ni aux sentiments de Carter ni aux siens…

Ils décidèrent donc de se retrouver à son cabinet d'architecte. Jessica n'était pas mécontente d'avoir une occasion de mieux l'observer dans son milieu professionnel. Et puis elle savait que s'il essayait de l'embrasser, elle ne risquait pas grand-chose dans ce cadre…

Elle attendait ce rendez-vous avec impatience. Une semaine s'était écoulée depuis leur dernière rencontre — une semaine au cours de laquelle elle n'avait cessé de penser à lui. Elle ne pouvait s'empêcher de se demander comment allait évoluer leur relation. Elle ne pouvait plus douter que Carter la désirait ardemment. Mais elle continuait à se demander pourquoi. Plusieurs réponses lui venaient à l'esprit. Il y avait sans doute de bonnes raisons, et aussi de moins bonnes… Mais elle se sentait en sécurité. Elle pouvait le voir, apprendre à mieux le connaître, sans être obligée de céder immédiatement à son désir.

Et puis il y avait Crosslyn Rise. Elle avait hâte de voir les dessins, maintenant qu'elle s'était lentement habituée à l'idée que sa maison adorée allait être transformée. Elle souhaitait que tout se fasse rapidement, afin que Gordon puisse contacter au plus vite des investisseurs potentiels. Elle voulait agir avant de changer d'avis.

Elle ne s'attendait à rien de précis, avant de voir les dessins de Carter, mais en les découvrant, elle en eut le souffle coupé. Quel architecte talentueux !

— Qui a exécuté cela ? murmura-t-elle, admirative.

— Moi, répondit Carter sans se troubler.

Il lui arrivait de confier ce type de travaux à ses assistants, mais cette fois, il avait voulu tout faire par lui-même. Le projet Crosslyn Rise lui appartenait entièrement. Jamais il n'avait éprouvé autant de plaisir à dessiner.

— C'est merveilleux ! s'exclama Jessica, encore mal remise de sa surprise. Je ne m'attendais pas à cela !

— Il s'agit de montrer d'emblée aux clients les possibilités du projet, déclara-t-il.

— Je suis très impressionnée !

— Par la présentation peut-être, mais que penses-tu de mes idées ?

Elle avait aimé ces dessins au premier coup d'œil. Elle les examina de façon plus approfondie.

— J'ai fait de la grande maison un club de loisirs, car c'est ce qu'elle deviendra sans doute, expliqua-t-il. J'ai aussi fait quelques croquis des maisons qui seront près de l'étang. Elles seront toutes construites sur le même modèle, une variation sur le thème géorgien. Je voulais savoir ce que tu en pensais…

— C'est vraiment… incroyable, murmura-t-elle, sans pouvoir détacher son regard des dessins.

— C'est ce que tu imaginais ?

— Je… Non, pas vraiment. Le style est plus moderne. Mais c'est vraiment très intéressant.

Carter n'était pas sûr d'être satisfait par le terme.

— Oui, très intéressant…, répéta-t-elle en examinant les dessins sous tous les angles.

Puis un sourire éclaira son visage.

— Je trouve ça très joli ! conclut-elle.

Carter ne put s'empêcher d'admirer son ravissant sourire. Il mourait d'envie de l'embrasser, mais il parvint à contrôler son émotion. Il savait qu'il ne devait pas la brusquer. Et s'il l'embrassait maintenant, il n'était pas certain de pouvoir se contrôler jusqu'au bout…

— Ce ne sont que des esquisses, dit-il pour masquer son trouble. Mais je voulais que tu te fasses une idée de l'esprit général du projet…

Il prit un dessin et ajouta en pointant un doigt :

— L'angle des toits est effectivement très moderne, mais les gens aiment ça, de nos jours. J'ai délibérément éliminé les balcons et les colonnades, qui sont du plus bel effet sur la grande maison, mais qui seraient ridicules sur les autres. Les maisons que nous allons construire doivent se fondre harmonieusement dans le paysage. C'est la grande maison qui doit rester le point de mire de Crosslyn Rise.

Jessica l'examina, à la dérobée. Il se tenait tout près d'elle. Elle sentait son odeur, son souffle. Mais elle savait qu'elle ne devait pas se laisser emporter par ses sentiments.

— Tu es ensorcelé par Crosslyn Rise..., dit-elle en riant.

— Moi ? s'exclama-t-il, sincèrement étonné. Non, je ne crois pas. En tout cas, pas au point d'en être gêné dans mon travail. Et je suis persuadé que les gens achèteront une maison de Crosslyn Rise pour la beauté du lieu...

De nouveau, il se pencha sur un dessin.

— J'ai organisé chaque groupe de maisons de façon différente, afin de rompre la monotonie, expliqua-t-il. Gordon et les investisseurs devront décider de leur taille, mais je ne pense pas construire des unités de moins de quatre pièces. Les gens aiment l'espace.

— Il faudrait en parler à Nina Stone, dit Jessica. Elle est agent immobilier. Elle sait exactement ce que les gens de la région recherchent.

— Qui est Nina Stone ? demanda Carter.

— Une amie, expliqua-t-elle.

Elle ne put s'empêcher de se demander si Carter et Nina s'étaient déjà rencontrés. Sans qu'elle sût trop pourquoi, cette pensée la mettait mal à l'aise.

— Elle te connaît, reprit-elle. Du moins, elle a entendu parler de toi. Ta réputation t'a précédé...

— C'est très flatteur, répondit Carter en souriant.

Après avoir quitté New York pour s'installer en Nouvelle-Angleterre, il avait tout fait pour se faire un nom dans la région.

— Oui, répondit Jessica d'une voix neutre. Elle te trouve particulièrement séduisant...

— Vous avez parlé de moi ? demanda-t-il, étonné.

— Je lui ai dit que nous travaillions ensemble.

Carter haussa les épaules, et Jessica en fut secrètement enchantée : visiblement, il ne souhaitait guère en savoir plus sur Nina Stone... De nouveau, il s'était emparé d'un dessin.

— Il se peut que nous ayons quelques problèmes avec la

structure du terrain, expliqua-t-il. Le sous-sol est très humide, près de l'étang. Il faudrait consulter un géologue.

— Est-ce un problème sérieux ?

— Non. Il s'agit simplement de savoir de quel côté de l'étang il vaut mieux construire les maisons... Quoi qu'il arrive, je veux qu'on laisse les canards en paix.

C'était la première fois que Jessica envisageait sérieusement tous les problèmes concrets qui risquaient de se poser. Une foule de questions se pressèrent brusquement dans son esprit.

— Et si nous n'arrivons pas à trouver un nombre suffisant d'investisseurs ? demanda-t-elle, inquiète.

— Pour ce projet ? répondit-il, étonné. Non, il n'y a aucun souci à se faire.

— Vraiment ? Je sais que tu as plus d'expérience que moi dans ce domaine, mais... si le plan ne plaît à personne ?

— C'est assez improbable.

— Mais est-ce possible ?

— Tout est possible ! Il y aura peut-être un krach boursier demain matin ! Mais c'est un risque minime.

Il s'interrompit un instant et la scruta avec attention.

— Tu es vraiment inquiète ? demanda-t-il avec sollicitude.

— Je ne l'ai pas été jusqu'à présent, mais maintenant que le projet se concrétise... j'ai peur que tout tombe à l'eau du jour au lendemain...

— Mais non, fais-moi confiance, tout marchera bien...

Sans plus réfléchir à ce qu'il faisait, il l'avait prise par l'épaule.

Jessica fut immédiatement rassérénée par le ton de sa voix et par le contact de ce corps masculin. Pour la première fois, elle comprit que Carter se sentait aussi concerné qu'elle par Crosslyn Rise. Quelques semaines auparavant, cette idée l'aurait profondément irritée. Mais elle en retirait maintenant un réconfort certain.

— J'ai acheté des places de théâtre pour mardi soir, dit-il soudain, de sa voix basse et sensuelle. Accompagne-moi.

Stupéfaite, elle ne sut que répondre.

— Est-ce que tu as d'autres projets pour ce jour-là ? ajouta-t-il.

— Non.

— C'est pour *La Chatte sur un toit brûlant*.

— Tu as réussi à avoir des places ? s'exclama-t-elle, de plus en plus subjuguée.

Elle avait essayé d'en obtenir depuis longtemps, sans y parvenir. La pièce avait un succès énorme. Elle songea soudain que Carter lui proposait une véritable sortie. Il ne s'agissait plus d'un rendez-vous professionnel…

— Viendras-tu ?

— Je ne sais pas.

Elle désirait tellement sa compagnie… Mais en même temps, elle était un peu effrayée…

— Si tu ne viens pas, je revendrai les billets. Je les ai achetés pour toi et je n'ai pas envie d'y aller seul.

— C'est du chantage ! protesta-t-elle en souriant faiblement.

— Non. Tu ne peux pas manquer une occasion de voir le meilleur spectacle qui se donne à Boston en ce moment…

— Je sais.

Elle n'avait plus la force de lui résister.

— L'année scolaire est terminée, insista-t-il. Il faut fêter cela…

— Je dois passer toute la journée de mardi à l'université pour préparer les cours d'été.

— Mais le plus gros de ton travail est terminé. Détends-toi un peu… Tu le mérites !

Jessica savait ce que signifiait cette sortie avec Carter : leur relation prendrait un cours nouveau. Ils seraient seuls, tous les deux, le soir… Que se passerait-il après la représentation ? Tout pouvait arriver. Elle n'était pas sûre de se sentir prête…

Mais pouvait-elle résister à la tentation ?

— Jessica, j'ai vraiment envie que tu viennes…

« Moi aussi », songea-t-elle immédiatement. Elle leva les yeux vers lui.

— Nous nous donnerons rendez-vous devant le théâtre, murmura-t-elle.

— Pourquoi ? Il vaudrait mieux que je vienne te chercher…

— Non, je ne sais pas si je serai chez moi.

— Tu peux m'appeler à mon bureau juste avant. Je suis à dix minutes de Harvard en voiture.

— Plus, s'il y a des embouteillages. C'est un peu idiot de t'obliger à faire l'aller et retour.

— J'ai envie de faire l'aller et retour, murmura-t-il en la regardant droit dans les yeux.

S'il l'invitait à passer une soirée avec lui, il voulait que tout soit fait dans les règles. Et il ne souhaitait guère qu'elle prenne la route toute seule.

Mais Jessica n'était pas habituée à se faire accompagner. Et elle ne voulait surtout pas que ce rendez-vous soit trop ambigu…

— Donnons-nous rendez-vous à Boston, dit-elle d'une voix ferme.

— Jessica, pourquoi es-tu si entêtée ? maugréa-t-il.

Mais il ajouta aussitôt d'une voix plus douce :

— C'est bon, rendez-vous à 7 heures au café Sweetwater.

— Mais je croyais que *La Chatte sur un toit brûlant* se jouait au Colonial ! protesta-t-elle.

Elle comprenait où il voulait en venir…

— Le café n'est pas très loin du Colonial, expliqua-t-il avec une certaine mauvaise foi. Et puis il faudra bien que tu manges. Tu seras affamée, après une longue journée à l'université.

Comme elle semblait hésiter encore, il ajouta :

— Jessica, j'aurais préféré venir te prendre chez toi, mais puisque tu refuses, accepte au moins de me donner rendez-vous au café Sweetwater…

Jessica ne pouvait détacher ses yeux du regard étincelant de Carter. Soudain, elle comprit que quoi qu'elle fît, elle ne parviendrait pas à lui résister. Il la fixait avec tant de tendresse, l'enlaçait avec tant de mâle assurance… Dans ses bras, elle avait l'impression d'être une autre femme. Elle se sentait terriblement... féminine. A cet instant, elle douta qu'elle fût capable de lui refuser quoi que ce soit...

Elle accepta donc. Elle le regretta ensuite, mais il était trop tard. Et puisqu'elle avait rendez-vous avec Carter, elle tenait à faire de son mieux. Par fierté, elle voulait qu'il n'ait pas à regretter de l'avoir invitée.

Dans l'intervalle, il l'appela quotidiennement. Elle s'était habituée à sa voix, à sa présence. Mais aller au théâtre avec lui était différent. Il ne s'agissait plus de Crosslyn Rise. Elle voulait à tout prix paraître à son avantage.

Le mardi suivant, elle se débrouilla donc pour avoir terminé son travail vers 2 heures de l'après-midi et se rendit à Boston. Elle passa tout d'abord dans une boutique qui vendait des vêtements dernier cri. Elle ne s'y rendait pas très souvent, mais sa sortie avec Carter était une occasion spéciale. Pourtant, elle erra longuement parmi les rayons, sans rien trouver qui lui convienne. Tout lui semblait trop original, trop voyant. Mortifiée, elle allait quitter la boutique quand le vendeur la rappela pour lui montrer une robe tirée de l'arrière-boutique. Alors, elle comprit que c'était exactement ce qu'elle recherchait : un fourreau de soie vert pâle qui lui arrivait aux genoux ; les épaules étaient largement dégagées. La robe était féminine sans être vulgaire, et Jessica fut si emballée qu'elle ne songea même pas à regarder le prix.

Dès qu'elle fut sortie de la boutique, elle se rendit dans un magasin de chaussures, où elle acheta une paire d'escarpins, et un petit sac de satin noir. Elle se rendit enfin chez son coiffeur. Mario la coiffait régulièrement depuis de longues années, mais cette fois, elle lui accorda plus de liberté qu'à l'ordinaire. Il accentua ses boucles naturelles avec un fer à friser, et puis releva les beaux cheveux d'un côté avec un peigne orné de perles. Jessica fut si satisfaite de cette coiffure, qu'en sortant, elle acheta immédiatement un collier de perles pour compléter sa tenue. Puis elle regagna son bureau, où elle avait laissé son maquillage et ses bas.

La journée était chaude et humide, comme souvent au printemps. Quand Jessica quitta Harvard, de gros nuages noirs s'amoncelaient à l'horizon, mais elle n'y prit pas garde. Elle ne pensait qu'à la soirée qui allait suivre. Elle ne pouvait s'empêcher de songer avec un certain plaisir aux commentaires flatteurs qu'elle avait reçus de la part de ses collègues.

Une fois habillée, elle avait presque eu du mal à se reconnaître. Elle avait aussi du mal à croire qu'elle avait rendez-vous avec un homme tel que Carter Malloy. Son cœur battait à tout rompre. Oui, elle était devenue une autre femme…

Elle trouva rapidement une place pour se garer et se dirigea avec assurance vers le café Sweetwater. Elle s'aperçut soudain qu'elle s'était garée beaucoup plus loin que prévu, mais elle était de trop bonne humeur pour le déplorer.

A son grand dépit, pourtant, de grosses gouttes de pluie commencèrent à tomber. Elle examina le ciel avec inquiétude. L'orage approchait. Elle se maudit intérieurement de ne pas avoir songé à prendre un parapluie. Elle hâta immédiatement le pas. Avec un peu de chance, elle arriverait au café Sweetwater avant que la pluie ne se mette vraiment à tomber.

Malheureusement, les gouttes se firent plus nombreuses. Elle se mit à courir, son sac sur la tête. Elle chercha un abri du regard, mais elle n'en trouva pas. La pluie était devenue trop forte pour que les arbres puissent servir de protection.

L'espace d'un instant, elle se retourna pour fixer désespérément sa voiture, à quelques centaines de mètres en arrière. Mais si elle revenait sur ses pas, elle serait trempée de toute façon.

Elle reprit donc sa course sous la pluie. Des torrents d'eau s'abattaient maintenant sur Boston. Les gens couraient dans tous les sens mais elle ne leur prêta pas attention. Elle ne pouvait détacher ses pensées de sa belle robe de soie verte, mouillée et collante, de sa jolie coiffure, de ses escarpins couverts de boue… Paniquée, elle tenta de se réfugier sous un immense châtaignier, persuadée que cela valait mieux que rien. Mais comme pour se moquer d'elle, la pluie redoubla d'intensité. Elle avait l'impression de vivre un véritable cauchemar.

Incapable de se maîtriser plus longtemps, elle éclata en sanglots. Elle éprouvait un intense sentiment de frustration. Mais elle comprit soudain que pleurer ne servirait à rien. Elle reprit donc sa course effrénée en direction du café Sweetwater.

Il pleuvait encore quand elle put enfin s'abriter sous l'auvent du café. Haletante, elle s'arrêta net, hésitant à pousser la porte. Il ne servait plus à rien de se dépêcher. La soirée était gâchée. Elle ne pouvait plus aller au théâtre avec Carter. Il ne lui restait plus qu'à prendre congé de lui, et à s'en retourner chez elle.

Comme elle allait entrer dans le café, elle sentit son courage l'abandonner. Elle dut s'appuyer contre la porte pour ne pas tomber. Elle se remit doucement à pleurer.

C'est dans cette position que Carter la découvrit. Il n'était pas certain, au début, d'avoir bien reconnu Jessica. Mais comme il s'approchait, il dut se rendre à l'évidence. Son cœur se serra. Que s'était-il passé ?

— Jessica ? murmura-t-il en la prenant par l'épaule. Ça va ?

Pour toute réponse, il n'entendit que des sanglots étouffés.

— Jessica ? répéta-t-il. Que s'est-il passé ? Tu es blessée ?

— Non, je suis mouillée ! gémit-elle.

— C'est tout ? bredouilla-t-il. J'ai eu peur un instant que tu te sois fait attaquer…

— Je suis mouillée des pieds à la tête ! J'ai été surprise par l'orage, et je n'ai trouvé aucun endroit où m'abriter… Je suis dans un état lamentable…

— Mais non…, murmura-t-il.

Il ne put s'empêcher de lui donner un petit baiser sur la tempe pour la rassurer.

— Ne t'approche pas de moi, tu risques d'être trempé, dit-elle en essayant de se dégager de son étreinte.

Il ne prêta aucune attention à ses tentatives.

— Tu es merveilleusement sexy, dans cette robe mouillée qui te moule le corps…

Comme elle continuait à sangloter doucement, il ajouta :

— Allons, viens, il faut que tu te sèches, sinon tu vas attraper froid…

Jessica se laissa guider sans dire un mot. Ses joues étaient rouges de honte. Jamais elle ne s'était sentie aussi mortifiée.

Carter l'avait vue dans cet état pathétique. Elle se rappela avec amertume combien elle avait été gaie et pimpante en quittant Harvard…

D'une main ferme, Carter la guida vers un taxi. Il ne la lâcha pas un instant durant le court trajet, et ne cessa de lui murmurer des paroles consolatrices à l'oreille. Jessica garda la tête baissée. Elle aurait aimé pouvoir se cacher sous le siège…

Carter vivait sur Commonwealth Avenue, dans un vieil immeuble de six étages plein de charme. Quand ils arrivèrent à son appartement, la pluie avait cessé de tomber. Carter mena immédiatement Jessica à la salle de bains. Elle ne pleurait plus, mais elle restait terriblement nerveuse. Carter la frotta délicatement avec une grande serviette de bain.

— Tu te sens mieux ? demanda-t-il quand il eut terminé.

— Je suis affreuse, murmura Jessica sans oser le regarder.

— Mais non, tu es simplement mouillée ! répondit-il en riant. Mais j'ai eu si peur, quand je t'ai vue appuyée contre la porte. J'ai vraiment cru que tu t'étais fait attaquer…

Elle aurait voulu pouvoir le remercier de sa gentillesse. Mais elle se sentait vraiment trop misérable.

— J'ai voulu me faire belle pour ce soir…, dit-elle d'une toute petite voix. Jamais je n'avais attaché autant d'importance à un rendez-vous. J'attendais cette soirée avec tant d'impatience… Et il s'est mis à pleuvoir ! Je ne savais plus quoi faire !

De nouveau, ses yeux se remplirent de larmes.

— Je rate toujours ce genre d'occasions, acheva-t-elle.

— Mais non ! répondit Carter, amusé malgré lui. Il a plu, ce n'est pas ta faute ! Moi aussi, j'aurais été mouillé si j'étais venu à pied, mais j'étais en retard. J'ai dû prendre un taxi.

Il commença à lui sécher doucement les cheveux.

— Les orages violents sont très fréquents, en cette saison, ajouta-t-il. Quinze minutes plus tôt ou plus tard, et tu n'aurais pas été mouillée !

— Mais je suis arrivée juste au mauvais moment ! Mes chaussures, ma robe, mes cheveux, tout est abîmé !

— Tes cheveux sont splendides, dit-il d'une voix tranquille.

Et c'était vrai. On aurait dit une crinière de lionne, sauvage et exotique.

— Tu devrais les porter lâchés plus souvent, ajouta-t-il.

— Je crois que j'ai perdu mon peigne, gémit-elle.

— Mais non, le voilà, dit-il en le lui tendant. Remets-le.

— Je ne sais pas le remettre moi-même. C'est Mario qui m'a coiffée.

— Mario ?

— Mon coiffeur.

Elle était allée chez le coiffeur pour une simple soirée au théâtre avec lui... Cette pensée émut profondément Carter.

— Ah, Jessica..., murmura-t-il en la prenant dans ses bras. Je suis vraiment désolé que la pluie ait commencé à tomber juste au mauvais moment. Tu devais être si belle...

— Non, pas belle. Jolie, peut-être.

— Si, belle.

— Mais j'ai tout gâché. Je ne peux pas aller au théâtre dans cet état. Appelle quelqu'un pour y aller avec toi. Ce serait vraiment trop bête de gâcher ces places.

— Tu plaisantes ? s'exclama-t-il en la fixant avec incrédulité.

— Non. Appelle quelqu'un.

Il allait s'indigner, quand une idée lui traversa brusquement l'esprit.

— Ne bouge pas, je reviens, dit-il en quittant la salle de bains.

Restée seule, Jessica s'enroula dans la serviette-éponge. Mais elle regrettait la chaleur des bras de Carter. Elle était toujours au bord des larmes. Elle savait qu'elle n'aurait pas dû prendre les choses de façon aussi dramatique. Qu'importaient une robe, une coiffure, une paire de chaussures ? Mais c'était plus fort qu'elle. Sa soirée avec Carter était irrémédiablement gâchée...

— Tout est arrangé, dit-il en regagnant la salle de bains. Il avait enlevé sa veste et sa cravate.

— Que fais-tu ? demanda-t-elle.

— Je vais continuer à te sécher.

— Mais je croyais que tu avais appelé quelqu'un...

— Oui, j'ai appelé le bureau des réservations du théâtre. Ils vont revendre les places. Nous en avons deux autres pour vendredi prochain.

— Mais je croyais que...

— Tu croyais vraiment que j'allais appeler quelqu'un d'autre ? Mais c'est avec toi que j'ai envie de passer ma soirée, Jessica...

Il se pencha vers elle et l'embrassa tendrement sur la joue.

— Mais j'ai gâché ta soirée ! protesta-t-elle.

— Pas ma soirée. *Notre* soirée. Et rien n'est gâché. Le programme est juste un peu bouleversé.

— Mais qu'allons-nous faire ? s'exclama-t-elle, prête à fondre en larmes de nouveau. Regarde dans quel état je suis !

— Oui, tu es terriblement sexy ! dit-il avec un sourire dangereusement séduisant.

— Non, c'est faux.

— Mais si.

Son sourire s'évanouit.

— Tu es très sexy, Jessica. Et j'ai terriblement envie de toi...

— Carter...

— Mais ne t'inquiète pas, reprit-il d'un ton plus léger. Je vais achever de te sécher, et nous allons dîner.

— Mais je ne peux pas sortir ! Ma robe va mettre des heures à sécher !

— Dans ce cas, nous allons commander une pizza par téléphone. Mais il faut que tu enlèves cette robe.

— Je... je ne peux pas, balbutia-t-elle en rougissant. Je n'ai rien d'autre à me mettre.

Sans dire un mot, Carter sortit de la salle de bains et revint au bout de quelques secondes avec une chemise propre. Avec autorité, il enleva la serviette des épaules de Jessica et commença à défaire la fermeture Eclair de sa robe.

— Non, je ne peux pas, dit-elle tout bas, de plus en plus embarrassée.

— Jessica..., murmura-t-il.

Il repoussa l'épaisse masse de cheveux sur une épaule, et continua à défaire la fermeture Eclair. Elle était sans doute très belle dans sa robe neuve, avec ses cheveux joliment coiffés et il aurait tant voulu lui épargner la déception de voir sa toilette toute trempée et ses préparatifs réduits à néant. Mais elle était peut-être encore plus attirante dans le désordre de sa tenue... Oui, elle était terriblement sexy. Carter sentit tout son corps s'embraser. La peau lisse et douce, dénudée au fur et à mesure, le fascinait.

Lentement, il commença à la caresser. Doucement d'abord, en l'effleurant à peine. Puis il glissa les mains sous les plis de la robe.

— Carter ? murmura-t-elle.

Sans répondre, il posa ses lèvres sur le dos satiné. Chaque baiser qu'il lui donnait l'enflammait un peu plus.

La jeune femme demeura immobile. Elle se sentait peu à peu envahie par une délicieuse onde de chaleur. Sa gêne avait disparu. Elle n'éprouvait plus qu'un délicieux plaisir. Les lèvres de Carter, chaudes et humides, couraient doucement sur son dos.

Lentement, Carter s'agenouilla, sans cesser de l'embrasser.

— Peut-être ferions-nous mieux d'arrêter..., murmura Jessica sans conviction.

— Non, répondit-il. Il est trop tard, Jessica. Je n'ai jamais rien éprouvé d'aussi divin. Tu es si douce...

— Oh, Carter !

Jessica se sentait merveilleusement bien. Dans ses bras, elle n'était plus qu'une femme terriblement désirable. Elle ferma les yeux, enivrée par cette sensation.

D'un geste tendre, Carter la força à se tourner vers lui. Du bout des doigts, il lui caressa doucement la joue et attira le visage de la jeune femme contre le sien. Sans plus savoir ce qu'elle faisait, Jessica l'embrassa avec fougue. Quelques semaines auparavant, elle aurait sans doute été choquée par cette initiative, mais à cet instant, elle eut l'impression de faire la chose la plus naturelle du monde. Peu lui importait ce qui allait se passer ensuite. Elle voulait courir le risque. Elle voulait étancher cette soif de plaisir qui la brûlait…

Elle se laissa guider par le mouvement impatient des lèvres de Carter. Il l'embrassait avec l'avidité d'un homme qui a trop longtemps attendu. Tout le corps de Jessica tremblait. Elle le désirait follement, comme jamais elle n'avait désiré aucun homme. Elle se pressa contre lui pour mieux accueillir ses caresses. De temps en temps Carter relâchait légèrement son étreinte pour fixer la jeune femme, le regard brillant d'émotion. Il avait complètement oublié la Jessica d'autrefois. Il n'y avait plus qu'une seule Jessica, la femme délicieusement sensuelle qu'il tenait dans ses bras.

Frissonnant de désir, il fit doucement glisser ses doigts jusqu'à l'échancrure du soutien-gorge, et caressa d'une main avide la courbe délicate des seins. Jessica poussa un petit cri de plaisir et ferma les yeux. Quand elle les rouvrit, Carter la contemplait, extasié.

— J'ai terriblement envie de te faire l'amour, Jessica…

— Ou… oui…, murmura-t-elle.

— Tu ne chercheras plus à m'échapper ?

— Je… j'ai un peu peur.

— Tu n'avais pas peur quand je t'ai embrassée…

— J'avais perdu la tête.

— J'ai l'intention de te faire perdre la tête plus encore, ma chérie… Laisse-moi t'aimer, Jessica.

— Je n'ai pas beaucoup d'expérience…

— Et alors ? Tu es incroyablement sensuelle, Jessica. Aucune femme ne m'avait jamais embrassé comme tu l'as fait…

— Vraiment ?

— Tu es si innocente, si troublante…

Elle ne put s'empêcher de rougir encore une fois. Mais avant qu'elle ait eu le temps d'ajouter quoi que ce soit, il s'était de nouveau emparé de ses lèvres.

8

Jessica se laissa dévorer de baisers. Ce qu'elle éprouvait pour Carter, elle le savait, dépassait le simple désir physique. Elle répondait à ses baisers avec une fougue insoupçonnée. Ces instants magiques, elle avait déjà l'impression de les avoir vécus en rêve. Mais la réalité dépassait ses fantasmes les plus audacieux...

Elle ne protesta pas quand Carter commença lentement à lui ôter sa robe, dénudant la gorge, puis les seins dont il suivit le contour de ses lèvres expertes. Quand il s'empara des pointes durcies par le désir, Jessica eut du mal à réprimer un gémissement. Elle murmura le nom de Carter et enfouit son visage dans les cheveux de son compagnon.

Avec une infinie délicatesse, il la prit dans ses bras et se dirigea lentement vers sa chambre. Il ne la quittait pas des yeux, comme s'il n'arrivait pas à croire qu'elle était là, pelotonnée contre lui... Il la déposa enfin sur le lit...

Jessica le regarda déboutonner un à un les boutons de sa chemise. A mesure qu'il se débarrassait de ses vêtements, elle pouvait admirer le torse viril, les cuisses musclées et toute la mâle assurance de son corps parfait.

Elle ne pouvait s'empêcher d'être légèrement effrayée. Elle manquait tellement d'expérience. Elle n'avait pas fait l'amour depuis des années. Qu'allait-il penser d'elle ? D'un geste machinal, elle se couvrit la poitrine des deux bras, comme pour se protéger.

— Jessica, n'aie pas peur..., murmura-t-il.

Il s'étendit à côté d'elle.

— Détends-toi…, reprit-il sans la quitter des yeux. Ça va être merveilleux, ma chérie…

— Je…

— Non, ne dis plus rien, l'interrompit-il en s'emparant de sa bouche.

Elle se laissa faire sans protester. Les caresses de Carter étaient si bienfaisantes… Elle poussa un gémissement quand ses seins effleurèrent le torse nu. Elle se pressa contre lui. La peau de son compagnon semblait brûler du même feu que la sienne. Elle sentait nettement la force de ce désir masculin, qui redoublait le sien.

— J'ai envie de toi…, dit-il tout bas. Tu es si belle.

Elle le crut. Tout son corps tremblait. Sa poitrine se soulevait au rythme de sa respiration haletante. Son désir était presque insupportable. Elle voulait qu'il s'empare d'elle, qu'il éteigne enfin ce feu qui lui brûlait les entrailles. Mais elle n'osait pas le lui demander.

Carter n'avait jamais lu un tel désir dans un regard féminin. Jamais corps de femme n'avait dégagé une telle sensualité.

— Tu es si belle…, répéta-t-il d'une voix rauque.

Il la dévorait des yeux. Lentement, il laissa glisser sa main droite jusqu'au ventre de nacre, plus bas encore. Jessica se cambra en gémissant. Elle répondait avec ardeur au moindre de ses gestes… Il avait du mal à croire qu'une femme aussi sensuelle ait pu mener pendant tant d'années une vie aussi chaste…

— Tu te sens bien ? demanda-t-il.

— J'ai envie de toi…, murmura-t-elle d'une voix frénétique. Viens…

Le corps en feu, il s'empara d'elle. Dans une sorte d'état second, il entendit qu'elle criait son nom. Il crut qu'il n'allait pas pouvoir résister plus longtemps. Le mouvement endiablé que Jessica avait imposé à leurs deux corps le rendait fou. Il la fixa passionnément. Le visage de la jeune femme était ivre de plaisir. Ses lèvres entrouvertes étaient humides, son regard langoureux. Ses cheveux formaient autour de son visage comme une crinière de lionne.

Pour calmer l'ardeur de son désir, il imposa un rythme plus lent. Il ne voulait surtout pas la décevoir. Puis, doucement, progressivement il accentua la pression de son corps.

— Oh, Carter ! gémit-elle.

— Ma chérie…

Il s'empara de ses lèvres. Leurs corps ne formaient plus qu'un. Une véritable fièvre s'était emparée d'eux, et ils s'y abandonnaient tous deux de toute la force de leur désir.

Carter sut brusquement qu'il ne pouvait plus attendre. Comme un intense sentiment de plénitude l'envahissait, il sentit vibrer le corps de Jessica. Ils atteignirent au même instant les sommets vertigineux d'un plaisir inouï qui les laissa grisés et pantelants.

Peu à peu, leurs souffles s'apaisèrent. Ivre de bien-être, Carter se dégagea de l'étreinte de la jeune femme et se laissa tomber contre elle. Ils demeurèrent silencieux pendant quelques minutes. Les mots ne pouvaient exprimer le sentiment qu'ils éprouvaient. Au bout d'un instant, Jessica se pencha sur Carter. Les yeux de la jeune femme étaient immenses, encore pleins d'une passion voluptueuse.

— Des regrets ? demanda-t-il en riant.

— Non…

— Mon Dieu, comme c'était bon…, soupira-t-il. Je n'ai jamais rien connu d'aussi merveilleux, Jessica…

Elle détourna les yeux.

— J'ai l'impression que tu ne me crois pas…

Elle demeura silencieuse pendant quelques secondes.

— J'aimerais te croire…, dit-elle au bout d'un moment.

— Mais… ?

Elle ne répondit pas immédiatement. Songeuse, elle se pelotonna contre lui. Elle aussi, elle se sentait incroyablement bien… Il la serra tendrement dans ses bras.

— Tom m'a souvent dit qu'il ne ressentait pas grand-chose, avec moi, dit-elle soudain. Il me disait qu'il avait l'impression de faire l'amour avec un être complètement insensible. Il avait sans doute raison… Je n'éprouvais rien, avec lui. Je ne le désirais pas. Quand nous faisions l'amour, je restais immobile.

Carter se rappela soudain la façon dont Jessica l'avait embrassé, caressé…

— C'était sa faute, dit-il d'un ton méprisant.

— Je me sentais si… maladroite, avec lui…

Il l'interrompit pour l'embrasser tendrement sur les lèvres.

— Pour ma part, je suis comblé, déclara-t-il en riant. Si ce n'est que j'aurais aimé que ça dure plus longtemps…

De nouveau, il l'embrassa. Mais cette fois, sa langue se fit plus insistante.

— Jessica…, murmura-t-il d'une voix rauque.

— Oui ? demanda-t-elle malicieusement en se pressant contre lui.

— J'ai encore envie de toi…, dit-il en l'enlaçant.

Jessica frissonna. Doucement, elle se mit à caresser le torse de Carter. Il tressaillit.

— Quand tu me touches de cette façon, j'ai l'impression de m'embraser…, murmura-t-il.

Lentement elle laissa glisser sa main, toujours plus bas. Le souffle de Carter se fit rauque.

— Jamais je n'aurais cru…, commença-t-elle.

Ses doigts se firent plus insistants.

— … que nous ferions l'amour ? gémit-il en fermant les yeux, le visage tendu par le désir.

— Oui, c'est ça…, murmura-t-elle.

Sa propre audace l'étonnait. Jamais elle n'avait rêvé d'un rapport aussi érotique, aussi voluptueux avec un homme.

— Te rappelles-tu le jour où nous nous sommes promenés près de l'étang ? chuchota-t-il d'une voix altérée.

— Oui.

— J'avais tellement envie de toi, ce jour-là. J'aurais voulu que tu me déshabilles et que tu me caresses de cette façon…

Jessica rougit, mais sans interrompre le mouvement toujours plus langoureux de sa main. Carter s'offrait à elle, ivre de plaisir.

Mais soudain, il ne put résister plus longtemps et la prit

dans ses bras. Il la caressa à son tour, en prenant le temps d'explorer chaque recoin de sa peau soyeuse. Puis il vint en elle. Ils connurent un moment de bonheur encore plus intense que le précédent. Ils se laissèrent enfin tomber sur le lit, le corps en sueur, le souffle haletant. Ils avaient l'impression que leur plaisir ne pourrait connaître de limite…

Epuisés, ils s'endormirent, serrés l'un contre l'autre. Quand ils se réveillèrent, il faisait nuit noire. Carter se leva pour allumer une lampe et remonter le couvre-lit. Puis il serra Jessica contre lui, dans la chaleur de l'édredon. Il aurait voulu que cet instant magique dure une éternité.

— Je t'aime…, murmura-t-il soudain.

Jessica leva vers lui son regard un peu effrayé.

— Non…, commença-t-elle.

Comment aurait-elle pu en espérer autant ?

— Tu dis ça parce que tu as momentanément perdu la tête, reprit-elle en baissant les yeux.

— Bien sûr que non. Ces mots, je ne les ai jamais dits à aucune autre, Jessica. C'est la première fois que j'ai envie de protéger une femme, de la serrer contre moi, de me réveiller à côté d'elle… Reste ici cette nuit, ma chérie…

— Non, je dois rentrer à Crosslyn Rise…

— Crois-tu au destin ? demanda-t-il soudain.

Elle réfléchit pendant quelques instants.

— Non, finit-elle par dire. On n'a jamais que ce qu'on mérite. Aide-toi, le ciel t'aidera…

— Si c'était vrai, je ne serais jamais rentré vivant du Viêt-nam, répondit-il, l'air sombre.

— Que veux-tu dire par là ? demanda-t-elle, le cœur battant.

— Je méritais de mourir. Je n'avais jamais rien fait de bien dans ma vie…

— Personne ne mérite de mourir à la guerre.

— Et pourtant, certains meurent… Des types bien. J'en ai vu plein, Jessica. Ils sont morts, et moi je suis vivant…

— Mais tu combattais toi aussi, fit-elle observer. Tu n'as rien à te reprocher…

— Oui, mais eux non plus… Des hommes intelligents, pleins d'avenir. Certains étaient mariés, avaient des enfants…

— C'est la guerre qui t'a fait changer d'attitude ? demanda-t-elle.

Elle commençait à comprendre tout ce qu'il avait enduré.

— Oui, répondit-il en la fixant avec intensité. Ma bonne étoile m'a protégé. Elle m'a empêché de mourir. J'ai compris que je devais profiter de cette chance, faire quelque chose de ma vie. Je ne suis pas le seul à avoir survécu, mais moi, je n'ai pas eu la moindre égratignure. C'était un signe du destin. De même que notre rencontre…

— Ce n'est pas le destin qui a présidé à notre rencontre ! dit-elle en riant. C'est Gordon !

— Mais notre rencontre est magique, Jessica ! Tu ne comprends pas ? Tu es divorcée. Je ne me suis jamais marié. Je n'y ai jamais pensé, jusqu'à ce que je te revoie. Je n'ai jamais eu envie d'avoir des enfants — jusqu'à maintenant. As-tu envie d'avoir des enfants, Jessica ?

Elle acquiesça en rougissant.

— Je t'en donnerai ma chérie… Je sais maintenant avec certitude ce que j'éprouve pour toi. Tu auras des enfants à qui tu pourras léguer Crosslyn Rise.

— C'est impossible. Le Crosslyn Rise que j'ai connu va disparaître à jamais…

— Mais tu pourras leur léguer tout ce que symbolise Crosslyn Rise — la beauté, la dignité, la force… Tout cela, tu l'as en toi, Jessica. Tu le transmettras à tes enfants. Tu feras une mère exceptionnelle, ma chérie…

Jessica sentit les larmes lui monter aux yeux. Tout ce qu'il disait était si merveilleux…

Mais Carter était sans doute victime de l'euphorie qui suivait l'amour. Elle ne pouvait pas croire un instant qu'il ait réellement l'intention de l'épouser. Dans deux ou trois jours, il regretterait ses paroles…

— Je t'aime, répéta-t-il.

Elle préféra ne pas discuter. De nouveau il l'embrassa. Mais ce qu'il éprouvait n'était plus seulement le simple désir physique. Il avait envie de la protéger, de l'aimer, de lui consacrer sa vie. Jessica était la femme de ses rêves, celle à laquelle il avait cessé de penser tant il était persuadé qu'il ne la rencontrerait jamais… Il l'aimerait de toute la force de son être — si elle le lui permettait…

— Tu dois avoir faim, dit-il soudain.

— Un peu, répondit-elle.

— Veux-tu que je commande une pizza par téléphone ?

— Oh oui !

Il l'embrassa une dernière fois et se laissa glisser hors du lit. Jessica le regarda aller et venir. Elle avait déjà admiré sa démarche athlétique, la souplesse de son corps félin… Mais cette vision était encore plus troublante quand il était nu… Comme il avait surpris son regard, elle détourna le visage en rougissant.

— Oh non, pas de ça ! murmura-t-il en riant. Je n'ai plus rien à te cacher, Jessica…

— Je ne suis pas habituée à une telle intimité, balbutia-t-elle.

Carter adorait ces accès de timidité chez Jessica. Par contraste, la sensualité de la jeune femme n'en était que plus troublante.

— Tu auras tout le temps de t'y habituer, s'écria-t-il en se dirigeant vers la salle de bains.

Une demi-heure plus tard, ils étaient dans la cuisine, dévorant avec appétit la délicieuse pizza qu'on venait de leur livrer. Jessica était étonnée de se sentir troublée par un acte aussi anodin. Elle avait encore dû mal à croire qu'elle était assise, nue sous sa chemise, à côté de Carter Malloy.

— Que se passe-t-il ? demanda-t-il soudain, avec un sourire perplexe.

— Rien, répondit-elle en rougissant.

— Si, dis-moi…

— Je… je suis encore tout étonnée d'être ici.

— Pourquoi ? Ça devait arriver tôt ou tard…

Il avait raison, mais l'étonnement de Jessica avait des sources plus anciennes.

— Ce n'est pas ça, murmura-t-elle. Nous nous détestions tellement quand nous étions plus jeunes…

Elle leva son regard vers lui et resta un instant fascinée par sa beauté virile.

— Tu as tellement changé, reprit-elle. J'ai encore du mal à le croire…

— Tout le monde change, avec l'âge.

— Non, c'est faux. La plupart des gens vieillissent en restant les mêmes. Toi, tu as changé du tout au tout…

Encouragée par le regard attentif de Carter, elle poursuivit :

— Mais que s'est-il passé avant le Viêt-nam ? Je comprends que la guerre t'ait changé, mais pourquoi étais-tu si odieux, autrefois ? Etait-ce parce que tu étais pauvre ? Ce n'est tout de même pas la seule raison !

Carter la fixa, l'air pensif.

— Non, tu as raison, commença-t-il d'une voix lente. Ce n'était pas seulement parce que nous étions pauvres. Le manque d'argent n'était qu'un prétexte pour justifier ma mauvaise conduite… A l'école où j'allais, il n'y avait que des gosses de riches, qui se connaissaient tous depuis le jardin d'enfants. Dès le départ, je me suis senti différent. Nous n'avions pas la même origine sociale. J'ai toujours été un enfant difficile…

— Mais pourquoi ? insista Jessica. Tu as énormément changé depuis, c'est donc qu'il y avait une cause externe à ta conduite… Etait-ce à cause de ton environnement familial ? J'ai du mal à y croire. Annie et Michael étaient si charmants…

— On voit qu'ils n'étaient pas tes parents, rétorqua Carter, amer.

Jessica savait que cette aigreur n'était pas dirigée contre elle. Carter repensait à son enfance.

— Comment était la vie avec eux ? demanda-t-elle d'une voix douce.

Elle désirait tout savoir sur lui.

— Epouvantable, déclara-t-il durement.

— Vraiment ? s'exclama-t-elle, incrédule.

— Ils m'adoraient, expliqua-t-il. J'étais leur seul enfant. Mais leur amour était étouffant. Ils voulaient que je réalise leurs rêves à leur place, que je devienne ce qu'ils n'avaient pu devenir... Ils m'ont habitué à cette idée dès ma plus tendre enfance. Ils faisaient peser sur moi une pression énorme. Quand je ratais quelque chose, ils redoublaient d'attention. J'ai toujours détesté qu'on me force la main. C'est sans doute pour cette raison que je faisais tout pour les contrarier... Je pensais qu'ils finiraient par abandonner le combat...

— Mais ils n'ont jamais abandonné...

— C'est ça. Ils ont toujours été loyaux et pleins de sollicitude. Tu imagines à quel point cette situation était pénible pour un jeune adolescent ?

— Ils rêvaient pour toi de ce qu'il y avait de mieux, et tu faisais tout pour les décevoir...

— A dix-huit ans, j'avais la plus mauvaise réputation du pays. Mes parents en souffraient beaucoup. Les gens les regardaient avec pitié, se demandant ce qu'ils avaient fait pour avoir un fils comme moi...

Jessica elle-même s'était posé la question — encore très récemment...

— Ils étaient si gentils..., murmura-t-elle.

— Trop gentils, grommela Carter en détournant le regard. Surtout mon père...

— Tu aurais aimé qu'il soit plus sévère avec toi ?

— Avec moi et avec tout le monde. Mon père était un faible.

— Qu'entends-tu par là ?

— Mon père n'était pas un homme. C'est ma mère qui s'occupait de tout. Jamais mon père ne la dorlotait, ne lui faisait de cadeaux, ne l'aidait pour quoi que ce soit. Il se contentait de jardiner...

— Penses-tu que ta mère en ait souffert ?

— Non, je ne crois pas. Cette situation l'arrangeait. Elle adorait tout régenter — à sa façon, calmement, sans faire de vagues...

J'ai passé mon enfance à me révolter contre cette volonté de fer, qui essayait de m'imposer des choses dont je ne voulais pas… Et mon père ne protestait jamais… Comme je le haïssais pour sa faiblesse !

De nouveau, il fixa Jessica. Un pâle sourire éclaira son visage.

— Ce n'est pas très juste de ma part de dire du mal d'eux, alors que c'est moi qui leur en ai fait voir de toutes les couleurs…

— Tu ne dis pas du mal d'eux, fit calmement observer Jessica. Tu m'expliques les raisons de ta conduite…

— Est-ce que tu comprends mieux, maintenant ?

— Oui, je crois… J'ai toujours trouvé Annie très gentille, mais elle était terriblement… efficace. Trop, peut-être. Je me souviens qu'elle dirigeait tout, chez nous. J'imagine que cette attitude était insupportable pour ceux qui vivaient avec elle… Quant à Michael… Il était si paisible. C'est ce que j'appréciais tout particulièrement en lui. Il était toujours adorable avec moi. Contrairement à mon propre père…

— L'attitude de mon père m'exaspérait. Je faisais tout pour le faire sortir de ses gonds…

— Y parvenais-tu ?

— Très rarement. Et il n'a pas changé, il est toujours aussi paisible et gentil. Je crois qu'il ne changera jamais.

Jessica fut soulagée d'entendre une note de tendresse dans sa voix.

— Tu l'as accepté tel qu'il est ? demanda-t-elle.

— Bien sûr ! C'est mon père, après tout…

— Te sens-tu proche de lui, maintenant ?

— Proche ? Ce n'est peut-être pas le mot qui convient… Nous nous appelons régulièrement, mais quand je lui parle cinq minutes, ma mère me retient une demi-heure. Qu'importe, après tout. Ils aiment être tenus au courant de ce que je fais, mais les détails de ma vie les intéressent peu…

Il eut un sourire ironique.

— J'ai réalisé leurs rêves, finalement…, ajouta-t-il. J'ai un bon métier, je gagne bien ma vie. Mais je vis dans un monde très différent du leur...

— Sont-ils heureux ?

— En Floride ? Oui, je crois.

— Non, je veux dire, sont-ils satisfaits de ta réussite ?

— Oh oui ! D'ailleurs, ils ne comprennent pas pourquoi je travaille avec un partenaire ! Ils sont persuadés que je me débrouillerais encore mieux tout seul... Et ils aimeraient que je me marie...

Jessica savait qu'Annie et Michael seraient enchantés si leur fils leur apprenait qu'il désirait se marier avec elle. Mais elle espérait que ce jour ne viendrait jamais. Sa relation avec Carter ne mènerait à rien. Ils n'étaient pas faits l'un pour l'autre... Même si Carter était persuadé qu'il l'aimait, il s'apercevrait bien vite qu'il faisait fausse route. Moins il y aurait de gens qui seraient au courant de la nuit qu'ils venaient de passer ensemble, mieux cela vaudrait...

Jessica rentra à Crosslyn Rise le lendemain matin, juste après le départ de Carter pour son bureau. Elle avait besoin de se replonger dans son univers familier, d'oublier la nuit troublante qu'elle venait de passer...

Mais c'était impossible. Des images de leur passion ne cessaient de lui traverser l'esprit. Après le dîner, ils avaient fait l'amour encore une fois. Puis toute la nuit... Jessica avait pris une part de plus en plus active dans leurs joutes amoureuses. Elle ne comprenait pas ce qui lui arrivait.

Dans les bras de Carter, elle n'était plus la même. Elle ne put s'empêcher de rougir en se rappelant certains épisodes de la veille... Jamais elle n'avait désiré un homme aussi passionnément. Il avait réveillé en elle des instincts endormis. Dans ses bras, elle s'était sentie merveilleusement audacieuse...

Et il avait visiblement apprécié. Chaque fois qu'elle faisait un geste, il avait exigé qu'elle continue. Il n'avait pas cherché à dissimuler son plaisir...

Il l'avait rendue heureuse. Entre ses bras, elle s'était sentie détendue, reposée, libre… Carter avait sans doute raison : pendant des années, elle avait refoulé ses désirs. Sa passion n'en était que plus explosive…

Mais elle devait prendre garde à ses sentiments. Carter comprendrait bien vite qu'il ne s'agissait que d'un feu de paille. Que leur réservait l'avenir ? Rien de bon, sans doute… Elle n'avait aucun charme. Elle était trop sérieuse. Elle était criblée de dettes. Tout souriait à Carter, en revanche. Il était beau, talentueux. Qu'avait-il besoin d'une femme comme elle ?

Quand il l'appela, à 4 heures de l'après-midi, pour lui demander s'il pouvait passer à Crosslyn Rise, elle lui demanda de ne pas venir.

9

Carter ne comprit pas la raison de ce refus.

— Pourquoi ? demanda-t-il, perplexe. Que se passe-t-il, Jessica ?

— J'ai beaucoup de travail, dit-elle en guise d'explication.

— Tu as eu toute la journée, pour travailler !

— J'ai fait une longue sieste, et j'ai été ensuite incapable de me concentrer.

Cette fois, il n'eut pas besoin de demander pourquoi.

— Tu n'arriveras pas à travailler aujourd'hui, fit-il observer. Tu ferais mieux de tout remettre à demain…

— J'aimerais mieux essayer ce soir…

— Mais nous étions convenus de dîner ensemble !

— Je sais, mais je n'ai pas très faim…

— D'ici à ce soir, tu seras affamée !

Il s'interrompit un instant, puis reprit d'une voix grondeuse :

— Tu me caches quelque chose, Jessica. Que se passe-t-il ?

— Rien. J'ai simplement envie de rester chez moi, ce soir…

— Parfait. Dans ce cas, nous resterons à Crosslyn Rise.

Il faisait semblant de ne pas comprendre, et cette pensée irritait la jeune femme.

— J'aimerais mieux être seule, expliqua-t-elle, bien décidée à mettre les points sur les i.

— Ah oui ? Permets-moi d'en douter, Jessica. Tu es simplement effrayée par ce qui nous est arrivé hier soir.

— Non, c'est faux ! protesta-t-elle avec véhémence. Mais j'ai besoin de temps, Carter…

— Ça m'étonnerait beaucoup, répliqua-t-il en lui raccrochant au nez.

Trois quarts d'heure plus tard, la voiture de Carter s'arrêta devant le porche de Crosslyn Rise. Il grimpa les marches quatre à quatre et s'apprêtait à sonner violemment, quand la porte s'ouvrit. Jessica l'avait vu arriver.

— De quel droit viens-tu ici sans ma permission ? s'exclama-t-elle, furieuse.

Elle portait un jean et un chemisier blanc. Elle avait fait tout son possible pour ne pas paraître à son avantage.

— Je suis chez moi ! reprit-elle, les larmes aux yeux. Tu n'as pas le droit de faire irruption dans ma vie de cette manière. Quand je te dis que je veux passer la soirée seule, tu dois respecter ma décision !

Les mains sur les hanches, Carter ne se laissa pas intimider.

— Pourquoi ? s'exclama-t-il. Explique-moi pourquoi tu as envie d'être seule…

— Je n'ai pas de comptes à te rendre !

— Ce matin, tu as accepté de passer la soirée avec moi. Qu'est-ce qui t'a fait changer d'avis dans l'intervalle ?

— Rien.

— Que s'est-il passé, Jessica ?

— Rien !

Le regard de Carter se durcit.

— Tu t'es mise à réfléchir, n'est-ce pas ? commença-t-il d'une voix lente. Tu as repensé à tout ce que je t'ai dit, et tu as cru que tout cela n'était que mensonges… Mais tu as tort, Jessica. J'étais sincère quand je t'ai dit que je t'aimais. Et je le suis toujours. Je t'aime. Tu peux inventer n'importe quelle idiotie pour te prouver le contraire, tu ne me feras pas changer d'avis.

— Dans ce cas, tu n'es qu'un imbécile, car je n'ai aucune envie de m'engager.

— Tu mens.

Il plongea son regard brillant de passion dans celui de la jeune femme.

— Tu as envie de te remarier, et tu as envie d'avoir des enfants, reprit-il. Tu peux prétendre le contraire, mais je ne te croirai pas. Que ça te plaise ou non, un lien s'est tissé entre nous. Aurais-tu oublié ce qui s'est passé hier soir ?

— Comme tu es arrogant !

— Pas du tout, je ne fais que dire la vérité. Moi, je n'ai pas oublié ce que nous avons vécu cette nuit. Et j'ai envie de recommencer.

— Il n'y a que le plaisir qui t'intéresse...

— Comment peux-tu dire cela, Jessica ? Nous avons fait l'amour parce que nous sommes amoureux l'un de l'autre. Si tu refuses de l'admettre, tant pis. Mais j'aurai la patience d'attendre. Et tu ne pourras pas m'empêcher de dire que je t'aime. Je t'aime, Jessica.

— Je ne te crois pas.

— Je t'aime.

— C'est ce que tu crois, mais dans quelques jours, tu auras recouvré tes esprits, et tu comprendras que tu fais fausse route. Tu ne m'aimes pas. Comment pourrais-tu m'aimer ?

— Oui, je me le demande..., répondit-il ironiquement. J'oubliais que tu es laide, que tu n'as aucune sensualité, que tu es un rat de bibliothèque...

— C'est Crosslyn Rise que tu aimes.

Il la fixa avec incrédulité.

— Mais Crosslyn Rise n'est qu'une maison ! protesta-t-il avec véhémence.

— Tu aimes cette maison, reprit-elle, têtue. Tu la confonds avec moi. C'est pour cette raison que tu crois m'aimer.

— Brillante déduction, rétorqua-t-il avec un petit rire sarcastique. Mais tu oublies une chose, chère Jessica : tu vas bientôt perdre Crosslyn Rise. Si je cherchais à te faire croire que je t'aime pour obtenir la maison, ce ne serait pas un très bon calcul, avoue-le...

Elle essaya une autre tactique.

— Dans ce cas, c'est l'argent qui te fascine, expliqua-t-elle avec aplomb. Ce projet va te rapporter beaucoup d'argent. Tout cela t'enthousiasme. C'est pour cette raison que tu te sens momentanément attiré par moi.

— Je te remercie pour ce portrait très flatteur, grommela-t-il en levant les yeux au ciel. Si je ne te trouvais pas merveilleusement désirable, aucune somme d'argent ne pourrait m'attirer vers toi... Jamais je n'avais fait l'amour comme hier soir, Jessica. Et j'ai encore envie de toi, comme si je ne parvenais pas à être rassasié...

Jessica eut envie de se boucher les oreilles. Les mots qu'il prononçait la troublaient plus qu'elle ne l'aurait voulu...

— Le désir de vengeance est un puissant aphrodisiaque, murmura-t-elle.

— Le désir de vengeance ? répéta-t-il, stupéfait. Mais qu'entends-tu par là ?

— C'est ton ultime revanche, n'est-ce pas ? s'exclama-t-elle en relevant le menton. Tu te venges de toutes ces années où je possédais tout ce que tu n'avais pas...

— Tu plaisantes ?

Pour la première fois, Jessica entendit la souffrance dans la voix de Carter.

— Tu n'as donc pas compris tout ce que je t'ai dit hier soir ? ajouta-t-il. Je me suis confié à toi comme je ne m'étais jamais confié à quiconque auparavant... Tu ne m'as donc pas écouté ?

— Bien sûr que si.

— Mais je me suis mal fait comprendre... Ou bien étais-tu effrayée par ce que je disais ? Car pour la première fois, tu as dû admettre que j'avais réellement changé.

Il s'interrompit un instant et la fixa, l'air presque désespéré.

— C'est bien cela, n'est-ce pas ? Pour la première fois, tu as dû admettre que j'étais le genre d'homme avec qui tu pouvais passer ta vie... Et cela t'effraie...

Insensiblement, il s'était rapproché de Jessica. Celle-ci fit un pas en arrière, comme pour se protéger.

— C'est bien ça, n'est-ce pas ? insista-t-il.

— Non, protesta-t-elle faiblement. Je ne veux plus jamais vivre avec un homme, c'est tout...

— Pourquoi ? A cause d'un premier mariage raté ?

Comme il avançait, elle recula de nouveau.

— Non, mon histoire avec Tom est bel et bien terminée.

— Mais elle te hante toujours...

— Pas au point de déterminer mon avenir.

— Alors tu ne me fais pas confiance... Tu t'imagines que je suis toujours l'insupportable adolescent que j'étais autrefois... Comment puis-je te prouver que j'ai changé ? Comment puis-je te prouver que je t'aime ?

— Je ne te demande pas de me prouver quoi que ce soit, murmura-t-elle.

A force de reculer, elle était arrivée au pied du grand escalier de bois qui menait aux étages supérieurs. Ne sachant plus que faire, elle s'assit sur la première marche. Carter resta debout.

— Je reconnais que tout s'est passé très vite, admit-il. Je ne veux pas te forcer la main, surtout pour quelque chose d'aussi important que le mariage... Mais je ne peux pas cesser de te voir, je souffrirais trop. J'ai besoin d'être avec toi...

Jessica voulut protester, mais elle avait du mal à réfléchir clairement quand il était si près d'elle. Elle distinguait nettement chaque détail de son visage, son regard brillant d'appréhension, ses cheveux en désordre. Sa délicieuse odeur masculine lui faisait perdre la tête. Il avait l'air sincère. Elle avait tellement envie de le croire.

Soudain, il s'empara de ses lèvres. Elle se sentit emportée dans un tourbillon de volupté. Tous ses doutes, toutes ses craintes s'évanouirent. Des images de la nuit précédente lui traversèrent l'esprit. Mais le présent était encore plus magique. Les lèvres sensuelles de Carter ne cessaient leur mouvement gourmand.

Ses baisers ne s'arrêtaient pas. A demi renversée sur la marche de l'escalier, Jessica suffoquait de plaisir. Quand il passa une main impatiente sous son chemisier, elle crut qu'elle allait défaillir. D'une main fébrile, il commença à le déboutonner.

— Oh, ma chérie ! gémit-il en la serrant plus passionnément contre lui.

Il commença lentement à la déshabiller.

— Carter…, chuchota-t-elle. Mais que fais…

— J'ai envie de toi, l'interrompit-il.

— Tout de suite ?

— Oui, tout de suite.

— Ici ?

— N'importe où. Je ne peux plus attendre, mon amour.

D'un geste preste, il acheva de dévêtir Jessica. Quand ils furent nus tous les deux, la jeune femme s'abandonna tout à fait. Jamais elle n'avait connu une telle fièvre. Le mouvement puissant que Carter imprimait à son corps était si bon qu'elle ne pouvait retenir de longs gémissements. Peu lui importait le reste. Dans les bras de Carter, elle connaissait un bonheur parfait.

Le week-end qui suivit fut le plus merveilleux que Jessica ait jamais vécu. Carter ne la quitta pas un instant. Ils firent l'amour sans arrêt. Plus ils s'aimaient, plus leur désir augmentait.

Tant qu'elle était avec lui, elle se sentait merveilleusement bien. Elle croyait à ses mots d'amour, elle était certaine qu'ils pourraient passer une vie entière sans que leur désir s'épuise.

Quand il la quitta pour aller travailler, le lundi matin, les doutes l'assaillirent de nouveau. Elle ne pouvait s'empêcher de penser à lui en permanence. Elle l'imaginait à son bureau, discutant avec des clients, visitant des chantiers. Y avait-il une place pour elle dans la vie si remplie de cet homme séduisant ?

A l'université, elle fut la femme tranquille, studieuse et aimable qu'elle avait toujours été. Ses collègues la saluaient de la même manière. Personne ne semblait remarquer qu'elle était devenue une autre femme. Pourtant, si les gens avaient été au courant du week-end qu'elle venait de vivre… Elle se rappela en rougissant leurs étreintes sur le tapis du salon, sur le canapé de la bibliothèque, sur le lit de camp du grenier… Tout ce qu'il y avait de magique dans sa relation avec Carter lui parut encore plus magnifique. Mais combien de temps pourrait-elle le retenir ? Ne finirait-il pas par se lasser ?

Pourtant, quand elle le revit le lundi soir, ses doutes s'évanouirent. Dans ses bras, elle ne pensait plus à l'avenir. Seules comptaient la chaleur de ce corps puissant, la douceur de cette voix masculine…

Le même schéma se reproduisit les semaines suivantes. Ses journées étaient hantées par le doute, ses nuits n'étaient que pur ravissement. Une fois terminées les cérémonies de remise des diplômes, les cours d'été commencèrent. Pour la première fois de sa vie, Jessica attendait avec impatience la fin de ses journées. Elle ne se sentait vraiment heureuse que dans les bras de Carter. Quand il apportait des dossiers urgents sur lesquels il devait travailler durant la soirée, elle essayait de lire ou de préparer ses cours. Mais très vite, elle éprouvait des difficultés à se concentrer. Son regard se tournait inexorablement vers lui…

Elle dut admettre qu'elle était amoureuse. Mais elle garda ce secret pour elle. Elle savait que Carter avait terriblement envie de lui entendre prononcer ces mots, mais quelque chose l'en empêchait. Elle avait l'impression que son beau rêve pouvait s'écrouler à tout instant. Par fierté, elle ne voulait pas être entièrement à sa merci…

Pourtant, les sentiments de Carter semblaient chaque jour plus intenses. L'amour qu'il portait à Jessica n'avait en rien diminué son intérêt pour Crosslyn Rise. Il travaillait au projet avec un véritable enthousiasme, n'hésitant pas à recommencer vingt fois le même dessin. Il voulait que tout soit parfait. Jessica et lui dînèrent un soir avec Nina Stone, afin de mieux connaître le marché immobilier de la région. A l'issue de ce dîner, ils décidèrent de reconsidérer les plans afin de proposer des modèles de maisons plus variés.

A cette occasion, Jessica constata avec plaisir que Carter ne semblait aucunement intéressé par Nina. Cette dernière, en revanche, ne quitta pas Carter des yeux de tout le dîner. Elle confia son admiration à Jessica quand les deux jeunes femmes se rendirent aux toilettes pour se repoudrer.

— Je n'ai jamais vu un homme aussi séduisant ! s'exclama-t-elle en riant. Quand tu seras fatiguée de lui, fais-moi signe…

Jessica fut étonnée que Nina ait deviné sa relation avec Carter.

— Comment sais-tu qu'il y a quelque chose entre nous ? murmura-t-elle sans oser regarder son amie.

— Mais voyons, ça saute aux yeux ! répliqua celle-ci en riant de plus belle. Vous ne vous êtes pas quittés du regard de toute la soirée. Il est fou amoureux de toi…

— Mais non…, protesta faiblement Jessica, enchantée malgré elle. Nous nous connaissons si peu…

Il lui semblait plus judicieux de minimiser l'importance de sa relation avec Carter. Ainsi, la rupture serait moins douloureuse…

Pourtant, Carter ne donnait aucun signe de lassitude. Il ne prononça le nom de Nina Stone qu'à de rares occasions, dans un contexte purement professionnel.

— Tu ne la trouves pas jolie ? finit par demander Jessica.

— Qui ? Nina ? demanda-t-il, étonné. Si, elle est très jolie. Mais elle n'a pas la moitié de ton charme…

Ils passaient de longues heures à discuter ensemble. Ils parlaient d'économie, de politique, de littérature… Carter s'intéressait sincèrement aux opinions de Jessica. Il était soulagé de constater qu'elle n'essayait pas de l'impressionner avec un jargon d'intellectuelle.

Quand il s'agissait de Crosslyn Rise, Carter ne prenait aucune décision sans la consulter. Jessica n'avait pas la moindre notion d'architecture, mais ses jugements étaient pleins de bon sens. Carter l'écoutait avec attention, et, si leurs avis divergeaient de temps à autre, Jessica et lui étaient d'accord la plupart du temps. Leurs différences d'approche se complétaient merveilleusement. Quand Carter ne s'intéressait qu'à des détails d'ordre pratique, Jessica lui rappelait en riant qu'il devait préserver avant tout le caractère de Crosslyn Rise. Quand Jessica avait une vision trop romantique du projet, Carter la rappelait gentiment à l'ordre.

A la mi-juillet, Carter put présenter une première ébauche du projet à Gordon. Jessica était aussi enthousiaste que lui. Ils attendirent côte à côte, le cœur battant, la réaction du banquier.

Celui-ci ne dissimula pas son admiration, et quand il eut répété pour la troisième fois : « Vous formez vraiment tous les deux une excellente équipe », Jessica commença à se demander s'il n'avait pas tout deviné. Elle avait fait beaucoup d'efforts pour ne pas regarder Carter trop amoureusement. Quand celui-ci prit discrètement sa main sous la table, elle s'assura que Gordon ne pouvait rien voir.

Gordon avait-il eu la même impression que Nina ? Jessica en doutait. Jamais elle n'aurait cru le vieil homme sensible à ce genre de choses… Pourtant, elle dut admettre qu'une foule de petits détails les trahissaient. La façon dont Carter la regardait. La tendance qu'il avait à lui attribuer toutes les bonnes idées du projet. Et surtout, le simple fait qu'ils ne soient pas en train de se disputer en permanence…

En effet, Jessica se souvenait de sa réaction quand Gordon avait mentionné pour la première fois le nom de Carter Malloy. Elle se rappela cette lointaine journée, le désespoir et la colère qu'elle avait ressentis… Et puis tout avait basculé… Quand ? Elle n'aurait su le dire exactement. Petit à petit, elle avait pris conscience du charme de Carter Malloy, cet homme qu'elle avait détesté pendant si longtemps…

— Jessica ?

La voix de l'architecte la tira de sa rêverie. Elle sursauta, étonnée. Le sourire narquois de Carter la fit rougir légèrement.

— Tout va bien, Jessica ? demanda Gordon.

— Oui, oui…, balbutia-t-elle.

— Jessica est d'un tempérament rêveur, commenta Carter en riant.

— Pourquoi ? Que se passe-t-il ? demanda-t-elle, à la fois gênée et ravie par ce ton d'intimité.

— Tu as toutes les félicitations de Gordon, expliqua Carter. Il faut que je repense certains détails, mais nous avons son feu vert…

— Tu vas commencer à réunir les investisseurs ? demanda Jessica en se tournant vers Gordon.

Ce dernier acquiesça et tira un épais dossier d'un tiroir de son bureau.

— J'ai déjà effectué le travail préliminaire, déclara-t-il. De toute façon, je savais que ce projet verrait le jour… J'ai fait une liste des investisseurs potentiels. Vous êtes tous les deux en tête de cette liste. Les trois suivants sont William Nolan, Benjamin Heavey et Zachary Gould. Carter, je crois que tu connais Benjamin ?

— Oui. Nous avons déjà travaillé ensemble, à New York.

Il poursuivit, à l'adresse de Jessica :

— Benjamin investit dans l'immobilier depuis quinze ans. Il choisit ses projets avec soin, mais une fois qu'il a donné sa parole, on peut compter sur lui.

Il se tourna vers Gordon.

— Notre projet l'intéresse ? demanda-t-il.

— Oui. Quand j'ai mentionné ton nom, il m'a immédiatement demandé plus de détails. Je ne voulais pas trop m'avancer avant d'avoir un plan à lui soumettre, mais il vient de vendre une boutique qui lui appartenait, à Boston. Il a donc des fonds disponibles. Tout comme Nolan et Gould, d'ailleurs.

Jessica essayait de suivre la conversation, mais elle ne connaissait pas grand-chose à l'investissement immobilier.

— Qui sont Nolan et Gould ? demanda-t-elle prudemment.

— Ces noms ne te disent rien ? demanda Gordon.

— Non, pourquoi ? Je devrais les connaître ?

— Si tu lisais la page économique des journaux, tu les connaîtrais…, intervint Carter avec un sourire malicieux.

Il savait qu'elle n'en faisait rien : ils en avaient plaisanté durant le week-end. Jessica préférait la page *art et littérature*…

— Bill Nolan est l'héritier des Papeteries Nolan, expliqua Gordon. Il a longtemps travaillé dans le Maine, mais depuis quelques années, il s'intéresse à notre région. C'est un homme qui a le respect de la terre et des traditions. Un projet comme le nôtre devrait l'enthousiasmer.

Carter acquiesça.

— D'après ce que j'ai entendu dire, il souhaite investir son argent dans un projet solide et pas trop risqué, dit-il. Crosslyn Rise est exactement ce qu'il lui faut. Son argent sera dans de bonnes mains.

Il s'interrompit et ajouta au bout d'un moment, l'air pensif :

— Parle-moi de Gould, Gordon. Ce nom me dit quelque chose, mais je ne sais pas exactement de qui il s'agit…

— Zachary Gould est un confrère, expliqua Gordon.

— Un banquier ? demanda Jessica.

— En fait, il est à la retraite, bien qu'il ait à peine soixante ans. Il a été le fondateur et le président de la Pilgrim Trust. Il y a deux ans, il a eu une crise cardiaque et, sur les conseils de son médecin, a cessé toute activité. Il s'occupe donc essentiellement de placer sa fortune personnelle. Je suis sûr qu'il viendra tous les matins sur le chantier pour voir comment progressent les travaux… C'est un type bien. Très solitaire. Sa femme l'a quitté il y a quelques années et ses enfants sont grands, maintenant. Notre projet est susceptible de l'intéresser.

Jessica acquiesça. Son regard parcourut la liste que lui avait tendue Gordon.

— Qui est John Swayer ? demanda-t-elle.

— Nous en venons à ceux que j'appelle « les aventuriers », répondit Gordon en souriant. Ils sont au nombre de trois. Ils ne peuvent pas apporter autant d'argent que les trois autres, toi ou Carter, mais ils ont tous de bonnes raisons d'investir et de penser que le projet sera un succès. John Swayer habite dans notre ville. Il tient la petite librairie dans la rue principale. Je suppose que tu connais cet endroit, Jessica ?

— Oui, répondit la jeune femme en souriant. C'est une charmante librairie, très bien fournie. Mais je ne me rappelle pas y avoir jamais vu un homme… Toutes les fois où j'y suis allée, c'est Minna Larken qui m'a servie…

— Tu y es sans doute allée dans la matinée ou en début d'après-midi, acquiesça Gordon. John ne s'occupe de la boutique qu'à partir de 15 heures, quand une baby-sitter vient le relayer pour garder son fils.

— Quel âge a l'enfant ? demanda Carter.

— Près de quatre ans. Avec un peu de chance, il entrera à la maternelle l'année prochaine.

— Il n'y est pas déjà ? demanda Jessica, surprise.

— Il a des handicaps visuels et auditifs. Il aura beaucoup de mal à se mêler aux autres enfants. Il existe une école qui serait parfaite pour lui, mais elle coûte très cher.

— C'est sans doute pour cette raison que John cherche à faire un bon placement, fit observer Carter. Mais a-t-il les capitaux de base ?

— Oui, répondit Gordon. Sa femme est morte un an après la naissance de l'enfant. John a touché l'assurance vie. Il avait placé l'argent sur un compte porteur d'intérêts pour financer plus tard les études de son fils, mais au train où vont les choses, je doute que celui-ci entre jamais à l'université…

— Mon Dieu, c'est horrible…, murmura Jessica. Sa femme a dû mourir très jeune… Sais-tu quel âge elle avait ?

— Non. John n'en parle jamais. Ils vivaient sur la côte Ouest, au moment du drame. Peu après, il s'est installé ici avec son bébé. C'est un homme très secret — très intelligent, mais peu communicatif. Il cherche à faire un bon placement depuis un ou deux ans. Celui-ci est le meilleur que j'aie à lui proposer…

— Mais encaissera-t-il les bénéficies à temps ? demanda Carter. Dans le meilleur des cas, nous commencerons les ventes l'été prochain. Il faudra tout d'abord rembourser les prêts bancaires. Crosslyn Rise ne nous rapportera pas d'argent avant deux ans minimum. S'il a besoin d'argent d'ici là…

— Je crois qu'il a des économies de côté pour un ou deux ans, l'interrompit Gordon. Quand il a compris que l'éducation de son fils allait être très coûteuse, il a pris ses précautions.

— Je serais très heureuse que Crosslyn Rise lui rapporte de l'argent, intervint Jessica, émue jusqu'aux larmes. Fais tout pour le convaincre de se joindre à nous, Gordon…

Elle poursuivit la lecture de la liste.

— Mark Lowe…, murmura-t-elle, pensive. Carter, ne m'as-tu pas déjà parlé de lui ?

— Si, ainsi qu'à Gordon. Tu l'as donc appelé…, dit-il en se tournant vers ce dernier.

— Oui, juste pour me faire une idée. Je lui ai dit que c'était toi qui m'avais donné son numéro de téléphone. Il te trouve extrêmement talentueux.

— Je peux en dire autant de lui. Il adore son métier. Un bon entrepreneur en bâtiment est de plus en plus rare, de nos jours. Ils sont de plus en plus arrogants et paresseux. S'il pleut, s'il fait froid, ils refusent de travailler. Et s'il fait beau, ils quittent le chantier à midi pour aller jouer au golf…

— J'imagine que Mark Lowe ne joue pas au golf…, dit Jessica en riant.

— Non, effectivement, confirma Carter avec un sourire. Mark n'aurait pas la patience de suivre un parcours de golf. C'est un homme très énergique. Il aime les sports rapides.

— Comme le squash ? demanda Jessica avec un sourire complice.

Carter lui avait confié que le squash était son sport préféré.

— Non, il joue au basket. Il serait bien devenu joueur professionnel, s'il n'avait été obligé de trouver du travail en sortant du lycée, pour nourrir sa famille.

— Il était marié ? demanda Jessica, étonnée.

— Non, mais il a dû s'occuper de sa mère et de ses sœurs. Et maintenant, il n'a plus l'âge de jouer au basket…

— En tout cas, il n'a pas perdu l'enthousiasme de ses vingt ans…, dit Gordon. Il m'a dit de l'appeler dès que j'aurais un plan précis pour Crosslyn Rise.

— Dans ce cas, appelle-le dès demain, répondit Jessica.

Soudain, elle écarquilla les yeux.

— Nina Stone ? lut-elle à voix haute.

— Mlle Stone m'a appelé, expliqua Gordon. Elle est au courant de ton projet, puisque tu lui en as parlé. Elle aimerait faire partie du consortium. Je crois qu'elle a de l'argent à placer.

— Je suppose qu'elle a beaucoup insisté…, dit Jessica, un peu gênée par la liberté prise par son amie.

— Oh oui ! répondit Gordon en souriant. Je n'ai jamais vu

une femme aussi énergique et déterminée ! Elle doit exceller dans son métier…

Il se tourna vers Carter :

— Je suis certain que Mark et elle s'entendront à merveille… Tu ne m'as pas dit s'il était marié…

— Il ne l'est pas, mais je ne suis pas sûr que ce soit une très bonne idée, répondit Carter, amusé malgré lui. Ils s'entendraient comme chien et chat ! Et physiquement, ils formeraient un couple très étrange… Elle est toute petite, et lui est gigantesque !

Il ne put s'empêcher d'adresser un clin d'œil complice à Jessica. Celle-ci rougit légèrement. Elle n'était pas encore habituée à étaler en public son intimité avec Carter.

— Si Nina a l'argent, je ne vois pas pourquoi elle ne pourrait pas investir, reprit-il plus sérieusement. Mais quelles sont ses motivations ?

— Elle tient à faire des investissements personnels, répondit Jessica. N'oublie pas que l'agence immobilière où elle travaille ne lui appartient pas. Et quelles sont les motivations de Mark ?

— Il cherche à se forger une certaine respectabilité.

— N'a-t-il pas brillamment réussi sa carrière ?

— Dans le bâtiment, oui. C'est un excellent technicien. Mais il aimerait passer dans le clan des hommes d'affaires.

— Mais s'il fait partie du consortium, devra-t-il automatiquement renoncer à la construction ?

— Non, je ne vois pas pourquoi, répondit Gordon. Les investisseurs seront légalement solidaires. Si Mark postule à la construction et qu'il est rejeté au profit d'un autre constructeur, sa position au sein du consortium demeurera inchangée. Nous pouvons choisir l'entrepreneur dès maintenant, d'ailleurs…

— Je ne saurais vraiment pas qui choisir ! rétorqua naïvement Jessica.

Puis elle se rappela soudain que c'était elle qui était à la tête du consortium…

— Je crois que Carter va m'aider à faire certains choix, dit-elle en se mordant la lèvre. J'espère que ça ne te dérange pas, Gordon…

— Moi ? Pas du tout !

— Vraiment ? insista-t-elle.

— Oui, vraiment… Mais à vrai dire, je ne m'attendais pas que vous soyez si proches l'un de l'autre…

— C'est vrai, nous sommes très proches, intervint immédiatement Carter. Avec un peu de chance, nous serons mariés d'ici peu.

— Carter ! protesta vigoureusement Jessica.

Puis, se tournant vers Gordon, elle ajouta, gênée :

— Ne l'écoute pas, il se monte la tête…

— Je pensais simplement qu'il serait plus commode de se marier avant la fin de l'été, reprit Carter, imperturbable. Ainsi, nous aurons le temps de partir en voyage pour notre lune de miel…

— Carter ! répéta-t-elle encore plus vigoureusement.

Ses joues étaient écarlates. A son grand dépit, elle constata que Gordon semblait beaucoup apprécier ce petit épisode.

— Je me doutais de tout depuis que vous êtes entrés dans cette pièce, dit-il en souriant. Tout ce que je vous demande, c'est que le consortium ne pâtisse pas de cette relation.

— Tu n'as aucune inquiétude à te faire ! affirma Jessica avec autorité.

— Vraiment ?

— Vraiment ! Quelle que soit de ma relation avec Carter, je saurai me comporter en véritable professionnelle. Après tout, il s'agit de Crosslyn Rise… Et Crosslyn Rise m'appartient !

10

— Jessica, tu exagères ! protesta Carter.

Il essayait de suivre son pas rapide. Depuis qu'ils étaient sortis de la banque, elle ne lui avait pas adressé plus de deux mots.

— Je ne vois pas ce qu'il y a de si terrible à avouer que j'ai envie de t'épouser ! reprit-il, le souffle court.

— Notre mariage ne regarde personne et surtout pas Gordon ! fit-elle observer d'un ton boudeur.

— Mais Gordon avait tout deviné ! Nous pouvons difficilement dissimuler notre amour… Et c'est toi qui m'as demandé conseil pour l'entrepreneur ! Tu t'es adressé à moi comme à un époux !

— Tu es architecte, il n'y a rien d'étonnant à ce que je te demande conseil en ce qui concerne Crosslyn Rise ! protesta-t-elle.

— Mais spontanément, c'est à moi que tu t'es adressée, plutôt qu'à Gordon… Parce que tu me fais confiance ! Crosslyn Rise t'appartient, mais tu n'es pas mécontente de partager cette lourde responsabilité avec moi ! Et je ne demande pas mieux, ma chérie… J'ai envie de t'aider — pour Crosslyn Rise et pour tout le reste… Parce que je t'aime.

Jessica avait du mal à rester en colère quand il se montrait si tendre…

— Oui, je sais, murmura-t-elle.

— C'est pour cette raison que j'ai envie de t'épouser. Pourquoi es-tu contre le mariage ?

— Je ne suis pas contre le mariage. Je ne me sens pas prête, c'est tout…

— M'aimes-tu ?

— Je suis divorcée, je sais ce que c'est, dit-elle sans répondre à sa question. Tout change, une fois que l'on est marié… On ne se sent plus obligé de faire semblant d'aimer…

— Tu crois que je fais semblant ? protesta-t-il vigoureusement. Mais c'est absurde ! Aucun homme ne se comporterait avec une femme comme je le fais avec toi s'il n'était pas fou amoureux ! Au cas où tu ne l'aurais pas remarqué, j'ai ma fierté…

— Je sais, dit-elle d'un ton plus doux.

— Et je continuerai à te demander en mariage jusqu'à ce que tu acceptes, parce que c'est ce que je désire le plus au monde.

— C'est ce que tu crois désirer.

— Non, c'est ce que je veux vraiment !

Il l'attrapa par le bras.

— Pourquoi refuses-tu de croire que je t'aime ?

— J'y crois, murmura-t-elle en baissant les yeux. Mais je ne crois pas que ça durera. Pourquoi ne pas se contenter de vivre ensemble ? Ainsi, la séparation sera moins douloureuse…

— Mais il n'y aura pas de séparation. Et nous vivons déjà quasiment ensemble ! Mais je veux autre chose… Je veux que tu conduises ma voiture, que tu vives sous mon toit, que tu utilises mes cartes de crédit ! Je veux que tu portes mon nom !

— Tout ça est un peu vieux jeu, dit-elle en souriant malgré elle.

— Peu m'importe ! C'est ce que je souhaite par-dessus tout ! Je veux prendre soin de toi, te protéger… Mon père a toujours vécu dans les jupes de ma mère, et c'est ce que je veux éviter à tout prix !

— Il n'y a aucun risque, répondit-elle, pensive. Je vis très simplement. Tu es beaucoup plus dynamique, plus énergique, plus volontaire que moi. Et tu as beaucoup mieux réussi ta vie…

— Je n'aurai pas réussi ma vie tant que je ne t'aurai pas épousée, répliqua-t-il en la prenant par l'épaule.

— Oh, Carter ! murmura-t-elle, profondément émue. Je sais que tout est ma faute… J'ai tellement envie de te rendre heureux… Mais je ne sais pas si j'en suis capable…

— Bien sûr que si !

— Pour le moment, peut-être… Mais pour combien de temps ? Quelques semaines ? Un mois ? Un an ?

— Pour toujours, si tu m'y autorises… Tu ne veux pas prendre le risque, ma chérie ?

Oui, elle avait terriblement envie de prendre le risque. Chaque fois qu'elle évoquait la possibilité d'épouser Carter, son cœur battait à tout rompre. Pourtant, tout au fond d'elle-même, le doute subsistait. Vivre à deux était une chose. Se marier en était une autre. Il s'agissait d'un engagement public. L'échec n'en serait que plus cuisant. Surtout si elle épousait Carter Malloy… Carter était aimé et respecté de tous. Elle s'en rendait compte chaque jour un peu plus, à l'occasion de leurs rendez-vous avec des avocats, des hommes d'affaires, des banquiers. Bien qu'elle fût propriétaire de Crosslyn Rise, c'était Carter qui s'occupait de tout. Il ne cherchait pas spécialement à se mettre en avant, mais son assurance, sa tranquillité, son autorité, lui conféraient un prestige particulier.

Elle avait de plus en plus tendance à s'en remettre à lui. Il possédait la force qui lui faisait trop souvent défaut. Sa vie d'autrefois, calme, tranquille, n'était plus qu'un lointain souvenir. Elle avait maintenant l'impression de passer en permanence du doute à l'enthousiasme. Son humeur était changeante. Elle était merveilleusement heureuse quand Carter la tenait dans ses bras. Elle se sentait brutalement déprimée quand elle était loin de lui, et qu'elle observait leur situation d'un œil objectif.

Qu'est-ce qui, en elle, pouvait bien retenir un homme aussi énergique, aussi talentueux ?

Comme les semaines passaient, elle avait de plus en plus le sentiment d'aboutir à une impasse. Crosslyn Rise lui causait des soucis. Plus le projet se précisait, plus approchait le moment où les bulldozers allaient envahir son domaine chéri… Et plus rien ne serait comme avant.

Quant à Carter, il avait cessé de lui parler de mariage, mais elle savait qu'il se sentait frustré. Quand le mois d'août arriva, il devint clair qu'ils n'auraient pas le temps de partir en lune de miel… Pour se consoler, Carter emmena Jessica passer une semaine en Floride.

— Tu vois ! s'exclama-t-il quand ils furent de retour. Nous avons passé une semaine en tête à tête et je t'aime encore…

A la fin du mois de septembre, il lui fit remarquer qu'ils vivaient ensemble depuis cinq mois, et que leur bonheur était toujours sans nuage. A quoi bon attendre plus longtemps ? Mais Jessica ne se sentait toujours pas prête à franchir le pas. Pourtant, toute sa vie tournait maintenant autour de Carter. C'était à lui qu'elle pensait dès son réveil, c'était dans ses bras qu'elle s'endormait. Parfois, elle s'en voulait d'être si dépendante de lui. Mais elle n'y pouvait rien. Surtout avec l'approche des travaux… Carter était sa bouée de sauvetage.

Carter, de son côté, était en adoration devant elle. Il ne pouvait imaginer de passer sa vie sans Jessica. Mais son optimisme s'envolait peu à peu. Pourquoi refusait-elle de l'épouser ? Quand ils étaient ensemble, tout allait bien. Ils s'aimaient, il finirait par la convaincre. Mais quand il était seul, il se plongeait dans ses pensées. Il en avait assez d'attendre…

Un mercredi à la fin du mois de septembre, il se rendit à Crosslyn Rise en fin d'après-midi. Quand Jessica l'avait quitté le matin même, à Boston, elle avait promis de lui préparer un bon dîner. Ils ne s'étaient pas téléphoné de la journée. Carter en avait assez de l'appeler. Il aurait aimé que Jessica en prenne l'initiative, de temps en temps… Il avait besoin d'être rassuré. A défaut de mots d'amour, il attendait d'elle des preuves d'amour… Un coup de téléphone lui aurait fait tellement plaisir !

Mais elle n'avait pas appelé. Et quand il ouvrit la porte de la cuisine, il n'eut pas l'impression qu'on était en train de lui préparer un bon repas. La cuisine était vide, impeccablement rangée. Jessica avait disparu.

— Jessica ? appela-t-il.

Il traversait le hall quand il entendit sa voix.

— J'arrive ! lui cria-t-elle.

Il devina qu'elle était sans doute au premier étage, dans leur chambre. Depuis qu'il dormait régulièrement à Crosslyn Rise, ils s'étaient installés dans une des belles chambres qui donnaient sur l'avant de la maison. Carter sourit à cette pensée. Il était en avance. Jessica se changeait toujours quand elle savait qu'il allait venir. Elle n'était sans doute pas encore tout à fait prête. Il n'y avait rien d'anormal à cela. Il l'aiderait à se préparer, puis à faire le dîner.

Il allait la rejoindre quand elle apparut en haut de l'escalier. Il la regarda descendre. Elle avait passé une nouvelle robe et s'était légèrement maquillée, mais le blush ne parvenait pas à dissimuler sa pâleur.

— Que se passe-t-il ? demanda-t-il, soudain inquiet.

— Nous avons de gros problèmes…, dit-elle d'une voix lente.

— Quel genre de problème ?

— Un problème concernant Crosslyn Rise…

— Ouf ! soupira-t-il en souriant. Je préfère un problème concernant Crosslyn Rise qu'un problème concernant notre couple…

Il la prit dans ses bras.

— Viens là, ma chérie, murmura-t-il. Embrasse-moi…

Il la serra passionnément dans ses bras pendant un court instant. Puis il la relâcha et l'embrassa légèrement sur la joue. Mais elle restait serrée contre lui, légèrement tremblante. Elle paraissait désespérée.

— Que se passe-t-il ? demanda-t-il avec un sourire tendre. Ce n'est tout de même pas si terrible…

— Si, murmura-t-elle. La ville refuse de nous accorder un permis de construire. Ils prétendent que notre plan n'est pas conforme à leur réglementation.

— Comment ? s'exclama Carter, pâlissant brusquement.

— Nous n'avons pas de permis de construire.

— Mais pourquoi ? Notre plan n'a rien d'extraordinaire… Nous bâtissons une résidence comme il en existe des dizaines d'autres dans la région ! Que nous reprochent-ils exactement ?

— Le nombre de maisons, et leur espacement…

Elle baissa les yeux, au bord des larmes.

— Je ne sais pas, je n'ai pas très bien compris…, reprit-elle d'une voix tremblante. Quand ils m'ont appelée, je pensais aux travaux qui étaient sur le point de commencer, et à tout ce gâchis…

— Rien n'est perdu, dit-il en la prenant dans ses bras. Il nous suffira de remanier légèrement nos plans. A qui as-tu parlé ?

— A Elisabeth Abbott. C'est elle qui préside la commission municipale des logements.

— Je connais Elisabeth Abbott. C'est une femme raisonnable.

— Au téléphone, elle était plutôt hystérique. Elle m'a dit que la décision avait été prise ce matin lors d'une réunion, et m'a prévenue que nous ferions mieux de décommander les bulldozers dès maintenant. A son avis, il nous sera tout à fait impossible de commencer les travaux avant l'été prochain.

Elle leva vers lui son regard brillant de larmes.

— Oh, Carter ! gémit-elle. Sais-tu ce que représente pour moi un tel délai ? J'ai à peine assez d'argent pour entretenir Crosslyn Rise cet hiver… Je ne sais pas comment je vais faire pour rembourser mes emprunts ! Plus nous retarderons le début des travaux, plus tardivement nous engrangerons les bénéfices ! Nolan, Heavey et Gould peuvent sans doute se le permettre, mais pas moi !

— Calme-toi, ma chérie…, murmura Carter. Nous allons trouver une solution.

Mais il paraissait tendu.

— Elle était très véhémente, objecta Jessica.

— C'est curieux, dit-il, songeur. Habituellement, les petites villes traitent leurs notables avec plus de respect…

— Je ne suis pas un notable !

— Mais Crosslyn Rise est la plus belle propriété de la région !

— C'est sans doute pour cette raison qu'ils sont si tatillons. Ils veulent garder le contrôle de la situation…

— Même les villes les plus snobs ne se comportent pas de cette manière, dit Carter en secouant la tête. Tout cela est bien louche…

Jessica retint sa respiration. Elle fixait Carter avec attention mais le visage de ce dernier ne laissait pas transparaître ses pensées. Finalement, elle ne put résister.

— C'est la faute d'Elisabeth Abbott ! dit-elle d'une voix ferme. Elle est hostile à ce projet.

— Tu la connais bien ? demanda prudemment Carter.

— Non. Nous nous saluons quand nous nous croisons dans la rue, c'est tout. Je n'insinue pas qu'elle sabote délibérément notre projet, mais elle est fermement opposée à ce que nous faisons. Elle semblait enchantée de m'annoncer cette nouvelle, et je ne crois pas qu'elle soit d'humeur à faire des concessions…

Jessica se sentit de nouveau gagnée par le découragement.

— Pour eux, il serait simple comme bonjour de tenir une réunion spéciale pour examiner notre nouveau projet ! balbutia-t-elle. Mais Elisabeth Abbott m'a dit qu'elle se ferait un plaisir de reconsidérer notre cas lors de leur prochaine réunion régulière, en février. Mais nous ne pouvons pas attendre aussi longtemps, Carter ! C'est impossible !

Carter gardait les sourcils froncés. Le pli de sa bouche était amer.

— Parle-lui, murmura Jessica. Toi, elle t'écoutera…

— Qu'est-ce qui te fait penser cela ? demanda-t-il en la regardant droit dans les yeux.

— Tu as eu une liaison avec elle. Elle me l'a dit.

— T'a-t-elle dit que c'était à New York il y a sept ans, et que ça n'a pas duré plus d'une nuit ? ricana-t-il.

— Va la voir. Tu pourras l'amadouer.

— Une seule nuit…, reprit-il sans prêter attention à ses paroles. Veux-tu savoir pourquoi ? Parce que j'avais des comptes à régler avec elle, c'est tout. Nous étions en classe ensemble. Elle a été témoin de toutes mes bêtises. Pour moi, elle symbolisait plus que tout l'*establishment* de cette ville. Quand nous nous sommes croisés dans un cocktail, à New York, j'ai eu soudain besoin de me prouver à moi-même que j'avais réussi. Alors je lui ai fait du charme. C'est un des plus mauvais souvenirs de toute mon existence. Après cette nuit-là, je ne l'ai jamais revue, ni ici, ni à New York.

Le cœur de Jessica battait à tout rompre. Elle savait qu'il disait la vérité. Mais elle ne put résister à la tentation d'ajouter :

— Elle aimerait bien te revoir, j'en suis sûre. Peut-être devrais-tu lui passer un coup de fil…

— J'appellerai un des membres de la commission.

— Mais c'est elle qui préside la commission… C'est elle qui prend les décisions importantes. Parle-lui, Carter. Il faut qu'elle nous aide.

Carter se sentait de plus en plus mal à l'aise.

— Comment veux-tu que je parvienne à la convaincre ? grommela-t-il.

Pendant l'après-midi, Jessica avait envisagé toutes les issues. C'était pour cette raison qu'elle n'avait pas appelé Carter. La solution qu'elle avait arrêtée lui faisait horreur. Mais c'était la seule possible.

— Invite-la à dîner, suggéra-t-elle.

— Je n'en ai aucune envie.

— Pourtant, tu invites souvent tes bons clients à dîner…

— Non, ce sont eux qui m'invitent.

— Alors fais une exception ! Elle t'écoutera, j'en suis sûre.

— Parfait. Dans ce cas, nous irons tous les deux.

— Ce serait une erreur ! protesta Jessica avec véhémence.

— Vraiment ? dit Carter d'une voix sombre. Je crois que je commence à comprendre. Tu es prête à faire n'importe quoi pour sauver Crosslyn Rise. Y compris à me pousser dans les bras d'Elisabeth Abbott.

Son ton était glacial. Jessica crut qu'elle allait éclater en sanglots.

— C'est bien cela, n'est-ce pas ? acheva-t-il, le regard brillant de colère.

Jessica demeura silencieuse.

— Je me trompe ? reprit-il d'une voix dure.

— Non…, chuchota-t-elle.

— Je n'en crois pas mes oreilles, murmura-t-il. Comment peux-tu me demander de faire une chose pareille ?

— C'est peut-être la seule façon de sauver notre projet.

— C'est tout ce qui compte, pour toi ? Notre projet ?

— Bien sûr que non.

— Comment ai-je pu être aussi bête ! Tu refuses de me dire que tu m'aimes, tu refuses de m'épouser… Et maintenant, tu t'es mis en tête cette idée stupide !

— Elle n'a rien de stupide. Je suis sûre que tu parviendrais à convaincre Elisabeth Abbott.

— Jamais je ne m'abaisserai à faire cela, Jessica. Je t'aime. Je te l'ai déjà dit des dizaines de fois, et j'étais sincère. Tu es la seule femme que je désire. Je me moque d'Elisabeth Abbott.

— Pourtant, tu as déjà couché avec elle…

— Et je le regrette. Mais le passé est le passé.

Il passa une main fébrile dans ses cheveux.

— Comment peux-tu me demander cela ? répéta-t-il d'une voix où la colère avait cédé la place à une terrible amertume. Je ne suis donc rien pour toi ?

— Tu sais bien que si…, dit-elle tout bas.

Mais il ne l'écoutait plus.

— Comme j'ai été naïf…, murmura-t-il d'une voix tremblante. Le respect fait partie intégrante de l'amour, et si tu me respectais, tu ne m'aurais jamais demandé cela… Tu croyais vraiment que j'allais accepter ?

Il baissa les yeux. Jessica eut tout à coup l'impression qu'il allait se mettre à pleurer. C'était la première fois qu'elle le voyait aussi abattu. Il semblait si désemparé, si las… Il était si différent de l'adolescent agressif et insolent qu'elle avait connu autrefois… Elle savait qu'il avait changé, mais jamais elle n'en avait pris autant conscience qu'en cet instant. Elle vit soudain une larme briller dans son regard. Elle se mit à trembler.

— Je suis prêt à tout pour toi, ma chérie, balbutia-t-il. Je me jetterais par la fenêtre, si tu me le demandais. Mais pas ça, pas ça…

Sans ajouter un mot, il se dirigea lentement vers la porte d'entrée et commença à descendre le grand escalier qui menait au jardin.

— Carter ? murmura-t-elle.

Sans plus savoir ce qu'elle faisait, elle se mit à courir derrière lui.

— Carter ? répéta-t-elle, d'une voix étranglée par les larmes.

Mais il ne l'écoutait pas et se dirigeait à grands pas vers sa voiture.

— Carter, attends !

Allait-elle le perdre à jamais ?

— Carter, s'il te plaît !

Il allait ouvrir la portière de sa voiture. Alors Jessica perdit complètement la tête.

— Carter ! hurla-t-elle.

Ce cri, si inhabituel chez Jessica, arrêta immédiatement Carter. Il se tourna vers elle et lui lança un regard si désespéré qu'elle demeura immobile pendant quelques instants. Mais elle devait à tout prix l'empêcher de partir. Soudain elle courut en direction de la voiture.

Elle s'arrêta juste devant lui, haletante, et se jeta dans ses bras.

— Je suis désolée..., murmura-t-elle. Je t'aime tant, mon amour...

Carter demeura comme hébété. Puis, lentement, il l'enlaça.

— Quoi ? chuchota-t-il, stupéfait.

— Je t'aime. Je t'aime !

Soudain, Jessica ne put plus retenir ses larmes plus longtemps. Elle éclata en sanglots et se pressa contre lui. Il la serrait passionnément.

— Pardonne-moi..., gémit-elle. J'ai été si bête ! Je t'ai insulté... Mais je me suis sentie si malheureuse quand Elisabeth Abbott m'a dit qu'elle avait passé une nuit avec toi... Je... je voulais te tester, pour savoir si tu la désirais encore... Elle est si séduisante… Mais je t'aime. Je ne sais pas ce que je ferais si tu me quittais…

Carter enfouit son visage dans la chevelure soyeuse de Jessica.

— J'ai cru que tu cherchais à te débarrasser de moi, murmura-t-il.

— Je ne savais pas quoi faire… J'étais si désemparée…

— Tu aurais dû m'appeler immédiatement. Nous trouverons une solution, Jessica. Mais la seule chose qui compte vraiment, c'est nous deux.

Elle le savait. Elle voulait oublier tout ce qui les avait séparés. Seul importait le présent — et l'avenir.

— Je t'aime, répéta-t-elle.

— Que veux-tu exactement ? murmura-t-il. Dis-moi…

— Je te veux, toi.

— Mais que veux-tu exactement ?

Elle savait ce qu'il attendait. Ces paroles lui auraient coûté, quelques heures auparavant, mais elle se sentait prête, maintenant.

— Je veux t'épouser, dit-elle lentement. Je veux porter ton nom, je veux que tu me fasses des enfants.

Carter demeura silencieux, comme s'il avait du mal à la croire. Il avait tellement espéré l'entendre prononcer ces mots… Il avait du mal à croire à son bonheur.

— C'est ce dont j'ai toujours eu envie, poursuivit-elle d'une voix haletante. Mais je n'osais pas te le dire. J'avais peur…

— De quoi ? murmura-t-il.

— Je ne sais pas. Tu mènes une vie tellement plus intéressante que la mienne. Mais j'ai envie de t'épouser, Carter. Si un jour tu me quittes, j'en mourrai. Je t'aime tellement…

— Je ne te quitterai jamais, Jessica.

— Mais je n'en étais pas sûre, jusqu'à maintenant.

— Pourtant, cela fait des semaines que je te le répète…

— Mais je ne te croyais pas. Je ne veux pas te perdre, mon chéri. Jamais…

— Alors épouse-moi.

— Oui, je veux t'épouser.
— Et donne-moi des enfants…
— C'est ce que je souhaite le plus au monde.
— Et surtout, continue à enseigner ! Je suis si fier de tout ce que tu fais…
— C'est vrai ?
— Oh oui ! J'ai toujours été très fier de toi… Je serai toujours fier de toi ! Que tu sois enseignante, épouse, ou mère de mes enfants…
— Oh, comme je t'aime ! murmura-t-elle en se serrant contre lui.
Jamais elle ne s'était sentie aussi heureuse.
— Alors fais-moi confiance, dit-il. Crois-moi quand je te dis que je t'aime. Je ne désire aucune autre femme. Je n'ai jamais désiré aucune femme comme je te désire… C'est la première fois que je demande une femme en mariage…
— Je te crois, mon amour.
— Pour ce qui est de Crosslyn Rise, ajouta-t-il, nous allons trouver une solution. C'est une propriété magnifique, j'ai investi beaucoup d'argent dans ce projet, mais je préférerais tout perdre plutôt que de te perdre… Je ne veux pas que tu t'inquiètes pour le permis de construire. Nous appellerons Gordon. Nous trouverons bien une solution. Mais tout cela est secondaire. Tu es d'accord avec moi, n'est-ce pas ?
— Oui, murmura-t-elle.
Et c'était vrai. Durant ces quelques minutes où elle avait cru perdre Carter, Crosslyn Rise avait été le cadet de ses soucis. Tant que Carter serait à ses côtés, elle pourrait tout supporter.

Deuxième partie

1

Un après-midi de septembre, trois hommes sortirent d'une longue limousine noire, claquèrent sans ménagement les portières derrière eux, et empruntèrent d'un pas vif le chemin dallé qui menait au porche de la maison d'Elisabeth Abbott. Gordon Hale, le plus âgé des trois, pressa le bouton de la sonnette. Cheville ouvrière du consortium Crosslyn Rise, il avait été élu à l'unanimité porte-parole du petit groupe. Son âge, sa fonction de banquier, son air digne, tout le désignait pour remplir la délicate mission que les trois hommes s'étaient assignée : amadouer l'intraitable Elisabeth Abbott.

Directrice de la commission au développement régional, et adjointe au maire, cette dernière leur refusait en effet le permis de construire dont ils avaient besoin pour réaliser leur fabuleux projet immobilier : Crosslyn Rise.

Debout près de Gordon, Carter Malloy préféra se tenir un peu en retrait. Brillant architecte, concepteur de Crosslyn Rise, il avait été autrefois l'amant d'Elisabeth. Econduite, cette dernière ne lui pardonnait pas son proche mariage avec Jessica Crosslyn. Et de toute évidence, elle cherchait à se servir du permis de construire comme d'un instrument de vengeance…

Mark Lowe, le troisième membre du petit groupe, dirigeait l'entreprise de bâtiment chargée de construire Crosslyn Rise. S'il avait souhaité se joindre aux deux autres pour cette délicate mission auprès d'Elisabeth Abbott, c'était que la réussite de ce projet lui tenait particulièrement à cœur. La transformation de la vieille propriété centenaire en résidence haut de gamme représentait en effet le plus formidable défi de sa carrière. De plus, n'avait-il pas investi d'importants capitaux dans le consortium ? C'était un sacré coup de poker, bien sûr, mais en cas de réussite, il réaliserait enfin le rêve qu'il caressait depuis de longues années : gravir d'un coup plusieurs échelons de l'échelle sociale en devenant un véritable homme d'affaires…

Quelques secondes après le coup de sonnette de Gordon, un domestique d'allure compassée ouvrit la porte.

— Oui ? s'enquit-il.

— Mon nom est Gordon Hale. Mes amis et moi-même avons rendez-vous avec Mlle Abbott.

— Elle vous attend. Veuillez me suivre.

Mark emboîta le pas à ses deux amis et, en traversant le somptueux hall décoré de marbre, dut réfréner une subite envie d'éclater de rire. Cet insolent étalage de luxe et la pompe de l'accueil ne suscitaient en lui qu'un profond mépris… Quant à la jolie blonde qui se leva avec une coquetterie affectée pour les accueillir, il la trouva immédiatement antipathique.

— Gordon ! s'exclama-t-elle avec un sourire faux. Je suis si contente de te voir !

— Tout le plaisir est pour moi, Elisabeth.

Gordon fit un geste nonchalant en direction de ses amis.

— Tu connais déjà Carter…

— Oui, répondit-elle en dardant sur son ancien amant un regard venimeux. Comment vas-tu, Carter ?

— Bien, répondit ce dernier, impassible. Malgré notre petit malentendu concernant Crosslyn Rise.

— Quel malentendu ? se récria la jeune femme en prenant Gordon à témoin. Je croyais m'être montrée très claire…

— Sur ton refus de nous délivrer un permis de construire, certainement, acquiesça Gordon en toussotant. Sur les raisons qui motivent ton refus… beaucoup moins ! Voilà pourquoi nous souhaitons en discuter avec toi. Mais tout d'abord…

Il prit Mark par le bras.

— … permets-moi de te présenter Mark Lowe, le futur entrepreneur de construction de Crosslyn Rise.

Elisabeth posa sur Mark des yeux bleus impeccablement maquillés, dans lesquels s'alluma aussitôt une convoitise non dissimulée.

— Mark Lowe ? minauda-t-elle en battant des cils. Avons-nous déjà été présentés ?

— C'est peu probable, répondit-il en songeant pour lui-même que cette blonde sophistiquée n'était vraiment pas son genre. Je suis un petit nouveau sur la côte Est… Jusqu'à présent, j'ai surtout travaillé dans le Sud.

Il avait prononcé ces derniers mots en appuyant délibérément le léger accent qui lui restait de ses années passées en Floride. Accent tout à fait craquant — au dire de ses anciennes maîtresses, du moins. Et Crosslyn Rise valait bien un petit effort de séduction de sa part…

— Bienvenue à Boston, dans ce cas ! lança-t-elle avec une gaieté factice. Est-il indiscret de vous demander pourquoi vous avez choisi de vous associer avec Gordon et Carter, monsieur Lowe ?

— Pas du tout. Crosslyn Rise est un projet magnifique. Et puis… mes associés m'ont assuré que l'affaire serait menée tambour battant.

Un grand sourire innocent ponctua cette remarque.

— Nous autres, dans la construction, nous n'aimons guère les retards, les délais, les obstacles, ajouta-t-il. Mes bulldozers sont prêts et mes hommes commencent à s'impatienter. Sans ce fichu permis de construire, nous aurions pu nous mettre au travail dès demain. Vous avez un sacré pouvoir sur nous !

Cette remarque fit danser dans les yeux d'Elisabeth une lueur de satisfaction.

— Oh, je ne suis qu'un membre de la commission…, plaida-t-elle en jouant la modestie.

— Un membre très influent, toutefois…, se hâta de lui rappeler Gordon. Pouvons-nous nous asseoir, Elisabeth ?

— Je vous en prie… Mais j'ai bien peur que cette discussion n'aboutisse à rien. La décision de la commission est prise, et même si nous envisagions d'y revenir, notre prochaine réunion n'aura pas lieu avant le mois de février. Je croyais pourtant avoir tout expliqué à Jessica l'autre jour au téléphone…

Au nom de sa future épouse, Carter se raidit.

— Explique-toi de nouveau devant nous, dit-il d'un ton coupant.

— Il est vrai que nous sommes un peu perplexes, ajouta aussitôt Gordon pour calmer le jeu. Jusqu'à hier encore, nous pensions obtenir le feu vert de la commission, et brusquement, on nous annonce que le permis de construire nous est refusé ! Pourtant, d'après Donald Swett, il ne manquait plus qu'une signature…

— Donald n'aurait pas dû s'avancer, fulmina Elisabeth. Ce n'est pas sa faute, il est nouveau parmi nous, mais il aurait dû savoir qu'aucune décision n'est arrêtée avant l'ultime réunion. Nous avons étudié avec soin votre dossier, et voici notre conclusion : Crosslyn Rise risquerait de mettre en péril l'équilibre de la région.

— Qu'est-ce que c'est que cette histoire ? intervint Carter en ricanant, goguenard.

— La commune profitera pourtant des retombées économiques, observa Gordon d'un ton plus posé.

Elisabeth afficha un air sceptique.

— Peut-être, mais elle a plus à perdre qu'à gagner.

— Comment ça ? s'étonna Carter.

— Si nous ne restons pas vigilants, la côte perdra tout son charme, à force de se couvrir de grands ensembles, expliqua la jeune femme d'un ton doucereux. Voilà pourquoi nous avons décidé de ne délivrer les permis de construire qu'au compte-gouttes.

— Crosslyn Rise respecte la tradition architecturale de la région, plaida Gordon. Et cette partie de la côte ne risque pas d'être défigurée puisque la superficie de la marina restera limitée. D'ailleurs, les tarifs pratiqués seront élevés et n'attireront sûrement pas des hordes de touristes !

— Justement ! Les tarifs sont inabordables pour nos concitoyens les plus modestes…

— Depuis quand te préoccupes-tu du sort des petites gens, Elisabeth ? fulmina Carter en levant les yeux au ciel. Autrefois, tu avais plutôt tendance à mépriser…

— Carter…, voulut l'interrompre Gordon.

Mais Elisabeth avait bondi de son fauteuil, le regard brillant de rage.

— Les citoyens de cette ville m'ont élue ! s'écria-t-elle, les yeux rivés sur son ancien amant. Il est de mon devoir de défendre leurs intérêts !

Comme Carter affichait un petit sourire moqueur, elle ajouta, à l'adresse de Gordon :

— De plus, les commerçants de la ville ne voient pas d'un très bon œil l'ouverture de ces boutiques que vous avez l'intention de construire le long de la marina… Ils parlent déjà de concurrence déloyale. Bref, le problème est complexe !

— Je ne te le fais pas dire ! ironisa Carter. En fait, ton refus de nous délivrer un permis n'est qu'une façon de te venger de moi et de…

— Ne perdons pas notre sang-froid, intervint Gordon.

— Oh, c'est du Carter tout craché ! s'écria Elisabeth avec dédain. Il a toujours aimé semer la zizanie, et c'est peut-être justement ce que la commission lui reproche !

— La commission n'a strictement rien à me reprocher ! rétorqua Carter sur le même ton. Sois un peu honnête, Lizie. C'est toi et toi seule qui mènes ta petite guérilla personnelle contre moi…

— Carter ! s'interposa Gordon en fronçant les sourcils.

— Restons calmes, intervint à son tour Mark d'un ton posé.

Il fallait absolument tuer dans l'œuf ce conflit, se disait-il. Sinon, il n'y aurait *jamais* de Crosslyn Rise. Mark connaissait bien les femmes du genre d'Elisabeth Abbott : prêtes à se battre, comme des tigresses. Sans craindre les coups bas. Si cette femme décidait définitivement de leur mettre des bâtons dans les roues, le complexe immobilier ne verrait pas le jour.

Et lui, tout ce qu'il souhaitait, c'était obtenir ce fichu permis.

— Il est tard, reprit-il. Et les esprits sont échauffés. Personnellement, j'ai travaillé toute la journée et je suis épuisé.

Il se tourna vers Elisabeth.

— Que diriez-vous de reprendre cette discussion demain matin ?

— Impossible, répliqua-t-elle avec hauteur. Je serai en réunion du matin au soir.

— Je ne suis pas libre non plus, ajouta Gordon.

— J'ai un rendez-vous à Springfields, renchérit Carter.

— Cherchons un restaurant et discutons devant un bon dîner, dans ce cas.

De nouveau, Gordon hocha la tête, navré.

— Ma femme m'attend à la maison. D'ailleurs, je suis déjà en retard…

— Ça tombe mal pour moi aussi, soupira Carter.

Mark posa son regard sur Elisabeth.

— Pourquoi ne pas dîner tous les deux ? Ce serait plus intime…

A l'expression de la jeune femme, il devina que la perspective d'un dîner en tête à tête l'émoustillait, même si elle affecta d'hésiter pour ne pas avoir l'air de se déterminer trop vite.

— Pourquoi pas ? finit-elle par acquiescer avec un petit sourire. Vous avez raison, nous bavarderons plus calmement, tous les deux.

Après avoir consulté son bracelet-montre, elle ajouta :

— Mais dépêchons-nous, j'ai un rendez-vous plus tard dans la soirée…

Cette dernière phrase fit pousser à Mark un discret soupir de soulagement. Car s'il était prêt à déployer tout son charme pour fléchir Elisabeth Abbott, il n'avait aucune intention de finir la nuit avec elle.

Avec un peu de chance — et de savoir-faire —, il lui aurait arraché le permis de construire avant la fin du dîner…

Et son plan se déroula comme prévu. A force de cajoleries

et de sourires charmeurs, il fit admettre à la jeune femme que Crosslyn Rise constituait un atout économique majeur pour la commune. Pour comble de bonheur, le hasard joua en sa faveur : deux membres de la commission dînaient dans le même restaurant en compagnie de leurs épouses et Elisabeth n'eut pas d'autre solution que de leur présenter son compagnon. Mark ne put s'empêcher d'afficher un large sourire quand il entendit la directrice de la commission annoncer à ses deux collègues qu'elle ne s'opposait plus à la construction de Crosslyn Rise. « J'ai quatre témoins ! » triompha-t-il intérieurement. Elisabeth Abbott ne pourrait plus se dédire.

Satisfait de l'habileté avec laquelle il avait tiré son épingle du jeu, il aida la jeune femme à enfiler son manteau, et tout en la guidant hors du restaurant, la remercia pour la charmante soirée qu'il venait de passer.

— Ce n'était qu'un coup d'essai, j'espère…, susurra-t-elle en le couvant d'un regard sensuel.

— Savez-vous que je me sens un peu coupable ? remarqua-t-il en riant.

— De quoi ?

— De vous avoir invitée à dîner… alors que nous sommes en pleines tractations ! Les mauvaises langues pourraient insinuer que je cherche à vous corrompre.

— Je fais ce qui me chante !

— Dans une petite ville comme la nôtre, on n'est jamais à l'abri du qu'en-dira-t-on.

Une moue aguicheuse plissa les lèvres de la jeune femme.

— Nous n'allons tout de même pas attendre la fin du chantier pour nous revoir, n'est-ce pas ? La construction de Crosslyn Rise risque de prendre des années.

Mark sourit.

— Bien sûr que non. Mais avant de vous appeler, je préférerais attendre que cette histoire de permis soit réglée.

La jeune femme n'hésita pas plus d'un quart de seconde.

— Le permis sera demain matin sur votre bureau à 10 heures. Satisfait ?

Il hocha la tête en riant.

— Plutôt !

— Dans ce cas, que diriez-vous de venir dîner chez moi d'ici à la fin de la semaine ?

Préférant faire la sourde oreille, il regarda sa montre.

— Vous êtes pressée, je crois ? Je me sauve ! Et encore merci pour le permis, Elisabeth. Je savais bien que nous finirions par nous entendre.

— Alors ? Bonne soirée ? s'enquit le lendemain le contremaître et meilleur ami de Mark, John McCaffrey.

Les deux hommes buvaient une bière dans le pub où ils avaient l'habitude de se délasser après une bonne journée de travail.

— Pas mauvaise, répondit Mark avec un sourire satisfait. Elisabeth Abbott est diablement sexy, c'est indubitable, mais quelle arrogance ! Enfin, mon petit numéro a dû lui plaire, car je n'ai même pas eu besoin de l'embrasser pour obtenir ce satané permis !

— Dommage ! Tu aurais pu ajouter une conquête à ton tableau de chasse.

— Bah, une de perdue, dix de retrouvées.

— Mais il n'y a pas si longtemps, tu n'aurais pas hésité à profiter de l'occasion ! Tu dois te faire vieux, mon cher.

Tout en prononçant ces mots, John agita son verre vide en direction du barman.

— Une autre, s'il vous plaît ! Au fait, Mark… Je suis tombé en ville sur Sarah Thayer, aujourd'hui. Elle m'a demandé de tes nouvelles et je crois qu'un petit coup de fil ne serait pas pour lui déplaire.

Mark haussa les épaules. Il se fichait comme d'une guigne de Sarah Thayer, une jeune cousine de la femme de Johnny, rencontrée à un réveillon chez les McCaffrey deux ans auparavant. Mais son ami s'obstinait à échafauder toute une amourette !

— Voyons, Johnny ! soupira Mark. Elle est charmante, seulement ce n'est qu'une gamine !

— Une gamine, à vingt et un ans ? De toute façon, elle est très mûre pour son âge et…

L'arrivée impromptue de la serveuse, Cookie, l'interrompit net.

— Tu vois, Cookie est beaucoup plus mon genre ! observa Mark en enveloppant d'un regard de connaisseur la silhouette pulpeuse de la rousse Cookie.

— Alors comme ça, il paraît que vous avez signé le contrat du siècle ? fit celle-ci en posant leurs verres vides sur son plateau.

— Et comment ! acquiesça Mark avec un sourire plein de fierté.

— Tout près d'ici, à ce qu'on dit ?

— Oui, à Crosslyn Rise.

— C'est un gros chantier ?

— Pour sûr !

— Dans ce cas, je dois me préparer à vous servir des hectolitres de bière dans les mois à venir ! commenta Cookie avec satisfaction. Que diriez-vous de casser la croûte, au fait ? Ce soir, j'ai du boudin aux pommes, vous m'en direz des nouvelles !

— Pas pour moi, répondit Johnny en faisant la grimace. Si je m'attarde, ma femme va me passer un sacré savon.

Mark, pour sa part, avait de la paperasserie à remplir. « Mais autant différer cette corvée », songea-t-il, peu pressé de retrouver un logis vide.

— Fait maison, le boudin aux pommes ? s'enquit-il.

Cookie affecta un air outré.

— Bien sûr !

— Dans ce cas je dîne ici. Mais sers-moi vite, je suis un peu pressé.

— Maintenant que la question du permis est réglée, quand pouvons-nous envisager de nous mettre au travail ? s'informa Johnny quand Cookie les eut laissés seuls.

— Dès lundi, nous commencerons à creuser. Une semaine devrait suffire pour jeter les fondations, et nous pourrons alors nous attaquer aux charpentes. Certes, nous sommes en automne, et la pluie risque de provoquer des retards. Mais je veux absolument avoir achevé la première phase avant la neige.

— N'est-ce pas un peu ambitieux ?

Mark avait assez d'expérience pour savoir que la progression des travaux ne dépendait pas entièrement de lui. En cas de météo peu clémente ou de roche trop résistante, le pari était risqué.

Cependant, ils avaient obtenu l'essentiel : le permis de construire. Le reste était une affaire de chance.

— Peut-être... Nous allons tout mettre en œuvre pour y arriver ! déclara-t-il, une lueur de défi dans le regard.

Ainsi, dès le lundi suivant, ils se mirent à l'ouvrage. Les camions et les bulldozers vrombirent à travers Crosslyn Rise en direction du petit étang, là où devait s'élever le premier groupe de villas. C'était le site préféré de Mark, celui qui avait le plus de charme. S'ils faisaient du bon travail, les villas se vendraient comme des petits pains, se dit-il en admirant le fascinant ballet des puissantes machines.

Pour hâter la marche des travaux, lui et Carter avaient effectué les repérages nécessaires avant l'arrivée du matériel. Malgré leur volonté de préserver le parc dans son intégrité, ils avaient dû abattre quelques arbres pour dégager des zones de construction. Mais Crosslyn Rise était presque intact.

Et les bulldozers commencèrent leur travail de titan... Carter se rendait souvent sur le chantier pour observer l'évolution des travaux — rarement accompagné de sa fiancée, car ce spectacle déchirait le cœur de Jessica. Mark comprenait très bien l'attachement sentimental de la jeune femme à la propriété où elle avait passé toute son enfance. Lui-même s'était senti envoûté par Crosslyn Rise, par son atmosphère surannée, par ses futaies sombres et mystérieuses...

Mais contrairement à Jessica, il n'éprouva aucun état d'âme en observant la propriété se transformer, et les fondations se mettre en place. Par endroits, l'équipe avait dû faire sauter la roche à la dynamite, mais Dieu merci, ils n'avaient rencontré aucune nappe d'eau souterraine — cauchemar de tout entrepreneur en bâtiment.

Tout allait trop bien, pourtant. Deux semaines après le début des travaux, une pluie torrentielle s'abattit sur la région pendant trois jours, juste au moment où l'équipe s'apprêtait à couler le béton. Ils durent attendre la semaine suivante pour se remettre au travail.

Mark aurait sans doute supporté sans mauvaise humeur ce contretemps, s'il n'avait dû subir parallèlement les assiduités d'Elisabeth Abbott.

Car la facture du numéro de charme par lequel il avait arraché le permis de construire ne s'était pas fait attendre. Et Elisabeth Abbott était une créancière très opiniâtre...

— Je suis victime de harcèlement sexuel ! se plaignit-il à Gordon le samedi suivant, au mariage de Jessica et de Carter.

Un peu engoncé dans le smoking que Jessica l'avait supplié d'arborer, il sirotait une coupe de champagne en compagnie du banquier, dans le grand salon de Crosslyn Rise rempli d'invités.

— Jusqu'à présent, j'ai réussi à me débarrasser d'elle en douceur, mais elle fait mine de ne pas comprendre, ajouta-t-il. Je n'ai jamais vu une femme aussi entêtée !

— Tu n'as qu'à lui mettre les points sur les i et l'envoyer au diable, suggéra Gordon, amusé.

Non... Mark n'osait pas repousser ouvertement les avances de la jeune femme. Il se sentait même un peu coupable. Après tout, n'avait-il pas obtenu le permis avec de fausses promesses ?

— Ce n'est pas l'envie qui m'en manque, soupira-t-il, désabusé. Mais je crains sa réaction. Elisabeth Abbott est une femme dangereuse, nous sommes bien placés pour le savoir. Je ne voudrais pas mettre Crosslyn Rise en péril.

— Sa capacité à nous nuire est désormais limitée, observa son ami. Elle n'osera pas résilier le permis de peur de se couvrir de ridicule. Et si les gens apprenaient que ses inimitiés personnelles influencent ses décisions professionnelles, ça ferait jaser !

Le regard de Mark s'attarda sur les jeunes mariés, qui valsaient à proximité, et le spectacle d'un bonheur si parfait chassa aussitôt Elisabeth Abbott de ses pensées.

— Hé ! je ne savais pas que Carter dansait aussi bien ! s'exclama-t-il, admiratif. Il a pris des cours particuliers, ou quoi ?

— Il en est bien capable, affirma Gordon en s'esclaffant. Mark reprit d'un ton plus grave :

— Ils ont l'air si heureux, tous les deux…

— Et follement amoureux !

— Carter a de la chance. Jessica est vraiment merveilleuse.

— Je sais, Mark, je sais…

— Elle n'aurait pas une sœur, par hasard ?

— Désolé, mon vieux, pas à ma connaissance.

Mark mima le désespoir.

— Dans ce cas, il ne me reste plus qu'à me consoler dans les bras de la jolie rousse, là-bas.

Sur ces mots, il but une dernière gorgée de champagne et fonça sur sa proie.

Il dansa jusqu'au petit matin avec sa nouvelle conquête — une collègue de Jessica à Harvard —, et l'invita à dîner au restaurant quelques jours après le mariage.

Ils passèrent une soirée agréable. La jeune femme possédait un humour et un sens de la repartie que Mark n'aurait pas soupçonnés chez un professeur de russe… Mais il n'appréciait guère qu'elle lui fasse la leçon à propos de tout et de rien. Aussi préféra-t-il en rester là.

Si seulement il avait pu se débarrasser aussi aisément d'Elisabeth Abbott ! Autant demander la lune… Pour se dépêtrer de cette situation inextricable, il décida de lui mentir carrément, et prétendit avoir retrouvé par hasard le grand amour de ses vingt ans.

En vain…

— En quoi cela nous empêche-t-il de nous voir ? minauda-t-elle sans se démonter. Passez donc prendre un verre à la maison, un de ces soirs, Mark.

— Je ne sais pas, Elisabeth. J'ai beaucoup de travail, en ce moment. Nous avons du retard à cause de la pluie, et j'ai dû mettre les bouchées doubles. Je rentre chez moi épuisé, à des heures impossibles.

Cette fois, le ton de la jeune femme se fit plus coupant.

— Seriez-vous en train de vous payer ma tête, Mark ?

— Pas du tout, Elisabeth. Vous me plaisez énormément mais… Voyez-vous, pendant des années, j'ai été le soupirant malheureux de cette femme, et maintenant qu'elle divorce, je reprends espoir. Vous méritez mieux qu'un homme dont le cœur est pris, Elisabeth…

Elle se contenta de lâcher un rire moqueur.

— Si elle a déjà un divorce sur la conscience, vous n'êtes pas au bout de vos peines !

— Peut-être. Je suis prêt à courir le risque, sinon, j'aurai des regrets pour le reste de mes jours.

Pour ne pas perdre la face, Elisabeth fit mine de ne pas se formaliser, mais ne lui laissa qu'un court répit. Quelques jours après, Mark trouvait un message de la jeune femme sur son répondeur…

« C'est à s'arracher les cheveux ! » pesta-t-il, furieux. Pourtant, prudence ! Surtout, surtout ne pas mettre le chantier en péril…

Alors, il préféra encore continuer à subir sans broncher les assauts téléphoniques d'Elisabeth Abbott, tout en maudissant Carter et Gordon de l'avoir fourré dans ce pétrin.

Il était à deux doigts de craquer quand, un beau matin, la jeune femme fit son apparition sur le chantier.

Du moins le crut-il. Car de loin, il lui sembla reconnaître la chevelure blonde, la silhouette sculpturale, les jambes superbes d'Elisabeth Abbott. Mais une pluie fine était tombée toute la matinée, et le léger brouillard qui embrumait le paysage l'empêchait de distinguer clairement les traits de la femme qui marchait vers l'étang.

Mark se tenait debout sur le socle de béton qui devait constituer le premier étage d'une villa. Ses hommes s'apprêtaient à poser une large charpente métallique, quand la silhouette féminine émergea du brouillard.

— Bon sang, qui va là ? s'exclama un ouvrier.

Le regard de l'homme n'avait pas été distrait plus d'une demi-seconde, mais ce bref moment d'inattention suffit à déséquilibrer la charpente, qui s'écroula avec fracas quelques mètres plus bas.

Mark étouffa un juron. Puis, après s'être assuré que personne n'était blessé, il darda sur la fautive un regard étincelant de colère.

2

Fou de rage, Mark se rua vers l'escalier, dévala les marches de béton brut à la vitesse de l'éclair, et sortit presque en courant de la maison en construction. Elisabeth Abbott — car qui d'autre qu'elle ? — lui empoisonnait la vie depuis plusieurs semaines. Qu'elle osât en plus le déranger dans son travail, ça dépassait les bornes. Il n'allait pas lui mâcher ses mots.

Mais en se plantant devant la femme qui venait de débouler sur son chantier comme un chien dans un jeu de quilles, il découvrit avec stupeur qu'il ne s'agissait pas d'Elisabeth mais d'une parfaite inconnue. Sa colère, pourtant, ne s'apaisa pas. Cette créature, qui qu'elle fût, n'avait rien à faire sur son chantier !

— Qu'est-ce que vous fichez là ? cria-t-il, hors de lui. Vous n'avez pas vu le panneau, à l'entrée ? C'est une propriété privée, figurez-vous ! Ce qui signifie qu'on n'y entre pas comme dans un moulin…

D'un geste, il désigna la charpente métallique endommagée par le choc.

— Vous vous rendez compte des dégâts que vous avez provoqués ? Mes ouvriers ont passé la matinée à préparer cette pièce et nous voulions la poser avant que la pluie recommence à tomber. Je ne parle même pas du grave accident qui aurait pu se produire ! Vous ou l'un de mes hommes auriez pu être tués ! Ce n'est pas un itinéraire de promenade pour touristes, ici !

Il aurait pu continuer d'éructer ainsi pendant longtemps, mais l'expression légèrement ironique qu'il lut sur le visage de la jeune femme l'arrêta net.

Ses cheveux blonds coupés aux épaules et ses yeux d'un bleu profond rappelaient certes Elisabeth. Tout comme sa tenue élégante, sophistiquée, un rien B.C.B.G : jupe plissée du même beige que son écharpe en cachemire, veste couleur taupe et hautes bottes de cuir. De discrètes boucles d'oreilles en ivoire faisaient ressortir la pâleur nacrée de son teint.

Oui, cette jeune femme ressemblait à Elisabeth. Mais sa beauté douce et raffinée n'avait rien à voir avec le charme un peu vulgaire de Mlle Abbott.

— Je ne suis pas une touriste, se défendit-elle. Je suis une amie de Jessica Crosslyn.

— Vraiment ? Eh bien, elle n'est pas ici.

— Ce n'est pas elle que je suis venue voir, mais le chantier, reprit-elle d'une voix calme. Avec la permission de la propriétaire des lieux.

Mark dut prendre sur lui pour ne pas laisser de nouveau éclater sa colère. Le ton tranquille de son interlocutrice l'exaspérait. S'il y avait une chose au monde qui le mettait hors de lui, c'était bien les gens qui parvenaient à rester calmes quand lui-même perdait son sang-froid.

— Jessica aurait dû d'abord m'en toucher un mot ! s'écria-t-il. C'est moi qui dirige ce chantier, c'est donc à moi qu'il faut demander la permission de le visiter ! Si vous aviez sollicité un rendez-vous, j'aurais pu prévenir mes hommes de votre arrivée. Mais là, vous les avez pris au dépourvu !

— Peut-être..., concéda-t-elle avec une moue amusée. Seulement, avouez qu'un rien les déconcentre. Ils n'ont jamais vu une femme de leur vie, ou quoi ?

— Pas sur un chantier, non !

— Le panneau à l'entrée indique : « Propriété privée », pas : « Interdit aux femmes » ! Est-ce ma faute si vos hommes perdent tous leurs moyens à la vue d'un jupon ? Ce sont eux que vous devriez houspiller, pas moi !

Touché ! reconnut-il à contrecœur. Mais plutôt mourir que de l'admettre ouvertement ! D'ailleurs, cette jeune personne avait besoin qu'on la remette à sa place.

— Il n'empêche que votre arrivée a failli provoquer une catastrophe.

— J'en suis désolée.

— C'est un peu facile de s'excuser quand le mal est fait.

— Mais c'est mieux que rien. D'ailleurs, vous aussi, vous pourriez vous excuser !

— De quoi ?

— D'avoir failli me tuer avec votre bout de métal !

— Il ne manquerait plus que ça !

— Un peu plus, et vous aviez un procès sur le dos.

— Où voyez-vous matière à procès ?

— Vos hommes et vous-même avez fait preuve d'une impardonnable négligence…

— C'est pour critiquer mes normes de sécurité que vous êtes venue m'espionner ?

— Non, pas du tout. Je suis décoratrice d'intérieur. Et il se peut fort bien qu'on me confie la décoration de Crosslyn Rise…

— Hein ? Pas si on me demande mon avis.

— Dieu merci, on n'en fera rien ! C'est le consortium qui choisira le décorateur de Crosslyn Rise, pas un simple contremaître incapable de diriger ses hommes !

Sur ces mots, la jeune femme tourna les talons et s'éloigna d'un air digne. Mark faillit la laisser partir. Après tout, que lui importait le jugement de cette péronnelle ?

Mais sa fierté le poussa à lui emboîter le pas. Cela faisait des années qu'il se battait pour se faire respecter en tant que chef d'entreprise, et il n'allait pas laisser une pimbêche arrogante parler de sa profession d'un ton condescendant.

— Ce n'est pas la modestie qui vous étouffe, n'est-ce pas ? dit-il en ricanant, une fois parvenu à la hauteur de la jeune femme.

Elle s'arrêta net mais ne se retourna pas.

— Si mes paroles vous ont blessé, vous ne pouvez vous en prendre qu'à vous.

— Ah oui ?

— C'est un fait que vous ne savez pas diriger vos hommes, et c'est un fait que le consortium choisira le décorateur de Crosslyn Rise, pas vous !

Il savoura secrètement sa victoire.

— Eh bien, détrompez-vous, mademoiselle Je-Sais-Tout ! Car primo : je suis chef d'entreprise et non contremaître. Secundo : je suis aussi membre du consortium.

La jeune femme demeura bouche bée. Puis, tel un automate, elle pivota sur ses talons et fixa avec stupeur son interlocuteur.

— Mon nom est Mark Lowe, ajouta-t-il avec un petit sourire. J'espère vous revoir à la prochaine réunion du conseil d'administration !

Sur ces mots, il se tourna vers son équipe, et, la main en cornet sur sa bouche, hurla à l'adresse de ses hommes :

— Au travail !

Durant quelques secondes, Christine Gilette demeura pétrifiée. Jamais elle n'aurait pensé qu'un goujat pareil puisse faire partie d'un consortium dirigé par l'aristocratique Jessica Crosslyn. Ses traits superbes et sa carrure athlétique n'y changeaient rien : elle avait toutes les peines du monde à imaginer cet ours mal léché siégeant à la même table que Gordon Hale ou Carter Malloy !

Quand elle eut à peu près repris ses esprits, elle rebroussa chemin, et durant les quarante-cinq minutes que dura son trajet en voiture jusqu'à Belmont, elle ressassa sans répit sa conversation avec Mark Lowe. Chaque fois qu'elle se rappelait la façon dont elle l'avait traité, le rouge lui montait aux joues. Méprisante, arrogante, elle ? Ça lui ressemblait si peu ! « Qu'est-ce qui t'a pris, aujourd'hui ? » se demanda-telle. Elle chercha à se rassurer en se disant que Mark Lowe l'avait délibérément provoquée, après tout. Et puis, ne lui avait-elle pas présenté ses excuses pour son intrusion sur le chantier ?

Peut-être… Seulement, dans quelques semaines, aurait lieu la présentation de son projet devant le consortium. Mark Lowe serait présent, bien sûr. Ses beaux yeux bruns pétillant d'ironie la mettraient à l'agonie. Et quelle que fût la qualité du projet qu'elle soumettait, l'entrepreneur voterait contre elle, elle était prête à le parier. Les machos de son acabit — beaux, arrogants, terriblement... virils — n'appréciaient pas de se faire rabrouer par une femme.

« Voilà comment on passe bêtement à côté d'une occasion mirifique ! Tant pis, ça m'est égal », décréta-t-elle, essayant d'oublier sa déception. Impossible de se leurrer, pourtant. Crosslyn Rise représentait pour elle une étape décisive, fondamentale — celle qui allait enfin faire décoller sa carrière !

C'était vraiment trop bête !

Et pour compléter une journée bien mal entamée, sa secrétaire, Margie Dow, l'accueillit d'un long soupir.

— Sybil Church a appelé trois fois, l'avertit-elle. Elle veut te parler de toute urgence.

Etouffant un juron, Christine saisit au vol les deux dossiers que Margie lui tendait et, une fois dans son bureau, se hâta de composer le numéro de Sybil. Mieux valait prendre le taureau par les cornes plutôt que de laisser les catastrophes s'accumuler.

— Sybil ? fit-elle quand la voix de son interlocutrice résonna dans le combiné. Chris, à l'appareil. Je viens de rentrer. Y a-t-il un problème ?

— Je reviens juste du bureau de Stanley, gémit la voix plaintive de Sybil. Vos ouvriers se sont trompés dans la couleur de la moquette !

Excédée, Christine dut respirer à fond pour garder son calme. Quand Sybil Church avait exigé que le cabinet de son mari, un avocat de renom, soit redécoré en quinze jours, Christine s'était échinée à lui expliquer qu'il était impossible de tenir un tel délai. Mais Sybil n'avait rien voulu entendre, et voilà que maintenant elle se plaignait du résultat !

Tout en coinçant le combiné du téléphone contre son épaule, Chris se leva pour retrouver dans son armoire le dossier Church.

— J'ai assisté en personne à la pose de la moquette, Sybil, annonça-t-elle d'un ton apaisant. Et je peux vous assurer qu'il s'agit bien de la couleur que nous avons choisie ensemble.

— Impossible, ce rouge est beaucoup trop sombre. Le moindre

grain de poussière se voit ! Dans deux semaines, cette moquette aura l'air d'une vieille serpillière avachie !

— Prenez le temps de vous y habituer. Personnellement, je trouve que ce rouge bordeaux rehausse magnifiquement le mobilier d'acajou choisi par votre mari…

Tout en parlant, la jeune femme compulsa fébrilement le dossier dans lequel elle conservait les bons de commande et les reçus des fournisseurs.

— Moi, je suis persuadée que nous avions choisi quelque chose de plus clair ! se lamenta Sybil. Pourriez-vous vérifier sur le contrat ?

— C'est précisément ce que je suis en train de faire, Sybil. Et le papier que j'ai sous les yeux stipule que nous avons commandé la teinte rouge bordeaux numéro 6. Or, c'est bien du rouge bordeaux numéro 6 qui a été posé.

— Vous devez vous tromper !

— Je vous assure que non, insista Christine avec douceur, tout en se félicitant de l'ordre qui régnait dans ses dossiers. A vrai dire, nous nous sommes décidées si vite qu'il n'y a rien d'étonnant à ce que vous vous mépreniez sur l'échantillon retenu…

— Vous avez sans doute raison, capitula Sybil, à court d'arguments. Mais si vous saviez combien je regrette mon choix ! Cette moquette va se salir à toute vitesse !

— Pas du tout. N'oubliez pas que la femme de ménage passe l'aspirateur tous les soirs. Faites-moi confiance, Sybil. Ce rouge est magnifique !

— Vous croyez ?

— J'en suis sûre. Votre mari n'aura qu'à demander à ses clients ce qu'ils en pensent.

Une fois Sybil tranquillisée, Chris raccrocha, satisfaite, et replaça le dossier Church dans son classeur. Puis, incapable de se concentrer sur les affaires courantes, elle tira d'un tiroir les plans de Crosslyn Rise et les étala sur son bureau.

Décidément, Carter avait fait un travail magnifique. S'inspirer du style géorgien de la maison principale tout en le modernisant était une idée tout simplement géniale. Sur les dessins, les villas semblaient se nicher harmonieusement dans l'écrin vert émeraude du parc, comme si elles étaient là depuis toujours.

La mort dans l'âme, Christine étouffa un soupir. Et dire que ce projet merveilleux risquait de lui passer sous le nez ! A cause d'un malotru misogyne même pas capable de surveiller ses ouvriers…

A moins que…

D'un geste décidé, elle ouvrit son agenda et composa le numéro de Jessica Malloy, à Harvard. En réalité, elle avait menti à Mark : Jessica n'était pas vraiment une amie, mais plutôt une connaissance. Une relation commune, apprenant que Jessica cherchait un décorateur pour Crosslyn Rise, les avait mises en contact. Mais bien qu'elles ne se fussent pas rencontrées plus de deux ou trois fois, un climat de respect et de confiance mutuelle s'était d'emblée installé entre elles deux. Et Chris avait beau savoir qu'elle n'était pas la seule décoratrice en compétition pour décrocher le contrat, elle se sentait suffisamment soutenue par Jessica pour croire à ses chances.

Sauf si Mark Lowe décidait de lui mettre des bâtons dans les roues…

— Bonjour, dit-elle à la secrétaire quand celle-ci eut décroché. Jessica Malloy est-elle rentrée de son voyage de noces ?

— Oui, ne quittez pas.

Une minute plus tard, la voix douce et harmonieuse de Jessica résonnait dans le combiné.

— Christine, comment allez-vous ?

— Très bien. Tout s'est bien passé ?

— A la perfection !

Christine ressentit une pointe d'envie.

— Et le voyage à Paris ?

— Trop court à mon goût, mais merveilleux…

— Je suis sûre que vous aurez de nombreuses occasions d'y retourner… Pour vos noces d'or, peut-être ?

Jessica fit entendre son rire musical.

— Mon Dieu, nous serons sans doute trop vieux à ce moment-là pour avoir le courage de traverser l'Atlantique !

De nouveau, Christine envia le bonheur de Jessica. La romance passionnée que la jeune héritière de Crosslyn Rise vivait avec Carter lui semblait si merveilleuse… Connaîtrait-elle un jour elle aussi ce bouleversement qui faisait trembler la voix de Jessica quand elle parlait de son mari ?

— D'ici là, vous avez de longues années de bonheur en perspective… Mes félicitations du fond du cœur à tous les deux !

— Merci, Chris. Mais assez parlé de moi ! Comment allez-vous ? J'ai hâte d'assister à la présentation de votre projet, vous savez…

— A ce propos, dit Christine, embarrassée, il y a eu un petit incident, ce matin. En faisant un tour de reconnaissance à Crosslyn Rise, j'ai dérangé les ouvriers et…

— Ah, si vous saviez combien cela me déchire le cœur de les voir dévaster mon cher Crosslyn Rise ! l'interrompit Jessica en poussant un long soupir.

— Une fois les travaux terminés, le domaine sera magnifique, s'empressa d'affirmer Christine.

— Je sais. Carter a su tirer parti de toutes les possibilités du site. De toute façon, je n'avais pas le choix. C'était ça ou la vente, car je ne pouvais plus faire face aux dépenses d'entretien d'une si vaste propriété ! Pourtant…

De nouveau, un petit soupir franchit ses lèvres.

— … je suis tellement attachée à cet endroit que je ne supporte pas de voir abattre le moindre arbuste !

— Comme je vous comprends ! compatit Christine.

Une des qualités qu'elle appréciait le plus chez Jessica, c'était son dédain de l'argent. Même si la transformation de la vieille propriété familiale en résidence de luxe allait sans doute faire de Jessica Crosslyn Malloy une des premières fortunes de Boston, ce n'était pas par cupidité que celle-ci avait élaboré son projet, mais pour éviter que son domaine ne soit livré à de vulgaires promoteurs immobiliers. Et Christine respectait ce choix courageux.

— Racontez-moi ce qui s'est passé ce matin, la pressa Jessica.

En quelques mots, Christine lui narra sa petite algarade avec Mark Lowe.

— Franchement, je ne pensais déranger personne ! conclut-elle, un peu gênée. Je me promenais tranquillement, quand deux ouvriers m'ont aperçue, et en moins d'une seconde, patatras ! La charpente s'est écroulée. Je me suis excusée auprès du chef de chantier, mais…

— Vous avez bien fait, Mark est un chic type.

— Je vous crois sur parole, seulement, ce matin, il n'était pas à prendre avec des pincettes. Je me mets à sa place, d'ailleurs, l'incident aurait pu avoir des conséquences très graves… Malheureusement, je crois que nous n'avons pas commencé sur un très bon pied, lui et moi. Mes paroles ont dépassé ma pensée, et j'ai bien peur qu'il ne m'en tienne rigueur.

— Du coup, vous craignez qu'il ne fasse obstacle à votre candidature ?

— Oui. D'ailleurs, même si je décrochais le contrat, je me vois mal faire équipe avec lui ! Les machos dans son genre ont le don de m'horripiler !

— Vous changerez d'avis quand vous le connaîtrez mieux, Chris.

— Rien n'est moins sûr. Si le consortium m'engage comme décoratrice, je travaillerai main dans la main avec lui… et nous risquons de nous entendre comme chien et chat !

Jessica hésita un instant.

— Cela signifie-t-il que vous ne souhaitez plus travailler pour nous ?

— Bien sûr que non ! se récria Christine. Vous n'ignorez pas combien ce projet me tient à cœur…

Son interlocutrice parut sincèrement soulagée.

— Tant mieux, Chris. Car il y a dans votre travail une sensibilité qu'on ne retrouve pas ailleurs, et qui correspond exactement à ce que je recherche pour Crosslyn Rise.

— Merci beaucoup, Jessica, répondit Christine, touchée par le compliment. Mais pour en revenir à Mark Lowe, je…

— C'est peut-être difficile à croire, Chris, néanmoins je vous répète que Mark est une crème.

— Effectivement, je suis un peu sceptique !

— Certes, c'est un perfectionniste, d'où sa colère de ce matin. Mais une fois calmé, il comprendra qu'il a eu tort de s'emporter ainsi. Lui aussi tient à ce projet comme à la prunelle de ses yeux, vous savez… Il y a investi d'importants capitaux, il est donc impliqué dans la réussite de Crosslyn Rise.

— Si vous le dites…

Soudain, elle revit le sourire insolent de l'homme, ses larges épaules et sa silhouette athlétique… Mais elle s'obligea à chasser au plus vite de son esprit cette vision troublante.

— De plus, Mark est le meilleur entrepreneur de la région, insista Jessica. Carter a déjà travaillé avec lui, il m'a souvent répété que Mark connaît son métier sur le bout des doigts. En investissant dans Crosslyn Rise, Mark joue sa fortune personnelle tout autant que sa réputation. Et si vous faites bonne impression devant le consortium, il se laissera fléchir.

— De bonne grâce ?

— De bonne grâce. En vrai professionnel !

Les jours suivants, Christine repensa aux paroles de Jessica. Décidément, elle avait du mal à croire qu'un homme adorable pût se dissimuler sous la façade du macho arrogant et sûr de lui. Une épouse soumise devait l'attendre tous les soirs à la maison pour lui offrir une bière bien fraîche quand il s'écroulait devant la télévision après une journée de travail… Chris imaginait la scène avec un sourire de commisération.

Et pourtant, Mark faisait aussi partie du consortium, détail qui collait mal avec son image de brute, s'étonnait-elle. Pour se lancer dans l'investissement immobilier, il fallait de l'argent, bien sûr, mais aussi du flair, du bon sens, de l'intelligence. Chris n'ignorait pas qu'un constructeur talentueux pouvait s'enrichir rapidement. Mais en fait d'intelligence, celle de Mark lui paraissait inversement proportionnelle à la largeur de ses épaules !

Allons, penser à Mark ne servait qu'à la retarder dans son travail, se réprimanda-t-elle. Et elle avait du pain sur la planche !

Elle passa des nuits entières à corriger ses dessins, tentant d'atteindre la perfection. Car elle savait que, avec Mark contre elle, elle devrait impressionner fortement tous les autres membres du consortium pour être engagée.

Le jour de la présentation, un beau soleil d'automne se leva sur la Nouvelle-Angleterre, et Mark se réveilla en pleine forme. La première toiture avait été posée, malgré un problème de dernière minute qui l'avait obligé à revoir les plans avec Carter. Mais si tout se passait bien, la première phase de la construction serait achevée dans une semaine. Alors la neige pouvait bien se mettre à tomber, il dormirait sur ses deux oreilles.

Et puis, cela faisait près de huit jours qu'Elisabeth Abbott avait cessé de le harceler !

Ce fut donc en sifflotant gaiement qu'il se joignit aux huit autres membres du consortium dans le bureau de Gordon Hale. En les saluant tour à tour, il songea avec satisfaction qu'il se sentait désormais un membre à part entière et qu'il avait enfin réussi à surmonter sa gêne des premiers temps. Au fil des réunions, il s'était senti plus à l'aise, mieux accepté. Bien plus, son statut d'entrepreneur lui conférait une place privilégiée, car c'était lui qui maîtrisait le mieux la réalité du projet.

Son regard fit le tour de la longue table d'acajou autour de laquelle s'étaient installés Carter et Jessica, ainsi que les trois investisseurs recommandés par Gordon Hale — Bill Nolan, des papeteries Nolan, Ben Heavey, un promoteur immobilier qui s'était fait un nom sur la côte Ouest, et Zach Gould, un banquier à la retraite. A ces trois-là il fallait encore ajouter John Sawyer, un libraire de la région, et Nina Stone, l'agent immobilier chargé de vendre Crosslyn Rise.

Lors des premières réunions, Mark n'était pas resté indifférent au charme piquant et original de la brune Nina. Ils avaient même dîné ensemble, un soir, mais ni l'un ni l'autre n'avaient souhaité aller plus loin. Nina était une femme de tête, sûre d'elle et agressive. Pas du tout le genre de Mark. Depuis, toutefois, ils étaient restés bons amis.

Après avoir ouvert la séance, Gordon fit le bilan de la trésorerie, puis Carter fit entrer à tour de rôle les trois décorateurs en lice.

La première, une célèbre décoratrice de Boston dont le bureau avait réalisé la plupart des projets importants de la région, parla avec emphase pendant près de trois quarts d'heure. Mark la trouva prétentieuse.

Le second prôna l'emploi de l'acier chromé et du verre fumé. Mark n'eut même pas besoin de l'écouter jusqu'au bout pour le rayer de la liste.

La troisième…

La troisième était Christine Gilette.

Vêtue d'un élégant tailleur beige, elle semblait un peu nerveuse, mais exposa son projet avec aisance, présentant un à un ses dessins. Elle expliqua d'une voix douce et ferme qu'elle avait cherché à s'inspirer de l'élégant style géorgien qui faisait tout le charme de Crosslyn Rise. Son approche passionnée, sincère, convaincue sembla beaucoup plaire…

Mark lui-même devait admettre qu'il était impressionné. A plusieurs reprises, le regard de la jeune femme s'était arrêté sur lui, et si elle était toujours furieuse contre lui, elle n'en laissa rien paraître. Il la trouva sûre d'elle, mais pas du tout arrogante.

A la fin de sa présentation, Mark la remercia et l'avertit qu'on lui donnerait une réponse avant la fin de la semaine. Mais la plupart des membres du consortium penchaient déjà pour Christine.

— Ses dessins sont si chaleureux, si subtils ! s'exclama John Sawyer avec enthousiasme quand la jeune femme se fut retirée. Elle a vraiment su capter l'atmosphère de Crosslyn Rise !

Zach Gould l'approuva d'un signe de tête.

— Moi aussi, j'ai beaucoup apprécié sa prestation. Elle a la main plus légère que les deux autres.

— Ses coûts sont les plus élevés, objecta Ben Heavey.

— Si nous voulons faire du bon travail, nous ne pouvons pas rogner sur la décoration, intervint Nina. Personnellement, je crois que Christine est la plus inventive, la plus originale des trois.

— Qu'en pense Mark ? s'informa Carter en se tournant vers son voisin. Après tout, c'est lui qui sera le plus souvent en contact avec le décorateur.

Mark hésita, un peu embarrassé. Que Christine fût la meilleure des trois, cela ne faisait aucun doute. Quant à savoir s'il souhaitait travailler avec elle, c'était une autre paire de manches ! Quelque chose en elle le déstabilisait, le troublait plus que de raison... Quoi ? Il n'aurait su le dire.

— C'est la moins expérimentée du lot, finit-il par remarquer, pour gagner du temps. Quelles garanties nous offre-t-elle ?

— Eh bien, elle travaille seule et..., commença Jessica.

— Quoi ? l'interrompit aussitôt Mark.

Il fronça les sourcils. Une décoratrice indépendante ? L'idée ne lui plaisait guère. Laissant son esprit vagabonder, il tenta d'imaginer la vie de Christine Gilette... Son curriculum vitæ ne fournissait guère de renseignements sur sa vie personnelle. Etait-elle mariée, par exemple ?

— Si elle doit garder des enfants en bas âge chaque fois qu'ils ont un rhume, ça ne fait pas mon affaire, grommela-t-il.

— Mark, montre-toi un peu compréhensif ! le tança gentiment John, lui-même père célibataire.

— Carter a raison : si nous l'engageons, c'est moi qui travaillerai main dans la main avec elle, reprit-il d'un ton plus décidé. Et dans la construction, on n'apprécie guère les retards. Si chaque fois que j'ai besoin de commander des poignées de porte ou des robinets de lavabo elle est en train de se balader avec ses enfants à Disneyworld, je m'imagine mal collaborer avec elle ! J'aime le travail bien fait, et j'aime pouvoir compter sur mes collaborateurs...

— Pourquoi t'emballes-tu ? On peut compter sur Chris, lui assura Jessica. D'ailleurs, elle n'a pas d'enfants en bas âge et elle a une réputation de travailleuse acharnée.

— Mais elle travaille seule...

— Avec une secrétaire et des assistantes, se hâta de lui préciser Jessica.

— Peut-être, n'empêche que c'est elle qui fait l'essentiel du travail. Les deux autres candidats, eux, ont des partenaires à plein-temps qui peuvent les relayer en cas de pépin.

— Que pourrait-il arriver à Christine ? argumenta Jessica. Elle est jeune, en parfaite santé, connue pour tenir les délais... Et elle souhaite ardemment travailler pour nous.

Avant que Mark ait pu commenter cette dernière remarque, elle se hâta d'ajouter :

— Je sais, tu vas me demander pourquoi elle a si désespérément besoin de décrocher ce contrat. Pas parce qu'elle chôme, mais parce qu'elle est tombée sous le charme de Crosslyn Rise et qu'elle a vraiment envie d'y faire ses preuves... Un si gros chantier pourrait donner un sacré coup de pouce à sa carrière, et elle le mérite vraiment.

— Ce n'est pas notre rôle de lui faire la charité...

— Mark, je suis bien placée pour le savoir ! protesta Jessica en levant les yeux au ciel. S'il y a quelqu'un qui souhaite la perfection pour Crosslyn Rise, c'est bien moi ! Et si Chris n'était pas la meilleure dans son domaine, je ne songerais même pas à appuyer sa candidature !

— Qu'elle soit ton amie n'influencerait-il pas un peu ton jugement ? insinua Mark.

— Une amie ? Je la connais à peine ! Je peux même t'avouer que lorsqu'on me l'a recommandée, j'ai hésité à la rencontrer, car je souhaitais choisir un décorateur en toute indépendance. Et puis on m'a montré les précédentes réalisations de Christine. Et j'ai été immédiatement convaincue d'avoir trouvé la décoratrice qu'il fallait à Crosslyn Rise.

Elle s'interrompit un instant puis ajouta :

— De toute façon, nous avons intérêt à travailler avec une petite structure. Christine concentrera tous ses efforts sur Crosslyn Rise, alors que les autres courent plusieurs lièvres à la fois...

Mark préféra déposer les armes. De toute évidence, ses huit collègues étaient déjà tout acquis à Christine Gilette...

… comme le prouva le vote qui eut lieu immédiatement après. A l'unanimité moins une voix, Christine Gilette fut élue décoratrice de Crosslyn Rise. Mark s'était abstenu.

— Pourquoi ? s'étonna Carter comme ils quittaient le bureau de Gordon.

— Je ne sais pas…, marmonna Mark, un peu embarrassé. Peut-être parce qu'elle n'avait pas besoin de ma voix pour l'emporter.

— Mais tu apprécies ses idées, n'est-ce pas ?

— Tout à fait.

— Seulement tu ne te vois pas travailler avec elle, c'est ça ?

Pensif, Mark enfonça ses deux mains dans ses poches.

— Puisqu'il le faut…

— Qu'est-ce qui te tracasse ?

— Je ne sais pas…

Carter arqua des sourcils soupçonneux.

— Serait-ce qu'elle est jolie et célibataire ?

— Ah, elle est célibataire ? répéta Mark.

— Oui. Tu crains peut-être d'avoir affaire à une autre Elisabeth Abbott ?

— Non, pourquoi ? Sauf si elle cherche à se caser à tout prix…

— Pas que je sache. La rumeur prétend même qu'elle mène une vraie vie de nonne.

— Tu cherches à me rassurer ? ironisa Mark.

— Je veux juste que tu ne te sentes pas menacé…

— Menacé, moi ? Par elle ? Franchement, Carter, je n'ai qu'à claquer des doigts pour faire une conquête !

— Christine n'est pas le genre qu'on siffle, Mark…

— Ah oui ? Effectivement, elle est plutôt le type à vouloir tous les hommes à ses pieds ! Qu'elle essaie un peu avec moi, pour voir ! Il faut plus que de jolis yeux bleus et de longues jambes pour me séduire…

Il s'interrompit un instant pour apaiser la colère qui montait en lui, puis ajouta :

— Nous pourrons collaborer si elle fait du bon boulot et reste à sa place. En revanche, si elle prend ses grands airs, elle verra de quel bois je me chauffe !

Malgré cette assertion vigoureuse, Mark eut le plus grand mal, durant les trois semaines qui suivirent, à chasser Christine Gilette de son esprit.

Et quand elle finit par l'appeler pour lui donner un rendez-vous le lendemain, ce fut la main tremblante et le cœur battant qu'il raccrocha.

3

Le lendemain matin, Christine prit le volant dans un état de nervosité inhabituel. Et comme elle quittait Belmont pour s'engager vers le nord en direction de Crosslyn Rise, son estomac se mit à lui jouer de drôles de tours.

Ce n'était tout de même pas la tasse de thé et les céréales avalées à la va-vite au petit déjeuner qui avaient pu la mettre dans cet état…

La joie d'avoir décroché le contrat, peut-être ? Oui, sans doute. Depuis que Jessica lui avait annoncé la bonne nouvelle, Christine flottait sur un petit nuage. Elle se sentait épuisée, aussi… Ces derniers jours, elle avait travaillé d'arrache-pied pour parfaire ses dessins. Voilà pourquoi son cœur battait la chamade ! se dit-elle en bifurquant vers la nationale 128.

Et puis… A toutes ces sensations se mêlait également un peu d'angoisse à la perspective de revoir Mark Lowe. Jamais encore un homme ne l'avait mise aussi mal à l'aise… Bien qu'elle en eût déjà rencontré d'aussi séduisants, d'aussi soupe au lait, d'aussi arrogants que Mark Lowe. Alors pourquoi ce triste individu suscitait-il en elle un tel trouble ?

Elle se rappela l'étonnement gêné qu'elle avait éprouvé en le revoyant, le jour de sa présentation. Sur le chantier, lors de leur première rencontre, Mark Lowe arborait un vieux jean élimé, une veste tout aussi fatiguée ouverte sur un T-shirt gris maculé de sueur, et des bottes en caoutchouc de couleur indéfinissable. Quant à ses cheveux, ils s'éparpillaient en mèches désordonnées de part et d'autre du bonnet de laine qui protégeait ses oreilles du froid.

Et voilà que dans le bureau de Gordon Hale, cet homme de Neandertal avait fait place à un élégant et séduisant play-boy ! Elle se rappela ses cheveux bruns, coupés court et coiffés en arrière, ses traits massifs mais réguliers, sa silhouette athlétique dans l'élégant costume de tweed. La jeune femme avait même constaté avec étonnement que ce primate savait nouer une cravate !

Autant se rendre à l'évidence : Mark Lowe était un homme extrêmement séduisant. Et après ? se rebella-t-elle. Ce n'était tout de même pas cet individu mal embouché qui allait lui faire perdre tous ses moyens ! D'ailleurs, un macho de sa trempe était sans doute marié. Et puis, elle n'avait nul besoin d'un homme dans sa vie. Pour une séance de cinéma ou un dîner aux chandelles, son vieil ami Anthony Haskell faisait très bien l'affaire.

Voilà pourquoi Mark Lowe la laissait de marbre ! Malgré son air triomphant, malgré son large torse, malgré sa démarche nonchalante de bel animal…

Alors pourquoi s'était-elle sentie fondre comme neige au soleil quand Mark l'avait enveloppée de son regard de braise le jour de sa présentation ?

Bon, cet homme ne la laissait pas complètement indifférente, admit-elle en haussant les épaules. Voilà qui expliquait sa nervosité. Mais plutôt se faire arracher les yeux que de montrer devant lui le moindre signe de faiblesse. En l'appelant la veille pour prendre rendez-vous, elle avait mis un point d'honneur à parler d'un ton ferme. Et elle s'était juré de continuer à faire preuve du même détachement.

Armée de ces bonnes résolutions, la jeune femme quitta la nationale pour emprunter la route côtière qui menait à Crosslyn Rise. En fait, elle aurait préféré retrouver Mark à la banque, ou au cabinet de Carter plutôt que sur le chantier. Mais au téléphone, il avait aboyé qu'il refusait de se déplacer en ville, et elle avait dû obtempérer.

Malgré un froid intense, normal pour un mois de décembre, le soleil, radieux, brillait dans un ciel sans nuages. Tout en admirant la côte sauvage, déchiquetée par l'assaut des vagues, Chris songea qu'elle avait bien fait de s'habiller chaudement. Son long et douillet manteau, complété par des gants de peau fourrés et un bonnet de laine, la protégeait efficacement du froid. En lui donnant rendez-vous sur le chantier à 8 heures du matin par ce temps glacé, Mark cherchait à l'éprouver, elle ne l'ignorait pas, et elle avait la ferme intention de lui prouver qu'elle n'était pas une mauviette.

Une fois franchies les grilles de Crosslyn Rise, elle prit la direction de l'étang et s'étonna de n'y trouver personne. Seul le caquètement des canards troublait le silence. Pourtant, la pendulette du tableau de bord marquait 8 h 5. C'était bien la peine de la faire venir aux aurores ! songea-t-elle avec une pointe d'ironie en se remémorant l'insistance avec laquelle Mark avait exigé un rendez-vous matinal.

La jeune femme effectua une marche arrière et remonta la grande allée qui menait à la maison principale. Là non plus, personne. Une fois sa voiture garée devant le perron, elle jeta un coup d'œil par une des fenêtres du rez-de-chaussée.

Jessica et Carter ayant déménagé leurs derniers meubles la semaine précédente, la maison était vide. Les ouvriers de Mark allaient passer tout l'hiver à transformer la vieille bâtisse en club de sport et restaurant.

Munie de la clé que lui avait prêtée Jessica, la jeune femme pénétra dans la maison, et comme chaque fois qu'elle venait à Crosslyn Rise, admira avec émotion le vaste hall d'où partait un majestueux escalier de bois. A droite de l'entrée se trouvait le grand salon qui avait servi de salle de réception pour le mariage de Jessica et de Carter.

Christine allait s'y aventurer quand l'appel agressif d'un klaxon parvint à ses oreilles.

Elle apparut sur le perron au moment où Mark descendait de son camion. En l'observant venir vers elle, elle remarqua que, malgré le froid, il portait le même T-shirt moulant que le premier jour. Un T-shirt très sexy...

Quant à sa démarche, elle était toujours aussi souple, féline…

— Nous devions nous retrouver près de l'étang, il me semble ! grommela-t-il en guise d'accueil. Je vous attends là-bas depuis dix minutes !

— Dix minutes ? répliqua-t-elle en consultant ostensiblement sa montre. Ça m'étonnerait ! J'y étais à 8 h 5, et il n'y avait pas un chat. Où sont passés vos ouvriers, au fait ?

— Partis chercher du matériel, répondit-il en soutenant son regard. Ils ne vont pas tarder à arriver.

Un petit sourire ironique éclaira son visage buriné par le grand air.

— Ça nous laisse le temps de discuter tranquillement. Et puis, en leur absence, vous ne risquez pas de provoquer des catastrophes !

L'allusion était si transparente que Chris sentit la moutarde lui monter au nez.

— Sachant que j'allais venir, vous avez fait exprès de les congédier, c'est ça ?

— Pas du tout. Cette interruption était prévue de longue date.

— Dommage, j'aurais préféré que vos hommes s'habituent dès aujourd'hui à me voir aller et venir sur le chantier. Car j'ai l'intention de venir à Crosslyn Rise aussi souvent que ça me chante !

Le sourire de Mark s'accentua.

— Ah oui ?

— Mais rassurez-vous, leur présence ne me dérangera pas, si c'est ce qui vous inquiète. J'ai l'habitude de travailler avec des ouvriers…

— Un bon conseil, ma petite : tenez-vous éloignée de mon chantier. Je ne veux pas que le grave incident de l'autre jour se reproduise.

— Aucun risque, si vos hommes font ma connaissance. Cela facilitera les relations de travail…

— Hors de question ! C'est avec moi que vous travaillerez, pas avec eux !

Il se fit soupçonneux.

— Pourquoi tenez-vous tant à connaître mes hommes ? Je vous fais peur, peut-être ? Si c'est le cas, soyez tranquille, je déteste les blondes.

Christine ne cilla pas.

— Ah oui ? Et que leur reprochez-vous ?

— Rien, si ce n'est que la couleur de leurs cheveux est rarement naturelle…

— Contrairement à votre grossièreté qui est de toute évidence innée !

Mark parut méditer une réplique vengeresse, mais Christine se reprit aussitôt.

— Excusez-moi, je ne suis pas venue ici dans l'intention de me quereller avec vous. J'ai un travail à faire, tout comme vous, et nous envoyer des noms d'oiseaux à la figure n'avance à rien.

L'air hargneux, Mark croisa les bras.

— Pourquoi êtes-vous si agressive ? Je vous rends nerveuse, peut-être ? maugréa-t-il en lui décochant un regard peu amène.

— Pas du tout, pourquoi ?

— L'autre jour, pendant votre présentation, vous trembliez comme une feuille chaque fois que je vous regardais…

Chris dissimula son irritation derrière un sourire de façade. Elle qui croyait avoir réussi à masquer sa nervosité !

— Pas étonnant ! se défendit-elle. Je devais convaincre huit personnes de me confier un contrat très important. J'aurais aimé vous voir à ma place !

— Etre élue vous a surprise ?

Chris hésita, flairant un piège.

— Un… un peu, admit-elle à contrecœur. Mes concurrents avaient beaucoup plus d'expérience que moi.

— Et vous pensiez que je voterais contre vous ?

— Cette éventualité m'a traversé l'esprit, oui.

— Eh bien, je n'en ai rien fait !

— Merci.

— J'ai préféré m'abstenir.

— Oh…, balbutia-t-elle, blessée. Merci quand même pour votre franchise ! Au moins je sais à quoi m'en tenir !

Comme elle allait tourner les talons, il la retint par le bras.

— J'apprécie votre talent de décoratrice à sa juste valeur, mademoiselle Gilette, mais beaucoup moins la perspective de travailler avec vous. J'ignore pourquoi, mais vous et moi, ça ne colle pas.

Chris demeura silencieuse. Elle pouvait difficilement le contredire.

— Bon, nous n'allons pas rester plantés là toute la matinée, reprit-il. Qu'avez-vous à me dire ?

La jeune femme rougit imperceptiblement. Décidément, cet homme avait le don de l'horripiler !

— Nous… nous devions parler de mes projets de décoration, lui rappela-t-elle en essayant de mettre de l'ordre dans ses pensées. J'aimerais visiter le chantier pour jeter un coup d'œil aux toitures, aux escaliers, aux portes…

Comme il l'écoutait en silence, elle se hâta d'ajouter :

— Mais je vous ai déjà expliqué tout ça au téléphone.

Du menton, elle désigna l'étang.

— On y va ?

Il haussa les épaules.

— Bien sûr. Prenons ma camionnette.

— Merci, je préfère ma voiture.

Il s'arrêta net et darda sur elle un regard moqueur.

— Rassurez-vous, je ne vais pas vous sauter dessus. Et je vous raccompagnerai ici à la fin de la visite !

Il cherchait à tester sa bonne volonté, elle le savait. Et plutôt que de perdre la face, elle préférait encore accepter sa proposition.

— Comme vous voudrez. Le temps que je prenne mon sac dans ma voiture…

La tête haute, elle se dirigea vers son propre véhicule, agrippa sur la banquette arrière le grand sac dans lequel elle jetait pêle-mêle crayons de couleur, carnets de croquis, rouge à lèvres et chéquier, puis grimpa prestement sur le siège avant de la camionnette, à côté de Mark.

— On dirait que vous avez voyagé en camion toute votre vie ! observa-t-il avec un étonnement teinté d'amusement.

— C'est le cas ! répliqua-t-elle d'un ton dégagé. Mon père est électricien, je l'accompagnais souvent dans sa tournée quand j'étais petite…

Elle n'ignorait pas que l'habitacle d'une camionnette, c'était un peu l'espace intime d'un homme, rempli de ses objets personnels, imprégné de son odeur. Celle de Mark fleurait bon le cuir et l'after-shave, avec un soupçon de café au lait. Une odeur si mâle, si troublante… Emoustillée malgré elle, Chris dut faire tous ses efforts pour se concentrer sur les paroles de son compagnon.

— Curieux, on ne dirait pas…, remarqua-t-il.

— Quoi donc ?

— Que votre père est électricien. Je vous imaginais plutôt en fille de P.-D.G. ou d'avocat.

— Vous avez quelque chose contre les électriciens ? Il n'y a pas de sot métier, et je suis fière de celui de mon père ! D'ailleurs, vous êtes mal placé pour faire ce genre de remarque !

— Qu'est-ce qui vous prend, de monter sur vos grands chevaux ? Ce n'est tout de même pas ma faute si vous détonnez dans une camionnette !

— Vous me prenez pour une menteuse, peut-être ?

— Je n'ai pas dit ça, mais…

— Mais quoi ?

— Mais à vous voir, on dirait plutôt que vous êtes née avec une cuillère en argent dans la bouche et que vous vous êtes lancée dans la décoration pour tromper l'ennui de votre existence. C'est le type de carrière que choisissent en général les femmes du monde quand elles veulent faire semblant de travailler.

Horriblement vexée, Chris sentit les larmes lui monter aux yeux.

— Vous… vous racontez n'importe quoi, bredouilla-t-elle, la voix tremblante.

— Pourtant, ce scénario colle bien avec votre look B.C.B.G.

Cette fois, c'était plus qu'elle n'en pouvait supporter. Le regard étincelant de colère, elle se tourna vers lui.

— Détrompez-vous, monsieur Lowe ! J'ai toujours travaillé dur, plus dur que vous, sans doute, comme toutes les femmes obligées de côtoyer dans leur métier des machos dans votre genre !

Elle s'interrompit pour reprendre son souffle.

— Pour ce qui est d'être née avec une cuillère en argent dans la bouche, sachez que vous avez tout faux. Mes parents ont dû s'endetter jusqu'au cou pour me payer mes études ! Nous n'étions pas riches, à la maison, mais mon père et ma mère m'ont donné beaucoup d'amour, un sentiment que vous semblez ignorer. Franchement, je plains votre femme ou votre petite amie !

Sa main tremblante se posa sur la poignée.

— Je ferais mieux de prendre ma voiture, finalement. L'atmosphère est irrespirable, ici ! En moins d'une seconde, elle fut à terre.

— D'ailleurs, autant remettre la visite du chantier à un autre jour. Vous me donnez la nausée.

Sur ces mots, elle claqua la portière avec violence et regagna sa voiture à toute allure, indifférente au regard goguenard que Mark avait posé sur elle.

Durant tout le trajet du retour, la colère le disputa à la honte. Et quand elle pénétra dans son bureau, elle dut faire tous ses efforts pour retenir les larmes d'humiliation qui brillaient dans ses yeux.

Il avait gagné ! Comme une idiote, elle avait foncé tête baissée dans le piège qu'il lui tendait ! Elle qui s'était toujours flattée d'être forte, solide… Pourtant, elle avait dû se battre contre l'adversité pour se faire une place au soleil. Des revers, elle en avait subi des dizaines — sans sourciller.

Mais il avait fallu que ce maudit Mark Lowe croise son chemin.

Comme elle avait honte ! Crosslyn Rise représentait l'étape la plus importante de sa carrière, et en fuyant ainsi plutôt que d'affronter la situation avec calme, elle avait perdu toute crédibilité. Dès le départ, elle avait su qu'il serait difficile de travailler avec Mark Lowe. Mais là, ça risquait de devenir franchement impossible !

Elle le haïssait tant d'avoir percé à jour ses faiblesses ! Dire qu'il allait sans doute raconter leur petite altercation à tous les membres du consortium… Mais non, il n'en ferait rien, se dit-elle pour se consoler. Après tout, il n'avait pas non plus le beau rôle, dans cette histoire…

Mais qu'est-ce qui l'empêchait de travestir la vérité ? De prétendre que Christine Gilette était instable, caractérielle ? Bien loin de promouvoir sa carrière, ce contrat mirifique risquait de la briser !

Affolée, la jeune femme sentit la panique l'envahir.

« Que faire, mon Dieu, que faire ? », se répétait-elle, assise à son bureau. Plaider sa cause auprès de Jessica ? Non, elle avait déjà brûlé cette cartouche. Et puis si elle passait son temps à se plaindre de Mark, Jessica risquait de regretter de l'avoir engagée comme décoratrice. Se confier à Carter était tout aussi risqué : Mark était l'un de ses meilleurs amis.

Quant à rappeler Mark, autant essayer de dompter un fauve enragé !

Et pourtant, elle devait trouver une solution ! Sa réputation, son avenir professionnel, étaient en jeu !

A cet instant, la sonnerie stridente du téléphone la fit sursauter. Par la porte vitrée, elle vit Margie prendre le combiné, puis, quelques secondes plus tard, la voix de sa secrétaire annonça dans l'Interphone :

— Chris, Mark Lowe est en ligne. Je te le passe ou je lui demande de rappeler ?

Mark Lowe ? Chris demeura interloquée. Parler à cet individu était au-dessus de ses forces. Après ce qu'il lui avait fait subir…

Et pourtant, elle s'entendit murmurer d'une voix blanche :

— Je le prends, Margie.

Après s'être accordé quelques secondes pour mettre de l'ordre dans ses pensées, elle posa un doigt tremblant sur le bouton de son poste téléphonique et décrocha le combiné.

— Allô, Mark ? lança-t-elle d'un ton qu'elle s'efforça de rendre détaché.

Mais en réalité, la peur lui nouait la gorge. Tremblant de tous ses membres, elle ferma les yeux, s'attendant à tout instant à entendre la voix goguenarde de Mark lui signifier son renvoi.

Pourtant, la ligne resta silencieuse.

— Allô ? répéta-t-elle, se demandant si la communication n'avait pas été coupée.

— Chris, je m'excuse pour tout à l'heure, annonça-t-il d'une voix calme. Je ne pensais pas un mot de ce que je vous ai dit.

— A… alors pourquoi m'avoir agressée ainsi ? bredouilla-t-elle, comprenant soudain à quel point les accusations de l'entrepreneur avaient atteint leur cible.

Pourquoi avait-elle réagi si violemment, d'ailleurs ? Elle n'aurait su le dire. Mark n'était rien d'autre pour elle qu'un collègue de travail. Et cependant, devant lui, elle perdait tous ses moyens.

— Avez-vous quelque chose à me reprocher ? reprit-elle en éprouvant toutes les difficultés du monde à maîtriser les tremblements de sa voix. Que vous ai-je fait pour que vous vous montriez si odieux avec moi ? J'ai eu beau m'excuser, vous n'en avez pas tenu compte. Franchement, je ne sais plus à quel saint me vouer. Je vous rappelle quelqu'un que vous n'aimez pas, peut-être ? Pourquoi me détestez-vous ?

Elle s'arrêta, à bout de souffle. Durant le long silence qui suivit, elle songea avec effroi qu'en se dévoilant ainsi elle s'était livrée à lui pieds et poings liés et que le professionnalisme sans faille dont elle se flattait avait volé en éclats… Encore une fois, elle s'était ridiculisée. Effondrée, elle faillit raccrocher quand la voix chaude et virile de Mark apaisa ses nerfs à fleur de peau.

— Je ne vous déteste pas, Chris. Mais nous ne nous entendons pas, ça c'est indiscutable. Pourquoi ? Je n'en sais fichtrement rien. J'ai eu souvent l'occasion de travailler avec des femmes. Et c'est la première fois que ça se passe aussi mal. Généralement, les gens me trouvent plutôt facile à vivre…

Chris se rappela aussitôt la remarque de Jessica : « Mark est une crème », avait-elle dit.

— Facile à vivre ? marmonna-t-elle. Autant qu'un taureau en colère !

La comparaison fit rire son interlocuteur.

— Ce n'est pas très gentil ! Cela dit, je l'ai mérité.

Devant sa bonne volonté manifeste, Christine se radoucit un peu.

— Si c'est la première fois que vous êtes à ce point allergique à quelqu'un, c'est donc ma faute…, remarqua-t-elle. Et pourtant, je vous assure que je fais mon possible pour me montrer conciliante ! Par exemple, quand vous m'avez donné rendez-vous sur le chantier, j'ai accepté, alors que ça ne me convenait pas vraiment. Et depuis tout à l'heure, j'essaie d'oublier vos paroles blessantes. Seulement c'est difficile. Vous m'avez fait beaucoup de mal, vous savez. Contrairement à ce que vous avez l'air de croire, Mark, je ne suis ni une pimbêche ni une poseuse. J'ai dû travailler d'arrache-pied pour me faire un nom dans le métier, et je n'ai pas honte de mes origines modestes. Alors pourquoi est-ce que je vous déplais tant ?

A cet instant, un signal lui vrilla le tympan, et Chris entendit un bruit de pièces de monnaie.

— D'où m'appelez-vous ? s'étonna-t-elle.

— D'une cabine publique, en ville. La ligne a été coupée, à Crosslyn Rise, et j'ai eu toutes les peines du monde à trouver un téléphone fonctionnant autrement qu'avec une carte de crédit. Si ça continue comme ça, je vais être obligé de m'acheter un téléphone de voiture !

— De camionnette, plutôt.

— Pardon ?

— Vous conduisez une camionnette, le terme « téléphone de camionnette » me semble donc plus approprié.

— Vous croyez que c'est un label agréé ?

— Aucune idée !

— Vous n'avez pas de téléphone dans votre voiture, vous ?

— Non, c'est un luxe que je ne peux pas me permettre. De toute façon, j'aime conduire dans le silence. Ça me donne le temps de réfléchir.

— Curieux, ça... J'aurais juré que vous étiez le genre de femme active qui ne supporte pas de perdre une minute de sa journée !

— Je le suis. Mais réfléchir n'est pas une perte de temps !

— Mon entourage me serine à longueur de journée qu'un téléphone de voiture me ferait gagner un temps fou... et m'éviterait de perdre des contrats importants !

Christine sourit.

— Si un client est pressé au point de ne pas pouvoir attendre que je sois rentrée à mon bureau pour me parler, eh bien, je n'ai aucune envie de travailler avec lui ! Je déteste ces impatients qui exigent la satisfaction immédiate de tous leurs désirs, et j'ai beau faire mon métier avec passion, je ne peux tout de même pas réaliser des miracles !

— Si une bonne fée vous en donnait le pouvoir, quels miracles souhaiteriez-vous accomplir, Chris ?

La jeune femme rit doucement.

— Nous réconcilier d'un coup de baguette magique ! Je veux faire du bon travail, à Crosslyn Rise, mais j'ai horreur des situations conflictuelles. Et je suis incapable de me concentrer dans une ambiance hostile.

— Eh bien, votre vœu est exaucé, Chris ! Nous voilà réconciliés ! Savez-vous que depuis cinq minutes je n'éprouve plus aucune hostilité à votre égard ?

La jeune femme ressentit un immense soulagement.

— Moi non plus, Mark, avoua-t-elle. Comment l'expliquez-vous ?

— Je ne sais pas, moi... Peut-être parce que nous ne sommes pas l'un en face de l'autre ?

— C'est donc mon allure qui vous déplaît ?

— Pas du tout. Vous êtes une très jolie femme...

Ce compliment inattendu la laissa sans voix.

— ... mais vous avez flairé la vérité, tout à l'heure, reprit-il. La première fois que je vous ai vue, marchant vers moi à Crosslyn Rise, je vous ai prise pour une autre. Une femme que je n'apprécie guère et qui me poursuit de ses assiduités... Rassurez-vous, je sais maintenant que vous êtes très différente d'elle.

Devait-elle considérer cette dernière remarque comme un compliment ? Le précédent lui avait mis du baume au cœur, bien qu'elle s'en voulût d'être sensible à l'opinion de Mark Lowe. Que cet homme la trouvât séduisante lui importait peu, après tout. D'ailleurs, elle détestait ce genre de remarques sexistes ! Mark devait la juger sur ses talents de décoratrice, pas sur son physique !

— Euh... Chris ? murmura-t-il.

— Oui ?

— J'aimerais vous dire quelque chose.

— Allez-y.

— Contrairement à ce que vous aviez l'air de croire tout à l'heure, je ne suis pas marié. Je l'ai été très brièvement il y a longtemps, et je crois vraiment que le mariage, ce n'est pas mon truc.

— P... pourquoi cet aveu ? bredouilla-t-elle en faisant son possible pour ignorer le plaisir que lui procurait cette information.

— Vous êtes célibataire, moi aussi, d'où nos rapports conflictuels !

— Ecoutez, Mark, si vous vous imaginez que je souhaite jeter mon dévolu sur vous, soyez rassuré, ce n'est pas mon genre !

— Ce n'est pas ce que je voulais dire...

— Je n'ai rien d'une femelle aux abois, figurez-vous ! J'ai déjà un homme dans ma vie, un garçon très gentil que je ne vois pas assez souvent à mon goût, malheureusement. Parce que mon travail occupe presque tout mon temps.

— Quelle horreur ! s'indigna Mark en riant.

— Pourquoi ça ? rétorqua-t-elle, de nouveau sur la défensive. Travailler a toujours été pour moi un véritable plaisir, sauf quand j'ai affaire à des chefs de chantier caractériels !

— Caractériel, moi ?

— Parfaitement !

— C'est peut-être vous qui êtes trop sensible ?

— Exiger d'autrui respect, douceur, gentillesse, c'est faire preuve d'une sensibilité exacerbée, d'après vous ?

— Bien sûr que non, la rassura-t-il à la hâte. Mais pourquoi vous être enfuie à toutes jambes, ce matin, Chris ? Une telle attitude ne résoudra rien, vous savez.

Aussitôt, elle se braqua davantage.

— Vous me trouvez lâche, c'est ça ? Oh ! je lis dans vos pensées : vous vous dites que, au lieu de vous abstenir, vous auriez mieux fait de voter contre moi ! Vous ne me croyez pas capable de faire du bon travail à Crosslyn Rise ! Je me suis trompée de métier et j'aurais mieux fait d'apprendre la sténodactylo ou le yoga plutôt que de me lancer dans la décoration. Allez, dites-le ! Ne vous gênez pas !

Elle s'interrompit, un peu piteuse.

— Vous avez terminé ? s'informa-t-il en riant.

— Oui.

— Accepteriez-vous de déjeuner avec moi demain, Chris ?

Prise de court, elle ne sut que répondre.

— Euh… C'est-à-dire…

— Nous avons besoin d'apprendre à nous apprivoiser mutuellement, reprit-il. Et pour cela, rien de mieux qu'un déjeuner tranquille. Choisissez un restaurant à votre convenance. Si ça peut vous faire plaisir, j'accepterai même de vous laisser régler la moitié de l'addition. Personnellement, je préférerais vous inviter, mais de nos jours, les femmes n'apprécient guère la galanterie…

— Si nous voulons qu'on nous respecte, nous n'avons pas le choix, Mark.

— Il m'arrive d'inviter au restaurant mes amis hommes ! En réalité, je crois que les femmes modernes adorent les complications.

— Alors pourquoi les inviter à déjeuner ?

— Pour tout vous avouer, ça m'arrive rarement. Je préfère les femmes qui ne font pas de scène quand on leur tient la porte ou qu'on les aide à remettre leur manteau. Bref, les femmes qui savent apprécier la galanterie.

— C'est mon cas.

— Vraiment ?

— C'est vous qui avez suggéré de partager l'addition, Mark !

Si vous souhaitez m'inviter à déjeuner, ne vous gênez pas, j'en serai enchantée !

A cet instant, le signal retentit de nouveau dans le téléphone.

— Zut ! Je n'ai plus de monnaie, grommela Mark. Acceptez-vous oui ou non de déjeuner avec moi demain, Chris ?

— Demain ?

La jeune femme balaya du regard son agenda grand ouvert devant elle.

— Je ne serai pas libre avant 14 heures, j'ai une matinée bourrée de rendez-vous.

— 14 heures me convient parfaitement. Où nous retrouvons-nous ?

— Pourquoi pas Chez Joe ? C'est à Burlington, juste après le carrefour principal.

— Chez Joe à 14 heures. Parfait. A demain, Chris.

D'une main tremblante, la jeune femme reposa le combiné sur son support. La perspective de déjeuner avec Mark l'effrayait, tout à coup. Ils allaient encore se chamailler, c'était couru d'avance... Certes, les circonstances seraient plus favorables qu'à Crosslyn Rise... Mais cet homme la déconcertait tant ! Derrière sa façade bourrue se dissimulait un charme indéniable...

Non qu'elle y fût vraiment sensible, bien sûr. Ce n'était pas parce qu'ils allaient déjeuner ensemble qu'elle devait se faire des idées... Pourtant, tout aurait été plus simple s'il avait été marié ! songea-t-elle en essayant de se concentrer de nouveau sur son travail. Quelle idiote elle avait été d'accepter ce rendez-vous ! Pour parler de Crosslyn Rise, son bureau aurait parfaitement fait l'affaire.

Un déjeuner, c'était si intime, si personnel...

Mais pour Crosslyn Rise, elle était prête à tout. Y compris à passer deux heures en tête à tête avec Mark Lowe.

4

Mark attendit le déjeuner du lendemain avec une impatience fébrile. Après sa conversation téléphonique avec Chris, il se sentait étrangement déboussolé. Car malgré tout ce qui lui avait déplu chez cette femme au premier abord, elle l'intriguait. Sous des airs un peu hautains, ne dissimulait-elle pas une personnalité charmante ? Oui, décidément, il avait envie d'en savoir plus sur elle, de percer son mystère.

Et puis, ce déjeuner en tête à tête au restaurant avec une jolie femme avait tout d'un rendez-vous galant ! Certes, Chris avait décrété qu'elle n'avait pas besoin d'un homme dans sa vie... Mais selon Mark, cela signifiait uniquement qu'il ne fallait pas la brusquer. Et la perspective d'une conquête lente, difficile, incertaine l'excitait au plus haut point. Il avait toujours aimé les défis...

L'avenir de leur relation allait se jouer lors de ce premier déjeuner. Aussi était-il bien décidé à se montrer sous son meilleur jour. Il regrettait juste de ne pas posséder la culture ou le raffinement qu'une femme telle que Christine attendait sans doute d'un homme. Tant pis. Il n'avait aucune envie de jouer les singes savants. Avec une Elisabeth Abbott, n'importe quel petit manège de séduction faisait l'affaire, mais Chris lirait immédiatement dans son jeu... Non, mieux valait rester le plus naturel possible.

Ce qui n'était pas une raison pour ne pas soigner son apparence... Comme d'ordinaire, il débarqua à Crosslyn Rise avant 7 heures, mais refit le trajet jusque chez lui à midi pour se changer tout à son aise. Après s'être douché, rasé, parfumé, il choisit son plus beau costume — acheté à Boston le jour où il avait décidé d'investir dans Crosslyn Rise. La flanelle gris anthracite s'harmonisait avec sa chemise rose pâle et sa cravate ornée de discrets motifs cachemire. Il espéra que Chris saurait apprécier ses efforts d'élégance.

Après un dernier coup d'œil au miroir de la salle de bains, il enfila le manteau en cachemire que lui avait offert sa mère pour son dernier anniversaire et opta sans hésiter pour sa voiture plutôt que pour sa camionnette. Cinq minutes plus tard, il filait en direction de Burlington.

Si Chris profitait de ses trajets en voiture pour réfléchir, lui préférait se détendre en écoutant de la musique — raison pour laquelle il avait renoncé à l'achat d'un téléphone de voiture. La musique country que diffusait son luxueux matériel stéréo lui permettait de supporter sans stress embouteillages et mauvais temps.

Cette fois, pourtant, il était bien trop obsédé par Chris pour prêter la moindre attention aux mélancoliques accords de guitare qu'égrenaient les haut-parleurs. Christine Gilette était vraiment une jolie femme. Charmante et spirituelle comme il les aimait. Malgré son tempérament un peu vif et les grands airs qu'elle essayait de se donner. S'il l'avait d'abord prise pour une pimbêche, il devait s'avouer que sa gaieté et son humour durant leur conversation téléphonique avaient fait sa conquête.

Déterminé, toutefois, à n'en rien montrer à la jeune femme, il gara sa voiture devant Chez Joe et, en avance de dix minutes, pénétra dans le restaurant pour s'assurer que Chris n'était pas arrivée avant lui. Après avoir demandé au maître d'hôtel de lui réserver une bonne table pour deux personnes, il décida de tuer le temps en faisant un petit tour au centre commercial voisin.

A trois semaines de Noël, les vitrines joliment décorées des magasins brillaient de mille feux. Comme il admirait un gigantesque sapin parsemé non pas des traditionnelles guirlandes mais de fleurs fraîches, une petite voix essoufflée bredouilla dans son dos :

— Mark ?

La note chaude, féminine, musicale de cette voix fit monter en lui un long frisson. Lentement, il pivota. Chris se tenait devant lui, les joues rouges, tentant de reprendre sa respiration.

— Comme j'étais en avance, j'en ai profité pour faire mes achats de Noël, expliqua-t-elle en lui adressant le plus adorable des sourires. Et je faisais la queue à la caisse d'un magasin quand je vous ai vu passer. Vous êtes arrivé depuis longtemps ?

— Non, cinq minutes à peine…, répondit-il en se demandant comment interpréter la couleur délicate qui rosissait les joues de la jeune femme. J'admirais les vitrines. Les décorateurs se sont surpassés, cette année. Tout est si joli qu'on a envie de casser sa tirelire pour s'offrir ces merveilles…

La plus merveilleuse des merveilles, c'était indiscutablement Chris, songea-t-il pour lui-même. Son élégant manteau beige mettait en valeur sa longue silhouette élancée. Ses cheveux blonds, brillants comme de la soie, tombaient en boucles souples sur ses épaules, auréolant son visage aux traits harmonieux, aux yeux limpides comme un ciel d'été…

Il faillit lui avouer qu'il la trouvait très en beauté, mais préféra s'abstenir. Après tout, ils avaient rendez-vous pour un déjeuner d'affaires…

— Très réussi, cet arbre de Noël, remarqua-t-il pour meubler la conversation. Je me demande comment ils font pour avoir des fleurs aussi fraîches.

— Les tiges sont plongées dans de minuscules vases presque invisibles, expliqua Chris en souriant. Quand on les coupe au bon moment, les lis gardent leur fraîcheur très longtemps.

— Ce sont des lis ?

— Oui. J'en commande souvent des faux en tissu pour décorer des buffets…

— Vous aimez les fleurs artificielles ? l'interrogea-t-il en fronçant les sourcils.

— Oui, pas vous ?

— Non, je les trouve affreuses !

— C'est que vous n'en avez jamais vu de jolies. Les fleurs artificielles de bonne qualité se distinguent à peine des vraies !

— Moi, je sais faire la différence. C'est une question…

Le regard de l'homme s'arrêta sur les lèvres de Chris.

— … de velouté. Même bien imitée, une fleur artificielle ne respire pas, ne brille pas comme une vraie. Le pétale d'une fleur, c'est comme la peau d'une femme…

Et comme pour mieux illustrer ces paroles, il caressa du bout des doigts la joue de la jeune femme. Au contact de cette peau satinée, une onde de chaleur le submergea.

— Avez-vous faim ? murmura-t-il sans lâcher son regard.

— O… oui, balbutia-t-elle, la voix à peine audible.

— Allons déjeuner, dans ce cas.

— D'accord.

Mark nota avec une satisfaction mêlée d'excitation le trouble de la jeune femme.

— Voulez-vous que je porte ça ? demanda-t-il en avisant le paquet qu'elle avait à la main.

— Non, merci, ça ira.

— Qu'avez-vous acheté, si ce n'est pas indiscret ? Des dessous sexy pour votre maman ?

L'amusement fit pétiller le regard de la jeune femme.

— Certainement pas ! Elle a beau, à cinquante-cinq ans, en paraître dix de moins, elle serait franchement choquée de recevoir un cadeau pareil ! Non, c'est un vase destiné à une cousine. A vrai dire, je ne sais pas qu'offrir à ma mère.

— Quels sont ses goûts ? l'interrogea Mark, soudain désireux d'en savoir plus sur Chris et sa famille.

— Elle adore la lecture, mais les livres sont si impersonnels !

— Pas d'autres hobbies ?

— Si, le tricot. Elle a déjà trois ouvrages en chantier…

— Quoi d'autre ?

— Oh, elle fait le ménage et la cuisine, mais il y a plus excitant comme cadeau qu'un flacon de liquide vaisselle ou un pot de moutarde !

Mark imagina aussitôt une parfaite maîtresse de maison, le genre de femme douce et chaleureuse qui vous met immédiatement à l'aise.

— Et pourquoi pas un wok ? suggéra-t-il.

— Un quoi ?

— Un wok. Il s'agit d'une grande poêle à tout faire qu'utilisent les Japonais pour cuisiner. C'est très pratique…

En réalité, il avait appris l'existence de cet objet par une publicité au dos d'un des catalogues dont sa boîte aux lettres était régulièrement inondée.

Comme ils étaient parvenus devant le restaurant, il ouvrit la porte et s'effaça pour laisser passer Chris, et tandis que l'hôtesse les guidait jusqu'à leur table, il en profita pour glisser une main légère autour de la taille de sa compagne, qui fit semblant de ne rien remarquer.

— Voulez-vous que je prenne votre manteau ? lui demanda-t-il, tout en notant avec satisfaction que leur table, un peu à l'écart, était préservée de l'atmosphère bruyante du restaurant.

Après avoir accroché leurs deux manteaux à la patère voisine, il revint à la table et n'hésita qu'une demi-seconde avant de choisir la place à côté de Chris sur la banquette, plutôt que la chaise en face.

— Vous trouvez que trop d'intimité convient mal à un déjeuner professionnel ? demanda-t-il, amusé, en surprenant son regard embarrassé.

— Un peu, mais nous bavarderons mieux ainsi, répondit-elle en montrant du menton la foule bruyante qui remplissait la salle du restaurant.

— J'imagine que vous venez souvent dans ce restaurant ?

— Oui, avec ma famille.

— Votre père, votre mère ?

— Et les autres membres de la tribu ! Je suis l'aînée, le cadet vient tout juste de fêter son quinzième anniversaire. Les occasions de nous réunir sont moins nombreuses qu'autrefois, bien sûr, mais nous essayons de dîner tous ensemble ici au moins une fois par an.

Elle ouvrit distraitement le menu.

— Ils servent d'exquis club sandwichs et de non moins délicieuses salades. Je vous recommande leur spécialité, la salade d'épinards frais.

Mark fit aussitôt la grimace.

— Je déteste les épinards !

— Autant que les fleurs artificielles ?

— Presque !

Il captura son regard et, d'un geste rapide, remit en place une boucle de cheveux blonds qui dégringolait sur le front de la jeune femme.

— J'adore votre tailleur, remarqua-t-il en observant ses joues rosir lentement. Le bleu marine s'harmonise très bien avec vos yeux...

Comme elle ne répondait rien, il ajouta :

— Vous n'aimez pas qu'on vous dise des choses gentilles ?

Un petit sourire ironique plissa les lèvres de Chris.

— Dans le cadre d'un déjeuner d'affaires, je trouve cette remarque un peu sexiste.

— Non, c'est un compliment.

— Feriez-vous le même à l'un de vos ouvriers ?

— Bien sûr que non ! se récria-t-il.

— Ah, vous voyez !

— Non, je ne vois pas quel mal il y a à vous trouver jolie ! D'ailleurs, maintenant que vous m'y faites penser, il m'arrive très souvent de faire des compliments à mes hommes. Je les formule différemment, c'est tout !

— De quelle façon ?

— Je ne sais pas, moi : « Sympa, ta chemise » ou : « Chouette bronzage ! »

— Je vois, acquiesça Chris, en admirant le costume que portait son compagnon. Alors, vos ouvriers ont dû sacrément vous complimenter, aujourd'hui !

— Que reprochez-vous à mon costume ?

— Rien ! Il est très élégant... Mais j'ai du mal à vous imaginer sur le chantier dans cette tenue !

— Je suis passé chez moi pour me changer, avoua-t-il. Et vous avez raison, mes gars ne m'auraient rien épargné !

— Où habitez-vous, Mark ?

— A Worcester.

— Vraiment ? s'exclama-t-elle en écarquillant les yeux. Mais c'est à l'autre bout de l'Etat ! Ne me dites pas que vous faites l'aller et retour quotidiennement entre Worcester et Crosslyn Rise !

— Bien sûr que si. Il me faut une heure, pas plus.

— Une heure ? En dépassant allègrement les limitations de vitesse !

Son air faussement contrit fit rire la jeune femme aux éclats.

— Et vous avez fait tous ces efforts d'élégance rien que pour moi ?

— Je ne pouvais tout de même pas garder ma tenue de chantier !

— Si j'avais su, j'aurais choisi un restaurant plus proche de Worcester. Pardonnez-moi...

— Il n'y a pas de quoi... D'ailleurs, votre choix me convient tout à fait, j'adore cet endroit !

L'arrivée de la serveuse interrompit leur conversation.

— Souhaitez-vous prendre un apéritif, madame, monsieur ?

— Chris ?

— Je me contenterai d'un thé, s'il vous plaît.

Mark opta pour un Coca.

— Et peut-être quelques amuse-gueules à grignoter pour nous mettre en appétit ? suggéra-t-il. Qu'est-ce qui vous ferait plaisir, Chris ?

— Apportez-nous des calamars frits, répondit Chris en s'adressant directement à la serveuse. Pour deux.

— Comment savez-vous que j'aime les calamars frits ? s'émerveilla Mark quand ils furent de nouveau seuls.

— C'est le cas, n'est-ce pas ?

— Oui !

Un sourire satisfait flotta sur les lèvres de Chris.

— Tout comme mon père et mes frères, et ce sont de grands gaillards costauds dans votre genre. Voilà comment j'ai deviné.

— Et votre petit ami ? demanda Mark à brûle-pourpoint.

— Mon petit ami ? Oh, vous voulez parler d'Anthony ! Il déteste les calamars.

— Que commande-t-il quand il vient dîner ici ?

— Ça ne lui arrive jamais.

— De dîner ?

— De dîner dans ce restaurant. Il habite loin d'ici, dans le centre de Boston. Et ce n'est pas vraiment mon petit ami… Je n'ai pas le temps d'avoir des aventures sentimentales, vous savez…

— Comment se fait-il qu'une femme aussi jolie et talentueuse que vous soit toujours célibataire ? s'étonna-t-il.

— Et vous, quelle est votre excuse ? rétorqua-t-elle du tac au tac.

— Vous le savez déjà. Mon premier mariage a été un échec.

— C'était il y a longtemps. Vous auriez pu tenter de nouveau votre chance…

— Oh, j'ai des aventures de temps en temps… et je sors beaucoup. Mais je n'ai toujours pas rencontré la femme de ma vie, celle qui me donnerait envie de m'engager pour de bon.

Du coin de l'œil, il observa sa compagne. Chris lui plaisait de plus en plus, ça c'était indiscutable. Plus que les femmes qu'il avait l'habitude de fréquenter ? Peut-être…

— Ainsi, vous vivez seul, remarqua-t-elle.

Il acquiesça lentement.

— Oui.

— Dans un appartement ?

— Non, dans une maison que j'ai construite moi-même.

— Mmm… J'aurais dû le deviner !

Elle s'interrompit, parut hésiter, et Mark pensa qu'elle craignait de paraître indiscrète.

— Allez-y, poursuivez votre interrogatoire, dit-il, la narguant gentiment. Je suis prêt à répondre à toutes vos questions, même les plus embarrassantes.

Elle rit, un peu gênée par sa perspicacité.

— Comment est-elle, votre maison ? Grande ? Petite ?

— Plutôt petite. Très confortable. Je m'y sens comme un roi !

— Vous cuisinez, vous faites la vaisselle, vous lavez votre linge comme un grand garçon ?

— Je fais la cuisine, mais pour le reste, j'ai une femme de ménage.

— C'est vrai, vous cuisinez ?

— Assez pour ne pas mourir d'inanition, en tout cas ! Pourquoi prenez-vous cet air étonné ?

— Oh, pour rien… J'ai juste du mal à vous imaginer aux fourneaux !

Comme il jouait l'indigné, elle se hâta d'ajouter pour l'amadouer :

— Vous savez, c'est une très bonne idée, le wok. Je suis sûre que ça plaira beaucoup à ma mère.

La fierté fit rayonner le visage de Mark.

— A votre service, ma petite dame !

— Souhaitez-vous passer la commande ? s'informa à cet instant la serveuse en posant sur la table les boissons et une appétissante assiettée de calamars frits.

Du regard, Chris interrogea Mark, qui n'avait même pas ouvert le menu.

— Je prendrai un sandwich, annonça-t-il. Choisissez-le pour moi, vous savez ce qui est bon.

La jeune femme commanda un sandwich à trois étages au poulet et curry pour son compagnon, et une salade pour elle-même.

Une expression d'étonnement se peignit sur son visage quand il vit Chris sortir de son sac un bloc-notes et un stylo.

— Qu'est-ce que vous fabriquez ? l'interrogea-t-il.

— J'ai des tas de questions à vous poser, et je préférerais prendre des notes.

— A mon sujet ?

— Mais non, voyons ! A propos de Crosslyn Rise…

— Oh… Je vois. Des calamars ? proposa-t-il en poussant le plat vers elle.

Il jeta un regard gourmand sur le plat de calamars frits qui venait d'arriver et voulut servir Chris.

— Non, non, c'est pour vous ! protesta-t-elle aussitôt.

— Mais… vous en avez commandé pour deux. Je ne vais tout de même pas manger tout ça tout seul !

— Laissez-en si vous voulez, moi, je me contenterai de ma salade.

— Je vois ! ironisa-t-il. La mode des régimes a encore frappé. Pourtant…

Il la scruta de haut en bas.

— … je ne discerne aucun kilo superflu.

— Si. Là !

— Où ça ?

Elle désignait son ventre.

— Votre imagination vous joue des tours ! se moqua-t-il en enveloppant d'un regard sensuel sa silhouette parfaite. Je suis prêt à écouter vos questions, Chris.

— D'accord, répondit-elle d'un ton décidé. Envisagez-vous d'employer des bardeaux de bois pour les toitures ?

— Non. Question suivante.

— Pourquoi, Mark ?

— Mmm… Ces calamars sont vraiment délicieux.

— Pourquoi pas de bardeaux de bois ? répéta-t-elle patiemment.

— Ils sont trop chers et peu pratiques.

— Mais si jolis !

— Nous avons un budget à respecter, Chris. Tenez, prenez la brique, par exemple. C'est un matériau fantastique, mais qui coûte les yeux de la tête.

— C'est précisément l'objet de ma deuxième question ! Pourrions-nous envisager d'encastrer les cheminées dans un panneau de brique ?

— Ça m'étonnerait que Carter donne son feu vert.

— Et vous, qu'en pensez-vous ?

— Discutez-en avec lui.

— C'est votre opinion qui m'intéresse, Mark !

— Je crois que nous pouvons parfaitement nous passer de cette dépense supplémentaire. Question suivante ?

— A propos des portes-fenêtres…

— Oui ?

— Que diriez-vous de les surmonter d'un vitrage en demi-lune ? Ce serait magnifique !

Mark dut lui concéder ce point, cependant il préférait se montrer réaliste.

— Impossible.

— Pourquoi donc ?

— Le coût, Chris, toujours le coût ! J'ai calculé mon budget d'après les plans de Carter, et notre marge de liberté est très réduite. Les vitrages en demi-lune sont un véritable luxe.

— Pas si nous dénichons un grossiste qui accepte de nous faire un prix.

— Vous en connaissez un ?

— Non, je comptais sur vous pour m'indiquer une adresse !

— Je travaille en solo, Chris. Je n'ai aucune relation dans le métier, et je suis nouveau dans la région.

— Vous n'avez pas repris une entreprise familiale ?

— Non, j'ai créé ma société de toutes pièces. Mon père n'était pas constructeur mais peintre en bâtiment. Il est mort il y a une dizaine d'années.

— Oh… Quel âge avait-il ?

— Soixante ans. C'est un peu jeune pour mourir, n'est-ce pas ? Il est tombé d'une échelle en travaillant.

Mark ajouta avec un petit sourire triste :

— C'est pour cette raison que je vois rouge quand il y a un incident sur mes chantiers.

— Je comprends…, murmura-t-elle en reposant son bloc-notes. Vous… vous travailliez avec lui, au moment de l'accident ?

— Non. Il m'arrivait de le seconder, quand j'étais gosse, mais au moment de sa mort, je faisais mes débuts dans la construction.

— Oh, Mark, comme je vous plains... Etiez-vous très proche de votre père ?

— Il était ma seule famille.

— Et votre mère ?

— Elle est partie quand j'avais trois ans.

— Partie ?

— Oui, elle a rencontré un autre homme, a divorcé et a suivi son nouveau mari en Californie. Aujourd'hui, elle a une jolie maison avec une piscine en forme de cœur, et des fleurs artificielles plein son salon !

— Sans doute pas de très bonne qualité, puisque vous avez remarqué qu'elles étaient fausses, plaisanta Christine. Et vous la voyez souvent ?

— Une ou deux fois par an. Nous nous téléphonons régulièrement. Quand j'étais adolescent, elle a même envisagé de me faire venir habiter avec elle en Californie, mais jamais je n'aurais accepté de trahir mon père. De toute façon, mes racines sont ici. Tout comme mon travail.

Il s'interrompit un instant, l'air pensif, puis reprit :

— Ma mère n'apprécie guère mon métier. Pas assez chic pour elle, je crois. Oh, je n'en fais pas une maladie. La Californie ne m'a jamais tenté, d'ailleurs. Jouer les play-boys sur la plage, sans façon !

— Vous n'aimez pas le surf ? le taquina Christine.

— Pas du tout. Je préfère le football et le basket.

— Tout comme mes frères !

— Et vous, Chris ? Vous faites du sport ?

— De la danse classique.

— De la danse classique ? répéta-t-il, admiratif. Et vous vous produisez sur scène ?

— Bien sûr que non ! dit-elle en riant. Je ne suis ni assez jeune ni assez talentueuse pour cela, et de toute façon, je n'ai pas le temps. Je prends deux heures de cours par semaine, pour le plaisir et pour faire un peu d'exercice. C'est un travail lent, rigoureux, difficile, qui me convient très bien.

Elle s'arrêta et le fixa droit dans les yeux.

— Mais revenons-en à vous... Pourquoi vous être lancé dans le bâtiment ?

Mark aurait préféré renverser les rôles et questionner Chris. Il avait horreur de se confier. Et il n'en avait pas l'habitude. C'était la première fois de sa vie qu'il parlait de sa mère à une femme, par exemple.

Mais l'intérêt sincère que semblait lui porter Chris lui allait droit au cœur.

— Pourquoi le bâtiment ? répéta-t-il, songeur. Pour mieux gagner ma vie, tout d'abord. Quand j'ai démarré dans ce métier, c'était un secteur en pleine expansion. Et par esprit d'indépendance, aussi. Je voulais faire un travail complètement différent de celui de mon père. C'était un défi à relever...

Il scruta avec intensité le regard bleu de Chris.

— Vous n'avez jamais repeint un appartement, par exemple ? C'est très rigolo au début. Puis ça devient très vite monotone. Quand je passais le rouleau sur un mur pendant des heures, je finissais par mourir d'ennui.

— Alors que vous êtes vif et très dynamique !

— Merci.

— Diriger une entreprise doit demander de nombreux talents ?

— Et comment ! Il y a même des jours où c'est épuisant, mais pour rien au monde je n'échangerais mon métier contre un autre.

— Alors pourquoi avoir investi dans Crosslyn Rise ?

Mark demeura un instant silencieux. Un mois auparavant, il aurait eu une réponse toute prête à lui fournir. Désormais, rien n'était plus aussi clair dans son esprit.

— C'était un défi à relever, répondit-il lentement, essayant de mettre de l'ordre dans ses pensées. J'étais un travailleur manuel, je voulais devenir homme d'affaires... Et bien sûr, je ne regrette rien, mais… je sens aussi une telle pression sur mes épaules…

Elle hocha la tête, le regard plein de compréhension.

— A vrai dire, j'ignore encore si je préfère travailler en costume dans un bureau, ou sur un chantier. J'aime les réunions du consortium et l'idée de m'impliquer dans un projet commun. Mais j'éprouve aussi un tel bonheur après une journée sur un chantier, quand je peux mesurer d'un seul coup d'œil le travail accompli et bavarder avec mes ouvriers… Non, je crois que je ne pourrais pas renoncer à de telles satisfactions.

Il s'appuya sur le dossier de la banquette, un peu surpris par ses confidences.

— Curieux, je ne m'étais encore jamais clairement formulé tout cela. Vous avez une influence positive sur moi, Chris.

— Oh ! je n'y suis pour rien ! Tôt ou tard, vous auriez abouti aux mêmes conclusions…

— Peut-être, mais c'est vous qui m'avez poussé à me confier. Et qui m'avez écouté, Chris.

Elle rougit imperceptiblement et profita de l'arrivée des plats pour masquer son trouble. Quand ils furent de nouveau seuls, elle leva son regard bleu vers son compagnon.

— Ecouter est une qualité nécessaire dans mon métier, expliqua-t-elle avec modestie. Si je ne suis pas capable d'écouter un client avec attention, je n'ai aucune chance de faire du bon travail…

Elle but une gorgée de thé.

— Ce qui me rappelle que j'ai d'autres questions à vous poser à propos de Crosslyn Rise.

— S'il s'agit encore de me faire jeter l'argent par les fenêtres…

— Encore heureux ! Je suis là pour ça…, répliqua-t-elle, le regard pétillant de malice.

— Dans ce cas, épargnez votre salive, Chris. La nature du problème n'a pas changé depuis tout à l'heure : le budget.

— Et si je parviens à économiser de l'argent ici pour le dépenser là ?

Du bout de sa fourchette, il désigna l'assiette de la jeune femme.

— Mangez plutôt votre salade !

— Prenez les sols, par exemple, continua-t-elle sans tenir compte de sa remarque. Carter a prévu partout du parquet vitrifié. Mais souvent, les gens préfèrent de la moquette dans les chambres, c'est plus douillet. Si nous réalisions une économie là-dessus, nous pourrions faire poser du vrai parquet dans le salon, ce qui aurait beaucoup plus de cachet.

— Entretenir ce type de parquet est un cauchemar.

— Uniquement si on a des enfants en bas âge. Mais nous ne visons pas le créneau des jeunes couples flanqués de toute une marmaille !

Mark en profita pour détourner la conversation.

— Combien y a-t-il d'enfants, dans votre famille ?

— Six.

— Six ! répéta-t-il en riant. Comment s'échelonnent les âges ?

Elle comprit aussitôt où il voulait en venir.

— Si c'est mon âge qui vous intéresse, sachez que j'ai trente-trois ans, Mark. Mais quel rapport avec Crosslyn Rise ?

— Aucun. Aimeriez-vous acheter une maison à Crosslyn Rise, quand la résidence sera achevée ?

— Non, parce que mon bureau est à Belmont et que vivre à Crosslyn Rise m'obligerait à faire deux heures de route tous les jours. Et puis… je n'ai pas très envie d'habiter seule.

— Vous vivez avec votre famille, actuellement ?

— Oui.

— Vous êtes très proches les uns des autres, n'est-ce pas ?

Chris acquiesça.

— Comme je vous envie ! Moi, je suis fils unique… J'aimerais tant passer Noël ou le jour de l'an dans une ambiance chaleureuse.

— Vous n'invitez pas vos amis ?

— Si, bien sûr, mais ce n'est pas pareil.

Chris piqua distraitement une feuille de salade et parut réfléchir.

— Vous avez raison, la famille, c'est ce qu'il y a de plus important au monde…, murmura-t-elle. Je ne sais pas ce que je ferais sans la mienne.

— C'est pour cette raison que vous ne vous êtes pas mariée ?

Elle tressaillit et leva la tête.

— Me marier ne fait pas partie de mes priorités, à vrai dire.

— Parce que vous travaillez trop ! Cela dit, regardez, vous faites des progrès… Vous avez trouvé le temps de déjeuner avec moi !

— Je déjeune avec vous pour mon travail.

— Uniquement pour votre travail ? Moi, je n'ai pas eu de déjeuner aussi agréable depuis bien longtemps !

Et il était tout à fait sincère, songea-t-il pour lui-même. Il appréciait énormément Chris. Elle était drôle. Intelligente. Spirituelle. Et si séduisante…

Il l'observa à la dérobée.

— Alors ? demanda-t-il au bout d'un moment.

— Qu'y a-t-il ? fit-elle.

— Vous appréciez ma compagnie, Chris ?

— Oui, sauf quand vous me fixez ainsi… Je me sens plutôt gênée.

— Parce que je vous regarde manger ?

D'une main tremblante, elle posa sa fourchette sur le bord de son assiette.

— Non, Mark. Parce que j'ai l'impression que, depuis le début du repas, vous essayez de flirter avec moi, alors que je ne suis pas en quête d'une relation. Je croyais vous l'avoir clairement fait comprendre…

— C'est vrai, vous m'avez mis en garde. Mais je ne vous ai pas crue !

— Eh bien, vous avez eu tort !

— Vous ne pouvez pas m'empêcher de vous apprécier !

— Non, bien sûr. D'ailleurs, c'est mieux ainsi, nos relations de travail en seront facilitées...

— Le travail, vous n'avez que ce mot à la bouche ! Qu'est-ce qui nous empêche de nous voir en dehors des heures de bureau ?

— Je n'en ai ni le temps ni l'envie, Mark.

Il la fixa longuement.

— Vous bluffez ! finit-il par conclure. Vous cherchez à vous protéger parce que vous avez peur de vous engager ! Et vous avez beau prétendre le contraire, je suis sûr que si vous rencontriez un homme à votre goût, vous trouveriez le temps de le voir !

Incapable de résister plus longtemps à la tentation, il se pencha en avant et déposa un rapide baiser sur la joue de la jeune femme.

— Je ne m'avoue pas si facilement vaincu, Chris..., murmura-t-il en plongeant son regard dans le sien.

Sa voix était rauque, vibrante.

— J'attendrai aussi longtemps qu'il le faudra. Et j'ai des réserves de patience que vous ne soupçonnez pas.

5

Chris ne sut jamais comment elle réussit à survivre à ce déjeuner. Une exquise sensation de chaleur irradiait tous ses membres, et bien que la conversation roulât sur tout autre chose, son esprit revenait sans cesse aux paroles fiévreuses qu'avait prononcées Mark. Cela faisait si longtemps qu'elle n'avait pas été sensible à la présence, à la chaleur d'un homme. Oui, depuis ses dix-huit ans…

Brant en avait alors dix-huit, lui aussi. Grand, musclé, athlétique, il était le capitaine de l'équipe de football et la coqueluche du lycée. Le souvenir des nuits passées avec lui sur la banquette arrière de sa vieille Chevrolet la brûlait encore… Elle avait été amoureuse de ce garçon, au point de commettre toutes les folies dans ses bras… et d'en payer lourdement le prix.

Comment avait-elle pu s'abandonner ainsi ? s'interrogeaitelle chaque fois qu'elle repensait à cet épisode de sa vie. Par goût du danger, du fruit défendu ? Non, elle n'avait jamais été une adolescente rebelle. Mais, l'aînée de six enfants, elle avait peut-être mûri trop vite… Et puis Brant était si craquant avec son visage d'angelot et son sourire dévastateur ! Plus tard, elle avait vu son grand amour de jeunesse sous son vrai visage : celui d'un crétin, égoïste et vaniteux. Mais comment, à dix-huit ans, résister au regard de braise d'un garçon ?

Ce n'était pas Brant, pourtant, qui occupait ses pensées à cet instant. C'était Mark. Chaque fois qu'elle songeait à lui, un trouble étrange faisait battre son cœur. Elle aimait sa forte personnalité, son humour, son sens de la repartie. Elle aimait son visage aux traits virils, sculptés dans du granit, et ses yeux bruns, pétillant de malice et d'intelligence. Elle aimait sa silhouette solide, la fragrance boisée de son aftershave, et jusqu'à la minuscule cicatrice qui formait un V au coin de son œil droit.

Que lui arrivait-il ? Elle n'allait pas s'enticher de Mark Lowe, tout de même ! D'ailleurs, elle ne lui avait pas menti en lui faisant savoir qu'elle n'avait pas besoin d'un homme dans sa vie. Son travail l'accaparait complètement. Et les distractions familiales suffisaient à remplir ses rares moments de loisir. Avec Jason marié, Evan fiancé, Peter et Steven pourvus de petites amies attitrées, le cercle Gilette ne cessait de s'agrandir. Thanksgiving avait été une grande réussite. Noël promettait d'être tout aussi joyeux.

Non, décidément, elle n'avait pas une minute à consacrer à Mark Lowe !

Mais le faire admettre au principal intéressé relevait de l'exploit ! A peine avait-elle regagné son bureau après leur déjeuner qu'il l'appela pour s'assurer qu'elle était rentrée sans encombre. Puis, deux jours plus tard, il trouva un autre prétexte pour lui parler : il se renseignait sur le coût de parquets en chêne. Certes, il ne pouvait rien lui promettre, mais pour ses beaux yeux, il était prêt à faire un effort.

La troisième fois qu'il l'appela, ce fut pour l'inviter à dîner le soir même. En entendant la voix rauque et sensuelle de l'homme dans le combiné, Christine fut prise d'un long frisson.

Seulement, elle ne pouvait tout de même pas accepter une invitation aussi… équivoque.

— Désolée, Mark, c'est impossible.

— Pourquoi ?

— Je suis très prise, en ce moment. Et j'ai déjà un engagement pour ce soir.

Pour rien au monde elle n'aurait manqué le concert de Noël de son ancien lycée !

— Annulez !

— Mark, voyons…

— Demain soir, dans ce cas. Nous pourrions aller au cinéma…

— N... non, vraiment, je ne peux pas.

Il laissa échapper un soupir désabusé.

— Vous refusez de me voir en dehors du cadre professionnel, c'est ça ?

— Disons que sortir ensemble ne me paraît pas une très bonne idée.

— Notre déjeuner de l'autre jour était si réussi ! Et j'ai tant envie de vous revoir, Chris !

La jeune femme tordit nerveusement le fil du téléphone. Comment résister à un aveu si candide ?

— Vous n'avez pas plein d'amis ? Je... je croyais que vous sortiez beaucoup..., hasarda-t-elle, trop chamboulée pour réfléchir.

— C'est vrai, mais ce n'est pas pareil. C'est vous que j'ai envie de voir, Chris. Vous et personne d'autre.

— Mark, cessez donc !

— Dînons ensemble ce week-end, si vous n'êtes pas libre avant ! Acceptez, Chris, je vous en prie !

— Rappelez-moi plutôt dans une semaine, nous aviserons à ce moment-là. J'ai encore des milliers de questions à vous poser à propos de Crosslyn Rise.

— Une semaine ! répéta-t-il, indigné.

— Je suis débordée de travail en ce moment. Vous me rendriez vraiment service en acceptant de ne pas rappeler avant la semaine prochaine.

Mark dut capituler. Mais la jeune femme demeura interloquée quand, le mardi suivant, entre un coup de fil à un marchand de meubles de Caroline du Nord, et un autre à un tapissier du Delaware, elle entendit une voix familière derrière la porte de son bureau.

Pas besoin d'être extra-lucide pour deviner ce qui se passait : Margie barrait l'accès du bureau à Mark. Et de toute évidence, ce dernier était prêt à soutenir un siège s'il n'obtenait pas gain de cause.

Partagée entre l'irritation et l'amusement, la jeune femme se leva d'un bond, ouvrit toute grande la porte de communication entre les deux bureaux et, un sourire narquois aux lèvres, lança d'une voix légèrement impatiente :

— Que diable fabriquez-vous ici, Mark ?

Leurs regards se croisèrent, et elle dut faire un effort surhumain pour conserver son air détaché. Le vieux jean et la parka fatiguée de Mark indiquaient qu'il venait directement de Crosslyn Rise, et cette tenue très… virile l'émoustillait plus que de raison.

— Bonjour, Chris ! la salua-t-il avec un grand sourire. Comment allez-vous ?

— Que faites-vous dans mon bureau, Mark ? demanda-t-elle pour ne pas perdre la face.

— Je passais dans le quartier… et je voulais savoir ce que vous deveniez.

— Je vais très bien, merci.

— Vous avez passé un bon week-end ?

— Excellent. Et vous ?

— Je me suis ennuyé, sans vous. Terriblement…

D'un regard, il lui fit comprendre que, si elle ne l'invitait pas à entrer dans son bureau, il n'hésiterait pas à la compromettre devant Margie.

Et Chris devinait jusqu'où il était capable d'aller… D'un geste du menton, elle lui fit donc signe de la suivre. Une fois la porte fermée, elle le fusilla du regard.

— Vous savez pertinemment que je suis débordée, Mark ! Et que je ne peux pas vous consacrer plus de quelques minutes…

Elle s'interrompit, les yeux écarquillés.

— Qu'est-ce qui vous prend ?

— J'enlève ma veste, il fait chaud, ici.

Chaud ? Oui, admit-elle, des bouffées de chaleur lui montaient à la tête. Et la température du radiateur n'était pas en cause…

— Remettez-la tout de suite ! lui ordonna-t-elle, la voix mal assurée. Je suis débordée !

— Je croyais que vous souhaitiez me parler de Crosslyn Rise ?

— Vous savez aussi bien que moi que ce n'est pas pour parler de Crosslyn Rise que vous êtes venu ici !

Mais il ne l'écoutait plus. Son regard faisait le tour de la pièce.

— Très joli ! décréta-t-il, admirant l'harmonie de teintes abricot et gris pâle.

Avec une aisance féline, il se laissa tomber sur le petit canapé qui faisait face au bureau de Chris. Comme s'il avait l'intention de s'y enraciner pour le reste de la journée.

La jeune femme leva les yeux au ciel. Malgré son irritation, elle ne pouvait qu'admirer la décontraction avec laquelle il prenait possession de son espace.

— J'ai du travail, plaida-t-elle d'une voix douce.

— Allez-y, je ne vous dérangerai pas ! l'encouragea-t-il en désignant le bureau d'un geste de la main.

— Je ne peux pas travailler dans ces conditions !

— Pourquoi ?

— Votre présence risque de me distraire.

— Ne faites pas attention à moi.

— Impossible !

— Ah, enfin un aveu !

Les joues rouges, elle baissa les yeux.

— Mark, je vous en prie…

Abandonnant le canapé, il se dirigea vers elle.

— Une semaine sans vous voir m'a paru durer une éternité. Vous êtes si jolie, Chris…

La jeune femme rougit de plus belle. Franchement, dans son tailleur sévère, elle ne se sentait pas le moins du monde séduisante. Alors pourquoi Mark la narguait-il ainsi ?

— Je vous en prie…, murmura-t-elle, de plus en plus gênée.

Il demeura sourd à ses appels.

— Savez-vous que je pense à vous jour et nuit, Chris ? Je me demande ce que vous faites, avec qui…

Ensorcelée par les notes chaudes et sensuelles de sa voix, elle ferma les yeux.

— Il n'y a rien de bien mystérieux dans mes activités, Mark. Je travaille comme une folle !

— Mais seule, le soir, dans votre lit, pensez-vous à moi ?

Elle tressaillit, se remémorant le baiser fougueux que Mark lui avait donné dans un de ses rêves de la nuit précédente.

— C'est… c'est une question bien indiscrète.

— Je vous laisse donc indifférente, Chris ? Moi, j'éprouve un plaisir indicible à vous voir… et je n'y peux rien. Je ne voulais pas venir ici aujourd'hui, car je savais que vous seriez fâchée. Mais je n'ai pas pu m'en empêcher. Vous savez, Chris, je ne suis pas d'un naturel patient ! Et j'ai terriblement envie de dîner avec vous.

En l'écoutant, Chris songea que jamais encore les paroles d'un homme ne l'avaient troublée à ce point. Anthony était incapable de lui parler avec cette fougue, cette chaleur, cette délicieuse ambiguïté.

Quand Mark la charmait de sa voix sensuelle, en revanche… Gênée, elle se réfugia derrière son bureau et se carra dans son fauteuil.

— Vous étiez censé me rappeler, pas passer à l'improviste à mon bureau ! remarqua-t-elle, la voix tremblante.

— Oh, s'il s'agit uniquement de parler de Crosslyn Rise, je vous rappellerai, ne vous faites pas de souci ! D'ailleurs, nous ne sommes pas pressés, les décisions peuvent attendre janvier. Surtout si vous êtes aussi débordée que vous le prétendez…

— C'est la vérité !

— Soit. Votre travail vous interdit-il vraiment toute distraction ? Vous avez tout de même bien une soirée à me consacrer !

— N… non.

— Vous ne m'appréciez pas ?

Un petit sourire se peignit sur les lèvres de la jeune femme.

— Si ! Sans quoi j'aurais déjà appelé la police pour vous faire expulser de mon bureau. Savez-vous que vous m'empêchez réellement de boucler un dossier important ?

— Pourquoi ? Je vous rends nerveuse ?

— Nerveuse, non, mentit-elle. Furieuse, oui. Vous êtes dans mon bureau, bon sang !

— Est-ce que je vous plais, Chris ? demanda-t-il de but en blanc.

— Ce n'est ni le lieu ni le moment d'en discuter.

— Vous avez raison… Parlons-en plutôt ce soir devant un bon dîner !

Elle refusa d'un signe de tête.

— Demain soir, alors ? Vous ne remplissez donc jamais votre estomac ?

— Si. En famille.

— Et vous ne pouvez pas vous passer d'elle, même pour une soirée ?

De nouveau, elle fit signe que non.

— Eh bien, dans ce cas, je n'ai plus qu'à m'inviter chez vous !

Il appuya cette suggestion d'un sourire satisfait.

— C'est une excellente solution ! Pour en avoir été sevré toute mon enfance, j'adore les dîners de famille ! Cette idée ne vous plaît pas, Chris ? Je sais me tenir, vous savez. J'apporterai des fleurs pour votre mère, des cigares pour votre père…

— Il ne fume pas.

— Une bonne bouteille de bordeaux, dans ce cas.

— Il ne boit pas.

— Eh bien… Je ne sais pas, moi, des cacahouètes !

Elle secoua la tête.

— Désolée, son médecin lui interdit les matières grasses. Mark prit un air navré.

— Le pauvre ! Que lui reste-t-il comme petits plaisirs dans l'existence ?

— Voici son passe-temps préféré : se faufiler dans la cuisine en s'imaginant que personne ne le voit et embrasser ma mère dans le cou pendant qu'elle fait la vaisselle !

Mark s'esclaffa.

— Adorable ! Comme je vous envie d'avoir une grande famille…, ajouta-t-il avec mélancolie.

Puis il précisa, l'œil mutin :

— Moi, je suis si seul !

Chris fit son possible pour résister à son petit numéro. Si Mark espérait l'apitoyer, il en serait pour ses frais ! se jura-t-elle. Cet attrait soudain pour la famille Gilette avait décidément quelque chose de suspect et…

Mais son bon cœur avait déjà pris le dessus.

— Puisque vous insistez…, s'entendit-elle dire. Chaque année, avant Noël, mes parents organisent une petite soirée pour leurs amis et ceux de leurs enfants. Si ça vous dit de passer…

Le visage de Mark s'éclaira d'un large sourire.

— Avec plaisir ! Quelle adresse ? Quel jour ? Quelle heure ?

Elle lui tendit sa carte de visite.

— Voici mon adresse. La soirée aura lieu le dimanche d'avant Noël et commencera vers 17 heures. Si vous voulez avoir une chance de goûter au jambon à l'ananas, je vous conseille d'arriver tôt !

— Et la tenue ?

— Chic et décontractée.

Mark se leva et, heureux comme un chat, s'étira longuement. Son geste, en écartant son col de chemise, laissa deviner un torse à la peau mate, ornée d'une toison brune.

Sans perdre une miette de ce spectacle, Chris se leva à son tour. Cet homme était si viril, si sensuel qu'elle étouffait presque, tout à coup…

A la porte, il s'arrêta et se tourna vers elle.

— Merci de m'avoir accordé quelques minutes de votre précieux temps, Chris. A dimanche prochain !

Après un dernier clin d'œil, il s'éclipsa.

Le dimanche suivant, Christine se leva de bon matin pour aider sa mère à préparer le buffet. Tout en alignant des petits canapés sur un plat, la jeune femme se sentit peu à peu gagnée par la nervosité. Dans quelques heures, à peine, il lui faudrait affronter le regard incendiaire de Mark Lowe… Son charme insolent tout comme son allure de beau gosse la déstabilisaient trop pour qu'elle puisse envisager sans frémir de se retrouver dans la même pièce que lui.

Pourquoi réagissait-elle ainsi ? ne cessait-elle de s'interroger.

Elle qui n'avait pas été sensible au charme d'un homme depuis des années… L'attirance étrange qu'elle éprouvait pour Mark semblait combler un manque, un vide qu'elle avait laissé s'installer au fil du temps. Et cette pensée lui donnait le vertige.

Heureusement qu'ils ne seraient pas seuls en tête à tête ! songea-t-elle en disposant les plats sur la grande table dressée dans le salon. Elle pria juste pour qu'il ne s'attarde pas trop longtemps.

Plus tôt elle serait débarrassée de lui, mieux cela vaudrait !

Piaffant d'impatience, Mark avait prévu d'arriver chez les Gilette à 17 heures tapantes. Mais au moment où il s'apprêtait à partir de chez lui, le moteur de sa camionnette se mit à toussoter et à crachoter. Et ce ne fut qu'après avoir épuisé son stock d'injures et trafiqué sous le capot qu'il parvint à faire démarrer sa vieille guimbarde.

Quand il gara le véhicule devant la villa des Gilette, il était 17 h 45. Son regard embrassa une rue charmante, bordée de grands arbres dénudés par l'hiver. De ravissantes maisons de bois, toutes semblables, décorées de guirlandes de Noël, s'alignaient sagement le long d'un trottoir ourlé de neige. L'harmonie paisible de cet endroit tranquille lui procura aussitôt un agréable sentiment de bien-être.

De toute évidence, la fête battait déjà son plein, remarqua-t-il en se dirigeant vers la villa des Gilette. Devant la porte principale, grande ouverte, allaient et venaient les invités, et un groupe de jeunes gens bavardaient gaiement sur le perron, sans paraître incommodés par le froid.

Mark traversa le jardin, évita de justesse deux petites filles qui couraient en poussant des cris de joie et, une fois sur le perron, hésita un instant. Serait-il réellement le bienvenu ? se demanda-t-il soudain, se rappelant avec embarras la façon dont il avait extorqué l'invitation à Chris. Peut-être lui avait-elle proposé de venir par simple politesse, sans penser qu'il la prendrait au mot…

Comme il se dandinait d'un pied sur l'autre sans oser franchir le seuil, un homme au sourire jovial le prit par le bras.

— Entrez donc..., l'invita-t-il avec chaleur.

— Monsieur Gilette, j'imagine ? s'enquit poliment Mark en lui serrant la main.

— Oui, mais sans doute pas celui que vous cherchez..., répondit l'homme avec un sourire malicieux. Moi, c'est Peter. Si vous souhaitez parler à Franck Gilette, mon père, il est dans la salle à manger en train de préparer le punch.

— En réalité, je suis un ami de Christine, se hâta d'expliquer Mark, cherchant du regard une tête blonde parmi la foule des invités. Mon nom est Mark Lowe...

— Ah, très bien... Tenez, vous n'avez qu'à accrocher votre blouson dans la penderie. Chris ne doit pas être bien loin.

— Où ça ?

Du regard, Peter chercha sa sœur dans le salon, puis dans la salle à manger.

— Pour le moment, je l'ignore, mais vous n'avez qu'à jeter un coup d'œil dans la cuisine... Suivez-moi, je vous y emmène.

Mark se fraya tant bien que mal un chemin derrière le frère de Chris, à travers la salle à manger pleine à craquer. Les invités bavardaient joyeusement et dévoraient avec enthousiasme les petits canapés disposés sur le buffet. A une extrémité de la longue table, un homme aux cheveux grisonnants dont Christine était le portrait craché tournait, l'air concentré, une longue cuillère dans un énorme bol de punch.

Parvenu dans la cuisine, Mark aperçut aussitôt Christine, debout, de dos, devant l'évier. A côté d'elle trottinait allègrement une femme d'un certain âge qui, à en juger par sa taille menue, sa blondeur lumineuse et ses traits fins, ne pouvait être que la mère de Chris. Les deux femmes découpaient un jambon à l'ananas dont le délicieux parfum remplissait la cuisine, et disposaient les tranches sur un grand plateau.

Un petit sourire coquin aux lèvres, Mark s'approcha à pas de loup, enlaça la jeune femme par la taille et déposa un rapide baiser sur sa nuque.

La réaction de Chris ne se fit pas attendre.

— Mark ! s'exclama-t-elle, furieuse. Ne refaites jamais ça ! J'ai horreur de ce genre de surprise...

— Je suppose que cette charmante dame est votre maman ? se contenta-t-il de répondre en tendant la main à la mère de Chris. Madame Gilette ?

— Vous êtes... ?

— Mark Lowe, maman, répondit vivement Christine. Tu sais bien, l'entrepreneur chargé de construire Crosslyn Rise.

Tout en prononçant ces mots, elle le tança d'un regard courroucé.

— Je ne vous attendais pas si tôt..., remarqua-t-elle, un peu froidement.

— C'est que je me pourléchais les babines en pensant au jambon à l'ananas !

— Enchantée de faire votre connaissance, monsieur Lowe. Mon nom est Melissa, mais vous pouvez m'appelez Mellie...

— Merci, Mellie. Votre soirée est très réussie... Je peux vous aider ? ajouta-t-il en désignant le jambon.

— Non ! s'exclamèrent les deux femmes en chœur.

— Maman n'aime pas voir des hommes dans sa cuisine, se hâta d'expliquer Chris.

— Les invités n'ont rien à faire ici, renchérit Mellie. Laisse ça, Christine, je terminerai seule... Présente plutôt ton ami à tes frères.

Sa fille obéit sans broncher et ramena Mark dans le salon. Il profita de la cohue pour l'attirer contre lui.

— Vous êtes merveilleuse, ce soir, Chris..., lui murmura-t-il à l'oreille.

Elle rougit.

— Merci !

— Et j'adore votre parfum !

— Mark, ne recommencez pas, je vous en prie ! chuchota-t-elle en lui prenant la main pour le guider vers un petit groupe. Je vous présente mon frère Steven, en première année à l'université du Massachusetts. Steven, voici Mark Lowe, avec qui je travaille à Crosslyn Rise.

Mark serra la main d'un jeune homme blond aux yeux bleus, qui ressemblait trait pour trait à Christine.

— C'est vous, le fan de basket ? s'enquit-il en souriant.

Le visage de Steven s'éclaira.

— Oui, pourquoi ? Vous aussi ?

— Et comment ! Si je n'avais pas tellement envie de passer la soirée avec votre adorable sœur, je serais chez moi devant ma télévision pour suivre le match Denver-Chicago ! Quel est le score, au fait ?

— Il y a cinq minutes, les Celts marquaient huit points d'avance. Si jamais vous vous ennuyez, la télévision est allumée dans le bureau de mon père, au premier étage.

Mark lui donna une bourrade familière.

— Merci pour le tuyau, j'y songerai...

— Certainement pas ! s'insurgea Christine en l'entraînant plus loin. Ce serait fort mal élevé...

— Ne vous inquiétez pas, Chris, je n'ai aucune envie de vous abandonner. Et surtout ne lâchez pas ma main, lui chuchota-t-il à l'oreille, j'adore sentir votre petite menotte dans la mienne.

Puis, il ajouta plus haut :

— Ah, un autre frère !

— Jason, acquiesça Christine en accostant un géant blond. Il travaille avec papa. Sa femme est par là-bas... Jason ?

Elle dut se hisser sur la pointe des pieds pour lui parler.

— Sais-tu où est Cheryl ?

— Là-haut avec le bébé, répondit Jason en saluant Mark d'un signe de tête.

— Mark Lowe, se présenta ce dernier. De quel bébé s'agit-il ?

— Le leur, expliqua Christine. Leur premier fils.

— Félicitations !

— Merci, répondit Jason. Chris, sais-tu où est Jeff ? ajouta-t-il à l'adresse de sa sœur.

— Dans l'entrée, je crois...

Un joyeux brouhaha provenant du salon lui coupa la parole. Le père de Chris venait d'achever la préparation du punch.

— Chris, ma chérie, viens goûter ! Il paraît qu'il est encore meilleur que l'année dernière !

— Je viens, je viens ! répondit Chris en entraînant Mark. Papa, j'aimerais te présenter Mark Lowe… L'entrepreneur de Crosslyn Rise.

— Enchanté ! s'exclama son père avec un large sourire. Vous avez bien fait de venir, plus on est de fous, plus on rit !

— Merci pour votre hospitalité, monsieur Gilette.

— Appelez-moi Franck. Tous les amis de ma Chrissie sont les bienvenus. Evan ! appela-t-il. Viens par ici.

Un deuxième géant blond se joignit à eux.

— Mark, je vous présente Evan, mon deuxième fils, et sa fiancée, Tina.

Mark les salua. Il commençait à se demander comment Chris faisait pour s'y retrouver avec tous ces frères, quand un autre passa en trombe devant eux.

— Hé ! où files-tu comme ça ? lança Chris en l'attrapant par le bras.

— Saluer les amis de Jeff. Il paraît qu'il y a une ou deux jolies filles dans le lot !

Chris sourit à Mark.

— Voici Alex, le benjamin, notre bébé préféré.

— Chris, c'est pas juste, j'ai quinze ans ! protesta Alex. De toute façon, la plus jeune, c'est Jill !

— Jill ? s'étonna Mark.

Chris ne lui avait pas parlé d'une sœur. Et s'il avait bien compté, il avait salué tous les enfants Gilette depuis son arrivée.

— La voilà près de l'escalier ! reprit Alex.

— Viens ici, ma chérie ! lança Franck à l'adresse d'une jeune fille qui, malgré ses boucles brunes et ses yeux verts, offrait une ressemblance frappante avec Christine.

— Dis bonjour à Mark, la pressa Chris. C'est son entreprise qui construit Crosslyn Rise.

— Ah, c'est lui ! fit Jill d'un air entendu.

— Oui, c'est lui !

Mark fixa Jill avec étonnement. Malgré sa ressemblance avec Christine, la jeune fille, ravissante, était très différente des autres Gilette. Il avait aussi du mal à croire qu'elle fût plus jeune qu'Alex, tant elle paraissait femme.

— Bonjour, Jill.

Elle serra la main qu'il lui tendait.

— Très contente de vous rencontrer, Mark.

— Moi de même ! Ce n'est pas tous les jours que je peux m'afficher en société avec deux femmes splendides à mon bras !

Chris arqua des sourcils ironiques en direction de Jill.

— Je t'avais bien dit que Mark était un dragueur impénitent…

Jill acquiesça en riant.

— C'est la vérité ! plaida-t-il.

Son regard ne pouvait se détacher de la jeune fille.

— Jill est la seule brune de la famille, remarqua-t-il. Quel âge avez-vous, Jill ?

— Quinze ans.

— Ah oui ? Mais je croyais que c'était Alex qui avait quinze ans !

— Exact, intervint Christine.

— Alex et Jill sont donc… jumeaux ?

— Pas exactement. Jill est plus jeune qu'Alex de cinq mois.

— Cinq… cinq mois ? bredouilla-t-il, perplexe. Mais alors…

— Ce n'est pas très gentil pour Mark de le laisser deviner tout seul, remarqua Franck avec une sévérité feinte.

— Chris n'est pas ma sœur mais ma mère, se hâta d'expliquer Jill.

La… mère de Jill ? Mark eut l'impression d'avoir été frappé par la foudre. Pendant une longue minute, il demeura bouche bée.

Entre-temps, une légère inquiétude s'était peinte sur le visage de la jeune femme.

— Je… je n'arrive pas à y croire, bredouilla-t-il, suffoqué.

D'abord, vous ne me paraissez pas assez âgée pour être la mère de cette jeune personne !

— J'avais dix-huit ans quand elle est née.

— A vous voir ensemble, on vous prendrait pour des sœurs…

— Mais elle est brune et je suis blonde.

— Elle a votre sourire…

— Rien d'étonnant à cela, puisqu'elle est ma fille !

Sa fille ! songea-t-il, encore bouleversé. Le mot lui restait en travers de la gorge.

— Décidément, je n'arrive pas à y croire.

— Vous êtes sous le choc ?

— O… oui, bien sûr. Pourquoi ne pas me l'avoir dit plus tôt, Chris ?

Sans répondre, la jeune femme lâcha brusquement la main de son compagnon et annonça un peu froidement :

— Excusez-moi, je vais voir si maman a besoin de moi dans la cuisine.

— Chris…

Franck lui tapota gentiment le bras.

— Ne vous inquiétez pas, elle va revenir.

Mais le regard de Mark resta rivé sur la jolie tête blonde qui s'éloignait vers la cuisine.

— J'espère qu'elle n'a pas mal interprété ma réaction, soupira-t-il, un peu déconcerté par son brusque départ. Je trouve cela si courageux d'avoir eu un enfant à dix-huit ans !

— Arrêtez, vous allez me faire pleurer ! se moqua Jill en levant les yeux au ciel.

— Pardonnez ma stupéfaction, Jill, mais Chris ne m'avait pas mis au courant.

Il hocha la tête, désemparé.

— Vous savez, j'apprécie beaucoup votre mère… Et puis vous formez une famille si sympathique, si chaleureuse ! J'ai bien envie de postuler au titre de membre honoraire !

— Vous n'avez pas de famille ? s'étonna la jeune fille.

A cet instant, un petit groupe surgit dans l'entrée, et Franck poussa une joyeuse exclamation.

— Ce vieux Fred ! Jill, Mark, je vous laisse…

Il ajouta à l'adresse de sa petite-fille :

— Si Mark s'ennuie, emmène-le dans mon bureau, c'est un fan de basket !

— Chris me l'a interdit…, soupira Mark.

Franck éclata d'un rire tonitruant.

— Tout comme ma femme, mais je fais comme si je n'avais rien entendu !

Avec une dernière bourrade amicale, il les laissa tous les deux.

— Alors comme ça, vous n'avez pas de famille ? répéta Jill pour relancer la conversation.

— Eh non !

— Vous habitez seul, alors ?

— Eh oui.

La jeune fille prit un air consterné.

— Moi, je crois que ça ne me plairait pas du tout. J'adore vivre entourée de gens !

Tout en l'écoutant, Mark tentait de se rappeler si Chris avait fait devant lui la moindre allusion concernant Jill. Pourquoi tant de cachotteries ? se répétait-il, un peu blessé. Sans vraiment mentir, Chris avait de toute évidence cherché à lui cacher la vérité…

Comme Jill le fixait avec curiosité, il demanda :

— Vous habitez ici avec votre maman ?

— Non, nous avons une petite maison, au fond du jardin. Vous voulez la voir ?

— Pourquoi pas ?

Jill l'entraîna dehors.

— C'est un ancien garage aménagé par maman, expliqua-t-elle en se frottant vigoureusement les bras pour lutter contre le froid.

Au bout du jardin se trouvait une petite maison blanche d'allure banale. Mais en y pénétrant, Mark laissa échapper un long sifflement. L'intérieur, entièrement réaménagé, alliait agréablement élégance et confort. Mark admira le vaste salon aux murs crème sur lequel ouvrait une cuisine pimpante. Un escalier de bois blanc menait à une vaste mezzanine, sur laquelle donnaient deux portes.

— C'est magnifique !

— Maman a beaucoup de talent, n'est-ce pas ? fit Jill, rayonnante. Mon grand-père lui a fait cadeau de cette maisonnette quand je suis née. Elle était étudiante, à l'époque. Avoir sa maison lui permettait de rester indépendante sans s'éloigner de la famille.

— Si je comprends bien, vous avez été élevée en même temps que votre oncle Alex, alors ?

— Oui, tout à fait.

— Ce doit être amusant d'avoir le même âge que son oncle !

— Plutôt, oui... D'ailleurs les gens nous prennent souvent pour frère et sœur. Guère étonnant : nous sommes dans la même classe, nous portons le même nom et nous nous ressemblons beaucoup... Quand on leur avoue la vérité, ils ont du mal à nous croire ! Comme vous tout à l'heure !

Mark hésita. Une question lui brûlait les lèvres : qui était le père de Jill ?

Mais mieux valait interroger Chris, songea-t-il aussitôt. Aussi préféra-t-il détourner la conversation de ce sujet épineux.

— Ça ne vous... Je peux te tutoyer, Jill ?

— Bien sûr.

— Ça ne te dérange pas d'avoir une maman qui travaille autant ?

Jill laissa échapper un petit soupir désabusé.

— Il faut bien qu'elle gagne sa vie ! Et puis grand-mère s'occupe de moi. L'avantage, c'est que quand maman rentre le soir après une journée au bureau, elle a toujours mille choses passionnantes à raconter.

— Elle te raconte tout ce qu'elle fait ?

Jill hocha la tête.

— Nous sommes très proches l'une de l'autre, maman et moi.

— Et… que t'a-t-elle raconté à mon sujet ? s'informa-t-il avec précaution.

— Que vous dirigiez une entreprise de construction, que vous faisiez partie du consortium Crosslyn Rise et que vous étiez un parfait crétin.

Voyant Mark se décomposer, elle ne put garder plus longtemps son sérieux.

— Je plaisantais, voyons ! Elle vous trouve séduisant mais trop sûr de vous. Et elle craignait d'avoir du mal à travailler avec vous. Moi, je crois qu'elle vous aime bien.

— Vraiment ?

— Vraiment.

— Comment le sais-tu ?

— A la façon dont elle guettait nerveusement votre réaction quand vous avez appris que j'étais sa fille. Si vous lui étiez indifférent, votre opinion lui importerait peu. Ah oui, et puis j'allais oublier votre main !

— Pardon ?

— Elle vous tenait par la main, tout à l'heure, n'est-ce pas ? Et ça n'est pas dans les habitudes de maman de se comporter ainsi avec un homme. Elle est plutôt du genre réservé…

Un sourire de satisfaction se dessina sur les lèvres de Mark.

— Tu es bien perspicace pour une jeune fille de ton âge !

— C'est normal, il s'agit de ma mère. Je dois veiller sur elle.

— Cela t'ennuierait que je sorte avec elle ?

— Pas du tout, j'aimerais tant qu'elle s'amuse, qu'elle profite de la vie ! Elle travaille trop…

— Et en plus, elle a déjà quelqu'un dans sa vie…

— Anthony ? Pff ! C'est un nul.

— Ah… ah bon, dit Mark en s'esclaffant, amusé par ce jugement sans appel. Si je comprends bien, ce n'est pas un concurrent très sérieux pour moi ?

— Vous plaisantez ? s'indigna-t-elle comme s'il eût émis une hypothèse absurde.

— Anthony n'est donc pas en compétition. D'autres soupirants ?

— Non, pas à ma connaissance.

— Et vraiment, tu ne verrais pas d'inconvénient à ce que j'emmène ta maman dîner ou au cinéma, de temps en temps ?

Jill sourit, visiblement amusée par cet interrogatoire.

— Au contraire ! Certains jours, j'aimerais bien sortir avec mes amis, mais je me sens coupable de laisser maman seule ici... Evidemment, elle peut toujours traverser le jardin pour aller chez mes grands-parents, seulement on fait plus distrayant... Et puis dans quelques années, je partirai à l'université, et ça m'ennuie de la laisser seule ici.

Mark sourit à son tour.

— Je rêve ou tu essaies de la marier ?

— Pas si vite ! Je devine seulement que vous l'appréciez beaucoup. Et je sais qu'elle vous aime bien.

Mark ne put s'empêcher d'admirer la maturité dont faisait preuve la fille de Chris.

— J'ignore ce que nous réserve l'avenir, Jill. Mais Chris peut être fière de sa fille ! Ça me rend votre famille encore plus sympathique...

— La famille, c'est parfois pesant, vous savez !

— Tu changerais d'avis si tu avais eu une enfance solitaire comme la mienne.

— Qu'est-ce qui se passe ici ? fit soudain la voix de Chris dans l'entrée.

Comme la jeune femme pénétrait dans le salon, Jill se pencha vers Mark et lui murmura à l'oreille d'une voix de conspiratrice :

— Je vous laisse tous les deux !

Elle ajouta avec un grand sourire :

— Salut, maman ! Je retourne me servir un verre !

En passant devant sa mère, elle chuchota :

— Invite-le à Noël, il est supersympa !

Et elle s'envola avant que Chris ait pu la rabrouer.

6

— Je vous cherche partout depuis un quart d'heure ! Qui a eu l'idée de venir ici ? demanda Chris, un peu irritée.

— Jill. Je lui ai demandé où vous habitiez, et du coup, elle a voulu me montrer votre maison.

Le regard de Mark, admiratif, fit le tour de la pièce.

— J'adore cet intérieur, Chris. Vous avez réalisé des prouesses…

— Merci…, répondit-elle distraitement. Mark ?

— Oui ?

— De quoi avez-vous parlé avec Jill, au juste ?

— De tout et de rien… De vous, surtout ! Pourquoi ?

— Eh bien…

Elle baissa les yeux.

— … ma fille est encore très jeune. Et très vulnérable…

— Qu'allez-vous chercher, Chris ? Je…

— Si… s'il doit se passer quelque chose entre nous, l'interrompit-elle en rougissant légèrement, n'oubliez jamais que j'ai une fille. Et que je ne suis pas femme à m'enticher du premier venu ni à me satisfaire d'une aventure sans lendemain… dont Jill pourrait pâtir.

— Chris, voyons, je n'en ai jamais douté ! Je sais bien que votre famille passe avant tout, et…

— Jill est plus qu'une famille, coupa-t-elle de nouveau. C'est ma fille. Je suis responsable d'elle.

— Je comprends, je comprends, se hâta-t-il de la rassurer. Mais pourquoi Jill souffrirait-elle de notre relation ?

Il hocha la tête, l'air navré.

— Bon sang, pourquoi cherchez-vous toujours à tout compliquer, Chris ? Vous avez une fille. Et alors ? Certes, j'aurais apprécié que vous m'en parliez plus tôt… Pourquoi ne l'avez-vous pas fait, d'ailleurs ?

— Je… je ne sais pas. Je n'ai pas osé, de peur que vous ne me preniez pas au sérieux dans notre relation professionnelle. Etre une mère célibataire n'est pas facile tous les jours, vous savez !

— Je n'en doute pas un instant. Mais vous pouviez m'expliquer cela posément, au lieu de vous enfuir comme vous l'avez fait tout à l'heure ! Décidément, c'est une manie chez vous !

— De quel droit me jugez-vous ? s'indigna-t-elle, sentant la moutarde lui monter au nez.

— Je ne vous juge pas, je constate !

— Si je ne parle pas de ma fille, c'est aussi pour maintenir une cloison étanche entre mon univers professionnel et ma vie privée. Je dois songer à protéger Jill.

— A trop la couver, vous risquez de l'étouffer, remarqua-t-il. Et de vous priver vous-même des joies de l'existence, Chris.

— Possible, mais une mère doit penser avant tout à ses enfants. Et vous feriez mieux d'y réfléchir avant de continuer à me conter fleurette !

Tremblante de colère, elle pivota sur ses talons et voulut quitter la pièce, mais aussitôt, Mark lui barra la route.

— Cette fois, vous ne vous échapperez pas, murmura-t-il en plongeant son regard dans le sien. Il faut que nous parlions, Chris !

— Pas maintenant. J'ai des invités qui m'attendent, figurez-vous !

— Eh bien, ils attendront ! De toute façon, la famille Gilette est là pour s'occuper d'eux.

Sa voix s'adoucit et deux mains sensuelles, caressantes emprisonnèrent la taille de la jeune femme.

— Je ne vous retiendrai pas longtemps, Chris… Mais il y a quelque chose que j'aimerais vous faire comprendre.

Le cœur battant, elle le fixa. Les mains de Mark sur ses hanches éveillaient en elle mille sensations brûlantes.

— Qu… quoi donc ?

— Vous me plaisez beaucoup, Chris. Et il y a des jours où je me demande pourquoi, car vous êtes une sacrée tête de mule ! Mais c'est ainsi, et que vous ayez une fille de quinze ans n'y change strictement rien… Même si vous étiez mère de cinq enfants en bas âge, vous me plairiez toujours autant. D'ailleurs, maintenant que je suis au courant, pour Jill, je vous respecte d'autant plus d'avoir su mener de front carrière et maternité. Et si j'ai été choqué, tout à l'heure, c'est parce que je ne m'attendais pas à une telle nouvelle, voilà tout !

Son expression se fit plus grave.

— Qui est le père de Jill, Chris ?

— Peu importe…, soupira la jeune femme en détournant le visage.

— Votre grand amour de jeunesse ?

Elle n'aimait guère aborder le sujet, mais la sollicitude de Mark la touchait, et aussitôt, son esprit vola vers le passé.

— A l'époque, je le croyais, murmura-t-elle, le regard perdu dans le vague. Nous avions dix-huit ans et Brant était le garçon le plus séduisant de ma classe. Toutes les filles du lycée se disputaient ses faveurs ! Moi aussi, j'étais sous le charme. Et puis… c'est moi qu'il a élue entre mille et je suis tombée folle amoureuse de lui. Souvent, il m'emmenait faire un tour dans sa vieille Chevrolet. C'est sur la banquette arrière de cette voiture que Jill a été conçue…

Sa voix se brisa. Mark demanda d'une voix grave :

— Que s'est-il passé ensuite ?

— Quand je lui ai annoncé que j'étais enceinte, il a nié sa responsabilité. Et quelques jours plus tard, il m'a plaquée. Moi et le bébé.

— Quel salaud !

— Il avait décroché une bourse pour intégrer l'équipe de football d'une université. Une épouse et un enfant auraient brisé sa carrière sportive.

— Alors il a préféré vous abandonner ! Mon Dieu, Chris, vous avez dû être désespérée…

— Oui. Blessée, écœurée surtout…

— Vous lui en voulez encore ?

— Pourquoi ? J'ai Jill…

Une lueur passa dans le regard de Mark.

— Je vous admire, Chris. Vous êtes forte. Forte et sensible à la fois…

La jeune femme voulut répondre, mais déjà les lèvres de Mark s'étaient emparées des siennes. Sans qu'elle puisse contrôler la tempête de ses émotions, une vague de passion déferla en elle et elle s'abandonna à la chaleur de son baiser, enivrée par le parfum musqué de sa peau. Des sensations endormies depuis des années s'éveillaient en elle, emportant sur leur passage les fragiles barrières qu'elle avait tenté d'ériger pour se protéger. C'était comme si de la lave en fusion avait coulé dans ses veines…

Son cœur battait si vite qu'elle fut presque reconnaissante à Mark de relâcher son étreinte.

— Oh, Chris…, gémit-il.

Elle frémit, chavirée.

— Quelqu'un pourrait entrer d'un instant à l'autre…

Le désir intense qu'elle lut dans le regard de son compagnon la troubla plus sûrement que la plus impudique des caresses.

— Si je m'écoutais, je te ferais l'amour là, tout de suite…

Ces paroles si troublantes, tentatrices faisaient vaciller ses meilleures résolutions… Elle devait résister, pourtant.

— Je… je dois rejoindre mes invités, bredouilla-t-elle.

Les caresses de Mark lui donnaient plutôt envie de rester lovée dans ses bras.

— Vraiment ? la défia-t-il en accentuant la pression de ses mains.

— Il le faut…

— Tu ne préférerais pas rester ici, avec moi ?

— Mark, je t'en prie !

Dans un ultime sursaut de volonté, elle parvint à se dégager.

— Chris…

— Qu… quoi ? fit-elle sans oser le regarder en face.

— Je… je crois que je suis en train de tomber amoureux de toi.

— Ne dis pas n'importe quoi.

— C'est la vérité, pourtant…

D'un geste tendre, il l'obligea à tourner son visage vers lui.

— Si cette idée te met mal à l'aise, je me tairai… Mais ce que j'éprouve pour toi ne ressemble à rien de ce que j'ai pu connaître dans le passé avec d'autres femmes. Et j'en suis le premier surpris… Après tout, nous nous connaissons si peu !

Trop bouleversée pour répondre, elle se contenta de hocher la tête.

— Mais je connais un moyen d'arranger ça ! ajouta-t-il en riant. Tu vas cesser d'inventer des excuses pour ne pas me voir !

— Je n'invente rien ! protesta-t-elle avec énergie. Entre mon travail et ma fille, je n'ai pas une minute à moi !

— Qu'est-ce qui nous empêche d'emmener Jill au cinéma ou au restaurant avec nous ?

Chris détourna le regard.

— Mark, il faut vraiment que je retourne là-bas !

— Je te laisse partir… A condition que tu m'accordes un tête-à-tête quand la soirée sera terminée.

— Pour quoi faire ? Le plus sage serait de ne plus nous voir pendant quelque temps.

— Ça ne servira à rien, Chris. Le désir est là, tu ne peux pas le nier. Je pense à toi jour et nuit. Oui, même quand je dors ! La nuit dernière, par exemple, j'ai rêvé de toi et…

— Mark !

— Je t'assure que c'est vrai !

— Pourquoi me le raconter ?

— Pourquoi pas ? J'ai envie de toi, tu ne peux rien y changer. Pas plus que tu ne peux m'empêcher de rêver que je te caresse, que je…

Elle posa à la hâte un doigt sur ses lèvres.

— Tais-toi, je t'en prie…

Il obéit, mais son regard était plus éloquent que des mots.

— Je vais retourner chez mes parents, reprit-elle, sans lâcher son regard. Viens avec moi si tu veux. Jessica et Carter sont peut-être déjà arrivés. Si tu préfères, tu peux regarder tranquillement le match de basket dans le bureau de mon père…

— J'ai d'autres envies en tête, mais pourquoi pas ?

— Bref, fais ce qui te chante et reste jusqu'à la fin si tu le souhaites, mais que les choses soient claires : je n'aurai pas une minute à t'accorder après le départ des invités, car je dois aider ma mère à ranger la cuisine, puis j'aimerais bavarder tranquillement avec Jill, avant de me coucher. Je suis épuisée, après cette dure semaine de travail, et j'ai un rendez-vous à 9 heures demain matin.

— Es-tu libre demain soir ?

— Je suis prise jusque tard dans la soirée.

— Jill t'attendra à la maison ?

— Le lundi soir, elle va à son cours de piano. Je passerai la prendre en voiture sur le chemin du retour.

— Où dînerez-vous ?

— Nous grignoterons un morceau à la maison en rentrant.

— Je pourrais passer chez un traiteur chinois et vous rejoindre ici ?

— Nous risquons de rentrer tard.

— Mardi soir, dans ce cas ? Non, j'ai un match avec l'équipe de Worcester…

D'une main, il se tapa le front.

— Pourquoi ne pas venir me voir jouer ?

— Merci, je n'ai aucune envie de faire deux heures de voiture sur une route enneigée ! Et j'ai cours de danse, le mercredi.

— Jeudi soir, alors ?

— Jill participe à un petit récital avec sa classe de piano.

— Je peux venir ?

— Certainement pas ! Jill est déjà très nerveuse, je me vois mal lui imposer en plus le nouveau petit ami de sa mère.

Le visage de Mark s'illumina.

— Voilà une expression qui me plaît !

Il rit puis ajouta, plus sérieusement :

— Tu sais, je crois que ta fille m'apprécie déjà…

— Parce qu'elle te considère comme un bon copain de sa mère !

— A ce propos… Sais-tu qu'elle aimerait bien te voir sortir plus souvent avec moi ?

Chris demeura bouche bée.

— Tu le tiens d'elle ?

— Oui.

Les mains sur les hanches, la jeune femme fulmina.

— Alors comme ça, m'a fille t'a adopté comme confident ! Et peut-on savoir ce qu'elle t'a raconté d'autre ?

— Tu es arrivée au moment où notre conversation commençait à devenir intéressante…

Il rit en voyant son air courroucé.

— Ne change pas de sujet. Nous n'avons toujours pas choisi une date pour dîner ensemble, reprit-il. Nous en étions à vendredi, je crois…

— Vendredi ? Impossible ! J'ai de nouveau un cours de danse, et j'ai promis à Jill de faire des courses avec elle pour Noël.

— Je n'ai qu'à venir avec vous !

— Non. Le shopping de Noël avec ma fille, c'est sacré.

— Noël, justement ! Jill ne t'a-t-elle pas suggéré de m'inviter ?

— De quoi je me mêle ?

— Je vous ai entendues !

— Jill n'a pas son mot à dire.

— Que faites-vous pour Noël, au juste ?

— Après un grand dîner, nous allons tous ensemble à la messe de minuit. Et le lendemain, nous nous retrouvons pour le traditionnel déjeuner de Noël.

— Limité à la famille exclusivement ?

Chris hésita, un peu embarrassée.

— Nous invitons parfois nos amis, c'est vrai… Mais Mark, je crois que nous allons trop vite en besogne ! Prenons notre temps…

— De quoi as-tu peur, Chris ?

La jeune femme baissa les yeux, mal à l'aise. Depuis que Mark était entré dans sa vie, elle ne cessait de se demander pourquoi elle ne parvenait pas à profiter du plaisir tout simple d'être une femme courtisée par un homme terriblement séduisant.

— Je… je ne sais pas, avoua-t-elle. De souffrir, j'imagine… Brant m'a fait beaucoup de mal, tu sais, même si je suis contente d'avoir Jill. J'ai réussi à m'en remettre, à construire ma vie, et dans l'ensemble, je m'en sors bien. Mais je ne veux pas courir le risque de détruire ce fragile équilibre…

— Moi, je crois que tu as surtout besoin d'un grand bol d'air !

— Pourquoi ? Ma vie me plaît comme elle est…

Mark afficha un air sceptique.

— Vraiment ? Tu ne pourras pas te passer éternellement d'un homme qui t'aime et te chérisse, Chris. Une preuve ? La façon dont tu m'as embrassé tout à l'heure. Il y avait tant de passion contenue, dans ce baiser…

Elle voulut protester, mais soudain, elle comprit qu'il disait vrai. Oui, elle brûlait de rencontrer un homme qui saurait être à la fois son amant et son complice. Et cet homme, il lui semblait parfois qu'elle l'avait trouvé en Mark. Tout à l'heure, dans ses bras, elle avait oublié ses doutes, ses craintes, ses hésitations…

— Alors, ce dîner ?

Comprenant qu'il n'était pas décidé à lâcher prise, elle préféra capituler.

— Passons plutôt le réveillon ensemble, suggéra-t-elle. Sauf si tu as d'autres projets, bien sûr.

— Aucun ! Et j'accepte avec joie. Comment aimerais-tu fêter la nouvelle année ? Avec Jill ou en famille ? Je suis ouvert à toutes les suggestions.

Chris réfléchit un instant.

— Jill est invitée à une soirée chez des amis. Je dois la déposer là-bas, puis passer la reprendre. Dans l'intervalle, nous pourrions dîner quelque part…

— Excellente suggestion.

— Mais j'ai bien peur que nous ne nous y prenions un peu tard pour obtenir une table dans un restaurant...

— Un restaurant ? Quelle horreur ! Je veux dîner ici avec toi.

— Je te signale que je ne t'ai pas invité ! protesta-t-elle en riant.

— Allez, c'est une bonne idée, tu ne trouves pas ? Le soir du nouvel an, les restaurants sont bondés, bruyants et de surcroît hors de prix... Si nous restons ici, en revanche, nous pourrons profiter pleinement de notre soirée. De plus, dans un endroit chic, il faudra que j'arbore un nouveau costume, et j'ai horreur de faire du shopping !

— Alors pourquoi proposais-tu tout à l'heure de m'accompagner dans mes courses avec Jill ?

— J'avoue : c'était un prétexte pour te tenir compagnie ! Tandis que faire des achats pour moi... Quelle horreur !

La grimace de dégoût qui accompagna cette remarque fit rire la jeune femme aux éclats.

— Pourquoi ça ?

Du revers de la main, il désigna sa longue silhouette.

— J'ai le plus grand mal à trouver des vêtements à ma taille ! Je suis trop grand, trop large d'épaules, il faut faire des retouches, bref, c'est un cauchemar ! Alors, que penses-tu de ma proposition de réveillonner ici ? Je me charge du dîner. Ou plutôt non : donne-moi une liste de courses à faire et nous ferons la dînette ensemble. C'est une bonne idée, tu ne trouves pas ?

Effectivement, admit Chris dans son for intérieur. Elle détestait les réveillons survoltés, et puis... la perspective de commencer l'année en compagnie de Mark la séduisait diablement.

— D'accord !

Un large sourire éclaira le visage de son compagnon.

— Merveilleux ! A quelle heure m'attends-tu ? 7 h 30 ? 8 heures ?

— Tu plaisantes ? C'est beaucoup trop tôt ! Je t'interdis de venir avant 9 heures.

La soirée de Jill commençait à 8 heures. Ainsi, elle aurait le temps de rentrer et de s'habiller tranquillement avant l'arrivée de Mark.

— Mais je vais mourir d'ennui en attendant 9 heures ! protesta-t-il avec véhémence. Laisse-moi arriver juste avant le départ de Jill, comme ça j'aurai le temps de bavarder un peu avec elle.

— Elle n'aura pas une minute à t'accorder, trop occupée qu'elle sera à se pomponner !

— Raison de plus ! Elle aura besoin de conseils masculins...

— Bon, viens vers 7 h 30, et nous l'accompagnerons ensemble à sa soirée.

— A 7 heures, plutôt ? Pour que nous ayons le temps de trinquer tous les trois.

— 7 heures, et c'est mon dernier mot !

— J'apporte du champagne ?

— Si tu veux. Et je veux te voir dans ton beau costume, celui que tu portais l'autre jour à la banque.

— Pitié, ne m'oblige pas à me déguiser ! la supplia-t-il avec une grimace comique.

Son air contrit la fit éclater de rire...

— Le soir du nouvel an, il faut être sur son trente et un, Mark !

— Mais tu connais déjà ce costume !

— Et alors ?

— Mets-toi à ma place. C'est une question de fierté...

— De fierté mal placée, oui ! Si tu préfères, tu peux porter le blazer de l'autre jour...

— Va pour le blazer ! approuva-t-il en l'enlaçant tendrement. Mon Dieu, Chris, si tu savais comme je suis heureux à l'idée de passer le nouvel an avec toi...

Et le baiser par lequel il conclut ces paroles semblait contenir mille promesses tentatrices pour le soir du réveillon.

Durant toute la semaine, Christine éprouva un doux sentiment d'euphorie. Depuis sa plus tendre enfance, elle adorait la période de Noël, dont la famille Gilette avait toujours fait un moment privilégié. Mais au fond d'elle-même, elle savait que, cette année-là, il y avait une raison particulière à son bonheur : Mark.

Mark dont elle entendait tous les jours la voix grave, sensuelle... Il l'appelait le soir vers 10 heures, quand il était certain de la trouver chez elle. Et bien qu'il ne la gardât jamais très longtemps au bout du fil, elle appréciait ces attentions quotidiennes.

Jill n'en perdait pas une miette. Elle avait l'habitude de s'installer le soir dans le salon pour faire ses devoirs ou regarder la télévision et c'était souvent elle qui répondait au téléphone. D'ailleurs, Chris n'avait pas l'intention de faire des cachotteries. Elle et sa fille avaient toujours été les meilleures amies du monde.

Et puis, elle n'avait rien à cacher ! Mark était un ami qui lui passait un petit coup de fil de temps en temps. Où était le mal ?

Naturellement, Jill brûlait d'en savoir plus.

— Tu l'aimes bien ? demanda-t-elle un soir à sa mère comme Christine s'affairait dans la cuisine après avoir bavardé au téléphone avec Mark.

Dans un brusque accès d'énergie, la jeune femme avait décidé de préparer des truffes au chocolat pour Noël.

— Je le trouve très sympathique, répondit-elle en tournant vigoureusement la cuillère de bois dans la casserole. Et j'en suis la première étonnée, vu la façon dont s'est passée notre première rencontre à Crosslyn Rise ! Enfin... Je ne le connais pas encore très bien...

— Lui aimerait mieux te connaître !

— Mmm, acquiesça Chris en faisant mine de se concentrer sur sa préparation.

— Pourquoi ne vient-il pas dîner à la maison pour Noël ?

— Parce que je ne l'ai pas invité.

— Je suis sûre que grand-père et mamie n'y verraient aucun inconvénient.

— Peut-être, mais Mark n'est pas un ami intime, Jill. Et Noël doit être réservé à la famille, aux proches.

— Alors il va rester tout seul dans son appartement ? s'apitoya Jill. Le pauvre ! Je parie qu'il n'y a même pas de sapin, chez lui !

— Qu'en sais-tu ?

— Il m'a dit qu'il n'avait pas de famille.

— Ce n'est pas une raison suffisante. Et pour commencer, il n'habite pas un appartement, mais une maison.

— Ça ne l'empêchera pas d'être seul !

— Détrompe-toi ! Il a des tas d'amis, et je suis sûre qu'il a prévu de passer la soirée avec eux.

Elle affirmait sans savoir, bien sûr. Mark ne lui avait pas fait part de ses projets pour le 24 décembre. Mais c'était vraisemblable…

Pourtant, elle n'ignorait pas que si elle l'avait invité à venir passer Noël chez les Gilette, il aurait bondi sur l'occasion… Et avant qu'elle ne lui suggère de fêter le nouvel an chez elle, il n'avait de toute évidence aucun projet. Donc, il n'avait pas de maîtresse, conclut-elle avec un doux sentiment de réconfort. Elle préférait l'imaginer passant Noël avec une bande d'amis, plutôt qu'avec une femme…

— Alors comme ça, tu aimes bien Mark ? reprit Jill, insistante.

— Oui, ma chérie. Je viens de te le dire.

— Est-ce que… tu l'aimes tout court ?

Chris fit son possible pour répondre d'un ton détaché :

— C'est un peu prématuré, je crois. On verra bien dans quelques mois.

— On peut tomber amoureuse plus vite que ça ! affirma Jill avec une candeur adolescente.

— Ah oui ? Pourrais-tu me passer le rhum, ma chérie, s'il te plaît ?

Jill s'exécuta et versa distraitement quelques gouttes de rhum dans la préparation chocolatée. Mais elle n'avait pas oublié ses questions pour autant.

— Tu aimais mon père quand tu es tombée enceinte de moi, n'est-ce pas ?

Chris acquiesça. Elle avait toujours mis un point d'honneur à répondre aux questions de sa fille concernant son père, et elles évoquaient fréquemment le sujet ensemble, sans fausse pudeur. Jill savait que Brant avait quitté la région juste après sa naissance pour s'installer en Arizona.

Elle savait également qu'elle était le fruit d'un amour passionné. Christine avait toujours insisté sur ce point. Même si Brant, par la suite, n'avait pas voulu de son enfant. Toute sa famille avait déménagé peu après la naissance de Jill et Chris n'avait plus jamais entendu parler d'eux. En dehors des membres de la tribu Gilette, peu de gens savaient qui était le père de Jill.

— Et pourtant, tu ne le connaissais que depuis deux mois, reprit Jill.

— J'étais jeune. On tombe vite amoureuse, à dix-huit ans.

— Moi, je trouve que c'est beaucoup mieux comme ça ! Quand je pense que vous vous êtes rencontrés en classe et que vous avez eu le coup de foudre l'un pour l'autre au premier regard... C'est si romantique !

La jeune fille ponctua cette remarque d'un long soupir avant d'ajouter :

— Tu crois qu'il est marié, maintenant ?

— Probablement.

— Et tu crois qu'il pense à moi de temps en temps ?

Un sourire gêné se peignit sur les lèvres de Chris.

— Bien sûr, mon ange.

— Je me demande s'il a envie de me voir.

Le sourire de Chris s'évanouit. Cette question la taraudait depuis des années.

— Sûrement, ma chérie, préféra-t-elle affirmer. Mais à mon avis, il n'ose pas. L'eau a coulé sous les ponts, depuis ta naissance...

Jill hocha la tête, pensive.

— C'est tout de même curieux qu'un père n'ose pas voir sa fille, tu ne trouves pas ?

Chris ferma les yeux, à l'agonie. Elle s'était fait la même remarque des dizaines de fois et, inéluctablement, elle était parvenue à la même conclusion : Brant était une ordure. Mais elle pouvait difficilement avouer à Jill le mépris dans lequel elle tenait son père.

— Peut-être ne s'est-il jamais pardonné de t'avoir abandonnée ? suggéra-t-elle avec maladresse. Moi, je suis sûre qu'il pense à toi très souvent !

Dans son for intérieur, Chris savait qu'elle prêtait sans doute à Brant des sentiments qu'il n'avait pas. Mais plutôt mentir que de voir briller cette lueur de tristesse dans le regard de Jill.

Songeuse, cette dernière observa sa mère casser un à un des œufs dans le saladier puis murmura d'une voix lente :

— Tu n'as jamais rêvé qu'il sonnait ici un beau matin ?

— Non, Jill.

La dernière chose au monde que souhaitait Chris, c'était bien de revoir Brant et de partager sa fille adorée avec lui ! Jill était à elle. Son père était parti, il n'avait aucun droit sur elle.

— Il a sans doute refait sa vie, en Arizona, reprit-elle. Sa famille était originaire de l'Ouest et les Conway n'ont vécu que trois ans en Nouvelle-Angleterre.

— Peut-être, mais ça ne l'empêchait pas de t'épouser s'il en avait envie.

Pendant quelques minutes, Chris demeura silencieuse.

— Il avait obtenu une bourse pour aller à l'université…

— S'il t'aimait, il pouvait bien t'épouser ! insista Jill.

Le cœur battant, Chris lâcha sa cuillère de bois, s'essuya les mains à son tablier, et fixa sa fille avec gravité.

— Eh bien, alors… il ne devait pas m'aimer tant que ça, murmura-t-elle d'une voix douce mais ferme. Ou pas autant que je le croyais. Tu sais, c'est une bonne chose que nous ne nous soyons pas mariés, Jill. Nous aurions été très malheureux ensemble, et tu en aurais fait les frais.

Elle s'interrompit un instant et ajouta avec un sourire triste :

— Souffres-tu beaucoup de ne pas connaître ton père ?

Jill secoua la tête.

— Non, pas vraiment. Tu le sais bien, maman… C'est juste

que, parfois, je me pose des questions. Et puis… ça doit être amusant d'aller au cinéma ou de partir en vacances avec son père et sa mère !

— Ingrate ! Tu oublies un peu vite grand-père et mamie ! la taquina Chris. Et Alex, et tous les autres ?

Jill réfléchit une seconde, haussa les épaules et éclata de rire. Chris lui planta un baiser au milieu du front et s'apprêtait à achever la confection des truffes, quand Jill reprit la parole.

— Je persiste à penser que tu devrais inviter Mark pour le dîner de Noël.

Chris laissa échapper un soupir d'agacement.

— Je croyais que le sujet était clos !

— Ce n'est qu'une suggestion…

— Ah oui ? Eh bien, moi, j'en ai une autre : que dirais-tu de faire la vaisselle ?

Jill afficha aussitôt l'air le plus innocent du monde.

— Ça tombe mal, j'ai des devoirs à faire !

Un petit sourire aux lèvres, Chris observa sa fille qui s'éclipsait à la vitesse de l'éclair. Au fond d'elle-même, une petite voix lui rappelait que Jill partirait bientôt pour l'université, et elle était bien décidée à profiter de leurs dernières années de bonheur.

Avec ou sans Mark.

7

Quand arriva le 31 décembre, Christine était sur des charbons ardents. Noël s'était déroulé dans l'atmosphère de joie et de bonne humeur habituelles, et sa mère avait *adoré* son nouveau wok. Malgré ces réjouissances familiales, toutefois, Chris fut obsédée durant la semaine qui précéda le réveillon par une seule pensée, une seule personne : Mark.

Il s'obstinait à l'appeler tous les soirs, pour, disait-il, s'assurer qu'elle ne l'oubliait pas. L'oublier ? Comment l'aurait-elle pu ? Il lui suffisait de fermer les yeux pour voir aussitôt en pensée sa silhouette si mâle, si athlétique, et pour qu'une bouffée de désir l'envahisse… Heureusement que personne ne pouvait lire dans ses pensées ! La seule évocation de son corps nu suffisait à la mettre en transe. Elle l'imaginait, le soir du réveillon, l'enveloppant de ses bras puissants, la couchant sur le canapé, et l'aimant de toute sa fougue virile jusqu'au bout de la nuit…

Mais que lui arrivait-il ? Etait-elle privée d'étreintes au point de désirer le premier venu ? Non, pourtant… Le séduisant coursier qui profitait de ses passages pour lui conter fleurette la laissait parfaitement froide. Tout comme Anthony Haskell, qui l'appela à plusieurs reprises durant la semaine, et dont elle déclina sans états d'âme les invitations.

Il y avait des années qu'elle ne s'était pas sentie si désirable, si féminine. Et qu'elle n'avait pas compté aussi fébrilement les jours qui la séparaient encore du nouvel an. Puis, le 31 décembre, les minutes qui restaient avant l'arrivée de Mark.

Heureusement qu'elle avait eu la présence d'esprit de se

préparer à l'avance ! Car quand la sonnette de la porte d'entrée carillonna à 6 h 45, elle sut que c'était lui.

— Je suis parti en avance au cas où il y aurait des embouteillages, se justifia-t-il, devançant ses reproches.

Mais c'était une précaution inutile… Comment se mettre en colère, quand le voir suffisait à lui couper le souffle ? songea-t-elle en réprimant un long frisson. Sous son beau manteau, il portait le costume gris anthracite qu'elle aimait tant, et la sobre élégance de sa silhouette si virile, si masculine suffit à la chavirer.

— On… on dirait que tu as froid…, bredouilla-t-elle pour dire quelque chose.

— La vitre de ma voiture était grande ouverte.

Son regard restait aimanté par Chris. Jamais il ne l'avait vue aussi aussi resplendissante… Ses ravissants cheveux blonds, délivrés de la queue-de-cheval qui les enserrait habituellement, cascadaient sur ses épaules comme une pluie d'or.

— J'avais besoin d'air frais pour me calmer, ajouta-t-il en la couvant d'un regard de braise.

Christine devint cramoisie. Le désir intense qui faisait étinceler le regard de l'homme la mettait à l'agonie.

— Je peux entrer ? reprit-il.

Elle rougit de plus belle.

— Bien sûr… Excuse-moi… Tiens, donne-moi ça…

Elle voulut prendre le sac de victuailles qu'il avait à la main, mais il l'en empêcha, et lui tendit à la place une bouteille de vin.

— Qu'y a-t-il là-dedans ? s'informa-t-elle, l'air soupçonneux.

Il était convenu que Mark se chargeait du pain et du dessert.

— J'ai fait des folies, admit-il en riant. Mais pour une occasion aussi exceptionnelle, je n'ai pas pu résister au plaisir de passer chez le meilleur traiteur de la ville, et d'acheter, en plus du dessert, un peu de foie gras et de saumon fumé.

Guidé par Chris, il pénétra dans la cuisine et admira la jeune femme dans la longue robe moulante de satin noir qui mettait délicieusement en valeur ses courbes féminines.

— Tu es merveilleuse, murmura-t-il.

La jeune femme sentit un long frisson lui parcourir le dos.

— Merci. Toi aussi…

Elle disparut dans l'entrée pour suspendre à la patère le manteau de son compagnon. Quand elle se retourna, Mark se tenait juste derrière elle.

— Où est Jill ?

— En haut, dans sa chambre.

— Sait-elle que je suis ici ?

— Elle a dû t'entendre sonner.

— Mais nous avons le temps de nous embrasser, n'est-ce pas ?

Christine sentit son cœur battre plus fort.

— Fais vite, alors…

— Vite ? se récria-t-il en riant. Moi qui désirais un baiser brûlant, interminable… J'en rêve depuis dix jours, Chris !

— Qu'est-ce que vous complotez, tous les deux ? fit soudain la voix de Jill dans l'escalier.

Christine tressaillit, embarrassée.

— Rien, rien, répondit-elle d'un ton faussement léger en regagnant la cuisine. S'il te plaît, ma chérie, rends-moi service, tiens compagnie à Mark pendant que je jette un coup d'œil aux merveilles qu'il a apportées.

— Je peux t'aider, Chris ?

Comme cette suggestion semblait amuser Jill, il ajouta, à l'adresse de cette dernière :

— Tu t'imagines peut-être que je fais partie de ces hommes incapables de casser un œuf ? Eh bien, détrompe-toi ! Je sais faire une omelette, moudre du café…, bref, je suis un vrai cordon-bleu.

— Eh bien, nous aurions eu sacrément besoin de ton savoir-faire, tout à l'heure ! s'esclaffa Jill. Maman a dû jeter deux plats de champignons farcis à la poubelle avant d'en réussir un ! Et pourtant, c'est sa spécialité…

— Elle est un peu distraite, hein ? observa Mark, satisfait par cette pensée.

— Oui, je crois…

La jeune fille fit un pas en arrière.

— Comment me trouves-tu ? s'enquit-elle en montrant sa minijupe et son minipull en Lurex pailleté.

— Sublime ! décréta Mark avec conviction. Les jambes, surtout. Tu vas rendre fous tous les garçons, ce soir. Et j'adore ta coiffure, aussi.

— Tu plaisantes ? Je n'ai même pas fini de me coiffer.

— Moi, je trouve c'est parfait comme ça.

— Pff ! Mes cheveux sont affreux ! assura-t-elle en faisant la grimace. Il me faudrait une barrette, je crois. Et des boucles d'oreilles. Maman ?

— Oui ? fit Chris en se joignant à eux. Pas la peine de crier, je suis là !

— J'ai une faveur à te demander…

Chris leva les yeux au ciel.

— Toi, je parie que tu vas m'emprunter quelque chose !

— Exact !

— La dernière fois que je t'ai prêté un bijou, je ne l'ai jamais revu ! Prends ce que tu veux, mais à condition que je le retrouve sur ma table de nuit demain matin !

— Que d'histoires ! soupira Jill en tournant vers Mark un regard faussement excédé.

Quand la jeune fille eut disparu au premier étage, Mark enlaça Chris.

— Combien de temps crois-tu qu'elle va rester là-haut ?

— Cinq secondes, pas plus…

— Je peux t'emprunter la barrette en émaux que tu as achetée l'été dernier aux Puces ? hurla Jill depuis la mezzanine.

— Pourquoi celle-là ? protesta sa mère.

— C'est la seule qui a une paire de boucles d'oreilles assorties !

— Et comme par hasard, c'est aussi ceux de mes bijoux que je préfère ! confia Chris à Mark. Ma fille les guigne depuis que je les ai achetés… Et elle profite de l'occasion et de ta présence pour m'amadouer… Tu as une mauvaise influence sur elle, Mark !

— Tu n'as qu'à refuser ! suggéra ce dernier en riant.

Chris haussa les épaules et leva la tête vers le palier du premier étage.

— D'accord, à condition que tu fasses très, très attention de ne pas les perdre ni les abîmer…

Surprenant le regard ironique de Mark, elle ajouta, piquée :

— Et ne me regarde pas comme ça, s'il te plaît !

— Tu te laisses toujours fléchir aussi facilement ?

Au regard brûlant dont il accompagna cette question, elle devina le sous-entendu.

— Bien sûr que non…

De délicieux effluves provenant de la cuisine flattèrent leurs narines.

— Mmm ! Ça sent bon ! dit Mark en se frottant les mains. Qu'est-ce que c'est ?

— Des champignons farcis.

— Ils sont prêts ?

— Ça m'étonnerait.

— Tu ne veux pas vérifier ?

Après l'avoir entraînée dans la cuisine, il voulut capturer ses lèvres, mais la voix de Jill troubla de nouveau leur intimité.

— Maman ?

Avec un long soupir de frustration, Mark lâcha la taille de sa compagne.

— O… oui ? bredouilla Chris.

— Je n'arrive pas à retrouver les boucles d'oreilles !

Encore chavirée, la jeune femme dut fermer les yeux pour reprendre ses esprits. Puis, avec un regard d'excuse à Mark, elle gravit l'escalier qui menait au premier étage. Il lui fallut plusieurs minutes pour retrouver les bijoux dans le désordre de ses tiroirs, et quand elle eut mis la main sur le délicat ouvrage d'émaux multicolore, elle le confia à sa fille avec mille recommandations.

— Tu feras très, très attention, n'est-ce pas ?

— Promis ! Elles me vont à merveille, tu ne trouves pas ?

Chris dut reconnaître que les lourdes boucles d'oreilles savamment ouvragées donnaient à Jill beaucoup d'éclat.

— Tu es ravissante, ma chérie… Tu n'as besoin de rien d'autre ?

— Non. Merci, maman.

— Si tu veux mettre un peu de mon parfum, tu peux. Mais n'aie pas la main trop lourde.

— D'accord.

— Je t'attends en bas. Descends quand tu seras prête et viens grignoter un ou deux champignons avec nous, pour l'apéritif…

— S'il en reste ! Mark a l'air affamé…

Affamé ? songea Christine en regagnant le rez-de-chaussée. Oui, dans tous les sens du terme… De nouveau, un doute l'effleura. N'avaient-ils pas brûlé les étapes, tous les deux ? Avait-elle eu raison de lui faire si aveuglément confiance ? Quinze ans auparavant, elle s'était jetée sans réfléchir à la tête d'un homme. Et elle en avait payé le prix. Même si elle adorait sa fille.

Et puis, elle n'était pas certaine de vouloir chambouler aussi profondément son quotidien. Sa petite existence tranquille lui convenait comme elle était. Serait-elle plus heureuse, avec un homme dans sa vie ? Franchement, elle n'en savait trop rien…

Mais une certitude émergeait du chaos de ses sentiments : elle désirait Mark comme elle n'avait jamais désiré aucun homme, avec une violence et une intensité qui l'effrayaient presque.

Debout sur le seuil de la cuisine, elle l'observa qui versait du vin dans deux verres à pied et sentit monter en elle l'élan dévastateur de la passion.

— Jill est prête ? s'enquit-il en lui tendant son verre.

— Oui, presque.

— A nos amours, Chris…, murmura-t-il.

Et il l'enveloppa d'un regard gourmand. Le choc léger du cristal rompit le silence et Chris but une gorgée.

— Mmm… Délicieux !

Elle ajouta en admirant la robe rubis du breuvage :

— Désolée pour tout à l'heure… Nous sommes constamment dérangés, semblerait-il.

— Aucune importance, j'aime faire durer le plaisir…, chuchota-t-il en sondant son regard bleu.

Chris sentit l'émotion nouer sa gorge.

— Asseyons-nous dans le salon, veux-tu ? suggéra-t-elle, la voix mal assurée.

Elle sortit les champignons du four et en disposa quelques-uns sur une assiette garnie de crackers.

— Je laisse les autres au chaud…, dit-elle à Mark en lui tendant le plat.

Il le prit et le posa sur la table basse de verre fumé qui faisait face au canapé.

— Délicieux, aussi ! Ça valait la peine d'en jeter deux plats entiers !

La jeune femme rougit jusqu'aux oreilles.

— Je… j'étais un peu distraite, cet après-midi, admit-elle.

— A cause de moi ?

Tout en prononçant ces mots, il se pencha vers elle, et elle dut faire un effort considérable pour ne pas sombrer dans la profondeur de son regard incandescent.

— Bien sûr que non ! Je pensais à mon travail, à Crosslyn Rise…

— Et tu ne m'associes pas automatiquement à Crosslyn Rise ?

— Si, mais…

— A ce propos, coupa-t-il, j'ai trouvé des vitrages en demi-lune.

La jeune femme écarquilla de grands yeux ravis.

— C'est vrai ?

Il hocha la tête.

— Je les ai fait placer la semaine dernière au-dessus des portes-fenêtres, comme tu le suggérais.

— Et tu ne m'en as rien dit ? Alors que nous avons bavardé des tas de fois au téléphone ?

— Je voulais te faire la surprise.

Tout en parlant, il fixait la bouche de la jeune femme avec une gourmandise non dissimulée.

— J'espérais même une récompense sous la forme d'un baiser…, ajouta-t-il, un ton plus bas. Ai-je fait preuve d'un optimisme exagéré ?

Tremblant de la tête aux pieds, Chris fit signe que non et effleura de sa bouche les lèvres de Mark. D'un geste vif, il emprisonna alors son visage de ses mains.

— Comme tu sens bon, Chris. J'ai tant envie de toi…

La jeune femme sentit bientôt la bouche avide de son compagnon dévorer ses lèvres. Chamboulée, elle s'abandonna au feu qui couvait en elle.

Quand Mark consentit à la laisser reprendre ses esprits, elle demeura haletante, incapable d'aligner deux pensées cohérentes.

— Pardon, Chris…

— P… pardon pourquoi ?

Du menton, il montra le premier étage.

— D'avoir oublié la présence de Jill.

— Tu as raison, restons sages jusqu'à son départ.

Pour se donner une contenance, elle lui tendit le plat.

— Sers-toi… Et parle-moi un peu de Crosslyn Rise. Comment se déroulent les travaux ?

Mark se servit.

— Mmm, décidément, c'est digne d'un grand cuisinier…, s'émerveilla-t-il. Et quelle est cette délicieuse odeur qui vient de la cuisine ?

— Un canard à l'orange, pour plus tard. Alors ? Crosslyn Rise ?

Elle avait besoin de se calmer, de mettre de l'ordre dans ses pensées après ce baiser fougueux. Et Mark devança son désir. Il savait qu'il aurait dû attendre au moins le départ de Jill avant de prendre la moindre initiative, mais cela avait été plus fort que lui. En présence de Chris, il perdait la tête.

Pour écarter toute nouvelle tentation, il préféra se reculer un peu et résuma à Chris en quelques phrases l'état des travaux à

Crosslyn Rise. Quand Jill les rejoignit, un quart d'heure plus tard, ils se chamaillaient à propos d'escaliers.

— Cessez de parler de travail ! les interrompit la jeune fille en virevoltant devant eux. Comment me trouvez-vous ?

— Tu es ravissante, ma chérie ! décréta Chris avec un grand sourire.

— Tu vas faire des ravages, ce soir ! renchérit Mark.

Chris arqua aussitôt des sourcils sévères.

— J'espère bien qu'elle va rester sage, oui !

— Moi, je trouve mes cheveux épouvantables ! soupira Jill en se laissant tomber sur le canapé.

— Mais non ! protesta Mark avec conviction.

— J'aurais dû aller chez le coiffeur cet après-midi me les faire couper.

— Si tu avais mis ce projet à exécution, tu serais en train de pleurnicher parce que tu les trouverais trop courts, fit observer sa mère.

— Ils n'ondulent jamais comme je veux ! Ça fait une heure que je m'acharne à discipliner cette mèche rebelle… et qu'elle rebique dans le mauvais sens !

— Ça ne se voit pas, ma chérie.

— Tu dis ça parce que tu es ma mère.

— Non, je partage cet avis, intervint Mark. Et pourtant mon point de vue est tout à fait objectif !

Jill lâcha un petit rire moqueur.

— Toi, tu dirais n'importe quoi pour faire plaisir à maman !

— Pas du tout ! Si tu étais descendue cinq minutes plus tôt, tu m'aurais entendu lui déclarer qu'elle pouvait me traiter de tous les noms si ça lui chantait, mais qu'il n'y aurait pas d'escaliers en colimaçon à Crosslyn Rise.

Jill fit la moue.

— Effectivement, les escaliers en colimaçon ne sont vraiment pas pratiques…

— Ah, tu vois ! triompha Mark en se tournant vers Christine.

Admets-le, ma chère, ton projet est rejeté à la majorité absolue !

La jeune femme hocha la tête en riant.

— Je persiste à penser que des escaliers en colimaçon seraient du meilleur effet. Et c'est moi la décoratrice !

— Peut-être, mais c'est moi le constructeur, et pour ma part, je trouve qu'ils coûtent trop cher. Je ne vois aucun moyen de les intégrer dans le budget.

— C'est ton dernier mot ?

— Je n'ai pas le choix, Chris !

Le regard de Jill volait de l'un à l'autre.

— Est-ce moi qui ai provoqué cette dispute ? demanda-t-elle d'un ton piteux.

— Bien sûr que non, la rassura sa mère.

— Une dispute ? protesta Mark.

— Pourtant, vous avez l'air furieux, l'un et l'autre !

Les deux réponses fusèrent en même temps.

— Comment ça ?

— Certainement pas !

La jeune fille s'amusa de leur air dépité et consulta sa montre.

— Si on partait tout de suite ? suggéra-t-elle.

— Mange quelque chose avant..., lui proposa Chris en lui présentant le plat.

Sa fille fit aussitôt la grimace.

— Il y aura un buffet à la soirée.

— De la pizza et des cacahouètes, qui te feront grossir sans te nourrir, oui ! De toute façon, tes amis ne serviront pas tout de suite...

— Si, il y aura des biscuits apéritifs, argumenta Jill en se levant d'un bond pour aller chercher son manteau. Partons vite ! Jenny et Laura doivent déjà s'impatienter. Quelle voiture prenons-nous, au fait ?

— Pourquoi pas ma camionnette ? proposa aussitôt Mark. Nous serons plus à l'aise, à cinq.

Tout en suivant machinalement son compagnon et sa fille,

Christine ne put s'empêcher de se demander ce qu'allaient penser Jenny et Laura, les deux meilleures amies de Jill, de la présence de Mark. Il y avait des années qu'elle ne s'était pas affichée avec un homme, et cette situation inhabituelle la déroutait, tout à coup.

Elle se rassura en songeant que Jill serait sans doute fière de montrer à ses amies que sa mère était une femme comme les autres, séduisante, sexy et courtisée…

Une femme comme les autres ? Oh oui ! songea-t-elle en prenant place sur le siège avant, à côté de Mark. Avec ses désirs et ses fantasmes… Le simple contact du bras de Mark sur le sien suffisait à la bouleverser, comme si ce geste intime présageait du reste de la soirée…

Mais Dieu merci, son compagnon était trop absorbé par sa conversation avec Jill pour percevoir son trouble. Il posa mille questions à la jeune fille, sur la soirée, sur ses amies, sur l'école qu'elle fréquentait. Et lorsque la camionnette s'arrêta devant la maison de Laura, Christine elle-même eut l'impression d'en savoir plus sur sa fille qu'en quinze ans de vie commune. Enfin, quand après un crochet chez Jenny, ils parvinrent devant la maison où devait avoir lieu la soirée, Jill et Mark étaient devenus les meilleurs amis du monde.

Laura et Jenny descendirent les premières. Jill laissa ses deux amies partir devant.

— Alors comme ça, vous rentrez donc tous les deux à la maison pour dîner ? s'enquit-elle en se tournant vers sa mère.

— Oui, répondit Christine sans oser regarder sa fille dans les yeux.

— Vous n'allez pas décider de sortir au dernier moment, n'est-ce pas ?

Chris lui caressa doucement la joue.

— Nous serons à la maison, ma chérie, ne te fais pas de souci. Si tu as le moindre problème, n'hésite pas à m'appeler. Et nous repasserons te prendre à 1 heure du matin, comme prévu.

Elle embrassa tendrement la jeune fille.

— Amuse-toi bien, mon ange…

Jill se laissa glisser hors du véhicule.

— Toi aussi, maman. Et toi aussi, Mark.

— Merci, Jill, répondit ce dernier. A tout à l'heure !

Chris suivit du regard les trois jeunes filles, puis, quand elles eurent disparu, laissa échapper un petit soupir.

— Il y a quelque chose qui te tracasse ? s'inquiéta Mark en faisant marche arrière.

— Non, rien. C'est juste que ma fille me paraît si mûre, si adulte, parfois… Et pourtant, elle n'a que quinze ans !

— Oui, à cet âge, on est encore un grand bébé.

— Je sais. Mais j'ai un peu tendance à l'oublier. Nous nous entendons si bien, elle et moi — comme deux copines, en fait !

— C'est une jeune fille adorable, dit-il en lui prenant la main. Même si, par sa faute, j'ai dû interrompre ce qui promettait d'être le baiser le plus bouleversant de toute mon existence…

Chris demeura silencieuse, le cœur battant. Elle savait que la même pensée les hantait. Une fois rentrés, ils auraient tout le loisir de reprendre ce baiser… et même d'aller beaucoup plus loin.

— Que font tes parents ce soir ? reprit Mark.

— Ils dînent avec des amis. Autrefois, ils mettaient un point d'honneur à rentrer à la maison avant minuit pour souhaiter la bonne année à leurs enfants, mais ce soir, tout le monde est en goguette et il n'y aura pas un chat chez les Gilette.

— A part nous deux.

— Oui, acquiesça-t-elle dans un chuchotement.

La main de son compagnon reposait toujours sur la sienne.

— Es-tu… nerveuse ?

Elle étudia furtivement son beau profil, dans l'obscurité.

— Oui, un peu.

Il laissa s'écouler un moment avant de répondre :

— Ça te rassurera de savoir que je le suis moi aussi ?

— Toi ? Pourquoi ?

— Parce que tu n'es pas une femme comme les autres, Chris. Et je veux que la soirée soit parfaite…

— Elle le sera, j'en suis sûre..., balbutia-t-elle, bouleversée par l'intensité que son compagnon avait mise dans ses paroles. Mark ?

— Oui ?

— Je crois qu'il y a quelque chose que tu devrais savoir...

— Quoi donc, Chris ?

— En dehors de Brant, je... je n'ai pas eu beaucoup d'amants et...

Elle s'interrompit, gênée.

— ... et quoi ? la pressa Mark avec un sourire tendre.

— ... et je n'ai pas énormément d'expérience. Je... je ne voudrais pas que tu me prennes pour une godiche.

La main de Mark étreignit plus fort la sienne.

— Chris, tu es la femme la plus sensuelle, la plus désirable que j'aie jamais rencontrée, murmura-t-il. Et je me fiche bien du reste...

Emue par ces paroles, elle posa son visage contre le bras de Mark. Le désir prenait possession d'elle, plus fort que tout.

— J'ai tant envie de toi..., ajouta-t-il, la voix rauque.

— Moi aussi, j'ai envie de toi.

— Sommes-nous bientôt arrivés ?

Comme dans un rêve, la jeune femme jeta un rapide regard par la vitre. Son esprit était à ce point rempli de son désir pour Mark qu'il lui fallut plusieurs minutes pour reconnaître la rue dans laquelle la camionnette s'était engagée.

— Oui, c'est au prochain carrefour...

Un petit sourire sensuel dansa sur ses lèvres.

— Tu auras la patience d'attendre jusque-là ?

Le regard de Mark étincela.

— Pas sûr...

Cinq minutes plus tard, le véhicule s'arrêtait devant chez elle. Ils descendirent sans dire un mot.

A peine eurent-ils franchi le seuil que Chris sentit deux bras puissants l'enlacer sauvagement, et des lèvres de feu s'emparer des siennes avec une folle ardeur. Cette fois, elle n'était plus maîtresse d'elle-même... C'était évident, ils allaient terminer l'année en s'aimant passionnément, et pour rien au monde elle n'aurait renoncé au plaisir intense que les caresses de Mark lui promettaient.

Mark qui jouait avec le feu, l'enivrant de baisers experts…

Et Chris s'offrait à lui sans retenue, se plaquant contre son torse pour mieux savourer l'ivresse de leur étreinte. Une onde de plaisir la traversa quand les mains de Mark se faufilèrent sous le manteau qu'elle avait jeté sur ses épaules avant de partir. Elle ne résista pas longtemps aux doigts fébriles qui emprisonnaient maintenant ses seins, dont les pointes se tendaient de désir. Un soupir trahit son impatience :

— Oh, Mark…, gémit-elle. Si tu savais comme j'ai envie de toi…

Et renonçant à toute pudeur, elle ôta son manteau, laissa glisser les bretelles de sa robe et s'offrit dans sa nudité.

Mark l'embrassa d'un regard fiévreux… Jamais une femme ne lui avait paru aussi intensément désirable. Ni aussi belle. Et puisqu'elle se donnait à lui, il aurait brûlé de l'aimer tout de suite, à même le sol de cette maison plongée dans l'obscurité.

Mais déjà elle l'avait pris par la main.

— Viens…, chuchota-t-elle, le regard en feu. Là-haut, dans ma chambre…

Il la suivit, impatient de s'unir à elle.

Là-haut, la chambre n'était éclairée que par le réverbère, au-dehors. Sur le mur blanc, leurs deux corps enchaînés se dessinaient en ombres chinoises.

— Aime-moi, souffla Mark en déboutonnant sa chemise d'une main fébrile.

Lentement, Chris le déshabilla. Il était beau, il la désirait… et elle sentait son propre désir s'exacerber, lui donner envie de toutes les folies, de toutes les audaces. Oui, elle n'avait plus qu'un souhait : appartenir à cet homme, corps et âme. Dût-elle le regretter le lendemain…

Elle soupira de bonheur quand il l'entraîna sur le lit dans un corps à corps échevelé ; se laissa consumer par le feu de ses caresses. L'exquise torture qu'il lui infligeait la mettait à l'agonie…

Soudain, il s'immobilisa et plongea son regard dans le sien.

— Chris…, dit-il dans un souffle, je t'aime, tu sais…

Bouleversée, Chris demeura muette pendant de longues secondes. Si la passion physique qui les jetait dans les bras l'un de l'autre l'ensorcelait, ce précieux aveu la touchait aussi au plus profond de son cœur. Pour se défendre de tant d'émotion, elle demanda, une pointe de défi dans la voix :

— Comment peux-tu être si sûr ?

— Je le sais, c'est tout. Je pourrais rester une éternité dans tes bras, t'aimer sans répit sans jamais m'en lasser. Tu es la femme la plus merveilleuse que j'aie rencontrée, Chris…

Alors, sans dire un mot, elle l'attira en elle et il la prit avec une lenteur voluptueuse. Elle ferma les yeux… C'était comme si elle avait flotté, en proie à d'éblouissantes sensations ; comme si son corps avait attendu Mark pour lui révéler soudain quels trésors cachés de sensualité il recelait… Oui, songea-t-elle en ondulant dans ses bras avec délices, Mark savait l'éveiller à l'amour avec le talent d'un magicien…

Elle dansa avec lui la danse éternelle des amants. Le plaisir monta du plus profond de son être, toujours plus fort, toujours plus bouleversant…

… jusqu'à ce que la jouissance se déchaînât en elle.

Le cri de plaisir de Mark lui parvint comme dans un rêve, tant fut intense l'explosion qui la fit chavirer. Mais au brusque relâchement du corps de son amant, elle sut qu'ils avaient connus ensemble un moment de bonheur absolu.

Beaucoup plus tard, cette nuit-là, quand ils se furent aimés, qu'ils eurent dîné et fêté le nouvel an en buvant du champagne, quand Jill fut endormie et que Mark eut repris la route de Worcester, Chris, allongée dans son lit, repensa à la merveilleuse soirée qui venait de s'écouler.

Chaque fois qu'elle se rappelait l'ardeur avec laquelle Mark lui avait fait l'amour, un long frisson la parcourait. Et ce n'était pas seulement l'appétit érotique de Mark qui la chamboulait, mais aussi la tendresse infinie qu'il mettait dans le moindre baiser, la moindre caresse… Brant n'avait jamais su la chérir, l'aimer, la cajoler ainsi.

Avait-elle enfin rencontré le grand amour, celui dont elle avait si longtemps rêvé sans croire qu'elle le connaîtrait un jour ? Les blessures du passé, mal cicatrisées, l'empêchaient d'y voir clair. Elle s'était trompée une fois, et pour rien au monde elle ne souhaitait subir de nouveau la morsure cruelle du désespoir.

Et puis surtout, il y avait Jill, sa fille, son bébé, son trésor… Si elle tombait amoureuse de Mark, si elle le laissait s'installer dans sa vie, Jill risquait de se sentir délaissée. Ou pis : si Jill s'attachait à son nouveau beau-père et qu'ils finissent par rompre, la pauvre enfant vivrait un drame plus dur encore que l'abandon de son père.

« Il faut savoir prendre des risques… », lui soufflait une petite voix. Mais malgré son envie irrépressible de se jeter à l'eau, une crainte sourde empêchait Chris de s'éloigner du rivage tranquille sur lequel elle s'était réfugiée depuis bien longtemps.

8

De tous les mois de l'année, janvier était sans conteste celui que Christine appréciait le moins. Elle subissait en ronchonnant ses journées sombres, glaciales, interminables. Et en faisant son possible pour tenir le coup jusqu'en février — qui avait au moins le mérite de comporter des vacances ! Et puis venait mars, avec ses jours qui rallongeaient, et enfin avril et sa promesse de renouveau…

Mais cette année-là, janvier fut merveilleux. D'abord parce que la jeune femme s'absorba corps et âme dans son travail à Crosslyn Rise. Sa vie n'était plus qu'un tourbillon de rendez-vous, de visites aux fournisseurs, de vérifications sur le chantier… Comparer des échantillons de tissu, de papier peint, de moquette, choisir des appliques électriques ou de la robinetterie pour salles de bains lui faisaient allègrement oublier la chute vertigineuse du thermomètre et la bise glaciale qui vidait les rues dès 5 heures du soir.

Si son travail de décoratrice ne devait pas commencer avant l'été, l'ouverture au public de la maison-témoin était prévue pour la fin du mois de février et elle passait des journées entières à Crosslyn Rise. De plus, elle avait également pour tâche de décorer la maison principale, transformée en restaurant et club de sport, et de coordonner les projets des différents experts.

Elle était donc débordée, mais elle adorait travailler d'arrache-pied, d'autant que de fréquents rendez-vous avec Mark récompensaient ses efforts ! Ils se chamaillaient fréquemment, bien sûr. Mais dans les limites du raisonnable ! Chris avait renoncé aux escaliers en colimaçon. En échange, elle réclamait du marbre dans les salles de bains, des tommettes en terre cuite pour les cuisines et des panneaux de brique pour encastrer les cheminées. A chaque nouvelle exigence, Mark s'arrachait les cheveux en invoquant les sempiternels problèmes de budget. Et pourtant, il se mettait en quatre pour exaucer ses vœux. S'il n'y parvenait pas toujours, elle ne pouvait mettre en doute sa bonne volonté.

Non, ce mois de janvier n'était pas comme les autres, songeait-elle souvent, étourdie de bonheur. Ils avaient pris l'habitude de se retrouver le samedi ou le dimanche après-midi, à l'hôtel. L'attente de ce moment d'amour illuminait les semaines de Chris et lui faisait savourer le plaisir intense d'être une femme amoureuse.

Quand février vint, Mark réclama de passer le week-end chez elle. Mais cette idée effrayait la jeune femme.

— Et Jill ? lui rappela-t-elle, comme ils savouraient la douce torpeur d'après l'amour dans la chambre d'un motel, non loin de Crosslyn Rise.

Il était 5 heures de l'après-midi. Après une longue journée de travail, le désir s'était emparé d'eux, violent et impétueux.

Et dans la quiétude d'un bonheur si parfait, Mark n'avait qu'un souhait à formuler : voir Chris plus souvent, partager l'intimité de sa vie quotidienne.

— Bah, Jill doit bien se douter de quelque chose, tout de même ? observa-t-il en se lovant contre elle.

— Peut-être, mais elle ignore que nous sommes amants, déclara Chris, songeant à la discrétion dont ils avaient toujours fait preuve.

Mark laissa fuser un petit rire.

— Elle n'est pas née de la dernière pluie, tu sais... Moi, je suis prêt à parier qu'elle a tout deviné ! Il y a mille indices qui ne trompent pas : à commencer par nos regards, nos gestes...

— Tu as peut-être raison... Tout de même, je persiste à penser que ta présence à la maison serait gênante. Une telle intimité est un peu... prématurée, je crois.

Mark n'était pas d'accord. Ses sentiments pour Chris devenaient chaque jour plus profonds, au point qu'un désir naissait peu à peu en lui, un désir qu'il aurait jugé absurde encore quelques mois auparavant : l'épouser !

Oui, pour elle, il se sentait prêt à renoncer à la vie libre et insouciante qu'il avait menée jusque-là. Depuis qu'il l'avait rencontrée, les autres femmes le laissaient parfaitement indifférent, et Chris était devenue l'unique objet de ses pensées…

Mais il ne voulait surtout pas la brusquer. Et elle n'avait pas tort sur un point : il fallait ménager Jill.

— Te pose-t-elle des questions sur moi, sur nous ? s'enquit-il en enlaçant tendrement sa compagne.

— Oui, souvent. Mais sans arrière-pensées, si tu veux mon avis. Elle me demande dans quel restaurant nous avons dîné, si nous avons aimé le film…

— Crois-tu qu'elle m'apprécie ?

Il l'espérait du fond du cœur. Le courant était immédiatement passé, entre Jill et lui. Et celle-ci ne lui avait-elle pas donné la « permission » de sortir avec sa mère ?

Mais c'était avant qu'ils ne deviennent amants… Confrontée à la réalité, l'adolescente risquait fort de se braquer. D'un geste sensuel, Chris caressa le torse de son compagnon.

— Bien sûr qu'elle t'apprécie. Elle voit en toi l'ami de sa maman…

— Mais pas son amant ?

— Elle ne sait rien sur nous, Mark.

— C'est ce que tu crois !

Au bout d'une minute de réflexion, elle hocha la tête.

— Oui, c'est ce que je crois.

— Pourquoi ne lui avouerais-tu pas la vérité ? Tu es jeune, belle, désirable… et rien ne t'oblige à mener une vie de nonne !

— Je dois rester un modèle pour ma fille, lui donner le bon exemple.

Mark fronça les sourcils.

— Voyons, Chris, à t'entendre on a l'impression que tu es en train de commettre le plus abominable des forfaits ! Alors que tu vis tout simplement une histoire passionnée avec un homme qui te plaît…

Sa voix se fit rauque, sensuelle.

— Car je te plais, n'est-ce pas ?

Elle sourit, émue.

— Tu le sais bien...

L'espace d'un instant, elle ferma les yeux, savourant la douce chaleur de ce grand corps d'homme contre le sien...

Puis elle revint à la réalité.

— Fais un effort pour comprendre, Mark. Jill ne m'a jamais vue en compagnie d'un homme... avant toi. Et nous sortons ensemble depuis si peu de temps ! Si Jill te voit passer le week-end à la maison, elle risque d'en déduire qu'elle a le droit de coucher avec le premier venu. Et elle n'a que quinze ans !

— Et toi, tu en as trente-trois ! Ta fille est assez mûre, assez intelligente pour comprendre la différence. Combien de fois faudra-t-il te répéter que tu ne fais rien de mal, Chris ? Tu as le droit de profiter de la vie, de tomber amoureuse. Bon sang, tu es une femme si passionnée, si sensuelle !

Chaque fois qu'ils avaient fait l'amour, Chris s'était révélée d'un tempérament de feu, dans ses bras.

— Comment as-tu contenu pendant tant d'années cette ardeur qui est en toi ? reprit-il en promenant nonchalamment la main sur le ventre de la jeune femme.

Chris laissa échapper un petit rire.

— La réponse est facile : je n'ai jamais désiré un homme comme je te désire.

— Pas même Brant ? risqua-t-il.

— Pas même Brant !

Et c'était vrai. Les sentiments qu'elle éprouvait pour Mark étaient incomparables, merveilleux, exceptionnels... Avec lui, elle vivait une passion d'adulte, pas un amour de jeunesse.

— Brant et moi n'étions que des enfants, soupira-t-elle. Je ne veux surtout pas que Jill commette la même bêtise que moi.

— Tu ne peux tout de même pas l'enfermer à triple tour dans sa chambre !

— Non, bien sûr. Mais je peux lui enseigner la valeur de l'attente.

— Tu voudrais qu'elle arrive vierge au mariage, c'est ça ?

— Pourquoi pas ?

— Ce n'est pas très réaliste, Chris.

— Je sais. Seulement, tu ne crois pas que j'ai raison de l'encourager à se préserver pour un homme qui en vaudra la peine ? Se donner n'est pas un acte anodin, banal…

— Entièrement d'accord ! Raison de plus pour lui parler de nous…

— Elle est encore trop jeune, elle ne comprendrait pas.

— Il suffit de faire preuve d'un peu de pédagogie.

Mais Chris ne se sentait pas prête à aborder ces sujets de front avec sa fille.

— Nous avons vécu seules toutes les deux pendant tant d'années… L'irruption d'un homme dans notre petite vie tranquille risque de la perturber gravement.

— Voilà pourquoi il est fondamental d'ouvrir le dialogue avec elle, insista-t-il. Et puis… vous êtes si proches l'une de l'autre, vous parlez de tant de choses, ensemble… Pourquoi pas de nous ?

Chris hocha la tête, hésitante. Comment faire comprendre à un homme la nature d'une relation entre une mère et sa fille ?

Comme elle demeurait muette, Mark chercha son regard.

— Bon sang, Chris, si tu savais combien j'ai envie de passer une nuit entière avec toi ! Et de me réveiller à ton côté… pour te faire l'amour au petit matin.

— Avec Jill dans la chambre voisine ?

— Il suffit de ne pas faire de bruit.

— Mon sommier grince !

— Je suis habile de mes mains, je le réparerai…

— Je plaisantais, ce n'est pas le problème, Mark !

— Bon, dans ce cas, j'attendrai le départ de Jill pour déployer mes talents. Ta fille ne passe tout de même pas tous ses dimanches à la maison ?

— Mark, protesta-t-elle d'une voix douce, ne comprends-tu donc pas que, elle et moi, nous avons besoin de temps ? Jill doit s'habituer en douceur à me voir avec un homme… Je lui dois bien ça, tu ne crois pas ?

Mark faillit lui faire remarquer qu'elle se devait à elle-même de profiter de la vie... Mais après tout, il n'avait jamais été responsable d'un enfant, d'un être dépendant entièrement de lui pour sa survie et son bonheur... Fou amoureux de Chris comme il l'était, il devait pourtant respecter ses pudeurs, ses réticences.

— Comme tu voudras, conclut-il. Mais j'ai un plan de rechange !

— Un plan de rechange ?

— Partons ensemble une semaine en vacances.

Chris fit la moue.

— Pour nous débarrasser de Jill, c'est ça ?

— Bien sûr que non ! Elle sera du voyage... Tu ne trouves pas que c'est une bonne idée ? Ainsi elle s'habituera à nous voir ensemble.

Comme elle ne répondait rien, il supplia :

— Dis-oui, je t'en prie ! Les vacances scolaires tombent dans deux semaines... Il ne nous reste plus qu'à choisir un lieu de destination et à faire les réservations.

— Mes objections tiennent toujours, Mark.

— Pas si nous réservons des chambres séparées !

Comme Chris semblait ne pas comprendre, il s'expliqua :

— Tu partageras une chambre avec Jill, et moi j'aurai la mienne ! Ainsi, tous les problèmes sont résolus ! Tu préfères aller skier ou te dorer au soleil sous les tropiques ?

Un peu décontenancée par son enthousiasme débordant, Chris faillit d'abord refuser tout net. Puis elle songea que l'idée de Mark n'était pas si mauvaise. Qu'elle avait bien besoin de vacances. Et que Jill serait enchantée par la perspective d'une semaine de sports d'hiver.

— Tu skies bien ? demanda-t-elle, conquise.

— Pas au point de prétendre participer aux prochains jeux Olympiques, mais je me débrouille... Tu es déjà allée à Stowe ?

— Non. N'est-ce pas un peu loin ?

— Pas si nous sommes deux pour nous relayer au volant.

— Exact.

— Qu'en penserait Jill, à ton avis ?

— Jill ? Elle meurt d'envie d'apprendre à skier !

— Tu n'es jamais allée aux sports d'hiver, avec elle ?

— Une seule fois, et elle était toute petite.

— Nous lui trouverons un moniteur. Tu préfères louer un appartement ou descendre à l'hôtel ?

— Descendre à l'hôtel, plutôt. J'adore me faire servir le petit déjeuner au lit.

— Je peux retenir deux chambres, dans ce cas ?

Elle acquiesça.

— Et tu viendras me rendre visite dans la mienne aussi souvent que je l'exigerai ? ajouta-t-il.

Un petit sourire coquin s'afficha sur les lèvres de la jeune femme.

— Peut-être...

— Comment ça, peut-être ? murmura-t-il en effleurant du bout des doigts les pointes de ses seins.

— Si je parviens à m'éclipser discrètement...

— Il suffit de le vouloir.

Et pour mieux illustrer ces paroles, il l'entraîna dans la plus échevelée des joutes érotiques.

Quand Chris annonça à Jill qu'elles partaient skier, les yeux de l'adolescente brillèrent de joie. Mais dès qu'elle eut précisé que Mark se joindrait à elles, il lui sembla que l'enthousiasme de sa fille retombait un peu.

— J'ignorais que Mark était un fan de sports d'hiver, remarqua Jill d'un ton contraint.

— Oui, moi aussi... Pourtant, il connaît Stowe comme sa poche et nous emmènera dans les meilleurs restaurants, précisa Chris avec une gaieté forcée.

— Allons-nous louer un appartement ?

— Je pensais plutôt descendre à l'hôtel...

La jeune femme observa une courte pause.

— Il me semblait que ce serait mieux pour toi, ajouta-t-elle.

— J'aurai ma propre chambre ?

— Non, tu partageras la mienne.

Jill parut à la fois surprise et soulagée.

— Tu ne veux pas prendre une chambre avec Mark ?

— Non, pourquoi ?

— Je ne sais pas, je croyais… Lui ne voit pas d'inconvénient à ce que tu dormes avec moi ?

— C'est mieux ainsi. Et il le sait très bien.

Jill médita un instant cette remarque.

— Tu le regrettes ? demanda-t-elle au bout d'un moment.

— Comment ça ?

— Tu préférerais peut-être partir seule avec lui ?

— Bien sûr que non, Jill ! Tu sais bien que je ne supporte pas d'être séparée de ma fille chérie plus de vingt-quatre heures !

— Et Mark, que représente-t-il pour toi, au juste ?

— Mark est un ami avec qui j'aime bien sortir et que j'apprécie beaucoup.

— Tu l'aimes ?

— Tu m'as déjà posé cette question, Jill ! La réponse, tu la connais…

— Oui, mais c'était avant Noël. Tu n'as pas arrêté de le voir, depuis. Et tes sentiments ont dû évoluer… Si tu pars au ski avec lui, c'est que…

— Nous y allons tous les trois, coupa Chris.

— Mais nous aurions pu aussi décider d'y aller toutes les deux, sans Mark.

— C'est lui qui a suggéré ces vacances !

Les mains sur les hanches, Chris réprima un petit mouvement d'impatience.

— Qui s'apitoyait sur le sort du pauvre Mark sous prétexte qu'il allait passer Noël tout seul chez lui ? rappela-t-elle à sa fille.

— Ce n'est pas pareil. Là, il s'agit de mes vacances à moi.

Aussitôt, Chris sentit sa mauvaise conscience se réveiller.

— Si tu préfères, nous pouvons partir sans lui…, proposa-t-elle aussitôt.

— Non, non. Il peut venir s'il veut, après tout.

— Quel enthousiasme ! ironisa Chris pour masquer son embarras. Je croyais que tu l'aimais beaucoup…

— Je l'aime beaucoup, ce n'est pas le problème ! Et je suis très contente d'aller skier avec lui. C'est juste que… j'aimerais savoir si tu es amoureuse de lui.

Chris s'accorda une longue minute de réflexion avant de répondre en toute franchise :

— Je ne sais pas. Il y a des moments où j'ai vraiment l'impression d'avoir rencontré l'homme de ma vie, mais… il y a tant d'éléments à prendre en considération !

— Lesquels ?

— Eh bien… toi, pour commencer !

— Mais c'est à toi que tu dois penser en premier, maman ! Si tu as envie de faire ta vie avec Mark, c'est ton droit !

De nouveau, Chris garda le silence.

— Qu'en penserais-tu ? risqua-t-elle au bout d'un moment.

— Je ne sais pas. Je serais très heureuse pour toi. Et pour Mark.

— Mais toi, toi, qu'éprouverais-tu ?

— Je serais très contente. Enfin… je crois.

— Tu n'as pas l'air très convaincue !

Jill hésita.

— C'est que… j'ai besoin de temps pour m'habituer à un tel changement dans notre vie, voilà tout ! En fait, ce serait super, parce que je pourrais sortir de mon côté avec mes amis sans avoir mauvaise conscience de te laisser toute seule à la maison !

— Tu… tu as mauvaise conscience de me laisser toute seule à la maison ? bredouilla Chris, un peu ébranlée.

— Parfois. Et en même temps, j'aime bien savoir que tu es là, que tu m'attends, que je peux toujours compter sur toi… Je suis un monstre d'égoïsme, n'est-ce pas ?

Un sourire attendri éclaira le visage de Chris.

— Bien sûr que non, ma chérie ! A ton âge, il est bien normal d'avoir besoin de sa maman… D'ailleurs, je comprends tes réticences, tu sais. Moi aussi, je suis un peu effrayée par la perspective de partager ma vie avec un homme.

— C'est vrai ?

— Naturellement ! J'aime notre petit train-train quotidien, et je ne suis pas sûre de vouloir tout changer de fond en comble.

— Si tu aimes Mark…

— Mais je n'en sais rien ! Voilà pourquoi cette semaine au ski tous les trois me paraît une très bonne idée. Si je dois m'engager auprès d'un homme, je veux que tu l'apprécies, que tu te sentes bien avec lui…

Elle rougit un peu avant d'ajouter :

— Même si j'avais des tas d'amants, je resterais avant tout ta mère, tu sais.

Jill laissa échapper un petit rire.

— Des tas d'amants ? Il n'y a pas de risque, avec toi !

— Comment dois-je interpréter ces paroles ? s'enquit Chris avec une indignation qui n'était qu'à moitié feinte.

Jill pouffa.

— Eh bien… regarde avec Mark ! Il ne s'est encore rien passé, alors que vous vous voyez régulièrement depuis six mois !

Chris ne sut comment masquer sa gêne. Elle qui avait soutenu à Mark qu'elle ne pouvait pas aborder un sujet aussi délicat avec sa fille, elle était servie !

Mais elle s'était toujours flattée de ne rien cacher à Jill. Et Mark avait raison, Jill n'était plus un bébé…

— Comment sais-tu qu'il ne s'est rien passé ? lança-t-elle, impassible.

Jill posa sur sa mère un regard soupçonneux.

— Pour commencer, je ne vois pas quand vous pourriez avoir le temps de vous voir. Tu travailles tout le temps !

— Les occasions, ça se trouve, répondit Chris avec le même détachement.

Jill écarquilla de grands yeux stupéfaits.

— Alors, vous êtes amants, ou pas ?

— Est-ce si important pour toi de le savoir ?

— Oh, si tu ne veux rien me raconter…

— Au contraire, Jill. Je souhaite plus que tout te faire comprendre que Mark et moi vivons ensemble quelque chose de très fort… Et que l'amour peut être un sentiment merveilleux, quand on a trouvé la personne qui convient.

Jill parut intimidée, soudain, comme si sa mère était devenue subitement une personne différente de celle qu'elle avait toujours connue.

— Alors comme ça, vous êtes amants…, murmura-t-elle, un peu ébranlée.

Chris acquiesça lentement.

— Mark est vraiment quelqu'un de bien, tu sais.

— Il t'aime ?

— Oui, je crois.

— Et tu vas l'épouser ?

— Je… je ne sais pas, ma chérie. Si je m'aperçois que je l'aime pour de bon, peut-être… Mais pour me marier, j'attendrai, de toute façon.

— Quoi ?

— Ton départ pour l'université.

— Crois-tu que Mark aura la patience d'attendre, lui ?

— S'il m'aime vraiment, pourquoi pas ? Ce serait un bon test…

Soudain, Jill partit d'un grand rire.

— Qu'est-ce qui t'amuse autant ? s'étonna Chris.

— Toi ! Tu es rouge comme une pivoine.

— C'est que je n'ai guère l'habitude de parler de sujets intimes avec ma fille…

— Pourtant, ce n'est pas la première fois que nous nous confions l'une à l'autre, maman !

— Mais cette fois, c'est différent… Mark a vraiment bouleversé ma vie. Tu sais, Jill, j'ai toujours regretté de ne pas avoir su te donner une vraie famille. Un père, des frères, des sœurs…

Jill sourit, complice.

— Souhaites-tu avoir des enfants avec Mark ?

— C'est trop tôt pour le savoir !

— Mais tu es assez jeune pour être mère de nouveau. Mark veut des enfants ?

— Je ne sais pas. Nous n'avons jamais abordé le sujet. De toute façon, tu es si jolie qu'il doit avoir envie, de temps en temps, d'avoir un bébé aussi joli que toi !

Jill rayonna.

— J'espère bien !

Chris sourit et prit sa fille par le bras.

— Alors ? Partante pour aller skier ?

L'hôtel choisi par Mark était un petit chalet plein de charme, niché au creux d'une riante vallée. Après s'être installés dans de vastes et lumineuses chambres, Mark et Chris skièrent pendant deux heures puis laissèrent Jill à son moniteur et ne résistèrent pas à la tentation de rentrer à l'hôtel pour goûter au plaisir d'une étreinte.

Le cœur battant, Chris observa son compagnon se déshabiller. Moulé dans sa combinaison de ski, il était plus sculptural que jamais… La main de Chris fit glisser la fermeture Eclair de la combinaison, s'insinua sous le T-shirt de Mark, caressa l'épaisse toison qui couvrait son torse.

— Sais-tu que, quand tu skies, toutes les femmes se retournent sur toi ? murmura-t-elle sans interrompre le va-et-vient sensuel de sa main. Tu vas finir par provoquer des accidents…

Mark emprisonna fermement sa taille.

— Peu m'importe, puisque je n'ai d'yeux que pour toi…

L'épais tapis qui s'étalait devant la cheminée semblait les inviter à toutes les audaces et ils roulèrent dessus, enlacés.

Ils s'aimèrent comme des fous, et retombèrent essoufflés dans les bras l'un de l'autre, épuisés par leur combat amoureux.

Un long moment plus tard, Mark rompit le silence.

— Epouse-moi, Chris, dit-il à mi-voix.

— Mmm…, murmura-t-elle, savourant la douce sensation de satiété qui engourdissait tous ses membres.

— Je veux t'épouser.

— J'ai entendu, Mark.

— Acceptes-tu ?

Les yeux fermés, elle roula sur le dos.

— Repose-moi la question tout à l'heure… Pour l'instant, je suis incapable de réfléchir.

Mark lui accorda dix minutes. Puis lui chatouilla la plante des pieds pour la tirer de sa torpeur.

Elle sourit. Le visage grave, il plongea son regard dans le sien. Jamais il ne se lasserait de l'admirer après l'amour, quand son corps assouvi s'alanguissait sensuellement, et que brillait dans ses prunelles l'étincelle du désir comblé. Oui, il était fou de cette femme.

Sa voix se fit caresse.

— Tu es réveillée, ma chérie ?

Nonchalamment, elle fit signe que oui.

— Je me sens si bien, Mark. Et je suis si heureuse d'être ici…

— Moi aussi… Si je m'écoutais, je m'installerais là avec toi pour le reste de mes jours.

— L'altitude nous rend euphoriques…

— Un jour, poursuivit-il, j'achèterai une maison dans le genre de ce chalet. Plus près de chez moi, bien sûr. Pour pouvoir m'y rendre en week-end.

Du bout des doigts, il suivit la ligne imaginaire qui allait du nombril de Chris à son triangle d'or.

— Qu'en penses-tu ? ajouta-t-il. Ça te plairait ?

La jeune femme imagina aussitôt une ravissante maison de bois avec des rideaux à petits carreaux rouges et blancs, et une vaste cheminée.

— Pourquoi pas ?

— Je voudrais une vieille bicoque pleine de charme, avec un grenier et un escalier de bois dont les marches craquent à chaque pas…

— Dans un village à l'orée d'une forêt, juste en face d'une petite église…, enchaîna Chris, rêveuse.

— Exactement. Je retaperais tout moi-même à l'intérieur… J'abattrais peut-être quelques cloisons, pour agrandir l'espace. Je déplacerais la cheminée, je monterais une salle de bains à l'ancienne…

— Et un Jacuzzi.

— C'est vrai, ça te plairait ?

— Oh oui !

— Et faire l'amour dans le Jacuzzi… aussi ?

— Qui sait ?…

Mark ferma les yeux, électrisé. Il lui suffisait d'imaginer la scène pour que renaisse l'ardeur de son désir.

— Tu as raison, il faudrait essayer, murmura-t-il en l'attirant contre lui.

— Dommage que tu n'en aies pas fait installer un quand tu as construit ta maison !

— C'est parce que je ne te connaissais pas, à l'époque… Un Jacuzzi n'a d'intérêt que pour y faire l'amour avec une femme, et tu es la seule femme que j'aie jamais emmenée chez moi.

— La seule, vraiment ?

— Oui. Je t'aime, Chris.

Elle esquissa un petit sourire.

— Je sais.

— Et… et toi ?

Prudente, elle se réfugia dans l'ironie.

— Je fais mon possible pour me mettre au diapason !

— Et ça marche ? demanda-t-il, mi-figue mi-raisin.

— Mark… De toute ma vie, je n'ai jamais été aussi heureuse que depuis que je te connais.

Il y avait même des moments où elle se sentait si éperdue de bonheur qu'elle avait envie de chanter à tue-tête.

— Mais… l'amour ? insista-t-il. En éprouveras-tu un jour pour moi ?

— Oui, je le crois.

— Quand ?

— Je ne sais pas.

— Je ne pourrai pas rester longtemps dans cette incertitude, Chris ! Je veux me réveiller tous les matins à côté de toi. Je veux t'épouser !

A cet instant, elle leva les yeux vers lui et fut bouleversée par le désarroi qu'elle lut sur son visage.

— Le mariage ? C'est encore trop tôt, Mark, mais… Tout ce que je peux t'affirmer, c'est que je suis follement heureuse, avec toi.

— Ça s'appelle de l'amour, Chris. Pourquoi refuses-tu de prononcer ce mot ?

— Je ne sais pas. Pour me protéger, j'imagine… Je veux savoir si notre histoire a une chance de durer.

— Bien sûr que oui ! Sinon je ne te demanderais pas en mariage…

— Sais-tu que dans notre pays, un mariage sur trois se solde par un divorce ? J'ai cru vivre une fois le grand amour… et je me leurrais !

— Tu étais jeune ! Mais tu as mûri…

— Et toi ? Tu as été marié, ça n'a pas marché. Comment sais-tu que tes sentiments pour moi sont différents de ceux que tu éprouvais pour ta première femme ?

— Ça n'a rien à voir ! protesta-t-il avec conviction. C'est Julie qui a insisté pour se marier. Moi, ça ne m'attirait guère. J'aimais mes longues journées sur le chantier, mes virées avec les copains, mes matchs de foot, le dimanche. Je n'avais aucune envie de consacrer tout mon temps à Julie. Alors qu'avec toi, c'est tout l'inverse ! Tu sais quel rêve je fais ?

— Non ?

Le regard de Mark se fit rêveur.

— Que nous devenions partenaires et que nous travaillions ensemble. Je construirais des maisons, tu les décorerais ! Que penses-tu de mon projet ?

Chris sentit son cœur battre la chamade. La confiance, le respect, l'amitié que lui témoignait Mark la bouleversaient au-delà de toute attente. Elle savait maintenant qu'ils partageaient bien autre chose qu'une simple passion charnelle…

— Il y a une autre différence, reprit-il. C'est que j'ai vraiment envie de te rendre heureuse. Alors que je n'ai jamais vraiment songé à faire le bonheur de Julie… Après notre mariage, j'ai même mis un point d'honneur à sortir et à m'amuser autant qu'avant. Comme si rien n'avait changé.

Il masquait mal son émotion.

— Alors qu'avec toi… Nous ne sommes même pas encore mariés, et tu révolutionnes déjà ma vie ! Je pense à toi jour et nuit, j'attends avec impatience le moment de te revoir… Et le pire, c'est que j'aime cette servitude !

Un sourire amusé se peignit sur ses lèvres.

— Mon copain Johnny me croit devenu fou ! Nous buvions un verre au pub l'autre jour, quand deux jolies femmes sont entrées. Au bout d'un quart d'heure, Johnny a commencé à me fixer bizarrement.

— Pourquoi ? demanda Chris.

— Parce que je n'avais pas honoré les deux filles d'un seul regard ! Veux-tu une preuve supplémentaire ? Je n'ai même plus envie de faire des compliments à Cookie !

— Qui est cette Cookie ?

— La serveuse du bar où nous avons l'habitude de boire une bière après le travail.

— Pauvre Cookie !

— Oui, elle est un peu vexée par ma froideur.

— Je te donne la permission de lui faire des clins d'œil, si ça t'amuse…

— A quoi bon ? Il n'y a que toi qui m'intéresse.

— Oh, Mark…

— J'ai déjà pensé à tout, Chris… Nous pourrions acheter un terrain et faire bâtir une maison, quelque part entre Worcester et Belmont. Il y a des tas d'endroits très bien, dans le coin, avec de bonnes écoles pour Jill…

— Il est hors de question que Jill change de lycée, Mark.

— Pourquoi ?

— Parce qu'elle ne voudra jamais quitter ses copines. Elle arrive à l'âge où l'on commence à sortir, à s'amuser, et je serais bien cruelle de la priver de ces distractions.

— Tu as raison. Dans ce cas, nous habiterons Belmont jusqu'à ce qu'elle parte pour l'université et pendant ce temps, nous pourrons commencer à construire notre maison…

Dangereusement séduite par cet avenir idyllique, Chris se hâta de poser un doigt sur les lèvres de son amant.

— Chut ! lui enjoignit-elle.

— Qu'y a-t-il ?

— Tu rêves éveillé, Mark.

— Bien sûr ! Parce que je t'aime…

— Mais moi, je ne peux pas me permettre de prendre mes désirs pour des réalités ! Parce qu'il y a Jill. Je ne veux pas qu'elle souffre à cause de moi.

Mark ne put retenir un soupir de frustration. Ils en étaient revenus au point de départ.

— Je ne vois pas en quoi notre relation risque de mettre en péril le bonheur de ta fille !

— Imagine que les choses se passent mal…

— Comment ça ?

— Entre nous, je veux dire… Jill en pâtirait forcément. Elle qui, déjà, n'a pas eu de père…

— Mais ça n'a rien à voir ! D'ailleurs, il ne tient qu'à toi de lui donner un père : moi !

— Ce n'est pas pareil.

Mark médita un instant.

— Tu te sens coupable vis-à-vis de Jill, n'est-ce pas ? Coupable de ne pas lui avoir offert un vrai foyer.

— Oui, admit-elle. Terriblement.

— Tu as tort. Jill a reçu plus d'amour de ta part que beaucoup d'enfants vivant avec leurs deux parents… Et regarde le résultat : ta fille est intelligente, bien dans sa peau, équilibrée…

— Justement, je veux qu'elle le reste.

— Moi aussi, Chris…

Mais plutôt que de continuer d'argumenter, il préféra clore la conversation sur ces mots. Car il savait que, sur le chapitre de Jill, Chris n'était pas prête à faire la moindre concession.

Et pour la convaincre de changer d'avis, c'était à lui de jouer !

9

Dès la fin des vacances, Mark se démena comme un beau diable pour faire ses preuves dans son nouveau rôle de beau-père. Chaque fois qu'il emmenait Chris au cinéma, il suggérait à Jill de se joindre à eux — avec une copine si elle le désirait. Si ses cours étaient annulés à cause d'une tempête de neige, il n'hésitait pas à parcourir les cinquante kilomètres qui le séparaient de Belmont pour emmener mère et fille faire de la luge. Et lorsque Jill voulut acheter un cadeau à Chris pour son anniversaire, il fit office de chauffeur durant tout un après-midi.

Et il découvrit qu'il adorait jouer les papas poules ! Jill était vraiment une jeune fille adorable.

Chris observait son petit manège avec un amusement teinté d'anxiété. Jill semblait apprécier Mark, mais, par moments, sa fille lui paraissait plus réservée, plus secrète que d'ordinaire.

Avril succéda à mars, et bientôt, Chris commença à s'inquiéter pour de bon. Car Jill n'était plus que l'ombre d'elle-même, même si ses résultats scolaires ne trahissaient rien d'alarmant. L'adolescente semblait souvent perdue dans ses pensées et, malgré les questions de sa mère, refusait de se confier.

Chris se perdait en conjectures…

Elle devait consacrer plus de temps à sa fille, décida-t-elle. Entre son travail et Mark, elle avait un peu négligé ses devoirs maternels, ces derniers temps.

— As-tu des projets pour les vacances de Pâques, ma chérie ? s'informa-t-elle un soir au dîner.

Comme Jill demeurait silencieuse, elle se hâta d'ajouter :

— Nous pourrions passer quelques jours à New York, toutes les deux.

— New York ? fit Jill, la voix éteinte.

— Oui... Ce serait sympa de faire du shopping, de dîner au restaurant, d'aller au théâtre, tu ne trouves pas ?

Lentement, Jill posa sa fourchette sur le bord de son assiette.

— Jill ?

La jeune fille leva vers sa mère un regard déterminé.

— J'ai une autre idée, annonça-t-elle calmement.

— Laquelle ?

— J'aimerais faire la connaissance de mon père.

Il y eut un long silence. Chris avait brusquement pâli. Jamais elle n'aurait pensé que Jill lâcherait une telle bombe.

— Ton père ? répéta-t-elle, bouleversée.

— Oui. Puisqu'il existe, je voudrais le rencontrer.

— Et... et d'où te vient cette idée ?

La jeune femme avait du mal à maîtriser les tremblements de sa voix.

— Je ne sais pas, répondit Jill en haussant les épaules. La curiosité, sans doute.

— C'est pour cette raison que tu étais déprimée, ces derniers temps ?

— Je n'étais pas déprimée, je réfléchissais. J'ai besoin de savoir comment est mon père, ce qu'il est devenu...

Chris sentit un soudain vertige la saisir et dut respirer à fond pour ne pas chanceler.

— Mais, ma chérie, je ne sais même pas où il se trouve actuellement ! objecta-t-elle en souriant nerveusement.

— Tu prétendais qu'il vivait en Arizona ! lâcha Jill d'un ton accusateur.

— Oui, la dernière fois que j'ai eu de ses nouvelles. C'était il y a bien longtemps !

— Où ça en Arizona ?

— A Phoenix.

— Bon. Je n'ai qu'à passer l'annuaire au peigne fin. Crois-tu qu'il y ait beaucoup de Conway, à Phoenix ?

— J'en ai bien peur.

— Il est agent immobilier, n'est-ce pas ? La mairie pourra sans doute me fournir une liste des agences de la ville. Et même s'il n'habite plus Phoenix, je parviendrai peut-être à rencontrer quelqu'un qui a travaillé avec lui ?

Complètement déboussolée, Chris comprit avec effroi que Jill avait déjà tout prévu.

— Que… que feras-tu ensuite ? bredouilla-t-elle.

— Je l'appellerai et j'irai le voir pendant les vacances.

— Et s'il ne peut pas ?

— Je lui suggérerai de nous rencontrer cet été.

— Et si cette proposition ne lui convient pas mieux ?

— Eh bien, nous trouverons une autre solution !

Chris étreignit la serviette qu'elle avait à la main.

— Il se peut qu'il ne souhaite pas te rencontrer, tu sais… As-tu envisagé cette possibilité ?

— Naturellement ! rétorqua Jill d'un ton de défi. Dans ce cas, tant pis, je renoncerai à mon projet.

— Mais en cherchant à le rencontrer, tu risques de rouvrir les blessures du passé, Jill ! J'ai tout fait pour te préserver, je ne veux pas te voir souffrir ! Crois-moi, ma chérie, tu as reçu tout l'amour dont tu avais besoin. Rencontrer Brant est inutile, cruel. Tu vas te faire du mal pour rien.

— Cet homme est tout de même mon père !

— Ton père biologique, oui. Sinon, il n'est rien pour toi…

— Il est peut-être très gentil, très sympathique ?

— Peut-être. Mais il a sa vie, et tu as la tienne.

— Je veux juste le rencontrer, maman ! Quel mal y a-t-il à cela ?

Au plus profond d'elle-même, Chris avait toujours envisagé cette possibilité. Mais elle avait préféré ne pas trop y penser.

Et tout à coup, sa fille la mettait au pied du mur…

— Pourquoi… maintenant ? s'interrogea-t-elle à voix haute.

Soudain, un soupçon lui traversa l'esprit.

— C'est à cause de Mark, n'est-ce pas ?

— Quel rapport ? fit Jill en fronçant les sourcils.

— Mark est le premier homme avec qui tu me vois… Et ces derniers temps, il s'est comporté comme un père avec toi.

Elle aurait dû s'en douter ! songea-t-elle, furieuse. Bon sang, c'était couru d'avance !

— J'ai deviné juste, n'est-ce pas ?

— Voyons, maman, qu'est-ce que tu vas chercher ? Tu sais bien que j'aime beaucoup Mark !

— Seulement, le voir t'a donné envie de rencontrer ton père !

— Peut-être ! Et alors ? Ce n'est tout de même pas sa faute !

Fébrile, soudain, Chris se leva d'un bond et, toute pâle, se mit à faire les cent pas dans la pièce.

— Je l'avais pourtant prévenu que nous allions trop vite, je l'avais supplié de patienter. M'aurait-il écoutée ? Non, bien sûr ! Il n'en a fait qu'à sa tête…

— Maman…

— Combien de fois lui ai-je répété que je ne voulais pas te voir souffrir, qu'il fallait du temps pour que tu t'habitues à lui !

— Maman !

Cette fois, Chris interrompit son monologue et tourna vers sa fille des yeux hagards.

— Ce n'est pas la faute de Mark ! reprit Jill d'un ton ferme. Tu sais très bien que je l'apprécie beaucoup. Et qu'il t'aime et que tu l'aimes…

— Je…

— Oh, ne nie pas ! Ça se voit comme le nez au milieu de la figure ! Et je trouve ça génial, maman. J'aimerais tant que vous vous mariiez, tous les deux ! Ce serait si amusant de former enfin une vraie famille !

Comme sa mère gardait le silence, elle poursuivit :

— Je n'attends rien de ma rencontre avec mon père, tu sais… Je veux juste faire sa connaissance. Pour savoir à quoi il ressemble. Ce n'est qu'à cette condition que je pourrai devenir la belle-fille de Mark…

Malgré sa détresse, Chris sentit une immense fierté l'envahir. Cette jeune personne si mûre, si lucide était donc sa fille ? Elle se sentait presque aussi émue que la fois où Jill avait pris le bus toute seule pour la première fois. Ou qu'elle avait tenu le rôle principal dans *Blanche-Neige et les sept nains* à la fête de l'école…

Refoulant les larmes de joie qui lui montaient aux yeux, elle prit Jill par l'épaule et la serra tendrement contre elle.

— Tu es incroyable, ma chérie !

Jill l'embrassa sur la joue.

— Je t'aime plus que n'importe qui au monde, maman.

Un peu rassérénée, Chris se rassit.

— Tu sais que j'ai perdu tout contact avec ton père, n'est-ce pas ? Comment réagiras-tu s'il a des enfants, par exemple ?

— Je ne sais pas. On verra bien !

— Et s'il est devenu gros, laid, chauve ?

— Ne m'as-tu pas seriné toute mon enfance qu'il ne fallait pas juger les gens sur leur apparence physique ?

— Certes, mais il s'agit de ton père. Inconsciemment, tu en as peut-être fait un dieu ou un héros… et tu risques de déchanter en le voyant.

— Si mon père était un héros, il ne m'aurait pas abandonnée.

Frappée par la justesse de cette remarque, Chris ne sut que répondre.

— Maman, je n'ai aucune envie de te remplacer par quelqu'un d'autre, reprit Jill d'un ton ferme. Ni d'aller vivre en Arizona ! Tout ce que je souhaite, c'est connaître mon père. Une fois que je l'aurai vu, je pourrai dormir sur mes deux oreilles !

Durant tout le reste de la soirée, Chris ressassa les paroles de sa fille. Des paroles sensées, adultes. Qui lui avaient fait beaucoup de mal, pourtant. Il y avait si longtemps qu'elle vivait en parfaite harmonie avec Jill qu'une possible intrusion de Brant dans leur petit univers tranquille lui glaçait le sang.

Un appel de Mark, plus tard dans la soirée, la tira de ces pensées moroses.

— Je suis très fatiguée en ce moment, lui expliqua-t-elle, la voix lasse. Rappelons-nous plutôt dans quelques jours, veux-tu ?

— Tu es malade ? s'inquiéta-t-il aussitôt.

— Non, non, pas du tout. Juste un peu surmenée… Je crois que j'ai besoin d'une bonne nuit de sommeil.

Quand il appela de nouveau le lendemain soir, elle se contenta de répondre brièvement à ses questions.

— Qu'est-ce qui ne va pas ? la questionna-t-il au bout de cinq minutes, étonné par son apathie.

— Rien. Rien du tout, pourquoi ?

Pourquoi ? C'était précisément ce qu'il aurait aimé savoir ! Chris avait changé, en quelques jours. Il avait peut-être commis un faux pas ?

— Tu as l'air fâchée…

— Pas du tout. Juste occupée.

— A 10 heures du soir ?

— Oui, j'essaie de mettre de l'ordre dans mes dossiers…

— Je croyais que Margie se chargeait de ce type de corvées.

— Ce sont des dossiers importants. Si je veux que Crosslyn Rise soit une réussite, je dois m'impliquer personnellement et…

— Chris, pourquoi travailles-tu autant ?

— Parce que je suis une perfectionniste.

— Au point de faire tant d'heures supplémentaires ?

— Je n'ai pas le choix, Mark. Au cas où tu l'aurais oublié, j'ai une fille à élever.

— Je sais. Et justement, j'ai l'intention de te seconder dans cette tâche.

— Merci… pour ce que ton aide m'a apporté jusqu'à présent !

Il y eut un long silence.

— Que dois-je comprendre ? demanda Mark au bout d'un moment.

— Rien.

— Chris !

Elle laissa échapper un long soupir.

— Rien ! Ecoute, je suis épuisée et irritable, ces temps-ci. Tu ferais mieux de me laisser tranquille pendant un moment.

— Combien de temps ?

— Je ne sais pas, quelques jours…

— Impossible. Nous devons dîner au restaurant demain soir, lui rappela-t-il.

— Peut-être ferions-nous mieux d'annuler ce dîner.

— C'est à ce point ?

Il s'interrompit puis ajouta :

— Bon sang, qu'ai-je fait pour te mettre de si mauvaise humeur, Chris ? Je t'en prie, parle-moi !

— Pas ce soir. Je serai à mon bureau demain à partir de 15 heures. Appelle-moi là-bas et nous prendrons une décision pour le dîner.

En pénétrant dans le hall, Chris songea qu'elle aurait dû s'y attendre : Mark se tenait debout derrière la porte vitrée, appuyé à son bureau. Comme toujours quand elle le voyait, un long frisson voluptueux lui parcourut le dos.

— Bonjour, ma chérie, dit-il gaiement comme elle pénétrait dans la pièce.

Mais voyant qu'elle ne se déridait pas, il ajouta d'un ton contrit :

— Je vois que je ne suis toujours pas en odeur de sainteté…

Sans répondre, elle passa devant lui et posa sur son bureau l'attaché-case et les dossiers qu'elle avait à la main.

— Chris ?

Comprenant qu'elle n'aurait pas la paix tant qu'elle ne lui aurait pas avoué la vérité, elle s'installa derrière son bureau et annonça de but en blanc :

— Jill veut faire la connaissance de son père.

Mark demeura bouche bée.

— Je vois…, murmura-t-il au bout d'un moment. Et ça te tracasse ?

— Bien sûr que ça me tracasse ! Brant n'a sûrement aucune envie de voir son passé lui sauter à la gorge !

— Qu'en sais-tu ?

— En quinze ans, il n'a jamais fait la moindre tentative pour prendre contact avec sa fille... Ce qui m'arrangeait bien, d'ailleurs. Car nous nous passions très bien de lui. Mais Jill s'est subitement mis en tête de faire la connaissance de son géniteur ! Et elle n'en sortira pas indemne, je le sais.

Sa voix se brisa.

— Voilà pourquoi je suis si inquiète !

Mark, bien qu'il ne partageât pas entièrement son point de vue, comprit aussitôt l'ampleur de sa détresse. Il s'efforça de la rassurer.

— Pourquoi souffrirait-elle forcément ? Son père sera peut-être enchanté de faire sa connaissance...

Chris sentit ses craintes les plus enfouies remonter à la surface.

— Justement ! Il voudra la revoir... Et Jill sera profondément perturbée.

— Qui le sera le plus ? Elle ou toi ?

La jeune femme tressaillit.

— Qu'est-ce que tu insinues ?

— Est-ce pour elle ou pour toi que tu as peur ?

Sous le coup de l'émotion, elle bondit de son fauteuil.

— Tu me reproches d'être égoïste, c'est ça ?

— Non, mais...

— Comment oses-tu sous-entendre une chose pareille ? coupa-t-elle, hors d'elle. Egoïste, moi qui ai passé la plus grande partie de ma vie à me sacrifier pour cette enfant ?

D'une main tremblante, elle agrippa le bord chromé de son bureau.

— De quel droit m'accuses-tu, toi qui ne t'es jamais sacrifié pour personne ?

Mark voulut se défendre, mais Chris n'avait pas terminé.

— Toute ta vie, tu as vécu selon ton bon plaisir, dit-elle d'un ton accusateur. Et j'ai eu beau te mettre en garde, t'avertir que je ne voulais pas précipiter les choses, que Jill risquait de souffrir, tu n'en as fait qu'à ta tête ! M'avoir couchée dans ton lit ne te suffisait pas, il te fallait en plus le mariage, et vite, s'il vous plaît ! Quand j'ai refusé à cause de Jill, tu m'as affirmé qu'elle t'adorait. C'est peut-être vrai, mais il n'empêche que c'est ta présence, et tes stupides histoires de mariage qui lui ont donné envie de voir Brant !

Mark attendit, immobile, qu'elle ait achevé de déverser sa bile. Quand elle se tut, à bout de souffle, il arqua des sourcils impassibles.

— Tu as fini ?

— Si tu n'avais pas tenté de pénétrer dans notre vie par effraction, jamais elle n'aurait pensé à son père !

De nouveau, Mark parvint à garder son calme. Et pourtant, chacune des paroles de Chris s'enfonçait dans son cœur comme un poignard.

L'espace d'un instant, il fut tenté de tourner les talons et de lui claquer la porte au nez. Mais c'était prendre le risque de ne plus jamais la revoir.

— Tout allait si bien..., continuait-elle, la voix tremblante. Nous étions heureuses, toutes les deux. Jill était une adolescente équilibrée, ma carrière commençait vraiment à décoller... Et puis tu es arrivé...

Un sanglot brisa sa voix.

— ... tu es arrivé et tu as tout gâché !

Cette fois, les larmes roulèrent sur sa joue. Incapable de supporter cette scène plus longtemps, Mark s'approcha, voulut l'enlacer.

— Tu mélanges tout, ma chérie...

Elle le repoussa avec violence.

— Pas du tout ! Au contraire, cela fait deux jours que je retourne tout ça dans ma tête, que je tente d'expliquer ce qui m'arrive.

— Justement, tu n'arrives pas à prendre du recul.

— De quel droit affirmes-tu une chose pareille ?

— Si tu t'étais confiée à moi plus tôt, tu aurais compris que…

— … compris quoi ? l'interrompit-elle, la voix secouée de sanglots. Que tu es la réponse à tous mes problèmes ? Qu'il me suffit de t'épouser pour que Jill puisse aller vivre tranquillement avec son père ?

— Bien sûr que non ! Je veux que Jill vive avec nous, tu le sais.

— Mais quand elle aura fait la connaissance de son père, plus rien ne sera jamais comme avant…

Sans attendre sa permission, Mark attira sa compagne sauvagement contre lui et lui donna le plus sensuel des baisers. Aussitôt, il la sentit fondre dans ses bras.

— Oh, ma chérie…, gémit-il en lui offrant une épaule consolatrice.

D'une main tendre, il caressa l'étoffe soyeuse de sa chevelure blonde et, calé contre le bureau, l'obligea à lever son menton vers lui.

— Tu as tout à fait raison, Chris, chuchota-t-il, la voix douce. Plus rien ne sera jamais comme avant… Car nous nous sommes rencontrés, Jill est en train de devenir adulte et Crosslyn Rise sera bientôt achevé… Ainsi va la vie ! Toutes ces mutations t'effraient, et c'est bien normal…

— J'ai… j'ai si peur ! avoua Chris contre son épaule.

— Je sais, mon amour, je sais… Mais tu dramatises. Tout d'abord, ce n'est pas parce que Jill veut faire la connaissance de son père qu'elle va forcément se détacher de toi…

— C'est inévitable !

— Pas du tout ! Tu ignores quel genre d'homme est devenu Brant, et tu sous-estimes Jill. Jamais elle ne chercherait à te faire du mal !

— Alors pourquoi veut-elle le voir ?

— Elle en a besoin ! C'est une étape nécessaire dans le développement de sa personnalité. Elle se pose sans doute des questions sur son père depuis des années… Le rencontrer est la meilleure façon de régler le problème une bonne fois pour toutes…

Immédiatement, Chris repensa aux paroles de Jill, qui faisaient écho à celles de Mark.

— Tu… tu en as déjà discuté avec elle ? s'étonna-t-elle, blessée à l'idée que sa fille ait pu se confier à Mark avant de lui ouvrir son cœur.

— Mais non, voyons ! Nous n'en sommes pas à ce degré d'intimité. Pas encore…

— Pourtant, j'ai entendu les mêmes mots dans sa bouche.

— Guère étonnant !

Chris leva vers lui un regard empli de gravité.

— Comment ça ?

— Je suis passé par la même crise de doutes, autrefois. J'étais un peu plus jeune que Jill, mais moi aussi j'ai souffert de l'absence de ma mère. Bien sûr, elle me rendait parfois visite, seulement ce n'était pas comme si elle m'avait élevé. J'ai fini par éprouver le besoin impérieux de me rapprocher d'elle, de savoir où elle vivait, avec qui…

A ce souvenir, une lueur tendre s'alluma dans son regard.

— Crois-tu que mon père ait accueilli ma décision avec joie ? Il a tempêté tant et plus… pour finir par m'avouer qu'il était jaloux !

— Je ne suis pas jalouse ! se défendit aussitôt Chris.

La décision de Jill la tourmentait tant qu'elle n'avait même pas songé que Mark avait vécu la même situation. Et que ses conseils pouvaient se révéler précieux.

— J'ai juste… peur, acheva-t-elle.

— Mon père avait peur, lui aussi. Peur que je ne m'installe chez elle, en Californie, peur de se retrouver seul… Et lui, il n'avait pas une grande famille comme la tienne pour lui remonter le moral !

— Maigre consolation…, soupira Chris en nichant son visage contre la poitrine de son compagnon.

— Je sais, je sais… C'est dur de voir un enfant s'éloigner de soi. Mais mon père n'a pas eu à se plaindre, puisque je suis revenu ! J'avais passé d'agréables vacances dans la belle maison de ma mère, pourtant jamais je n'aurais échangé l'amour paternel contre tout ce luxe et ce confort.

Chris sourit, ébranlée par ses confidences. Mark conclut en lui étreignant la main :

— Fais-moi confiance, Jill est parfaitement capable de mesurer sa chance de t'avoir pour mère.

— Peut-être… Mais sait-elle combien je l'aime, combien je serais effondrée si elle décidait de vivre avec Brant ? Le mal que cet homme nous a fait, à elle et à moi, est impardonnable… Je n'arrive même pas à comprendre comment elle peut avoir envie de le voir…

— Tu peux difficilement lui interdire de faire la connaissance de son père… Et du coup, tu as préféré déverser ta colère sur moi ! Tu as bien fait, Chris. Je ne te reproche rien. Mieux valait t'en prendre à moi qu'à elle. Simplement, tu aurais dû tout m'expliquer tout de suite. Tu n'avais pas le droit de m'exclure en te taisant.

— Pardonne-moi…, murmura-t-elle. J'ai eu tort de passer mes nerfs sur toi, Mark. Je me sentais si malheureuse. Je retournais toutes les possibilités dans ma tête…

— Pas toutes ! Seulement les pires.

Au fond d'elle-même, elle savait qu'il avait raison.

— Oui… Deux surtout : que Jill raffole brusquement de son père et souhaite rester avec lui. Ou bien que lui s'entiche de sa fille et exige de la voir plus souvent… Bref, cette visite va susciter tout un tas de problèmes. Et je ne veux pas que Jill souffre. C'est une enfant si merveilleuse !

— Elle ne souffrira pas.

Chris hocha la tête, songeuse.

— Comment en être sûr ? Il suffit de regarder autour de soi. Tous ces malheureux enfants dont les parents sont divorcés…

— Oui, et alors ?

— Ne sont-ils pas profondément perturbés ?

— Bien sûr que non ! Tu généralises… D'ailleurs ta situation n'a rien à voir avec un divorce.

— Si Jill devient une pomme de discorde entre Brant et moi,

la malheureuse sera tiraillée entre ses deux parents, exactement comme dans un divorce.

— Allons, vous n'allez pas vous déclarer la guerre ! Et il n'y a aucune raison pour que Jill ait subitement envie de vivre avec son père. N'est-elle pas heureuse, ici, avec toi et toute ta famille ? Quand je t'ai suggéré de nous installer à Belmont, n'as-tu pas souligné toi-même que Jill ne voulait pas partir ?

— Et si Brant l'exige ?

— Quinze ans après la naissance de sa fille ? Alors qu'il ne s'est jamais occupé d'elle ? Et puis quoi encore !

— Et s'il me fait un procès ?

Mark laissa échapper un petit rire.

— C'est lui qui se ridiculiserait. D'ailleurs, tu pourrais toujours lui réclamer une pension alimentaire !

— Et lui un droit de visite !

— Il ne l'obtiendra jamais. N'oublie pas qu'il a abandonné sa fille… De toute façon, Jill est assez âgée pour expliquer devant un tribunal qu'elle préfère vivre avec sa mère.

— Un… tribunal ! Mon Dieu quelle horreur ! Je ne veux pas que ma fille soit mêlée à tout ça…

— Elle ne le sera pas, Chris !

De ses deux mains, il emprisonna le visage de la jeune femme et darda sur elle un regard vibrant d'émotion.

— Il y a si peu de risques pour que cela arrive qu'il est absurde d'y penser.

— Pas pour une mère ! Il est normal de se faire du souci pour ses enfants, Mark.

— Bien sûr, ma chérie. Mais échafauder des scénarios catastrophiques ne sert à rien. Selon toute vraisemblance, Jill fera la connaissance de son père, passera quelques jours chez lui, et les choses en resteront là. Point final !

Pour la première fois depuis le début de leur conversation, Chris se détendit un peu.

— Puisses-tu dire vrai…

Il posa un petit baiser sur son nez.

— Jill est une enfant intelligente et sensible, le portrait de sa maman ! Et à mon avis, si elle savait à quel point son projet t'affecte, elle l'annulerait sur-le-champ.

— Mais si elle renonçait à voir son père, elle resterait obsédée par lui.

— Certes…

Chris eut un demi-sourire.

— Alors comme ça, tu penses vraiment qu'elle ne va pas me rejeter ?

— C'est une évidence, Chris ! Elle passera une semaine de vacances… Où ça, déjà ?

— Aux dernières nouvelles, Brant vivait à Phoenix, en Arizona. Jill et moi allons tenter de retrouver sa trace, ce week-end.

— Ainsi, tu vas lui prêter main-forte ?

— Bien sûr ! Je ne vais tout de même pas laisser la pauvre petite effectuer seule ces démarches !

— Et tu vas l'accompagner là-bas ?

Chris acquiesça.

— Ce sera la première fois que tu le reverras depuis…

De nouveau elle hocha la tête et Mark tressaillit imperceptiblement.

— Ressens-tu encore quelque chose pour lui ?

La vulnérabilité soudaine qu'elle décela dans ces paroles l'émut jusqu'aux larmes.

— J'éprouve exactement les mêmes sentiments que le jour où il m'a abandonnée : de la colère, de la frustration et du mépris.

Du bout des lèvres, elle effleura la joue de son compagnon.

— Tu n'as rien à craindre, Mark, il ne m'intéresse plus du tout.

— Et si je vous accompagnais, toutes les deux ?

Chris fit la grimace.

— Ta présence risque de perturber Jill.

— Dans ce cas, nous pourrions nous retrouver là-bas ? J'ai un ami qui vit à Phoenix et…

Surprenant l'expression étrange de sa compagne, il s'arrêta net :

— Qu'y a-t-il, Chris ? Qu'est-ce qui ne va pas ?

— Rien.

La jeune femme baissa les yeux.

— Je me disais juste que Jill pourrait interpréter ta présence à Phoenix comme un désir de se débarrasser d'elle.

Une expression horrifiée se peignit sur le visage de son compagnon.

— Tu plaisantes j'espère ! Jill sait pertinemment que je l'adore…

Un juron lui échappa.

— M… ! Finiras-tu oui ou non par admettre que je souhaite que ta fille vive avec nous ?

— Beaucoup d'hommes n'auraient guère envie de s'encombrer d'une femme flanquée d'un enfant.

— Et alors ? Tu me fais un procès d'intention !

— Tu es célibataire depuis des années… C'est une chose de vivre avec une femme, c'en est une autre d'hériter du jour au lendemain d'une adolescente…

— Me suis-je plaint ? protesta-t-il, blessé. Ai-je insinué, même indirectement, que je ne voulais pas de Jill ? J'aime Jill, Chris ! Et je veux lui donner des frères et sœurs ! D'ailleurs, elle m'a avoué qu'elle adorerait en avoir.

Aussitôt, Chris se radoucit.

— Ah… oui ?

Il acquiesça vigoureusement.

— Nous en avons discuté l'autre jour, quand tu étais partie faire des courses… D'après elle, tu es la plus maternelle, la plus douce des mamans, et tu auras besoin d'un enfant pour t'occuper, quand elle partira pour l'université.

— L'université, mon Dieu…, dit Chris avec un soupir mélancolique.

— Tu sais qu'elle partira un jour, n'est-ce pas ?

— Je sais. Le temps passe si vite…

Les yeux fermés, elle laissa échapper un petit gémissement.

— Pourquoi les choses doivent-elles changer ?

Emu, Mark lui prit tendrement la main.

— Parce que nous évoluons, Chris. Et que la vie même est

faite de mutations. Je sais, c'est parfois un peu effrayant… Mais un changement peut aussi être synonyme de progrès. Regarde, si Jill fait la connaissance de son père, elle cessera de se poser des questions sur lui. Du coup ce sera un souci de moins pour toi. Et si nous faisons des tas d'enfants, tu auras tellement de travail que tu n'auras même plus le temps de penser au départ de Jill !

— A t'entendre, on dirait que nous allons fonder une famille nombreuse !

— J'en ai la ferme intention ! Et je construirai une grande maison pour abriter notre progéniture…

Il lui passa un bras autour de l'épaule.

— Alors, que penses-tu de mon idée ?

— Laquelle ?

— D'avoir des enfants ?

— Et ma carrière, dans tout ça ?

— Tu mettras la pédale douce. Tout comme moi. A nous deux, nous devrions nous en sortir…

Il s'interrompit, de peur de se prendre trop sérieusement au jeu.

— Alors ? Tu songes à ma demande en mariage ?

— Pas pour le moment, Mark. Une chose m'obsède, dans l'immédiat, c'est la rencontre de Jill avec Brant…

— Tout ira bien, fais-moi confiance.

D'un geste tendre, il l'attira à lui et s'empara de ses lèvres. Ce ne fut qu'au terme d'un long baiser fougueux qu'il consentit à la libérer.

— Alors ? Tu m'en veux toujours ? lui chuchota-t-il à l'oreille.

Elle rit.

— Comment pourrais-je t'en vouloir, quand tu m'embrasses ainsi ?

— Refuses-tu toujours de me voir ?

— Tu es si tenace que je n'ai pas le choix !

— Acceptes-tu de dîner avec moi ce soir ?

Elle plongea son regard dans le sien.

— D'accord, mais je dois rentrer tôt, ce soir… Jill va revenir de chez une amie vers 9 heures, et je veux être là.

Mark acquiesça, comprenant ses raisons. Le cœur battant d'émotion, Chris scruta son beau visage et passa amoureusement ses bras autour de son cou.

— Merci, Mark…

— Merci pour quoi ?

— D'être mon ami.

— Tout le plaisir est pour moi…

Elle demeura silencieuse une longue minute, songeant à quel point elle aimait cet homme, et combien, désormais, elle dépendait de lui. Ses sentiments avaient évolué ainsi, sans qu'elle puisse les contrôler. Mais elle ne regrettait rien. S'appuyer sur une épaule masculine dans les moments difficiles de l'existence était un soulagement intense. Certes, elle avait toujours pu compter sur ses parents, ou sur ses frères…

Mais Mark était un homme. Son homme. Le plus grand bonheur qui lui soit arrivé depuis bien des années…

10

Mark aurait donné n'importe quoi pour être présent lorsque Chris appellerait Brant Conway. Ce simple coup de téléphone risquait de bouleverser l'existence de la jeune femme, il ne l'ignorait pas, et il voulait la soutenir dans ce moment difficile.

Mais Chris était en permanence au bord de la crise de nerfs et mieux valait ne pas compliquer la situation en lui imposant sa présence.

Ce qui ne l'empêcha pas de procurer à Chris toutes les marques d'affection possibles. Il lui téléphonait régulièrement, pour lui montrer qu'il était là, prêt à l'écouter, à la réconforter — et à la consoler s'il le fallait.

Il n'eut pas besoin d'être trop présent, toutefois. Après avoir réussi à joindre Brant, Chris n'éprouva aucune tristesse. Plutôt un sentiment de vide.

— Ce fut si simple ! confia-t-elle à Mark d'un ton las, le soir même. Il a suffi d'appeler les renseignements et… hop ! nous obtenions son numéro de téléphone… Il est toujours agent immobilier à Phoenix.

Mark était avide de détails.

— Qui a appelé, toi ou Jill ?

— Moi, bien sûr. Imagine que Brant ait nié être son père !

— Il a nié ?

— Ne t'inquiète pas, je ne lui en ai pas laissé le temps ! Bien sûr, quand il a su qui appelait, il a été un peu décontenancé, car il pensait ne plus jamais entendre parler de moi ! J'ai profité de l'avantage de la surprise en lui annonçant de but en blanc que

Jill avait quinze ans, et qu'elle avait très envie de rencontrer son père... Et sans même lui demander son avis, je lui ai fait part de notre intention de passer nos vacances à Phoenix en avril.

— Comment a-t-il réagi ?

— Mal. Il a une femme, deux petits garçons, et il craint que la présence de Jill ne les perturbe.

— Le salaud ! grommela Mark.

— Mmm...

— Qu'as-tu répondu ?

— Si je m'étais écoutée, je lui aurais fait savoir que si ça ne tenait qu'à moi, j'aurais interdit à ma fille de le rencontrer. Mais Jill était assise à proximité, buvant chacune de mes paroles... Alors j'ai répété qu'elle mourait d'envie de le voir, que nous viendrions à Phoenix pour les vacances de Pâques... et que nous descendrions à l'hôtel.

— Il a accepté ?

— A contrecœur.

Mark hésita un instant avant de demander :

— Ça t'ennuie qu'il ait une femme et des enfants ?

— Non, pas vraiment. Je m'y attendais, de toute façon... Et tu sais, même s'il revenait ramper à mes pieds, je l'enverrais balader ! Non, je suis juste furieuse de penser qu'il a donné à ses deux fils un nom qu'il a refusé à Jill.

— Bah, ne te fais pas de bile. Jill s'en est très bien tirée malgré tout. Tu le sais, n'est-ce pas ?

— Certes, mais j'aimerais que ma fille le sache elle aussi !

— Petit à petit, elle en prendra conscience... Accorde-lui un peu de temps... Quand partez-vous ? enchaîna-t-il.

— Dans une semaine.

— Si tôt ?

— Oui, nous ne resterons que trois jours.

— C'est un peu idiot de faire huit heures d'avion pour un séjour si court, observa-t-il. Pourquoi ne pas vous accorder quelques jours de vacances supplémentaires pour visiter l'Arizona ? Les paysages sont magnifiques, paraît-il... Et puis, je suis sûr que Jill serait enchantée !

— J'y ai pensé, acquiesça Chris. Seulement... j'hésite.

— Pourquoi ?

— Tout d'abord, je ne veux pas que dans l'esprit de Jill, l'Arizona soit associée à Brant. Autant qu'elle visite tranquillement la région une autre fois. De plus...

— Oui ?

— La deuxième raison, c'est... c'est toi, mon chéri. Je ne veux pas rester loin de toi trop longtemps...

— Bon sang, Chris, comment peux-tu dire des choses pareilles quand je ne peux même pas te serrer dans mes bras et t'embrasser à en perdre haleine ?

— Tu n'avais qu'à ne pas poser de questions.

Un ton plus bas, il demanda :

— Tu m'aimes, n'est-ce pas ?

— Oui, Mark. Je t'aime.

Il sentit son cœur faire un bond dans sa poitrine.

— Depuis quand ?

— Depuis longtemps. Je n'osais pas me l'avouer... Pourtant, dès le début, tu m'as chamboulée. En fait, je te soupçonne de m'avoir fait boire un philtre d'amour...

— Acceptes-tu de m'épouser, Chris ?

— Mmm...

— Quand ?

— Un de ces jours...

— Comment ça, un de ces jours ?

— Il faut d'abord que je règle cette histoire avec Jill.

Mark réfléchissait à toute vitesse.

— Nous sommes en avril. Dans une semaine vous partez pour l'Arizona. Que dirais-tu de te marier en mai ?

— Impossible de faire le moindre projet pour le moment, Mark.

— Mais tu m'épouseras, n'est-ce pas ?

— Oui, mon chéri. Je t'épouserai.

Et soudain, elle comprit combien elle brûlait de devenir sa femme. Avec son enthousiasme débordant, son sens de l'humour, sa tendresse et son sourire sexy, Mark était devenu le pilier de tout son univers. Et vivre aux côtés de cet homme pour le reste de ses jours était ce qu'elle désirait le plus au monde.

— Je t'aime…, murmura-t-elle, la voix vibrante d'émotion.

— Moi aussi, ma chérie… Tu fais de moi le plus heureux des hommes !

Le lendemain, samedi, ils profitèrent de l'absence de Jill — qui dormait chez une amie — pour fêter dignement leur décision. Et ils s'aimèrent passionnément jusqu'à l'aube.

Mais le dimanche soir, une ombre vint ternir leur bonheur. Quand Mark décrocha le téléphone, ce fut pour entendre une Chris éplorée.

— Brant vient d'appeler, hoqueta-t-elle d'une voix frôlant l'hystérie. Je… j'étais dans mon bain, c'est Jill qui a répondu. Tu n'imagineras jamais ce qu'il a fait, Mark ! Ce… cet homme est une ordure !

— Calme-toi, ma chérie, dit-il aussitôt pour tenter de la raisonner.

La note de détresse qu'il avait perçue dans le ton de sa compagne déchaîna pourtant les battements de son cœur.

— Raconte-moi tout…

— Il souhaite que Jill vienne seule à Phoenix. Sans moi. Il ira la chercher à l'aéroport et la confiera à ses parents. En d'autres termes, les grands-parents de Jill.

Le mot lui arracha un ricanement amer.

— Ses grands-parents ! Eux qui ne se sont jamais préoccupés de l'existence de ma fille !

— Du calme, Chris. Ne les accuse pas sans preuve. Peut-être ignoraient-ils tout du passé de Brant ?

— Peu importe. Ce n'est pas le problème ! Ils n'ont aucun droit sur Jill ! Brant non plus n'a aucun droit sur elle ! Jill est à moi. A moi ! Et c'est avec moi que Brant aurait dû discuter de son idée, au lieu de me mettre devant le fait accompli.

Elle s'interrompit un instant, suffoquée.

— Tu imagines le culot de cet homme ?

— Tu n'as qu'à refuser sa proposition.

— J'ai suggéré à Jill de renoncer à son voyage… Elle en a fait une maladie. D'après elle, Brant était tout miel, au téléphone. Et elle a l'âge de voyager seule. D'ailleurs, au début, elle n'avait pas l'intention de partir avec moi. C'est moi qui ai insisté pour l'accompagner.

Sa voix, bouleversée, se mua en chuchotement.

— Mais comment accepter, Mark ? Comment laisser ma fille traverser seule le pays pour aller rejoindre un quasi-inconnu ? Après tout, je n'ai pas vu Brant depuis quinze ans ! J'ignore quel genre d'homme il est devenu !

— Connais-tu ses parents ?

— J'ai dû les voir une fois ou deux dans ma vie, pas plus.

Sa voix trembla.

— Que faire, Mark ? Il s'agit de ma fille, de mon enfant…

Mark hésita, perplexe. Il ne pouvait guère jouer les experts en matière de conseil parental.

— En as-tu touché un mot à Franck et à Mellie ? s'enquit-il avec précaution.

— Pas encore. Je voulais avoir ton avis d'abord.

— Eh bien, je pense que tu devrais recueillir des informations sur Brant avant de prendre une décision, suggéra-t-il prudemment.

— C'est ça, et pourquoi pas engager un détective privé, pendant qu'on y est ! ironisa-t-elle. Je n'en ai ni le temps ni l'envie, Mark.

— N'oublie pas que j'ai un ami qui vit à Phoenix. Il travaille dans le bâtiment. Si Brant est agent immobilier, ils ont forcément des relations communes. Je n'ai qu'à l'appeler…

— Ton ami est une personne digne de confiance ?

— J'en réponds, Chris.

Le lendemain, Mark l'appelait avec les renseignements souhaités.

— D'après Paul, Brant a fait une belle carrière dans l'immobilier. Il gagne bien sa vie et habite une superbe villa avec piscine dans le quartier chic de Phoenix, juste à côté de chez ses parents.

Chris accueillit ces paroles avec des sentiments mitigés : elle se sentait soulagée pour Jill mais personnellement déçue. En cas de renseignements négatifs sur le compte de Brant Conway, elle aurait pu obliger Jill à annuler le voyage…

— Et tu maintiens que ton ami est fiable ? dit-elle en soupirant.

— Oui, Chris, il faudra t'y faire.

Après un court silence, elle finit par demander :

— Alors, Mark ? Je la laisse partir ?

— Si tu t'opposes à ce voyage, Jill t'en voudra pour longtemps, Chris. Et si elle tient tant à y aller, elle trouvera bien un moyen de rencontrer son père. Avec ou sans ton consentement ! Fais-lui confiance, ma chérie. Après tout, tu l'as élevée en jeune fille adulte et responsable… S'il y a le moindre problème, elle n'hésitera pas à t'appeler, à demander ton aide.

Chris hésita, torturée. Le matin même, ses parents, à qui elle avait brièvement résumé la situation, avaient invoqué les mêmes arguments.

Et elle avait failli protester, tout comme elle avait envie de protester maintenant, mais elle savait au plus profond d'elle-même que tous avaient raison.

Après tout, Jill n'était plus un bébé. Ses grands-parents paternels seraient sans doute ravis de faire la connaissance de leur petite-fille et prendraient bien soin d'elle, elle n'avait aucune raison d'en douter.

Et puis surtout… Jill avait la tête sur les épaules et du bon sens à revendre. A la moindre anicroche, elle saurait bien trouver le chemin de la cabine téléphonique la plus proche.

Un peu rassérénée par cette pensée, la jeune femme accepta la suggestion de son compagnon.

Ainsi Chris dut-elle se résoudre à accompagner sa fille à l'aéroport le lundi suivant. Brant avait suggéré que Jill passe la semaine entière à Phoenix, et plutôt que de soulever des problèmes supplémentaires, Chris avait préféré accepter.

Elle refusa, en revanche, la présence de Mark à l'aéroport.

— Mes parents ont déjà insisté pour venir, lui expliqua-t-elle. Je ne veux pas que Jill sente une terrible pression sur ses épaules…

A peine fut-elle de retour à son bureau que le téléphone sonna. Mark l'appelait pour savoir si les adieux n'avaient pas été trop déchirants. Quand elle rentra chez elle, le soir même, il l'attendait sur le pas de la porte. Sa présence réconfortante fit un bien fou à la jeune femme.

Comme ils dînaient devant la cheminée, Jill appela pour annoncer que le voyage s'était bien passé, que la maison de ses grands-parents était ravissante, et que Brant s'était montré très gentil avec elle. Chris aurait été parfaitement rassurée si elle avait eu la certitude que Jill parlait en toute liberté. Mais au ton un peu contraint de sa fille, elle devina que celle-ci n'était pas seule dans la pièce.

— Crois-tu qu'elle me cache quelque chose ? demanda-t-elle avec angoisse à Mark, en revenant s'asseoir à table.

— Ta fille n'est pas née de la dernière pluie, la rassura-t-il. S'il y avait le moindre problème, je suis sûr qu'elle trouverait un moyen de s'échapper pour pouvoir te parler librement.

— Et s'ils l'en empêchaient ?

— Voyons, Chris ! Jill n'est tout de même pas tombée dans un repaire de brigands ! Tu n'as aucune raison de soupçonner le pire. Les parents de Brant sont sans doute de charmantes vieilles personnes enchantées de rencontrer leur adorable petite-fille. Je suis sûr que tout va bien !

Quand Jill appela le lendemain, elle s'exprima avec le même calme. Le temps était chaud, le désert magnifique, et la piscine « supergéniale ».

— Tu vois ! s'exclama Mark quand Chris fut revenue se lover contre lui. Elle se fait dorloter !

En réalité, il avait autant besoin de se rassurer lui-même que de réconforter Chris. Car Jill lui manquait terriblement, à lui aussi. Et il avait beau se répéter que c'était ridicule, il se faisait du souci pour sa future belle-fille tout autant que Chris.

— Si ses grands-parents l'ont promenée en Jeep dans le désert, c'est qu'ils font des efforts pour s'occuper d'elle, remarqua-t-il.

— Sans doute, concéda Chris du bout des lèvres. Mais le silence de Jill à propos de Brant m'inquiète un peu.

— C'est peut-être mieux ainsi. Elle a vu son père, sa curiosité est satisfaite. Et si elle s'entend bien avec ses grands-parents, tant mieux !

Encore une fois, Mark avait raison, songea-t-elle avec une pointe de dépit. Les enfants avaient souvent une relation privilégiée avec leurs grands-parents… Devait-elle en déduire que Jill allait désormais effectuer de fréquentes visites en Arizona ? Cette idée ne lui plaisait guère…

Quand Jill l'appela le mercredi soir, son cœur se serra. Cette fois, elle était prête à le parier, quelque chose n'allait pas. On aurait dit que sa fille était à deux doigts d'éclater en sanglots.

— Qu'y a-t-il, ma chérie ? s'enquit-elle, le cœur battant.

— Tu me manques terriblement, avoua Jill d'une toute petite voix.

Chris sentit des larmes lui mouiller les yeux.

— Oh, moi aussi, ma chérie, tu me manques ! balbutia-t-elle en étreignant fébrilement la main de Mark, assis à côté d'elle. Tu… tu ne t'amuses pas, là-bas ?

La voix de Jill se fit presque inaudible, comme si la jeune fille cherchait à se protéger d'oreilles indiscrètes.

— Ça… ça va. Mais je suis une étrangère, ici. D'ailleurs, je crois qu'ils ne soupçonnaient même pas mon existence, jusqu'à récemment. Je suis un fardeau, pour eux…

Un sanglot l'arrêta.

— Tu avais raison, maman. Nous aurions dû venir ici toutes les deux. Je donnerais n'importe quoi pour être avec toi, en ce moment !

Chris dut faire un effort surhumain pour ravaler ses larmes.

— Dans deux jours, tu seras à la maison.

— Je voudrais pouvoir partir tout de suite !

— Sois patiente, mon ange. Nous viendrons te chercher à l'aéroport…

— Mark et toi ?

— Oui. Tu lui manques beaucoup, tu sais.

— Maman ?

— Oui ?

— Je... je suis contente que tu n'aies pas épousé Brant, tu sais. Il n'arrive pas à la cheville de Mark !

— Oh, ma chérie..., souffla Chris, très émue.

Une larme d'émotion perla au coin de son œil et roula sur sa joue.

— Qu'est-ce qui ne va pas ? voulut savoir Mark. Bien qu'il n'ait entendu que des bribes de conversation, il devinait qu'il y avait de l'orage dans l'air.

Chris fit signe à son compagnon de se taire.

— Tu... tu lui diras quand tu le verras, ça lui fera très plaisir.

— Je n'y manquerai pas, répondit Jill, tranquillisée.

— Ça va mieux, maintenant ?

— Oui, je crois.

— N'hésite pas à rappeler, si tu en ressens le besoin.

— Promis.

— Bonsoir, mon ange. Je t'aime, tu sais.

— Moi aussi, je t'aime. Bonsoir.

D'une main tremblante, Chris reposa le combiné sur son support et tourna vers Mark un regard humide.

— Je suis si heureuse d'avoir une fille aussi merveilleuse...

— Qu'est-ce qui ne va pas ? s'enquit son compagnon avec anxiété.

— Elle se sent seule au milieu de gens qu'elle connaît à peine. Et elle regrette que je ne sois pas venue avec elle...

Mark la fixa une longue minute avant de décrocher à son tour le téléphone.

— Voilà ce que j'aurais dû faire depuis le début..., murmura-t-il.

Comme dans un rêve, Chris l'écouta discuter avec son interlocuteur.

— Tu... tu as réservé deux billets pour Phoenix ? bredouilla-t-elle quand il eut raccroché.

— Oui. Je n'en peux plus, de me tourner les pouces ici en me faisant du souci pour Jill. Nous partons demain matin à l'aube, nous arriverons vers midi, ce qui nous laisse un après-midi entier pour récupérer ta fille chez ses grands-parents et planifier le reste de notre séjour en Arizona.

L'expression stupéfaite de Chris le fit rire aux éclats.

— Moi, j'aimerais bien visiter le Grand Canyon, reprit-il. C'est un vieux rêve d'enfance. Je suis sûr que ça plaira beaucoup à Jill. Puis nous rentrerons tranquillement dimanche après-midi.

Chris avait du mal à en croire ses oreilles.

— Mais… et ton travail ? demanda-t-elle, encore sous le coup de l'émotion.

— Johnny peut diriger le chantier à ma place pendant quelques jours. De toute façon, jusqu'à présent, nous avons respecté les délais. Je crois même que nous sommes un peu en avance sur le planning. Et puis… j'ai besoin de vacances !

— Tu en as déjà pris en février !

— Ce n'étaient pas vraiment des vacances, mais du chômage technique dû aux intempéries. De toute façon, il ne s'agit que de deux jours de congé… bien mérités !

Les sourcils froncés, il hocha la tête.

— J'aurais dû organiser ce voyage dès le départ, ça nous aurait évité bien des soucis ! Mais je n'ai pas osé mettre mon grain de sel parce que Jill est ta fille, pas la mienne. Et que je ne suis même pas encore ton mari ! Mais puisque nous sommes destinés à devenir une famille, nous devons apprendre à faire front. Tous les trois !

Il étreignit fébrilement la main de sa compagne.

— Si tu ne partages pas mon point de vue, Chris, autant me l'avouer tout de suite ! Car tu sais ce qui t'attend, n'est-ce pas ? Nous allons nous marier, ma chérie. Le plus tôt possible ! Je n'ai pas l'intention de me morfondre tout seul chez moi en attendant que Jill parte pour l'université et que tu daignes prendre une décision. Si tu m'aimes, à quoi bon attendre ? Bon sang, cela fait une éternité que je brûle de rencontrer une femme aussi passionnée, aussi généreuse, aussi sexy que toi ! Et maintenant que je l'ai trouvée, je n'ai pas l'intention de laisser filer une telle merveille entre mes doigts !

Il s'interrompit, à bout de souffle.

— Alors, Chris ? Quelle est ta réponse ? Nous nous marions, oui ou non ?

Un sourire ravi se dessina sur les lèvres de la jeune femme.

— C'est un ultimatum ?

Les mains sur les hanches, il la fixa longuement.

— Non seulement c'en est un, mais je veux une réponse ferme dans les cinq minutes ! Et ne va pas prétexter que je vais trop vite en besogne ou que j'essaie de faire pression sur toi... L'alternative est simple : soit tu m'aimes, soit tu ne m'aimes pas. Et si tu m'aimes, il n'y a plus à hésiter. Car je saurai être pour Jill le père qu'elle n'a jamais eu...

Oui, Chris en était désormais convaincue. Et elle devait bien admettre que, si incroyable que cela lui parût, Mark Lowe, macho de premier ordre et célibataire libertin, était aussi le plus adorable et le plus attentionné des hommes... Jamais elle n'aurait pu souhaiter de meilleur beau-père pour Jill. Et elle ne pouvait plus envisager la vie sans lui.

— Tu as raison..., murmura-t-elle en se jetant dans ses bras. Je t'aime, mon chéri. Et j'accepte.

— Quoi donc ?

— De t'épouser, voyons !

Il n'eut pas besoin de l'écouter plus longtemps. Déjà il l'avait prise dans ses bras et gravissait l'escalier.

— Relâche-moi ! le supplia-t-elle en riant aux larmes. Voyons, Mark ! J'ai deux jambes pour marcher, non ?

— Moi qui croyais qu'emporter une femme dans ses bras était follement romantique !

— Pas du tout. C'est digne d'un homme des cavernes !

Il s'arrêta net.

— Ça c'est trop fort !

— Qu'est-ce qui est trop fort ?

— Quand je pense que j'ai investi dans Crosslyn Rise pour

changer mon image de marque ! Et voilà que la femme de ma vie me traite d'homme des cavernes !

Il partit d'un grand rire.

— Mais tu sais quoi ? Investir dans Crosslyn Rise a été l'idée la plus intelligente de toute mon existence. Car sans ce projet, je ne t'aurais pas rencontrée !

Et sur ces mots, il lui donna un baiser sauvage que n'aurait pas renié le plus primitif de ses lointains ancêtres.

Troisième partie

1

Neuf personnes étaient assises autour d'une longue table de chêne, dans le bureau du banquier Gordon Hale. Ces hommes, ces femmes faisaient partie du consortium Crosslyn Rise. Leur but commun était de transformer la belle propriété en un ensemble résidentiel de qualité. Sur ces neuf personnes, huit semblaient parfaitement satisfaites. Seule Nina Stone se sentait frustrée.

Nina détestait les réunions de ce genre, car elle aimait aller vite en besogne. Certes, elle savait que les discussions et le vote faisaient partie du processus démocratique. Elle avait d'ailleurs assisté à toutes les réunions précédentes. Mais cette fois, l'enjeu était de taille et la question débattue était de son ressort. Si les autres membres du consortium refusaient d'écouter son avis, pourquoi perdre son temps ?

Agent immobilier, Nina allait être chargée de vendre les maisons de la résidence et de trouver les locataires. On était début mai, une saison idéale pour commencer la vente. Les travaux avaient débuté huit mois plus tôt, et le projet était maintenant achevé.

— Je persiste à croire que cinq cent mille dollars l'unité est une estimation trop faible, répéta-t-elle pour la troisième fois en une demi-heure. Crosslyn Rise est si bien située que nous pouvons aller jusqu'à six cent mille ou sept cent mille dollars sans crainte d'exagérer. Quelle autre résidence peut-on trouver à quarante minutes de Boston, en bord de mer, et — qui plus est — au milieu des bois et des champs ? Quelle autre résidence offre comme celle-ci un club de sport, une marina et des boutiques ?

— Aucune, concéda Carter Malloy. Du moins pas dans la région.

Carter était l'architecte du projet, et le président officieux du consortium. Sa femme, Jessica, assise à sa droite, était l'ancienne propriétaire du domaine de Crosslyn Rise.

— Peut-être, mais le marché de l'immobilier ne va pas très bien, en ce moment, reprit-il. Nous voulons absolument éviter de mettre les maisons en vente à des prix trop élevés et de décourager ainsi les éventuels acheteurs.

— Nous aurons des acheteurs, assura Nina. Faites-moi confiance, je connais le marché. Les maisons se vendront très bien.

Jessica ne parut guère convaincue.

— Ne m'as-tu pas dit toi-même que tu avais beaucoup de mal à vendre le haut de gamme ? demanda-t-elle, les sourcils froncés.

— Oui, mais c'était il y a un an, quand tu avais l'intention de vendre une maison qui vaut plusieurs millions de dollars… La gamme dont nous parlons est beaucoup plus accessible.

Son regard fit le tour de la table, puis elle ajouta avec conviction :

— En tant qu'agent immobilier, je suggère que nous fixions les prix dans une fourchette allant de six cent mille à sept cent cinquante mille dollars, en fonction de la taille des maisons. A en juger par les ventes que j'ai réalisées ces derniers temps, je suis sûre que ces lots partiront en un rien de temps.

— Quel genre de vente avez-vous effectuées ces derniers temps ? demanda calmement la voix de John Swayer, à l'autre bout de la table.

Nina le fixa, mal à l'aise. De tous les hommes qui se trouvaient dans la pièce, John Swayer était celui qui la déroutait le plus. Pourtant, ses lunettes d'intellectuel, son teint pâle, ses cheveux bruns, lui donnaient plutôt un air rassurant. Mais Nina avait l'impression désagréable que John Swayer essayait de marcher sur ses plates-bandes. John, pourtant, était libraire et non homme d'affaires. Il ne connaissait rien à l'immobilier. Mais bien qu'il restât dans l'ombre la plupart du temps, il était intervenu ce jour-là à plusieurs reprises. De façon courtoise et pénétrante, il mettait systématiquement en cause ce qu'elle disait.

— J'ai vendu une maison à huit cent mille dollars, une autre à neuf cent mille et une troisième à plus d'un million, affirma-t-elle avec aplomb.

— S'agissait-il de maisons comparables aux nôtres ? s'enquit-il de la même voix tranquille.

— Non, répondit-elle sans sourciller. Mais ces ventes prouvent néanmoins que les gens recherchent des maisons dans cette région, et qu'ils sont prêts à dépenser beaucoup d'argent lorsqu'ils trouvent ce qu'ils désirent.

— Tout dépend de la cible que l'on choisit. Les gens très riches ont naturellement les moyens d'habiter à Crosslyn Rise, mais ce ne sont pas eux que nous visons. Ces gens-là préféreront toujours acheter une propriété privée entourée de dix hectares de terrain, plutôt que de vivre dans une résidence. Je croyais que nous visions des couples de classe moyenne, dans la force de l'âge, ayant fini d'élever leurs enfants... Ces gens-là n'ont pas sept ou huit cent mille dollars à mettre dans une maison...

— C'est un point de vue, admit Nina. Mais on peut aussi considérer que, n'ayant plus d'enfants à charge, ils ont aussi un pouvoir d'achat plus important... Beaucoup sont désireux d'accéder à la propriété avant la retraite. Ils sont encore salariés, ils ont de l'argent à dépenser...

— Et les commerçants ? s'enquit-il.

— Que voulez-vous dire par là ?

— Je veux parler de ceux à qui nous louerons les boutiques. Les commerçants sont loin d'être aussi riches. Si vous mettez les maisons en vente à sept cent mille dollars, le loyer des boutiques sera en proportion — à un prix beaucoup trop élevé pour les commerçants du coin.

— Pas forcément.

— Vous leur concéderez des avantages particuliers ?

— Le loyer des boutiques ne sera pas nécessairement en proportion…

— Je l'espère bien…

— Sinon vous ne signerez pas le bail ?

— Je n'en aurai pas les moyens…

Après un rapide coup d'œil à sa montre, Mark Lowe, l'entrepreneur, dit d'un ton contraint :

— Il est déjà 9 heures… Je ne sais pas pour vous, mais moi, j'ai beaucoup de travail…

Il adressa un large sourire à Nina et à John.

— Pourquoi ne poursuivez-vous cette discussion tous les deux ? suggéra-t-il. Vous pourriez essayer de vous mettre d'accord, et nous faire part de votre décision lors de la prochaine réunion…

Nina ne put réprimer un mouvement d'irritation. L'idée d'argumenter avec John Swayer ne lui souriait guère. Elle aurait aimé que le consortium prenne une décision dès maintenant. S'efforçant de parler d'un ton aimable, elle dit avec un sourire crispé :

— Il me semble au contraire que cette décision doit être prise par tous… Après tout, l'avis de John Swayer n'est qu'un avis parmi d'autres, et…

— Certes. Mais John est le mieux placé pour discuter de ces problèmes, l'interrompit Carter. Il sera sans doute le premier commerçant à s'installer à Crosslyn Rise.

— Oui, acquiesça Jessica. Je crois que Mark a raison. Nina et John, parlez de cela tous les deux et faites-nous un compte rendu la semaine prochaine. Vous nous ferez gagner un temps précieux… Nous sommes tous très pressés aujourd'hui. Carter a un rendez-vous à 9 h 30 à Boston, et j'en ai un moi-même à Harvard.

Un murmure de satisfaction se fit entendre. Tous se levèrent en même temps.

— Mais je dois aller chez l'imprimeur pour lui montrer la maquette de la brochure ! protesta Nina. J'ai besoin de connaître rapidement les prix !

— Cela ne saurait tarder. Nous prendrons une décision la semaine prochaine, répondit Carter en saisissant fermement son attaché-case. J'espère que John et toi trouverez d'ici là un moment pour vous rencontrer…

Furieuse, Nina fixa John avec irritation. Contrairement aux autres, il ne s'était pas encore levé. Nina n'en fut guère étonnée. Le consortium s'était déjà réuni une douzaine de fois, et John Swayer, contrairement aux autres, ne semblait, lui, jamais pressé. Il parlait lentement, il marchait avec nonchalance… Jamais Nina n'avait vu quelqu'un d'aussi détendu. Cet homme semblait passer ses journées à ne rien faire.

Mais elle savait que c'était faux. John tenait une librairie, dont il s'occupait activement. Il avait aussi un fils de quatre ans presque totalement sourd. Mais Nina n'en était pas moins excédée. Elle avait beaucoup de travail. Les manières tranquilles de John Swayer lui tapaient sur les nerfs.

Comme à son habitude, John prit son temps pour répondre à la proposition de Carter.

— Oui, je pense que nous pourrons trouver un moment, dit-il au bout de quelques minutes.

Avec un sourire forcé, Nina passa une main impatiente dans ses courts cheveux bruns et s'exclama :

— J'ai bien peur que ce soit tout à fait impossible pour cette semaine, car je suis débordée. J'ai des dizaines d'appartements à faire visiter aujourd'hui et demain, et j'ai un séminaire de jeudi à dimanche.

— Ce qui vous laisse lundi…, dit fermement Carter.

Passant un bras autour de la taille de Jessica, il se dirigea rapidement vers la sortie.

— Carter ? protesta faiblement Nina.

Mais il ne l'entendit pas.

— Jessica ? reprit-elle.

— Je t'appelle ! lui promit cette dernière, avant de disparaître dans le couloir.

Tous les autres étaient partis. Nina resta seule en face de John Swayer.

— Si cela peut vous consoler, dit-il de sa voix tranquille, cette proposition ne me sourit pas plus qu'à vous…

— Pourquoi ? demanda-t-elle, de plus en plus irritée.

— Parce que vous êtes toujours pressée. Cela me rend nerveux.

— Dans ce cas, nous sommes sur un pied d'égalité, rétorqua-t-elle sèchement. Car vous l'êtes si peu, vous, que vous me mettez hors de moi !

Mais elle savait que le consortium attendait d'eux une décision. Elle ne pouvait pas se permettre de faire passer ses sentiments personnels avant ses responsabilités professionnelles. Elle prit immédiatement son agenda dans son sac et commença à le feuilleter.

— Est-ce que lundi en fin de matinée vous conviendrait ? dit-elle d'un ton boudeur.

— Non, c'est impossible. Je dois me rendre à Boston pour la journée.

— Dans ce cas…

Elle tourna quelques pages. Impossible de prendre rendez-vous pendant son séminaire : les séances se prolongeraient tard dans la soirée, elle le savait.

— Je pourrais m'arranger pour me libérer demain après-midi entre 15 h 30 et 16 heures, soupira-t-elle.

— Non, je travaille, à ce moment-là.

— Moi aussi, fit-elle sèchement observer. Mais nous n'avons pas le choix, nous devons trouver une solution…

Elle fit glisser son ongle verni de rouge sur une colonne de son agenda.

— Je pourrais à la rigueur me libérer aujourd'hui en fin de journée…, reprit-elle, en désespoir de cause.

— Vers quelle heure ?

— J'ai un rendez-vous à 19 heures. Nous pourrions nous voir après.

John enleva ses lunettes, les nettoya soigneusement, les replaça sur son nez, et répondit enfin :

— Non, je m'occupe de mon fils, à cette heure-là.

— A quelle heure va-t-il au lit ?

— Vers 20 heures, 20 h 30.

— Nous pourrions nous voir après. Vous est-il possible de trouver une baby-sitter ?

— Oui, mais c'est hors de question. J'ai du travail à la boutique.

— Mais je croyais que vous deviez vous occuper de votre fils…

— Nous vivons dans un appartement au-dessus de la librairie. S'il pleure, je l'entendrai.

— C'est bon, soupira-t-elle. A quelle heure aurez-vous terminé votre travail ?

— Vers 22 heures, sans doute.

— Nous pourrions nous voir à ce moment-là. Je viendrai chez vous.

— Mais… n'est-ce pas un peu tard, pour un rendez-vous professionnel ? hasarda-t-il.

— C'est la seule solution…

— Vous ne vous arrêtez donc jamais ? s'enquit-il avec un sourire ironique.

— Si, quand je me couche — généralement vers 2 ou 3 heures du matin… Rendez-vous ce soir vers 22 heures, donc…

Elle avait hâte de s'en aller.

— Vous travaillez toute la journée ? reprit-il, faisant mine de ne pas remarquer l'impatience de la jeune femme.

— Oui, et sept jours par semaine ! répondit-elle avec fierté.

Des six personnes qui travaillaient dans l'agence, c'était elle qui avait réalisé les meilleures ventes, ces trois dernières années… Certes, elle n'avait ni mari ni enfants pour lui mettre les bâtons dans les roues, mais elle travaillait dur.

— Quand vous reposez-vous ?

— Je n'éprouve pas le besoin de me reposer.

— Tous le monde a besoin de se reposer, de temps en temps…

— Pas moi. J'ai du plaisir à travailler.

De nouveau, elle se plongea dans son agenda.

— Préférez-vous 21 ou 22 heures ? demanda-t-elle, de plus en plus impatientée.

Il l'examina en silence pendant une minute.

— 21 heures, finit-il par répondre. Si nous nous voyons plus tard, je serai incapable de réfléchir convenablement. Contrairement à vous, je suis humain.

Elle chercha une trace de moquerie sur son visage, mais en vain. Il était parfaitement sérieux.

— Moi aussi, je suis humaine…, dit-elle, sur la défensive. Mais j'aime employer utilement chaque minute qui passe…

Pour pontuer ses paroles, elle referma son agenda avec un claquement sec.

— A ce soir, dit-elle en se dirigeant vers la porte.

Il n'y eut pas de réponse, mais Nina n'en fut guère étonnée. Il fallait au moins trente secondes à John Swayer pour réagir. Et en moins de quinze, Nina avait déjà filé comme l'éclair.

Un quart d'heure plus tard, elle se garait devant l'agence immobilière, après être passée à la poste et chez le teinturier. A l'idée de commencer une nouvelle journée de travail, elle recouvra sa bonne humeur.

L'agence occupait le rez-de-chaussée d'un petit immeuble de trois étages, situé en plein centre-ville. Elle appartenait à Martin Crown. Nina préférait travailler dans une agence indépendante. Les Crown étaient installés dans la région depuis des générations, et avaient acquis une solide réputation en matière d'immobilier. Outre quelques restaurants et quelques boutiques, la famille possédait également un journal local dans lequel elle diffusait ses annonces immobilières — ce qui représentait de substantielles économies et une source de profit assurée pour l'agence. Et Nina Stone n'aimait rien tant que le profit.

Ambitieuse, dynamique, la jeune femme avait de solides projets d'avenir. Elle avait dans l'idée de posséder un jour sa propre agence, sa propre équipe. Son but était de gagner beaucoup d'argent, ce qui, seul, pourrait enfin lui apporter un véritable sentiment de stabilité et de sécurité — désir qui la tenaillait depuis les quatre années difficiles qu'elle avait passées à New York. Perdue dans la grande ville, elle avait tout de suite compris qu'elle ne parviendrait pas à faire son chemin dans cet univers professionnel impitoyable. Aussi avait-elle décidé de s'installer dans ce coin plus tranquille du Massachusetts : la vie y était plus facile, et le marché immobilier tout aussi porteur. Pendant six ans, elle avait travaillé dur, gravissant peu à peu les échelons. Elle savait maintenant qu'elle avait presque atteint son but. Grâce à l'argent qu'elle avait investi dans Crosslyn Rise, elle serait bientôt en mesure de créer sa propre affaire. Et elle tenait par-dessus tout à son indépendance.

— Bonjour Chrissie ! dit-elle gaiement en traversant le hall d'accueil. Des messages pour moi ?

— Oui, sur ton bureau…, répondit la réceptionniste.

Nina gagna son bureau, posa son sac, s'accorda trente secondes de répit, et commença immédiatement à examiner les messages, qu'elle classa par ordre d'importance. Puis elle s'empara du téléphone, appelant successivement un notaire, un vendeur, et enfin une cliente potentielle. Comme elle parlait avec animation, une jeune femme apparut derrière la porte vitrée de son bureau. Lee était sa collègue, ainsi qu'une de ses meilleures amies. Avec ses jupes et ses chemisiers un peu trop sages, son collier de perles fines, ses dix kilos en trop qu'elle essayait régulièrement de perdre, Lee contrastait étrangement avec la pétillante Nina Stone. Pourtant, les deux jeunes femmes s'entendaient à merveille, tant sur le plan professionnel que personnel.

Nina lui fit signe d'entrer, sans interrompre sa conversation téléphonique.

— Charlie Dunn, s'il vous plaît…, dit-elle.

— Je suis désolée, M. Dunn n'est pas dans son bureau.

— Nina Stone, à l'appareil, de l'agence Crown Immobilier. Je dois parler de toute urgence à M. Dunn. S'il revient d'ici à une heure, pourrait-il me rappeler à mon bureau ?

— Bien sûr.

— Merci.

Nina raccrocha et se tourna vers Lee.

— Maisie Stewart a entendu dire que le prix du 23 rue Hammond avait baissé ! s'exclama-t-elle, irritée. Pourtant, je n'ai rien vu de tel sur l'ordinateur ! La nouvelle a-t-elle été annoncée ce matin ?

— Non, répondit Lee.

Nina pianota sur son clavier et constata que Lee avait raison.

— C'est tout de même incroyable ! protesta-t-elle. Charlie connaît pourtant les règles ! Tous les changements de prix doivent être immédiatement saisis sur l'ordinateur !

— Charlie déteste les ordinateurs...

— Je sais..., soupira Nina en levant les yeux au ciel. Mais il a tort. C'est un outil précieux dans notre travail.

Sans reprendre haleine, elle poursuivit :

— Alors ? Les Miller ont aimé la maison ?

— Ils auraient préféré traiter avec toi plutôt qu'avec moi, répondit Lee en s'asseyant en face de Nina. Mais je crois qu'ils sont emballés. Surtout elle — c'est le principal...

— Oui, acquiesça Nina. Je connais hélas ! le vieux Miller. Il fait mille et une critiques, hésite, et finalement, l'affaire lui passe sous le nez... Et tout est à refaire ! Merci, Lee, conclutelle. Jason Miller est vraiment casse-pieds. Tu m'as rendu un fier service.

— Tu plaisantes, j'espère, protesta Lee en riant. C'est plutôt moi qui devrais t'être reconnaissante... Si tu ne me confiais pas quelques-uns de tes clients, je passerais la journée à me tourner les pouces...

Nina savait que c'était vrai. Lee avait d'excellents contacts avec les clients, mais elle n'était guère accrocheuse. Tout le contraire de Nina. Quand celle-ci n'était pas en train de faire visiter une maison, elle ne cessait de travailler. Lee n'avait que faire de toute cette activité. Au début, Nina avait essayé de la gronder gentiment. Mais elle savait que cela ne servait à rien. Lee se contentait parfaitement de son maigre salaire. Et être l'assistante de Nina lui suffisait. Nina, du reste, appréciait son aide.

— Je ne sais pas ce que j'aurais fait sans toi, insista Nina. Les Miller voulaient à tout prix fixer un rendez-vous tôt ce matin. Je pouvais difficilement être à deux endroits à la fois…

— A ce propos, je vois que tu t'étais mise sur ton trente et un…, dit Lee en désignant du doigt la robe de lin rouge vif que portait Nina. Comment la réunion s'est-elle passée ?

— Ne m'en parle pas ! s'exclama Nina. Ils sont tous d'une lenteur ! Prendre la moindre décision exige des heures de discussion !

— Ont-ils apprécié la brochure, au moins ?

— Oui, je crois, mais ils n'ont toujours rien décidé pour le prix des maisons !

— Mais pourquoi ?

— Ils veulent que j'en discute d'abord avec un certain John Swayer…

Le téléphone sonna.

— Nina Stone à l'appareil !

— Bonjour, madame. Carl Anderson. C'est Peter Serretti qui m'a donné votre numéro de téléphone. M. Serretti a travaillé avec votre agence pour vous assister dans la mise en place du nouveau système informatique…

Nina se souvenait très bien de Peter. Celui-ci avait effectivement assisté Nina, mais d'une façon beaucoup plus pressante qu'elle ne l'aurait souhaité. Longtemps après la mise en place du système informatique, Peter Serretti l'avait poursuivie de ses assiduités. Elle fut immédiatement sur ses gardes.

— Que puis-je faire pour vous, monsieur Anderson ? demanda-t-elle d'une voix neutre.

— Je vous appelle de New York. Ma femme et moi-même sommes enseignants. Nous sommes mutés à Boston à partir de la rentrée prochaine. Nous aimerions acheter quelque chose sur la côte. Peter m'a dit que vous étiez la personne idéale…

Nina se sentit immédiatement rassérénée.

— Naturellement ! dit-elle en riant. Que recherchez-vous exactement ?

— Une maison de trois ou quatre pièces. Du neuf, de préférence. Nous n'avons pas d'enfants, mais nous avons un chien et deux voitures.

— Quelle est votre fourchette de prix ? demanda Nina tout en prenant des notes.

— Deux cent cinquante, trois cent mille dollars au maximum. Nous ne pouvons pas faire plus... Si c'est sans espoir, dites-le-moi...

— Bien sûr que non..., le rassura Nina.

Leur proposer quelque chose à Crosslyn Rise était naturellement hors de question, mais Nina avait d'autres projets en tête.

— Nous avons actuellement en vente une maison de quatre pièces à deux cent quatre-vingt-quinze mille dollars, ainsi que quelques trois pièces qui correspondent à votre fourchette de prix. Mais vous devriez venir voir la nouvelle résidence qui s'est bâtie à Salem, près du port. Il reste encore quelques belles maisons de quatre pièces qui pourraient parfaitement vous convenir...

— Nous avions très envie de profiter du week-end pour effectuer quelques visites, répondit Carl, visiblement enchanté. Est-ce que cela vous conviendrait ?

— Je... euh... c'est-à-dire que je ne serai pas libre personnellement, ce week-end, mais...

Son regard croisa celui de Lee.

— Une de mes assistantes se ferait un plaisir de s'occuper de vous...

Elle fronça les sourcils en constatant que Lee lui faisait des signes désespérés.

— Peter vous a chaudement recommandée, insista Carl. Vous connaissez votre métier... Nous avons eu de gros problèmes avec un agent immobilier, quand nous avons acheté l'appartement dans lequel nous vivons actuellement. Il était d'une telle lenteur que l'affaire a failli nous passer sous le nez...

Nina adorait ce genre d'anecdotes.

— Rassurez-vous, dit-elle avec un sourire satisfait. Cela ne risque pas de vous arriver avec moi…

— C'est ce que nous a dit Peter.

— Vous n'auriez pas un autre moment libre ?

— C'est le seul week-end où je puisse me libérer en même temps que ma femme…

— Voilà ce que je vous propose : je vais dresser une liste de tous les endroits susceptibles de vous convenir, et mon assistante s'occupera des visites.

Lee fit la grimace.

— Ensuite, poursuivit Nina imperturbablement, je vous rappellerai lundi matin à la première heure, et nous pourrons en discuter ensemble. Est-ce que cela vous convient ?

Carl Anderson parut ravi de cette proposition. Après avoir raccroché, Nina fixa Lee avec attention.

— Y aurait-il un problème ? demanda-t-elle.

— Je ne suis pas libre, ce week-end…, répondit Lee d'une voix timide.

— Oh, Lee ! protesta Nina. Tu m'avais pourtant dit que tu t'occuperais de mes clients, durant mon séminaire !

— Ce sera possible jeudi et vendredi, mais…

Elle hésita.

— Mais Tom aimerait passer le week-end à Nantucket…, avoua-t-elle. Il a déjà réservé les places d'hôtel et de ferry… Il ne parle plus que des heures que nous passerons sur la plage, et des bons restaurants où nous irons… Comment puis-je refuser ?

Nina éprouva soudain un étrange sentiment de frustration — qui n'avait plus rien à voir avec son travail…

— C'est vrai, tu peux difficilement refuser, admit-elle à contrecœur. De toute façon, tu n'oses jamais dire non à Tom. Mais pourquoi te prévient-il toujours au dernier moment ?

— Il est comme ça. Il aime la spontanéité.

— Tu parles ! En fait, il refuse toute forme d'engagement… Il t'appelle quand ça l'arrange ! Il se sert de toi, Lee !

— Mais je suis si bien, avec lui !

— Il ne te mérite pas.

— Comment peux-tu dire cela ? protesta Lee. J'ai vingt-huit ans et je suis encore célibataire… Je n'ai aucun charme, je ne sais pas m'habiller avec goût, je ne gagnerai jamais beaucoup d'argent. Je ne suis pas un cadeau, Nina ! Et Tom est si bon avec moi…

Nina sentit son cœur se serrer. Ces paroles lui rappelaient sa mère. Maria Stone avait si souvent dit d'un homme : « Il est si bon avec moi ». Et tout ça pour quoi ? Nina détestait l'idée que quelqu'un qu'elle aimait, comme Lee, puisse être encore victime de l'égoïsme masculin…

— Tu dis n'importe quoi ! assura-t-elle avec conviction. Tu es jolie, intelligente, chaleureuse… C'est toi qui m'as appris à cuisiner et à composer des bouquets… Tu as tout ce qu'un homme peut souhaiter. Pourquoi te contenter d'un Tom Brody ? Il y a tant d'hommes qui ne demanderaient qu'à profiter de toutes tes qualités !

— Facile à dire…, murmura Lee. Les hommes ne s'intéressent pas à moi autant qu'ils s'intéressent à toi. Tu les attires comme des mouches… Alors que la plupart du temps, ils ne t'intéressent pas.

— C'est faux.

— Tu ne veux pas d'une relation stable.

— Je n'ai pas envie de me marier, c'est vrai. Mais j'apprécie la compagnie des hommes… Si un homme séduisant m'invite à dîner, je ne refuse jamais…

— Quand tu as le temps…

— Et alors ? répondit Nina en riant. C'est vrai que le travail compte plus que tout, pour moi. Je dois penser à mon avenir…

— Toi, tu es indépendante avant tout, soupira Lee. Alors que la plupart des femmes attendent le prince charmant… Comme moi, par exemple, mais j'ai bien peur de ne jamais le trouver.

— Il suffit d'attendre. On finit toujours par trouver chaussure à son pied.

— Mais c'est Tom que je veux ! Je suis sûre que notre histoire peut marcher, Nina !

Nina, hélas ! ne connaissait que trop bien Tom Brody. Quelques années auparavant, elle avait eu affaire à lui. Tom avait essayé de dénoncer un contrat, pourtant signé en bonne et due forme.

— Tom n'est pas l'homme qu'il te faut, insista-t-elle d'une voix ferme. Je te verrais mieux avec quelqu'un de plus gentil, de plus doux… Quelqu'un comme John Swayer.

— Qui est John Swayer ?

— Un membre du consortium Crosslyn Rise. Il a investi comme moi dans le projet, mais ce n'est pas un homme d'affaires. C'est un libraire. Un intellectuel, en somme.

— Est-il marié ? demanda Lee, vaguement intéressée.

— Il est veuf. Il a un petit garçon de quatre ans.

— Oh, dans ce cas, laisse tomber, répondit Lee, dépitée. Je ne sais pas m'y prendre, avec les enfants.

L'espace d'un instant, Nina se remémora la réunion de la matinée.

— John Swayer m'en fait voir de toutes les couleurs, soupira-t-elle. D'après lui, les prix que je propose sont trop élevés… Et les autres membres du consortium attachent beaucoup d'importance à son avis… Ils veulent que nous trouvions, lui et moi, un compromis !

— Pourquoi pas ? Telle que je te connais, tu trouveras bien un moyen de le convaincre…

— Peut-être, mais il est tellement… nonchalant ! On dirait qu'il a l'éternité devant lui. Ce que je ferais en cinq minutes, il le fait en une heure !

— Est-il séduisant ?

— Je… Ce n'est pas mon type.

— Grand ?

Nina réfléchit pendant quelques secondes.

— Je ne sais pas, avoua-t-elle. Je ne crois pas. C'est curieux… C'est le genre d'homme que je ne remarque pas. Quand je pense que j'ai rendez-vous avec lui, ce soir ! J'espère qu'il ne va pas faire durer la réunion pendant des heures…

Nina jeta un bref coup d'œil à sa montre.

— Oh ! J'ai rendez-vous avec les Selwyn dans cinq minutes ! s'exclama-t-elle. Il faut que j'y aille !

— Pour ce week-end…, commença Lee.

— Ne t'inquiète pas, je trouverai quelqu'un d'autre, la rassura Nina.

— Je suis vraiment désolée…

— Pourquoi ? l'interrompit Nina en souriant. Tu as tout de même le droit de vivre ta vie ! Dommage que ce soit avec Tom…

— Tout se passera bien, ne t'inquiète pas.

— J'y vais, Lee. Sinon je vais être en retard.

2

Durant toute la journée, Nina fut suffisamment débordée pour ne plus penser à son rendez-vous avec John Swayer. Quand elle rentra chez elle, vers 19 heures, il lui restait deux bonnes heures à attendre. Mais Nina demeurait rarement inactive. Elle avait encore quelques dossiers à consulter, et de nombreux coups de téléphone à donner. Pourtant, elle ne put s'empêcher de laisser son esprit vagabonder.

Elle pensait à Crosslyn Rise. Les premières maisons construites étaient si jolies ! Elle n'était pas mécontente de la brochure qu'elle avait réalisée. Mais elle regrettait le retard qui allait différer la diffusion de la publicité. Pourquoi les choses allaient-elles si lentement ? Elle songea à John, à sa nonchalance, et se sentit gagnée par une irritation croissante. Quand il fut l'heure de prendre sa voiture pour se rendre à son rendez-vous, elle se sentait prête à livrer bataille.

La librairie se trouvait en plein centre-ville. Nina remarqua aussitôt que le rez-de-chaussée était éclairé, tandis que le premier étage était plongé dans l'obscurité. La jeune femme se dirigea avec détermination vers la porte de la boutique, qui n'était pas fermée à clé.

— Il y a quelqu'un ? demanda-t-elle en pénétrant dans le magasin aux murs tapissés de livres.

Comme personne ne répondait, elle ajouta :

— Bonsoir !

— J'arrive ! cria une voix, du fin fond de l'arrière-boutique.

Quelques secondes plus tard, John entrait dans la pièce,

portant une énorme pile de livres qu'il déposa soigneusement par terre.

Ce ne fut qu'à ce moment que Nina aperçut son visage. Elle demeura interdite. Car l'homme qui se tenait devant elle n'avait plus rien à voir avec celui qu'elle avait eu en face d'elle le matin même. Il paraissait plus grand, plus musclé — plus masculin. Son teint n'était plus pâle, mais coloré par l'effort. Un début de barbe ombrait son visage, ce qui le faisait paraître terriblement viril. Un jean et un T-shirt avaient remplacé le costume strict.

— Vous êtes juste à l'heure…, observa-t-il tranquillement.

— Je déteste faire attendre les gens ! expliqua-t-elle avec un sourire qui se voulait détendu.

Mais elle ne pouvait le quitter du regard.

— La boutique est trop petite, reprit-il. Les livreurs déposent les marchandises dans l'arrière-boutique et je suis obligé de tout ranger moi-même. Je ne pensais pas que ça me prendrait autant de temps… Sinon j'aurais pris une douche et je me serais changé…

— Cela n'a aucune importance, retorqua-t-elle aimablement, tout en songeant qu'elle-même portait la même robe depuis le matin. De toute façon, j'espère que ce rendez-vous ne s'éternisera pas. Nous pouvons régler notre différend en quelques minutes.

— Je n'en suis pas si sûr, grommela-t-il. Mais nous pouvons toujours essayer…

Il commença lentement à trier les livres qu'il avait apportés.

— Allez-y, je vous écoute, dit-il d'une voix neutre.

Fascinée, Nina ne put s'empêcher d'examiner à la dérobée les muscles puissants, qui saillaient sous le T-shirt. Elle avait pris John pour un être délicat et indolent. Elle dut admettre intérieurement qu'elle s'était trompée. Le corps de John Swayer dégageait une incroyable énergie.

— Je vous écoute, répéta-t-il en soulevant avec facilité une lourde pile de gros volumes.

Ce fut à cet instant que Nina remarqua autre chose.

— Vous ne portez plus de lunettes ! s'exclama-t-elle, étonnée.

C'était la première fois qu'elle le voyait ainsi.

— J'évite de les porter quand je le peux, expliqua-t-il.

— Vous pouvez vous en passer ?

— Oui, sauf quand je lis ou quand je conduis.

Lui tournant le dos, il commença à ranger les livres sur les étagères sous l'œil intrigué de Nina. John était effectivement beaucoup plus grand qu'elle ne l'avait cru au premier coup d'œil. Certes, il n'atteignait pas le mètre quatre-vingt-dix d'un Carter Malloy, mais il frisait facilement le mètre quatre-vingts. Une taille fort respectable comparée au petit mètre soixante que pouvait revendiquer Nina.

Nerveuse tout à coup, la jeune femme toussota.

— Qu'y a-t-il ? demanda-t-il, mi-étonné, mi-ironique, en se retournant.

A son grand dépit, Nina sentit qu'elle rougissait jusqu'aux oreilles. Ce genre de chose ne lui arrivait pas très souvent... Jamais elle n'aurait cru que la puissance physique de John Swayer pouvait lui faire cet effet...

— R... rien, balbutia-t-elle. Mais... vous êtes si différent de ce que je croyais ! Si j'étais entrée dans la boutique par hasard, je ne sais pas si je vous aurais reconnu...

— Vous me voyez dans un environnement différent, c'est tout ! répliqua-t-il en haussant les épaules. Je n'ai pas changé, depuis ce matin. Pas plus que mes opinions, d'ailleurs... Vous aurez du mal à me convaincre qu'il faut vendre ces maisons à des prix si déraisonnables...

Immédiatement, Nina se raidit.

— Déraisonnables ? s'exclama-t-elle, piquée au vif. Un million de dollars serait sans doute un prix déraisonnable. Mais pas six cent mille.

— Vous parliez ce matin d'une fourchette allant de six cent cinquante mille à sept cent cinquante mille...

— Cela n'a rien d'excessif, vu le marché.

— Avez-vous vendu beaucoup de maisons de ce style à ce prix-là ?

— Non, mais Crosslyn Rise est un endroit exceptionnel.

— Est-ce une raison pour pratiquer des prix aussi élevés ?

— Des tas de gens sont prêts à payer le prix de la qualité.

— Je n'en suis pas si sûr… Et si les maisons ne se vendent pas, adieu les boutiques… Aucun commerçant ne voudra prendre le risque de s'installer dans une résidence fantôme…

— Crosslyn Rise ne sera jamais une résidence fantôme ! protesta Nina.

Mais elle savait que John n'avait pas entièrement tort. Si les maisons se vendaient mal, aucun commerçant ne prendrait le risque de s'installer à Crosslyn Rise. Certes, les boutiques ne seraient pas exclusivement réservées aux résidants — un accès public avait été aménagé à cet effet — mais les gens de la région n'auraient nulle envie de venir faire leurs courses à Crosslyn Rise si la résidence était déserte.

John prit une deuxième pile de livres. Incapable de détourner son regard, Nina observa la mèche de cheveux bruns qui lui tombait sur le front. Elle remarqua aussi les larges mains, douées d'une force étonnante. Elle eut soudain pleinement conscience de la puissance virile qui se dissimulait derrière les gestes nonchalants. Si tel était le cas, elle risquait fort de succomber…

— C'est bon…, soupira-t-elle en s'efforçant de détourner le regard. Nous pourrions fixer la limite supérieure à sept cent mille dollars, et vendre les maisons plus petites à six cent mille.

Silencieux, John s'était mis à entasser sur son bras une nouvelle pile de volumes.

— John ?

— Ce prix est encore trop haut, dit-il.

— Pas si nous voulons réaliser un profit intéressant, rétorqua-t-elle. C'est le but du jeu, je vous le rappelle.

— Pour vous peut-être…

— Pas pour vous ? Je n'en crois rien. Vous avez mis beaucoup d'argent dans ce projet. Et d'après ce que j'ai entendu dire, vous n'êtes pas un homme riche…

John continua lentement à empiler les livres. Rien ne semblait pouvoir le détourner de son travail.

— Quand quelqu'un place toutes ses économies dans un seul projet, c'est qu'il en espère de bons résultats, continua Nina.

— C'est exact, admit-il.

Elle s'attendait à le voir poursuivre, mais comme il demeurait silencieux, elle s'approcha de lui.

— Plus nous vendrons les maisons à un prix élevé, plus nous gagnerons d'argent, expliqua-t-elle patiemment, comme si elle était confrontée à un élève récalcitrant. Une différence de cent mille dollars sur deux douzaines de maisons équivaut à deux millions et demi de dollars de profit en plus ou en moins. Je ne sais pas si vous vous rendez compte…

Soudain, elle fronça les sourcils.

— Combien de livres avez-vous là ? demanda-t-elle.

— Une trentaine.

— Et vous croyez vraiment que vous allez vendre tous ces livres à vingt-cinq dollars l'unité dans une petite ville comme la nôtre ? Comment pouvez-vous être aussi optimiste quand il s'agit de livres, et aussi pessimiste quand il s'agit de maisons ?

Prenant son temps, John acheva tranquillement de ranger la pile de livres avant de répondre.

— C'est l'éditeur qui décide du prix, pas moi, expliqua-t-il. Et j'ai commandé cette série parce que l'éditeur m'avait cédé le lot pour une somme ridicule.

— Vingt-cinq dollars pour un aussi mauvais auteur ! s'exclama Nina avec mépris.

— Vous l'avez lu ?

Pour la première fois, il semblait sincèrement étonné.

— Oui, répondit-elle avec un sourire de satisfaction.

— Quand ? Je croyais que vous travailliez tout le temps…

— Je n'ai jamais dit cela.

— Ah bon ? C'est pourtant l'impression que j'ai eue, ce matin… Nous avons eu tant de mal à trouver une possibilité de rendez-vous…

— Cette semaine était un peu particulière, admit-elle. C'est à cause de mon séminaire : quatre jours de travail intensif.

— Quel genre de travail ?

— Des cours sur le marché de l'immobilier commercial. C'est dans ce domaine que je me spécialise depuis quelques années. Cela fait six mois que je désire assister à ce séminaire, mais je n'avais pas encore réussi à trouver un moment pour le faire.

— Alors quand lisez-vous ?

— Le soir, tard.

— Vous êtes insomniaque ?

— Non, pas vraiment. Je peux me contenter d'un très petit nombre d'heures de sommeil. La plupart du temps, je ne suis pas fatiguée.

— Alors comme ça, vous n'avez pas aimé ce livre ?

— Non. Je l'ai trouvé... médiocre. La plupart des romanciers qui gagnent le prix Pulitzer se croient souvent tout permis et tombent dans la facilité. Je blâme l'éditeur pour sa lâcheté.

— Sa lâcheté ?

— Oui. Il aurait dû refuser le roman et obliger l'écrivain à tout recommencer.

— En tout cas, je suis sûr que ce sera un best-seller.

— Probablement.

— Et je ne perdrai pas un centime. Les gens achèteront le livre, ne serait-ce que par curiosité — et ce ne sont pas vingt-cinq dollars qui les ruineront... Au pire, certains lecteurs seront déçus et déconseilleront à leurs amis d'acheter le roman. Il m'en restera peut-être un ou deux exemplaires sur les bras. Mais un mauvais roman ne peut pas faire de tort à mon commerce.

Son regard se fit songeur.

— Pour ce qui est de Crosslyn Rise, en revanche, un manque à gagner sur deux ou trois maisons invendues serait une catastrophe...

— La comparaison est hasardeuse, rétorqua Nina en hochant la tête. Contrairement à ce livre, Crosslyn Rise est une réalisation de qualité. Les clients ne se feront pas rouler. Je crois même que nous pouvons compter sur le bouche à oreille : les premiers acheteurs feront part de leur satisfaction à leurs amis.

— Si les gens n'ont pas les moyens d'acheter, cela ne nous sera guère utile.

— Les gens qui n'ont pas les moyens, de toute façon, ne nous intéressent pas pour Crosslyn Rise, rétorqua Nina.

John la fixa avec mépris.

— Comme vous êtes dure..., murmura-t-il.

— Non, je suis simplement réaliste. Crosslyn Rise n'a pas été conçu pour de jeunes couples qui accèdent pour la première fois à la propriété. J'ai dans mon fichier des tas de maisons qui conviennent bien mieux à cette catégorie de clients. Crosslyn Rise n'est pas pour eux. Et s'ils jettent leur dévolu sur cette résidence, c'est à leurs risques et périls. Ils ne prendront qu'un peu plus tôt conscience des dures réalités de l'existence.

— C'est-à-dire ?

— Ils apprendront que tout a un prix. Quand on n'a pas assez d'argent pour acheter quelque chose, il faut rabattre ses prétentions.

Un lourd silence suivit ces paroles. Nina savait qu'elle avait été dure et agressive — deux défauts dont elle avait été souvent accusée. Elle retint son souffle, s'attendant que John le lui reproche à son tour.

Mais il demeura silencieux. Il examina avec attention la jeune femme pendant quelques secondes puis, sans dire un mot, regagna l'arrière-boutique. Nina resta seule, attendant son retour. Désorientée, elle fixa la porte derrière laquelle il avait disparu. Elle l'avait entendu gravir une volée de marches. Il serait certainement de retour dans quelques instants. Mais tout était calme. Mal à l'aise, Nina se balança d'un pied sur l'autre et finit par regarder sa montre. Il était déjà 21 h 30 et ils n'avaient toujours pas pris de décision concernant Crosslyn Rise...

— John ? appela-t-elle.

Mais personne ne répondit. Nina poussa un long soupir. Elle était en train de perdre son temps, et rien ne l'exaspérait davantage. Elle et John n'étaient pas faits pour s'entendre. Il était calme, d'un calme qui, loin de l'apaiser, réveillait au contraire en elle des pulsions agressives. Et ni l'un ni l'autre n'allait changer... Mais il ne s'agissait que de parvenir à un compromis... Pourquoi diable tout était-il si compliqué ?

Soudain, Nina entendit un bruit au-dessus d'elle, et leva la tête. John avait sans doute rendu visite à son fils... Elle pouvait difficilement le lui reprocher. Mais il aurait pu au moins s'excuser, au lieu de s'éclipser sans rien dire... Pourtant, les manières de John n'avaient rien de grossier. Elles étaient seulement... déconcertantes.

John ne l'aimait pas, elle le savait. Ce qui expliquait tout... Le mépris qu'elle voyait apparaître de temps à autre dans son regard exprimait du reste clairement sa désapprobation. Raison de plus pour mettre fin à ce rendez-vous le plus vite possible... Il fallait prendre cette décision sans plus attendre et oublier définitivement John Swayer !

Le craquement au-dessus de sa tête se rapprocha, puis elle entendit John descendre l'escalier. Mais la porte ne s'ouvrit pas. Elle devina qu'il était descendu directement au sous-sol et prit une grande inspiration pour se calmer. Décidement, elle haïssait cet homme.

A bout de patience, elle entra dans l'arrière-boutique et s'exclama :

— Je suis pressée, John ! Nous pourrions peut-être prendre une décision...

— J'arrive..., répondit laconiquement ce dernier.

De plus en plus exaspérée, Nina regagna la boutique. Cherchant un dérivatif à sa colère, elle examina les lieux avec attention. La librairie occupait la totalité du rez-de-chaussée de l'immeuble. Une cheminée ornait le fond de la pièce. Un canapé et deux larges fauteuils étaient disposés tout autour. La boutique n'était pas très grande, mais il s'en dégageait quelque chose d'accueillant et de chaleureux qui faisait qu'on s'y sentait bien.

Désœuvrée, Nina commença à examiner les rayons un à un. Elle passa devant les livres d'histoire, puis les romans et les bandes dessinées. Petit à petit, elle prit plaisir à cette exploration, s'arrêtant pour regarder un livre ici ou là. Elle adorait les livres et la lecture. Une activité qui était pour elle une vraie détente.

Elle s'arrêta au rayon des biographies et en prit une, au hasard. C'était le genre de littérature qu'elle préférait. Un instant, elle fut tentée d'acheter l'ouvrage qu'elle avait en main mais n'osa pas : les livres qu'elle n'avait pas eu le temps de lire ne cessaient de s'accumuler sur sa table de chevet. A regret, elle replaça le volume et poursuivit son exploration. De nouveau, elle s'arrêta, au rayon cuisine cette fois. L'un des livres, qu'elle ne connaissait pas, attira son attention. Elle l'ouvrit et commença à le feuilleter avec délices.

— Ne me dites pas que vous cuisinez !

Nina sursauta et se retourna vivement. John se trouvait derrière elle. Elle ne l'avait pas entendu arriver. De nouveau, elle fut étonnée par son apparence : il était si grand, si fort, si étonnamment masculin…

— Oui, je cuisine, rétorqua-t-elle sèchement.

Il se remit à classer une pile d'ouvrages.

— Vous travaillez, vous lisez, vous cuisinez… Décidément vous ne cessez de me surprendre ! dit-il avec un sourire ironique.

Nina le défia du regard. Elle songea soudain qu'ils étaient quittes : John l'avait surprise en n'étant pas le fragile intellectuel auquel elle s'attendait, elle l'avait déconcerté en étant une femme active qui faisait la cuisine… Elle ne comprenait toujours pas pourquoi elle lui était si antipathique, mais au fond, peu lui importait. Tout ce qu'ils avaient en commun, c'était Crosslyn Rise.

— Il est tard…, dit-elle avec un sourire contraint. Ne pourriez-vous pas vous arrêter un instant de ranger ces livres, afin que nous puissions discuter tranquillement ?

— Je n'ai pas perdu un mot de ce que vous m'avez dit…, répondit-il en se relevant lentement. Vous ne me dérangez pas…

— Mais peut-être ne m'écoutez-vous pas avec toute l'attention souhaitable…

— Détrompez-vous. Je suis tout ouïe…

— C'est bon, soupira-t-elle. Pourquoi ne m'exposez-vous pas une fois pour toutes votre point de vue ?

— Est-ce vraiment utile ?

— Oui, je crois.

Faisant mine de ne pas l'avoir entendue, il se pencha de nouveau sur sa pile de livres.

— John ! protesta-t-elle.

— Je mets de l'ordre dans mes pensées. Accordez-moi une minute.

Refrénant son impatience, Nina accéda à sa demande. John en profita pour ranger une douzaine de livres. Comme Nina commençait à se demander s'il ne le faisait pas exprès pour l'exaspérer, il se planta devant elle et dit calmement :

— J'ai d'excellentes raisons de penser que les maisons ne doivent en aucun cas être surévaluées. Moins chères, nous les vendrons d'ailleurs plus rapidement, ce qui attirera immédiatement les commerçants, et nous laissera un profit très honnête.

— C'est tout ce que vous trouvez à dire ?

— Il me semble que c'est suffisant. Ne vous ai-je pas convaincue ?

— Pas vraiment.

— Vous faites vraiment preuve de mauvaise volonté…

— Pas plus que vous !

— Pourtant, mes arguments sont valables.

— Les miens le sont tout autant.

— Il n'y a que le profit qui vous intéresse…

Nina eut une brusque envie de le gifler.

— Mais le but de ce projet, c'est le profit ! s'exclama-t-elle, excédée.

— Vous avez tout à fait raison. Cependant, en mettant la barre trop haut, vous risquez de tout gâcher.

— D'accord ! dit-elle en levant les yeux au ciel. Mais pourquoi ne pas essayer ? Si les maisons ne sont pas vendues dans six mois, nous pourrons toujours baisser les prix.

— En tant qu'agent immobilier, vous devriez savoir qu'une telle tactique équivaudrait à un suicide commercial. Les maisons près de l'étang seront terminées six mois avant celles de la pinède. Et ces dernières, six mois avant celles de la prairie. Si nous ne vendons pas très vite les premières, nous pouvons faire une croix sur les autres.

— C'est bon, répondit Nina en faisant tous ses efforts pour garder son calme. Dans ce cas, je vous propose une autre idée : nous pourrions vendre les maisons près de l'étang six cent mille dollars l'unité et augmenter progressivement les prix pour les tranches suivantes.

— Je suggère plutôt de commencer à cinq cent mille dollars.

Il prit une autre pile de livres.

— Je crois que nous n'allons pas y arriver ! soupira Nina.

— Tout irait mieux si vous écoutiez un peu la voix de la raison.

— Mais c'est quand même mon métier ! s'étrangla-t-elle, rouge de colère. Je gagne ma vie en estimant le prix des maisons ! Si je n'y connaissais rien, les affaires de mon agence ne marcheraient pas si bien…

— Vos affaires marchent bien parce que vous êtes très forte pour pousser les gens dans leurs derniers retranchements ! Vous réussiriez à convaincre un aveugle d'acheter une paire de lunettes ! Mais je ne mange pas de ce pain-là, moi !

Nina le fixa, désorientée par la véhémence de son attaque. Elle avait du mal à croire que le placide John Swayer ait pu se montrer si virulent.

— Pourquoi me détestez-vous tant ? demanda-t-elle, les larmes aux yeux.

— Je n'apprécie guère votre façon d'être, c'est tout.

— Parce que je travaille dur et que je gagne bien ma vie ? Parce que je sais ce que je veux et que je me bats pour l'obtenir ? Parce que je suis une femme ?

Elle s'interrompit un instant.

— C'est bien cela, n'est-ce pas ? reprit-elle. Je ne suis pas une fragile créature et cela vous déplaît.

— Pas du tout, je…

— Vous ne seriez pas le premier, l'interrompit-elle avec un sourire amer. La plupart des hommes ont peur des femmes comme moi. Parce qu'ils ne se sentent pas à la hauteur. Ils aimeraient bien les remettre à leur place, mais ils n'y arrivent pas…

— Quel âge avez-vous ? demanda-t-il à brûle-pourpoint.

— Peu importe.

— Mais si, au contraire. Vous devriez avoir des enfants.

Elle le fixa, incrédule.

— Pour qui vous prenez-vous ? explosa-t-elle enfin. Vous ne savez rien de moi ! Vous ignorez tout de mes motivations ! Nous vivons au XXe siècle. Les femmes ont d'autres chats à fouetter que rester au foyer pour élever leurs enfants…

— Certaines le font, pourtant…

— Mais d'autres préfèrent travailler. C'est un choix personnel.

— Je constate que dans votre cas, c'est tout choisi…

— Parfaitement. Et je ne permettrai à personne de critiquer mon choix.

Nina se sentit soudain très lasse. Serrant son sac contre sa poitrine, elle se dirigea à grands pas vers la porte.

— A quoi bon discuter ? murmura-t-elle. J'appellerai Carter demain pour lui dire que vous et moi ne pouvons travailler ensemble.

— Vous vous avouez vaincue ?

Nina s'arrêta net.

— Pas le moins du monde, dit-elle en se tournant vers lui. Mais je suis réaliste. Nous perdons tous les deux notre temps. Je ne parviendrai pas plus à vous convaincre que vous ne parviendrez à me faire céder. Nous sommes dans une impasse. La seule solution, c'est d'exposer nos points de vue divergents devant le consortium. Ils n'auront qu'à voter pour trancher.

Sur ces mots, elle sortit sans se retourner et se dirigea vers sa voiture. Elle allait ouvrir la portière quand elle entendit :

— Nina ?

— Bonsoir, John ! conclut-elle.

— Nina, attendez !

Elle leva son regard. John se tenait devant elle.

— Peut-être pourrions-nous faire une nouvelle tentative ? suggéra-t-il.

— A quoi bon ?

Ouvrant la portière, elle s'installa au volant. John se pencha et poursuivit :

— Pourquoi ne m'accordez-vous pas un délai de réflexion ?

— Cela ne servirait à rien, répliqua-t-elle, la main sur la clé de contact. Vous ne comprendrez jamais mon point de vue.

— Nous pourrions tomber d'accord sur un compromis : je monterais un peu mes prix et vous baisseriez les vôtres...

Nina savait que c'était là seule solution raisonnable, mais l'idée de revoir John Swayer en tête à tête ne lui souriait guère.

— Pourquoi ne pas suggérer cette idée au consortium mardi prochain ? demanda-t-elle.

— Ils attendent de nous une proposition, pas une question.

— Eh bien, tant pis. Ils voteront.

Elle mit le contact.

— Ecoutez..., dit-il en élevant la voix pour couvrir le bruit du moteur. Au fond, peu m'importe d'arriver mardi matin à la réunion sans proposition définitive. Je ne suis qu'un libraire qui essaie de gagner un peu d'argent en investissant dans l'immobilier. Mais vous, vous êtes une professionnelle... Je suis sûr que vous préféreriez faire bonne figure devant le consortium...

Elle dut admettre, intérieurement, qu'il n'avait pas tout à fait tort. Elle le fixa avec irritation.

— Prenons alors, comme vous le suggériez, un chiffre à mi-chemin de nos deux propositions, dit-elle d'une voix impatiente.

— Nous ferions mieux d'en rediscuter.

— A quoi bon ? Y a-t-il une autre solution ?

— Je persiste à dire que nous ferions mieux d'en rediscuter...

Nina songea soudain que John Swayer était l'homme le plus têtu qu'elle ait jamais connu. Avec son air de ne pas y toucher, il avait une volonté de fer.

— D'accord, dit-elle avec un sourire crispé. Mais il y a un petit problème : quand trouverons-nous un moment pour nous rencontrer ? Je crois que nous avons déjà envisagé toutes les possibilités...

— Nous en trouverons un.

— Je suis débordée, cette semaine.

— Alors, ce week-end ?

— Je vous ai déjà dit que j'avais un séminaire. Je serai prise de 9 heures à 17 heures, et je dois compter une heure de trajet à l'aller et au retour.

— Nous pouvons alors nous voir vers 18 heures.

— Impossible. Je déménage dans une semaine et je dois passer mes soirées à préparer les paquets.

— Eh bien, je vous aiderai.

— Non, c'est hors de question.

— Pourquoi ?

— Parce que je suis parfaitement capable de le faire moi-même.

— Je n'en doute pas un instant, répliqua-t-il avec un demi-sourire. Mais je peux également vous aider… Je ne suis pas l'être chétif que vous croyez, Nina.

— Mais je n'ai jamais dit…

— Vous l'avez pensé très fortement… Et vous vous trompiez. Je sais emballer des objets dans des caisses, moi aussi.

— Non. Je n'ai pas besoin de votre aide.

Il demeura un instant silencieux, l'air songeur. Puis, de la voix calme et tranquille qu'elle lui avait toujours connue, il dit :

— Voyons-nous donc mardi matin avant la réunion. Rendez-vous à 7 h 30 au Easy Over pour un petit déjeuner d'affaires.

Avant qu'elle ait eu le temps de proférer la moindre objection, il avait tourné les talons.

— John ! appela-t-elle.

Mais il avait déjà disparu à l'intérieur de la boutique.

3

Le mardi suivant, Nina se prépara avec soin pour son petit déjeuner avec John Swayer. Passant en revue sa garde-robe d'un œil critique, elle élimina mentalement le rouge vif, le fuchsia et le vert pomme, et se décida enfin pour un tailleur beige, un peu plus sage que ses tenues habituelles. Elle ne fut d'ailleurs pas mécontente du résultat. La veste, très cintrée, soulignait la finesse de sa taille et la jupe, assez courte, mettait joliment en valeur ses jambes bien galbées. Ayant complété sa tenue par un collier de perles et une paire de clips assortis, elle se sentit fin prête pour ce rendez-vous d'affaires.

Elle avait l'intention d'impressionner John Swayer, même s'il n'y avait chez elle aucune volonté de séduction — avouée, du moins. La plupart du temps, elle aimait les vêtements sexy, les couleurs vives. Elle savait que ses clients appréciaient ce look qui reflétait à merveille sa personnalité. Mais quelque chose lui disait que cet aspect un peu trop voyant ne serait guère du goût de John. Et elle avait la ferme intention de se concilier ce dernier. Crosslyn Rise valait bien ce petit effort.

Elle arriva vers 7 h 25 au Easy Over, un ravissant salon de thé situé à proximité de la banque. N'apercevant pas John, elle s'installa à une table et commanda une tasse de café. Il arriva dix minutes plus tard, vêtu d'un élégant costume sombre. Les yeux encore bouffis de sommeil, il s'assit en face d'elle.

— Je suis un peu en retard, s'excusa-t-il. J'ai été retenu à la maison.

— Un problème ? demanda Nina en faisant signe à la serveuse.

— Non, pas vraiment.

— Que s'est-il passé ?

— Mon fils n'apprécie guère la baby-sitter. Il ne voulait pas que je parte.

— Je croyais que les enfants étaient parfaitement habitués aux baby-sitters, de nos jours…

— Il aime les jeunes filles qui le gardent l'après-midi, deux lycéennes qui adorent les enfants. Mais à une heure aussi matinale, j'ai dû m'adresser à quelqu'un d'autre : une personne très gentille, à qui je fais entièrement confiance, mais qui n'a pas un très bon contact avec lui.

— Il doit être attaché à vous…

— Il n'a plus que moi…

Nina songea à la mère de l'enfant, se demandant dans quelles circonstances elle était morte. Le petit garçon se souvenait-il d'elle ? Mais elle se refusa à interroger John plus longuement. Tout cela ne la regardait pas.

— Vous avez choisi ? demanda la serveuse.

Nina acquiesça. Elle était venue suffisamment souvent dans ce salon de thé pour savoir exactement ce qu'elle désirait sans avoir besoin de consulter la carte.

— Des œufs au bacon, des toasts et une orange pressée, annonça-t-elle.

— La même chose pour moi, dit John sans ouvrir le menu qui se trouvait devant lui.

Comme la serveuse s'éloignait, John fixa Nina avec un sourire amusé.

— Vous mangez beaucoup, pour une femme si menue, observa-t-il.

— Je suis bien obligée, répondit-elle. Je déjeune rarement, et ne dînerai pas avant 9 ou 10 heures ce soir…

— Ce n'est pas très sain…

— Comment faire autrement ? rétorqua-t-elle avec un haussement d'épaules. Si je ne me défonce pas dans mon travail, d'autres le feront à ma place, et je pourrai dire adieu à ma carrière…

Sur ces mots, elle tira un dossier de son sac et l'ouvrit immédiatement.

— J'ai passé la soirée d'hier à faire des calculs, expliqua-t-elle.

— Non, tout à l'heure, répliqua-t-il, impassible.

— Pourquoi ?

— Je déteste parler affaires à jeun.

— Mais… à quoi bon un petit déjeuner d'affaires, dans ce cas ?

— Nous discuterons après avoir mangé.

Nina faillit lui rétorquer qu'ils risquaient de manquer de temps, si elle voulait lui expliquer en détail les trois plans qu'elle avait élaborés. Elle aurait voulu ajouter que les premières minutes de la journée étaient idéales pour parler affaires. Et puis, surtout, ils étaient attendus à la banque à 8 h 30. Avec la lenteur de John et le temps qu'ils avaient déjà perdu en bavardages inutiles, il ne leur resterait guère que quarante minutes pour discuter sérieusement…

Mais elle se retint. Le regard de John l'avait arrêtée net dans son élan. De ce regard émanait une tranquille autorité qui fit immédiatement taire toutes ses protestations. Elle remarqua aussi que les yeux qui l'observaient avaient la couleur de l'ambre.

D'une main légèrement tremblante, elle referma le dossier, s'installa plus confortablement sur sa chaise, et se demanda avec une certaine appréhension de quoi ils allaient bien pouvoir parler en attendant qu'on les serve. Elle avait mille questions à lui poser — sur son fils, sur sa femme, sur ses goûts littéraires. Mais elle craignait de se montrer indiscrète.

Nina adorait bavarder. Devant un public, elle pouvait parler pendant des heures. Mais elle avait beau se creuser la tête, elle ne trouvait rien à dire à John Swayer.

Elle commençait à juger la situation légèrement embarrassante quand, à son grand soulagement, John prit enfin la parole.

— Vous avez terminé vos paquets ? demanda-t-il.

— Oui, presque, répondit-elle.

— Je suppose que vous vous êtes fait aider…

— Non.

— Comment ? s'exclama-t-il ironiquement. Je pensais que vous seriez secondée par une foule d'admirateurs désireux de se faire valoir en montrant leurs muscles…

— Pourquoi cette idée ? demanda Nina, sur la défensive.

— Vous êtes une femme très séduisante… Les hommes ne doivent pas manquer autour de vous.

— Détrompez-vous. Je tiens à mon indépendance. Je ne supporterais guère une nuée d'admirateurs. Et je me débrouille parfaitement sans eux.

— Je vois. Je croyais que c'était contre moi personnellement que vous en aviez, quand vous avez refusé mon aide…

— Vraiment ? Alors c'est de la paranoïa… Croyez-moi. Je n'ai besoin de personne pour m'aider… Et quand c'est le cas, j'engage quelqu'un et je le paie. Cash.

Elle avait ajouté cette dernière précision pour souligner qu'elle n'avait pas l'habitude de profiter des hommes ou de leur être redevable. Elle avait éprouvé de l'affection et du désir pour les quelques amants qu'elle avait eus en trente et un an d'existence. Ils n'avaient rien exigé d'autre, et elle leur en était reconnaissante. De son côté, elle était libre comme l'air.

— Où emménagez-vous ? demanda-t-il.

— Rue Sycomore.

— Curieux…, fit-il observer, les sourcils froncés. Je passe souvent dans cette rue, et je n'ai jamais vu de panneau « A vendre »… Je suppose que vous avez profité de votre situation d'agent immobilier pour vous réserver une occasion exceptionnelle…

Encore une fois, Nina remarqua son ton poli, aimable — et légèrement ironique.

— Je n'ai pas les moyens d'acheter, je loue, rétorqua-t-elle en le défiant du regard. Et c'est vrai que j'ai profité d'une occasion exceptionnelle. C'est un des avantages de mon métier, et c'est parfaitement légal.

Elle avait parlé d'un ton agressif. Elle s'attendait qu'il relève le défi, mais il n'en fit rien, demeurant parfaitement impassible.

— Vous êtes locataire ? demanda-t-il d'une voix tranquille. Cela m'étonne. J'étais persuadé qu'une jeune femme ambitieuse comme vous avait déjà trouvé le moyen d'acheter un appartement...

— Je ne suis pas riche, figurez-vous. Pas encore.

Mais elle savait qu'elle aurait un jour suffisamment d'argent pour s'offrir tout ce dont elle avait envie...

— J'essaie d'économiser, expliqua-t-elle.

— Vous avez misé gros, avec Crosslyn Rise.

— Pas plus que vous.

— Mais de grosses sommes sont en jeu...

— Oui, c'est vrai.

— Il paraît que vous voulez ouvrir votre propre agence ?

— Qui vous l'a dit ? demanda-t-elle, étonnée.

— Carter, quand il a formé le consortium. Tout comme il vous a parlé de moi... Quand serez-vous en mesure de réaliser vos ambitions ?

— Je ne sais pas. Cela dépend de ce que rapportera Crosslyn Rise... et du moment où nous toucherons les bénéfices.

La serveuse posa sur la table deux grands verres d'oranges pressées. Nina allait ressortir le dossier de son sac, quand John l'arrêta d'un geste de la main.

— Pas encore. J'ai besoin de manger.

— Vous ne pouvez pas vous contenter d'un jus d'orange ?

John but une gorgée et, faisant mine de ne pas l'avoir entendue, demanda :

— Vous n'êtes pas heureuse, à l'agence Crown ?

Nina réfléchit quelques secondes.

— Si..., répondit-elle, songeuse. Mais je n'aime pas travailler sous les ordres d'un patron. J'ai toujours rêvé de m'installer à mon compte.

— Toujours votre fameuse indépendance...

— Oui, c'est vrai. J'aurais pu tomber beaucoup plus mal...

Mais elle n'avait pas fait son choix au hasard. Après son

départ de New York, elle avait enquêté sur toutes les agences immobilières de la région. L'agence Crown offrait les meilleures garanties.

— Est-il au courant de vos projets ?

— Non, et je préférerais que tout cela reste entre nous... Mais j'ai la conscience tranquille. Grâce à moi, l'agence Crown a fait d'excellentes affaires, ces dernières années... Ainsi va la vie. Martin m'a donné ma chance, et grâce à lui, je suis devenue un très bon agent immobilier... En échange, j'ai fait prospérer son agence... Et tout ce qui compte pour moi, à présent, ce sont les bénéfices que je vais retirer de Crosslyn Rise...

— Vous allez toucher une grosse somme d'argent... Je ne pensais pas qu'il fallait autant investir pour ouvrir une agence immobilière... Un local et un téléphone ne suffiraient-ils pas ?

— Non, pas pour le genre d'agence que j'ai en tête. Je veux ce qu'il y a de mieux : de grands bureaux, clairs et spacieux, une jolie décoration, un standard sophistiqué, un réseau d'ordinateurs, une secrétaire... Tout cela coûte de l'argent.

— Oui, je m'en doute..., murmura John en la dévisageant avec curiosité. Mais... pourquoi ne commencez-vous pas avec une petite agence ? Il vous faut tout, tout de suite ?

— Oui, absolument. Il y a des dizaines d'agences immobilières, dans la région. Si je veux triompher de la concurrence, je dois attirer la clientèle. Et j'y parviendrai, avec de jolis bureaux, une équipe courtoise et travailleuse, et beaucoup de publicité.

— Une équipe ?

— Naturellement ! Vous ne croyez tout de même pas que je vais tout faire toute seule ! L'idéal, c'est de former des gens et de leur laisser faire ensuite une partie du travail seuls. Il suffit alors de prendre une commission sur les contrats qu'ils concluront. C'est la meilleure façon de réussir dans les affaires, n'est-ce pas ?

John resta silencieux. Lentement, il but une gorgée de jus d'orange, tandis que la serveuse apportait les œufs au bacon et les toasts.

Impatiente d'en venir à la discussion, Nina entama immédiatement ses œufs.

— Je suis un peu surpris que vous vous soyez installée dans la région…, commença John en beurrant un toast avec nonchalance. Si votre but est de gagner beaucoup d'argent…

— Pas seulement, le corrigea-t-elle. Je veux surtout être libre et indépendante.

— D'accord. Toutefois je persiste à ne pas comprendre pourquoi vous ne vous êtes pas installée dans une grande ville… Le marché immobilier y est généralement beaucoup plus intéressant…

— J'ai travaillé à New York, et ça ne m'a pas plu.

— Pourquoi ?

— Tout y est… impersonnel. Je suis peut-être dure, ambitieuse, agressive — des défauts dont on m'accuse souvent — mais j'aime les contacts humains. Et puis j'apprécie tellement cette région… Je ne pourrais pas vivre loin de la mer.

— Quand avez-vous vu la mer pour la dernière fois ? demanda John avec son éternel sourire ironique.

— Oh… je l'aperçois tous les jours… Elle fait partie du paysage…

— Avez-vous déjà passé une journée sur la plage ?

— Une journée entière ? Quelle horreur ! Tout au plus une heure ou deux… Sinon, je m'ennuie !

— Vous n'avez jamais eu envie de vous allonger sur le sable et d'écouter le bruit des vagues pendant des heures ?

— Non. Je suis trop occupée pour perdre mon temps de cette manière.

John avala un morceau de bacon et dit d'une voix pensive :

— Comme c'est triste…

— Pour vous peut-être, mais pas pour moi ! répliqua-t-elle, irritée. J'aime apercevoir l'océan, au cours de la journée, j'aime savoir qu'il est là, néanmoins je préfère m'occuper utilement.

— Mais vous n'avez jamais envie de profiter de la mer pour elle-même ? demanda-t-il, incrédule.

— A quoi bon ? La mer me tient compagnie dans mes activités quotidiennes, c'est tout.

— Comme c'est triste…, répéta-t-il.

Nina sentit la moutarde lui monter au nez.

— On ne peut pas dire que vous soyez très bronzé, pour un amoureux de la mer et des bains de soleil ! dit-elle ironiquement.

— Je n'ai pas encore eu le temps d'aller à la plage cette année, mais dès que les leçons de mon fils seront terminées, je n'y manquerai pas.

Nina faillit lui demander de quelles leçons il s'agissait, pourtant elle se retint juste à temps. Elle savait que le fils de John était handicapé. Et elle n'avait pas à s'immiscer dans sa vie personnelle.

— Les goûts et les couleurs…, murmura-t-elle en haussant les épaules. Ecoutez, John, je ne voudrais pas vous bousculer, mais nous avons rendez-vous à la banque dans une demi-heure et…

— Comment s'est passé votre séminaire ?

— Je… Très bien.

Avec fermeté, elle rouvrit son dossier.

— J'ai élaboré trois plans…, commença-t-elle.

— Le séminaire a-t-il été instructif ?

Nina le fusilla du regard et reprit d'une voix pleine de colère contenue :

— Durant toute la semaine, j'ai repensé à vos propositions. Et j'ai compris que…

— Ces quatre jours vous ont-ils permis de progresser dans votre métier ?

— Oui, je crois, répondit-elle en soupirant.

— Vous êtes maintenant un meilleur agent immobilier ?

— Disons que je sais davantage de choses.

Elle reprit son souffle.

— L'idée d'augmenter graduellement les prix…

— Vous n'êtes jamais fatiguée ?

— De mon travail ? Non. Jamais. Je vous ai déjà dit que j'adorais travailler.

— Mais il doit bien arriver un moment où vous êtes à bout de forces…

— Vous voulez dire physiquement ?

— Physiquement et mentalement. Vous ne vous accordez jamais de répit ?

— Si je prenais le temps de vivre, il me faudrait des années pour atteindre mon but.

— Vous n'avez pas peur de craquer, un jour ?

— Non. Au contraire ! Si j'obtiens ce que je veux, je pourrai vivre tranquillement, sans avoir à prendre de risques.

— Quels risques ?

Nina n'eut pas besoin de réfléchir plus d'un quart de seconde. La peur ne la quittait jamais.

— Si je ne mobilise pas toute mon énergie maintenant, murmura-t-elle, je risque de faire échouer des ventes, de perdre toute ma crédibilité... Je ne suis pas seule, sur le marché. Beaucoup d'agents immobiliers donneraient cher pour avoir un fichier aussi fourni que le mien. Si je ne travaille pas en permanence, je risque de perdre tout ce que j'ai acquis...

— Je suis fatigué rien qu'à vous entendre..., dit-il avec une grimace de dégoût.

— Si vous ne m'aviez pas posé toutes ces questions, vous n'auriez pas eu à m'entendre, rétorqua-t-elle du tac au tac. Tout ce que je veux, c'est que nous tombions d'accord au sujet de Crosslyn Rise.

Ils se défièrent du regard. Mais, petit à petit, Nina remarqua que les yeux de John se faisaient plus doux, plus caressants. Son cœur se mit à battre à toute allure. Sous ce regard d'homme, elle se sentait fragile, mise à nu.

— John..., murmura-t-elle. Je... je crois vraiment que nous devrions discuter du prix des maisons.

Il ne la quittait pas des yeux. Nina sentit une émotion étrange l'envahir. Etait-il possible qu'elle éprouve du désir pour cet homme ?

— John ! dit-elle, cette fois plus fort.

— Hmm ? murmura-t-il, comme si la jeune femme venait de le tirer d'un profond sommeil.

— Il faut absolument que je vous montre ce dossier !

— Quel dossier ?

— Celui-là ? s'exclama-t-elle en brandissant le document.

Il la fixa en hochant la tête.

— Vous n'abandonnez jamais, n'est-ce pas ? soupira-t-il.

— Mais… que voulez-vous dire ? C'était tout de même le but de notre rendez-vous !

Il ne répondit rien, se contentant de fixer la jeune femme de son regard tranquille.

— Non ? insista-t-elle.

Lentement, il fit signe que non.

— Alors pourquoi me faire venir ici ? demanda-t-elle, stupéfaite.

— Pour prendre ce petit déjeuner avec vous.

— Comment ? s'exclama-t-elle, incrédule. Vous m'avez fait venir ici uniquement pour bavarder tranquillement avec moi ? Et Crosslyn Rise ?

— Nous en discuterons en temps utile. Quand nous aurons terminé notre petit déjeuner.

— Et que ferons-nous jusque-là, à part manger ? demanda-t-elle, exaspérée.

— Nous prendrons notre temps. Nous savourerons tranquillement nos œufs au bacon et nous regarderons par la fenêtre voler les mouettes…

Sa voix se fit plus rauque, plus sensuelle.

— Vous menez une vie infernale, Nina…, murmura-t-il. Sans vous en apercevoir, vous risquez de gâcher les plus belles années de votre vie…

Interdite, Nina le fixa, la bouche ouverte. Il s'écoula plusieurs secondes avant qu'elle fût capable de proférer le moindre mot.

— Ce que je fais de ma vie ne regarde que moi…, balbutia-t-elle.

— C'est vrai. Mais quand vous êtes avec moi, ralentissez votre rythme infernal !

— D'accord, rétorqua-t-elle sèchement.

Elle avait du mal à en croire ses oreilles. Après tout, ce n'était pas elle qui avait proposé ce rendez-vous… Elle avait toujours été d'avis de faire voter le consortium.

— Rassurez-vous, c'est la dernière fois que vous aurez à me supporter…, dit-elle ironiquement. A présent, mangez tranquillement, prenez votre temps. Nous avons l'éternité devant nous.

Malgré une exaspération croissante, Nina réussit à garder son calme. Dix minutes avant leur rendez-vous à la banque, John accepta finalement d'examiner le dossier. Nina lui exposa alors en détail les trois plans qu'elle avait élaborés.

Avec une étonnante facilité, ils parvinrent à se mettre d'accord sur le troisième. Puis ils se rendirent ensemble à la banque.

Une heure plus tard, en arrivant sur son lieu de travail, Nina crut qu'elle allait exploser. Elle posa rageusement le dossier sur son bureau et s'assit en poussant un profond soupir. Immédiatement, Lee vint aux nouvelles.

— Comment ça s'est passé ?

— Ne m'en parle pas !

— Quel plan a-t-il choisi ?

— Le troisième, comme par hasard…

— Et le consortium l'a accepté ?

Nina acquiesça, l'air sombre.

— J'aurais dû me battre…, murmura-t-elle.

— Ce plan est excellent.

— Oui, mais nous pouvions espérer mieux.

— Alors pourquoi n'as-tu pas essayé de les convaincre d'en adopter un autre ?

— Parce que… parce que John Swayer m'a épuisée.

— Je croyais qu'il était nonchalant…

— Il l'est !

— Mais il t'a épuisée, malgré tout… Une fois n'est pas coutume ! Les personnes les plus flegmatiques en apparence sont parfois les plus entêtées…

Dépitée, Nina repensa à l'attitude de John Swayer : il savait exactement ce qu'il voulait. Et malheureusement pour elle, ses vœux correspondaient à ceux du consortium…

Nina s'était pourtant juré de ne plus jamais travailler avec une équipe de huit personnes. La moindre décision prenait un temps fou ! Mais elle était maintenant obligée d'aller jusqu'au bout. Machinalement, elle parcourut les feuillets roses posés sur son bureau.

— Le plus exaspérant, dans cette histoire, c'est qu'ils souhaitent que je continue à travailler avec lui ! reprit-elle, dépitée. Tu te rends compte ? Ils tiennent à ce que nous nous rencontrions une fois par semaine.

— Ce n'est pas si terrible…

— C'est une perte de temps ! Je crois que d'ici à la fin de l'été, je vais devenir folle… Enfin, pour l'instant, je peux au moins donner à l'imprimeur le feu vert pour l'impression des brochures.

Elle prit aussitôt un bloc-notes et écrivit : « Appeler l'imprimeur » sur la première feuille.

— J'aimerais bien organiser une journée portes ouvertes pour le week-end du 4 juillet, dit-elle. A condition évidemment que la maison témoin soit prête. Christine espérait terminer la décoration au début du mois. Es-tu allée sur le chantier récemment ?

Lee fit signe que non.

— Je voulais y aller avec toi, expliqua-t-elle. Pourquoi pas aujourd'hui, après le déjeuner ?

La façon dont Lee prononça « déjeuner » intrigua Nina. D'un coup d'œil rapide, elle consulta le calendrier posé sur son bureau. Mais bien sûr ! Et dire qu'elle avait failli oublier ! Elle leva les yeux :

— Bon anniversaire, Lee ! s'exclama-t-elle, confuse.

— Merci, répondit Lee en rougissant.

— Je suis désolée, j'aurais dû y penser plus tôt… Mais Crosslyn Rise me prend tellement de temps… Alors, heureuse d'avoir vingt-neuf ans ?

— Je ne sais pas. Qu'est-ce que tu as ressenti, toi ?

— J'ai oublié ! Le temps passe tellement vite !

L'espace d'une seconde, les paroles de John Swayer lui revinrent à la mémoire. Mais elle s'efforça de penser à autre chose.

— Allons déjeuner pour fêter ça, suggéra-t-elle. Tu as des projets pour ce soir ?

— Je dîne juste avec mes parents…

— Bonne idée ! dit Nina en feignant l'enthousiasme.

Elle ne put s'empêcher de penser à Tom Brody. S'il y avait vraiment quelque chose de sérieux entre eux, c'est lui qui aurait dû inviter Lee à dîner, le soir de son anniversaire...

Comme si elle lisait dans les pensées de Nina, Lee ajouta :

— Tom et moi avons fêté mon anniversaire hier soir. Il m'a offert ça, dit-elle en désignant ses oreilles.

Nina se mordit la lèvre. Décidément, elle était bien distraite ! Comment avait-elle fait pour ne pas remarquer les nouvelles boucles d'oreilles de son amie ?

Il était pourtant difficile de ne pas les voir ! Leur éclat flamboyant illuminait les cheveux de Lee d'une lueur inhabituelle. Nina se rapprocha pour mieux les voir.

— Elles sont splendides ! s'exclama-t-elle.

— Presque un carat chacune, précisa Lee. Tom m'a conseillé de les assurer...

Encore une fois, Nina préféra taire ses pensées. Mais si Tom Brody avait vraiment eu de la classe, il se fût dispensé de lui en faire la remarque et les aurait lui-même assurées.

— Oui, je crois qu'il a raison, répliqua-t-elle d'une voix neutre.

Elle songea que ces boucles d'oreilles seraient un précieux souvenir pour Lee quand Tom l'aurait quittée... Mais Lee semblait si rayonnante ! A quoi bon lui gâcher son plaisir ?

— Dommage que Tom ne puisse pas être avec toi ce soir..., reprit-elle, faussement enjouée. Est-ce qu'il connaît tes parents ?

— Non. Il ne peut pas venir parce qu'il est en voyage d'affaires à Buffalo. Mais je crois que c'est mieux comme ça... Mes parents risqueraient de le traiter en futur gendre, et je ne sais pas si Tom apprécierait... Il est tellement débordé, en ce moment, que le mariage est bien le dernier de ses soucis !

Nina détourna le regard. Elle n'était guère convaincue par ces excuses... Mais avant qu'elle ait eu le temps de protester, Lee se dirigea vers la porte.

— Je réserve une table pour midi et demi. Ça te va ? demanda-t-elle à Lee.

— Parfait. Je serai de retour vers midi et je passerai te chercher.

Lee sortie, Nina jeta de nouveau un coup d'œil à son calendrier. Ce n'était pas la première fois qu'elle oubliait de fêter un anniversaire. Ses obligations professionnelles lui accaparaient totalement l'esprit. Par bonheur, elle n'avait pas pris d'engagement ce midi-là. Lee était sa meilleure amie, et l'inviter à déjeuner lui faisait plaisir.

D'ailleurs, elle avait faim. Elle repensa à son petit déjeuner au Easy Over. La présence de John l'avait trop distraite pour qu'elle pût manger quoi que ce soit. Cet homme lui coupait l'appétit !

Il la déconcertait surtout. Un tel flegme ! Une telle désinvolture !

Il était d'ailleurs étonnant qu'il soit si insouciant, vu les problèmes de son fils. Etre un père célibataire ne devait pas être facile tous les jours. Elle se demanda quel genre d'enfant était le fils de John, quel genre d'éducation il recevait. Est-ce qu'il arrivait parfois à John de s'énerver, de pester, de renoncer ? Dans cette sorte de situation, certains parents baissaient vite les bras. Sa mère, par exemple, avait rapidement renoncé à imposer une discipline à ses enfants.

Un détail lui revint à l'esprit. Elle saisit la pile de feuillets roses posés sur son bureau et les parcourut, jusqu'à ce qu'elle ait trouvé ce qui l'intéressait : un message d'Anthony Kimball, le directeur médical de la maison de retraite dans laquelle vivait sa mère. Le message était arrivé ce matin à 9 heures. Nina devait le rappeler.

Elle saisit le récepteur et composa le numéro, qu'elle connaissait par cœur.

— Le docteur Kimball, s'il vous plaît, dit-elle.

Elle donna son nom. Après quelques secondes d'attente, une voix lui répondit :

— Nina ?

— Oui, c'est moi. J'ai reçu votre message, docteur. Quelque chose ne va pas ?

Le docteur Kimball l'appelait rarement. Quand il le faisait, ce n'était généralement pas très bon signe.

— Je ne sais pas encore : votre mère a eu un malaise cette nuit. Sa tension est tombée très bas. Depuis, nous l'avons stabilisée et son état est stationnaire, mais je tenais à vous mettre au courant. C'est peut être un signe avant coureur de la crise que nous avions prévue…

Nina ferma du pied la porte de son bureau.

— Et maintenant, comment va-t-elle ?

— Pas trop mal.

— Est-elle consciente de ce qui lui arrive ?

Le médecin réfléchit un instant avant de répondre :

— Je ne crois pas.

Nina poussa un soupir de soulagement.

— Eh bien, c'est déjà quelque chose, murmura-t-elle. Et… combien de temps lui donnez-vous à vivre ?

— Je ne peux rien dire, cela dépend de beaucoup de choses. La crise peut durer un mois… ou un an… Mais vous aurez certainement envie de venir la voir dans les semaines à venir.

Nina n'eut pas besoin de regarder son agenda pour savoir qu'elle était débordée. C'était la pleine saison de l'immobilier. Se rendre à Omaha lui prendrait beaucoup de temps et risquait d'être très pénible. Il lui était toujours douloureux de voir sa mère.

— Je pourrais vous rappeler la semaine prochaine, docteur ? suggéra-t-elle. Si son état est stationnaire, je préférerais attendre un peu avant de venir à Omaha.

Comme d'habitude, le médecin accepta. Nina payait pour qu'on s'occupe de sa mère et, du moment que les chèques continuaient à arriver, Anthony Kimball et son équipe étaient satisfaits.

En reposant le combiné, Nina sentit cette douleur qu'elle connaissait bien et qu'elle ressentait chaque fois qu'elle pensait à sa mère. Quel gâchis ! Cette belle femme devenue aujourd'hui un légume ! Elle ne pouvait même pas attribuer cette longue dégradation physique à une maladie quelconque, comme la maladie d'Alzheimer. Non, la vérité était moins reluisante. Sa mère avait pris des drogues, beaucoup, de plus en plus, des drogues dures, destructrices. Mais elle n'était pas morte d'une overdose. Elle avait survécu, s'éteignant lentement…

Et Nina était rongée de remords ! Non pas qu'elle souffrît réellement de ne plus voir sa mère : elles n'avaient jamais été proches l'une de l'autre. Mais parfois, Nina se demandait ce qui se serait passé si son enfance avait été différente…

« A quoi bon ressasser ces sombres pensées ? » songea-t-elle soudain. Très tôt, Nina avait retenu de la vie une leçon qu'elle n'avait jamais oubliée depuis : travailler était le meilleur antidote à la douleur. Et cette leçon, au fil des ans, était devenue une règle de vie.

4

Nina travailla toute la journée du samedi à l'agence et se réveilla le dimanche matin, à l'aube, pour empaqueter ses dernières affaires. Comme elle possédait peu d'objets de valeur, elle avait préféré louer les services de deux jeunes gens, plutôt que de faire appel à des déménageurs professionnels. Grâce à leur camionnette, le déménagement fut achevé en quelques heures.

Vers midi, Nina se retrouva seule dans son nouvel appartement. Elle se mit rapidement au travail, cherchant pour chaque meuble le meilleur emplacement. Une fois le mobilier en place, elle entreprit de déballer les cartons. Elle commençait à ouvrir le premier, quand elle entendit une voix qui l'appelait d'en bas :

— Il y a quelqu'un ?

Qui cela pouvait-il bien être ? Elle n'attendait pourtant personne…

— Oui ? répondit-elle en demeurant immobile.

— Nina, c'est John Swayer. Je peux monter ?

Elle regarda autour d'elle, effrayée par le désordre.

— Euh… Oui, bien sûr…

John Swayer ? Voilà qui était surprenant ! Elle ne l'avait pas vu, ne l'avait pas eu au téléphone depuis leur entrevue du mardi précédent. Et tout en se félicitant de n'avoir aucune nouvelle de lui, elle n'avait pu s'empêcher de se demander pourquoi il ne lui donnait aucun signe de vie. Après tout, le consortium leur avait demandé de travailler ensemble… Mais comme l'idée ne lui plaisait guère, elle préférait lui laisser toute l'initiative. De là à penser qu'il débarquerait ainsi chez elle à l'improviste ! Elle ne lui avait même pas donné son adresse…

Et pourtant, ce fut bien John Swayer qui lui adressa un grand sourire quand elle ouvrit la porte. Il portait un jean, un T-shirt et des tennis. Ses lunettes à la main, il paraissait plus jeune, plus décontracté que d'habitude. Nina ne put s'empêcher de le dévisager avec étonnement.

— Comment avez-vous trouvé mon adresse ? demanda-t-elle d'une voix neutre.

— Grâce à votre voiture. Vous m'aviez dit que vous emménagiez rue Sycomore. Et vous êtes la seule dans cette rue à posséder une BMW rouge vif…

Sans trop savoir pourquoi, Nina éprouva immédiatement le besoin de se justifier.

— Je l'ai achetée d'occasion, dit-elle rapidement. Certaines personnes trouvent prétentieux de rouler dans une telle voiture avec un niveau de vie aussi modeste que le mien. Mais ça impressionne les clients…

John la fixa un moment avant de demander :

— Et vous, vous aimez cette voiture ?

— Bien sûr ! répliqua Nina, sur la défensive. Mais pourquoi êtes-vous venu ? ajouta-t-elle, changeant volontairement de sujet.

— Pour vous aider.

Sur ces mots, il la fixa avec insistance et Nina sentit un trouble étrange l'envahir.

— Je vous avais pourtant dit que je n'avais besoin de personne…, murmura-t-elle.

Le regard de John Swayer balaya la pièce encombrée de cartons.

— Tout le monde a besoin d'aide, répliqua-t-il. Cet appartement restera invivable tant que vous n'aurez pas défait tous ces cartons… Toute seule, vous risquez d'y passer la semaine. A deux, nous pouvons avoir fini cet après-midi.

L'argument était irréfutable. Nina décida d'essayer une autre tactique.

— Je suis sûre que vous avez mieux à faire, dit-elle.

— Eh bien, non… Patrick est à la plage avec des copains, cet après-midi, et la boutique est fermée… Alors, par quoi dois-je commencer ?

Les mains sur ses hanches, il se campa au milieu de la pièce.

— Euh…

Nina hésita, essayant de se concentrer. Mais elle songeait surtout qu'elle n'avait pas pris de douche et qu'elle n'était pas maquillée… Avec son short et ses cheveux courts, elle devait ressembler à un garçon manqué !

— Vraiment, John, ce n'est pas nécessaire…, reprit-elle, gênée.

— Dites-moi. Par quoi ? insista-t-il, imperturbable.

Sans attendre la réponse, il prit un carton à ses pieds. Sur le côté du carton était écrit le mot « chambre », mais John ne vit que des casseroles et des couverts de table.

— J'ai déjà utilisé ces cartons pour mon précédent déménagement, expliqua-t-elle, confuse. Je crois, hélas ! que tout est mélangé…

— Pas de problème, répliqua John en soulevant le carton. Celui-ci a l'air d'aller dans la cuisine. Par là ? s'enquit-il en désignant d'un mouvement du menton le fond de l'appartement.

Nina acquiesça. John se rendit immédiatement dans la cuisine. Pendant quelques minutes, elle l'entendit déballer casseroles et divers éléments de vaisselle. Irritée à l'idée du désordre qu'il risquait de semer dans son appartement, elle le rejoignit. Accroupi devant un des placards, il semblait très absorbé par son travail. Il leva aussitôt la tête à son arrivée.

— Je ne sais pas si c'est le bon endroit, dit-il avec un sourire innocent, mais l'important, pour le moment, est de faire de la place… Par la suite, vous pourrez les mettre ailleurs, si vous le désirez.

— C'est parfait, mais… John, tenez-vous réellement à m'aider ?

— Bien sûr ! Enfin… si cela ne vous gêne pas ! J'espère que

je ne suis pas trop indiscret, de m'immiscer ainsi dans votre intimité...

— Non, répliqua-t-elle. Mais...

— Peut-être attendez-vous quelqu'un ? l'interrompit-il.

— Non, pas du tout...

— Alors où est le problème ?

— Je vous l'ai dit la semaine dernière, répliqua-t-elle, légèrement irritée. Quand j'ai besoin d'aide, j'engage des gens.

Il la regarda fixement.

— Et vous les payez... Oui, c'est vrai, vous me l'avez dit.

— Eh bien, ce n'étaient pas des paroles en l'air.

Il la regarda droit dans les yeux puis, lentement, se remit au travail. Après avoir rangé quelques couverts dans un tiroir, il s'interrompit de nouveau.

— Je ne tiens pas à être payé, Nina..., dit-il, ironique. Je vous aide en ami et vous ne me devez rien... D'ailleurs, si vous me proposiez de l'argent, je le refuserais.

— Je le sais bien, John..., répondit-elle en rougissant.

— Vraiment ? Vous m'avez dit et répété que vous préfériez engager une personne quand vous aviez besoin d'aide. Mais quand quelqu'un vous offre cette aide, vous la refusez. J'en déduis que vous détestez la personne qui vous l'offre ou que vous avez peur d'avoir à donner quelque chose en retour...

Il avait parlé lentement mais avec beaucoup d'aplomb, sans s'arrêter entre les phrases.

— Je sais que nos premières entrevues ne se sont pas particulièrement bien passées, reprit-il aussitôt. Si vous ne supportez pas ma présence, dites-le-moi et je m'en irai. Si, en revanche, vous avez peur d'avoir à donner quelque chose en retour, je vous rassure tout de suite : je n'attends rien de vous. Je vous offre mes services, un point c'est tout. D'accord ?

Elle resta silencieuse quelques secondes, avant de répondre :

— Oui.

— Alors laissez-moi vous aider... Utilisez-moi, Nina !

« Utilisez-moi ! » Nina ne put s'empêcher de sourire intérieurement. Généralement, c'étaient plutôt les hommes qui utilisaient les femmes… Mais elle n'avait pas rêvé : John Swayer lui avait bel et bien proposé ses services.

Il s'était accroupi pour continuer à déballer le carton. Nina prit conscience qu'il était terriblement séduisant. Avec ses cheveux en bataille, son T-shirt et son jean, il était si… viril. Elle eut tout à coup l'impression qu'elle le voyait pour la première fois.

— D'accord, concéda-t-elle. Je trie les cartons. Revenez en chercher un quand vous aurez fini de déballer celui-ci.

Lorsque John regagna le salon, elle avait déjà effectué un premier tri. Il transporta tous les cartons destinés à la chambre, avant de reprendre ses rangements dans la cuisine.

Ils travaillèrent dur deux heures durant, John dans la cuisine, Nina dans la chambre — sans se parler. Enfin ils se retrouvèrent dans le salon pour déballer les dernières caisses… Le rythme de John se ralentit quand ils commencèrent à ranger la bibliothèque. Il s'arrêtait fréquemment, désireux de bavarder avec Nina.

Celle-ci, de son côté, essayait de ne pas se laisser distraire. Tout en s'efforçant de répondre à ses questions, elle continuait à poser les livres sur les étagères. Mais elle ne pouvait s'empêcher de s'interrompre de temps à autre. Au bout de quelques minutes, elle se surprit à lui poser à son tour des questions, curieuse de connaître son opinion sur certains livres qu'elle avait lus.

Elle ne se considérait pas comme une intellectuelle. Elle avait fait des études plus par nécessité que par soif de savoir. John, en revanche, était incontestablement cultivé, et Nina s'était persuadée que cette différence rendrait leur relation difficile. Elle s'aperçut avec surprise qu'il n'en était rien. La conversation avec lui était facile. Les idées qu'il exprimait n'avaient rien d'obscur. Au contraire, il exposait des pensées claires avec des mots simples. Ravie de cette découverte, Nina en oublia peu à peu son rangement.

A brûle-pourpoint, John lui demanda si elle avait déjeuné. Assise en tailleur, par terre, elle sursauta et regarda sa montre.

— Il est plus de 3 heures ! s'exclama-t-elle, étonnée.

— Je sais, je meurs de faim ! Avez-vous déjeuné ?

Elle fit signe que non.

— Je vais aller acheter quelque chose, proposa-t-il en se levant. Vous mangerez bien un morceau, n'est-ce pas ?

— Je ne sais pas si...

— Avez-vous faim ? l'interrompit-il.

— Je ne comptais pas...

De nouveau, il ne la laissa pas achever sa phrase.

— Sandwich au saumon, ça vous va ?

A cette évocation alléchante, Nina dut s'avouer qu'elle mourait de faim elle aussi.

— D'accord, concéda-t-elle. Mais c'est moi qui vous l'offre...

Pendant quelques secondes il hésita, mais finit par accepter. Nina l'observait en silence. Puis, détournant son regard du sien, elle chercha des yeux son portefeuille, qui se trouvait sur la table, derrière John. En passant près de lui, elle le frôla et ne put s'empêcher de frissonner. De tout son corps émanait une odeur délicieusement masculine.

S'efforçant d'oublier sa présence, elle fourragea dans son portefeuille et lui tendit un billet, qu'il prit sans hésiter.

— Je n'accepte cet argent que pour vous faire plaisir..., dit-il, avec un sourire. Disons que vous me payez pour mon travail... D'accord ?

Son regard était tellement insistant, sa voix tellement sensuelle, qu'elle ne sut que répondre et ne put que balbutier quelques mots en le regardant s'éloigner. Sa présence l'empêchait de réfléchir. Heureusement, il ne s'était pas aperçu de son trouble...

Restée seule, Nina redoubla d'activité, s'efforçant de concentrer son esprit sur les petites tâches qu'elle accomplissait. Elle défit deux cartons pleins de livres, brancha sa chaîne stéréo. Des images, cependant, s'interposaient — les longs bras de John tendus par l'effort, la nuque de John, son odeur si sensuelle...

Elle était en train de ranger ses disques compacts quand il revint.

— Nous allons faire un véritable festin ! déclara-t-il en souriant.

Il ouvrit le sac qu'il avait apporté : sandwichs au saumon, salade de pommes de terre, yaourts, boissons fraîches.

— Quand je déjeune sur le pouce, c'est généralement chez McDonald's…, reprit-il, amusé.

— A cause de votre fils ? demanda Nina.

— Oui. Il adore les fast-foods. Si je le laissais faire, il y mangerait tous les jours !

— Que mange-t-il ?

— Toujours la même chose : un hamburger, une portion de frites, un milk-shake. Il ne finit pas toujours son milkshake, d'ailleurs, mais il dévore le reste. Quel appétit, pour son âge !

— Il a quatre ans, je crois…

John acquiesça. S'asseyant sur une des caisses, il étendit ses jambes et mordit dans son sandwich.

— Mmm… c'est bon ! dit-il.

Nina s'installa à côté de lui. A l'aide d'une des fourchettes en plastique qui accompagnaient la salade, elle piqua un morceau de pomme de terre.

— Ça aussi, c'est bon ! s'exclama-t-elle.

Elle reprit une bouchée, tout en songeant aux paroles de John. Maintenant qu'ils étaient plus intimes, peut-être pouvait-elle se risquer à lui poser quelques questions sur son fils… Elle était curieuse d'en savoir plus sur sa vie privée. Prenant son courage à deux mains, elle relança la conversation :

— Parlez-moi de votre fils…

Immédiatement, elle lut dans le regard de John une certaine méfiance. Elle le sentait sur la défensive. Elle eut immédiatement un peu honte de la brutalité de sa question. Aussi fut-elle agréablement surprise de l'entendre répondre lentement, d'une voix calme et posée :

— Patrick est un petit garçon très doux, qui a eu des débuts difficiles dans la vie.

— Quand sa mère est-elle morte ?

— Quand il avait un an. Il ne s'en souvient pas.

— Peut-être est-ce mieux ainsi…

— Oui, je pense. Il a nécessairement moins de regrets…

Nina fut tentée de demander comment la mère de Patrick était morte, mais elle se retint à temps. Que John ait accepté de parler de son fils lui suffisait…

— Je suis sûre que vous l'aimez pour deux ! déclara-t-elle en souriant.

— J'essaie…, dit-il, pensif. Mais, parfois, j'ai du mal à savoir si je l'élève convenablement. Patrick est un enfant spécial.

Tout en mangeant, elle attendit en silence qu'il poursuive, ne voulant pas paraître trop curieuse. Pourtant, le silence n'était pas pesant. Elle pensait à Patrick. En quoi était-il spécial ?

Au bout d'un moment, John leva les yeux vers elle.

— Qu'est-ce qu'on vous a dit sur Patrick ? demanda-t-il.

— Qu'il avait des problèmes visuels et auditifs, c'est tout.

— Oui, c'est à peu près ça. Il porte des lunettes ainsi qu'un appareil pour malentendants, murmura John, soudain grave. Pauvre gosse, il ne méritait pas ça…

— Comment est-ce arrivé ?

Il réfléchit un moment.

— On ne sait pas. Il est né comme ça.

— Vous vous en êtes rendu compte tout de suite ?

— Non. Au début, tout allait bien. Et puis, quand il a eu six mois, on s'est aperçu qu'il entendait mal. C'est en lui faisant passer des examens qu'on a découvert par ailleurs ses problèmes de vue. Il n'y avait rien à faire… A un an, il portait déjà des lunettes.

— Elles lui sont utiles ?

— Oui, beaucoup. Il lit énormément.

— A quatre ans ?

— Son cerveau, lui, fonctionne parfaitement bien. C'est un gosse très intelligent, affirma-t-il, une lueur de fierté dans les yeux.

— Je n'en doute pas ! répliqua Nina, gênée.

— Moi, je n'en étais pas sûr, au début… Je craignais qu'il n'ait un retard mental… Dieu merci, ce n'est pas le cas !

— Je suppose qu'il ira dans une école spécialisée.

Nina savait que John avait investi dans Crosslyn Rise pour cette raison : le bénéfice qu'il dégagerait probablement de cette opération lui permettrait d'envoyer son fils dans un établissement spécialement équipé.

— Oui, c'est indispensable, dit John en soupirant. Il entend très mal : il devra apprendre à lire sur les lèvres...

— Et il commencera l'année prochaine ?

— Oh non, il a déjà commencé ! Chaque matin, nous travaillons tous les deux avec un médecin. Les parents aussi doivent s'entraîner...

Soudain, il jeta un coup d'œil à sa montre.

— Je dois partir, dit-il en remettant ses lunettes.

— Oh ! John, je me sens affreusement coupable de vous avoir fait perdre votre temps avec ces rangements, alors que vous aviez sans doute mieux à faire ! s'exclama Nina, émue tout à coup.

— Mais non..., dit-il en lui jetant un regard étrange. Je vous ai aidée parce que j'en avais envie ! En fait, je me suis imposé sans être invité... En plus, vous m'avez offert ces sandwichs et j'ai profité de votre conversation. Je vous préfère nettement en critique littéraire qu'en agent immobilier...

— C'est réciproque, répliqua Nina en riant.

A peine eut-elle terminé sa phrase qu'elle la regretta. Il lui sembla que le regard de John s'était assombri, derrière ses lunettes.

— Vous êtes finalement plus fréquentable que je ne le pensais ! ajouta-t-elle aussitôt sur le mode de la plaisanterie.

John demeura silencieux, mais son regard se posa sur les lèvres de Nina. Gênée, celle-ci poursuivit :

— Je crois qu'il est difficile de connaître quelqu'un quand on le voit uniquement dans son environnement professionnel...

Elle sentit que sa voix faiblissait, que tout son être se désintégrait. Les mots même, tout à coup, n'avaient plus aucun sens... Elle poursuivit bravement :

— Je ne savais pas que vous aimiez les sandwichs au saumon.

John fronça les sourcils et la regarda dans les yeux.

— Je dois partir, répéta-t-il en se levant.

Nina se leva également.

— Merci pour tout, dit-elle en désignant d'un geste de la main les cartons déballés et les restes du déjeuner.

Lentement, John se dirigea vers la porte, tout en cherchant ses clés dans la poche de son pantalon. Soudain Nina eut peur de l'avoir vexé.

— John, j'espère que ces questions sur votre fils ne vous ont pas blessé…

— Non, non, pas du tout, dit-il sans se retourner.

— J'étais intriguée, voilà tout…, admit-elle en se rapprochant.

— Oui, les gens sont généralement intrigués.

Elle se rapprocha encore.

— Vous devez être un très bon père. Je… j'ai un peu honte de mon indiscrétion.

— J'aime assez que vous soyez indiscrète ! répliqua-t-il, sarcastique.

— Pourquoi dites-vous cela ? demanda-t-elle, interloquée.

Comme s'il n'avait pas entendu sa question, il reprit d'une voix douce :

— Je croyais que vous n'étiez pas du tout mon type, Nina… Je pensais que jamais je ne pourrais m'intéresser à une femme si affairée, si soucieuse de faire carrière. Eh bien, je me trompais !

Affolée, Nina sentit qu'elle devait réagir, lui tourner le dos ou se mettre en colère. Mais elle était comme paralysée. Elle n'entendait plus que les battements rapides de son cœur.

John posa une main sur la joue de la jeune femme. Elle frémit lorsque ses doigts vinrent effleurer ses lèvres, ses cheveux.

— Dissuadez-moi de vous embrasser, murmura-t-il.

Mais elle ne pouvait plus rien dire. Elle ne pouvait plus qu'attendre son baiser. Depuis combien de temps l'espérait-elle ? Depuis le début de l'après-midi ? Depuis qu'elle avait découvert John, dans sa boutique ? A quoi bon se masquer la vérité ? John avait beau ne pas être son type d'homme, Nina se sentait irrésistiblement attirée par lui.

John baissa la tête et leurs lèvres se rencontrèrent. Il l'embrassa très doucement, une première fois, puis une deuxième, et chaque baiser était un peu plus long que le précédent, comme s'il prenait goût à cette bouche féminine. Les lèvres de John étaient fermes et savantes, ses baisers doux et brûlants... Nina ferma les yeux et s'abandonna.

Comme dans un rêve, elle sentit s'éveiller une sensation qu'elle n'avait jamais connue auparavant, une attente délicieuse qui la fit frissonner jusqu'au plus profond de son être. Soudain, il releva la tête.

— Je n'aurais pas dû faire ça, dit-il calmement.

Elle ouvrit les yeux : John avait rougi mais son regard était sérieux.

— Sans doute, répondit-elle doucement.

— Vous n'êtes pas mon type.

— Pas plus que vous n'êtes le mien.

— Alors pourquoi ?

Elle chercha un argument convaincant, mais en vain. Elle ne put que murmurer :

— La loi de la nature ?

Il resta un moment silencieux.

— C'est une raison..., finit-il par répondre. Pourtant je n'étais pas venu pour ça... J'espère que vous me croyez ?

Oui, elle le croyait. John n'était visiblement pas un dragueur impénitent.

— Je ne cherche pas une aventure, reprit-il d'une voix posée. Entre mon fils et mon travail, j'ai bien assez à faire comme ça.

— Je ne vous ai rien demandé ! s'exclama Nina en reculant d'un pas. Et ce n'est pas moi qui ai commencé...

— Effectivement, mais vous n'avez rien fait pour m'arrêter.

— Simple curiosité. Cela n'a pas grande importance et ma curiosité est satisfaite. Alors n'en parlons plus.

Il réfléchit un instant puis demanda ironiquement :

— Ça vous a plu ?

Nina respira profondément.

— Cela vous intéresse vraiment de le savoir ? murmura-t-elle.

— Oui, beaucoup…

— Pourquoi ?

Il feignit de ne pas avoir entendu sa dernière question.

— Ça vous a plu ? insista-t-il.

— John ! le supplia-t-elle. Parlons d'autre chose, voulez-vous ?

— Mais je veux savoir ! reprit-il, obstiné.

Nina comprit qu'il ne lâcherait pas prise. Elle le regarda droit dans les yeux avant de dire d'un ton posé :

— Oui, c'était bon, très bon même, et je regrette pour être franche que tout se soit terminé si vite… Mais cela vaut mieux, sans doute. Nous sommes trop différents. Vous me trouvez fatigante, et je déteste votre nonchalance… Je suis obsédée par mon travail et vous n'aimez rien tant que vous promener sur la plage. Nous ne vivons pas sur la même planète, John !

— Oui, et c'est dommage. Car je vous trouve beaucoup de charme.

— Beaucoup de charme ? C'est en effet le compliment qu'on fait souvent aux femmes de plus de trente ans, murmura Nina, vaguement irritée.

— Plus de trente ans ?

— Trente et un, pour être exacte.

— Vous ne les paraissez pas, dit-il en souriant.

Ce sourire l'agaça. Elle n'aimait pas qu'on se moque d'elle.

— Eh oui, j'ai trente et un ans, s'écria-t-elle avec un rire moqueur. Je ne suis plus la jeune adolescente tout juste sortie du lycée… J'ai déjà plusieurs années d'expérience derrière moi et un plan de carrière tout tracé. Et maintenant que je touche au but, je ne laisserai personne me barrer la route ! Si vous croyez que j'attends quelque chose de vous, vous vous trompez. Une aventure ne pourrait que gêner mes projets !

Elle s'arrêta brusquement, attendant une réponse. Mais John resta silencieux, puis jeta un coup d'œil à sa montre.

— Zut, je suis en retard, murmura-t-il.

En un clin d'œil, sans même lui dire au revoir, il franchit la porte et descendit rapidement l'escalier. Jamais Nina ne l'avait vu se déplacer aussi rapidement ! Mais visiblement, son fils passait avant tout.

Restée seule parmi les cartons vides, dans cet appartement qui n'était pas encore tout à fait le sien, Nina pensa à son enfance. Elle avait beau avoir été une petite fille comme les autres, dès l'âge de quatre ans elle avait su qu'elle ne vivait pas dans une famille normale. Contrairement aux autres enfants, elle n'avait pas de père. Et puis il y avait ces hommes qui défilaient dans la chambre de sa mère…

Elle soupira. Avec le temps, grâce à son travail, elle avait réussi à surmonter ces pénibles souvenirs. Et elle était maintenant sur le point d'obtenir la sécurité si longtemps recherchée. Bien sûr, de temps à autre, il lui arrivait d'espérer autre chose… un homme doux et tendre, par exemple, qui s'occuperait d'elle… Mais on ne pouvait pas tout avoir. Elle avait la carrière qu'elle souhaitait. Avait-elle le droit de se plaindre ?

A 20 heures, après avoir vidé et rangé les derniers cartons, Nina avait oublié ses sombres pensées de l'après-midi et n'avait plus qu'un désir : se prélasser dans un bain chaud.

Elle était en train de se déshabiller, quand le téléphone sonna. Sans doute un appel de Lee… Elle passa une robe de chambre et décrocha l'appareil.

— Allô ?

— Nina ?

C'était une voix d'homme. Celle de John. Elle ne l'avait entendu qu'une fois auparavant, au téléphone, mais elle le reconnut immédiatement.

— Bonjour, dit-elle d'une voix neutre.

— Bonjour. John Swayer à l'appareil.

— Je vous avais reconnu.

Il y eut un silence au bout du fil.

— Je… euh… je tenais à m'excuser pour ce départ si précipité, reprit-il. Mais je voulais être à la maison pour le retour de Patrick.

— Vous étiez à l'heure ?

— Presque. Ils m'attendaient dans la voiture.

— Depuis longtemps ?

— Non, deux ou trois minutes seulement. Mais comme je suis plutôt du genre ponctuel, ils commençaient à s'inquiéter.

— Et Patrick ?

— Oh, il va bien, merci !

— Il s'est bien amusé ?

— Je crois. En tout cas, il s'est bien régalé. Son T-Shirt était couvert de taches de chocolat !

— C'est vous qui faites la lessive ? s'enquit Nina, amusée.

— Naturellement ! Mais vous savez, j'ai l'habitude...

— Vous êtes un père modèle... Votre femme devait beaucoup l'apprécier.

Consciente de son audace, elle retint son souffle. Il y eut un court silence.

— Non, elle trouvait ça normal..., dit-il au bout d'un moment. D'ailleurs, nous avions conclu un accord : je voulais un enfant et elle avait accepté de le porter. A condition que ce soit moi qui m'en occupe par la suite...

— Mais c'est monstrueux ! s'exclama Nina, indignée.

Aussitôt, elle regretta ses paroles. De quel droit critiquait-elle la mère de Patrick ?

— Enfin, je veux dire... elle était seul juge..., bredouilla-t-elle, confuse. Cet accord la satisfaisait pleinement ?

— Pas vraiment. Après la naissance de Patrick, elle a repris immédiatement son travail — comme prévu. Mais elle avait mauvaise conscience...

Il fit une nouvelle pause avant de reprendre :

— C'est vous dire si je suis habitué à m'occuper de Patrick... De toute façon, j'adore mon fils.

— Vous cuisinez ?

— Je ne suis pas un fin cordon-bleu mais je me débrouille... Patrick, du reste, n'est pas très difficile. Les spaghettis bolonaise sont pour lui le summum de la gastronomie ! Je suppose que ce n'est pas vraiment le genre de cuisine que vous avez l'habitude de faire.

— Oh, je cuisine assez peu ! protesta Nina.

— Je n'en crois rien ! s'exclama-t-il en riant. J'ai rangé votre cuisine aujourd'hui et j'ai pu voir que vous aviez un matériel ultraperfectionné !

— C'est vrai, mais je m'en sers rarement. J'ai simplement quelques spécialités… Je vous en ferai goûter une, un de ces jours. Si vous le souhaitez, bien sûr…

De nouveau, Nina regretta ses paroles. Il était absurde que John Swayer, avec qui elle n'avait rien de commun, puisse avoir envie de revenir chez elle — et pour un dîner en tête à tête, qui plus est… Mais à sa grande surprise, il accepta.

— Oui, dit-il. Enfin, peut-être… Avez-vous terminé vos rangements ?

— Oui, mais je crois que je vais avoir de terribles courbatures !

— Fatiguée ?

— Epuisée ! J'allais justement prendre un… Oh, zut, ne quittez pas, j'ai oublié que ça coulait !

Sans se réserver le temps de reposer le téléphone par terre, elle se rua vers la salle de bains et arriva au moment précis où l'eau commençait à déborder. Elle tourna fébrilement les robinets en sens inverse, puis commença à éponger le sol à l'aide d'une serviette.

— Bravo, Nina ! murmura-t-elle.

Quand l'eau fut absorbée, elle jeta les serviettes à la hâte dans le lavabo, et regagna le salon.

— Quelle idiote je suis ! s'exclama-t-elle en se saisissant du combiné. J'ai failli inonder l'appartement du dessous. Il y a mieux comme entrée en matière !

— Tout va bien, maintenant ?

— A peu près, soupira-t-elle. Mais il vaut mieux que j'aille finir d'éponger. C'est gentil d'avoir appelé, John, et encore merci pour votre aide.

Quelques instants plus tard, allongée dans sa baignoire, Nina repensa à l'après-midi qu'elle venait de passer avec John. Bien sûr, John n'était pas son type d'homme. Mais sa compagnie était agréable. Elle devait bien reconnaître qu'elle s'était doublement trompée, à son propos. Il n'était pas antipathique, loin de là. Et il était indéniablement très sexy.

C'est d'ailleurs — avec quelques nuances — ce qu'elle expliqua à Lee, le lendemain, quand cette dernière l'interrogea sur la voiture qu'elle avait vue garée devant chez elle la veille.

— Je voulais m'arrêter pour te donner un coup de main, expliqua Lee, quand j'ai vu cette voiture garée... J'ai tout de suite deviné que tu avais un invité. Mais jamais je n'aurais imaginé qu'il s'agissait de John Swayer ! Me cacherais-tu quelque chose, Nina ?

— Bien sûr que non ! répondit innocemment cette dernière. John Swayer est une relation de travail, c'est tout : Il savait que je déménageais et il a voulu m'aider.

— Je croyais que tu ne pouvais pas le supporter.

— Lors des réunions du consortium, il m'agace prodigieusement, c'est vrai. Mais pour porter des cartons, il est très bien... Tu devrais d'ailleurs en toucher un mot à Tom... Ça ne lui ferait pas de mal de rendre service, de temps en temps...

— Mais je ne déménage pas, moi ! protesta Lee.

— Eh bien, invente autre chose ! Quand il vient dîner chez toi, par exemple, demande-lui d'apporter le vin et le dessert.

Lee fronça les sourcils.

— Je ne crois pas qu'il apprécierait.

— Non, sans doute pas..., concéda Nina. Et c'est bien entendu toujours lui qui dicte ses conditions ! Ce n'est pas une situation très saine, Lee.

— Peut-être, mais je n'y peux rien, soupira Lee en baissant les yeux.

« Jamais je ne supporterais qu'un homme se comporte de cette façon avec moi ! songea Nina. Jamais ! » Pourquoi s'en inquiéter, du reste ? Son travail suffisait amplement à son bonheur. A quoi bon s'attacher à un homme ?

Sur cette pensée profonde, elle se tourna vers son ordinateur, et, ouvrant un dossier, se remit au travail.

5

Les jours suivants, Nina s'efforça de ne plus penser à John Swayer. Cependant, le souvenir des baisers brûlants qu'ils avaient échangés la troublait plus qu'elle ne l'aurait voulu.

Jamais personne ne l'avait embrassée de cette manière — douce et ardente à la fois... Souvent, les hommes, lorsqu'ils embrassaient, se montraient avec elle trop impatients ou trop timides. Mais les baisers de John étaient à son image à lui : calmes, précis, tranquilles... et terriblement sensuels.

Lorsque le souvenir l'assaillait, Nina le chassait immédiatement, refusant de se laisser distraire par de telles bêtises. Heureusement, son emploi du temps surchargé lui laissait peu de temps pour rêver, et elle fut débordée toute la semaine : entre chaque visite d'appartement, elle travaillait à son bureau, dépouillant des offres immobilières, en rédigeant d'autres. Et son téléphone ne cessait de sonner.

Mais de John, cependant, aucune nouvelle ! La semaine passa et elle commença à se demander pourquoi il ne l'appelait pas. Après tout, c'était lui qui avait insisté pour travailler avec elle... Et même s'ils étaient parvenus à un premier accord sur le prix des maisons, le consortium leur avait néanmoins demandé de continuer à se voir régulièrement.

Regrettait-il le baiser qu'il lui avait donné la semaine précédente ? Etait-il gêné, déçu ?

Peut-être même la détestait-il ?

Le vendredi après-midi, elle se décida enfin à l'appeler. Se saisissant du combiné, elle composa le numéro.

Après plusieurs sonneries, ce fut lui qui décrocha.

— Allô ? s'enquit-il de sa voix grave et chaude.

— John ? Nina, à l'appareil. Je ne vous dérange pas ?

Le cœur battant, elle attendit sa réponse.

— Non, pas du tout. Comment allez-vous ?

Nina crut déceler dans la voix de John une note de satisfaction. Se réjouissait-il qu'elle ait pris l'initiative de l'appeler ?

— Très bien, répondit-elle, soudain soulagée. Et vous ?

— Ça va, merci.

— Et Patrick ? demanda-t-elle encore, devinant que, sur ce sujet, il serait plus loquace.

— Il va très bien. Les filles l'ont emmené manger une glace.

— Les filles ?

— Oui, des jumelles qui lui servent de baby-sitters. Avec les problèmes qu'il a, je préfère d'ailleurs qu'elles soient deux pour le garder. Vous savez sans doute qu'on ne peut pas toujours faire confiance aux baby-sitters…

Non, elle ne le savait pas, mais elle se garda bien de le lui dire. Fille unique, elle n'avait jamais eu de baby-sitter : sa mère, quand elle sortait, la déposait parfois chez une voisine. Mais la plupart du temps, elle était restée seule. Les Stone n'étaient pas assez riches pour se payer le luxe d'une baby-sitter…

— Vous avez déjà eu des problèmes ? demanda-t-elle.

— Quelquefois. Certaines d'entre elles font la cuisine, regardent la télévision et oublient complètement de surveiller les enfants. Mais les jumelles sont sérieuses et elles adorent Patrick.

« S'il ressemble à son père, il doit être adorable… », pensa Nina.

— Et les taches de chocolat ? Avez-vous réussi à les faire partir ? continua-t-elle.

— Les taches de… ? Ah oui ! Bien sûr ! Sans problème.

Elle essaya de l'imaginer en train de faire la lessive et la cuisine. John était incontestablement un père très dévoué.

Ils se turent un instant. La jeune femme fut la première à rompre le silence :

— J'appelle à propos de la brochure. Elle est prête, je suis allée la chercher chez l'imprimeur ce matin. J'ai pensé que vous aimeriez peut-être y jeter un coup d'œil.

— Oui, avec plaisir.

— Je travaille tout le week-end, je n'aurai donc pas beaucoup de temps libre. Mais j'assure une permanence à l'agence dimanche matin, entre 10 heures et midi. Si vous voulez passer…

Elle avait préparé soigneusement ce qu'elle lui dirait. Elle tenait à montrer à John qu'elle ne l'appelait que pour des raisons professionnelles. De même était-ce pour cette raison qu'elle lui avait proposé un rendez-vous à l'agence.

Il parut hésiter un instant.

— J'essaierai de me libérer, finit-il par dire.

— N'hésitez pas à amener Patrick. Nous ne devrions pas en avoir pour longtemps. Vous pourrez emporter la brochure chez vous, pour l'étudier. J'en donnerai d'ailleurs un exemplaire à chaque membre du consortium lors de la prochaine réunion.

— Entendu, je passerai.

— A dimanche, donc.

Nina eut beau essayer de se convaincre qu'il s'agissait d'un rendez-vous comme un autre, elle mit un soin particulier à se préparer. Après quelques hésitations, son choix se porta sur un ensemble vert foncé composé d'un pantalon-cigarette et d'une chemise aux longues manches flottantes.

Peut-être John trouverait-il cette tenue trop exubérante ? Mais il ne s'attendait tout de même pas qu'elle s'habille comme une vieille fille ! Et la garde-robe de Nina renfermait des vêtements beaucoup plus extravagants, encore…

La matinée passa lentement. A 10 heures, un couple s'arrêta à l'agence et demanda quelques renseignements sur le prix des maisons dans la région. Un peu plus tard, un des clients de Martin passa pour signer des papiers. A 11 heures, John n'était toujours pas venu.

Nina commençait à se demander s'il n'avait pas oublié leur rendez-vous quand elle l'aperçut qui entrait, de sa démarche nonchalante. Patrick n'était pas avec lui. Nina fut un peu déçue. Mais John était tellement séduisant que sa déception ne dura guère. Comme souvent, il portait un jean et une chemise blanche. Ses cheveux encore humides étaient rejetés en arrière. Nina se demanda s'il avait, lui aussi, soigneusement étudié sa tenue avant de venir…

Il se dirigea tout droit vers son bureau et se campa devant elle. Nina s'aperçut alors qu'il était légèrement bronzé.

— Vous venez de la plage ? s'enquit-elle en souriant.

— Oui. J'y ai laissé Patrick.

— Oh, John, je suis désolée, je ne voulais pas gâcher votre dimanche ! s'exclama Nina, soudain gênée. Nous pouvions remettre notre rendez-vous à lundi. Ce n'est pas si urgent, après tout !

— Vous ne me gâchez nullement mon dimanche. J'ai confié Patrick à des amis. Quand je l'ai quitté, il s'amusait comme un fou…

— Les mêmes amis que la semaine dernière ?

— Non, d'autres. Leur fille a le même âge que Patrick et a elle aussi des problèmes. Ils font tous les deux partie d'un groupe d'enfants qui se retrouvent régulièrement chez le même spécialiste.

— Ils ont donc tous les mêmes problèmes ?

— Oui, à peu près.

— Combien sont-ils ?

— Une douzaine.

— Et ils habitent tous par ici ? demanda Nina, étonnée.

— Oh, non, certains viennent d'assez loin… Mais il est absolument nécessaire de les faire se rencontrer. Sinon, ils risquent de s'imaginer qu'ils sont les seuls à avoir ces handicaps… J'ai essayé de mettre Patrick à la maternelle, quand il avait deux ans. Ce fut un échec. Il faisait les mêmes exercices que les autres, mais il ne communiquait pas avec eux. Et des parents se sont plaints.

— C'est incroyable ! s'exclama Nina, indignée.

Il lui sourit.

— C'est ce que je me suis dit à l'époque..., reconnut-il, amusé par la réaction de la jeune femme. J'étais furieux. Et puis j'ai interrogé le médecin de Patrick, qui m'a conseillé de le changer d'école. Aujourd'hui, il est avec des personnes qui le comprennent et qui me comprennent, puisque nous avons tous enduré les mêmes épreuves. Nous nous aidons mutuellement.

— En gardant les enfants à tour de rôle ?

— Oui, par exemple.

Nina prit la brochure qu'elle avait soigneusement mise de côté.

— Voilà, si vous voulez l'emporter pour la lire chez vous...

Elle la lui tendit, s'efforçant de faire bonne figure.

— Vous êtes sans doute pressé de retourner à la plage, reprit-elle. Il fait si beau aujourd'hui ! Ce serait dommage de ne pas profiter du soleil.

Il prit la brochure mais, au lieu de prendre congé de Nina immédiatement, il indiqua d'un mouvement des sourcils la chaise à côté du bureau.

— Je peux m'asseoir ? demanda-t-il.

— Mais bien sûr ! répondit Nina, à la fois étonnée et ravie.

Elle le regarda s'asseoir, étendre ses jambes, puis parcourir la brochure rapidement. Aucun doute, il était vraiment séduisant... Très beau même, d'une beauté saine et naturelle. Avec ce jean et sa chemise blanche qui faisait ressortir son léger hâle doré, il lui faisait irrésistiblement penser à un cow-boy. Avec des bottes, l'illusion eût même été parfaite... Mais elle préférait finalement ses mocassins et sa façon de les porter — sans chaussettes. Pourtant, elle n'avait pas encore vu ses chevilles. Etaient-elles aussi parfaites que ses mains et ses poignets ? Un instant elle espéra qu'il croiserait les jambes afin qu'elle puisse les entrevoir...

Mais il resta dans la même position, plongé qu'il était dans sa lecture. Il prit son temps, examina attentivement chaque dessin et chaque photo. Puis, quand il eut terminé, il referma la brochure pour observer longuement la couverture.

— Très professionnel ! finit-il par décréter, admiratif.

— Merci, répondit-elle, secrètement flattée. Pensez-vous que les clients aimeront ?

— J'en suis sûr !

Il examina la dernière page, sur laquelle les prix étaient indiqués.

— Je constate qu'ils ont aussi imprimé les bons prix, dit-il en riant.

— Pensiez-vous que j'allais modifier les prix sans rien vous dire ? demanda Nina, stupéfaite.

Plaisantait-il ? Nina préféra penser que oui… Elle reprit d'un ton léger :

— Ce n'est pas mon genre, John.

Il haussa les épaules.

— Comment savoir ? Une erreur d'impression est si vite arrivée, répliqua-t-il, sarcastique.

— Il n'y a pas une seule erreur dans cette brochure ! Je l'ai relue des dizaines de fois, vous pouvez tout vérifier.

Il prit quelques minutes pour relire la brochure. Puis il se leva.

— Beau travail, admit-il.

Mais Nina n'avait pas envie de le voir partir si brusquement.

— N'avez-vous aucune suggestion à me faire ? demanda-t-elle.

— Qu'en feriez-vous ? Vous me mettez devant le fait accompli, non ?

— Oui, c'est vrai, tout est déjà imprimé, admit-elle. Mais…

Elle s'interrompit. John avait raison. Elle ne lui avait pas vraiment laissé le choix. D'ailleurs, il n'y avait rien à corriger, John lui-même l'avait souligné…

— Je vais emporter la brochure pour la relire une dernière fois chez moi, dit-il. Ainsi, je ne serai pas distrait par votre présence, ajouta-t-il à voix basse.

Il la regarda droit dans les yeux.

— Je vous appellerai si une idée me vient à l'esprit…

Nina sentit son cœur battre à tout rompre.

— D'accord, balbutia-t-elle.

D'un geste de la main, il lui dit au revoir, puis il quitta l'agence, avec la même démarche nonchalante que celle qu'il avait eue pour y entrer.

Les jours suivants, Nina mit un point d'honneur à ne pas attendre un appel de John. Elle travailla comme si de rien n'était, se disant que s'il l'appelait à son bureau, il laisserait un message. Et s'il appelait chez elle alors qu'elle était absente... il rappellerait !

Il ne la contacta que le jeudi soir, quatre jours après leur dernière entrevue. D'emblée, il renouvela ses félicitations pour la brochure.

— Je pensais que nous pourrions peut-être aller tous les deux à Crosslyn Rise, voir le chantier ? suggéra-t-il. Cela fait longtemps que je ne me suis pas rendu sur place.

— Si vous voulez. Quand ?

— Demain matin serait parfait. Mais je crains de vous prévenir un peu tard... Vous devez déjà avoir plusieurs rendez-vous...

Oui, effectivement. Nina n'eut même pas besoin d'ouvrir son agenda pour savoir que la matinée du lendemain était bien remplie. Mais John était libre... Et visiter le chantier était une excellente idée.

— Je peux peut-être m'arranger..., dit-elle d'un ton hésitant. Puis-je vous rappeler dans une demi-heure ?

— Non, c'est moi qui vous rappellerai.

Nina passa la demi-heure suivante au téléphone, avec quelques clients d'abord, puis avec un autre agent immobilier, enfin avec Lee. Lorsque John rappela, elle lui annonça qu'elle avait pu se libérer de 10 heures à midi. Ils se donnèrent donc rendez-vous pour le lendemain matin.

Lorsqu'elle venait à Crosslyn Rise, Nina était toujours étonnée par les progrès rapides du chantier. Cette visite ne dérogea pas à la règle. La rénovation du grand escalier de la maison principale était presque achevée, et la plupart des nouvelles cloisons étaient déjà en place.

— Tout est tellement différent de la dernière fois ! s'exclama Nina en pénétrant dans le grand hall.

Ils montèrent au premier étage et visitèrent la bibliothèque avec ses murs boisés, admirèrent la future salle de gymnastique, puis redescendirent dans la cuisine, entièrement modernisée.

— C'est superbe ! s'exclama John.

Comme toujours, sa voix était calme mais Nina sentit percer une pointe d'enthousiasme inhabituelle. Gagnée elle aussi par l'excitation, elle lui fit signe de la suivre.

— Venez, chuchota-t-elle.

Elle l'entraîna à sa suite pour lui faire visiter les pièces du rez-de-chaussée. Certaines d'entre elles étaient encore en pleins travaux. A plusieurs reprises, John dut lui prendre le bras pour la guider dans les passages dangereux.

A chaque contact, Nina frissonnait. Sa robe d'été sans manches la faisait paraître encore plus frêle à côté de John, si viril en jean et T-shirt.

Durant toute la visite, elle resta près de lui. Si près qu'elle pouvait sentir à tout moment son odeur, sa chaleur… La visite achevée, il ne chercha pas à s'écarter. Ils marchèrent un moment, en silence, dans l'allée principale du parc, côte à côte, leurs épaules se frôlant à chaque pas. Enfin, ils atteignirent l'étang près duquel se dressaient les nouveaux lotissements.

— Quel endroit merveilleux ! s'exclama-t-il. Comment Jessica a-t-elle pu vendre une aussi belle propriété ?

— Elle n'avait pas le choix, expliqua Nina. L'entretien du domaine lui coûtait trop cher. Comme elle refusait de vendre à un promoteur qui risquait de défigurer la propriété, elle a eu l'idée de ce consortium… Maintenant, c'est elle qui dirige les travaux.

— Elle ou Carter ? demanda-t-il, un sourire malicieux aux lèvres.

— Elle ! Carter anime les réunions, et la conseille. Mais elle est seule à prendre les décisions importantes…

— Ils ont l'air si heureux, tous les deux…, dit John d'une voix douce.

— Je suis sûre qu'ils le sont ! répliqua Nina.

— J'ai l'impression que Jessica est enceinte, poursuivit-il. Vous êtes au courant ?

Nina leva les yeux vers lui. Il ne plaisantait pas.

— Qu'est-ce qui vous fait dire cela ? s'enquit-elle, soudain curieuse.

— Je ne sais pas… Son allure… Sa façon de parler…

— Vous voulez dire qu'elle dégage un éclat particulier ? Voyons, John, croyez-vous vraiment à ces légendes ? demanda-t-elle, amusée.

— Ce ne sont pas des légendes, objecta-t-il.

— Bien sûr que si. Quand une femme est enceinte, elle est d'abord malade, puis elle grossit. Elle est rarement en beauté…

— Qu'en savez-vous ? Vous n'avez jamais été enceinte…

— Et vous, qu'en savez-vous ? répliqua-t-elle en riant.

— Je me souviens de la grossesse de ma femme, répondit-il calmement.

Il s'arrêta et regarda au loin, perdu dans ses souvenirs.

— Cette grossesse me rendait si heureux…, murmura-t-il. Beaucoup plus que ma femme, en fait. Cette vie qui grandissait en elle, je trouvais ça merveilleux… Jour après jour, j'ai observé les changements physiques qui s'opéraient en elle. Et puis le bébé a commencé à bouger… J'ai pris conscience qu'il s'agissait de mon enfant.

Il s'arrêta, surpris par ses paroles, et jeta un rapide coup d'œil en direction de Nina.

— Excusez-moi, je me suis laissé emporter…, conclut-il, confus. Mais quelle expérience formidable !

Nina éprouva une étrange émotion.

— Oui, sans doute…, dit-elle, soudain mélancolique.

John semblait revenu à la réalité et la regardait avec attention.

— Vous avez froid ? lui demanda-t-il avec sollicitude. Vous frissonnez.

D'un geste léger, il lui caressa les bras, comme pour la réchauffer.

— Quel dommage que vous ne vouliez pas d'enfants, dit-il doucement. Vous seriez une mère charmante.

— Vraiment ? répliqua-t-elle.

La peau de John contre la sienne était merveilleusement tiède. Elle sentit que tout son être faiblissait.

— Même enceinte, vous seriez très jolie, vous savez.

— Pourquoi, vous me trouvez trop maigre ? répliqua-t-elle, légèrement irritée.

— Non, vous êtes parfaite comme vous êtes ! dit-il avec un petit rire.

Son regard effleura les seins de Nina, puis descendit jusqu'à ses jambes. La jeune femme sentit son cœur s'accélérer.

— Je pense souvent à vous, Nina, murmura-t-il. Je… Vous… Je ne peux pas m'en empêcher…

Elle voulut l'interrompre, mais il reprit immédiatement, d'une voix chargée :

— C'était si agréable, de vous embrasser… Dommage que nous n'ayons pas continué…

— C'était sans doute plus sage, murmura-t-elle en baissant les yeux.

Les mains de John continuaient à caresser doucement les bras de Nina.

— Tous les soirs, je pense à vous…, continua-t-il. Et je ne peux plus dormir.

— Pourquoi, John ? demanda-t-elle, le cœur battant.

— Parce que penser à vous me fait souffrir. Vous me plaisez beaucoup, Nina.

— Taisez-vous ! le supplia-t-elle.

— Ça vous gêne que je vous dise cela ?

— Non, mais… ça me trouble…

Le regard de John fut traversé par un éclair de désir. La pression de ses mains sur le bras de Nina s'accentua.

— J'ai très envie de vous, Nina, chuchota-t-il.

— John…

Elle n'avait plus la force de murmurer autre chose que son prénom. Sans plus réfléchir, elle s'abandonna à ses caresses. Il la serra plus vivement contre lui et elle sentit toute la puissance de ce corps d'homme. Il lui sembla que tout son être s'embrasait.

— Oh, Nina ! gémit-il.

John prit entre ses mains les seins de la jeune femme. Malgré l'étoffe de la robe, il pouvait sentir leurs pointes se durcir. Nina dut se mordre la lèvre pour ne pas crier. Prise de vertige, elle ferma les yeux.

Avec un gémissement rauque, John l'attira contre lui. Ses mains continuèrent leur course affolante, tandis que sa bouche cherchait celle de la jeune femme. Ils échangèrent un long baiser et leurs langues se mêlèrent avec ardeur.

Les mains nouées autour de son cou, elle se cambra pour mieux sentir ce corps tendu par le désir. John était incontestablement l'homme le plus viril qu'elle ait jamais connu. Elle retint son souffle.

Lentement, il relâcha son étreinte, et prit la tête de la jeune femme entre ses mains.

— Que voulez-vous, Nina ? s'enquit-il doucement.

Elle ne sut que répondre.

— Sentez-vous combien je vous désire ? reprit-il aussitôt.

Comment aurait-elle pu ne pas le sentir ? Incapable de détourner son regard du sien, elle approuva d'un signe de tête.

— Alors ? insista-t-il.

— Je n'aime pas les aventures sans lendemain, avoua-t-elle. L'amour est un jeu sérieux…

— Entièrement d'accord, répliqua-t-il.

— Alors essayons d'oublier ce qui vient de se passer… Nous ne sommes pas faits l'un pour l'autre, John… Voyons-nous en collègues, en amis tout au plus.

Il la regarda longuement de ses grands yeux ambre, le regard encore brûlant de désir.

— Vous avez sans doute raison, dit-il en lui caressant la joue. Mais vous ne pourrez jamais m'empêcher de vous désirer…

Soudain ils entendirent une voix, derrière eux.

— Pardonnez-moi, chers amis !

Nina sursauta et tourna la tête en même temps que John. Carter Malloy venait à leur rencontre, un sourire aux lèvres. Arrivé près d'eux, il s'arrêta.

— Je crois bien que cet endroit est magique, dit-il, amusé. A Crosslyn Rise, on s'imagine volontiers être seuls au monde… Heureusement pour vous, ce n'est que moi ! Vous auriez pu tomber plus mal…

Nina sentit qu'elle rougissait. John s'écarta d'elle sans dire un mot.

— Jessica et moi avons déjà vécu ce genre de situation, reprit Carter en souriant. Vous voyez, il n'y a pas à avoir honte…

Nina respira profondément.

— Tu aurais dû prévenir, dit-elle, gênée.

— C'est ce que j'ai fait !

— Un peu tard ! fit observer John, à la fois mécontent et amusé.

— J'ai appelé plusieurs fois, répliqua Carter, de plus en plus souriant. Mais vous n'avez pas dû entendre… Maintenant que vous semblez revenus sur terre, je vais vous laisser.

Il leur fit un signe de la main.

— A bientôt !

Il s'était éloigné de quelques pas quand Nina s'écria :

— Carter, est-il bien vrai que Jessica est enceinte ?

Il s'arrêta net et se retourna vers eux, étonné.

— Qui t'a dit ça ?

— Est-ce vrai ? insista-t-elle.

Après une imperceptible hésitation, Carter se décida :

— C'est ma foi vrai ! admit-il. Nous n'allons pas tarder à l'annoncer officiellement. Jusqu'ici, nous restions prudents… Mais maintenant, les choses se présentent bien. Jessica en est à son quatrième mois de grossesse !

Oubliant sa gêne, Nina lui adressa un large sourire.

— C'est formidable ! s'exclama-t-elle, émue. Jessica avait tellement envie d'un enfant !

— Oui. Moi aussi…, ajouta Carter.

— Comment se sent-elle ? demanda John.

— Pas très bien. Mais le docteur dit que c'est bon signe. J'espère que tout ira bien.

— Félicitations, Carter ! Et félicitez aussi Jessica.

— Merci, John !

Carter lui adressa un sourire complice avant de se remettre en marche. En le regardant s'éloigner, Nina, songeuse, murmura, à l'intention de John :

— Vous aviez raison, elle est enceinte… Elle avait tellement envie d'un bébé ! Je suis bien contente.

— Contente ?

— Contente pour elle, naturellement. Même si pour ma part, je n'aime pas particulièrement les enfants…

— Vos autres amis n'ont pas d'enfants ?

— Si, quelques-uns. Mais quand je vois mes amis, c'est souvent tard le soir. Les enfants sont couchés…

Elle jeta un coup d'œil rapide en direction de John, avant de reprendre :

— Voilà encore quelque chose qui nous sépare : votre enfant. Ces choses-là sont pour moi tellement inimaginables !

John ne répondit rien. Il resta un instant à la fixer, en silence, comme s'il cherchait à percer un secret. Nina lui retourna son regard. Elle admira son menton bien découpé, ses lèvres sensuelles, ce visage qui la rendait folle. John était si troublant…

Au bout d'un instant, il rompit le silence.

— Nous devrions rentrer, dit-il.

Nina se dirigea vers l'étang. Brusquement, il lui sembla que tout le charme de cette journée avait disparu. Elle avait le cœur gros.

Ils visitèrent ensemble la maison-témoin. La jeune femme fit deux ou trois remarques, sur un ton très professionnel. Elle tenta de s'imaginer que John était un client potentiel qu'elle devait convaincre à tout prix. Mais tout au long de la visite, elle s'efforça d'éviter son regard et de garder ses distances. Une tension croissante semblait s'installer entre eux.

Quand ils eurent regagné la maison principale, Nina fut presque heureuse que la visite touche à sa fin. Aussi est-ce avec un réel soulagement qu'elle prit congé de John, monta précipitamment dans sa voiture et démarra.

C'était la première fois qu'elle vivait ce genre de situation. Jusqu'à présent, elle avait mené sa vie comme elle l'entendait. Mais, soudain, il lui semblait qu'elle perdait le contrôle des événements. Comme si elle n'était plus seule responsable de son destin…

Elle fit tout son possible pour tenter de refouler les larmes qui montaient mais… trop tard. Elle s'arrêta sur le bas-côté de la route, et, la tête appuyée contre le volant, sanglota longuement.

Si seulement elle avait pu comprendre la nature du désir qu'elle ressentait pour John ! Mais ce dernier demeurait une énigme, pour elle. Ils ne partageaient pas les mêmes valeurs et leur vision du monde était tellement différente ! Pourtant, elle avait confiance en lui. Elle l'aimait et le détestait tout à la fois. Et elle le désirait, surtout, d'un désir brûlant.

Durant tout le reste de la journée, elle ne put détacher ses pensées de John Swayer. Elle eut du mal à s'endormir. Etendue, le corps brûlant, elle ne cessait de songer à ses baisers, à son étreinte, à ce corps d'homme contre le sien… Que pouvait-il faire en ce moment ? Pensait-il à elle avec autant de force qu'elle pensait à lui ?

Elle dormit d'un sommeil agité, se réveillant chaque fois en nage. A l'aube, elle se raisonna. Elle devait réagir.

Rien ne l'empêcherait d'atteindre son but. Rien. Ni personne. Elle se l'était juré plus d'une fois et elle se le répétait encore, comme pour mieux s'en assurer. Sa vie était parfaitement organisée, sa carrière toute tracée. Bientôt elle ouvrirait son agence. Aucun homme ne méritait qu'elle se sacrifie pour lui. Le succès était à portée de la main. Elle n'avait besoin de personne. De personne.

A 8 heures du matin, on sonna à sa porte. Fatiguée, traînant les pieds, elle descendit l'escalier.

— Qui est-ce ? demanda-t-elle à travers la porte.

— John.

Le cœur battant, elle poussa un profond soupir et appuya son front contre la porte. Que faire ?

— Ouvrez, Nina, il faut que nous parlions…

La voix était plus distincte, comme s'il s'était rapproché de la porte.

— Je ne sais pas si le moment est bien choisi…, balbutia-t-elle.

Il y eut un long silence. Pas un instant, cependant, Nina ne crut qu'il était parti. John était bien trop têtu pour lâcher prise si rapidement. Au bout d'un moment, elle entendit sa voix, toujours aussi calme.

— Nina, ouvrez-moi… S'il vous plaît !

La jeune femme hésita un instant. John avait parlé avec fermeté. Et pourtant, il semblait la supplier. « S'il vous plaît ! » avait-il dit…

Elle poussa un soupir et, songeant qu'elle faisait sans doute une erreur, ouvrit la porte.

6

John se glissa prestement à l'intérieur. Dès qu'elle le vit, Nina fut de nouveau assaillie par ses pensées de la nuit précédente. Il portait un short et un T-shirt blanc qui mettait en valeur les lignes puissantes de sa carrure. La jeune femme retint son souffle.

— J'ai apporté des croissants, dit-il, tout en évitant soigneusement son regard.

Nina prit alors conscience qu'elle était nue sous sa chemise de nuit. Jamais, en d'autres circonstances, elle n'aurait ouvert sa porte dans cette tenue...

— Je n'étais pas encore levée..., expliqua-t-elle.

Il y eut un silence, puis elle ajouta :

— J'ai tellement mal dormi !

John tourna enfin son regard vers elle. Nina remarqua qu'il ne portait pas ses lunettes, et que ses traits étaient tirés. Visiblement, il n'avait pas pris le temps de se coiffer.

— Il fallait que je vous parle..., expliqua-t-il.

Il la fixait avec insistance. Jamais elle n'avait vu de regard plus profond et plus sombre.

— Je crois que nous devrions essayer d'y voir clair..., reprit-il.

— Je ne sais pas si j'en suis capable..., chuchota-t-elle.

Tout son corps brûlait de désir. Et elle ne cherchait plus à le dissimuler. A quoi bon ?

John continuait à la regarder et Nina comprit qu'il la désirait, lui aussi. Pendant quelques secondes, ils restèrent muets, face à face. Puis John s'avança lentement vers elle et la prit dans ses bras.

Avec un petit cri, Nina se lova contre lui, respirant son odeur. Resserrant son étreinte, il la souleva avec facilité tandis qu'elle soupirait, le visage pressé contre son épaule.

Ils restèrent enlacés longtemps, sans parler, leurs corps mêlés un peu plus après chaque baiser. Nina aurait pu rester dans ses bras pendant une éternité, si son corps n'avait pas réclamé une étreinte plus profonde. Lentement, n'y tenant plus, elle commença à onduler contre lui. Les caresses de John l'affolaient. Quand il glissa une main entre ses cuisses, elle cria.

— Que veux-tu à présent, Nina ? Dis-le-moi..., murmura-t-il, pressant, sans cesser de la caresser.

Sa voix était rauque, brûlante.

— Il est trop tard pour reculer, murmura Nina, le corps en feu. J'ai tellement envie de toi, John...

Le mouvement lascif du corps de la jeune femme contre celui de l'homme ne s'était pas interrompu. Doucement, elle posa une main voluptueuse sur la cuisse de John. Au contact du fin duvet qui couvrait cette jambe virile, elle frissonna.

— Oh oui ! J'ai envie de toi ! répéta-t-elle frénétiquement. Caresse-moi encore, John... Oui, là. Oui...

Elle guida la main de l'homme jusqu'au point brûlant de son désir. Puis elle commença à le dévêtir et à le caresser à son tour. Elle sut alors que lui aussi la désirait follement.

Avant qu'elle ait eu le temps de comprendre ce qu'il faisait, il la prit dans ses bras. Elle passa ses jambes autour de ses hanches, tandis qu'il s'emparait de sa bouche. Il n'interrompit son baiser que lorsqu'ils furent parvenus dans la chambre de Nina.

— Cela fait des jours et des jours que je rêve de te faire l'amour, dit-il d'une voix que le désir faisait trembler.

— Moi aussi, tu sais. J'ai cru que tu ne te déciderais jamais, répondit Nina en lui ôtant fiévreusement sa chemise.

Le torse de John apparut. Eblouie, Nina resta muette d'admiration. Voluptueusement, elle se blottit contre lui. Les épaules de John étaient douces et si fermes à la fois.

— Comme tu es beau..., dit-elle, les larmes aux yeux.

John acheva de se déshabiller.

— Viens, viens..., le supplia-t-elle.

A peine s'était-elle allongée sur le lit qu'il la prit avec force. Etonnée par la puissance de son étreinte, elle poussa un cri.

— Nina..., commença-t-il.

— Non, non, continue..., l'interrompit-elle, les joues en feu. C'est si bon, John... Continue, mon chéri.

John ne se fit pas prier. Il prit possession avec ivresse du corps qu'elle lui abandonnait. Il en jouissait sans hâte, relâchant et renforçant tour à tour son étreinte, guettant sur le visage de la jeune femme la montée du plaisir. Nina était à l'agonie. Avec un art consommé, il l'embrasait peu à peu, s'arrêtant dès qu'il la sentait près de perdre la tête pour mieux la posséder encore et savourer avec elle ce moment merveilleux.

Bientôt, Nina comprit qu'elle ne pourrait plus résister très longtemps. John lui avait imposé un rythme effréné. A bout de désir, elle se cambra, suppliant. Et tout à coup, elle vit des milliers d'étoiles danser devant ses yeux. Un gémissement irrépressible lui monta à la gorge, un chant d'amour triomphant qu'elle étouffa contre l'épaule de John. Ivre de plaisir, ce ne fut qu'au bout de quelques secondes qu'elle comprit que John venait de vivre le même instant de bonheur parfait.

Ils restèrent longtemps ainsi, étroitement serrés l'un contre l'autre, haletants. Puis John se dégagea doucement et s'allongea contre Nina qu'il reprit dans ses bras. Elle le regarda droit dans les yeux et, durant une minute, fut incapable de prononcer le moindre mot. Sans trop savoir pourquoi, elle se sentait terriblement émue. Ce qu'elle venait de vivre avec John ne pouvait en rien se comparer avec ses expériences passées.

— Qui l'eût cru..., chuchota-t-elle en lui souriant tendrement.

— De quoi veux-tu parler ? demanda-t-il en fronçant les sourcils.

— Qui aurait pu penser que le nonchalant John Swayer était si versé dans l'art de l'amour...

— C'est toi qui m'as inspiré…, répliqua-t-il en souriant.

— Vraiment ? Oh, John… tu ne peux pas savoir à quel point… c'était bon…

Il acquiesça lentement.

— J'ai cru effectivement comprendre que tu appréciais.

— Oh ! dit-elle en rougissant. Je ne pensais pas…

— Tu es si belle…, murmura-t-il en dévorant du regard ses seins voluptueusement gonflés. Tu es si féminine !

— Il y a donc des choses que tu aimes bien, chez moi !

— Bien sûr ! Et de plus en plus, car j'ai bien l'intention de faire de toi une femme moins stressée.

— Tu n'y arriveras pas !

— Je suis prêt à prendre le pari… En ce moment, par exemple, je suis très étonné que tu ne sois pas déjà en train de te préparer fébrilement pour aller travailler…

— Je n'ai aucun rendez-vous avant 10 heures, aujourd'hui.

— Si tu avais rendez-vous à 9 heures, tu te serais déjà ruée dans la salle de bains ?

— Peut-être… A moins que tu ne trouves un moyen de me retenir…

— Accorde-moi une minute de répit…

— Une minute, pas plus ?

— C'est déjà beaucoup, non ?

Elle le fixa d'un air sceptique. Mais au bout de quelques instants, elle dut se rendre à l'évidence. John la désirait avec autant de force qu'une demi-heure auparavant…

— Mmm, je crois que tu as raison…, soupira-t-elle voluptueusement, comme il la reprenait dans ses bras.

— Bien sûr que j'ai raison ! dit-il, étouffant d'un baiser interminable toute velléité de protestation.

Il l'embrassait en prenant tout son temps, tandis que du bout des doigts il caressait lascivement la pointe de ses seins. Nina se laissait faire, fascinée. John lui faisait l'amour avec une telle assurance… Elle ferma les yeux. Son désir était aussi fort, plus fort peut-être que la première fois… Les mains de John sur sa peau nue la faisaient frissonner de plaisir. Elle commença à vibrer, sous lui, lentement puis de plus en plus fort. Ses gémissements se mêlaient aux exhortations amoureuses que lui chuchotait John. Soudain, n'en pouvant plus, elle connut un premier moment de bonheur. Mais John ne relâcha pas son étreinte pour autant. Il la fit crier une deuxième fois, l'accablant de baisers et de caresses, avant d'atteindre avec elle le paroxysme, dans un mouvement effréné.

Ils restèrent un long moment immobiles. Puis, petit à petit, Nina reprit ses esprits. Elle songea avec émotion à tout ce qu'ils venaient de vivre. Puis l'inquiétude l'envahit, suivie d'un étrange sentiment d'angoisse. Tout s'était déroulé trop vite, son plaisir avait été trop parfait… Car il n'y avait pas de place pour John, dans sa vie. Elle n'avait que faire d'un attachement durable…

— Je dois partir, murmura-t-elle.

Il la serra dans ses bras.

— Non, reste…, implora-t-il.

— Mais j'ai du travail !

— Appelle l'agence, Nina. Trouve quelqu'un pour te remplacer !

— C'est impossible.

— Pas plus que de trouver une baby-sitter jusqu'à midi…

Mais Nina ne l'écoutait plus. Elle dut faire un effort pour s'arracher à la chaleur des bras virils. D'un bond, elle se leva et se dirigea vers la salle de bains.

— Nina ! s'écria John.

— Je vais prendre une douche…, répondit-elle.

— Nina, s'il te plaît !

— Je ne peux pas…

Elle ouvrit le robinet d'eau chaude et commença à se savonner sous la douche. Elle se lava avec soin, essayant de penser déjà à la journée qui l'attendait. Quand elle regagna la chambre, John était encore couché. Son corps nu, si parfait, faisait une tache sombre sur les draps roses.

Nina sentit une nouvelle vague de désir monter en elle. Vivement, elle détourna la tête et, comme si de rien n'était, commença à s'habiller. Elle hésita un moment devant sa penderie puis finit par choisir un pantalon noir et un chemisier de soie fuchsia. Elle s'habilla en silence, consciente du regard de John fixé sur elle. Pourquoi ne disait-il rien ? Etait-il fâché ? Ou était-ce seulement la torpeur d'après l'amour ?

Après avoir mis des boucles d'oreilles turquoise et un collier assorti, elle se regarda dans le miroir, et se coiffa rapidement.

— Nina, dit-il d'une voix ferme.

Elle se tourna vers lui.

— Alors comme ça, tu t'en vas..., reprit-il.

— Mais... je n'ai pas le choix ! répliqua-t-elle, interloquée.

— Nous faisons l'amour, tu te lèves et puis tu t'en vas...

Elle prit un flacon de parfum.

— J'ai du travail, John ! protesta-t-elle.

— Il faut que nous parlions, Nina.

— Je n'ai pas le temps. Plus tard.

— Quand ?

— Je ne sais pas. Quand j'aurai davantage de loisirs...

— Cela dépend uniquement de toi. Tu peux te libérer quand tu le désires.

— C'est faux ! J'ai des clients, figure-toi !

— Et moi ? Penses-tu un peu à moi ?

— Il me semble que tu n'es pas à plaindre, répliqua-t-elle.

Il se leva d'un bond. Nina ne put s'empêcher d'admirer son reflet dans le miroir.

— Ne dis pas ça ! dit-il d'une voix blanche.

Feignant l'indifférence, Nina continua à se maquiller.

— Ce que nous venons de vivre ne signifie donc rien, pour toi ? reprit-il âprement. Tu te lèves et tu t'habilles comme si de rien n'était !

— J'ai du travail, John, répéta-t-elle calmement. Et tu sais très bien que mon travail est important, pour moi.

Elle devina sa colère au silence soudain qui tomba derrière elle. Elle attendit calmement qu'il parle, tout en continuant à se maquiller. Quand elle se tourna vers lui, il n'avait toujours rien dit. Il la regardait, l'air dur.

— Je sais, je suis insensible ! explosa-t-elle soudain. Je ne pense qu'à l'argent ! Tu peux me le dire en face ! Mais je t'avais prévenu…

— Je ne signifie donc rien, pour toi ?

— Bien sûr que si ! Ne crois pas que je sois habituée à ce genre d'aventures. Tu me plais beaucoup, John. Mais nous ne sommes pas faits l'un pour l'autre. Pas plus que toi je ne suis prête à bouleverser mes habitudes… D'ailleurs, nous le savions déjà !

— Alors pourquoi avoir fait l'amour ?

— Parce que nous en avions envie !

Elle chercha son sac du regard avant de reprendre :

— C'était peut-être idiot, mais reconnais que c'était inévitable…

— Regrettes-tu de l'avoir fait ? demanda-t-il, tendu.

— Non, John c'était merveilleux…, balbutia-t-elle en détournant le regard.

— Pas au point de t'empêcher de partir travailler…

— Mais qu'est-ce que tu voudrais que je fasse ? interrogea-t-elle d'une voix misérable.

— Que tu restes ici un moment. Nous avons à parler.

— A quoi bon ? Ce qui est fait est fait. Chacun de nous a sa vie. Tu le sais bien.

— Tu travailles trop.

— N'as-tu rien d'autre à me dire ? demanda-t-elle en se dirigeant vers la porte.

— Si, répondit-il en lui emboîtant le pas. Tu avais une mine affreuse ce matin, à mon arrivée…

— A cause de toi, précisément. Je n'ai pas dormi de la nuit…

— Crois-tu que tu dormiras mieux, ce soir ?

— Je l'espère, je ferai ce qu'il faudra pour ça.

— En prenant un somnifère ?

— Non, le travail me suffit, généralement.

Arrivée sur le palier, elle commença à descendre les marches.

— Tu n'y arriveras pas, lui cria-t-il.

— Bien sûr que si.

— Tu ne pourras t'empêcher de penser à ce qui s'est passé entre nous…

— Prétentieux !

— Tu n'oses même pas me regarder en face ! Et puis va-t'en, tu n'es qu'une égoïste ! cria-t-il, furieux.

C'était la première fois que Nina voyait John à ce point en colère. Refusant néanmoins de se laisser aller en faisant demi-tour, elle se dirigea d'un pas ferme vers sa voiture.

Nina était désormais bien décidée à suivre le plan de conduite qu'elle s'était tracé. Elle savait que John ne l'empêcherait pas d'atteindre les buts qu'elle s'était fixés : gagner de l'argent, se faire un nom et, surtout, rester libre et indépendante.

Aussi se plongea-t-elle dans son travail avec une ardeur décuplée, ce samedi-là. Elle ne rentra chez elle que vers 9 heures du soir et repartit tôt, le lendemain matin, pour une journée de séminaire à Hartford.

Quand elle en revint dans la soirée, elle était épuisée. Sachant que le principal responsable de son état était John, elle ne répondit pas au téléphone, qui sonna pourtant plusieurs fois dans la soirée. Pour s'occuper l'esprit, elle décida de lire un ouvrage rébarbatif et difficile, dans lequel il était question de taux d'intérêt et d'hypothèques. Elle ne l'abandonna qu'à 2 heures du matin, la tête lourde, l'estomac noué. Heureusement, elle était si fatiguée qu'elle trouva le sommeil très rapidement.

Le lendemain matin, vers 9 heures, Lee fit irruption dans son bureau.

— Tu es là depuis longtemps ? demanda-t-elle.

Nina leva les yeux de son dossier.

— Depuis 8 heures, répondit-elle d'une voix morne. J'irai faire visiter le 93 rue Shady tout à l'heure.

Lee s'approcha du bureau de son amie.

— Tu n'as pas très bonne mine, fit-elle observer.

— Comment ça ?

— Tu es toute pâle…

Nina posa son stylo.

— J'ai mal à l'estomac, expliqua-t-elle en essayant de sourire. J'ai sans doute attrapé un virus. Ne t'approche pas, c'est peut-être contagieux…

Nina avait lancé cet avertissement en guise de plaisanterie, mais Lee recula aussitôt.

— Je ne voudrais pas tomber malade, s'exclama-t-elle, effrayée. Je reçois Tom et des amis à dîner, vendredi prochain…

— Comment ? demanda Nina, stupéfaite.

— Oui, je savais bien que ça ne te plairait pas beaucoup, reprit aussitôt Lee, gênée. Mais j'en ai très envie, Nina. C'est moi qui ai lancé l'invitation, Tom ne m'a rien demandé…

— Mais il t'a laissée toute seule deux week-ends de suite pour aller s'amuser à New York et…

— A Chicago, l'interrompit Lee. Et il y allait pour affaires.

— Pour affaires ? Tout un week-end chaque fois ?

— Oui. Mais il a pensé à moi ! Le week-end dernier, il m'a rapporté une écharpe et ce week-end il m'a envoyé des fleurs… S'il était avec une autre femme, il n'aurait pas eu ce genre d'attention…

Devant l'expression dubitative de Nina, Lee insista.

— Tom m'aime vraiment, je t'assure !

— Je crois surtout qu'il aime ta dévotion…, répondit doucement Nina. Car tu n'aimes rien tant que te dévouer…

— Oui, et quel mal y a-t-il à cela ?

— Aucun.

Elle allait ajouter quelque chose, mais se ravisa immédiatement. A quoi bon risquer de blesser Lee ? De toute façon, Tom aurait le dernier mot… Il n'y avait rien à faire.

— Peut-être as-tu raison…, reprit-elle. Je dois être horriblement cynique !

— Décidément, tu ne tournes pas rond ! dit Lee, étonnée. Depuis des mois que nous nous chamaillons à propos de Tom, c'est la première fois que tu abandonnes si rapidement…

— En fait, je remets seulement la discussion à plus tard ! répliqua Nina en riant. Nous en reparlerons, ne t'inquiète pas…

Lee resta un instant silencieuse.

— Es-tu sûre que c'est bien l'estomac ? demanda-t-elle, vaguement inquiète. Rien d'autre ?

— Ma mère ne va pas très bien, expliqua Nina en baissant les yeux.

— Que dit son médecin ?

— Je viens de l'avoir au téléphone. Je crois qu'elle a eu une attaque.

— Peut-être devrais-tu lui rendre visite ?

— Maintenant ? Alors qu'il y a tellement à faire ici ? s'écria Nina en désignant la montagne de papiers sur son bureau. Et il est possible qu'elle ne se rende même pas compte de ma visite…

— Mais c'est ta mère, tout de même ! protesta Lee.

— J'ai fait tout mon possible… Elle est aujourd'hui dans l'une des meilleures cliniques des Etats-Unis, à mes frais — ce qui est parfaitement normal, bien sûr. Mais pour continuer à payer son traitement, je dois travailler.

Mettant le dossier de côté, elle saisit son sac et se leva.

— Omaha n'est qu'à une heure d'avion…, insista Lee.

— J'irai la voir quand j'aurai moins de travail.

Légèrement irritée, elle sortit sans ajouter un mot.

Pendant tout le début de la semaine, Nina eut des crampes d'estomac. Le mercredi, celles-ci devinrent plus fréquentes et la jeune femme commença à s'inquiéter. Elle comprit que son malaise n'avait rien à voir avec John. Aussi, quand ce dernier sonna à sa porte le mercredi soir, se résolut-elle enfin à lui ouvrir.

Il la regarda un moment en silence, visiblement furieux.

— Nina, j'ai essayé de te joindre toute la semaine. Tu n'as pas eu mes messages ?

Nina se sentit vaguement coupable. Mais elle se reprocha immédiatement cette réaction.

— J'ai été très occupée, répondit-elle d'une voix neutre.

— Trop occupée pour rappeler l'homme que tu as entraîné dans ton lit samedi dernier ?

— C'est toi qui m'y as entraînée.

— Insinuerais-tu que tu n'en avais pas envie ?

Il observa une pause qui déconcerta la jeune femme. John prenait son temps, quelles que soient les circonstances…

— Tu as très mauvaise mine, ajouta-t-il enfin.

— Merci !

— Je ne plaisante pas.

Visiblement, la colère de John était retombée. Il examina plus attentivement le visage de Nina avant de reprendre, d'un ton plein de sollicitude :

— Tout va bien ?

— Oui. J'ai juste beaucoup de travail.

— Tu devrais te reposer…

— En pleine saison ? Impossible ! A l'automne, peut-être…

— A l'automne ? Tu ne vas tout de même pas continuer à ce rythme jusque-là ! s'exclama-t-il, incrédule.

— Pourquoi pas ? Je l'ai toujours fait… Mais cette année sera la dernière. Si Crosslyn Rise se vend bien, j'ouvrirai ma propre agence l'année prochaine… Et je pourrai enfin travailler à mon propre rythme…

— Si tu vis jusque-là !

— Je vivrai, ne t'en fais pas pour moi.

Il se tut et la regarda, l'air pensif.

— Et nous, dans tout ça ? demanda-t-il soudain.

— Quoi, nous ? marmonna-t-elle.

— J'aimerais te voir, Nina…

Elle fit non de la tête.

— J'ai besoin d'être seule…, dit-elle en guise d'explication.

— Pendant combien de temps ?

— Je ne sais pas.

— Je ne te demande pas d'abandonner ton travail…

— Pourtant, samedi dernier, tu me conseillais de ne pas aller travailler…

— Nous étions si bien, ensemble… Mais j'ai réfléchi et tu avais raison. Si tu avais des rendez-vous, il fallait y aller. Tout ce que je demande, c'est que nous puissions nous voir quand tu ne travailles pas…

— John, tu ne me comprends pas…, soupira-t-elle.

— Je ne cherche pas à te comprendre.

— Dans ce cas, pourquoi veux-tu me voir ?

— J'aimerais savoir pourquoi je t'aime contre ma volonté, dit-il en souriant. C'est ce que je voulais te dire samedi matin…

Nina eut l'impression qu'une longue et difficile discussion l'attendait. Elle n'en avait ni le temps ni l'envie. De nouveau, elle avait terriblement mal au ventre. Si seulement elle avait eu le temps de voir un médecin… Mais le travail passait avant tout. Les soins attendraient.

— Pouvons-nous en reparler plus tard, John ? demanda-t-elle d'une voix faible.

— Bien sûr. Quand ?

— Je ne sais pas. Je t'appellerai demain et…

— Tu ne me rappelles jamais, l'interrompit-il.

— Cette fois-ci, je te le jure, promit-elle.

Elle n'avait qu'une envie : retourner se coucher. Son estomac la torturait, mais elle lutta de toutes ses forces pour n'en rien laisser paraître.

Apparemment, elle y parvint, car John sembla ne rien soupçonner. Elle reprit avec un pâle sourire :

— Je t'appellerai demain matin dès mon arrivée au bureau. D'accord ?

Elle était prête à promettre n'importe quoi pour le voir partir. Il réfléchit un moment.

— D'accord, je te fais confiance, finit-il par dire.

Son regard se posa sur les lèvres de la jeune femme. Un instant, elle crut qu'il allait l'embrasser. Elle désirait et redoutait tout à la fois ce baiser.

Il sembla hésiter puis recula d'un pas et retourna lentement à sa voiture. Nina ferma la porte et s'y adossa un moment avant de remonter l'escalier.

Il était à peine 9 heures, mais elle décida de se coucher immédiatement. Son mal de ventre devenait intolérable. Peut-être avait-elle besoin de sommeil… Peut-être John avait-il raison quand il disait qu'elle travaillait trop ?

Elle s'endormit rapidement mais fut réveillée quelques minutes plus tard par une violente crampe à l'estomac. Ne voulant pas prendre de médicament à la légère, elle but un verre d'eau et se rendormit au bout de quelques minutes. Une douleur violente et lancinante la réveilla de nouveau. Elle était en sueur.

Nina n'était pas rassurée. Avec tout le travail qu'elle avait, elle ne pouvait pas se permettre d'être malade. Cherchant une explication rationnelle, elle passa en revue tous ses repas de la semaine. Mais elle n'avait avalé ces derniers jours que des choses légères, en petite quantité. De nouveau, elle but un verre d'eau et se recoucha. Mais la douleur l'empêcha de fermer l'œil.

Pourquoi n'était-elle pas allée voir un médecin plus tôt ? Un instant, elle fut tentée de s'y rendre sur-le-champ. Mais il était 11 heures passées. D'ailleurs, elle ne connaissait pas de médecin — à l'exception de son gynécologue. Mieux valait remettre sa visite au lendemain.

Elle parvint à se rendormir mais une forte crampe la tira de son sommeil quelques heures plus tard. Elle dut faire un terrible effort pour se relever. Elle s'assit sur son lit, haletante, les mâchoires crispées par la douleur.

Elle eut soudain très peur. Elle ne réussissait même plus à se lever. Que se passait-il ? Paniquée, elle saisit le combiné du téléphone posé sur sa table de nuit et, d'une main tremblante, composa le numéro de John. Au bout de la troisième sonnerie, quelqu'un décrocha, sans dire un mot.

— John, c'est toi ? appela Nina d'une voix faible.

Il y eut quelques secondes de silence puis une voix endormie lui répondit.

— Nina ?

— Je suis malade ! s'exclama-t-elle. Des douleurs horribles ! Je ne sais pas quoi faire…

— Où as-tu mal ? lui demanda-t-il d'une voix inquiète.

Il avait maintenant l'air parfaitement réveillé.

— A l'estomac. C'est la première fois que cela m'arrive. Je voulais attendre demain pour aller voir un médecin, mais c'est impossible…

— Des crampes d'estomac ?

— Oui, au début. Maintenant, c'est une douleur continue, très forte, répondit-elle, retenant des larmes de souffrance.

— De quel côté ?

— Je ne sais pas. Partout. Non, plutôt à droite.

— Nina, je cours chercher une voisine pour garder Patrick…

Sa voix était calme, rassurante.

— Mais il est 2 heures du matin ! s'écria Nina, après avoir jeté un coup d'œil à sa montre.

— Arriveras-tu à descendre pour m'ouvrir ?

— J'essaierai.

— Il le faut. Attends-moi en bas. Je serai là dans dix minutes.

— Oh, John, je suis désolée…

— Attends-moi, répéta-t-il.

— D'accord.

Les mains tremblantes, elle raccrocha. Craignant que la douleur n'empire, elle se leva immédiatement et se dirigea vers la porte de sa chambre en titubant. Là, elle s'arrêta une première fois pour reprendre son souffle, appuyée contre le chambranle. Puis elle reprit sa route jusqu'à l'escalier, qu'elle descendit lentement, s'arrêtant plusieurs fois pour récupérer. Arrivée en bas, elle se rua vers la porte qu'elle déverrouilla, avant de tomber sur le sol, pliée en deux de douleur.

Elle dut s'évanouir car elle fut réveillée par la voix de John, penché au-dessus d'elle.

— Nina ? Nina !

Elle sentit la main tiède de John contre son front brûlant et fit un effort pour ouvrir les yeux.

— Tout va bien, dit-elle d'une voix faible.

Elle avait l'impression que son estomac était en feu.

— Ça va aller, murmura-t-il en la prenant dans ses bras.

La voix de John lui parvenait assourdie, comme dans un rêve. Tout lui semblait irréel. Elle sentit les bras de John autour d'elle et ferma les yeux. John était là, John s'occuperait de tout, elle lui faisait confiance… Elle sentit qu'on la déposait dans une voiture puis elle perdit de nouveau connaissance.

Les jours suivants, Nina resta dans un demi-sommeil. Lorsqu'elle se réveillait, des médecins lui posaient des questions auxquelles elle avait du mal à répondre. Parfois des infirmières lui parlaient doucement, prenaient sa tension, lui faisaient avaler des pilules, vérifiaient les sondes qui lui transperçaient les bras.

Parfois, aussi, John se tenait au pied de son lit. Il était l'unique personne qu'elle reconnût immédiatement, au milieu de ce brouillard. Ses paroles étaient les seules dont elle pût se souvenir.

— Tu as eu une grave crise d'appendicite, lui expliqua-t-il, lors de leur première entrevue.

— Grave ? demanda-t-elle, d'une voix molle.

Il était assis au bord de son lit et lui tenait la main.

— Tout va bien maintenant, assura-t-il.

Une autre fois, elle le trouva faisant les cent pas devant son lit.

— Que m'ont-ils fait ? lui demanda-t-elle.

— Ils t'ont opérée, tout bêtement, lui répondit-il en souriant.

Elle porta la main à son ventre couvert de pansements.

— On te les enlèvera bientôt, affirma-t-il, comme pour la rassurer. Comment te sens-tu ?

— J'ai chaud.

— Tu as de la fièvre. On te donne des antibiotiques. Tu as mal ?

— Un peu.

— Essaie de dormir, finit-il par dire en lui caressant la joue.

Sa voix était douce, sa main délicieusement fraîche. Elle s'endormit paisiblement. A son réveil, il avait disparu. Elle se sentit abandonnée et cette sensation l'effraya. C'était la première fois qu'elle éprouvait un tel sentiment de solitude.

Pendant trois jours la fièvre et la douleur persistèrent. Le matin du quatrième jour, elle allait mieux. Elle eut droit à la visite des médecins, puis des infirmières. Enfin John arriva. Son visage s'éclaira quand il la vit.

— Mais tu es réveillée ! s'exclama-t-il, ravi.

— Enfin..., soupira-t-elle.

Elle se sentait encore faible.

— Tu as meilleure mine, insista-t-il.

— Tu plaisantes ! J'ai une mine affreuse...

— T'es-tu levée pour te regarder dans la glace ?

— Oui, une infirmière m'a fait faire quelques pas...

— Merveilleux !

Puis, légèrement inquiet, il ajouta :

— Tu as eu mal ?

— Oui, un peu. J'ai de la peine à rester debout.

— C'est simplement une question de temps.

— Je suis prise de vertige, expliqua-t-elle. J'ai failli m'évanouir...

— Tu ne t'attendais tout de même pas à pouvoir danser juste après ton opération...

— Non, mais à marcher, oui. Dire que je suis restée allongée ici, sans rien faire, pendant quatre jours...

John fronça les sourcils.

— Sans rien faire ? Comment peux-tu dire ça alors que tu luttais pour rester en vie ! Les médecins ne te l'ont pas dit ?

— Oh, les médecins exagèrent toujours..., soupira-t-elle.

— Pas cette fois, Nina.

John parlait d'une voix ferme. Son regard était très grave.

— Pas cette fois ! répéta-t-il avec conviction. Tu as été sérieusement malade, Nina. On m'a même demandé qui prévenir en cas de décès !

Nina frissonna.

— Que leur as-tu répondu ?

— Ce que Lee m'a suggéré.

— Lee ? demanda-t-elle, étonnée.

— J'ai appelé ton agence jeudi matin pour les mettre au courant et je suis tombé sur elle. Elle est même venue ici deux ou trois fois, mais tu dormais.

Il s'assit lentement sur le bord du lit et ajouta d'une voix pleine de compassion :

— Elle m'a raconté, au sujet de ta mère. Je suis désolé, Nina, j'ignorais qu'elle était si malade…

La jeune femme ferma les yeux.

— Oui. Cela fait longtemps.

— C'est ce que Lee m'a dit.

Il se tut, attendant qu'elle se confie à lui. Mais elle n'en avait guère envie. Ces derniers jours, pourtant, elle s'était surprise à penser à sa mère sous un jour différent. Comme si le fait d'avoir été malade l'avait aidée à mieux la comprendre…

— Tu as sommeil ? chuchota John.

Elle fit signe que non.

— Ça va…, murmura-t-elle.

Il lui prit la main.

— Tu peux dormir, si tu en as envie… J'essaierai d'être là à ton réveil.

— Tu as déjà tant fait, pour moi…

— J'ai fait tout mon possible.

— Je ne veux pas te retenir. Tu dois avoir des tas de choses à faire.

— Aujourd'hui, je voulais être avec toi, dit-il fermement.

A ces mots, elle sentit sa gorge se nouer. Détournant la tête, elle murmura :

— A l'heure qu'il est, tu devrais être chez toi, avec Patrick…

— J'ai trouvé une baby-sitter. Tout va bien.

— Pauvre Patrick ! soupira-t-elle. Il passe sa vie avec des baby-sitters, ces derniers temps… Tout d'abord je te tire de ton lit en plein milieu de la nuit, puis je t'oblige à venir ici chaque jour...

— Tu as bien fait de me tirer de mon lit ! dit-il en souriant. Une minute de plus et il aurait peut-être été trop tard... Quant à ma présence ici, elle est volontaire. Je tiens à m'assurer que tu te soignes correctement, sans brûler les étapes...

« Un ange gardien, en quelque sorte ! » songea-t-elle, amusée. En tout cas, plus qu'un simple ami. La plupart de ses connaissances avaient envoyé des cartes ou des fleurs. Certains l'avaient appelée. D'autres, comme Lee, étaient repartis sans la voir. Mais John était venu chaque jour, parfois plusieurs fois par jour... Il avait attendu patiemment à son chevet, veillant sur son sommeil, questionnant les médecins et les infirmières...

Soudain, elle éprouva une étrange envie de pleurer. Elle détourna le visage, pour échapper au regard de John. Ce mouvement brusque réveilla sa douleur. Elle fit la grimace. Mais déjà John arrangeait les oreillers derrière son dos.

— Tout va bien ? demanda-t-il tendrement.

Elle acquiesça lentement, les yeux humides de larmes. Il sortit son mouchoir et les lui essuya lentement.

— Nina..., murmura-t-il.

— J'ai juste besoin de me reposer un peu, répondit-elle en lui prenant la main.

Quand elle se réveilla, quelques heures plus tard, John était toujours à son chevet. A son second réveil, il était encore là. Et le lendemain matin, lorsqu'elle ouvrit les yeux, il l'accueillit avec un sourire. Il l'aida à se lever et assista à son petit déjeuner. Il la quitta vers 7 heures du soir, pour faire dîner Patrick, mais revint peu après, et resta jusqu'à 11 heures.

Le mardi matin, cinq jours après son opération, Nina commença à se sentir vraiment mieux. Elle dormait beaucoup, mais pensait de plus en plus souvent à son travail. Tant de rendez-vous l'attendaient ! Chaque jour passé à l'hôpital était un jour perdu...

— Quand pourrai-je rentrer chez moi ? demanda-t-elle au médecin, après que celui-ci eut vérifié sa cicatrice, sa tension et sa température.

— Dans deux ou trois jours.

— Deux ou trois jours ? s'écria-t-elle, surprise. Mais je me sens très bien ! Je peux me lever et marcher. Et je n'ai même plus besoin de médicaments !

— Les risques d'infection subsistent, expliqua-t-il. Et votre organisme a subi un choc. Vous allez avoir besoin de repos.

— Je peux me reposer chez moi…, hasarda-t-elle.

— Oui, mais le ferez-vous ?

Il la regardait avec des yeux amusés, qui semblaient dire : « Je vous connais ! » Elle s'en voulut de lui avoir parlé de son travail et de sa volonté de s'y remettre au plus vite… Maintenant, il semblait se méfier !

— Vous habitez seule, sans personne pour vous surveiller, ajouta-t-il malicieusement.

— J'ai passé l'âge d'avoir une nurse, répliqua-t-elle.

— Vraiment ?

— Je me reposerai, faites-moi confiance !

— Avec un stylo dans une main et le téléphone dans l'autre ? Non, je préfère vous garder ici encore un moment.

— Mais vous devez manquer de lits ! s'exclama-t-elle.

Elle avait souvent lu dans les journaux que les hôpitaux étaient surpeuplés.

— Pas pour vous. N'oubliez pas que vous êtes malade.

— Je ne suis plus malade !

— Vous l'avez été. Gravement. Pour ne rien arranger, votre organisme n'était pas en très bon état, quand vous êtes arrivée ici… Il me semble que vous ne prenez pas grand soin de votre santé.

Nina crut qu'il allait lui faire la leçon. Mais il ajouta simplement :

— Dans ces conditions, je ne sais pas si je peux vous faire confiance.

La jeune femme sentit qu'elle était sur le point de se rendre à ses arguments. Elle fit une dernière tentative pour convaincre le médecin.

— Je me reposerai mieux chez moi ! insista-t-elle. Ici, je suis en permanence réveillée par les bruits du couloir. Et les infirmières me tirent du lit à 6 heures du matin pour les examens…

— Vous êtes encore très faible, Nina. Quelqu'un doit s'occuper de vous.

Une voix derrière eux les fit sursauter.

— Et si je m'occupais d'elle, docteur ?

Nina tourna la tête. John venait d'arriver et se tenait près de la porte. Elle fut immédiatement rassérénée par sa présence.

John savait qu'elle allait mieux. A n'en pas douter il parviendrait à persuader les médecins de la laisser quitter l'hôpital…

— En êtes-vous capable ? demanda le médecin à John.

— Si elle s'installe chez moi, pas de problème.

Chez John ? Nina faillit protester. Ce n'était pas du tout ce qu'elle avait prévu !

— John… je ne voudrais pas te déranger, murmura-t-elle.

— Tu ne me dérangeras pas. J'ai une chambre d'amis. Tu y dormiras aussi bien que si tu étais chez toi…

Mais elle ne pourrait pas recevoir de clients, ni même donner de coups de téléphone — et encore moins étudier des dossiers ! Jamais John ne le permettrait !

— Je pourrai surveiller ta guérison, reprit-il.

Il se tourna vers le médecin.

— Vous la laisseriez sortir si elle séjournait chez moi ? lui demanda-t-il.

— Bien sûr, répondit le médecin sans hésiter.

Nina ne sut que dire. Elle sentait que ses forces l'abandonnaient.

— C'est ridicule ! protesta-t-elle pour la forme. Et que ferastu de Patrick ?

— Rien de particulier.

— Cela ne te gêne pas qu'il me rencontre ?

Le médecin les interrompit.

— La conversation prenant un tour privé, je vais m'éclipser, dit-il en souriant.

Puis, se tournant vers John, il ajouta :

— Si vous vous mettez d'accord, elle peut sortir cet après-midi, après un dernier examen. Je serai à l'étage toute la matinée. Informez-moi de votre décision, c'est tout ce que je vous demande.

— Docteur Caine ? appela Nina d'une voix faible.

Elle voulait rentrer chez elle, pas chez John ! Chez lui, jamais elle ne pourrait se remettre au travail…

— Je reviendrai vous voir, lança le médecin avant de disparaître.

Elle poussa un profond soupir et s'enfonça dans ses oreillers.

— Tu es fatiguée ? demanda John.

Elle voulait discuter mais il lui était impossible d'ouvrir la bouche. Elle acquiesça en silence, en repensant à la proposition qu'il venait de faire.

Certes, elle lui faisait confiance. Mais aller chez lui ! Partager sa vie pendant plusieurs jours et rencontrer Patrick ! Voilà qui était différent…

Comme s'il lisait dans ses pensées, John s'accroupit près de son lit.

— Cette idée ne m'est pas venue par hasard, Nina. J'y ai réfléchi plus d'une fois. A ta sortie de l'hôpital, tu auras besoin d'aide.

— Je suis assez grande pour prendre soin de moi toute seule, rétorqua-t-elle.

— Dans quelques jours, peut-être. Mais pour l'instant, tu as besoin de repos. Pas question de répondre au téléphone, encore moins de recevoir des clients. Tant que tu n'es pas complètement rétablie, pas de travail !

En d'autres circonstances Nina aurait longuement argumenté. Mais elle se sentait très faible. Et John parlait d'une voix si douce, si rassurante…

— Et Patrick ? finit-elle tout de même par demander.

— Je lui ai parlé de toi. Je t'ai présentée comme une amie malade. Il n'y a aucun problème. Ce n'est qu'un enfant, tu sais.

— Pourtant, tu ne voulais pas que je le rencontre, murmura-t-elle.

— Qu'est-ce qui te fait penser cela ?

— Lorsque tu es venu dimanche matin, à l'agence, tu ne l'as pas amené avec toi.

— Je l'ai laissé à la plage parce qu'il s'amusait.

— Alors cela n'avait rien à voir avec moi ?

Il resta silencieux un moment avant de répondre :

— Peut-être que si, après tout… Si je n'ai jamais invité de femme à la maison, c'est sans doute pour protéger Patrick… Je ne voulais pas qu'il se pose des questions à propos de sa mère…

— Si je viens, il risque de s'en poser.

John réfléchit un instant.

— Je ne pense pas, je lui ai dit que tu étais une amie…

Nina ferma les yeux.

— Oh, John…, soupira-t-elle.

— Quoi ? demanda-t-il doucement.

— Je ne sais pas m'y prendre, avec les enfants. Et Patrick est un enfant spécial. Qu'arrivera-t-il si je dis ou fais quelque chose qui le blesse ?

Elle ouvrit les yeux. John la regardait tendrement.

— Nina, tu seras chez moi pour te reposer, pas pour jouer les nounous. Quant à tes paroles blessantes, tu n'as pas à t'en inquiéter. De toute façon, Patrick ne les entendra pas.

Soudain, le regard de John se fit pensif. Nina eut peur de l'avoir heurté. Elle ferma les yeux.

— J'aimerais que tu rencontres Patrick, reprit-il en souriant. Il est grand temps que tu le connaisses !

Elle ne sut pas très bien quel sens attribuer à cette dernière phrase. Mais cela n'avait pas d'importance. Si John voulait qu'elle vienne chez lui, elle irait. Certes, le danger était réel. Elle devrait veiller à ne pas compromettre son indépendance… Mais elle était malade et il offrait de l'aider. Comment refuser ? Et puis, elle devait s'avouer que cette solution ne lui déplaisait pas entièrement… Etait-ce par simple curiosité ? Par égoïsme ? Ou bien parce qu'elle désirait John plus que jamais ?

7

Le médecin examina Nina avec soin et, satisfait du résultat, la confia à John en fin d'après-midi. Vêtue d'une robe d'été un peu lâche et chaussée de sandales que Lee lui avait apportées, Nina marcha lentement jusqu'à l'ascenseur, agrippée au bras de John.

— Pour une fois, je ne vais pas trop vite…, dit-elle avec un sourire malicieux.

— C'est vrai, rétorqua John, amusé.

Il fixa Nina avec attention.

— Tu es sûre que tout va bien ? demanda-t-il avec sollicitude.

— Euh… oui, répondit-elle, feignant l'insouciance.

Mais elle mentait. Elle avait les jambes en coton et sa cicatrice la faisait horriblement souffrir. Elle savait, par le médecin, que la douleur allait se dissiper rapidement. Pourtant, elle éprouvait un terrible sentiment d'impuissance. Le fait est qu'elle détestait être malade. Et c'était la première fois que ses forces la trahissaient ainsi.

Quand ils atteignirent la voiture de John, elle ne fut pas mécontente de pouvoir enfin s'asseoir. Elle s'appuya avec soulagement contre l'appuie-tête.

— Tu es pâle comme un linge…, fit observer John en s'installant à la place du conducteur. Tu es sûre que tu ne veux pas rester quelques jours de plus à l'hôpital ?

Nina secoua la tête avec véhémence. Rester sur un lit d'hôpital lui faisait horreur. Elle avait des milliers de choses à faire. Si le médecin n'avait pas été aussi opiniâtre, elle serait volontiers rentrée chez elle. A défaut, la maison de John ferait l'affaire... Elle pourrait au moins se reposer quand bon lui semblerait — et non pas sur l'ordre d'une infirmière acariâtre... D'autre part, quand bien même John ne l'autoriserait pas à passer des heures au téléphone, elle pourrait au moins transmettre ses instructions à Lee.

— Je vais très bien..., murmura-t-elle avec un faible sourire. Simplement, je ne suis pas habituée à rester si longtemps allongée...

— Appuie-toi contre mon épaule..., suggéra-t-il en mettant le contact. Tu es mieux comme ça ?

— Oh oui ! dit-elle avec un soupir de contentement.

— Tu étais contre moi de la même façon, mercredi soir, quand je t'ai emmenée à l'hôpital. Tu te souviens ?

— Non, pas du tout. J'avais presque perdu conscience.

— J'ai eu très peur, tu sais..., murmura-t-il en lui caressant les cheveux. Oui, et c'est pour cela que j'ai eu très peur, reprit-il. Il est normal de s'évanouir lors d'une crise d'appendicite. Mais je ne savais pas quand avait eu lieu la crise. Juste avant que tu m'appelles, sans doute.

Nina frissonna.

— Tu as froid ?

John s'apprêtait déjà à baisser l'air conditionné, quand Nina lui fit signe que ce n'était pas la peine.

— J'ai des frissons rétrospectifs, expliqua-t-elle. La douleur était si intense... Je n'ai jamais rien éprouvé d'aussi pénible.

— Dieu merci, tu as pensé à m'appeler...

Nina resta songeuse. Elle aurait pu appeler Lee. Pas un instant elle n'avait envisagé une autre solution. John était sans doute la seule personne devant qui elle était capable de montrer ses faiblesses...

Lentement, elle lui prit la main.

— Je ne t'ai pas remercié..., chuchota-t-elle d'une voix que l'émotion faisait trembler. Tu es venu immédiatement... Tu m'as sauvé la vie !

— N'importe qui aurait fait la même chose à ma place…, rétorqua-t-il d'un ton léger, pour masquer sa gêne.

— Non, John. Je te suis sincèrement reconnaissante.

— Parfait. Dans ce cas, tu me témoigneras ta reconnaissance en m'obéissant au doigt et à l'œil. Et pour commencer, tu vas rester au lit pendant quelques jours…

— Rester au lit ? s'exclama Nina, courroucée.

— Oui. Le médecin a bien insisté sur ce point.

Sans répondre, Nina se polotonna contre son épaule.

— Comment, pas d'objections ? demanda-t-il, surpris.

— Je suis trop fatiguée pour discuter…, murmura-t-elle. Je ne m'en suis pas rendu compte à l'hôpital, car je n'avais qu'une idée en tête : quitter cet horrible endroit. Maintenant, j'ai surtout envie de me reposer.

— Alors repose-toi. Nous serons chez moi dans quelques minutes…

— Préviens-moi quand nous serons arrivés. Je me redresserai.

— Pourquoi ?

— Je ne veux pas que tes clients me voient appuyée contre ton épaule ! Dieu seul sait ce qu'ils iront imaginer…

— Ils imagineront la vérité…, rétorqua John avec un sourire amusé.

Dans d'autres circonstances, Nina aurait été ravie de poursuivre cette discussion pleine de sous-entendus. Mais elle était si faible…

Quelques minutes plus tard, John lui donna un léger coup de coude.

— Relève-toi, murmura-t-il. Nous sommes arrivés.

Après s'être garé devant chez lui, John fit rapidement le tour de la voiture, puis il aida la jeune femme à sortir du véhicule.

En gravissant lentement l'escalier qui menait à la porte d'entrée, Nina sentit son cœur battre à tout rompre. Elle essaya de se convaincre que seule la fatigue était responsable de ce moment de faiblesse. Mais elle dut admettre qu'elle était aussi terriblement nerveuse…

— Que fait Patrick en ce moment ? murmura-t-elle. Crois-tu qu'il regarde la télévision ?

— Il la regarde parfois..., répondit John en ouvrant la porte. Mais je pense qu'il est sorti se promener.

— Tout seul ?

— Bien sûr que non. Avec sa baby-sitter.

— Oh..., répondit-elle avec un mélange de soulagement et de déception.

John la guida avec précaution vers l'escalier qui menait au premier étage.

— Je commence à croire que Patrick est un fantôme..., dit-elle en faisant une pause à chaque marche. Il n'est jamais là quand je viens chez toi...

— Il sera bientôt de retour..., lui assura John. J'aurais mieux fait de m'installer dans une maison sans étage... ajouta-t-il, les sourcils froncés.

— Chez moi aussi, il y a un escalier... fit-elle observer, haletante. Tout ira bien quand je serai arrivée en haut...

— Oui, il faut absolument que tu te reposes.

Nina ne le contredit pas. Elle eut à peine la force d'examiner les pièces que John lui fit traverser. Enfin ils arrivèrent dans une jolie chambre tendue de papier bleu. Le regard de Nina se posa immédiatement sur le grand lit à deux places recouvert d'un gros édredon blanc. Elle s'y assit avec soulagement. John l'aida à se carrer contre les confortables oreillers.

— Comme je me sens mieux ! soupira-t-elle en fermant les yeux.

— Tu transpires...

— Tout va bien, je t'assure.

— Y a-t-il une chemise de nuit, dans le paquet que Lee a préparé pour toi ?

— Oui, je crois.

John fouilla avec soin dans le petit sac de voyage.

— Comme c'est charmant ! s'exclama-t-il soudain avec un sourire amusé.

Nina parvint avec peine à ouvrir les yeux, et retint une exclamation. Lee avait empaqueté sa chemise de nuit la plus affriolante — un bouillon de mousselines transparentes qui s'arrêtait aux genoux ! Elle ne pouvait tout de même pas porter cela chez John — surtout en présence d'un petit garçon de quatre ans !

— Peut-être est-il inutile que je me déshabille maintenant..., suggéra-t-elle d'une voix faible.

Sans dire un mot, John quitta la pièce et revint au bout de quelques minutes.

— Tiens, je crois que ce sera mieux..., dit-il en lui tendant une chemise à lui.

Nina n'eut pas la force de protester. Elle laissa John la déshabiller. Puis celui-ci l'aida à se glisser entre les draps. Nina se sentait merveilleusement bien.

— Comme c'est agréable..., chuchota-t-elle, déjà à moitié endormie. Je crois que je vais me reposer un peu...

A peine John eut-il éteint qu'elle sombra dans un profond sommeil.

Quand elle se réveilla, deux heures plus tard, elle fut tout d'abord désorientée. Elle se demanda si elle était encore à l'hôpital, mais l'odeur était différente. Puis elle crut qu'elle était chez elle, mais un léger bruit de voix lui parvenait du rez-de-chaussée. Alors elle se souvint qu'elle était chez John, et elle ouvrit les yeux.

A côté de son lit se tenait un petit bonhomme d'environ quatre ans, qui la fixait avec curiosité. Il avait des boucles châtain clair et une délicieuse frimousse constellée de taches de rousseur. Il portait un T-shirt blanc et un short, mais pas de chaussures. Il était mince, sans être maigre. Sans trop savoir pourquoi, Nina s'était attendue que le fils de John ait l'air fragile. Mais le petit visage bronzé était éclatant de santé. Sans ses lunettes à double foyer et son appareil pour malentendants, Patrick aurait été semblable à tous les petits garçons de son âge.

— Bonjour ! murmura Nina en souriant.

Elle lui fit un petit signe de la main, auquel il répondit immédiatement. Puis elle s'aperçut que le regard du petit garçon s'était posé sur son poignet. Il examinait avec soin le bracelet d'identification que Nina avait reçu à l'hôpital et qu'elle n'avait pas pensé à enlever. Levant le bras, elle laissa Patrick observer l'objet de plus près.

Il tendit une main hésitante, puis fit lentement tourner le bracelet de caoutchouc dans un sens puis dans l'autre.

Nina aurait volontiers donné le bracelet au petit garçon, pour qu'il s'amuse, mais l'objet était trop serré pour qu'elle puisse l'enlever elle-même. La jeune femme mima le geste de couper le caoutchouc avec des ciseaux. Patrick acquiesça avec un sourire et sortit rapidement de la pièce. Nina se demanda avec inquiétude s'il avait bien compris son geste. Elle ignorait tout de la psychologie d'un enfant de quatre ans... Savait-il utiliser des ciseaux ? Cela ne risquait-il pas d'être dangereux ? Elle essaya de se rappeler ce qu'elle faisait à quatre ans, mais en vain. De toute façon, elle n'avait pas eu une enfance normale...

Au bout de quelques minutes, Patrick revint dans la pièce, brandissant triomphalement une paire de ciseaux à bouts ronds. Ravie de s'être fait comprendre, Nina souleva son poignet.

— Coupe..., dit-elle en désignant le bracelet, et mimant de nouveau le geste de couper.

Patrick essaya, mais le caoutchouc résistait.

— Encore..., l'encouragea Nina.

Patrick fit une nouvelle tentative, tout aussi vaine. Ses sourcils se froncèrent. Consciente de la frustration du petit garçon, Nina lui fit signe d'attendre, et essaya à son tour. Après quelques coups de ciseaux répétés, elle laissa Patrick terminer et le caoutchouc céda enfin.

— Bravo ! s'exclama-t-elle en lui tapotant la joue.

Patrick arborait un sourire ravi.

— Tiens, c'est à toi, tu l'as mérité, ajouta-t-elle en lui tendant le bracelet.

Elle lut une véritable joie dans le regard du petit garçon. Il prit le bracelet et sortit de la chambre avec son trophée.

Nina s'aperçut alors que son cœur battait à tout rompre et

qu'elle était en sueur. Un simple effort l'avait épuisée… Elle dut réprimer un cri de dépit. Mais elle n'aurait qu'à se reposer durant quelques jours ; elle reprendrait sans doute rapidement des forces…

A peine avait-elle fermé les yeux qu'elle entendit le pas léger de Patrick dans le couloir. Il entra dans la chambre et s'approcha doucement du lit. Il tenait dans sa main un biscuit, qu'il tendit à la jeune femme.

Nina n'avait guère mangé, durant la semaine qu'elle avait passée à l'hôpital. Son estomac commençait tout juste à être moins douloureux. Le médecin n'aurait sans doute pas recommandé un biscuit pour une convalescente, mais elle ne voulait surtout pas décevoir Patrick. Elle prit le biscuit avec un grand sourire et le dévora goulûment.

— Délicieux ! affirma-t-elle avec conviction. Merci, Patrick…

Le petit garçon lui sourit timidement et quitta de nouveau la pièce. Nina s'attendait qu'il revînt presque aussitôt, mais Patrick avait disparu. La jeune femme sentit la fatigue l'assaillir. Elle ferma les yeux et s'endormit tout de suite.

Quand elle se réveilla, elle s'aperçut que les rideaux avaient été ouverts. Le soleil couchant illuminait la pièce de ses rayons dorés. John était assis au pied du lit.

— Bonjour…, murmura-t-il en souriant.

— Bonjour ! répondit Nina, en se demandant depuis combien de temps il était assis là.

— Tu as bien dormi ?

— Oui.

— Tu te sens mieux ?

— Pour le moment. Je suppose que j'aurai de nouveau envie de dormir dans dix minutes…

— Ne t'inquiète pas, tout ira mieux dans quelques jours…

— J'espère…

— As-tu faim ?

— Non… J'ai eu droit à un biscuit, tout à l'heure !

— C'est ce qu'on m'a dit…

— Patrick est si mignon, John !

— Oui, c'est aussi mon avis.

— Ressemble-t-il à sa mère ?

Nina ne voyait guère de ressemblance entre John et son fils.

— Je ne sais pas, répondit-il, pensif. Il me semble qu'il ne ressemble à personne. J'ai du mal à le comparer à quelqu'un d'autre — peut-être à cause de ses problèmes… Patrick est unique, pour moi.

— Il est si vif, si intelligent. Il a compris tout ce que je lui ai dit.

— Pour le bracelet ?

— Il t'en a parlé ?

— Il me l'a montré, plutôt. Il a voulu que je le répare, afin qu'il puisse le porter !

— Il sait lire sur les lèvres ?

— Il comprend des mots simples — beaucoup mieux qu'un enfant de quatre ans, d'ailleurs. Mais dans deux ou trois ans, il sera encore plus éveillé…

Soudain, Patrick se glissa entre eux. John le prit sur ses genoux.

— Patrick, je te présente Nina, dit-il.

Le petit garçon ne quittait pas la jeune femme des yeux.

— Il me comprendrait mieux s'il suivait le mouvement de mes lèvres, reprit John ironiquement. Mais il ne peut s'empêcher de te regarder. Et je peux difficilement l'en blâmer…

Nina sourit à l'enfant, qui lui rendit son sourire. Puis la jeune femme remarqua une petite tache orange, autour de sa bouche.

— N'aurais-tu pas mangé des spaghettis à la sauce tomate ? demanda-t-elle, amusée.

De ses petites mains potelées, Patrick esquissa une série de signes que Nina ne comprit pas. John répondit à son fils de la même façon.

— Il a écrit « spaghettis », expliqua-t-il à Nina, médusée. Je lui ai répondu pour le féliciter.

Il répéta le geste, plus lentement, cette fois, pour que la jeune femme comprenne le message.

— Parle-t-il beaucoup par signes ? demanda Nina, admirative.

— Un peu. Nous travaillons ensemble avec des spécialistes, et je m'entraîne avec lui à la maison. Spaghetti est un de ses mots préférés. Il en mange beaucoup, il connaît donc le signe par cœur !

Il s'interrompit un instant pour plaquer un baiser sonore sur la joue de son fils.

— L'un dans l'autre, il se débrouille rudement bien, pour un enfant de quatre ans..., conclut-il.

Nina ne put s'empêcher d'éprouver une pointe de jalousie, devant l'amour qui unissait le père et le fils.

— Est-il frustré, en présence de personnes qui ne savent pas parler par signes ? demanda-t-elle timidement.

— Il est frustré quand il veut quelque chose et qu'il n'arrive pas à se faire comprendre — comme n'importe quel enfant de son âge... Il n'aime pas les gens qui perdent patience avec lui.

— Est-ce que ses baby-sitters sont capables de communiquer avec lui ?

— Oui, un peu.

D'un geste rapide, John déposa son fils à terre et se leva à son tour.

— Patrick va m'aider à t'apporter ton dîner, annonça-t-il.

— John, je peux aller à la cuisine ! protesta Nina en se redressant légèrement.

— Pas ce soir.

— Mais si ! insista-t-elle.

Maintenant qu'elle s'était bien reposée, le rôle de malade ne l'amusait plus du tout.

— A quoi bon, puisque je peux te l'apporter ici ?

— Je ne veux pas que tu me traites comme une impotente !

— Tu n'es pas impotente, mais tu as été très malade, Nina ! C'est la raison pour laquelle tu es chez moi... Et je te rappelle que le médecin a accepté de te relâcher à condition que tu ne fasses aucun effort…

— Mais je ne veux pas…

— Assez, Nina…

Sans ajouter un mot, John sortit de la pièce avec son fils. Quand Nina le vit revenir avec un plateau, elle n'eut pas la force de protester. Elle mangea avec plaisir les spaghettis à la bolonaise et la salade que John lui avait préparés, mais à peine eut-elle terminé son repas qu'elle ressentit de nouveau une irrépressible envie de dormir. Ses yeux se fermaient malgré elle.

Elle se réveilla peu après. Patrick, vêtu d'un pyjama, jouait silencieusement avec un camion à côté de son lit. Son petit visage, propre et net, témoignait d'une intense concentration. Nina l'entendit distinctement imiter le bruit du camion. Elle se demanda s'il entendait le son de sa propre voix. A quoi pouvait bien ressembler un univers entièrement silencieux ?

Ne voulant pas déranger le petit garçon, elle le regarda un instant avec émotion, puis, après avoir chuchoté un « bonsoir » à peine audible, sombra de nouveau dans le sommeil.

Elle se réveilla vers 11 heures du soir. John lisait, installé dans le gros fauteuil, près du lit de la jeune femme. Il l'aida à faire sa toilette, puis il lui apporta un verre de lait tiède. Nina le remercia d'un regard. Elle se sentait merveilleusement bien, et c'est avec un soupir de contentement qu'elle se laissa glisser dans un bon sommeil réparateur.

Le lendemain matin, elle découvrit de nouveau Patrick assis près de son lit. Il lisait un livre avec application. Nina s'apprêtait à dire « bonjour » pour attirer son attention, puis, se rappelant qu'il ne pourrait l'entendre, elle tendit un bras et lui caressa tendrement la joue. Le petit garçon bondit sur ses pieds, lui adressa un grand sourire, et partit immédiatement à la recherche de son père. Quand celui-ci arriva, Nina était confortablement appuyée contre ses oreillers.

— Patrick montait la garde ? demanda-t-elle, amusée.

— As-tu bien dormi ? répliqua John en souriant.

— Oh oui, comme un loir ! Cette maison est si calme…

— Tu as meilleure mine…, fit-il observer en la scrutant avec attention.

— J'espère bien !

— Veux-tu déjeuner ?

— Oui… Je crois que j'ai un peu faim.

John se hâta de lui apporter un copieux petit déjeuner.

— Tu cherches à me faire grossir ! protesta-t-elle tout en beurrant un toast avec plaisir. En partant d'ici, je ne pourrai plus rentrer dans mes vêtements !

— Tu as beaucoup maigri durant ta maladie, Nina. Tu dois te nourrir.

— Je pourrais peut-être m'habiller, aujourd'hui… suggéra-t-elle avec un sourire malicieux.

— C'est hors de question, répliqua John. Demain, éventuellement…

Nina n'osa pas engager une discussion. Mais elle ne résista pas au plaisir de poursuivre :

— Ai-je au moins le droit de lire le journal ? demanda-t-elle.

John hésita un instant, puis se tourna vers son fils et lui adressa un signe. Aussitôt, le petit garçon quitta la pièce. Nina essaya maladroitement de répéter le signe.

— Tu lui as demandé le journal, c'est bien cela ? dit-elle.

— Oui.

— Comment dit-on merci ?

John lui montra. Nina ne fut pas peu fière de pouvoir remercier Patrick par un geste, quand il lui apporta le journal.

Mais quel ne fut pas son dépit lorsque, au bout d'une demi-heure de lecture, elle sentit qu'elle avait de nouveau envie de dormir…

Le même schéma se répéta durant toute la journée. Elle se réveillait en pleine forme toutes les deux heures, et éprouvait très rapidement un invincible sentiment de fatigue.

— Est-ce bien normal ? demanda-t-elle à John en fin d'après-midi.

Elle venait de prendre une douche, et se sentait aussi épuisée qu'après une séance de gymnastique. Le découragement la gagnait peu à peu.

— Bien sûr…, répondit-il.

— Mais je n'étais pas aussi fatiguée, à l'hôpital…

— Si, mais tu ne t'en apercevais pas… Depuis que tu es ici, tu penses à autre chose, et tu aimerais être déjà debout…

— Je devrais être déjà debout ! Quand je pense à tout le travail qui s'accumule…

— Lee s'occupe de tout…

— Je sais, mais j'aime tout faire moi-même.

— C'est exactement avec ce genre d'argument que tu as failli mourir…, grommela-t-il en fixant sur elle un regard qui se voulait sévère. Si tu n'avais pas été aussi maladivement accrochée à ton travail, tu serais allée voir un médecin beaucoup plus tôt, dès les premiers signes de malaise. Au lieu de ça, tu as laissé pourrir la situation. Si tu es actuellement immobilisée, c'est ta faute !

— Mais Crosslyn Rise ! gémit-elle.

Elle se sentait toujours vaguement mal à l'aise quand John haussait le ton.

— Nous avons presque terminé ! reprit-elle. Les ventes vont bientôt commencer et si la maison-témoin est prête le 4 juillet, je…

— Les ventes ne commenceront pas avant deux semaines, l'interrompit John, amusé malgré lui par l'impatience de la jeune femme. Mais tu ne seras sans doute pas rétablie d'ici là. Tu ferais mieux de te mettre en congé maladie pour un mois.

— Un mois !

— Carter et Jessica n'y voient aucun inconvénient, précisa-t-il.

— Tu leur as parlé de moi ?

Nina avait fait tout son possible pour ne pas paraître trop irritée. Après tout, John prenait soin d'elle avec une tendresse touchante. Mais il avait dû sentir l'impatience de la jeune femme.

— Oui, je leur ai parlé de toi, répondit-il avec fermeté. Tu fais partie de l'équipe, après tout. Ils ont été très inquiets pour toi.

— Justement, je fais partie de l'équipe, reprit Nina, obstinée. Et je ne peux pas me permettre de décevoir huit personnes ! Je peux tout planifier depuis mon lit, John. Un peu de publicité dans les journaux, des invitations à envoyer, quelques coups de téléphone à donner : ce n'est pas cela qui va me fatiguer !

— Une fois que tu auras commencé, tu ne pourras plus t'arrêter, grommela John. Je suppose que tu voudras rencontrer les clients potentiels… Tu auras peut-être même envie de leur faire visiter Crosslyn Rise !

— Non, je peux déléguer ce genre de tâches.

— Repose-toi complètement pendant un mois, Nina.

— Mais ce serait tellement mieux de commencer les ventes le 4 juillet !

— Non, les gens sont en vacances, à cette période de l'année. Ils ont d'autres chats à fouetter.

— Je ne crois pas. Les gens partent en vacances en août.

— Alors attends au moins la fin juillet…

— Impossible.

— Bon. Alors la mi-juillet…

— Pourquoi pas la semaine après le 4 juillet ?

— Ce sera encore trop tôt.

— Dans ce cas, va pour la mi-juillet. Mais c'est mon dernier mot…

John la fixa silencieusement. Nina l'examinait à la dérobée, se demandant quel pouvait bien être son état d'esprit. Elle savait pertinemment qu'elle l'irritait souvent. Mais elle ne tenait pas à provoquer sa colère.

Soudain, elle vit son visage s'éclairer d'un sourire.

— Je suis étonné que tu aies fait tant de concessions, la taquina-t-il. Je m'attendais que tu te battes jusqu'au bout…

Quelques semaines auparavant, Nina aurait sans doute fait une réponse cinglante, et serait immédiatement partie, la tête haute. Mais elle s'en sentait incapable, maintenant…

— Ne me crois pas si tu veux, mais je déteste me battre, soupira-t-elle. Même quand je me sens bien…

— Ce qui n'est pas le cas actuellement…

— Je me sens terriblement faible, John… Quelle poisse !

John se rapprocha imperceptiblement d'elle et lui prit la main.

— Ça ne fait pas du bien de se sentir faible, de temps en temps ? demanda-t-il tendrement.

— Non…, répliqua-t-elle, boudeuse.

— Juste une fois de temps en temps…

Nina ferma les yeux, gagnée par un accès soudain de mélancolie. Ces paroles lui rappelaient sa mère…

— Nina ?

La jeune femme sursauta.

— C'est exactement ce que disait ma mère…, murmura-t-elle tristement. Elle réclamait le droit d'être faible, de temps en temps… Mais sa faiblesse à elle, c'était les hommes. Elle adorait être dorlotée, elle trouvait normal d'être entretenue… Tout ce qu'elle voulait, c'était éviter les soucis… Et elle a réussi à vivre ainsi durant de longues années… Je ne la voyais presque jamais. Pourtant elle me manquait terriblement. J'avais besoin d'elle. Je lui ai demandé de prendre un travail avec des horaires réguliers, mais elle a refusé. Elle voulait conserver sa liberté, disait-elle… Et puis elle a commencé à prendre tous ces médicaments…

Nina dut faire un effort pour retenir ses larmes.

— Des tranquillisants ? murmura John en lui caressant la main.

— Oui.

— Je suppose qu'elle en est très vite devenue dépendante…

— Oui, elle en prenait de plus en plus. Jusqu'à la dose qui a fait d'elle un légume.

Nina songea à sa mère allongée sur son lit d'hôpital, sans conscience.

— Je devrais aller la voir…, balbutia-t-elle. Elle est si seule… Personne ne s'occupe d'elle !

— Tu vas la voir souvent ?

— Non. C'est loin, j'ai trop de travail…

— Et tes sentiments à son égard son trop ambivalents…

— Comment le sais-tu ?

— Je l'ai deviné, d'après ce que tu m'as dit… Tu voulais qu'elle soit près de toi, et elle n'était jamais là… Tu lui as demandé de changer de travail et elle a refusé… Tu as fait de ta vie une antithèse de la sienne.

Il s'interrompit un instant, sans cesser de la caresser.

— Tu étais là, quand elle a subi la crise fatale ?

— Non, j'étais à l'école.

— Où était ton père ?

Nina baissa les yeux.

— Tu ne sais pas ? insista-t-il.

Elle fit signe que non.

— Tu n'as jamais su qui il était, c'est ça ?

— Oui, c'est ça…

Sans un mot, John enlaça la jeune femme et la tint longuement serrée contre lui. Nina s'abandonna à son étreinte. Comme cette présence masculine était agréable, douce, reposante… La solitude avait quelque chose de si effrayant…

— Aimer un homme n'est pas un signe de faiblesse…, murmura-t-il.

— C'est vrai, souffla-t-elle. Mais ce n'est pas l'amour qui m'effraie, c'est le lien de dépendance… Ma mère n'existait pas en dehors des hommes. Quand ils se sont lassés d'elle, sa vie a été détruite à jamais…

— Tu ne veux donc jamais dépendre d'un homme…

— Oui, c'est ça…

— Tu veux te suffire à toi-même…

— Exactement. Je ne me ferai jamais piéger !

Cet aveu la soulagea. John était prévenu… Elle avait été parfaitement claire. S'il voulait jouer les nounous, parfait… Et elle devait s'avouer qu'elle ne détestait pas être dorlotée à son tour, de temps en temps… Mais dès qu'elle serait rétablie, elle serait de nouveau aussi libre et indépendante que par le passé.

Et elle espérait vivement que John la comprenait.

8

Le lendemain matin, comme John et Patrick étaient sortis, Nina reçut la visite de Lee. Pour accueillir son amie, elle avait passé sa robe, s'était légèrement maquillée, et avait fait l'effort de se rendre jusqu'au salon. John l'ignorait encore… Elle avait l'intention de lui faire la surprise.

— Quel appartement charmant ! s'exclama Lee en pénétrant dans le salon.

Nina acquiesça vigoureusement. Elle-même avait visité les lieux pour la première fois quelques minutes auparavant. Il y avait trois chambres, un salon et une salle à manger. L'endroit respirait le calme et le confort — sans luxe tapageur. Nina dut admettre intérieurement qu'elle s'y sentait merveilleusement bien. Mais elle n'était guère déterminée à l'avouer ouvertement…

— Tout est propre, fonctionnel, dit-elle d'un ton faussement dégagé. Un intérieur typiquement masculin… Assieds-toi, Lee…

Cette dernière s'exécuta immédiatement.

— Alors, comment te sens-tu ? demanda Lee à son amie.

Nina remarqua immédiatement que Lee ne semblait pas dans son assiette. Toutefois elle ne fit aucune remarque.

— Beaucoup mieux aujourd'hui, répondit-elle. Je commençais vraiment à me demander si j'allais me remettre sur pied… Je n'ai pas travaillé depuis une éternité !

— Une semaine, seulement. Tu n'as pas très bonne mine…

Nina fronça les sourcils. Lee était habituellement plus enjouée… Que se passait-il ?

— Je ne suis pas sortie depuis longtemps, expliqua-t-elle. Mais dès que je marcherai un peu au soleil, je n'aurai plus ce teint de papier mâché…

Elle savait pertinemment que John ne la laisserait pas sortir, néanmoins cette idée lui souriait, malgré tout.

— Alors, raconte-moi un peu ce qui se passe au bureau, reprit-elle, d'un ton plus professionnel. As-tu réussi à convaincre les Donaldson ?

— Oui, répondit Lee en ouvrant son attaché-case. Je crois qu'ils sont enfin décidés à acheter.

— Vraiment ? Fantastique !

Lee lança à Nina un regard morne. Tout en fouillant dans son attaché-case, elle reprit :

— Oui. Ils repasseront à l'agence en fin d'après-midi.

— Je suis vraiment ravie. Ils cherchent une maison depuis si longtemps ! Je suis contente que nous ayons enfin réussi à leur proposer quelque chose qui leur convienne…

— Oui.

— Merci, Lee. J'apprécie vraiment tout ce que tu fais pour moi…

Nina avait insisté pour que Lee touche sa commission sur la transaction. Ainsi, Lee n'aurait pas travaillé pour rien… Mais Nina lui était malgré tout extrêmement reconnaissante. Grâce à Lee, Nina gardait sa réputation professionnelle intacte.

— Je sais que tu as énormément travaillé, durant toute la semaine, ajouta-t-elle. Tu es vraiment une bonne copine…

— Ce n'est rien…, répliqua Lee en haussant les épaules. Au contraire, cela m'a occupée…

Nina comprit que quelque chose n'allait pas. Contrairement à elle, Lee n'était pas du genre à s'investir passionnément dans le travail…

— Que se passe-t-il, Lee ? demanda-t-elle.

— Rien.

— Si. Tu n'es pas comme d'habitude…

— Tout va très bien, je t'assure.

— Non, je n'en crois pas un mot.

Lee baissa les yeux.

— Tu as raison, avoua-t-elle soudain d'une toute petite voix.

Le regard plein de larmes, elle fixa Nina.

— Tom s'installe à Chicago, balbutia-t-elle. Il prétend qu'il n'a pas demandé cette mutation, mais je suis certaine du contraire. Et il ne m'a pas proposé de venir avec lui. Tout est fini entre nous, dit-il. C'était très bien, selon lui, pourtant tout est néanmoins fini…

Lee tira un mouchoir de sa poche. Deux grosses larmes roulaient sur ses joues.

— Tu avais raison, Nina…, sanglota-t-elle. Il s'est bien moqué de moi…

— Oh, Lee…, murmura Nina, le cœur serré.

— Tu avais tout deviné, reprit Lee, d'une voix noyée par les larmes. Tu as essayé de m'avertir, mais j'ai refusé de t'écouter… Je croyais vraiment avoir enfin trouvé le grand amour ! Cependant j'aurais dû comprendre plus tôt… Tous ces week-ends où il ne m'a pas donné signe de vie ! Tu as été beaucoup plus lucide que moi…

— J'ai jugé bon de te mettre en garde. Je ne voulais pas que tu souffres…

— Tu avais tout compris… Tom est un égoïste. Tous les hommes sont des égoïstes !

— Pas tous…, la corrigea gentiment Nina.

Elle songeait à John, à sa douceur, à sa tendresse… Elle savait qu'elle avait de la chance.

— Un de perdu, dix de retrouvés…, reprit-elle d'un ton faussement enjoué.

Elle pressa avec effusion la main de Lee.

— Maintenant que tu es libre, tu verras que beaucoup d'hommes méritent qu'on s'intéresse à eux… Tout ira bien, Lee.

— Mais Tom va tellement me manquer…

— Je sais. Il faut que tu t'occupes. J'ai beaucoup de travail pour toi, si tu veux…

— D'accord, répondit Lee, résignée.

— Parfait, dit Nina en souriant. Parlons de Crosslyn Rise…

C'est ce qu'elles firent durant le quart d'heure qui suivit. Bien déterminée à chasser Tom des pensées de Lee, Nina donna à son amie une longue liste d'instructions. Elle-même avait quelques coups de fil à passer, mais après le départ de Lee, elle s'accorda un instant de répit. Comme elle se sentait légèrement fatiguée, elle mit un disque de musique classique et s'allongea sur le canapé pour faire une petite sieste.

Un bruit de pas dans l'entrée la réveilla. Quelques secondes plus tard, Patrick bondit dans la pièce. John le suivait. Le cœur battant, Nina remarqua qu'il était plus beau que jamais.

— Tu as quitté ta chambre ! s'exclama-t-il, surpris.

— Eh oui ! répondit Nina en souriant. Je commençais à me sentir un peu à l'étroit, dans cette pièce. Et Lee m'a rendu visite. Je ne pouvais tout de même pas la recevoir dans mon lit ! Tout s'est bien passé, ce matin ?

— Oui, répondit John en s'installant à côté d'elle. Lee allait bien ?

— Euh… oui. Je lui ai donné plein de travail.

Satisfait de cette réponse, John s'étira. Vêtu d'un short, il allongea ses longues jambes. Nina ne put s'empêcher de les dévorer du regard. Elle aimait tout particulièrement les jambes musclées et athlétiques de John.

— Lui as-tu dit que la maison-témoin serait ouverte au public un peu plus tard que prévu ? demanda-t-il.

— Oui.

— Cela ne l'a pas trop contrariée ?

— Non, je ne crois pas. De toute façon, Lee fait tout ce que je lui demande. Néanmoins je m'inquiète surtout pour le consortium. J'ai l'impression d'avoir laissé tomber tout le monde…

— Nina, tu as été gravement malade ! Ils ne peuvent tout de même pas te le reprocher !

— Mais je leur avais promis de mettre les maisons de Crosslyn Rise en vente dès le 4 juillet !

— Eh bien, tant pis !

— L'idée de sacrifier deux semaines de vente me fait mal au cœur !

— Au bout du compte, est-ce que cela fera vraiment une différence ?

— Non, sans doute pas…, admit-elle.

Elle détourna le regard et observa Patrick qui jouait à l'autre bout de la pièce. Le petit garçon était si mignon qu'elle ne put résister au plaisir de lui tendre les bras. Il accourut vers elle sans hésitation et bondit sur ses genoux.

— Comme ton ours a l'air triste ! fit observer Nina en prenant la peluche que Patrick tenait dans ses bras.

— Non, pas triste, corrigea John. Un peu mélancolique, peut-être… C'est sa mère qui lui a offert ce jouet.

— Le sait-il ? demanda Nina, émue.

— Non, je ne crois pas. Mais il a une affection particulière pour cet ours en peluche.

Le cœur serré à l'idée que le petit garçon ne connaîtrait jamais sa mère, Nina l'embrassa vigoureusement.

— Comment est-elle morte, John ? demanda-t-elle d'une voix neutre. Parle-moi d'elle…

Le visage de John demeura impassible.

— Nous nous sommes connus à Minneapolis, commença-t-il d'une voix lente. J'étais déjà libraire. Jenna était analyste financier. Elle venait d'être mutée de New York.

Il s'interrompit un instant, comme pour mieux rassembler ses souvenirs.

— S'installer à Minneapolis ne lui plaisait guère, reprit-il. On lui offrait pourtant un poste plus important et mieux rémunéré qu'à New York. Mais elle avait l'impression d'être mise sur la touche… Toutefois, elle a pris son mal en patience. Elle savait qu'elle ne passerait pas toute sa vie en province. Dès le début, j'ai su qu'elle partirait un jour, pourtant je ne voulais pas y penser. Nous nous voyions de plus en plus souvent.

John se leva brusquement pour arrêter la musique.

— Tu es sûre que Patrick ne te dérange pas ? demanda-t-il, apercevant son fils blotti contre Nina.

— Non, pas du tout…, répondit Nina en caressant tendrement la tête de l'enfant. Il est si petit !

— Mais ta cicatrice…

— Ma cicatrice va très bien ! Je crois qu'il a envie de dormir.

— Il fera la sieste après le déjeuner.

Nina acquiesça et fixa John avec attention. Celui-ci se rassit près d'elle.

— J'écoute…, murmura-t-elle.

Bien que le regard de John fût fixé sur elle, elle était sûre qu'il voyait une autre femme, à sa place.

— J'ai pensé qu'elle allait changer, continua-t-il. Quand elle a accepté d'avoir un enfant, je l'ai vraiment cru ! Pouvait-elle rester insensible devant ce petit être, la chair de sa chair ?

Nina s'était posé la même question. Patrick était si adorable ! Etait-il possible que sa propre mère n'ait pas aimé cet enfant si attendrissant ?

— Son rejet a-t-il été immédiat ? demanda-t-elle.

John acquiesça.

— Elle a tout de suite regretté d'avoir eu cet enfant. Elle n'aimait pas s'en occuper. En même temps, elle se sentait coupable de consacrer le plus clair de son temps à son travail. Car son travail comptait plus que tout… Quand nous avons découvert que John était presque sourd et qu'il avait des problèmes de vue, elle ne l'a pas supporté. Elle a baissé les bras. Elle s'est mise à travailler comme une folle. Elle acceptait toutes les missions à l'étranger que son entreprise lui proposait. A chaque voyage, elle rapportait des tas de cadeaux pour Patrick. Mais elle ne supportait pas de le voir.

— Mais… n'avait-elle pas au moins envie de voir son mari ?

— Il n'y avait déjà plus rien entre nous, à ce moment-là…

Le visage de John était resté impassible. Toutefois Nina devina qu'il souffrait, en évoquant ces pénibles souvenirs.

— Comment est-elle morte ? demanda-t-elle, incapable de réprimer sa curiosité.

— Un soir, comme elle rentrait d'un épuisant séminaire de trois jours, elle s'est endormie au volant. Sa voiture a percuté un arbre. Elle est morte sur le coup.

— C'est horrible..., murmura Nina en frissonnant.

Combien de fois était-elle rentrée tard le soir, après de longs séminaires ! Souvent, elle avait dû s'arrêter pour boire un café, de peur de s'endormir...

John baissa les yeux.

— Oui, c'est horrible..., répéta-t-il en écho. Notre mariage battait de l'aile, nous aurions probablement fini par divorcer, mais jamais je n'ai souhaité sa mort. Jenna était une femme très brillante. Elle réussissait merveilleusement dans son travail. Même si c'était une mauvaise mère...

Sa voix était pleine de respect. Nina ne l'en admira que plus. Après tout ce que Jenna lui avait fait, il aurait pu laisser échapper son ressentiment.

— Tu as bien dû être amoureux d'elle, pourtant..., murmura-t-elle.

— Oui, bien sûr. Néanmoins notre histoire d'amour s'est déroulée comme dans un rêve. Jenna était insaisissable...

— Elle te manque ?

Il secoua la tête.

— Non. Ainsi que je te l'ai dit, nous aurions sans doute fini par divorcer. C'était une femme difficile à vivre. Elle était obsédée par son travail. C'était sa raison d'être. Avec le temps, la situation n'a fait qu'empirer...

— Je ne suis pas comme ça ! protesta vigoureusement Nina.

Elle se mordit la lèvre.

— Tu ne peux t'empêcher de nous comparer..., reprit-elle plus calmement.

— Et tu te demandes pourquoi ? dit-il, impassible.

— Oh, bien sûr, il y a des points communs entre nous..., répliqua-t-elle en haussant les épaules. Elle travaillait beaucoup, moi aussi. Elle était obsédée par sa carrière, moi aussi. Mais jamais je ne me serais conduite comme elle. Jamais je n'aurais laissé tomber mon enfant et mon mari. Il faut savoir faire face à ses responsabilités. Et si la carrière passe avant tout, il ne faut pas se marier.

— Tout ou rien, en somme…, répliqua John, ironique. Il n'y a pas de juste milieu : il faut soit se marier et avoir des enfants, soit travailler…

— Ça dépend des cas… et de l'âge ! Je ne suis qu'au début de ma carrière. Je me marierai peut-être un jour… mais pas maintenant !

— Tu te sens incapable de trouver un compromis ? De faire les deux à la fois ?

— Il n'y a que vingt-quatre heures, dans une journée… Et tu m'as déjà fait remarquer que je travaillais trop… Comment trouverais-je le temps de m'occuper de mon mari et de mes enfants ?

John demeura silencieux.

— Peux-tu me le dire ? reprit-elle.

— Chacun gère son temps comme il l'entend, répondit-il enfin. On peut faire des compromis et tout réussir à la fois.

— Je n'en suis pas si sûre. Souvent, la vie familiale se fait au détriment du travail. Une femme peut se marier et avoir des enfants, toutefois elle devra forcément sacrifier une partie de sa carrière.

— Non, pas forcément. Simplement, sa progression sera un peu plus lente, c'est tout. Et cela ne signifie pas que la carrière en pâtira. Une fois ses enfants élevés, une femme peut reprendre son travail.

— Elle a vieilli, entre-temps !

— Et après ? Imagine une femme qui a eu des enfants vers vingt-cinq ans. Ses enfants quitteront la maison quand elle aura cinquante ans. Ce n'est pas si vieux…

— Mais il sera trop tard pour débuter une carrière…

— Elle n'a pas à débuter, puisqu'elle a déjà travaillé… Elle ne s'est peut-être pas arrêtée définitivement à la naissance de ses enfants. Pourquoi n'aurait-elle pas pris un travail à mi-temps ? Et recommencé à travailler à plein-temps dès que ses enfants seraient devenus autonomes ? Certes, elle n'a pas dû partir souvent en voyages d'affaires, ni rapporter tous les soirs des dossiers chez elle... Sa carrière s'en est trouvée momentanément ralentie... Mais regarde ce qu'elle a obtenu : un travail, des enfants, un mari... Ses enfants lui donnent toute satisfaction. Et elle n'a que cinquante ans...

John fixa Nina avec intensité et reprit immédiatement :

— Maintenant, imagine une femme qui a placé sa carrière avant tout. Après l'université, elle a trouvé un bon emploi et s'y est dévouée corps et âme. Elle a gravi peu à peu tous les échelons, et son ambition ne connaît plus de limites. Plus elle monte, plus elle veut monter. Plus elle gagne d'argent, plus elle veut en gagner...

— Parce que c'est une femme ! rétorqua Nina, irritée. Les femmes doivent travailler deux fois plus que les hommes, pour obtenir les mêmes résultats !

— Tu as tout à fait raison, admit John. Et c'est précisément pour cette raison que son ambition est décuplée. Elle renonce donc à l'idée de se marier, d'avoir des enfants. Elle arrive à quarante-cinq ans. Elle est à deux doigts d'accéder à un poste de P.-D.G. Mais elle est en concurrence avec un homme, et elle n'obtient pas le poste... Que se passe-t-il ? Sa carrière n'avance plus. Et que lui reste-t-il ? Elle n'a pas obtenu le poste dont elle rêvait, elle n'est pas mariée, et il est trop tard pour avoir des enfants. Crois-tu vraiment qu'elle soit plus heureuse ?

Nina resta muette. Des sentiments contradictoires luttaient en elle.

— Elle est seule, reprit John de sa voix tranquille. Elle est absolument seule, elle vieillit, et elle commence à se demander ce qu'elle va faire de ses vieux jours... Heureuse, cette femme ? Terriblement à plaindre, plutôt...

Nina détourna le regard. Elle avait souvent songé à la solitude, durant la semaine qu'elle avait passée à l'hôpital. Tous ses amis étaient venus la voir. Mais seul John était resté près d'elle en permanence. Sans lui, elle aurait été terriblement désemparée.

Elle se demanda soudain ce que sa mère ressentait, seule

dans sa chambre d'hôpital. Les médecins lui avaient souvent dit que sa mère avait complètement perdu conscience. D'après eux, elle n'éprouvait plus rien. Mais Nina n'avait jamais été complètement convaincue par leurs discours. Pendant longtemps, elle avait réussi à ne pas se l'avouer à elle-même. Elle était une fille indigne…

Elle eut tout à coup l'impression qu'elle ne méritait pas tout ce que John avait fait pour elle.

— Pourquoi m'as-tu amenée ici ? balbutia-t-elle.

— Que veux-tu dire ? demanda-t-il en fronçant les sourcils.

— Dès le premier jour, je t'ai fait penser à Jenna. Je symbolise tout ce que tu détestes. Pourquoi répéter deux fois la même erreur ? Pourquoi m'as-tu laissée entrer dans ta vie ?

— Parce que j'en avais envie.

— Mais pourquoi ?

— Parce que je t'apprécie beaucoup.

— Pourtant je ne peux que te faire souffrir…

— Pas forcément.

— Je ne comprends plus rien ! gémit-elle.

John ne répondit pas, se contentant de la fixer calmement. Nina se sentit de nouveau épuisée. Très lasse, elle ferma les yeux.

— Nina, je t'aime beaucoup…, dit-il doucement. C'est vrai, tu m'as immédiatement fait penser à Jenna. Mais au début, seulement… En fait, tu es très différente d'elle. Elle était grande, blonde, avec des yeux verts. Tu es petite, brune, et tu as les yeux bleus. Elle aimait les vêtements décontractés, tu aimes les vêtements sophistiqués. Elle était toujours en représentation, tu es beaucoup plus naturelle. En fait, tu as beaucoup plus de personnalité qu'elle n'en avait.

— Pourtant, j'adore mon travail…, murmura-t-elle, les larmes aux yeux.

Elle éprouva une envie brutale de se jeter dans ses bras, de se blottir contre lui, d'oublier tous leurs différends…

— C'est vrai, acquiesça-t-il.

— Et tu n'aimes pas les femmes obsédées par leur travail.

De nouveau, il acquiesça.

— Alors pourquoi t'occupes-tu de moi ?

Elle dut se retenir pour ne pas éclater en sanglots.

— Parce que je t'apprécie suffisamment pour courir le risque, dit-il gravement. Et je ne suis pas certain d'avoir éprouvé ce sentiment pour Jenna. Je l'ai aimée, c'est vrai. Mais nous n'avions pas d'atomes crochus. Quand elle s'est mise à travailler comme une folle, je n'ai rien fait pour l'en empêcher.

— Tu étais trop occupé par Patrick.

— C'est vrai, mais si j'avais éprouvé quelque chose pour Jenna, j'aurais tout fait pour l'empêcher de se détruire elle-même. Cela dit, je ne sais pas si elle m'aurait écouté. Elle était dure, obstinée… Quand elle avait décidé quelque chose, il était impossible de la faire changer d'avis.

Son regard s'adoucit.

— Toi, tu es différente. Tu es déterminée, tu sais ce que tu veux, mais tu sais écouter les autres…

— Je n'ai pas tellement eu le choix, ces derniers temps, dit-elle avec un petit sourire ironique.

— Même avant de tomber malade, tu as fait des efforts pour te montrer conciliante. Tu n'avais aucune envie de travailler avec moi, et pourtant tu l'as fait. Tu as réussi à trouver un moment pour notre rendez-vous, alors que tu étais débordée. Et puis tu es beaucoup plus sensible que Jenna ne l'était. Tu as immédiatement songé à me demander si je trouverais une baby-sitter pour Patrick. Regarde-toi…

John s'interrompit un instant et désigna son fils du doigt.

— Tu t'en occupes comme si tu étais sa mère. Je suppose que tu ne t'en rends même pas compte…

Médusée, Nina observa Patrick, pelotonné contre elle. Il dormait à moitié, un sourire béat sur les lèvres.

Puis Nina tourna son regard vers John qui les fixait tous les deux avec attendrissement.

— Tu te débrouilles plutôt bien, pour quelqu'un qui ne veut pas d'enfants, dit-il en riant.

D'un geste rapide, il prit Patrick dans ses bras et l'obligea à se lever.

— Il est temps de déjeuner, fiston…

Patrick, qui n'avait pu entendre ce que son père venait de dire, leva vers lui un regard fâché.

— Il est temps de déjeuner…, répéta John en détachant nettement les syllabes pour que son fils puisse lire sur ses lèvres.

Patrick lança un regard interrogateur en direction de Nina.

— Oui, ne t'inquiète pas, elle va venir avec nous…, dit son père en riant. N'est-ce pas, Nina ? ajouta-t-il à l'adresse de la jeune femme.

— Bien sûr. Qu'y a-t-il au menu ?

John attira l'attention de son fils.

— Que veux-tu manger ? demanda-t-il.

Lentement, Patrick esquissa le signe qui signifiait « spaghettis ».

— Non, répondit John. Nous avons mangé des spaghettis hier pour le dîner…

Patrick fit un nouveau signe.

— De la purée ? s'enquit John. Non, ça ne suffit pas. Patrick fit une nouvelle tentative.

— Des hamburgers ? Non ! j'ai une surprise pour toi…

John se tourna vers Nina.

— Aimes-tu les lasagnes ? demanda-t-il.

— Oh oui ! s'exclama-t-elle avec un sourire ravi.

Elle se sentait de mieux en mieux, au sein de la famille Swayer. Le rapport qui unissait John et son fils était tellement touchant. Elle se sentit soudain très fière d'être admise dans leur intimité.

Après le déjeuner, elle fit une courte sieste. Puis elle demanda à John si elle pouvait s'installer dans le jardin, pendant qu'il serait sorti avec Patrick. A sa grande surprise, il accepta.

— J'étais sûre que tu me l'interdirais ! pouffa-t-elle.

— Tu es pâle, tu as besoin de prendre des couleurs. Quand tu retourneras travailler, tu dois être en pleine forme…

Une fois installée au soleil dans une chaise longue, Nina songea soudain à son travail. Pendant quelle se prélassait, il y avait des milliers de choses à faire… Oui, elle devait reprendre son travail le plus vite possible…

Elle devait en parler avec John, et elle savait d'avance ce qu'il lui dirait. Leur éternelle discussion recommencerait… Et John aurait le dernier mot — car avec lui, elle n'avait pas la force de lutter…

Elle décida de s'accorder un après-midi de réflexion et s'abandonna avec délices aux rayons du soleil. Patrick jouait à côté d'elle, dans son bac à sable. De temps à autre, elle l'aidait à construire des châteaux. Elle fut surprise de constater qu'elle ne s'ennuyait pas un instant, en compagnie de l'enfant. Même quand les baby-sitters la laissaient seule quelques minutes avec le fils de John, elle ne se sentait aucunement désemparée. C'était un gentil petit garçon, au même tempérament doux que son père. Elle s'aperçut qu'elle pouvait facilement communiquer avec lui, au moyen de gestes simples.

Pour le dîner, John fit griller des tranches de saumon frais, que Nina dévora avec appétit. A la fin du repas, la jeune femme proposa à John de l'aider pour faire la vaisselle. Il refusa immédiatement.

— Je ne t'ai pas demandé de venir ici pour te faire travailler ! fit-il observer.

— Mais je peux au moins faire la vaisselle ! protesta-t-elle.

— Non, tu es encore convalescente, tu dois te reposer.

Nina n'osa pas discuter plus longtemps. Et puis, si elle était capable de faire des tâches ménagères, elle pouvait rentrer chez elle… Mais elle n'avait pas envie de quitter la maison des Swayer. John lui répétait quotidiennement qu'elle était encore trop faible… Elle préférait le croire.

Le samedi suivant, John fut occupé toute la matinée dans la librairie et Patrick sortit se promener avec ses baby-sitters. Nina fit la grasse matinée, lut un peu dans son lit, puis elle prépara des club sandwichs pour le déjeuner de John. Ce dernier ne chercha pas à dissimuler son mécontentement.

— Je ne veux pas que tu te fatigues ! protesta-t-il.

— Mais je me sens de mieux en mieux ! rétorqua Nina. Et

je commence à m'ennuyer, à force de rester inactive... De toute façon, j'ai tout l'après-midi pour me reposer...

Le regard de John lui montra clairement qu'elle n'avait pas intérêt à bouger de son lit de tout l'après-midi... Toutefois, elle remarqua avec satisfaction qu'il ne laissait pas une miette de son club sandwich. Quand il eut regagné la boutique, Nina fit une petite sieste, puis elle décida de faire des biscuits au chocolat pour Patrick. Lorsque ce dernier rentra, les biscuits étaient encore dans le four. Nina les sortit et les mit dans une assiette, tandis que les yeux du petit garçon brillaient de joie.

Sans doute attiré par cette délicieuse odeur de pâtisserie, John apparut presque immédiatement. Il contempla la scène avec attendrissement. Patrick et ses deux baby-sitters étaient assis autour de la table de la cuisine et dévoraient les biscuits au chocolat que Nina leur servait.

— Tu ferais mieux de te dépêcher ! s'exclama Nina en riant. Dans quelques minutes il n'en restera plus !

— Puis-je savoir qui a préparé ces biscuits ?

— Non !

De sa petite main, Patrick tendit un biscuit à son père.

— C'est bon ? demanda John par gestes.

Patrick acquiesça vigoureusement. John prit le biscuit que son fils lui tendait et le dévora en un clin d'œil.

— Quel goinfre ! s'esclaffa Nina.

Elle prit les lunettes de Patrick, qui étaient couvertes de traces de chocolat, et les nettoya.

— Est-ce mieux ainsi ? demanda-t-elle en les lui rendant.

Elle se tourna vers John.

— Comment dit-on cela par signes ?

John lui montra. Nina imita son geste. Patrick la remercia d'un signe qu'elle comprit immédiatement.

Nina dut s'avouer que ce rôle de mère de famille ne lui déplaisait pas. Avec un sourire ravi, elle prit quelques biscuits, les enveloppa dans une serviette et les tendit à John.

— Pour la fin de l'après-midi, dit-elle.

John la regarda droit dans les yeux, avec une intensité particulière.

— Merci, dit-il d'une voix grave.

Sans ajouter un mot, il regagna la boutique.

Nina repensa longuement à ce « merci », et au regard qui l'avait accompagné. Elle y avait lu un mélange d'étonnement et de gratitude. Elle n'avait pourtant aucun mérite, car elle adorait faire la cuisine ! John s'imaginait-il qu'elle essayait de l'impressionner ? Ou qu'elle tentait par tous les moyens de se concilier l'amitié de Patrick ? Peut-être estimait-il qu'il était temps qu'elle rentre chez elle...

Dans ce cas, il n'avait pas tout à fait tort... Nina savait qu'elle était parfaitement guérie. Elle n'avait plus aucun prétexte pour rester chez les Swayer. Le soir, ils regardèrent ensemble le film vidéo que John avait loué pour elle. Elle se coucha tard mais n'en éprouva aucune fatigue. Le lendemain matin, elle accompagna John et son fils à la plage. En rentrant elle essaya de se plonger dans un roman, toutefois elle eut du mal à détourner ses pensées du corps merveilleusement séduisant de John. Elle le désirait de nouveau. Sa crise d'appendicite n'était plus qu'un mauvais souvenir...

John le savait, lui aussi. Dès qu'elle fut au lit, ce soir-là, il vint la rejoindre et l'enlaça immédiatement. Nina se serra contre lui avec une émotion particulière. Il était si beau, si solide... Dans ses bras, elle eut l'impression de renaître à la vie.

— J'ai eu tellement envie de toi, durant cette longue semaine..., murmura-t-il. A chaque instant, je rêvais de me jeter sur toi. Surtout aujourd'hui, à la plage... Tu étais si jolie !

Etranglée par l'émotion, Nina ne sut que répondre.

— Je sais que tu as envie de partir, reprit-il.

— Non, je n'en ai pas envie, mais je le dois. Je suis guérie.

Pour la première fois, il ne chercha pas à la contredire.

— As-tu vraiment envie de retrouver cette vie de fous ? demanda-t-il avec un sourire mélancolique.

— Ai-je le choix ?

— Maintenant, oui. J'aimerais tellement que tu restes ici, Nina…

— Oh, John…, murmura-t-elle.

— Tu ne veux pas ?

— Mais je ne peux pas ! Je ne peux pas abandonner du jour au lendemain tout ce qui a fait ma vie jusqu'à présent !

John se recula légèrement et prit le visage de la jeune femme entre ses mains.

— Je ne te demanda pas de tout abandonner ! déclara-t-il en la fixant avec intensité. Mais… tu semblais si heureuse, ici ! Tu as passé une semaine sans travailler, et pourtant, tu étais radieuse !

— Mais maintenant que je suis guérie, je dois reprendre mon travail. Peut-être pas à plein-temps, pour commencer, cependant je ne peux plus rester inactive…

— Tu peux retravailler et rester ici malgré tout…

— Non, c'est impossible…

— Pourquoi ?

— Parce que je me sentirais coupable. J'ai toujours été farouchement indépendante. Je vais et je viens à ma guise. Tout cela, je ne pourrais pas le faire chez toi…

— Pourquoi ?

Lentement, John fit glisser une main jusqu'au décolleté de la jeune femme et commença à la caresser. Nina frissonna. Le désir qu'elle éprouvait, aiguisé par une semaine d'attente, devenait presque insupportable.

— Pour des tas de raisons…, répondit-elle. Si je restais ici, je serais tentée de paresser, de lire des romans toute la nuit pelotonnée contre toi, de faire des châteaux de sable, de cuisiner… J'ai passé une semaine merveilleuse, John, mais je dois partir. Sinon, je ne parviendrai jamais au but que je me suis fixé. Et je finirai sans doute par t'en rendre responsable…

John ne la quittait pas du regard. Ses yeux, dorés comme de l'ambre, brillaient de désir.

— Mais pourquoi ne pas tenter de concilier les deux…,

soupira-t-il sans interrompre ses caresses. Profite de la vie, Nina. Sinon, tu vas souffrir terriblement…

— Non, protesta-t-elle mollement.

Mais elle savait au fond d'elle-même que les paroles de John contenaient une part de vérité. Comme il accentuait ses caresses, elle ne put retenir un léger gémissement. Pouvait-elle vraiment renoncer à un plaisir aussi intense ?

— Ça te plaît ? murmura-t-il en effleurant avec délicatesse la pointe rigide de ses seins.

— Oh oui…, chuchota-t-elle, les yeux à moitié fermés. Tu me mets dans un tel état, John…

— C'est bien mon unique talent…, rétorqua-t-il avec un sourire ironique.

— Non, il n'y a pas que le sexe, entre nous…

Cette fois, elle ferma complètement les yeux. Une onde de chaleur avait embrasé tout son corps.

— N'est-il pas encore trop tôt ? demanda-t-il.

— Oh non, non, continue…

— Mais ta cicatrice…

— Je n'ai pas mal. J'ai tellement envie de toi, John…

Elle ne pouvait pas distinguer son visage, dans la pénombre qui avait envahi la pièce, mais son souffle rauque trahissait l'intensité de son désir. Doucement, il la força à s'allonger. Elle se laissa faire sans protester. Tout son corps réclamait ses caresses viriles, si savantes, si délicieuses.

Avant son départ de l'hôpital, le médecin lui avait dit qu'elle saurait immédiatement si elle était prête à reprendre sa vie amoureuse. Durant une semaine, le sexe avait été le moindre de ses soucis. Son corps était comme engourdi par l'opération qu'elle avait subie.

Mais après ces quelques jours de repos, son désir, longtemps endormi, n'était que plus intense.

— J'ai envie de toi…, répéta-t-elle.

John emprisonna ses deux poignets et la cloua sur le matelas. Puis il s'empara de ses lèvres, en un baiser lent et voluptueux. Sa langue merveilleusement habile se mit bientôt à courir sur tout le long du corps de la jeune femme. Celle-ci ne pouvait réprimer ses cris de plaisir. Et quand il glissa une main possessive entre ses cuisses, elle crut qu'elle allait défaillir.

— Tu es sûre que je ne te fais pas mal ? insista-t-il avec tendresse.

— J'ai mal parce que mon désir est presque insupportable..., répondit-elle. Prends-moi, John...

Elle se cambra, pour mieux l'inviter à l'amour.

— Non, j'ai peur de te faire mal...

— S'il te plaît...

Sans un mot, il laissa lentement glisser ses lèvres jusqu'à son ventre.

— Comme ça, c'est mieux..., murmura-t-il.

Partagée entre la frustration et le désir, Nina se laissa faire. D'une main impatiente, elle lui caressa les cheveux. Le plaisir que les lèvres ardentes faisaient naître en elle était si merveilleux qu'elle ne songea plus à protester. La bouche de John était tour à tour lente et rapide. Malgré le désir qu'elle avait de lui, Nina dut s'avouer que cette façon de faire l'amour était, elle aussi, délicieuse.

— Oh, John..., balbutia-t-elle, comme le plaisir montait en elle, telle une vague puissante.

Il accentua la pression de sa bouche entre ses cuisses. Nina voulut parler, mais les mots moururent sur ses lèvres. L'intensité du plaisir qu'elle éprouva l'avait rendue presque muette.

A la fois épuisée et ravie, elle s'endormit presque immédiatement.

9

Quand les premiers bruits matinaux parvinrent jusqu'à la chambre de Nina, la jeune femme était déjà habillée, avait ramassé ses affaires et bouclé son sac de voyage.

Elle entendit John et Patrick entrer dans la cuisine et s'y rendit aussitôt. Elle se sentait très oppressée — non que cela soit dû à sa récente opération, mais parce qu'elle éprouvait une étrange émotion. Elle savait que ses sentiments pour John n'avaient cessé de s'intensifier durant cette trop courte semaine… Et, à présent, elle devait le quitter…

Elle s'arrêta un instant sur le pas de la porte. Immédiatement, John se tourna vers elle. Nina baissa les yeux, trop émue pour prononcer un mot. L'attention de John se concentra de nouveau sur les œufs au plat qu'il était en train de préparer. Il posa un toast beurré sur une assiette, y fit lentement glisser les œufs, et tendit l'assiette à Patrick qui la prit avec un grand sourire.

Nina posa son regard sur le petit garçon et son cœur se serra un peu plus. Durant ces sept jours, elle s'était peu à peu attachée à lui. C'était la première fois qu'elle passait plus d'une journée en compagnie d'un enfant. Pouvait-elle deviner à l'avance qu'elle serait à ce point attendrie ?

Elle s'installa à côté de lui et esquissa un silencieux bonjour. Patrick leva vers elle son petit regard candide. Elle dut se retenir pour ne pas pleurer.

— Alors comme ça, tu t'en vas…, dit John, impassible.

Elle acquiesça.

— Je n'ai pas le choix, murmura-t-elle.

Il aurait pu reprendre leur discussion de la veille, mais il n'en fit rien. A quoi bon ressasser éternellement les mêmes arguments ?

— Veux-tu prendre ton petit déjeuner, avant de partir ?

Nina n'avait pas très faim. Toutefois elle voulait profiter des dernières minutes qu'elle passerait en compagnie de John et de Patrick.

— Seulement s'il reste des œufs pour moi, répondit-elle.

— Il en reste deux. Nous en prendrons un chacun.

Visiblement, John n'avait pas prévu qu'elle aurait envie de manger.

— Dans ce cas, ce n'est pas la peine, se hâta-t-elle de répondre. Tu peux les manger. Je n'avais pas l'intention de…

— Nous pouvons partager, l'interrompit-il. Un œuf au plat me suffit largement.

Il la fixa avec insistance, comme pour lui montrer qu'il était prêt à tout partager avec elle. La vie n'était-elle pas faite de petits compromis ?

Mais Nina ne se sentait pas capable de faire des compromis. Elle accepta sans un mot l'assiette qu'il posa devant elle, mais elle savait qu'elle ne pouvait pas renoncer à son indépendance. Elle avait lutté trop longtemps pour l'obtenir. Crosslyn Rise allait bientôt être mis en vente. Elle était sur le point d'atteindre son but.

Pourtant, elle commençait à souffrir en songeant à tout ce à quoi elle allait renoncer… Elle savait qu'elle ne pourrait pas oublier John en une nuit. Elle en arrivait presque à regretter son choix.

« Je t'aime, je veux passer ma vie avec toi »… Elle eût voulu pouvoir prononcer ces mots. Mais à quoi bon donner de faux espoirs à l'homme qu'elle aimait ?

Car elle l'aimait. Elle ne pouvait se le dissimuler plus longtemps. Elle avait osé se l'avouer la veille, en s'endormant — après que John lui eut fait connaître un moment de bonheur parfait. Elle avait terriblement besoin de lui. Mais elle tenait encore plus à son indépendance. Dans son esprit, dépendre de John d'une manière ou d'une autre serait un signe de faiblesse. Elle se réjouissait d'être forte. Tout en le déplorant.

— Vas-tu travailler dès aujourd'hui ? demanda-t-il.

— Non, demain, plutôt… Aujourd'hui, je vais me réinstaller chez moi, passer quelques coups de téléphone… Mais je me reposerai dès que je serai fatiguée…

John sourit légèrement. Sans dire un mot, il mordit dans son toast.

— Le consortium se réunit la semaine prochaine, lui rappela-t-elle.

Comme il restait silencieux, elle ajouta :

— Te verrai-je, d'ici là ?

Il haussa les épaules.

— En as-tu envie ? demanda-t-il.

Elle s'était posé la même question. L'idée de cesser toute relation avec John lui était certes insupportable. Mais une séparation temporaire leur ferait peut-être du bien à tous les deux…

Après tout, rien ne les empêchait de rester bons amis…

— J'aimerais bavarder avec toi, de temps en temps…, hasarda-t-elle presque timidement. Pour savoir comment tu vas…

— Passe à la libraire quand tu auras un moment, répliqua-t-il d'un ton neutre.

Puis, sans transition, il ajouta :

— Mange ton œuf au plat, il va être froid.

Nina s'exécuta en silence. Elle dut se forcer, pour terminer son petit déjeuner. L'émotion lui coupait l'appétit. Elle devinait que John était terriblement contrarié, sous son masque impassible. Il voulait qu'elle reste et elle avait refusé. Et elle ne reviendrait pas sur sa décision — même si elle comprenait sa déception.

— Je crois que je vais appeler un taxi, dit-elle après avoir bu une gorgée de café.

— C'est hors de question ! protesta-t-il, irrité. Je vais te ramener moi-même.

Il se leva et commença à débarrasser la table.

— Laisse, je vais le faire…, dit-elle en se levant à son tour. Occupe-toi de Patrick, pendant ce temps.

— Patrick est déjà prêt, rétorqua-t-il en commençant à ranger les assiettes sales dans le lave-vaisselle.

— Alors trouve-toi une autre occupation. Laisse-moi t'aider, pour une fois…

Il se tourna vers elle avec une brusquerie qui l'effraya presque.

— Je ne te demande pas de m'aider ! coupa-t-il d'une voix dure. Je peux parfaitement me débrouiller tout seul ! Tu n'es pas la seule à aimer l'indépendance…

— Je sais…, répondit Nina, confuse. Je voulais juste t'aider. Tu as tant fait, pour moi…

— Et je ne t'ai jamais rien demandé en échange. Tu ne me dois rien. Je t'ai aidée parce que j'en avais envie.

Rageusement, il mit un bol dans le lave-vaisselle. Nina quitta la cuisine sans dire un mot. Dans le salon, Patrick jouait en silence. Nina s'approcha à petits pas pour voir ce qu'il faisait. Il manipulait avec dextérité des lettres en caoutchouc. Soudain, Nina s'aperçut qu'il avait écrit « Patrick » en lettres multicolores.

— Bravo ! s'exclama-t-elle.

Pour se faire comprendre, elle imita le geste que John avait fait devant elle des dizaines de fois. Patrick sourit fièrement. Alors, elle prit les lettres et écrivit son propre nom.

— N.I.N.A, Nina, épela-t-elle en se montrant du doigt.

Puis elle brouilla les lettres. Sans hésiter, Patrick prit deux N, un I et un A, et les mit dans le bon ordre.

— Bravo ! répéta Nina, de plus en plus émue.

Elle ne put résister au plaisir de lui plaquer un baiser sonore sur la joue. Elle savait que Patrick lui manquerait terriblement. Et elle savait que John lui manquerait encore plus.

Son appartement était tel qu'elle l'avait laissé deux semaines auparavant. Mais elle eut l'impression de pénétrer dans un endroit inconnu. Elle erra de pièce en pièce, effleurant les meubles, comme pour se réhabituer à ce lieu qui ne signifiait plus rien pour elle. Pourtant, elle n'était pas partie longtemps…

Mais tant de choses s'étaient passées, en quinze jours, qu'elle avait l'impression d'être partie depuis une éternité.

John avait insisté pour faire quelques courses au supermarché, en chemin. Nina cependant n'avait pas faim. Elle se mit au lit : tout irait mieux après une petite sieste. Mais elle ne parvint pas à fermer l'œil. Alors elle ouvrit son agenda et décrocha le téléphone.

Après quelques coups de fil à des clients et à son bureau, elle se sentit mieux. Quel plaisir de se remettre au travail ! Rassérénée, elle reprit son téléphone, et aurait volontiers continué toute la journée, si elle n'avait pas éprouvé un sentiment de fatigue au bout d'une heure.

Cette fois, elle parvint à dormir, et quand elle se réveilla, elle décida de ne pas s'arrêter en si bon chemin. Téléphoner lui faisait du bien. Elle faillit composer le numéro de John, mais elle renonça à cette idée. Si elle l'appelait si tôt après son départ, ce serait un signe de faiblesse… Pour rien au monde elle n'aurait voulu lui montrer qu'elle avait besoin de lui. Elle était seule et tout allait bien.

Comme pour se le prouver, elle prit un papier et un crayon, et commença à noter les différentes activités qu'elle avait prévues pour la semaine. Plus elle s'absorbait dans cette tâche, plus elle était convaincue d'avoir fait le bon choix. Le travail était son unique raison d'être. Comment avait-elle pu en douter ?

Le lendemain matin, elle passa à son bureau. Comme il était agréable d'être de nouveau autonome et pleine d'énergie ! Elle ne resta pas très longtemps — juste assez pour faire savoir à tout le monde qu'elle était de retour. Elle s'installa devant l'ordinateur et passa la matinée à saisir les nouvelles données qui s'étaient accumulées pendant son absence. A midi, toutefois, elle constata avec dépit qu'elle était épuisée. Elle rentra chez elle, mit une tenue d'intérieur. Elle passa le reste de l'après-midi sur le canapé du salon, se sentant vaguement déprimée.

Mais elle se refusa à appeler John. Il était hors de question qu'elle s'en remette à lui chaque fois qu'elle avait du vague à l'âme. Elle était capable de se débrouiller toute seule. Elle l'avait toujours fait par le passé. Et elle comptait bien faire de même à l'avenir.

Le mercredi matin, Nina se sentit mieux. Elle alla même jusqu'à faire visiter quelques appartements. Par prudence, elle décida toutefois de passer l'après-midi chez elle, afin de se reposer. Vers 6 heures, elle ouvrit un des romans qu'elle avait emportés de chez John. Mais elle ne parvenait pas à se concentrer. Elle ne pouvait s'empêcher de songer à lui, se demandant ce qu'il faisait. Pensait-il à elle, lui aussi ? Mais elle se réprimanda intérieurement. Elle avait fait son choix en toute connaissance de cause. Elle devait maintenant l'assumer.

Et si John voulait lui parler, il pouvait toujours lui téléphoner…

Le jeudi matin, après avoir fait visiter quelques maisons, elle décida de se rendre à Crosslyn Rise. Elle avait besoin de se remonter le moral, et la magnifique propriété avait toujours un effet bénéfique sur elle.

La grande maison se découpait majestueusement sur la pelouse vert émeraude. Nina eut immédiatement une foule d'idées pour les visites qui allaient bientôt commencer, et elle s'empressa de les noter sur un petit calepin.

Puis elle se dirigea vers l'étang. Le premier groupe de maisons était entièrement terminé. Elle fut saisie par le calme et la beauté de l'endroit. Peu de chose pourtant avait changé, depuis la dernière fois qu'elle s'était rendue sur place. Les façades néogéorgiennes étaient splendides. Nina eut néanmoins l'impression que le paysage était légèrement différent — même si elle n'aurait su dire pourquoi.

Après avoir flâné un instant autour de l'étang, elle en comprit la raison : les arbres avaient changé. Avec l'été, ils paraissaient plus grands, plus luxuriants. Et la pelouse était plus verte. Les désordres provoqués par le chantier avaient été réparés. Qui aurait pu imaginer que quelques semaines à peine auparavant, des bulldozers et des pelleteuses défiguraient encore ce magnifique paysage ? Christine Lowe, la décoratrice, avait travaillé avec un paysagiste. A eux deux, ils avaient fait un travail splendide.

Pour la première fois, Nina regretta de ne pas avoir les moyens de s'acheter une maison à Crosslyn Rise. L'endroit était si paisible… Les maisons si harmonieuses, si raffinées… L'équipe avait fait du beau travail ! Mais Nina avait des objectifs prioritaires. Elle savait qu'elle ne devait pas se laisser tenter par des acquisitions au-dessus de ses moyens, tant qu'elle n'aurait pas réalisé ses objectifs professionnels.

Elle ne put résister à la tentation de s'asseoir au soleil, sur la pelouse. Elle entendait le ressac de la mer, au loin, et le bruit familier des canards qui s'ébrouaient sur l'étang. Elle éprouvait un délicieux sentiment de bien-être.

Elle paressa ainsi pendant une demi-heure — et se surprit elle-même. Elle pouvait donc rester inactive, de temps en temps ! Elle fut soudain troublée dans sa méditation par des bruits de voix. Deux personnes émergèrent du sous-bois.

— Comment allez-vous ? s'exclama Nina avec un grand sourire.

Elle avait immédiatement reconnu Christine et Mark Lowe.

— Bien ! répondit Christine en agitant la main. Et toi, Nina ?

— Merveilleusement bien ! Cet endroit est paradisiaque ! Je crois que je pourrais rester allongée sur l'herbe pendant des heures ! Que faites-vous ici ?

— Christine a eu une idée pour la décoration de la maison-témoin, expliqua Mark. Elle voulait juger de l'effet sur place…

— Comment pouvez-vous travailler par une si belle journée de printemps ?

— Oh ! nous ne sommes restés qu'un quart d'heure…, répondit Christine. Tu as l'air en pleine forme, Nina ! J'ai du mal à croire qu'il y a encore quinze jours, tu étais sur un lit d'hôpital…

— J'ai eu beaucoup de chance, car on s'est merveilleusement occupé de moi…

— John était très inquiet…, intervint Mark en hochant la tête. Quand il nous a appelés pour nous dire que tu étais tombée malade, il semblait bouleversé…

— Je parie qu'il en a rajouté ! s'esclaffa Nina, tout en ne pouvant s'empêcher de rougir légèrement. Ainsi, il savait que personne n'oserait me demander de reprendre mon travail !

— En tout cas, je crois qu'il a raison, pour la maison-témoin, fit observer Christine. Nous pouvons très bien différer l'ouverture jusqu'à la fin juillet…

— D'autant plus que le papier peint des chambres n'a pas encore été livré ! renchérit Mark. Christine était furieuse… Mais dans quelques semaines, tout sera prêt.

— Avez-vous l'intention d'acheter une maison à Crosslyn Rise ? demanda Nina.

Christine et Mark échangèrent un regard complice.

— La tentation est grande…, admit Mark. Cet endroit est superbe ! Mais notre fille aînée est encore au lycée… Ce ne serait pas gentil pour elle de l'obliger à aller vivre loin de ses amis.

— Et puis Mark rêve de construire sa propre maison, expliqua Christine.

— Ce n'est pas qu'un rêve ! protesta son mari en la serrant tendrement contre lui. Un jour, cette maison existera ! J'ai déjà dessiné les plans…

Il embrassa rapidement sa femme sur la joue.

— Désolé, Nina, reprit-il, mais nous avons rendez-vous pour déjeuner…

— Je t'appelle ! lui promit Christine.

Nina les regarda s'éloigner avec mélancolie. Christine et Mark semblaient si heureux, si amoureux l'un de l'autre… Elle ne put s'empêcher d'éprouver une pointe de jalousie. Christine avait tout réussi : sa carrière et son mariage. Mark était vraiment un homme charmant.

Tout comme John.

Elle éprouva soudain le besoin de le voir, de lui parler, de le caresser… Il lui manquait terriblement, il lui manquait depuis le début de la semaine. Même si elle n'avait pas osé se l'avouer. Elle avait sans doute eu raison de ne pas rester chez John. Mais elle dut reconnaître qu'elle n'était pas très heureuse, depuis cinq jours…

A quoi bon, cependant, tout dramatiser ? Elle pouvait le voir sans que cela n'engage à rien… Après tout, elle avait bien le droit de s'amuser de temps en temps ! Sans que sa sacro-sainte indépendance en pâtisse…

Décidée à l'appeler le soir même, elle se leva, regagna sa voiture et rentra chez elle. Puis elle prit conscience qu'appeler John ne lui suffisait pas. Elle voulait le voir. Pourquoi attendre, d'ailleurs ? Rien ne l'empêchait de passer à l'improviste à la boutique… Ce qui lui permettrait aussi d'embrasser Patrick… Oui, elle leur dirait bonjour, puis elle partirait. Il n'y avait rien de mal à cela.

A 19 heures pile, elle se gara devant la librairie. La boutique était fermée, mais les fenêtres du premier étage étaient éclairées. Le cœur battant, Nina sonna à la porte qui menait directement à l'appartement.

— John ? appela-t-elle en levant son regard vers la fenêtre de la cuisine.

Comme il ne répondait pas, elle tourna la poignée. La porte était ouverte. De plus en plus nerveuse, elle monta l'escalier en tremblant. Elle trouva John et Patrick dans la salle de bains. Pendant une minute, elle les regarda sans dire un mot. Ils étaient si touchants, tous les deux. Sans ses lunettes, Patrick ressemblait à n'importe quel enfant : un petit garçon heureux et plein d'énergie. Mais Nina ne pouvait détacher son regard de John. Il était si beau, si viril… Sa chemise mouillée était plaquée sur son torse et faisait ressortir ses épaules musclées. Nina ne put s'empêcher de frissonner en se remémorant leurs étreintes.

— Bonjour ! dit-elle en faisait un pas dans la salle de bains.

John sursauta et se tourna vers elle. En l'apercevant, Patrick battit des mains pour manifester sa joie.

— Du calme…, murmura John en se tournant de nouveau vers son fils. Tu vas mettre de l'eau partout, Patrick…

— Sors-le du bain…, proposa Nina en prenant une serviette-éponge. Je vais le sécher.

John s'exécuta sans dire un mot. Nina frictionna énergiquement le petit garçon et l'embrassa avec émotion. Patrick tendit ses petits bras potelés vers la jeune femme. Son visage rayonnait de joie. Nina remarqua que sa robe était toute mouillée, mais peu lui importait. Elle prit Patrick dans ses bras et le tint fermement serré contre elle. Le petit garçon était si mignon, si affectueux…

Nina leva son regard vers John. Il les contemplait, l'air sombre. Visiblement, l'arrivée de Nina l'avait déconcerté.

— Je passais dans la rue, je me suis arrêtée pour vous dire bonjour…, mentit-elle. Comment allez-vous ?

— Nous allons très bien, rétorqua John sèchement.

— Moi aussi, dit-elle d'un ton faussement dégagé.

A peine eut-elle prononcé ces mots que Patrick commença à remuer dans ses bras et à agiter ses petites mains, visiblement pour lui dire quelque chose. Mais il allait beaucoup trop vite pour qu'elle puisse comprendre.

— Il épelle ton nom, expliqua John d'une voix neutre.

Il ajouta plus bas :

— C'est un honneur, tu sais…

— Oui, je sais, répondit-elle gravement.

Elle se tourna vers Patrick et dit d'un ton solennel :

— Je suis très flattée…

— C'est gentil d'être venue…, reprit John. Patrick a passé la semaine à te réclamer.

Nina baissa les yeux, gênée.

— Je vais chercher le pyjama de Patrick, dit-il en quittant la salle de bains.

Restée seule avec l'enfant, Nina le déposa à terre et lui caressa doucement les cheveux.

— Comme tu es mignon…, murmura-t-elle, émue par tant de candeur et d'innocence.

Elle remarqua soudain qu'il avait une vilaine égratignure sur l'épaule.

— Comment t'es-tu fait cela ? demanda-t-elle avec sollicitude. Tu as mal ?

Patrick acquiesça et fit un signe qu'elle ne comprit pas. Comme elle songeait qu'il était temps pour elle d'apprendre le langage des sourds-muets, John revint dans la salle de bains, le pyjama de Patrick à la main.

— Il s'est fait mal hier en jouant sur un toboggan, expliqua-t-il. Mais ce sera vite guéri.

Nina caressa doucement l'égratignure du bout des doigts.

— Le pauvre ! murmura-t-elle.

— La vie est faite de plaies et de bosses ! répliqua John d'un ton léger. Autant qu'il l'apprenne tout de suite…

— Oui…, murmura-t-elle, comprenant l'allusion.

Elle regarda Patrick enfiler son pyjama avec l'aide de son père. Elle aurait tant aimé pouvoir s'occuper d'un enfant comme le faisait John, avec Patrick. Mais comment en trouver le temps ?

John et son fils commencèrent à se parler par signes. Nina attendit patiemment qu'ils aient terminé leur conversation, regrettant de ne pouvoir y participer. Enfin John leva son regard vers elle.

— As-tu l'intention de rester longtemps ? s'enquit-il.

Nina aurait volontiers passé la soirée chez les Swayer, mais le ton de John était si sec qu'elle resta sur ses gardes.

— Je ne sais pas, répondit-elle, évasive. As-tu des projets, pour ce soir ?

— Non. Patrick aimerait bien que tu lui lises une histoire, avant qu'il ne s'endorme… Je resterai près de lui pour lui expliquer par signes.

— Ça me ferait très plaisir…, s'empressa-t-elle d'acquiescer.

John n'était visiblement pas très heureux de la voir chez lui, mais Patrick, au moins, semblait apprécier sa présence… Et Nina souhaitait passer le plus de temps possible en compagnie de ces deux êtres qu'elle chérissait.

Elle passa un quart d'heure délicieux, assise sur le lit de Patrick, lui lisant une version abrégée du petit chaperon rouge. Connaissant l'histoire par cœur, elle n'avait presque pas besoin de regarder le livre. A la fin de l'histoire, Patrick était à moitié endormi. Nina quitta la pièce sur la pointe des pieds, laissant à John le soin d'embrasser son fils. Elle était debout dans le couloir, l'air songeur, quand il la rejoignit.

— Patrick voulait savoir s'il te verrait demain matin au petit déjeuner, dit-il d'une voix neutre. J'ai dû lui expliquer que tu ne serais pas là.

Sans lui laisser le temps de répondre, il se dirigea vers l'escalier. Nina le suivit en silence. Il était normal que John soit contrarié par la réaction de son fils. Mais pourquoi ne disait-il pas qu'il était content de la voir ?

Il avait paru surpris quand elle était entrée dans la salle de bains. L'espace d'une seconde, Nina avait cru voir briller une lueur de joie dans son regard. Mais peut-être avait-elle rêvé…

John descendit dans la boutique, Nina derrière lui.

— Il n'est pas très facile d'expliquer à un enfant de quatre ans la raison de tes allées et venues…, reprit-il en commençant à défaire un carton de livres.

— Je sais, répondit-elle, embarrassée.

— Il s'est attaché à toi.

— Je ne pensais pas que les choses se passeraient ainsi.

— Moi non plus. Sinon, je ne t'aurais sans doute pas proposé de t'héberger pendant une semaine… Tu as été si naturelle, si douce avec lui, qu'il a immédiatement été conquis.

D'un geste brusque, il posa une pile de livres sur une étagère.

— Je suis désolée…, chuchota-t-elle, le cœur serré. Mais je ne regrette pas d'avoir passé cette semaine chez toi…

Elle attendit sa réponse, toutefois il demeura silencieux, triant impassiblement ses livres.

— J'ai rencontré Christine et Mark, aujourd'hui ! dit-elle, pour changer de sujet. Ils sont d'accord pour différer l'ouverture de la maison-témoin. En fait, Christine n'était pas mécontente de ce délai, car elle a eu des problèmes avec ses fournisseurs.

John ne répondit rien. Nina était de plus en plus mal à l'aise.

— Tu n'as rien à me dire ? demanda-t-elle au bout d'un moment.

— Non, rétorqua-t-il, brutal. Du moins pas tant que tu aborderas des sujets aussi inintéressants…

— Si tu t'arrêtais de travailler, nous pourrions peut-être avoir une vraie conversation, répliqua-t-elle, piquée au vif.

Elle le regarda ranger ses livres.

— Quand je pense que tu me reproches de trop travailler ! soupira-t-elle en levant les yeux au ciel.

— Il faut bien que quelqu'un range ces livres..., maugréa-t-il.

— Est-ce vraiment si urgent ?

— Tu as mieux à me proposer, comme activité ?

— Oui. De parler avec moi.

— Nous n'avons plus rien à nous dire.

— Vraiment ? Nous pourrions peut-être essayer, malgré tout... A condition que tu cesses de déballer ces cartons.

Avec un haussement d'épaules, il prit une pile de livres dans ses bras.

— John, s'il te plaît ! l'implora-t-elle. J'ai besoin de parler...

Il continuait à aligner les livres un par un sur l'étagère.

— De quoi ? demanda-t-il d'une voix dure.

— De toi. Comment vas-tu ? Qu'as-tu fait cette semaine ?

— Je vais très bien, et j'ai passé une semaine très ordinaire. Tu vois, rien de bien intéressant...

Il lui tourna le dos et se dirigea vers l'escalier.

— John ! répéta-t-elle, plus fort cette fois. Ne t'en va pas...

Il s'arrêta net, puis se tourna vers elle. Il la fixa longuement, sans dire un mot. Elle faillit se jeter dans ses bras, mais se retint à temps.

— Je t'en prie..., le supplia-t-elle, presque désespérée.

Elle crut qu'il allait refuser. Mais après un court moment d'hésitation, il murmura :

— Qu'as-tu à me dire ?

Elle vit alors son regard blessé. John paraissait soudain si vulnérable...

— Je t'écoute, poursuivit-il, impassible.

— Tu m'as manqué..., balbutia-t-elle, oubliant immédiatement toutes ses bonnes résolutions.

— Pourquoi ne m'as-tu pas appelé pour me le dire ?

— Parce que… parce que je n'osais pas me l'avouer.

— Vraiment ? interrogea-t-il, ironique. Et quand as-tu découvert que tu tenais tant à moi ?

— Ce soir, en te voyant.

Elle baissa les yeux.

— C'est la première fois que quelqu'un me manque autant, avoua-t-elle.

Elle tendit une main tremblante vers lui et lui caressa les cheveux. Puis, incapable de se contrôler, elle laissa glisser un doigt sur son front, sur ses lèvres, sur ses joues mal rasées…

— Nina…

— Ne bouge pas…, chuchota-t-elle.

Avant qu'il ait pu protester, elle posa ses lèvres sur les siennes.

— Tu m'as tant manqué…, répéta-t-elle en accentuant la pression de ses lèvres.

Il résista un instant puis, ne pouvant plus attendre, se laissa faire. Le mouvement de leurs lèvres se fit plus profond. Nina goûtait avec délices le parfum délicieux de cette bouche masculine. Quand il l'enlaça passionnément, elle ne put retenir un cri de plaisir. Ils frissonnèrent. John fixa Nina, d'un regard tout à la fois ému et interrogateur. Mais la jeune femme était incapable de prononcer le moindre mot, d'expliquer la raison de son attitude. Tout son être réclamait le corps de John, ses mains brûlantes, son torse puissant… Elle leva une main tremblante jusqu'aux épaules de John, si viriles, si chaudes, si délicieuses au toucher, et commença doucement à les caresser. Puis, lentement, elle déboutonna les boutons de sa chemise.

— Nina, que fais…

— Chut…, l'interrompit-elle en posant un doigt sur ses lèvres. Laisse-moi faire.

Elle entrouvrit la chemise de John et dut se retenir pour ne pas pousser un cri d'admiration. Certes, ce n'était pas la première fois qu'elle le voyait torse nu, mais elle avait presque oublié la beauté de ce corps d'homme. Emue jusqu'aux larmes, elle retint sa respiration. Ses mains caressèrent lentement la peau lisse des épaules de John. Puis, ne pouvant plus résister à la tentation, elle posa ses lèvres sur son torse.

— Nina…, murmura-t-il. Oh, Nina !

Les lèvres de Nina poursuivirent leur course voluptueuse. La jeune femme sentait monter en elle un flot de désir que plus rien ne pouvait arrêter. Sans interrompre ses baisers, elle laissa glisser sa main jusqu'à l'échancrure du short de John.

De nouveau, il murmura son prénom. Voluptueusement, Nina se pressa contre lui, et sentit toute la force de son désir masculin. Bouleversée, elle commença à le caresser.

— Nina, c'est si bon…, gémit-il, presque à l'agonie.

Nina frissonna de plaisir. Le désir de John ne faisait qu'attiser le sien. Lentement, elle s'agenouilla. Il essaya de la repousser.

— Je n'en peux plus…, soupira-t-il, la tête renversée en arrière.

Nina ne lâcha pas prise. Le mouvement de sa bouche se fit plus rapide. Jamais elle n'avait aimé un homme de cette manière. Sans s'interrompre, elle leva son regard vers lui. Une expression d'extase était peinte sur son visage. Quand il atteignit le paroxysme du plaisir, elle ferma les yeux, ivre de joie. Elle venait de comprendre que John était tout pour elle…

Petit à petit, elle sentit les tremblements du corps de John s'apaiser. Il lui prit la main et la força à se relever, l'attirant tout contre lui. Les yeux dans les yeux, ils se fixèrent sans dire un mot, émus, frémissants.

Il se pencha vers elle et l'embrassa doucement, tendrement. Mais peu à peu, son baiser se fit plus ardent.

— Viens là…, dit-il d'une voix rauque.

D'une main leste, il avait déjà défait le soutien-gorge de la jeune femme. Puis il lui enleva son jean. Nina était tremblante de désir. Les mains de John sur sa peau la firent gémir. Il y avait si longtemps qu'elle rêvait de cet instant…

— Tu n'as plus mal ? murmura-t-il en effleurant sa cicatrice.

— De temps en temps…, dit-elle.

— J'ai envie de t'aimer, Nina…

— Oh oui, s'il te plaît !

Avec un petit cri plaintif, Nina s'abandonna aux caresses de John, si exquises, si troublantes. Quand elle sentit sa main s'aventurer jusqu'au point brûlant de son désir, elle crut mourir. Une semaine de chasteté forcée l'avait terriblement frustrée. Les doigts habiles de John lui faisaient connaître une félicité inouïe. Soudain, le plaisir éclata, elle connut un moment de joie pure. Haletante, frissonnante, elle se blottit dans les bras de John. Jamais elle n'aurait cru qu'une telle jouissance fût possible.

— Oh, John, je commençais à croire que tu ne voulais plus de moi ! dit-elle d'une voix brisée.

— Comment as-tu pu croire cela ? murmura-t-il en la serrant contre lui. Je t'aime, Nina…

Elle voulut le faire taire, mais trop tard… Ces paroles l'enchantaient et l'effrayaient tout à la fois…

— J'ai passé une semaine épouvantable…, reprit-il. A chaque instant, j'avais envie de t'appeler, d'entendre ta voix, de te prendre dans mes bras… Mais tu m'as tellement répété que tu tenais à ton indépendance… Je ne savais plus que faire…

— Tu aurais pu m'appeler, malgré tout…, le gronda-t-elle gentiment.

Les paroles de John l'avaient profondément émue.

— Non, dit-il avec détermination. Je t'ai dorlotée pendant une semaine et tu as voulu t'enfuir… Je n'avais plus le droit d'insister. C'était à toi de prendre l'initiative.

Elle se rappela les paroles qu'il avait prononcées, le jour où elle avait quitté la maison des Swayer.

— Tu m'as dit que toi aussi tu voulais être indépendant…, dit-elle timidement.

— Oui, c'est vrai…, admit-il. Mais je ne vois pas en quoi le fait de vivre avec une femme menacerait mon indépendance. J'ai envie de dormir à côté de toi, de bavarder avec toi au petit déjeuner, de marcher sur la plage en te serrant contre moi, de goûter les biscuits au chocolat que tu auras préparés. En quoi perdrais-je pour autant ma liberté ? A condition bien sûr que tu sois prête à t'engager de la même façon avec moi…

Il observa une pause, trop ému pour continuer.

— Je ne veux plus jamais vivre une semaine aussi épouvantable que celle qui vient de s'écouler, reprit-il au bout d'un moment. Ces journées entières à me tourmenter, à m'interroger, à espérer… Je ne peux pas rester assis des heures durant à côté de mon téléphone, me demandant si tu vas appeler… Et je ne peux pas faire subir tout cela à Patrick.

Nina ferma les yeux. Des sentiments contradictoires s'agitaient en elle.

— Qu'es-tu en train de me dire ? balbutia-t-elle.

John demeura un instant silencieux et la fixa avec amour.

— Je t'aime, Nina, répéta-t-il à voix basse. Je t'aime comme je n'ai jamais aimé personne. Mais si tu ne veux pas m'épouser, si tu ne veux pas vivre avec moi, autant ne plus nous voir… Tout ou rien, en somme… Je respecte ton travail. Jamais je ne te demanderai de l'abandonner. Je ne suis pas de ces hommes qui pensent que la place d'une femme est nécessairement au foyer. Je suis même prêt à faire beaucoup de concessions pour que tu t'épanouisses pleinement dans ton métier… Mais si la réciproque n'est pas vraie et que le travail compte plus que tout pour toi, je ne vois pas comment nous pourrions vivre ensemble. Je suis désolé, ma chérie…

Nina crut qu'elle allait éclater en sanglots. Mais elle fit tout son possible pour refouler ses larmes.

— Si je comprends bien…, dit-elle d'une voix à peine audible.

— Tu acceptes mes conditions, ou tout est fini entre nous, Nina. Complètement fini. Plus de coups de téléphone, plus de visites, plus rien.

— Mais… mais c'est injuste !

— Pour toi, peut-être, mais pas pour moi. Pendant des années, tu n'as pensé qu'à ta carrière. Très bien. Mais nous ne pourrons pas vivre ensemble si tu continues à faire passer tes ambitions professionnelles avant tout le reste.

— Tu prétends m'aimer, et pourtant, tu es prêt à ne plus me voir…, protesta-t-elle avec un petit rire incrédule.

Pour toute réponse, il se contenta de hausser les épaules.

— John…, murmura-t-elle, éperdue.

De nouveau, il resta silencieux. Il se contentait de la regarder fixement. Nina était bouleversée. Elle ne savait plus que faire. Elle aurait voulu protester, crier, argumenter. En même temps, elle mourait d'envie de se jeter dans ses bras, de lui dire qu'elle l'aimait, qu'elle ne pouvait vivre sans lui.

Elle se rappela soudain qu'elle était à moitié nue. Se sentant ridicule, elle se rhabilla à la hâte.

— Tu pars ? demanda-t-il.

— Oui. Je n'ai pas le choix. Je ne sais plus où j'en suis. J'ai besoin de réfléchir.

— Dans ce cas, décide-toi vite, car je ne suis pas du genre à attendre, Nina. Plus nous attendrons, plus nous souffrirons.

— Mais pourtant, nous nous aimons…

— L'amour fait mal, parfois…

Nina baissa les yeux. Jamais dans sa vie elle n'avait été confrontée à un choix aussi crucial. Lentement, elle lui tourna le dos et se dirigea vers la porte. Un mot de John aurait suffi pour la retenir. Mais ce mot, il ne le prononça pas. Alors, sans se retourner, elle sortit et referma sans bruit la porte derrière elle. Une grosse larme roula sur sa joue.

10

Le lendemain, Nina se rendit à son travail, le cœur lourd. Elle avait mal dormi et se sentait épuisée. Au bureau, le temps lui parut interminable. Elle rencontra deux ou trois clients, passa sans entrain quelques coups de téléphone. Vers midi, elle demanda à Lee de la remplacer pour l'après-midi.

Rentrée chez elle, elle se sentit complètement désemparée. Désœuvrée, elle erra parmi les pièces vides. Malgré sa fatigue, elle ne put dormir. Chaque fois qu'elle fermait les yeux, des images de John lui revenaient : John debout sur la plage, le regard tourné vers la mer, John accroupi auprès de Patrick, John, torse nu, allongé sur le tapis. Et chaque image évoquait un souvenir encore plus douloureux que le précédent…

Une scène, notamment, revenait plus souvent que les autres : celle où elle se revoyait, assise sur le lit, près de Patrick, un livre grand ouvert sur les genoux. Mais elle ne lisait pas. Elle regardait John, debout devant eux, qui mimait l'histoire, avec ses mains.

Chaque fois qu'elle repensait à ce moment, Nina était frappée par un élément nouveau. Tantôt elle se souvenait de la joie de Patrick, serré contre elle, tantôt de la beauté de John, debout devant eux. Mais, le plus souvent, elle se rappelait sa propre émotion : cette exquise sensation d'avoir une famille.

« L'amour fait mal, parfois », lui avait dit John. Tout d'abord, elle ne l'avait pas cru. Mais maintenant qu'elle était seule chez elle, perdue dans ses souvenirs, elle souffrait également. Pour la première fois, elle avait rencontré l'amour. Et cette découverte était douloureuse.

Pourtant, il existait des valeurs auxquelles elle tenait par-dessus tout : l'indépendance, la liberté. Méritaient-elles d'être sacrifiées ?

L'irritation puis la tristesse la gagnèrent. Elle passa la soirée devant la télévision — après avoir débranché le téléphone. Mais elle ne parvint pas à chasser ces pensées moroses de son esprit.

Le samedi matin, à son réveil, elle ne se sentait pas plus d'humeur à travailler que la veille, ce qui l'irrita. Son travail l'avait toujours passionnée. A présent, il lui paraissait presque dérisoire. Elle n'avait qu'une pensée en tête : revoir John. Et cela était, hélas ! impossible…

Elle songea qu'elle avait besoin de distractions : voir une amie, aller au cinéma ou à la plage. Mais toutes ces occupations lui semblèrent également dépourvues d'intérêt. Elle n'avait plus goût à rien.

Alors, sans réfléchir, elle saisit le téléphone et appela l'aéroport, puis Lee. Elle jeta ensuite quelques affaires dans un sac et partit pour Omaha.

A son arrivée à la clinique, elle fut accueillie par Anthony Kimball.

— Content de vous voir, Nina, dit-il chaleureusement, en lui serrant la main.

Il lui fit signe de la suivre, avant de reprendre :

— Je pensais que vous n'aviez pas eu mon message. Comme vous ne m'aviez pas rappelé…

— Quel message ? demanda Nina, soudain inquiète.

— J'ai appelé votre bureau, ce matin. On ne vous a pas prévenue ?

— Non. Il y a du nouveau ? demanda-t-elle d'une voix blanche.

Il acquiesça en silence.

— Nous sommes proches de la fin, j'en ai peur, répondit-il d'une voix douce. Je suis content que vous soyez venue.

Il s'arrêta et ouvrit une porte. Pleine d'appréhension, Nina pénétra à l'intérieur de la chambre. Sa mère était couchée, les yeux fermés. Nina fut horrifiée par sa maigreur.

— Elle a tellement changé ! murmura-t-elle.

— Les derniers mois ont été très pénibles pour elle, acquiesça le Dr Kimball.

— Mais elle n'est pas consciente ?

— Non.

« Dieu merci ! », songea Nina. Elle regarda un moment la mince silhouette, allongée sous les draps blancs. Son instinct ne l'avait pas trompée en la poussant à venir ici... Et, maintenant, la même voix intérieure lui soufflait qu'elle voyait sans doute sa mère pour la dernière fois. Nina n'avait jamais été très proche d'elle — il lui était même arrivé de la détester — mais elle ne pouvait s'empêcher d'éprouver un terrible sentiment de tristesse. Malgré tous ses défauts, Maria Stone était sa mère.

— Peut-être préférez-vous attendre dans mon bureau ? suggéra le médecin en lui posant la main sur l'épaule.

— Non, répondit Nina d'une voix faible mais déterminée. Je vais rester un peu.

Il lui apporta une chaise et elle s'assit près du lit. Elle prit la main de sa mère dans la sienne et resta ainsi un long moment, étudiant chaque trait du visage de la malade, comme si elle le voyait pour la première fois.

Les heures passèrent. Les souvenirs affluaient, petit à petit, par vagues. Les bons et les mauvais. Elle ne chercha pas à les refouler.

C'étaient des événements lointains, des moments oubliés depuis longtemps : une chute qu'elle avait faite un jour en essayant de grimper à un arbre. Ce jour-là, sa mère l'avait prise dans ses bras et l'avait longtemps bercée pour calmer ses pleurs. Un concours de cuisine qu'elle avait remporté à l'âge de dix ans. Elle se rappela les larmes de joie et la fierté de sa mère.

« Nous avons passé aussi des moments heureux ensemble... », songea-t-elle soudain. Avec stupeur, elle s'aperçut que son enfance n'avait pas été si noire qu'elle le croyait. Certes, la vie quotidienne n'avait pas toujours été très rose. Il y avait eu bien des pleurs et des disputes… Elle s'était souvent sentie seule au monde, abandonnée… Mais maintenant, ces mauvais souvenirs s'étaient estompés. Elle préférait se rappeler les moments de bonheur vécus avec sa mère. Elle lui pressa la main, heureuse d'être auprès d'elle pour ses derniers instants.

Peut-être Maria Stone n'avait-elle pas été une si mauvaise mère, après tout… Jusqu'à présent, Nina s'était toujours efforcée de ne pas penser à son enfance. Avait-elle eu raison ? Elle n'était plus sûre de rien. Sa mère, malgré ses faiblesses, lui avait donné tout son amour. Nina, de son côté, n'avait jamais rien donné à personne. Ni vie ni amour. Elle avait vécu pour elle-même, sans se préoccuper d'autrui. Et elle avait eu tort.

Soudain, elle eut honte d'elle-même. Ses ambitions et ses plans de carrière lui semblèrent bien futiles. De quel droit se prétendait-elle meilleure que sa mère ? Cette dernière avait essayé de l'aimer. De manière imparfaite, sans doute… Mais elle avait essayé. Nina ne pouvait en dire autant. Qui avait-elle aimé ?

Tout au long de la journée, médecins et infirmières se succédèrent au chevet de sa mère, vérifiant sa tension, son rythme cardiaque. Nina resta là assise, le regard perdu dans le lointain, insensible à ces allées et venues. Elle ne ressentait ni faim ni soif. Juste le besoin, nouveau pour elle, de tenir la main de sa mère et de lui parler doucement.

Mais Maria Stone ne pouvait déjà plus l'entendre. Le lendemain matin, peu après le lever du jour, elle rendit le dernier soupir.

L'enterrement eut lieu l'après-midi même, dans un petit cimetière des environs. Seuls Nina et Anthony Kimball y assistèrent. Peu après, ce dernier conduisit la jeune femme à l'aéroport, d'où elle décida d'appeler John.

Celui-ci répondit presque immédiatement.

— Allô ?

Sa voix était morne, atone. Nina respira profondément.

— John ? dit-elle timidement.

La voix de John s'adoucit immédiatement.

— Ah, Nina, Dieu merci, c'est toi ! J'étais tellement inquiet ! Tu m'appelles d'Omaha ?

— Oui, répondit-elle.

— Comment va ta mère ?

— Elle est morte ce matin, dit-elle en essayant de refouler ses larmes.

— Oh, Nina, je suis désolé !

— Peut-être est-ce mieux ainsi…

— Peut-être…

— Mais tout de même…, commença-t-elle.

Des sanglots l'empêchèrent d'achever sa phrase.

— Ça va ? demanda-t-il très doucement.

— Oui, répondit-elle après avoir repris son souffle. John, je rentre tout de suite, j'ai besoin de toi…

Il ne la laissa pas achever sa phrase.

— Quel vol ? demanda-t-il.

Elle lui donna les renseignements qu'il demandait puis raccrocha, en essuyant ses yeux rougis par les larmes. Une voix annonçait son vol. Elle se dirigea vers la porte d'embarquement. Durant le trajet, elle ne pleura pas. Elle resta le visage collé au hublot, perdue dans ses pensées.

L'avion atterrit à Boston vers 11 heures du soir. Nina débarqua parmi les premiers passagers. En se dirigeant vers la salle d'accueil, elle sentit de nouveau sa gorge se nouer. Lorsqu'elle arriva au terminal, de grosses larmes coulaient le long de ses joues. Elle chercha John du regard parmi la foule.

Enfin, elle le vit. Il se tenait un peu à l'écart. De loin, elle remarqua qu'il paraissait soucieux.

Elle se hâta vers lui à grandes enjambées. Il la regarda s'avancer, sans bouger. Lorsqu'elle ne fut plus qu'à quelques mètres de lui, il ouvrit les bras. Elle s'y précipita. Sans prononcer un mot, il la tint serrée contre lui un long moment. Maintenant qu'elle sentait sa présence, chaude et rassurante, elle se laissa aller et éclata en sanglots.

Elle eut alors l'impression que ses larmes ne s'arrêteraient jamais. Elle pleura comme elle n'avait jamais pleuré auparavant. Elle pleura pour sa mère, pour toutes ces années perdues, ces années sans amour…

Quand enfin ses larmes furent taries, elle releva la tête. Soudain, elle ressentait toute la fatigue de ces trente-six heures sans sommeil.

— Tu m'emmènes à la maison ? demanda-t-elle.

Sans un mot, John la prit par la taille et l'aida à marcher jusqu'à la voiture. Pendant le trajet ils n'échangèrent que quelques phrases. Nina s'endormit avant d'arriver. Après s'être garé devant chez lui, John la prit dans ses bras, l'aida à monter l'escalier et à se mettre au lit. Puis, après un dernier baiser très tendre, il éteignit.

Lorsque Nina ouvrit les yeux, le soleil était déjà levé. Immédiatement, elle se rappela les événements de la nuit. Elle se trouvait chez John, dans son lit. Et en guise de chemise de nuit, elle portait un de ses T-shirts.

John était à côté d'elle, torse nu. Appuyé sur un coude, il l'observait en souriant. Elle lui sourit en retour.

— Bonjour, dit-elle faiblement, encore à moitié endormie.

— Comment te sens-tu ? s'enquit-il, soudain sérieux.

Elle ne répondit pas immédiatement. Elle le fixa un moment, espérant lire dans ses pensées. Mais l'expression de John était impénétrable.

— Triste, heureuse et effrayée ! répondit-elle en souriant.

— Tout un programme ! répliqua-t-il, amusé. Reprenons dans le détail, veux-tu…

Nina demeura un instant silencieuse. Ce qu'elle cherchait à exprimer était difficile. Bien décidée à ne pas pleurer, elle répondit d'une voix mal assurée :

— Triste, parce que je m'aperçois que je n'ai jamais vraiment connu ma mère. Heureuse, parce que ces dernières heures passées à son chevet m'ont fait découvrir quelque chose que je n'aurais jamais découvert autrement. Effrayée, parce que je sais maintenant ce que je veux faire, mais je ne suis pas sûre de pouvoir le faire.

Sa voix se brisa mais elle ajouta bravement :

— Je suis passée à côté de tant de choses…

— Quelles choses ? demanda-t-il sans la quitter du regard.

— Ma mère, par exemple. Je ne me suis jamais rendu compte qu'elle avait dû m'aimer… Par la suite, je lui en ai voulu. Je l'ai rendue responsable de tout ce qui n'allait pas dans ma vie…

— Quoi, par exemple ?

— L'absence de famille, ma solitude. Sans réfléchir, j'ai pensé qu'avoir une belle situation et gagner beaucoup d'argent résoudrait tous mes problèmes. Ma mère, elle, a toujours été pauvre…

— Et alors ?

Nina eut un petit sourire.

— Aujourd'hui, je m'aperçois que le travail n'a pas tout résolu, loin de là… Il y a d'autres joies que je ne connaissais pas et que j'ai découvertes… D'autres joies bien plus importantes… Comme… partager avec autrui…

— Que veux-tu dire par là ?

— Je ne sais pas… Vivre avec les gens, les aimer…

John ne bougea pas. Ses yeux couleur d'ambre la fixèrent avec une intensité redoublée.

— Serais-tu amoureuse ? demanda-t-il doucement.

Elle le regarda et fit signe que oui, en silence.

— De moi ? reprit-il.

Elle acquiesça de nouveau.

— Tu es devenue muette ? demanda-t-il en souriant.

— Tu comptes tellement pour moi, John…

— Vraiment ?

— Oh oui !

— Alors dis-moi ce que tu as sur le cœur. N'hésite pas.

Le regard de John était si tendre qu'elle y puisa la force de poursuivre.

— J'ai réfléchi à ce que tu m'as dis, dit-elle d'une voix tremblante. Je ne veux pas me réveiller un jour, seule, sans enfants, et m'apercevoir que j'ai raté ma vie.

Elle respira profondément avant de reprendre :

— Je t'aime et je veux passer ma vie ici, avec toi et Patrick… Je ne sais ni changer les couches ni préparer un biberon, mais je pourrais apprendre. Si tu veux d'autres enfants, évidemment…

— Bien sûr, répondit John, en lui caressant doucement les cheveux. Mais… et ton travail ?

— Je continuerai… plus calmement.

John eut l'air sceptique.

— Et tu t'en crois capable ? demanda-t-il, ironique.

— Tu m'as dit, un jour, que c'était possible…

— Oui, mais pour toi ? Ton travail, c'est ta vie…

— Plus maintenant…

Il sourit de nouveau, de ce sourire qu'elle trouvait tellement séduisant.

— Pourrais-tu me répéter ce que tu as dit tout à l'heure ? demanda-t-il soudain.

Nina sut immédiatement à quoi il faisait allusion. Elle le regarda droit dans les yeux, puis après une hésitation :

— Je t'aime, murmura-t-elle.

— Encore…

Cette fois-ci les mots lui vinrent plus facilement.

— Je t'aime ! répéta-t-elle.

John la prit dans ses bras.

— Et si…

Un bruit sourd, provenant de l'entrée, l'interrompit.

— Aïe, murmura-t-il.

Il s'écarta brusquement et couvrit Nina avec le drap.

— Patrick est réveillé, expliqua-t-il.

— Je crois qu'il t'appelle…

— Oui…

Quelques secondes plus tard, Nina entendit s'ouvrir la porte de la chambre d'à côté.

— Bonjour, mon chéri, bien dormi ? lança John.

Nina n'entendit pas la réponse de Patrick. En revanche, elle perçut un bruit de pas qui s'éloignaient.

— Il a vu tes affaires et court vers la chambre d'amis…, chuchota John en passant la tête par la porte. C'est ta dernière chance, Nina... S'il te trouve dans mon lit, nous aurons du mal à fournir une excuse... J'ai besoin d'une réponse ferme.

— A cause de Patrick ?

— Mais non, pour moi... Patrick a sa vie, j'ai la mienne. Et j'ai envie de la partager avec toi.

— Je serai peut-être une mauvaise mère...

— C'est impossible... Alors, Nina ?

Elle sourit.

— Répète-moi la formule magique..., dit-elle, amusée.

— Je t'aime.

— Encore !

— Je t'aime, répéta-t-il.

Un bruit de pas annonça le retour de Patrick. Nina entendit la voix de John qui s'adressait à son fils.

— Tu ne l'as pas trouvée ?

Il y eut un silence, puis Patrick entra dans la pièce et sauta sur le lit. John le retint juste avant qu'il n'atterrisse sur le ventre de Nina. Elle se redressa et ils se retrouvèrent tous les trois, face à face, surpris et souriant. Ils éclatèrent de rire.

Jamais Nina ne s'était sentie si heureuse.

Épilogue

Le soleil était délicieusement tiède, sur leur peau. Après un long hiver, le printemps était enfin de retour.

Appuyée contre John, Nina respira à pleins poumons et savoura la douceur de l'air.

— Comme c'est agréable…, murmura-t-elle.

— Quoi donc ? lui chuchota-t-il à l'oreille. Le soleil ou moi ?

— Les deux ! répliqua-t-elle en riant.

Ils étaient à Crosslyn Rise, allongés sur l'herbe. Au loin, l'océan étincelait de mille feux. Derrière eux, la grande maison se détachait majestueusement sur le ciel bleu azur. De part et d'autre de la maison, on apercevait, à travers les arbres, les groupes de maisons plus petites, dont la construction était achevée. Devant eux, au pied de la colline, se trouvait l'élégante marina. Les yachts ancrés là se balançaient mollement, au rythme des vagues. Les boutiques — une galerie d'art, un magasin de vêtements, une pharmacie, deux restaurants et une librairie — formaient un demi-cercle autour du port.

— Regrettes-tu que nous n'ayons pas acheté une maison ici ? demanda John.

— Pas le moins du monde ! répondit Nina avec conviction. Ta librairie est à Crosslyn Rise, c'est bien suffisant. Et j'aime tellement notre maison…

Après le déménagement de la boutique, et grâce à l'aide de Carter Malloy, de Mark et de Christine Lowe, ils avaient complètement réaménagé la maison de deux étages qui abritait autrefois la librairie et l'appartement de John. Le résultat était à couper le souffle. Nina aurait volontiers poursuivi les travaux en aménageant le grenier en salle de jeux pour Patrick, mais John avait insisté pour qu'elle ne dilapide pas l'argent que Crosslyn Rise lui avait rapporté. Cet argent lui était réservé de droit, et c'était à elle de décider ce qu'elle voulait en faire.

Nina lui en était reconnaissante. John la comprenait si bien... Il y avait une telle complicité, entre eux... Si elle avait su plus tôt qu'un homme aussi merveilleux existait, peut-être aurait-elle modéré bien avant ses ambitions professionnelles...

— Tu es sûre que tu n'aimerais pas louer une de ces maisons ? insista-t-il. Pour toi ?

— J'en suis sûre ! rétorqua-t-elle avec un grand sourire. Je suis heureuse là où je suis.

Elle travaillait toujours à l'agence Crown. Et comme par le passé, son amie Lee — qui avait rencontré un homme charmant — l'épaulait.

— Tu ne songes donc plus à ouvrir ta propre agence ? Même pas de temps en temps ?

Nina se retourna et fixa son mari avec amour.

— A quoi bon ouvrir ma propre agence ? demanda-t-elle en riant. Ma vie est déjà si remplie...

— Mais tu tenais tant à être indépendante...

— Je le suis ! Je travaille toute la journée, et le soir, je rentre chez moi ! Mais... tu n'as pas l'air convaincu...

— Parfois, je m'inquiète. Je me rappelle tous tes rêves d'autrefois... Je me demande si tu n'as pas dû renoncer à beaucoup de choses...

— Mes rêves ? Oui, c'est vrai, je voulais diriger ma propre agence... Mais à quoi cela me servirait-il maintenant ? J'ai tellement à faire — et des choses tellement plus intéressantes ! Je voulais gagner beaucoup d'argent — et Crosslyn Rise m'a rapporté déjà une coquette somme !

— Tu voulais être libre.

— Je suis libre ! Grâce à toi ! J'étais esclave de mon travail, et tu m'as aidée à m'en libérer. Tu m'as apporté le confort, la sécurité… Tu m'as ouvert les yeux sur des tas de choses que je ne voyais même pas, autrefois… Et tout cela a porté ses fruits.

Avec un sourire entendu, elle désigna son ventre. Elle était enceinte de deux mois.

— Je suis si émue…, chuchota-t-elle, les yeux brillants de joie.

— Un peu effrayée, aussi ?

— Oui, bien sûr…

— Rassure-toi. Regarde : tu n'as eu aucun problème avec Patrick…

— C'est différent. Patrick est un grand garçon… Oh, John, il réussit si bien ! Je suis si fière de lui !

Depuis un an, Patrick était entré dans un établissement spécialisé. Il faisait des progrès foudroyants — il lisait, écrivait, et apprenait chaque jour de nouveaux signes. Et il s'était fait une foule de petits camarades.

— Mais un nouveau-né, ce n'est pas la même chose…, reprit-elle.

— Ne t'inquiète pas, nous l'élèverons ensemble…, répondit John en souriant.

Oui, ils faisaient tout ensemble, ils partageaient tout depuis qu'ils étaient mariés. Jamais Nina n'aurait cru qu'un tel bonheur était possible. John était si tendre, si prévenant, si agréable à vivre… Mais surtout, il était si amoureux, si séduisant. Nina savait qu'elle ne pourrait jamais se passer des caresses de son mari.

Depuis qu'ils étaient mariés, Nina était devenue totalement dépendante de lui — ce qu'elle s'était juré de ne jamais faire. Mais ce lien de dépendance, bien loin de l'effrayer, la rendait follement heureuse. Car elle faisait confiance à John. Elle savait qu'elle ne pouvait mettre en doute son amour, elle savait qu'il l'aimerait toujours…

De nouveau, son regard embrassa le merveilleux paysage qui les entourait.

— Cet endroit est magique…, murmura-t-elle.

— C'est vrai. Mais nous devons y aller, ma chérie. L'heure du rendez-vous approche, je crois..., fit observer John.

— Nous avons encore cinq minutes.

Ils devaient déjeuner avec Jessica et Carter Malloy, dans l'un des petits restaurants du port. Les deux couples se voyaient souvent. Nina aimait le bonheur qui semblait régner entre Carter et Jessica — et qui n'était qu'un reflet de celui qu'elle vivait avec John. Nina sourit en songeant à l'après-midi qui les attendait. Généralement, John travaillait toute la journée à la librairie, mais ce jour-là, il avait réussi à se libérer, confiant à Minna Larken le soin de recevoir les clients. De même, Nina avait réussi à annuler tous ses rendez-vous. Ils passeraient l'après-midi à Boston, à faire du lèche-vitrine et à paresser au soleil à une terrasse de café.

« La vie est merveilleuse ! » songea soudain Nina. Grâce à John. Instinctivement, elle se tourna vers lui et lui adressa son plus beau sourire.

— Sais-tu bien que je t'aime, John ? s'exclama-t-elle.

— Tu me le répètes assez souvent pour que j'aie la fatuité de le croire..., répondit-il, amusé. Mais je ne t'en voudrai pas si tu me le redis encore une fois...

Elle n'en eut pas besoin. Le baiser qu'elle lui donna était suffisamment éloquent

DANS LA MÊME COLLECTION

Par ordre alphabétique d'auteur

JINA BACARR	*Blonde Geisha*
MARY LYNN BAXTER	*La femme secrète*
MARY LYNN BAXTER	*Un été dans le Mississippi*
JENNIFER BLAKE	*Une liaison scandaleuse*
BARBARA BRETTON	*Le lien brisé*
MEGAN BROWNLEY	*La maison des brumes*
CANDACE CAMP	*Le bal de l'orchidée*
CANDACE CAMP	*Le manoir des secrets*
CANDACE CAMP	*Le château des ombres*
CANDACE CAMP	*La maison des masques*
MARY CANON	*L'honneur des O'Donnell*
ELAINE COFFMAN	*Le seigneur des Highlands*
ELAINE COFFMAN	*La dame des Hautes-Terres*
JACKIE COLLINS	*Le voile des illusions*
JACKIE COLLINS	*Reflets trompeurs*
PATRICIA COUGHLIN	*Le secret d'une vie*
MARGOT DALTON	*Une femme sans passé*
EMMA DARCY	*Souviens-toi de cet été*
CHARLES DAVIS	*L'enfant sans mémoire*
BARBARA DELINSKY	*La saga de Crosslyn Rise*
WINSLOW ELIOT	*L'innocence du mal*
SALLY FAIRCHILD	*L'héritière sans passé*
ELIZABETH FLOCK	*Moi & Emma*
GINNA GRAY	*Le voile du secret*
KATHRYN HARVEY	*La clé du passé*
CHRISTIANE HEGGAN	*L'héritière de Calistoga*
FIONA HOOD-STEWART	*Les années volées*
FIONA HOOD-STEWART	*A l'ombre des magnolias*
FIONA HOOD-STEWART	*Le testament des Carstairs*
LISA JACKSON	*Noël à deux***
RONA JAFFE	*Le destin de Rose Smith Carson*
PENNY JORDAN	*Silver*
PENNY JORDAN	*L'amour blessé*
PENNY JORDAN	*L'honneur des Crighton*
PENNY JORDAN	*L'héritage*
PENNY JORDAN	*Le choix d'une vie*

... / ...

DANS LA MÊME COLLECTION

Par ordre alphabétique d'auteur

PENNY JORDAN	*Maintenant ou jamais*
PENNY JORDAN	*Les secrets de Brighton House*
PENNY JORDAN	*La femme bafouée*
PENNY JORDAN	*De mémoire de femme*
HELEN KIRKMAN	*Esclave et prince*
ELAINE KNIGHTON	*La citadelle des brumes*
CATHERINE LANIGAN	*Parfum de jasmin*
RACHEL LEE	*Neige de septembre*
RACHEL LEE	*La brûlure du passé*
LYNN LESLIE	*Le choix de vivre*
MERLINE LOVELACE	*La maîtresse du capitaine*
JULIANNE MACLEAN	*La passagère du destin*
MARGO MAGUIRE	*Seigneur et maître*
ANN MAJOR	*La brûlure du mensonge*
ANN MAJOR	*Le prix du scandale**
CURTISS ANN MATLOCK	*Sur la route de Houston*
CURTISS ANN MATLOCK	*Une nouvelle vie*
CURTISS ANN MATLOCK	*Une femme entre deux rives*
MARY ALICE MONROE	*Le masque des apparences*
EMILIE RICHARDS	*Le temps d'un été*
EMILIE RICHARDS	*Mémoires de Louisiane*
EMILIE RICHARDS	*Le testament des Gerritsen*
EMILIE RICHARDS	*La promesse de Noël***
NORA ROBERTS	*Retour au Maryland*
NORA ROBERTS	*La saga des Stanislaski*
NORA ROBERTS	*Le destin des Stanislaski*
NORA ROBERTS	*L'héritage des Cordina*
NORA ROBERTS	*Love*
NORA ROBERTS	*La saga des MacGregor*
NORA ROBERTS	*L'orgueil des MacGregor*
NORA ROBERTS	*L'héritage des MacGregor*
NORA ROBERTS	*La vallée des promesses*
NORA ROBERTS	*Le clan des MacGregor*
NORA ROBERTS	*Le secret des émeraudes*
NORA ROBERTS	*Un homme à aimer**
NORA ROBERTS	*Sur les rives de la passion*
NORA ROBERTS	*La saga des O'Hurley*
NORA ROBERTS	*Le destin des O'Hurley*
NORA ROBERTS	*Un cadeau très spécial***
NORA ROBERTS	*Le rivage des brumes*

... / ...

DANS LA MÊME COLLECTION

Par ordre alphabétique d'auteur

ROSEMARY ROGERS	*Le sabre et la soie*
ROSEMARY ROGERS	*Le masque et l'éventail*
JOANN ROSS	*Magnolia*
JOANN ROSS	*Cœur d'Irlande*
MALLORY RUSH	*Ce que durent les roses*
EVA RUTLAND	*Tourments d'ébène*
DALLAS SCHULZE	*Un amour interdit*
DALLAS SCHULZE	*Les vendanges du cœur*
JUNE FLAUM SINGER	*Une mystérieuse passagère*
ERICA SPINDLER	*L'ombre pourpre*
ERICA SPINDLER	*Le fruit défendu*
ERICA SPINDLER	*Trahison*
ERICA SPINDLER	*Le venin*
ERICA SPINDLER	*Parfum de Louisiane*
LYN STONE	*La dame de Fernstowe*
CHARLOTTE VALE ALLEN	*Le destin d'une autre*
CHARLOTTE VALE ALLEN	*L'enfance volée*
CHARLOTTE VALE ALLEN	*L'enfant de l'aube*
LAURA VAN WORMER	*Intimes révélations*
SUSAN WIGGS	*Un printemps en Virginie*
SUSAN WIGGS	*Les amants de l'été*
SUSAN WIGGS	*L'inconnu du réveillon***
BRONWYN WILLIAMS	*L'île aux tempêtes*
REBECCA WINTERS	*Magie d'hiver***
SHERRYL WOODS	*Refuge à Trinity*
SHERRYL WOODS	*Le testament du cœur*
KAREN YOUNG	*Le passé meurtri*
KAREN YOUNG	*Le fils du destin*
KAREN YOUNG	*Un vœu secret***
KAREN YOUNG	*L'innocence bafouée*

[*] *titres réunis dans un volume double*

[**] *titres réunis dans le volume intitulé :* Magie d'hiver

7 TITRES À PARAÎTRE EN AVRIL 2008

Composé et édité par les
éditions Harlequin
Achevé d'imprimer en janvier 2008

par

LIBERDÚPLEX

Dépôt légal : févricr 2008
N° d'éditeur : 13322

Imprimé en Espagne